Für S.
In meinem Herzen regnest du weiter.

Mein Dank gilt meiner Familie. Sie weiß, warum.
Besonders meinen Eltern. Sie wissen es auch.
Natürlich meinen Freundinnen, Testleserinnen,
Mutmacherinnen, Trostspenderinnen, Kritikerinnen und
Zumlachenbringerinnen Anja, Kimberly, Kristina,
Reni und Tina. Wenn sie nicht wissen, warum ...
Jetzt haltet ihr zumindest einen Teil davon in Händen!
Und nicht zuletzt Astrid, die aus Träumen Bücher webt.

Die Verborgene

Unser letzter gemeinsamer Tag war wie immer friedlich gewesen.

Wir waren im Laufe der Jahre unaufmerksam geworden, denn schon lange drohte uns keine Gefahr mehr.

Man hatte uns vergessen, die Erinnerungen an uns verloren oder tief begraben. Heute konnte es sich niemand mehr gestatten, an uns zu glauben.

Du jedoch tatest es.

Jarosch

Eine Woche zuvor auf der Hinfahrt nach Rumänien

Meine Stirn lehnte am Seitenfenster, doch dessen Kühle konnte meine Gedanken nicht betäuben. Die Landschaft, die an mir vorbeizog, verschmolz mit dem Grau des Himmels. Regentropfen klatschten gegen die Scheibe und behinderten meine Sicht, doch das störte mich nicht, denn ich wollte sowieso nichts sehen. Egal, durch welche Berge, durch welche Wälder, über welche Autobahnen wir glitten, alles fühlte sich trist und trostlos an. Je näher wir unserem Ziel kamen.

Ich saß neben meinem älteren Bruder Adam auf dem Beifahrersitz mit dem abgewetzten, blauen Bezug. Im Rhythmus der Musik, die aus dem Radio dröhnte, trommelte er auf dem Lenkrad herum. Ich hörte nur Adams heiseres Gegröle, dessen Stimme nicht so hoch kam wie die des Popsängers, und das unseres jüngeren Bruders Matti, der auf der Rückbank saß und irgendein Denglisch von sich gab. Aber das Lied erkannte ich nicht. Ich nahm lediglich die Aufregung und Ausgelassenheit meiner Brüder wahr. Genauso hatte ich mich die letzten Wochen auch gefühlt – seit dem Zeitpunkt, als sich diese Idee, so aberwitzig sie auch zu sein schien, zuerst in meinem Verstand festsetzte, sich dann in mein Herz schlich und nicht mehr verschwinden wollte. In jenen Tagen lebte ich nur noch von dieser Idee, konnte nicht mehr schlafen, nicht mehr essen. Jede Nacht saß ich daheim vor unserem Wohnmobil und blies kleine Kringel Rauch in die Dunkelheit, in die langsam abklingende Schwüle, wobei ich immer mehr Mühe hatte, mir überhaupt eine Zigarette anzustecken. Schon vor dem Anzünden brach ich die Streichhölzer entzwei, so aufgeregt und nervös war ich. Meine Haut war dünn und grau geworden, die Augenringe dunkler. Ich plante in jeder freien Minute, in jeder schlaflosen Nacht die Reiseroute, hing über unzähligen Wanderkarten, drehte jeden Cent herum, der uns zur Verfügung stand, und schwelgte in Kindheitserinnerungen.

Denn einzig meine Erinnerungen an die Zeit in dem Heimatland meiner Mutter hatten mich hierhergeführt, hier in dieses Auto, hier auf diese Straße. Meine Wanderungen, die mich immer weiter weg von dem Bauernhof meiner Großeltern geführt hatten. Zuerst ging ich höchstens bis zum Waldrand und keinen Schritt in das bedrohliche, riesige Grün hinein, in dem Schatten huschten, Stimmen wisperten, Augen glühten. Zu viele Spuk- und Gruselgeschichten über hungrige Wölfe und gigantische Bären hatten mir Großvater und später auch Adam erzählt, wenn wir abends in unseren Superman-Schlafanzügen in unserem Stockbett gelegen hatten. Ich unten, Adam natürlich oben. Weitaus später erkannte ich, dass die lebendige Dunkelheit, die knackenden Äste, das Heulen in der Nacht weder von Bär noch von Wolf stammten. Sie existierten in jener Region nicht, aber ein Kind hielt man am besten mit Schauermärchen über Monster und Ungeheuer von den Gefahren der Sümpfe und der trügerischen Sicherheit der schwimmenden Inseln fern, und nicht mit der Wahrheit.

Doch irgendwann wagte ich einen Schritt zu viel. Ich sprang einem kleinen, hellbraunen Feldhasen hinterher und merkte erst im Nachhinein, wie weit ich in den undurchdringlichen Wald hineingeraten war.

Und dann sah ich sie. Strahlend, atemberaubend, magisch, unwirklich. Das schönste Wildpferd, das ich jemals gesehen hatte. Ich blickte direkt in ihre dunklen, abgrundtiefen Augen und sie in meine Seele, auch, wenn ich mit meinen sechs Jahren noch nicht wusste, was das überhaupt war. Vielleicht wusste ich das jetzt immer noch nicht, denn sonst hätte ich all das nie getan.

Instinktiv spürte ich damals jedoch, dass sie tief in mir etwas berührte, etwas weckte. Eine Saite in mir zum Klingen brachte, die ich nachträglich am liebsten durchgeschnitten hätte, damit sie auf ewig verstummte. Einen Wimpernschlag später aber, in dem ich mir bewusst werden wollte, ob ich möglicherweise über eine Wurzel gestolpert war, mir den Kopf gestoßen hatte und alles nur geträumt haben könnte, war sie bereits verschwunden. Ich sah gerade noch ihre knisternde Mähne und ihren wallenden Schweif, die in der raschen Flucht um ihren muskulösen und dennoch fragilen Körper wehten, hörte ihre nahezu lautlosen Tritte, wie sie über den weichen Waldboden eilte, und dann war sie genauso schnell verschwunden, wie sie vor mir aufgetaucht war. Wie die Sonne, die durch das Blätterdach lugte und von dem raschelnden Grün wieder verschluckt wurde. Das Bild von ihr, wie sie im Wald unmittelbar vor mir stand, stolz, scheu und mutig zugleich, noch fast ein Kind, aber dennoch frei und selbstständig, wollte sich verflüchtigen wie ein nächtlicher Traum, den man mit dem Verstand nicht festhalten konnte, so sehr man sich auch anstrengte.

Doch ein helles Schimmern an der Stelle, an der sie gestanden hatte, zeigte mir deutlich, dass ich mich nicht an einen Traum klammern musste. Bei ihrem Entkommen hatte sie eine Strähne ihres Schweifs einem tief hängenden Ast einer Weide geopfert, deren Laub in der Sonne fast silbrig glänzte. Damals schnappte ich mir die Haare und stopfte sie in meine Hosentasche, versteckte sie im Kinderzimmer, tief in meinem Herzen.

Heute jedoch, dreizehn Jahre später, war ich mir nicht mehr sicher, ob ich nicht nur einem Traum hinterherjagte, einem Märchen, auch wenn ich diese Strähne noch immer bei mir trug. Dieser eine Moment war schon so lange vorbei, aber trotzdem ganz nah bei mir. Viel zu nah manchmal. Unwillkürlich kroch meine Hand in die Tasche meiner abgewetzten Jeans, um zu überprüfen, ob das Haarbüschel noch darin steckte. Ja, das tat es.

Als Kind war ich seit jener ersten Begegnung fast täglich in den Wald und in die Sümpfe geeilt, bis wir nach Deutschland gezogen waren. Doch ich sah die Stute und ihre Herde nur noch aus der Ferne, wenn überhaupt. So nah, dass ich nur die Hand hätte ausstrecken müssen, um ihre vibrierenden Muskeln unter meinen vor Nervosität feuchten Händen zu spüren, kam ich ihr nie wieder. Misstrauisch und vorsichtig war sie geworden. Sie war auf der Hut, hinterließ kaum Hufabdrücke, die ich lesen konnte, glitt geräuschlos durch das dichte und dornige Unterholz, verschwand spurlos durch unzählige Flussarme und Sümpfe. Dabei wollte ich ihr nichts Böses. Ich wollte nur einen Blick auf sie werfen.

Aber jetzt sah alles anders aus. Ich war ein Getriebener, ein Gehetzter. Ich wollte sie.

»Mensch, Jarosch, was ist denn los? Du starrst die ganze Zeit aus dem Fenster, grübelst vor dich hin und versaust uns die Stimmung.« Adams halb scherzhaft, halb ernst gemeinten Worten folgte ein Stoß von Matti mit den Knien in meine Rückenlehne. »An der nächsten Raststätte machen wir eine Pinkelpause. Ich brauche frische Luft. Dringend.«

An der Tankstelle angekommen, sprang ich aus dem Auto und zog mir meine kurze, schwarze Lederjacke über den Kopf. Das auf dem brüchigen Asphalt stehende Wasser spritzte mir die Beine hinauf. Meine ausgelatschten Schuhe hielten der Nässe nicht mehr stand, als ich durch den nicht versiegen wollenden Regen unter das Vordach rannte, während Adam und Matti die Raststätte aufsuchten, aus der der Geruch nach Pommes und Currywurst strömte. Mein leerer Magen rebellierte. Mit zitternden Händen zündete ich mir eine Zigarette an, doch sie brachte weder Ruhe noch Linderung, Wärme oder gar Zufriedenheit.

Nur meinetwegen waren die beiden mitgekommen und nun vermieste ich ihnen mit meiner Laune unsere Reise in die alte Heimat. Matti opferte einen Teil seiner Sommerferien, Adam hatte sich ein paar Tage von unserem Vater freigekämpft. Er ging mir zuliebe mit. Außerdem vertraute er mir seine alte Rostbeule auf dieser langen Fahrt nicht an. Für Matti war dies ein abenteuerlicher Ausflug, den er mit seinen großen Brüdern bestreiten konnte. Adam war in seinen Augen ein Held, aber was war ich? Der mit dem verrückten Traum, der einer Fantasie nachjagte, das schwarze Schaf der Familie.

Mit dem Rücken an das Panoramafenster der Gaststätte gelehnt, schloss ich die Augen, zog an der Zigarette und stieß kleine Rauchwolken aus. Ich wollte nicht die hektischen Familien sehen, deren Launen stetig am Kippen waren, nicht die frisch verliebten Pärchen, die ein klares Ziel vor Augen hatten: vor dem Abend in der kleinen Pension ankommen, in zwei Tagen am Strand liegen, endlich dem Alltag entfliehen. Auch ich wollte dem Alltag entkommen, doch ich fürchtete mich gleichzeitig davor, mich in eine bloße Fantasiewelt zu stürzen. Ich hörte das Rauschen meiner Gedanken, die nicht stillstehen konnten, wie das der rasenden Autos, die wie Abertausende Ameisen die nasse Straße entlangstürzten. Voll bepackt mit tonnenschweren Hoffnungen und Sehnsüchten, Ängsten und Zweifeln.

Mein Rücken schmerzte von der Autofahrt, von dem lange zurückliegenden Unfall.

Was tat ich hier überhaupt?

Trotz allem könnte ich den Sommer in Deutschland genießen und alles beim Alten belassen. Bisher genügte mir das. Ich hätte mir ein Mädchen suchen, ein paar Nächte mit ihr verbringen, ein bisschen Spaß haben und der Zukunft einen Arschtritt verpassen können. Stattdessen stand ich müde und ausgebrannt in der Einöde zwischen meiner alten und meiner neuen Heimat herum, irgendwo zwischen dem Schwarzen Meer und dem Schwarzwald, und zerbrach mir den Kopf darüber, was geschehen war und noch geschehen würde.

Nie und nimmer würde mein Vorhaben klappen. Vermutlich jagte ich doch einem Hirngespinst nach oder vielleicht war sie gar nicht mehr in der Gegend oder sie und ihresgleichen hatten sich in andere Gebiete zurückgezogen, wo sie sicher vor meinesgleichen waren.

Ich schnippte die Zigarette auf den Boden und trat sie aus, als auch schon Adam und Matti um die Ecke bogen. Matti hüpfte in seiner blauen Arbeitshose und dem roten Kapuzensweater durch die Regenpfützen. Mit seinen zehn Jahren war er beinahe drei Köpfe kleiner als Adam, der in seinen engen Jeans und dem karierten Flanellhemd lässig auf mich zuschlenderte. Adam war größer als ich, seine kantigen Gesichtszüge glichen meinen, doch sie waren weicher, friedlicher, nahbarer. Beide hatten sie wie ich das dichte und dunkle Haar unserer Mutter geerbt – Matti ließ es sich von ihr so kurz schneiden wie Adams –, meine Haare hingegen fielen mir ständig ins Gesicht, kitzelten mich im Genick.

Und was hatten wir von unserem Vater geerbt?

Zwei Sixpacks Bier winkten mir aus Adams Händen entgegen. »Für heute Abend. Da trinken wir uns Mut und Zuversicht an!«

Ich hatte nur ein mattes Lächeln für ihn übrig.

Wenig zuversichtlich rief ich ihm ein »Dann wirf mir mal die Autoschlüssel rüber. Ich löse dich ab«, entgegen, aber Adam behielt die Schlüssel schön für sich und ging zur Fahrerseite. Mit den Unterarmen auf das Wagendach des alten Mercedes Kombis gelehnt, sagte er:

»Lass mal lieber, Jarosch. So wie du aussiehst, kommst du mir nicht ans Steuer! Du taugst ja nicht einmal mehr dazu, die Straßenkarte zu lesen«, und zu Matti gewandt: »Ich würde vorschlagen, ihr tauscht die Plätze. Matti, du kommst nach vorne und spielst Navi, und Jarosch gönnt sich eine Mütze Schlaf.«

Ohne mich zu wehren, legte ich mich auf die Rückbank und wickelte mich in eine alte, blaue Decke ein. Sie stank bestialisch, war kratzig und rau, Dutzende Pferdehaare klebten an ihr, aber dennoch bot sie mir Trost. Wie Heimat, obwohl wir in unserem Vagabundenleben so gut wie kein richtiges Zuhause kannten. Nur wenige Monate im Jahr hatten wir festen Boden unter den Füßen. Die restliche Zeit waren wir auf Achse, von A nach B, von Vorstellung zu Vorstellung. Ich kannte nichts anderes. Und doch war diese Reise hier unvergleichlich.

Mit geschlossenen Augen kehrten meine Gedanken wieder an sie zurück. Unvermeidlich. Sie ließ mich keinen Moment ruhen.

Damals hatte sie in mir kindliche Neugier geweckt, eine unschuldige Faszination ausgelöst, aber heute, heute löste sie in mir eine Gier aus, die ich auch mit ihr nicht würde stillen können. Ich war mir dessen im Klaren und wollte sie dennoch mehr als alles andere. Unwiderruflich wird sie einen Teil ihres Selbst verlieren, wenn ich sie das erste Mal berührte.

Das Dröhnen des Motors, das Prasseln des Regens auf dem Autodach, der monotone Rhythmus der Scheibenwischer, das leise gestellte Autoradio, die flüsternden Stimmen meiner Brüder lullten mich ein, zogen mich von meinen bitteren Gedanken weg.

Jede Faser meines Körpers spürte, dass ich das Falsche tat, tun würde. Aber ich konnte nicht anders. Ich war besessen von ihr. Schon als Kind, nur war mir das damals nicht bewusst gewesen.

Die Gefundene

Ich hörte dich nicht kommen. Ich sah dich nicht. Ich roch dich nicht. Dennoch spürte ich, dass du kamst.

Du und deine Brüder.

Meinetwegen.

Ich fühlte eure Aufregung, eure Vorfreude, eure angespannten Muskeln. Jagdfieber.

Nur bei dir fühlte ich mehr.

Sehnsucht. Ein tiefes Loch, das jemand in dein Herz gerissen hatte, einen verzehrenden Schmerz, der seit deinem ersten Atemzug nicht heilen wollte.

Du warst der Sensibelste unter den Dreien. Und gleichzeitig der Gefährlichste.

Du wolltest das Loch in deinem Herzen mit etwas Bestimmtem ausfüllen.

Mit Stolz, Anerkennung, Ehrgeiz.

Mit mir.

Ich kannte dich, hatte dir vertraut.

Seit unserer ersten Begegnung im Wald fühlte ich deine ständige Anwesenheit. Damals warst du selbst noch ein halbes Kind gewesen, viel wackeliger als ich auf den Beinen. Du spürtest uns auf, beobachtetest uns durch Büsche und Äste hindurch. Uns aus der Ferne zu bestaunen, genügte dir damals.

Noch mehrmals machtest du den Versuch, uns näherzukommen. Wir flüchteten.

Du erschrecktest dich einmal fürchterlich, du fielst in den Schlamm. Wütend klatschtest du mit der Hand auf den aufspritzenden Morast.

Doch deine Seele war damals rein.

Heute war sie von Angst erfüllt. Von Zorn, Einsamkeit, einem Sehnen nach Anerkennung.

Ich erkannte dies zu spät.

Meine Flucht war sinnlos. Bereits jetzt, in diesem Moment, gehörte ich dir.

Johanna

Clarissa streckte ihre kalten Finger aus. Sie waren schlank und die Nägel spitz zulaufend. Unter ihnen klebte das Blut des Kampfes. Armand griff nach ihrem verletzten Arm, doch noch immer zuckte sie vor ihm zurück …«

Verena, die mir gegenüber in der Hängematte inmitten schattiger Apfel- und Walnussbäume im Garten ihrer Eltern lag, unterbrach mich beim Vorlesen aus *Dunkelste Nacht*: »Kannst du dich noch daran erinnern, wie Clarissa im ersten Band *Abend der Dämmerung* in eine Vampirin verwandelt worden ist? Gleich auf den ersten Seiten?«

»Ja, klar, warum fragst du?«

»Ach, mir kam nur der Gedanke, dass Schriftsteller sich so viele verrückte Dinge einfallen lassen müssen, um einen Einstieg in ihre Geschichte zu finden. Dabei geht es doch auch viel einfacher.«

»Wie in meinem Fall meinst du?«

Sie nickte.

»Du meinst, wenn ich die Heldin aus einer Romantic Fantasy-Schmonzette wie der *Diener der Nacht*-Reihe wäre, wäre das lebensverändernde Motiv der Geschichte die Wandlung in eine glutäugige Vampirin oder zumindest das Kennenlernen dieser Spezies in Form eines Armand LaVie gewesen?«

»Dabei geht es doch echt auch unkomplizierter«, antwortete sie. Ihre braunen Locken hüpften bei jedem Wort vor Lachen.

Durchaus. Denn in meinem Fall bestand die lebensbeendende Maßnahme (im ersten Moment fühlte sich der Entschluss meiner Eltern, wegzuziehen, tatsächlich so an – wie ein Biss in die Halsschlagader) aus diesen fünf äußerst charmanten Großbuchstaben: ASVAG. Allgemeine Schwarzwälder Versicherung AG, Niederlassung Sonnberghausen, Baden-Württemberg. Spannend, oder? So nervenzerfetzend könnte doch jeder Jugendroman beginnen. Keine unerwarteten Zeitreisen, keine unheimlichen Geistersichtungen, keine mysteriösen Todesfälle. Nur ein Vater, der einen neuen Job annahm. Erfordert weitaus weniger Fantasie seitens der Schriftstellerin beziehungsweise des Schriftstellers.

Dennoch fiel meine Reaktion auf diesen Umzug nicht weniger dramatisch oder gar kindisch aus. Aber war im Leben einer Siebzehnjährigen im Grunde nicht fast alles lebensverändernd? Das Erscheinen eines neuen Romans von Nandini Adrienne, die Absetzung der Lieblings-TV-Serie nach nur lächerlichen dreiundzwanzig Staffeln, der Ausverkauf der Mandelblüten-Honig-Handcreme im Drogeriemarkt?

Die Gleichberechtigung zwischen Kind und Eltern wurde ohne Vorankündigung außer Kraft gesetzt, nachdem mir meine Eltern ihre Entscheidung vor einigen Monaten verkündet hatten. Keine Diplomatie

mehr im Hause Baumgartner, dafür, dass mein Paps eine besser bezahlte Stellung bekommen würde und meine Mum endlich ihr Häuschen auf dem Land. Denn wir sind trotz vernünftiger und gut durchdachter Argumente und verheulten und wütenden Zeterns meinerseits vor dem vorletzten Schuljahr umgezogen. Fünfhundert Kilometer in die falsche Richtung. Mitten in die tiefste badische Provinz.

»Wobei«, ich tippte mir mit dem Zeigefinger gespielt grübelnd an die Lippen, »wäre es nicht cool, die Heldin in einem High Fantasy-Schmöker zu sein? Ich würde als junge, unerfahrene Gärtnerin oder als geflohene Sklavin in die bedrohliche, weite Welt hinausziehen, um einen Ring zu zerstören, ein Reich zu retten, einen Drachen zu bekämpfen. Ich hätte mit Aragorn durch Rohan reiten oder mit Prinz Kaspian in die Morgenröte segeln können. Ich könnte Wildleder tragen, hätte von der Sonne gebräunte Haut und wallendes Haar.« Und keine Schnittlauchlocken. Mein Haar war aalglatt und lichtblond. Spielte ich aber die Protagonistin in einem Kitschroman, wäre es gülden gelockt, meine Lippen wären herzförmig geschwungen und meine Haut so weiß wie Alabaster. Doch in Wirklichkeit zierten auffällige Sommersprossen mein gesamtes Gesicht. Wie auch andere Körperteile.

Paps drückte mir im Sommer immerzu eine Tube Sonnencreme mit Lichtschutzfaktor 35 in die Hand, Mum nannte meine Sommersprossen dagegen liebevoll Elfensprenkel (sie war Kinderbuchillustratorin und ihre Sichtweise deshalb weitaus weniger pragmatisch). Badete ich wieder einmal in Selbstmitleid über meine knochigen Hüften, meine nicht vorhandenen Brüste und meinen flachen Po, während ich Mums selbstzufrieden getragene Üppigkeit bewunderte, meinte sie bloß: »Eines Tages wird es einen Jungen geben, der jede deiner Sommersprossen entdecken will.« Ganz schnell hielt ich dann ihren Mund zu, sodass sie nicht weitersprechen konnte. Denn in *Kabale und Liebe* bekam ich in der Schule zwar meistens volle Punktzahl, aber im echten Leben war ich in Sachen Liebe eine richtige Niete. Eigentlich hätte ich sogar Minuspunkte dafür verdient.

Ich bewunderte Verenas lockige Mähne, nicht zu vergessen ihren Busen, der wahrhaftig als ein solcher bezeichnet werden durfte, ihre vollen Lippen, die sie nun zu einem Lachen verzog. »Wer weiß, wer dir diesen Sommer über den Weg läuft oder reitet? Aber so wie ich dich mittlerweile kenne, und das ist ja noch gar nicht lange, würdest du frei nach dem Motto *Scheiß auf den Prinzen, ich nehme das Pferd* den Typen glatt übersehen.«

»Vermutlich schon«, meinte ich verlegen. Ich würde einem temperamentvollen Andalusier, wohlgemerkt der Pferderasse, mehr Beachtung schenken als dem Y-Chromosomen-Träger darauf. »Den für einen Jugendroman obligatorischen Umzug in eine kleine, verregnete Stadt oder in ein abgelegenes Bergdorf kann ich zumindest abhaken«, sagte ich schnell und malte einen Haken auf eine imaginäre Checkliste in der Luft. »Wer weiß, welche Gestalten sich in dieser abgelegenen Gegend tummeln? Lichtscheue Vampire oder Hirn schlürfende Zombies vielleicht?«

Sonnberghausen, irgendwo im Nirgendwo im Schwarzwald, hatte mehr Kreuze, Kapellen und Kühe als Einwohner zu bieten, jeder kannte jeden, am Wochenende roch es hier nach frisch gemähtem Gras, nach warmem Apfelkuchen, nach Schnitzel mit Pommes. Nicht, dass es in meiner Familie anders gewesen wäre.

Im Dorf gab es eine Apotheke, eine Metzgerei, einen Bäcker, einen Gemeindesaal mit Veranstaltungen für Jung und Alt, wobei die Alten hier vermutlich in der Überzahl waren, selbst wenn man die eventuell Untoten von der Einwohnerzahl abzog.

»Hirnlose Zombies gibt es nur im Nachbarort Pummensdorf. Mit denen lässt man sich besser erst gar nicht ein«, stellte Verena bierernst fest.

»Einen Zombie als Freund wäre vielleicht gar nicht so übel. Endlich könnte man dann mal sagen: Ach Liebling, ich möchte, dass du mich wegen meines Körpers liebst und nicht nur wegen meines drallen Kleinhirns.« Ganz theatralisch legte ich die rechte Hand auf mein Herz, zog die Schultern hoch und seufzte.

Verena lachte auf. »Oh, dann müsste ich keine Kalorien mehr zählen.«

»Oder auch keine weiteren Actionszenen laut vorlesen.« Ich kicherte. »Oder Liebesszenen.« Verena behauptete nämlich steif und fest, dass man allein beim Lesen nervenaufreibender Bücher Kalorien verbrannte. Ebenfalls eine Möglichkeit, diese Art von Lektüre zu rechtfertigen.

»Pah, dafür habe ich ja bald Micha, wenn er aus dem Urlaub zurückkommt. Sicherlich hat er mich und unseren Abschiedskuss nach all den Elenas und Marias nicht vergessen«, prahlte sie. Auf Micha, den besten

Kumpel ihres älteren Bruders Gregor, hätte sie seit seinem Stimmbruch zehntausend Augen geworfen, und nicht nur eines, wenn sie eine Libelle gewesen wäre. Denn vor seiner Abreise hatte sie ihn sich – der Legende nach – geschnappt wie eine Gottesanbeterin.

Ich rollte mit den Augen und steckte meine Nase in das Buch, tief, tiefer, noch tiefer, am tiefsten, da sich mein Nacken, mein Hals, meine Wangen, meine Nase sowie meine Stirn rot, röter, signalrot verfärbten. Aber ich war selbst schuld, indem ich ihr unglücklicherweise die Steilvorlage geliefert hatte. »Armand griff nach ihrem verletzten Arm«, las ich rasch weiter, »doch noch immer zuckte sie vor ihm zurück. Sie war zwar jetzt selbst eine Vampirin, ihr ganzer Körper vibrierte, summte, loderte in jeder Sekunde ihres neuen Daseins, egal, ob beim Fingernägel lackieren oder beim Krav Maga-Training. Doch die Hitze, die unbändige Gier, die in seinen Augen nach einem guten Kampf brannten, erschreckten sie weiterhin –«

»Du lenkst ab, Johanna. Aber egal, solange du am Wochenende mit auf die Waldparty kommst, um alle kennenzulernen, und endlich einmal schick und vorzeigefähig auftauchst«, sie schielte auf meine bis zu den Knien hochgekrempelte, von der Sonne verschossene graue Reithose, »dann ist das okay für mich.« Sie warf mir ein Kissen gegen die Schläfe, bevor sie mich aufforderte: »Aber jetzt lies weiter! Ich will wissen, ob sich Armand und Clarissa in diesem Buch die Klamotten vom Leib reißen oder ob sie auch noch die nächsten zwölf Bände umeinander herumtänzeln werden. Das ist ganz schön fad, wenn Armand nicht bald in die Socken kommt.«

Die Gejagte

Zu spät erkannte ich, dass du mich von meiner Familie abdrängtest. Wir waren nur wenige Baumlängen voneinander entfernt, doch bereits jetzt sickerte die Erkenntnis in mein Bewusstsein, dass ich sie nie wiedersehen würde.

Genau das hatten meine drei Jäger im Sinn. Ihr wolltet mich isolieren. Ihr wolltet mir meine Familie nehmen, die sich nicht mehr nach mir umdrehen konnte, denn auch sie rannte um ihr Leben.

Doch meine Jäger wollten nur mich. Du hattest es nur auf mich abgesehen.

Deine Liebe war wie Hass, der sich in unsere Herzen schlug.

Wie eine Schlucht, durch die es keinen Weg gab.

Jarosch

Eine Woche zuvor in Rumänien

»Wir sind da, wir sind da-aaaaaa!«, trompetete Matti voller Vorfreude.

»Pssst, sei ein bisschen leiser. Lass ihn noch schlafen«, hörte ich Adams flüsternde Stimme, als wir vor einigen Tagen an unserem Ziel ankamen.

Ich streckte mich, wobei mir der altbekannte Schmerz in den Rücken fuhr, und stieg gähnend aus dem Auto hinaus zu meinen Brüdern, wo bereits die Dämmerung meine müden Augen begrüßte.

»Sorry, Mann, wir wollten dich nicht aufwecken.«

»Schon gut.« Ich dehnte mich abermals und fuhr mir mit beiden Händen durchs Gesicht, um den Schlaf abzuschütteln, und durch meine strubbelig gewordenen Haare. »Und jetzt? Bauen wir das Zelt auf oder wecken wir den Alten wegen einem Schlafplatz?«

»Na ja, sieht nicht so aus, als ob jemand da wäre«, entgegnete Adam, der nicht weniger müde als ich zu sein schien. Seine Augen waren rot, ganz klein und glasig. Im Gehöft des alten Bekannten unseres Großvaters, von dem wir die Pferde für unsere Jagd leihen würden, brannte keine einzige Lampe. Um uns herum konnte man die weiten Ebenen und die undurchdringlichen Wälder, über die sich allmählich die Schatten der kommenden Nacht ausstreckten, nur noch erahnen. Aus einem niedrigen Stall vernahm ich das Scharren und Schnauben von Kühen und Pferden.

»Dann lass uns das Zelt für Matti aufbauen, solange wir Licht haben. Wir können dann im Auto pennen.«

Ich hievte es aus dem Kofferraum und machte mich zusammen mit meinen Brüdern an die Arbeit, sodass wir mit dem letzten Licht des Tages mit dem Aufbau fertig wurden. Die Jungs aßen ihre Sandwiches, die sie von der letzten Raststätte mitgebracht hatten, während ich wieder einmal an einer Zigarette zog. Keinen Happen brachte ich hinunter. Doch nicht aus Aufregung, sondern weil meine Zweifel immer größer wurden und mein Bauch dadurch grimmig zuckte.

Nachdem wir Matti ins Bett verfrachtet hatten, oder besser gesagt in Zelt und Schlafsack, holte Adam das Bier aus dem Fußraum des Beifahrersitzes. Das fehlte mir gerade noch: ein leerer Magen und darauf Alkohol. Aber gut, schlimmer konnte es nicht mehr werden und eine in Alkohol getränkte Glückseligkeit war bei näherer Betrachtung eigentlich genau das Richtige für den Moment. Ich schnappte mir eine Flasche und hockte mich mit Adam zusammen auf den Rand des offenen Kofferraums. Eine Weile saßen wir einfach schweigend da und ich blickte starr in den Wald hinein, in dem *sie* bereits auf mich wartete. Das Zirpen der Grillen erfüllte meine Ohren. Die Nacht hatte sich mittlerweile wie dunkelblauer Samt über unseren Köpfen ausgebreitet und die Kühle des feuchten Grases schlich sich meine Beine hinauf, setzte sich in meinem empfindlichen Rücken fest. Ein Schluck Bier würde schon für Wärme sorgen.

»Morgen geht's also los.« Adam.

Weiteres Schweigen.

Ich nippte an der Flasche und betrachtete die Schwärze der Nacht.

»Mmmh, morgen geht's los.«

Mit dem Ellenbogen stupste mich Adam nach einer Weile in die Seite. Zum Glück war mein Bier bereits zur Hälfte leer. »Was ist los, Jarosch? Dein anfänglicher Enthusiasmus scheint verflogen zu sein. Seit wir ins Auto gestiegen sind, starrst du nur noch vor dich hin. Grübelst dir eine tiefe Falte nach der anderen in die Stirn.«

»Ach, ich mach mir nur Gedanken.«

»Worüber? Ob wir die weiße Stute finden? Wie die Pferde des Alten sein werden?«

Sollte ich ihm die Wahrheit sagen? Dass ich mir nicht mehr sicher war? »Über alles … über nichts.« Ich zuckte mit den Schultern, biss mir auf die spröden Lippen. »Über uns. Die Show. Unsere Zukunft.«

»Eine Menge Themen auf einmal. Aber: Meinst du, die Stute, die ganze Wildpferdeherde, ist nicht mehr da?«

»Wie soll ich das wissen? Das ist schon so lange her und du weißt, wie die Leute mit ihnen umgehen. Möglicherweise sind sie aus der

Region verschwunden und haben sich in Sicherheit gebracht. Vielleicht hat man sie auch längst eingefangen. Oder getötet. Bestimmt bin ich nicht der Einzige, der gesehen hat, was sie wirklich ist.«

Angestrengt blickte ich in die Nacht hinaus. Ein Kloß im Hals setzte sich fest. »War eine blöde Idee, ich geb's ja zu.« Ich brachte beinahe kein Wort mehr heraus.

»Was? Du willst die Sache abblasen? Mann, das fällt dir aber echt früh ein!« Zum Glück verhinderten die Dunkelheit und das kaputte Licht des Kofferraums, dass ich sein Gesicht sehen konnte. Die aufgebrachte Stimme, die auf einmal gar nicht mehr nach Hunderten von Kilometern hinter dem Lenkrad klang, reichte mir. Sie war wie ein Messer, das die Müdigkeit durchschnitt.

»Nein!«, herrschte ich ihn an, stand auf, fuhr mir mit der freien Hand durch den verschwitzten und verspannten Nacken. Der leichte Wind, der hier ständig wehte, bahnte sich seinen Weg durch meine dünne Lederjacke und den schwarzen Strickpulli. Die Wärme des Alkohols in meinem Bauch verpuffte. Das Bier auf meiner Zunge schmeckte plötzlich schal. »Ach, ich weiß auch nicht«, fuhr ich eine Brise sanfter fort. »Das war vielleicht doch nur eine Schnapsidee.« Verdammt, ich wollte mich selbst nicht so reden hören. Ich schluckte den Kloß hinunter.

»Du bist gut. Erst zettelst du die ganze Sache an, machst uns alle verrückt mit deinen Träumen, deinen Plänen für die Zukunft, und jetzt kneifst du.« Adam klang gereizt.

»Nein, so war das nicht gemeint. Ich weiß bloß nicht mehr, ob das richtig ist. Es fühlt sich irgendwie falsch an. Sie ist wild, sollte es bleiben.« Meine Stimme wurde immer leiser, die Nacht um uns herum immer lauter. »Wenn ich das hier durchziehe, bin ich auch nicht besser als all die anderen«, fügte ich hinzu, dabei wollte ich nur das Beste für uns alle. Voll besetzte Ränge in unserer Show durch das Highlight schlechthin, sodass wir einen Großteil der Veranstaltungen der kommenden Saison nicht wie diesen Sommer absagen müssten. Ich wollte, dass Adam bei uns blieb, im Familienzirkus, der seit Generationen bestand, aber bereits seit Jahren den Bach runterging. Selbst wenn Adam mir damit weiterhin die Show stehlen und seine Karriere darunter noch leiden würde, wenn er das Angebot der Konkurrenz nicht wahrnahm. Tja, und meine Karriere, die ging beileibe nicht mehr den Bach runter, die war längst am schmierigen, stinkenden, schmuddeligen Abflusskanal angelangt, wenn ich nicht bald die Lösung in den Händen hielt, wenn ich nicht bald sie, das – nein, ich konnte nicht aussprechen, was sie war. Hätte ich das getan, hätte ich mir kein einziges Wort mehr geglaubt.

Nicht mehr an einen Hoffnungsfunken, geschweige denn an eine ruhmreiche Zukunft.

»Oh Scheiße, Jarosch.« Enttäuschung tropfte aus seiner Stimme. Vielleicht auch Frust und Wut.

Und dann folgte wieder eine Mauer des Schweigens. Mit jedem meiner Worte hatte ich einen Stein auf den anderen gesetzt. Entweder er würde jetzt ausflippen und die Mauer einschlagen oder er würde sie mit weiterem Schweigen größer, mächtiger und unüberwindbarer machen. Aber Adam war nicht der Typ, der Fäuste sprechen ließ. Obwohl … verdenken würde ich es ihm nicht. Er stellte seinen Wagen zur Verfügung, zahlte den Großteil des Benzins, opferte kostbare freie Tage und nicht zuletzt schlug er sich auf meine Seite, indem er mich unterstützte. Damit hatte er sich offen gegen unseren Vater gestellt, der momentan den Hof mit seinem einzigen Angestellten neben mir betreiben musste.

»Egal, wir können auch wieder zurückfahren. Lass uns einen Tag hier bleiben, in der Sonne faulenzen, wenn sie denn mal scheinen sollte, und morgen Abend fahren wir zurück. Kein Thema«, unterbrach Adam das Konzert der unzähligen Frösche.

Verblüfft schaute ich ihn an.

»Ja, ernsthaft. Wenn du nicht mehr daran glaubst, dann ergibt diese ganze Geschichte keinen Sinn. Ohne dich funktioniert es einfach nicht.«

Ich war sprachlos. Mein Kopf war leer. Ausgesprochen zu hören, dass ich es in der Hand hatte, die Jagd abzusagen, bevor sie überhaupt begonnen hatte, enttäuschte mich mehr, als dass es mich doch hätte erleichtern sollen. Die Vorstellung, morgen Abend heimzukehren, es nicht einmal versucht zu haben, sie wiederzufinden, schmerzte.

Adam fuhr fort: »Wir können uns morgen auch nur die Pferde schnappen und gucken, wie weit wir kommen, oder wir könnten auch zu unseren Großeltern und zu unserem Onkel gehen.«

Sie wohnten nur wenige Kilometer entfernt, gleich hinter dem Wald, aber weder meine Oma noch mein Opa hätten unser Vorhaben gutgeheißen. Nicht dass sie uns, mich im Besonderen, für verrückt hielten. Sie würden an meine Geschichte glauben, das taten sie schon immer. Nein, sie würden sich vehement dagegen aussprechen, sich in die Natur der Dinge einzumischen. Sie würden es nur in blumigere Worte packen, wenn ich mir bei dieser Jagd gehörig die Finger verbrennen würde. »Und was sollen wir ihnen dann sagen, warum wir hier sind? Dass wir einfach auf einen Kaffee vorbeikommen und deshalb Tausende Kilometer gefahren sind?«

Adam zuckte mit den Schultern.

»Sie würden mir die ganze Sache ausreden wollen. Sie würden bloß sagen: Jarosch, mein lieber Jarosch, deine Seele hat Feuer gefangen. Schon am ersten Tag eurer Begegnung. Doch oft muss man sich damit zufriedengeben, dass man manches nicht besitzen darf. Nicht besitzen soll. Manches muss frei bleiben. Ungezähmt. Unbeherrscht. Wenn du dich ihrer bemächtigst, wirst du erheblichen Schaden anrichten. Und das nicht nur an ihr, sondern auch an dir. Deine Seele wird brennen, lichterloh, sengend, unerbittlich, bis nur noch ein Häufchen Asche von dir übrig bleiben wird. Deine Seele wird schwarz werden. Ein Schwarz ohne Anfang und Ende.«

Die Kronen des nahe gelegenen Waldes rauschten im leisen Wind der Nacht. Mir schauderte bei meinen eigenen dramatischen Gedanken, aber ich musste auch ein klein wenig darüber lachen, doch Adam verschluckte sich fast an seinem Bier, als er mich nachäffte: »Deine Seele wird lichterloh brennen? Echt jetzt?« Er wischte sich den Mund ab. »Jarosch, an dir ist wirklich ein Poet verloren gegangen. Halt, nein, warte, eine Groschenromanautorin, die schwülstige Bücher über muskelbepackte Highländer schreibt oder über glutäugige Vampire. In der richtigen Kulisse würden wir uns auf jeden Fall dafür befinden.« Er breitete die Arme aus, sodass das Bier über den Rand der Flasche schwappte. Schließlich musste er sich den Bauch vor Lachen halten. »Du hörst dich an wie ein altes Weib. Wirklich.« Er fuhr sich mit dem Ärmel über seine Augen, die vom Lachen bereits tränten. »Man merkt, wo deine Wurzeln liegen, du abergläubische Eule. Du kannst dein slawisches Erbe nicht verstecken. Da hilft alles Leugnen nichts«, kam er mir zuvor. »Hätte nicht auch ein abgedroschenes Sprichwort wie *Der Spatz in der Hand ist besser als die Taube auf dem Dach* gereicht? Aber du musst ja gleich mit verbrannten Seelen dahergekommen.« Langsam wurde er wieder ernst: »Bleibt nur zu hoffen, dass der Alte auch seine Klappe hält und

Oma und Opa nicht steckt, dass wir hier sind. Genügend Geld hat er eigentlich von uns bekommen.«

Eine Zeit lang lauschten wir dem unüberhörbaren Quaken der Frösche, das lauter als das Hämmern eines Presslufthammers klang, was vielleicht auch am Alkohol und den langsam einsetzenden Kopfschmerzen lag, und schwiegen wieder vor uns hin. Nur Adam wurde hin und wieder von kleinen Lachanfällen geschüttelt, bis ich schließlich sagte: »Und ohne dich funktioniert es genauso wenig, Adam, das weißt du. Nicht diese Jagd hier. Nicht unsere Show. Nicht unsere Familie. Wenn du gehst, wenn du das Angebot annimmst, dann, dann weiß ich auch nicht mehr …« Ich stockte. »Ich tu das doch alles nicht nur meinetwegen, wegen meiner Karriere, meines Platzes im *Blue Moon*.« Der *Blue Moon* war die Pferdeshow meines Vaters, früher einmal ein Zirkus mit wilden und exotischen Tieren, Akrobatik und Clownerie. Als wir Kinder waren, tingelte unser Vater durch halb Europa, während wir in Rumänien bei den Großeltern aufwuchsen. Heute war der *Blue Moon* nur noch eine mehr oder weniger erfolgreiche Pferdeshow, die mit der Konkurrenz und deren finanziellen Mitteln und Publicity bei Weitem nicht mehr Schritt halten konnte, gleichgültig, ob mein Bruder als Magnet das Publikum anzog oder nicht.

»Ich weiß.« Er nahm einen tiefen Schluck.

»Hast du dich schon entschieden?« Eigentlich wollte ich die Antwort gar nicht wissen, aber ich musste dennoch erfahren, wie ernst ich an die Jagd herangehen musste, wie viel davon abhing. Für mich. Für uns alle.

Doch Adam zog die Schultern hoch. »Du weißt, dass ich es zu Hause auch nicht leicht habe. So viel hängt von mir ab. Und ich will ehrlich sein: Ich will auch weiterkommen. Ich will nicht nur –«, dann unterbrach er sich selbst und setzte neu an: »Ich wünsche mir wirklich, dass sich alles so erfüllt, wie du dir das erhoffst.« Er blickte mich nicht an, als er das sagte.

Warum musste alles immer so kompliziert sein? Für einen Augenblick wollte ich nicht an die Zukunft unserer Familie und die des Unternehmens denken, sondern nur an die kommenden Tage, weshalb ich fragte: »Aber was ist mit dir? Glaubst du an sie, Adam? Sei ehrlich, ich vertrag das. Mittlerweile glaube ich ja schon selbst, dass ich verrückt bin, dass ich mir sie nur eingebildet habe.« Automatisch griff meine

Hand wieder in die Jeanstasche. Sie war nicht nur ein schneeweißes Wildpferd mitten in den Sümpfen Rumäniens.

»Ich habe keine Ahnung. Ich habe sie nie gesehen.« Er legte eine Pause ein, als wenn er seine Worte mit Bedacht wählen müsste, um mich nicht zu verletzen. »Nur du hast sie gesehen. Sonst niemand aus der Familie«, sagte er dann schlicht und setzte die Flasche erneut an.

»Ich weiß, und deshalb bin auch nur ich das schwarze Schaf der Familie.«

Unvermittelt stand Adam auf, kramte im Kofferraum nach einem weiteren Sandwich und reichte es mir. »Iss das. Dann trinkst du noch ein Bier und morgen sieht vielleicht schon wieder alles anders aus.«

Als wäre es so einfach. »Und jetzt kommst du mir wie unsere Mutter vor, die sagt: Schlaf eine Nacht darüber, mein Kind, morgen sieht die Welt wieder anders aus.« Lachend klopfte ich Adam auf die Schulter, der von meinem plötzlichen Stimmungsumschwung irritiert zu sein schien. Er zog seine Augenbrauen hoch und runzelte die Stirn.

»Ja, Adam, du hast recht. Ein Bier und ein Sandwich aus der Plastikfolie können manchmal Wunder bewirken.« Ich verschluckte mich an dem klebrigen Toastbrot und einem welken Salatblatt. Aber jeder Schluck Bier danach schmeckte köstlich, machte mein Herz leichter, meine Gedanken freier, vertrieb die Kälte, die von außen Besitz von mir ergreifen wollte, die mich von innen schon längst zittern ließ.

In jener Nacht traf ich die falsche Wahl.

Die Gejagte

An meinem Körper rann Schweiß hinab.

Mein Atem kam nur noch stoßweise.

Meine Lungen brannten und schmerzten, sie schrien nach Luft, meine Beine gehorchten mir nur noch aus purem Instinkt heraus und doch musste ich weiterrennen, sogar wenn ich auf einen Abgrund zuhielt.

Mein Körper überschritt ungeahnte Grenzen.

Grenzen meines Willens.

Grenzen meiner Heimat.

Hier war ich noch nie zuvor gewesen, doch mein Wille und meine Angst trieben mich weiter voran.

Du hattest mich hierher gedrängt.

Genau hier wolltest du mich haben.

Johanna

Kaum hatte ich nach *Dunkelste Nacht* auf meinem Schoß gegriffen, stürmte Gregor, Verenas um ein Jahr älterer Bruder, in den Garten. Unter Gebrüll entriss er mir das Taschenbuch, schlug es an irgendeiner Stelle auf und posierte nun vor uns, als wäre er ein Schauspieler des Elisabethanischen Theaters. Einzig die karierten Bermudashorts und das *The Simpons*-Shirt störten seine fast vollkommene höfische Darbietung, als er mit geschwollener Brust, tiefer Stimme und dramatischen Gesten inbrünstig aus Nandini Adriennes neuestem Werk rezitierte: »Ihr bebender Busen schmiegte sich an Armands stählernen, kalten Oberkörper. Stürmisch liebkoste er ihre vollen Lippen, stets darauf bedacht, seinen Hunger zu zähmen, seinen Durst nach ihr und ihrem Körper zu zügeln, mit seinen spitzen Zähnen nicht über ihre weiche Haut zu kratzen. Sie nicht zu nehmen wie –«

»Hör auf, Gregor! Ich warne dich! Du spoilerst gerade so dermaßen!«

»Na, umso besser! ›Mon amour‹, hauchte Armand an ihre Haut, die glatt wie ein Stein war, der schon seit Jahrhunderten im Strom des Bear River lag.«

Oh, wie peinlich! Wenn man unter Mädchen war und sich gegenseitig die, sagen wir einmal, äußerst zwischenmenschlichen und detailreichen Kontakte der Protagonisten laut vorlas, war das durchaus amüsant, wenn auch ein bisschen zum Fremdschämen, und im besten Fall sogar Nachhilfeunterricht, den ich bitter nötig hatte. Nun ja, auf jeden Fall interessanter und aufklärender als der Biounterricht. Aber von Gregor erwischt zu werden, war etwas ganz anderes.

Etwas ganz, ganz anderes!

Wobei: Eigentlich las ich die Reihe sowieso nur aufgrund ihrer blumigen Landschafts- und Naturbeschreibungen, wegen der Wasserfälle, der tiefen kanadischen Wälder oder der Elche.

Doch bevor wir uns auf Gregor stürzen konnten, um ihn zum Schweigen zu bringen, indem wir ihm mit weiblicher Macht den Roman entrissen – sei es durch Kratzen, Kneifen, an den Haaren ziehen, und wenn das nichts bringen sollte, dann eben mit siegessicherem Einsatz von Tränen und Schmollmund –, verhedderten wir uns beide in der tückischen Hängematte und fielen krachend zu Boden.

Gregor ließ sich davon nicht ablenken und hielt das Buch hoch über seinen Kopf hinaus und las weiter daraus vor: »Clarissa flüsterte Armands Namen atemlos an seine besitzergreifenden Lippen und drängte ihren Körper, der immer noch in dem vom Kampf zerschlissenen Catsuit aus schwarzem Leder steckte und nichts, keinen sinnlichen Hügel, kein zu erforschendes Tal, der Fantasie überließ, näher an den seinen heran, bis sie seinen pochenden – Och nö, das, was danach kommt, kann ich nicht laut vorlesen. Da steht nämlich nicht pochendes Herz.« Gregors Gesicht nahm allmählich die Farbe einer überreifen Tomate an, während er mit seinem Zeigefinger auf die Seite tippte. »Das tut ihr euch wirklich an, Mädels? Diesen Kitsch? Das kann doch nicht euer Ernst sein? Da wird einem ja schlecht!«

»Als ob du keinen Playboy in der Nachttischschublade liegen hättest«, keuchte Verena, deren braune Locken wippten, während sie mittlerweile an ihrem Bruder auf und ab sprang, um an den Schmachtfetzen zu gelangen. Sie trug einen weißen Minirock und ein blaues, gut ausgefülltes Bikinioberteil. Beides passte perfekt zu ihrer leicht gebräunten Haut. Wenn sie schon nicht mit ihrer Familie oder ihren Freundinnen in den Sommerurlaub fahren konnte (das liebe Geld), wollte sie nach den Ferien wenigstens eine leichte Toskanabräune vorzeigen, wie sie es nannte, und nicht nach im Garten abhängen und Fernsehen gucken aussehen.

Doch Gregor rannte davon, sprang über die Hängematte und über Sonnenliegen hinweg und rief uns zu: »Ja, aber da sind wenigstens die Artikel jugendfrei.«

Verena und ich schauten uns nur an, nickten uns zu wie zwei Indianer, die nur einen einzigen Blick tauschen mussten, um sich miteinander verständigen zu können, und hechteten Gregor hinterher. Wir stellten ihm eine Falle und umzingelten ihn. Doch Gregor war um einiges größer als Verena, mich überragte er gar um mehr als einen Kopf, und er musste lediglich seine Arme in die Luft recken und schon glitt das

Objekt der Begierde wieder in unerreichbare Höhen hinauf. Bis, ja, bis Verena anfing, ihn unter den Achseln zu kitzeln und ihn in seine Hüften zu piken. »Schnapp ihn dir, Johanna! Komm! Pack ihn am Bein und zieh ihm die Füße weg! Jetzt mach schon, Johanna! Für die Freiheit! Für die Emanzipation!«

»Gnade, Gnade!«, bettelte Gregor. »Ihr schwachen Weibsbilder, lasst Gnade walten!« Unter Verenas Kitzelattacke presste er sich das Taschenbuch krümmend und lachend unter sein Shirt.

»Schnapp dir das Buch, Johanna! Schnapp dir das Buch! Denk an Clarissa und Armand!«, keuchte Verena atemlos und erhitzt.

Was? Das bereits ramponierte Buch steckte unter Gregors Shirt und ich griff sicherlich nicht darunter. Wie lange kannten wir uns nun? Seit drei Wochen? Wir waren Nachbarn, bald Schulkameraden, vielleicht etwas wie gute neue Freunde, aber die Zeit war noch nicht reif, dass ich unter sein Shirt fasste, vorbei an seinen vermutlich stahlharten Bauchmuskeln, bis hinauf – oh nein, danke!

Stattdessen wetzte ich davon und suchte im Garten nach dem Wasserschlauch, mit dem Gregor allabendlich die Blumen seiner Mutter sprengte, um sein Taschengeld aufzubessern.

Als ich frisch bewaffnet zu den beiden Geschwistern zurückeilte, hüpfte Verena wieder an ihrem Bruder auf und ab. Als hätte ich die Fronten gewechselt – von Indianer zu Cowboy –, hielt ich jetzt den Schlauch auf Gregor gerichtet. »Rück das Buch heraus oder ich –« Oder ich schieße? Wie alt war ich? Zehn? Ja, manchmal schon. Und heute? Definitiv ja!

»Oder was? Wasser marsch?« Gregor prustete, konnte die letzte Frage gerade noch herauspressen.

»Ich werde von meiner Waffe Gebrauch machen. Ohne zu zögern.« Wieder hatte ich die Seiten gewechselt: Cop nach der Grundausbildung bei *NYPD Blue*.

»Und das Buch?«, kreischte Verena, während sie ihren Bruder erneut drangsalierte.

»Das ist eh schon hinüber«, beschwichtigte ich sie. »Opfer bleiben in diesem Spiel nicht aus.« Eiskalter Gangsterboss.

Unter spöttischem Gelächter stieß Gregor hervor: »Aber dann bekommt ihr nur eine *Verregnete Nacht* und ihr erfahrt nie, was unser guter Armand mit seiner Clarissa anstellen wird, wenn ihr das Buch der

Wasserfolter aussetzt. Ob Armand seiner geliebten und heißen Clarissa noch –«

»Schweig still, denn umso länger du das Unvermeidliche hinauszögerst, umso schmerzlicher wird es für dich werden.« Nun konnte auch ich mein Pokerface nicht länger bewahren und fing an zu kichern.

Gregor war für einen kurzen Moment abgelenkt, sodass Verena ihm die Beine mit den Füßen wegziehen konnte. Sie setzte sich auf ihn und riss ihm, ihn weiterquälend, das mittlerweile ziemlich zerfledderte Taschenbuch triumphierend aus den Händen. »Das wirst du uns büßen!«, frohlockte sie mit hochrotem Kopf. Daraufhin nickte sie mir zu und ich drehte den Wasserschlauch auf.

Verena sprang kreischend von ihrem Bruder herunter und brachte sich und das Vampirpärchen in Sicherheit, und Gregor, in Sekundenschnelle pitschnass geworden, griff an den Saum seines Shirts und war gerade im Begriff, es sich über den Kopf zu ziehen.

»Willst du, dass Johanna blind wird? Lass bloß deine Klamotten an!«

»Aber –«

»Nichts da!«, unterbrach Verena ihn und warf ein Handtuch nach ihrem Bruder, nachdem sie einen Zipfel ihres ebenfalls nassen Oberteils mit der Hand ausgewrungen hatte. »Wir wollen deine Möchtegern-Taylor-Lautner-Abs nicht sehen.«

»Ja, genau«, piepste ich und befahl sogleich meinen Hautpigmenten, sich nicht in den Vordergrund zu drängeln. Weg da! »Sicherlich kann ich auf Facebook die Gregor-Schanz-Bauchmuskeln adden, oder? Das genügt mir momentan.« Puh, ich versuchte mich in Coolness und hatte es irgendwie auf den letzten Drücker geschafft, dass meine Stimme genauso klang.

Gregor kam gar nicht zu Wort, weil sich Verena wieder einschaltete: »Außerdem versuchst du doch schon seit Wochen bei Skye zu landen! Also mach meiner neuen besten Freundin keine Avancen.«

Neue beste Freundin? Mir Avancen machen? Bestimmt kannte Gregor das Wort nicht einmal.

Sie blinzelte mir zu. »Ich will Johanna nicht verlieren, nur weil du es nicht draufhast.«

Oh ja, Skye, Gregors Sommerflirt, an der er sich nunmehr seit Wochen die Zähne ausbiss. »Skye, die mit ihren Perlenohrringen und ihren beigefarbenen Reithosen aussieht, als ob sie für die neueste Ausgabe von *Horse and Hound* posieren würde«, sagte ich die Augen verdrehend.

Verena stichelte weiter: »Nein, die Skye, die ausschaut, als würde sie englische Rosen züchten, die besonders viele Dornen besitzen.«

Und ich setzte noch eins drauf: »Rosenliebhaber würden ihre Züchtung *The sky is not far enough* taufen.« Verena und ich giggelten wie die Hühner auf der Stange. Doch als ich merkte, dass Gregor uns ganz und gar nicht komisch fand, versuchte ich schnell das Thema zu wechseln, indem ich die beiden fragte, was sie für den Abend geplant hätten. Vergebliche Liebesmüh.

»Gregor und ich gehen noch zum Tennistraining. Danach haue ich mich vor den Fernseher, Gregor legt sich eine Gurkenmaske auf und träumt von Skye.«

»Hey, jetzt sei mal nicht so gemein«, fiel ich ein.

»Mann, mit euch zwei Weibern hält man es ja echt nicht aus«, moserte Gregor.

Ich versuchte, mich zu verteidigen: »Skye ist eine Zicke. Na komm schon, du hast echt was Besseres verdient, Gregor. Ich würde deine Wahl nicht als glücklich bezeichnen, noch nicht einmal als vernünftig, denn eure Verbindung scheint wirklich nicht im Himmel geschlossen worden zu sein.« Dieses Mal zwinkerte ich, versuchte mich zumindest daran, ohne einen Muskelkater in der Wange zu bekommen.

»Vielen Dank für das kleine Wortspiel. Und für euer Lästerprotokoll: Ich stapfe jetzt beleidigt davon.« Nachdem er sich bereits umgedreht hatte, blickte er über seine Schulter zu uns zurück. »Ich gehe meine Maske anrühren.«

»Ist er ernsthaft in Skye verliebt?«, fragte ich Verena, nachdem Gregor außer Sicht- und Hörweite war. Die Sonne brannte immer noch wie verrückt und ich lag keuchend und verschwitzt auf der Wiese und blickte in das Blätterdach, durch das sich die Sonne kräuselte.

»Ach, Gregor ist mal in dieses, dann in jenes Mädchen verliebt. Jungs in dem Alter eben«, seufzte sie. »Aber dann kann er sich nicht entscheiden, bekommt es nicht auf die Reihe. Fast könnte er einem leidtun. Ich meine es doch nur gut mit ihm.« Verena klopfte auf das gelb-weiß gestreifte Sitzpolster des Liegestuhls, damit ich mich zu ihr setzte. »Oder willst du etwa, dass er mit Skye geht?«

»Himmel! Nein!«, lachte ich. »Ich brauche Skye nicht hier bei uns, wie sie sich adrett im Monokini, Tankini, oder viel schlimmer, im Bikini herumrekelt. Es reicht mir schon, wenn ich sie jeden Tag mit ihrer gesamten Entourage im Stall ertragen muss. Ihr Geblöke, wenn sie mit ihrem Ronaldo die Runden zieht und er nicht so will wie sie, steht mir schon hier.« Ich machte die dementsprechende Geste dazu.

»Ist das ihr neuer Lover?«, prustete Verena los. Ich schüttelte den Kopf, weil wir beide wussten, dass es ihr Turnierpferd war. »Hach, Johanna, warum musst du auch so ein Hobby haben? Reiten!« Gequält verzog sie das Gesicht. »Dann müsstest du Skye wenigstens nur in der Schule ertragen, wenn sie wieder beginnt. Du könntest doch einfach mit uns Tennis spielen gehen, anstatt deine Zeit am Stall zu verschwenden?«

»Weißt du, Verena, nur die stärksten Menschen bekommen die steinigsten Wege vor die Füße gelegt.« Ich übte mich abermals an einem Zwinkern.

»Wo hast du das gelesen? In *Morgen der Dämmerung*?«

»Nö, im Reitsportjournal, das ich abonniert habe.«

Die Gejagte

Ich hätte aufgeben, mich ergeben können, doch diesen Gefallen tat ich dir nicht.

Du solltest um mich kämpfen, wenn du mich haben wolltest.

Wer sich an uns vergehen wollte, sollte selbst Leid empfinden.

Kopflos, panisch, hektisch galoppierte ich zwischen uralten Eschen hindurch. Ich sprang über knorrige Baumwurzeln, kämpfte mich durch mannshohes Schilfgras. Ich konnte es nicht riskieren, stehen zu bleiben und mich nach meinen Verfolgern umzudrehen.

Doch ich witterte dich, dich und deine Brüder.

Der Schweiß, der über eure Körper rann, das Adrenalin, das durch eure Blutbahnen schoss, die Wut, die eure Gesichter zu hässlichen Fratzen verzerrte, die Gier, die eure Seelen vergiftete.

Ich war hier völlig fremd und ihr nutztet diese Gelegenheit zu euren Gunsten aus.

Wie gerne hätte ich geschrien. Vor Angst, Verzweiflung, Einsamkeit.

Ihr hetztet mich weiter. Jagtet mich. Triebt euch und eure Pferde in die völlige Erschöpfung. Ihr wart erbarmungslos.

Eure Pferde schwitzten, pumpten, zitterten, ihre Beine knickten weg.

Weiß. Ich sah nur noch das Weiß in ihren Augen. Das Rot in ihren aufgeblähten Nüstern. Flüssiges Rot auf ausgetrocknetem Grün. Blut tropfte zäh auf die trockene Erde und die spärlichen Grashalme.

Und dann atmete das Pferd nicht mehr.

Kein Leben mehr.

Seelenlos.

Austauschbar.

Sie konnten nicht schreien.

Wir konnten nicht schreien.

Niemals.

Jarosch

Auf der Rückfahrt nach Deutschland

Ich nahm nicht wahr, ob ich mich dagegen gewehrt hatte, auf den Beifahrersitz geschoben zu werden, oder ob die Stute sich auf den letzten Metern ihrer Freiheit gesträubt und sich dem dunklen, engen Gefängnis aus Plastik und Metall entgegengestemmt hatte. Unsere Jagd war glücklich verlaufen – aus der Sicht von drei Jägern. Drei Jägern, die nur ein Ziel gekannt hatten und vor fast nichts zurückgeschreckt waren, um sie zu bekommen.

Und nun hatten wir sie.

Erschöpft, müde, erleichtert, aber auch voller Zweifel und Selbsthass rollte ich mich im Auto zusammen, streifte die schweren Schuhe von meinen noch schwereren Füßen ab. Meine Arme kribbelten vor Schmerz. Gewiss hatte ich auf der Jagd aus Versehen eine Giftpflanze berührt.

Vor einer Woche waren wir nach Rumänien aufgebrochen und nun befanden wir uns wieder auf dem Rückweg nach Deutschland. Auf die

Zeit, die dazwischen lag, wollte ich einen Mantel des Vergessens ausbreiten, der mich wärmen und schützen sollte wie die alte Pferdedecke, die ich mir nun bis unters Kinn zog. Ich fror, obwohl draußen weit über zwanzig Grad herrschten.

Matti war aufgedreht und aufgekratzt, er konnte nicht still sitzen, lehnte sich zwischen den Vordersitzen hindurch zu uns nach vorne. Er wollte immer wieder von Neuem von uns hören, wie wir unsere Beute letztendlich eingefangen hatten, bis Adam ihm schließlich das Wort abschnitt und seinem Geplapper ein für allemal ein Ende bereitete. Den Rest der Fahrt starrten wir alle drei auf die Straße hinaus. Gedankenverloren kratzte ich meine Arme.

Um mich von den Schmerzen und den quälenden Gewissensbissen abzulenken, versuchte ich Adam den Weg nach Hause zu weisen, doch ich war zu schläfrig und wir verfuhren uns einige Male. Adam war nach der anstrengenden Woche genauso müde und kraftlos wie ich.

Eine lange Zeit bekam ich außer dem gleichmäßigen Schnurren des Motors und dem Vibrieren der Autobahn nichts mit, bis die Monotonie von einem Schrei abgelöst wurde, markerschütternd, verzweifelt. Ein Schrei, der eine Lawine auslöste, eine Lawine aus weißem Haar, aus Abertausenden Splittern. Sterne rieselten auf mich herab wie Schnee. Ich wurde darunter begraben, unter einer dicken Schicht aus Schuldgefühlen, die mir den Atem nahm, mich zu erdrücken drohte. Und dann schmeckte ich Kupfer auf der Zunge. Blut. Der Geschmack der Jagd. Ich wischte mir den Schweiß von der Stirn und bemerkte Blut auf meinen Fingerspitzen. Ihr getrocknetes Blut, das vor wenigen Stunden auf mich herabgeregnet war.

Die Gejagte

Meine Beine trugen mich nicht mehr.

Ich wurde langsamer, während die Sonne unbeirrt ihre Runde zog. Einen Moment blieb ich stehen. Mein Körper sehnte sich nach Ruhe, Frieden, Erlösung.

Es wäre so leicht gewesen, der Müdigkeit meines Körpers und meines gereizten Verstandes nachzugeben.

Meine Schmerzen drohten mich zu verschlingen, nagten an meinem Verstand, zerrten an meinem Überlebenswillen.

Mein Fluchtinstinkt wollte sich dahinter verkriechen, die Angst vergessen, die mich antrieb, die Qual nicht sehen, die mir bevorstand, wenn du mich einholtest.

Doch es war ein Fehler gewesen, meinen schweren Beinen einen kurzen Augenblick der Rast zu erlauben, meinen stechenden Muskeln einen Moment der Entspannung zu gönnen, meinen Instinkten für einen flüchtigen Wimpernschlag lang nicht zu gehorchen.

Dabei gab es bei uns so etwas wie Fehler nicht. Wir handelten nur nach unserem Instinkt. Und der Instinkt war immer pur, rein, über allem erhaben.

Wir taten immer das Richtige, das Wichtige, das Nützliche, egal, ob es gut oder böse war.

Denn Gut und Böse existierten in unserer Welt nicht.

Doch in deiner Welt existierte das Böse sehr wohl. Ich sah es jeden Tag und hörte es jeden Tag – aus der sicheren Ferne. Ich mied die Welt der Menschen.

In mein Bewusstsein schlich sich mehr und mehr die Gewissheit, dass ich das Böse bald kennenlernen würde.

Blut, Gewalt, Qual, Hass, Wut, Gleichgültigkeit, Unwissen, Ehrgeiz, Trauer, Schmerz. Alle Schattierungen der Dunkelheit.

Begriffe und Bedeutungen, die es in unserer Welt nicht gab, die ich nicht kannte, die sich jedoch in meine Gedanken, meine Seele fraßen.

Ich sog die Gefühle meiner Verfolger in mich auf. Eine meiner Gaben.

Der vorderste Reiter, das warst du, auf dem geschundenen Rapphengst, trug all diese dunklen Facetten in sich vereint.

Aber ihr würdet weder euch noch euren armen Kreaturen eine Pause gönnen, gleichgültig, wie erschöpft ihr wart, und mir erst recht nicht.

Ich wollte nicht so enden wie sie.

Niemals.

Niemals würdet ihr mir so etwas antun.

Ich schüttelte den Kopf.

Und dann sah ich euch.

Erschöpft.

Wieder zu Leben erwacht.

Mit einem Mal war dein Ross schwarz und matt. Laut. Knatternd. Dröhnend. Stinkend. Rauchend.

Eure Stimmen wurden lauter. Aufgeregter. Entschlossener. Siegessicher.

Ihr kamt näher. Immer näher. Unerbittlich.

Johanna

Gregors künstlerische Darbietung von *Dunkelste Nacht* endete letztendlich in einem wilden Kampf, lautem Gebrüll, nassen Klamotten sowie herausgerissenen und zerfledderten Seiten, als Gregor später wieder auftauchte und den Gartenschlauch dieses Mal in seine Gewalt brachte. Wie ich feststellen musste, war dies – Rache und Hinterlist – unter Geschwistern wohl die übliche Vorgehensweise, um eine Meinungsverschiedenheit auszuräumen oder die Hierarchie zwischen älterem Bruder und kleiner Schwester zu festigen; ich war Einzelkind und konnte das nur in Feldforschungen wie diesen hin und wieder beobachten und dokumentieren.

Am Ende fertigten wir einen Schuldschein an, den beide verfeindete Parteien (Verena und ich gegen Gregor) unterzeichnen mussten. Gregor war den Rest der Sommerferien für die Bereitstellung von Drinks (gekühlten!) und Obstsalat (frisch geschnippeltem!) zuständig. Außerdem musste er uns beiden eine neue Ausgabe von *Dunkelste Nacht* in der Buchhandlung kaufen, und Gregor durfte die Bücher weder zur Tarnung als Geschenk einpacken lassen noch anonym im Internet bestellen. Stattdessen wollten wir für ihn die hübscheste Verkäuferin aussuchen, die ihn beraten sollte. Da musste er hoch erhobenen (roten!) Kopfes durch!

Und so stand Gregor bereits einen Tag später mit heiß glühenden Ohren vor der brünetten Auszubildenden im *Books, books and even more books* im benachbarten Pummensdorf und bezahlte gerade die beiden Taschenbücher, während Verena und ich uns hinter den Kunstkalendern tummelten und die klimatisierte Frische genossen. Mein Tanktop klebte an mir wie eine Briefmarke, wie meine Haare aussahen, wollte ich erst gar nicht wissen. In der Luft lag der Duft von Kaffee und teuren

Pralinen, vom Staub alter Ladenhüter, aber auch ein Hauch Fantasie, Leidenschaft und Historie wehte durch die Regale des kleinen Ladens.

»Oh Mann, noch vor wenigen Wochen dachte ich, ich wäre das schüchternste Mädchen in der Runde, aber anscheinend geht dieser Pokal an Gregor«, flüsterte ich Verena zu.

Am Tag unseres Einzugs schleppte ich mit meinen Eltern unzählige Kisten und Topfpflanzen ins Haus, als die beiden Geschwister plötzlich am Gartenzaun, an dem die blaue Farbe abplatzte, auftauchten. Ein mehr als breites Grinsen stand damals quer über Gregors braun gebranntes Gesicht geschrieben.

»Oh ja, ich kann mich noch an deinen Blick erinnern, als wir dich das erste Mal getroffen haben«, antwortete sie leise. »Deine Augen waren rot und glasig –«

»Ja, ja, schon gut!«, unterbrach ich Verena rasch.

Wenn ich heute mit Gregor und Verena zusammen war, rückten meine alten Freunde, mein altes Zuhause, meine alte Schule allmählich in den Hintergrund. Sie verschwammen, als hätte man über eine Aquarellzeichnung ein Glas Wasser geschüttet. Mein schlechtes Gewissen nahm dafür schärfere Umrisse an, aber auch mein neues Leben. Vor meinem Umzug war ich mir sicher gewesen, dass meine ehemaligen Schulfreunde mich schneller vergessen würden, als mir lieb war, jetzt stellte sich heraus, dass es wohl umgekehrt verlief.

Verena flüchtete täglich vor der anstehenden Hausarbeit, Gregor vorm Lernen für das letzte Schuljahr und ich vorm Auspacken der restlichen Kartons und Kisten, und im Nu formierten wir uns innerhalb kürzester Zeit zu einem unzertrennlichen Dreiergespann. Wir waren wie Wassertropfen, die in die gleiche Richtung flossen.

»Ah, dann noch deine Mutter, die uns in ein Gespräch über das Dorf, die Schule, unsere Pläne für die bevorstehenden Sommerferien, über den Weltfrieden und Brangelina verwickelte.«

»Und euch wie Hänsel und Gretel mit trockenem Marmorkuchen und warmem Eistee in unser Hexenhäuschen mit dem verwilderten Garten lockte.«

»Aber wir sind darauf reingefallen«, zwinkerte sie mir zu.

»Welche Rolle nehme ich hier ein?«

»Na, die der scheuen und misstrauischen schwarzen Katze auf ihrem Hexenbuckel natürlich.«

»Immerhin besser als die der Warze auf ihrer Nase.«

Ich kicherte, als Verena fragte: »Und deine Mum staunte auch nicht schlecht, als sie Gregor sah, nicht wahr?«

»Oh ja«, gab ich zu. »Sie war ganz verzaubert von seinem Dialekt. Hat danach ständig versucht, ihn nachzuahmen. Und sie verglich ihn immer mit Björn Dunkerbeck oder Björn Borg oder so. Irgendeinem Björn jedenfalls, einem Idol aus ihrer Jugend – wegen Gregors kurzen, strubbeligen, blonden Haaren und seinem ansteckenden Lachen.« Nach einer Pause fügte ich hinzu: »Das war echt peinlich.«

»Immerhin vergleicht sie Gregor nicht mit Benny und Björn von ABBA«, stichelte Verena.

»Na, was gibt es da zu tuscheln?« Gregor warf uns die Tüten mit den Büchern zu. »Hier habt ihr eure bescheuerten Schmachtfetzen. Können wir jetzt gehen?«

»Oh, ist da vielleicht jemand schlecht gelaunt?«, raunte Verena mit gespielter Fürsorge. »War die kleine Brünette nicht im Flirtmodus?«

»Ihr hattet euren Spaß, oder? Lasst uns abhauen.« Mit gerunzelter Stirn und strammen Schritten eilte er aus dem Geschäft.

»Mach dir nichts draus, Gregor. Du liest doch sowieso nicht gern, du musst also nie wieder hier vorbeikommen«, setzte ich nach.

»Jetzt fang du auch noch an. Von dir hätte ich das nicht erwartet. Meine Schwester scheint echt einen schlechten Einfluss auf dich zu haben.«

»Wie wäre es, wenn ich euch auf ein Eis einladen würde?«, versuchte ich die Wogen zu glätten.

»Aber Verena bekommt dann nur eine Kugel. Sonst erkennt Micha sie unter all den Speckröllchen nicht wieder, wenn er aus dem Urlaub zurückkommt«, sagte er an seine kleine Schwester gewandt.

Noch bevor er den Satz ganz aussprechen konnte, erschlugen wir ihn schon mit unseren Tüten.

Die Gefangene

Das war das Ende.
Nun hattest du mich.
Gefangen und eingekerkert.
Machtlos.
Aber noch nicht willenlos.
Meinen Willen wirst du mir nicht nehmen.
Du wirst mich nicht brechen.

Jarosch

Das laute Knallen der Autotüren ließ mich zusammenzucken. Wir waren die ganze Nacht durchgefahren und mittlerweile war es bereits Mittag. Das letzte Mal hatte ich im Morgengrauen die Augen geöffnet.

Während der über zwanzig Stunden andauernden Fahrt von Rumänien nach Deutschland sprachen wir fast kein Wort miteinander.

Mattis freudiges Trompeten, wieder auf dem elterlichen Hof in Sonnberghausen angelangt zu sein, erinnerte mich an unsere Ankunft in Rumänien vor ungefähr einer Woche. »Wir sind da, wir sind daaaaaaa!«, krakeelte er auch jetzt.

Matti hatte sich auf das bevorstehende Abenteuer gefreut wie kein anderer, und jetzt sehnte er sich nach dem eigenem Zimmer, nach Fernsehen, nach Essen, das nicht aus der Dose oder einer Plastikfolie stammte.

Und ich wollte eigentlich nur noch eins: das Wildpferd unterbringen und mich ins Bett legen. Raus aus dieser schwülen Hitze, die mein Gehirn ausleckte, mir Muskeln und Sehnen von den Knochen schabte. Das süße Aroma des Klees der Felder um uns herum stach unangenehm in meiner Nase, wo ich den Duft doch sonst so liebte. Immer wieder rieb ich mir die Stirn und die Nasenwurzel, kratzte an meinen Unterarmen.

Unsere Mutter kam auf uns zugeeilt, als sie uns im Hof erblickte, und nahm uns drei in die Arme. Am liebsten hätte sie uns alle gleichzeitig an sich gedrückt, so erleichtert war sie, dass wir wieder heil zurückgekommen waren. Doch statt ihren Jüngsten nicht mehr loszulassen, ließ sie die Hand so lang auf meiner Wange ruhen, bis ich mich abwenden musste.

»Und? Wohin können wir sie bringen?«

Verlegen strich sich meine Mutter lose Strähnen hinters Ohr. Ihre Schläfen waren grau-meliert, obwohl sie gerade einmal vierzig war. »Dein Vater hat nichts vorbereitet. Er hat nicht damit gerechnet, dass du das Pferd mitbringen würdest.« Je unsicherer sie wurde, umso deutlicher machte sich ihr harter rumänischer Akzent bemerkbar.

Mein Klopfen an die Wand des Anhängers wurde sofort mit einem wütenden Kick aus dem Inneren quittiert. »Dann sieht es wohl so aus, als ob er im Unrecht gewesen wäre.« Ich seufzte auf. »Das ist dann wohl das erste Mal in seinem Leben. Das wird ihm sicherlich nicht gefallen.«

Adam trat neben mich und mir die Hand auf die Schulter legend, flüsterte er mir zu: »Komm, lass gut sein. Laden wir sie aus!«

»Oh ja, Papa muss sie unbedingt sehen. Sie ist gigantisch«, rief Matti erwartungsvoll.

Das Rumpeln aus dem Inneren des Anhängers wurde lauter, das Sedierungsmittel, das wir ihr vor und während der Fahrt verabreicht hatten, ließ allmählich nach. Adam öffnete in dem Moment, als unser Vater mit dem Traktor vorfuhr, langsam die Verschlüsse und zog vorsichtig die Einstiegsrampe herunter. Der laut röhrende Motor ließ das aufwachende Tier zittern und eine Sekunde später tobte es in seiner engen Kabine, deren Boden unter der Wucht der Hufe wackelte und bebte. Für einen Wimpernschlag lang hielt die Stute erwartend den Atem an, bis sie jäh stieg. Dabei stieß sie sich den Kopf an, wütete weiter, sodass ich befürchtete, sie könnte sich losreißen und flüchten oder zumindest den Anhänger demolieren.

Schnell schob Adam die Rampe hoch. »Wohin sollen wir sie bringen?«

»Ihr habt sie wirklich dabei. Sieh mal einer an.« Mein Vater roch nach Motoröl und Schweiß.

Und er sah genauso aus.

»Wo können wir sie unterstellen?«, wiederholte Adam. Auch er konnte seine Gereiztheit, hervorgerufen durch den Schlafmangel und die Strapazen der letzten Tage, nicht mehr verbergen.

»Dieses Teufelsweib? Die kann nicht hierbleiben. Die bringt nur unsere trächtigen Stuten durcheinander. Das kann ich nicht riskieren.«

»Aber irgendwo muss sie doch hin?«, fragte ich zögerlich.

»Das hättest du dir vorher überlegen müssen. Hier ist kein Platz für sie.« Seine Stimme und seine Miene blieben unnachgiebig.

Dann warf Adam ein: »Und im Geräteschuppen?«

»Zu marode.« Mehr sagte mein Vater nicht. Keinen einzigen Blick warf er in den Pferdehänger. Stattdessen kletterte er wieder auf den Traktor und brauste davon. Wusste er denn nicht, was ich ihm gebracht hatte? Diese wunderschöne und unbändige Stute war so viel mehr. Sie war unsere Zukunft, unser Leben, du verdammter, arroganter Mistkerl!

Auch Matti schien von seiner Reaktion enttäuscht zu sein, als er sich an seine Mutter lehnte und ihr etwas zumurmelte, das ich nicht verstehen konnte.

Und jetzt?, schien mein Blick zu sagen.

»Fragen wir beim alten Maurer nach, ob der noch eine sichere Box frei hat.« Sie schien immer eine Lösung parat zu haben.

Somit brachte ich die Stute noch am gleichen Tag zu unserem Nachbarn auf den Hof. Alfons Maurer führte einen großen Reitbetrieb mit modernen Stallungen, umgebauten Scheunen und weiß gestrichenen Zäunen, sodass man sich eher wie auf einer nordamerikanischen Ranch vorkam und nicht wie im Schwarzwald.

Aber auch dort wollte man das wilde Pferd, mein Pferd, nicht in den Stall zu den anderen stellen, stattdessen wurde es in einen niedrigen und dunklen Schuppen verfrachtet, in dem uns die Schwüle des Sommertages sogleich entgegenkroch und ihre feuchten Finger in uns schlug. Diese Ecke des Hofs war noch nicht in die Hände des renovierungswütigen Stallbetreibers gefallen. Hier roch es nach Schafen und Ziegen, Staub und Schimmel. Und dafür würde ich monatlich zweihundertachtzig Euro berappen müssen, würde aber in den Genuss einer Pferdedusche, eines Pferdesolariums, einer beheizten Sattelkammer und eines Reiterstübchens mit Blick in die Reithalle kommen. Konnte ein Männerherz etwa noch mehr begehren?

Die Stute würde mich nicht nur um den Verstand bringen, das zeichnete sich bereits ab, sondern mir zudem die letzten Kröten aus der Tasche locken.

Willkommen in meiner Zukunft!

»Hey du.«

Eine leise Stimme näherte sich mir. Sie flüsterte »Hey du.«

Ich spürte Unruhe, Aufregung, Neugier.

Ich sog die Gefühle augenblicklich in mich auf. Rannte aus meiner Ecke vorwärts in die Dunkelheit hinein. Die Dunkelheit war endlich. Blut strömte. Meines. Über meine Stirn.

Poltern. Schaben. Knallen. Die kleine Stimme war fort.

Dunkelheit.

Johanna

Am gleichen Abend noch, es war Dienstagabend, schien der Talwiesenhof menschenleer gefegt wie eine ordentlich aufgeräumte Stallgasse zu sein, als ein aufbrausender Wind zwischen Scheunen, Ställen und Traktoren hindurchwehte und die unerträgliche Schwüle des Sommertages mit Vehemenz vertrieb. Die Luft knisterte vor Erwartung, doch bei dem Wetter hatten sich bereits alle nach Hause verzogen. Verena und Gregor waren nach dem Stadtbummel in Pummensdorf direkt zum Tennistraining aufgebrochen, ich mit dem Rad an den Reitstall gefahren, der weit außerhalb von Sonnberghausen inmitten von üppigen Tälern und schattigen Wäldern lag.

Am zitternden Himmel türmten sich graue Wolken, als ich Merlin, meinen kleinen Zauberer, nach unserem kurzen, aber knackigen Ausritt zurück in seinen Stall brachte. Ich verabschiedete mich von meinem Irish Tinker-Pony, indem ich seine breite, bereits ergrauende Stirn streichelte und mich an seinen kräftigen Hals lehnte, meine Nase in sein schwarz-weißes, glänzendes Fell steckend und seinen aromatischen Duft tief einatmend. Er roch wie immer – nach Heu, Sonne, Regen. Er roch nach Heimat. Nach sieben gemeinsamen Jahren, in denen wir durch dick und dünn gegangen waren. Nach allem, was ich zurücklassen musste: Vertrautheit, Gewohnheit und Zuverlässigkeit. Doch jetzt war alles neu und anders. Neues Haus, neue Straße, neues Zimmer, neuer Reitstall, aber auch zwei neue Freunde.

Ich schreckte auf, als plötzlich helle Blitze wie ekstatisch zuckende Leiber über einen nachtschwarzen Himmel tanzten (diese Beschreibung hätte höchstens Nandini Adrienne glücklich gemacht). Ein Knall nach dem anderen erfüllte die aufgeladene Luft, und Merlin machte auf dem Absatz kehrt und galoppierte zu seinen Freunden hinaus, die auf den hinter dem Offenstall gelegenen Koppeln weideten. Ich sah nur noch seine pralle Hinteransicht und seine riesigen Hufe, die den Boden aufwühlten, sowie sein üppiges Langhaar, das im Wind hin und her wehte, bis seine Silhouette von der Dunkelheit des Unwetters verschluckt wurde. Als mir eisige Regentropfen ins Gesicht schlugen, mein dünnes Oberteil durchnässten und sich auf meine Haare legten, überzog sofort eine leichte Gänsehaut meinen Körper. Ich flüchtete über den Hof und unter das Vordach eines Holzschuppens gegenüber der Reithalle und strich mir die nassen Haare aus dem Gesicht.

Über das polternde Gewitter hinweg vernahm ich ein heiseres Wiehern, ein ersticktes Wimmern, ein brüllendes Geheul, das in die Dunkelheit drang und die Nacht verschlang. Die fremdartige Stimme vibrierte in meinen Knochen, hallte in mir wider und wider. Zuerst schreckte ich von der Wand zurück, dann näherte ich mich widerwillig der vermeintlichen Quelle des markerschütternden Rufs. Das Geräusch von donnernden Hufen, splitterndem Holz und brechenden Scharnieren kam direkt aus dem Gebäude. Als ich den Riegel an der morschen Holztür des Geräteschuppens entsicherte, brannte ein greller Blitz über mir auf, unwillkürlich zuckte ich zusammen und zog die Hand weg.

Welches Tier mochte sich darin befinden?

Ich ging sämtliche Fantasyliteratur, die ich kannte, im Kopf durch, aber meine Neugier siegte über meine Angst. Sie würde heute Abend nicht auf dem Siegertreppchen landen, auch wenn ich mir wünschte, etwas von dem Cowboy, Indianer oder Polizisten vom Mittag noch in mir zu spüren.

Mit zitternden, vor Kälte roten und steifen Händen öffnete ich die quietschende Tür. Der Gestank von altem Mist, Schimmel und Moder schlug mir entgegen und kribbelte in meiner Nase, doch ebenso traf mich die tiefe Dunkelheit des Stalls.

Hinter einem Bretterverschlag schlug und trat ein Pferd um sich. Ich hoffte immer noch, dass es ein Pferd war. Wut und Raserei tobten hier. Ich fühlte seine und meine Panik gleichermaßen. Langsam und mit den

Händen tastend schlich ich mich näher, während mir mein Herz mit stolpernden Schlägen vorauseilte.

Ich flüsterte dem Tier ein »Hey du« zu, mit der Zuversicht, es zu beruhigen und auf mein Kommen vorzubereiten. Doch meine Stimme verriet mich und entfachte die Furcht des Tieres erneut. Die Dachziegel klapperten unter dem Ansturm des Regens, der Wind zerrte an den Wänden, während ein düsteres Grollen nach dem anderen über mich hinwegrollte. Schließlich stieß ich mit meinen Händen gegen eine Holzwand. Mit meinen Fingern ertastete ich mehrere Lücken zwischen den Brettern sowie rostige Nägel, fühlte das Wummern der Hufe, das Dröhnen der Schläge gegen das Holz. Jedes Mal zuckte ich zurück. Meine Angst kroch von hinten auf das Siegertreppchen zu und erklomm die erste Stufe, doch ich stieß sie zur Seite, spähte mutigen Herzens durch einen der Schlitze. Ein weiterer Blitz erleuchtete den Stall und dann sah ich das Pferd. Erleichterung. Es war wirklich ein Pferd. Siedendhell wie ein Feuer flammte sein Fell auf, seine Mähne flog um seinen Körper wie ein Schneegestöber. Seine Hufe stießen durch die Luft, wirbelten Staub und nasses Stroh auf. Und auf einen Schlag wurde es wieder dunkel.

Ein weiteres »Hey du« strömte aus meinem Mund.

Ich hörte abermalig ein Krachen, ein Wiehern so schrill wie ein Kampfschrei, dann ein erneutes Splittern. Rückwärts stolperte ich aus dem Schuppen hinaus, fiel fast über meine eigenen Füße. Der Sturm knallte die morsche Tür zu.

Jetzt wusste ich, warum Merlin den Abend über so aufgebracht gewesen war. Es war nicht nur das bedrohlich herannahende Gewitter. Vermutlich spürten die Tiere seit der Ankunft des neuen Pferdes dessen Unruhe und Unwillen. Möglicherweise waren auch die Menschen am Stall ob des Neuankömmlings nervös und laut gewesen.

Kaum war ich aus der Scheune raus, fiel ich rückwärts in irgendetwas hinein. In etwas mit starken Armen, das mich unter den Achseln packte, damit wir nicht beide in den Matsch fielen. Blitzartig befreite ich mich aus der sonderlichen Umarmung, drehte mich um und ging ein Stück nach hinten. Ich konnte die Umrisse eines jungen Mannes erkennen, eine große, düstere Gestalt vor einem ungestüm tanzenden Himmel. Okay, ich verfiel schon wieder in den Kitschromanmodus, doch bei einem solchen Unwetter und mitten in der Einöde konnten einem ja wirklich mal die Pferde durchgehen. Aber er war tatsächlich größer als ich, was auch kein Wunder war bei meinen lächerlichen ein Meter sechzig. Wenn ich nach oben blickte, sah ich weder Augen, Mund noch Alter, denn der Typ vor mir hatte die Kapuze seines Sweatshirts tief ins Gesicht gezogen. Und dennoch spürte ich seinen Blick auf mir, einschätzend und abschätzend. Zitternd vor Nässe und Kälte stand ich vor ihm, meine eiskalten Lippen brachten kein Wort heraus.

»Was machst du hier?«, spuckte er als Erster aus. Aha, Typ Marke Bergtroll: einsilbig und unhöflich.

Der Regen prasselte auf uns nieder und wir starrten uns an. Meine Gedanken wirbelten in meinem Kopf umher, wie die Welt um mich herum. »Ich … ich … war nur da drin.« Jetzt fing ich auch noch zu stammeln an und zeigte hilflos hinter mich auf den kleinen Stall. Warum konnte ich nicht einmal die Heldin meines eigenen Romans sein und die richtigen Worte auf Anhieb finden? So wie Clarissa, die vor jedem Fight den Gegner voller Ironie und triefendem Sarkasmus vorab in seine Schranken verwies?

»Halt dich bloß von dem Schuppen und dem Pferd darin fern. Hörst du?« Er war also nicht nur unhöflich, sondern auch unverschämt.

»Wer bist du eigentlich? Du hast mir gar nichts zu sagen.«

»Ach, nicht?« Sein dunkler Blick klebte auf mir, hielt mich fest. »Ich könnte dich übrigens das Gleiche fragen. Was hast du da drin gemacht?«

»Aber ich habe dich zuerst gefragt«, platzte es in einem kindischen Ton aus mir heraus.

Sein Seufzen dröhnte so Respekt einflößend wie das Donnergrollen über uns. Du meine Güte, wollte ich nicht aufhören, wie in einer Liebesschnulze zu denken?

»Ich will zu meinem Pferd, wenn du es unbedingt wissen willst. Und da hast du nichts zu suchen!« Mit dem Zeigefinger deutete er während seiner letzten Worte auf mich.

Mein Mund blieb offen stehen, brachte keinen Ton heraus, Tropfen perlten mir auf die Zunge. Ich verschluckte mich, musste einen Hustenanfall hinunterschlucken und jedes Wort einzeln ausspucken: »Ich kenne dich aber nicht. Das könnte ja jeder sagen. Ich habe dich hier noch nie gesehen.«

»Na und? Ich dich doch auch nicht!« Er schob die Kapuze von seinem Kopf und fuhr sich die nassen Haare aus der Stirn. Das erste

Mal konnte ich nun sein Gesicht sehen. Halbwegs. Er war jung, vielleicht etwas älter als ich. Ansonsten war er grau, düster und vor allem eins: nass. Von seiner Nase tropfte der Regen hinab, den er sich mit der Hand wegwischte.

»Mein Pferd wohnt erst seit Kurzem hier«, schoss ich hervor. Mein Pferd wohnt erst seit Kurzem hier? Oh Mann, Johanna an Gehirn! Johanna an Gehirn! Aber von meinem Gehirn kam nur eine kurze Abwesenheitsnotiz, das es sich in Gegenwart von Jungs bis zur Vollendung des 38. Lebensjahrs nicht im Hause befinden würde, sondern ich mich vertrauensvoll an mein Herz, diesen verräterischen Kollegen, oder an die unruhigen Hormone, diese stets zum falschen Zeitpunkt und in Horden auftauchenden, unbeliebten, viel zu lauten Mitarbeiter, wenden könnte.

Wollte ich diesem Typen außerdem gestehen, welche meine Lieblingsfarbe und meine liebste Fernsehserie waren, und ihm mein rosa Poesiealbum in die Hand drücken (welches, um eins klarzustellen, entweder bereits im Altpapier gelandet war oder tief unten in einem der Umzugskartons steckte)?

»Dann sind wir ja quitt. Mein Pferd wohnt auch erst seit heute hier.« Spöttisch zog er eine Augenbraue hoch und fuhr sich lässig die nassen Strähnen aus dem Gesicht. Schon wieder. Wie ein Typ aus einem Liebesroman. Danke auch, meine Knie waren schon weich genug.

»Warum sollte ich dir das glauben?«, murmelte ich. Allerdings mit emporgerecktem Kinn, denn ich beherrschte die Gesten der Heldinnen auch. Nu ja, ein bisschen vielleicht, wenn ich mich anstrengte und konzentrierte und nicht nebenher eine mathematische Gleichung lösen musste.

»Dann tu es halt nicht. Ich will nur schnell den Stall ausrauben und vor allem die Stute stehlen, wenn es dich so genau interessiert.« Neben Spott schwang ein Hauch Wut in seiner Stimme mit, vermischt mit einer guten Portion bitterer Vorwürfe und Trotz. »Hier auf dem Land hat man doch abends sonst nichts zu tun.«

Mittlerweile war ich von dem aufgepeitschten Regen völlig durchnässt. Meine Reithose und mein graues T-Shirt klebten an mir wie eine zweite Haut, ich musste mir das Wasser aus dem Gesicht streichen, und vor Kälte schlang ich meine Arme um den Oberkörper. Aber bevor ich etwas erwidern konnte, mir fiel auch gar nichts Passendes ein (so viel zur frechen Romanheldin), schlüpfte der Junge an mir vorbei, knallte die Tür des Schuppens hinter sich zu, sodass sogar der Donner mitten im Grollen erschrocken verstummte.

Obwohl das Gewitter noch nicht nachgelassen hatte, schnappte ich mir mein Fahrrad und fuhr nach Hause, auch wenn es dumm und unvorsichtig war. Hauptsache, weg von hier!

In der Nacht träumte ich davon, wie das Pferd gleich einem flirrenden, gleißenden Licht, wie ein in Tausend Funken zerspringender Komet in die Nacht hinausstürmte und der Boden unter seinen flinken Hufen donnerte, während die Kälte des Abends mit in meinem Bett lag. Ich sah vor mir, wie das Pferd das Unwetter auslöste, wie es mit seinem grellen und rasenden Körper Blitze in den nachtschwarzen Himmel malte und mit seinem durchdringenden Wiehern ein langes Grollen nach dem anderen herbeirief.

Die Gefangene

Der Himmel brannte und schrie seine Wut hinaus.

Er drohte, über mir zusammenzubrechen.

Die Erde bebte.

Die Welt um mich herum wackelte.

Die Wände rückten immer näher.

Wie gern wäre ich geflohen.

Doch die Schatten suchten mich und fanden mich, deine Dunkelheit hielt mich hier gefangen.

Jarosch

Über mir wütete ein Gewitter und in der Box wütete mit gezielten Tritten die Stute, als ich heute zum zweiten Mal vor ihr stand. Tier und Donner waren eins. Ich wusste nicht, ob das Dach eher unter dem Sturm zusammenbrechen oder sie die Wände eintreten würde, obwohl ich gleich nach unserer Ankunft am Mittag in aller Eile die morschen

Wände mit zusätzlichen Brettern verstärkt hatte. Dennoch konnte man durch einige Lücken einen Blick in ihre dunkle Box werfen, wo sie doch vorher nur offene Weiten, saftige Wiesen und schattige Wälder kannte. Das Bild von ihr, als ich sie nach Jahren inmitten des dschungelartigen Letea-Waldes wieder sah, schien mir eine Ewigkeit entfernt zu sein: ihr weißes Fell, das unter der Sonne glitzerte wie frisch gefallener Schnee, ihre Mähne, die sich in quecksilbernen Wellen über ihren Hals ergoss, ihr Schweif, der wie ein Wasserfall, vom Wind aufgepeitscht, unruhig hin und her schwang, sich fein abzeichnende Muskelstränge, die von Stärke und Schnelligkeit zeugten. Sie war die schönste Stute, die ich je erblickt hatte. Wegen ihrer Erscheinung war ich nach Rumänien zurückgekehrt, hatte sie gejagt, gehetzt – bis über den Rand der Welt wäre ich ihr gefolgt –, sie mir genommen. Weil ich glaubte, dass ich sie brauchte, dass sich mit ihr meine Träume erfüllten, meine Sehnsüchte. Meine Sicherheit im Team.

Und nun war sie gefangen in Dunkelheit. In Gestank und Staub. Beides legte sich augenblicklich auf meine Zunge.

Die Beruhigungsmittel, die wir ihr ein weiteres Mal vor der Fahrt zum Talwiesenhof verabreicht hatten, zeigten beinahe keine Wirkung mehr und sie tobte bereits wieder wie eine unbändige Naturgewalt in ihrem neuen Gefängnis. Gewaltig und unbeugsam, und dennoch wirkte sie wie ein wirbelnder Schneesturm im Sommer. Sie konnte nur verlieren, und trotzdem fragte ich mich, wie sie sich wohl gebären würde, wenn sie nicht mehr unter Sedativa stand.

Ihre Panik war so groß, dass sie gar nicht bemerkte, wie ich mich an die Außenwand der Box lehnte. Regentropfen perlten von meinen Haaren in mein Gesicht hinab und meinen Rücken hinunter. Ich erschauderte.

Ihre Augen rollten, ihr Körper bebte und ihre Hufe berührten kaum den Boden.

Fast musste ich lachen, denn die Reaktion meines Vaters hätte nicht viel anders ausgesehen, wenn wir die Stute einfach auf seinem Hof gelassen hätten. Er hätte die Hände über dem Kopf zusammengeschlagen, die Augen verdreht, getobt und gezetert, als hätte ich ihm einen Drachen gebracht. Selbst wenn die Stute dieser Vorstellung gerade sehr nahe kam. Dennoch hatte ich Anerkennung in seinen Worten und Stolz in seinen Augen erwartet. Vergeblich.

Ich schlug mit der Faust gegen das Holz, spürte zunächst die Splitter nicht, die sich in meine Haut bohrten, bemerkte die Stute erst, als sie sich gegen die Wand stürzte. Aus dunklen Löchern starrte sie mich an. Aus einem schwarzen und tiefen Brunnen, in den man nicht blicken wollte, weil man das Ende nicht ergründen konnte. Ihre Ohren pressten sich an ihren Kopf und Wut und Aggression lachten mich an. Dann sah ich plötzlich Ranken und Dornen, die sich um ihr Auge wanden. Sie glühten schwarz und an den Spitzen rostrot, als ob man sie ihr just in diesem Moment mit einem Eisen in die Haut brennen würde. Nein, das konnte nicht sein! Blinzelnd schüttelte ich den Kopf und sah nur noch verschwommene, graue Schatten, die über ihr Gesicht huschten.

Ich drehte mich weg, stürmte in den Regen hinaus. Fand dort das Gleiche wieder, was ich in mir spürte. Die Nässe in meinen Augen vermischte sich mit der Nässe des Himmels.

Das Mädchen war bereits verschwunden. Das verwöhnte, kleine, blonde Mädchen, das in mir das Zirkuskind gesehen hatte, den Dieb, der nicht hierhergehörte, der kein Pferd besitzen konnte, auf keinen Fall. Der in der Schule Füller und Radiergummis klaute, Unruhe stiftete, der Fäuste sprechen ließ.

Die Jägerin

Hämmern. Sägen. Fluchen. Schimpfen. Schwitzen.

Noch weniger Licht, noch weniger Luft. Mehr Dunkelheit. Mehr schwarzes Nichts um mich herum. Mehr Schatten, die sich meine Beine hinaufschlängelten, meinen Blick verschlangen.

Du wolltest meinen Verschlag, den ich in der Nacht zerstört hatte, noch ausbruchssicherer machen.

Mein Gefängnis wuchs in die Unendlichkeit, wuchs in mich hinein.

Jarosch

Ich bekam keine Luft mehr.

Um mich herum nur Nässe, Schwere und Schwärze. Wände aus Wasser rückten auf mich zu, unaufhaltsam, nahmen mir Platz, Luft und Licht. Immer weiter zwängten mich die Wassermengen in die Enge, drückten mich in die Tiefe hinab, in der ich keinen Halt finden konnte. Ich war eingesperrt zwischen unsichtbaren Mauern. Schatten drängten auf mich zu und breiteten sich aus, wie Tinte, die auf nasses Papier tropfte. Das bisschen Licht über mir verschwand in unerreichbare Ferne, als ich mit Armen und Beinen strampelte, aber doch tiefer sank. Mein Atem entwich mir. Kleine Luftbläschen stiegen auf. Ich wollte mit den Händen danach greifen, aber meine Glieder waren kraftlos, hingen tonnenschwer an mir hinab. Meine Kehle wurde trocken und heiß, schnürte sich zu.

Dann sah ich etwas vorbeischwimmen, das im letzten Schein des verschwindenden Mondlichts silbern glänzte. Ich schrie. Ich schrie um Hilfe. Sofort füllte Wasser meine Lungen. Sie drohten zu platzen. Jeder Atemzug war eine endlose Qual. Doch das Wesen hielt auf mich zu. Es war die Stute, an deren Körper Muscheln und Schnecken klebten, begleitet von Schwärmen flinker, wendiger Fische. Kam sie, um mich zu retten? Sie strampelte mit ihren Hufen. Das aufwirbelnde Wasser ließ mich trudeln, oben und unten vergessen. Das aufgeschäumte Wasser versperrte mir die Sicht, meine Augenlider wurden immer schwerer, fielen wieder und wieder zu, wollten den ersehnten Schlaf finden, Erlösung. Bittersüß. Ich fing mich, wollte mich mit letzter Kraft an ihrer Mähne festkrallen, deren Strähnen wie Tang auf offener See hin und her schwebten. Doch die Stute schüttelte nochmals ihren Kopf, sodass ich sie nicht zu fassen bekam. Ihr langes Haar schlug mir ins Gesicht. Zornig donnerte ihr Wiehern in meinen berstenden Ohren. Wie eine riesige Welle rollte mir ihre Wut, ihr Hass entgegen. Meine Finger wurden vor Kälte steif und krümmten sich wie knorrige Äste, die an Land gespült worden waren. Ich fand keinen Halt.

Weil ihre rudernden Tritte mich in die verlorene Schwärze hinabdrückten, sank ich abermals hinab. Mit schwindender Energie versuchte ich nach oben zu schwimmen, mich an den Lichtresten orientierend, die von der Wasseroberfläche zu kommen schienen. Kleine Diamanten am Himmel.

Nach Luft schnappend, richtete ich mich ruckartig auf, stieß mir den Kopf. Wo war ich? Mit zitternden Händen rieb ich meine Schläfen und tastete dann meine Umgebung ab. Wo war ich? In meinem Bett?

Die schwache Lampe, die an meinem Bett im Wohnmobil klemmte, schenkte mir nicht nur Licht, sondern auch Gewissheit. Es war die erste Nacht nach unserer Rückkehr. Die Glühbirne war der Mond, nach dem ich mich unter Wasser richten wollte, denn ich war mit aufgeklapptem Notizbuch auf dem Bauch eingeschlafen. Ich fror, da ich meine Decke mit den Füßen weggestrampelt hatte. Um mich herum dröhnte immer noch das Unwetter. Das bedrohliche Wiehern der Stute war der Donner, das unberechenbare Wasser um mich herum der prasselnde Regen. Die dunkle Tiefe des Ozeans war die Schwärze der Nacht, die Diamanten die Regentropfen, die das kleine Fenster an meinem Kopfende hinabperlten.

Doch ich verlor nicht das Gefühl zu ertrinken. In meiner eigenen Schuld, in meinem schlechten Gewissen, in dem Zorn und der Furcht der Schimmelstute. Meine Haut kribbelte am ganzen Körper.

Schattenblüte

Ich sah die Schatten um dein Herz, spürte sie in mir, sie zerrten und zogen an mir wie einstmals der Wind an meiner weißen Mähne.

Wie sie auch an dir rissen.

Jarosch

Mein Frühstück wenige Stunden später bestand aus einem angerührten Pulverkaffee und einem trockenen Toast mit Erdbeermarmelade. Die Pferde hatte ich nach der kurzen und unruhigen Nacht bereits gefüttert, die Ställe gemistet, die Tiere, die die Nacht über im Stall verbringen mussten, auf die Weiden geführt.

Nach dem gestrigen Gewitter waren die Boxen, in denen die Stuten mit ihren Fohlen gestanden hatten, zerwühlt gewesen, der Boden in den Koppeln war matschig und aufgeweicht. Schwere, steinige Erdklumpen hingen mir nach der Arbeit an den Schuhen. Die Zäune würde ich mit meinem Stuntpferd abreiten müssen und nicht mit Vaters schwarzem Pickup abfahren können. Von Adam war keine Hilfe zu erwarten. Er übernachtete bei seinem Mädchen. Bestimmt hatten sie keine Luft zum Reden gefunden. Matti schlief noch. Mein Vater war auf dem Feld, schraubte an den landwirtschaftlichen Maschinen herum oder plante die Tour fürs nächste Jahr. Meine Mutter hatte nachher noch Spätschicht im Supermarkt.

Nach der anstrengenden Woche war ich froh gewesen über die erste Nacht in meinem eigenen Bett, auch wenn ich keine Ruhe gefunden hatte. Bis zum Morgengrauen raste das Unwetter über mich hinweg, zerrte und zog an dem Wohnmobil, in dem Adam und ich seit wenigen Jahren wohnten. Es war eng, ein wenig muffig, eine Intimsphäre gab es hier nicht. Zum Glück hatte Adam momentan eine feste Freundin, mit der er viel Zeit bei ihr zu Hause verbrachte. Außerdem würde er bald allein auf Tournee gehen und wir würden nicht mehr vierundzwanzig Stunden am Tag aufeinander hängen. Aber immerhin mussten wir nicht mehr unter dem gleichen Dach wie unser Vater schlafen, unsere Füße nicht mehr unter seinen Tisch stellen. Meine Eltern und Matti wohnten im maroden Bauernhaus direkt nebenan, das mein Vater vor einiger Zeit gekauft hatte. Es war ein einsam gelegener Aussiedlerhof inmitten von Wiesentälern und Wäldern, die sich die Hügel hinaufschlängelten. Das Haus war nichts Besonderes, ein typischer Schwarzwaldhof mit tiefem Dach, unter dem sich früher Wohnen und Tierhaltung vereinigten. Dafür hatten wir einige Hektar eigenes Land. Hier betrieb mein Vater eine kleine Landwirtschaft, damit uns der Unterhalt der eigenen Pferde keine zusätzlichen Kosten verursachte, denn er züchtete selbst Pferde und kaufte vielversprechende Jungpferde ein, die sich für unsere Show eignen könnten.

Adam selbst besaß acht eigene Pferde für seine Ungarische Post, bei welcher er auf dem Rücken zweier Tiere stand, während er weitere Pferde als Gespann vor sich laufen ließ, über Hürden sprang und waghalsige Wendemanöver ritt. Matti hatte seine Ponys. Ich bloß den Fuchs, der sich mit mir den Unterhalt beim Kosakenreiten verdienen musste. In atemberaubender Geschwindigkeit sprang ich von ihm auf und ab, hing im gestreckten Galopp an seiner Seite hinunter, lag quer über ihm. Ganz einfach: Es war Akrobatik auf Höchstleistungsniveau auf, neben und über dem Pferd. Es war Voltigieren auf die Chuck Norris-Art.

Adam war der Star in unserer Truppe, ich nur einer von einem halben Dutzend Stuntreitern. Gesichtslos, namenlos.

Ansonsten tummelten sich auf dem Hof nur noch wenige Dromedare, Lamas und Esel, nachdem unser Vater sich mehr und mehr auf Pferdezucht und die Show, mit der wir durch Deutschland und durchs grenznahe Ausland zogen, konzentrierte.

Allzu gern hätte ich mir eine Wärmflasche an meinen stechenden Rücken gelegt und wäre noch eine Zeit lang auf der Eckbank vor dem ausklappbaren Tisch sitzen geblieben, während im Radio die Charts hoch- und runtergedudelt wurden, doch ich war schon viel zu spät dran. Denn auch die ausgiebige Dusche nach der anstrengenden Morgenarbeit konnte das Brennen des Ausschlags nicht lindern, selbst die entzündungshemmende Creme, die ich aus einem Badschränkchen hervorgekramt hatte, half nicht. Aber die Zeit drängte, da Vaters einziger Angestellter, Boris, direkt nach unserer Rückkehr für wenige Tage in den Urlaub abgehauen war. Ich musste noch die Zäune prüfen, den Roten bewegen, nach der Stute sehen und dann fing der Tag am Nachmittag wieder von Neuem an: füttern und misten. Tagein tagaus.

Ich schleppte mich hoch, zündete mir vor der Tür eine Zigarette an. Rauchend ging ich zu den Koppeln. Hier und da fand ich abgebrochene Äste sowie umgefallene Eimer und anderes Gerümpel. Über den Baumwipfeln lagen letzte Nebelfetzen vor einem blassen Himmel, doch die Sonne versuchte sich bereits an einem vorsichtigen Lächeln und würde damit die angenehme Frische des Morgens sicherlich bald verscheuchen. Der aromatische Duft von nassem Gras hing in der Luft. Mein Stuntpferd knabberte mit einigen der anderen Tiere das Heu, das ich ihnen morgens in die Raufe auf der Wiese geworfen hatte. Sein dunkelrotes Fell war noch nass vom nächtlichen Starkregen und dampfte. Dadurch sah er eher wie ein struppiger Straßenhund aus als eine Mischung aus einem starken und widerstandsfähigen, rumänischen Wildpferd und einem edlen Trakehner, den mein Vater gezüchtet hatte. Er war ein Halbblut – wie ich. Ich nannte ihn immer nur *den Roten* oder *den Fuchs*. Mit seinem richtigen Namen, der auf seinen Papieren stand, sprach ich ihn nie an. Mein Vater hatte ihm den Namen bei seiner Geburt gegeben.

Er spitzte die Ohren, als er mich kommen sowie das Stallhalfter klimpern hörte, und trottete auf mich zu.

Nach der Woche, die er nur auf der Weide verbracht und sich dem Fressen und Nichtstun hingegeben hatte, konnte ich ihn nicht lang bei mir behalten, nachdem ich mich in den Sattel geschwungen hatte. Ich ließ die Zügel locker, legte mich über seinen Hals und ließ ihn laufen.

Mir tat es genauso gut wie ihm. Weniger Seele baumeln lassen als Dampf ablassen. Wenigstens für einige Hundert Meter nur das knirschende Leder, den schwitzenden Körper unter mir spüren, sein Fell unter meinen Händen, den Wind, der an meinen Haaren riss, den gleichmäßigen Rhythmus seines schnellenden Galopps, seinen Atem, sonst nichts. Wenigstens ein paar Meter, ein paar Minuten Freiheit borgen. Der Wald glitt in atemberaubender Geschwindigkeit an mir vorbei. Grüne Schlieren. Die Nässe intensivierte die Gerüche um uns herum. Das Dickicht am Wegrand summte, die Luft war erfüllt vom Gesang Hunderter Vögel, und es war eine Schande, dass ich keinen einzigen herauslesen konnte – Amsel, Drossel, Fink und Star. Zwischen dem weit gefächerten Farn hing nach dem Regen der gestrigen Nacht Dunst, dann das wild rauschende Bächlein und die gluckernden Rinnsale, die sich ihren Weg die erdigen Hänge hinab und über die Kieselwege hinweg bahnten, die Tropfen, die lautstark von den schweren Ästen fielen, und schon fühlte ich mich weit weg. Wie zu Hause. In Rumänien.

»Verschwinde!«

»Verschwinde!«

So nannten sie mich, wenn die Dunkelheit um mich herum stöhnte und ächzte, ein fahler Lichtschein zu meinen Hufen kroch, wenn sie mir Futter hinwarfen. Ausgetrocknetes Gras. Totes Gras. Heimatloses Gras. Es hielt mich am Leben. Es verströmte nicht das würzige Aroma meiner Heimat.

Wo war ich?

Nichts als Dunkelheit und Staub. Er kitzelte mir unangenehm in der Nase.

Irgendwann riss die Dunkelheit mit einem Schlag auf. Nicht zögernd und ängstlich wie bei all den anderen.

Du.

Jarosch

Alfons Maurer vom Talwiesenhof fing mich selbstredend gleich ab, als ich mit dem angestrengt pumpenden Fuchs heranritt und ihn am Putzplatz anband. Salzige Tropfen perlten an Augen und Ohren hinab, an seiner Brust wie seinen bebenden Flanken klebte schäumender Schweiß.

Meine Auszeit vom Hier und Jetzt war viel zu schnell vorüber. »Hey, Junge!«, rief der Alte.

Ich drehte mich zu ihm um.

Mit blauer Latzhose, seine Glatze kratzend, lehnte er sich gegen einen Besen. An dessen Borsten spielte eine kleine Katze. »Da hast du mir ja einen ganz schönen Wildfang vorbeigebracht! Meine Jungs trauen sich nicht in ihre Box, um dort auszumisten. Außerdem hat sie die Wände heute Nacht ziemlich übel traktiert.« Seine Pausbacken, die von der Arbeit rot pochten, ließen ihn gutmütig wirken. Aber in seiner Stimme schwang ein Ultimatum mit, das er nicht laut aussprechen wollte.

»Ich kümmere mich darum. Ich verstärke noch einmal die Wände, ich –«

Nickend schubste er die Katze sanft beiseite und widmete sich wieder seiner Aufgabe. »Wir füttern sie, aber du bist fürs Misten und den ganzen Rest zuständig.«

Aus dem Schuppen drangen keine ungewöhnlichen Geräusche, während ich mich ihm näherte. Als ich die Tür öffnete, hörte ich die typischen Mahlgeräusche eines Pferdes, das an seinem Heu mümmelte. Gewöhnlich hatte dies etwas Vertrautes und Tröstliches an sich, aber nicht in diesem Moment. Die Geräusche wirkten abgehackt, ruhelos. Ich spähte durch eine Lücke zwischen den Brettern und bemerkte, dass die Stute immer wieder den Kopf hochwarf und in die Ferne starrte, die sie in dieser stickigen Dunkelheit nicht finden konnte. Der Blick der Stute schien sich durch die Wände zu bohren. Ihr Fell war verschwitzt und an ihren Beinen sah ich rote Striemen vom Wüten in der Box. Ihre Flanken waren eingefallen, weil sie keine Ruhe zum Fressen fand. Die Löcher in den Holzwänden entdeckte ich zunächst nicht. Ich hatte nur Augen für sie.

Ich öffnete die Tür einen Spaltbreit und schlich mich hinein. Sofort wich sie in die hinterste Ecke zurück. Ich streckte meine Hand aus, doch das ließ sie nur noch mehr erbeben. Was erwartete ich? Sie war wild, hatte ihr bisheriges Leben in absoluter Freiheit gelebt, die Begegnung mit Menschen nie gesucht, sie sogar vermieden. Außerdem erkannte sie mich nicht wieder. Und wenn schon, ich hätte sowieso jedes vertraute Band mit der atemlosen Jagd, dem brutalen Einfangen, dieser stinkenden Höhle hier zerschnitten, in tausend Fetzen zerrissen. Dennoch wagte ich es, einen Schritt auf sie zuzugehen, doch mein Anblick ließ sie fast die kahlen Wände hinaufklettern. Dann noch einen, und sie löste sich von der Mauer und schoss unvermittelt auf mich zu. Sie rempelte mich an, sodass ich ins Straucheln kam, bevor ich aus der Box stürzen und die Tür hinter mir zuknallen konnte. Völlig außer Atem lehnte ich mich gegen das Holz, während sie sich mit Brust und Schulter weiterhin gegen die Tür warf. Das Holz knirschte und splitterte, aber ich konnte mich keinen Millimeter rühren.

Nach einer Weile, in der ich schwitzend und keuchend da gestanden hatte, nahm ich den Werkzeugkasten, der in einer Ecke des Schuppens lag, und die Bretter, die dort lehnten.

Ich mauerte ihre Wut, ihre Ohnmacht ein.

Als ich am Nachmittag wiederkam, waren die Wunden an ihren Beinen frisch und glänzten in einem satten Rotton. Ein weiteres Mal fuhr ein Schmerz durch meine Arme, als ich die unregelmäßigen, gezackten Linien wahrnahm, die ihren Hufen zu entwachsen schienen und sich miteinander verflochten. Wie gestern erinnerten sie mich an mit Dornen besetzte Ranken, die sich in ihrem Fell festgebissen hatten.

Mit meinen Fingernägeln kratzte ich über meine Arme, als könnte ich ihr und mein Leid damit betäuben, doch stattdessen flammte es nur noch mehr auf.

Nachtfeuer

Es war so kalt im Schatten deines Herzens.

Schon jetzt vermisste ich die Sonne, die auf mein Gesicht schien. Sonnenlicht in unseren Augen.

Doch im Schatten deiner Träume suchten mich glühende Schatten auf.

Ich schmeckte Angst und Bitterkeit im Schatten deiner Seele.

Jarosch

Jeden Tag ging ich zu ihr. Und jeder Tag war gleich frustrierend. Kaum öffnete ich die Tür zu ihrem Verschlag, sprang sie in die hinterste Ecke. Und kaum machte ich einen Schritt auf sie zu, legte sie einen Schalter in sich um. Sie stellte ihren Fluchtinstinkt ab und entwickelte sich zum Raubtier. Mit angelegten Ohren und gebleckten Zähnen schoss sie auf mich zu, stieg, strampelte mit den Vorderbeinen vor meiner Nase herum. Ein gezielter Tritt und sie könnte mich …

Aber ich hasste sie nicht dafür. Ich hasste mich.

Die Verlorene

Jeder Tag war eine Nacht.
Jede Nacht wie ein Tag.
Ein Tag ohne Dämmerung.
Ein Tag ohne Licht.
Ohne Luft.
Ein Jetzt.
Immer nur ein Jetzt.
Niemals ein Morgen.
Zeitlos.
Kein Ausweg.

Johanna

Die Band fing gerade an, ein rockiges Cover von Adeles *Rolling In The Deep* zu spielen, als wir Samstagabend wie verabredet zu viert die Waldhütte betraten: Verena, Gregor, Micha und ich. Da Verena mir Micha bereits in allen Einzelheiten beschrieben hatte, waren sein Aussehen und Auftreten keine Überraschung mehr für mich: Er war groß und schlaksig, neben ihm wirkte eine Stabheuschrecke wie ein Schwergewichtsboxer, er trug eine schwarze Nerdbrille, sein Seitenscheitel saß genauso perfekt wie sein eng anliegendes Karohemd.

Inmitten der Lichtung vor der geräumigen Hütte prasselte ein Lagerfeuer, der würzig-holzige Rauch stieg mir sofort in die Nase. Drinnen brannten stimmungsvolle Lichterketten sowie bunte Lampions. Es gab eine Bar, eine Bühne für die Band und ansonsten nur Massivholzcharme und eine von ausgeschüttetem Alkohol glitschige und klebrige Tanzfläche. Ich hoffte, dass es nur Alkohol war.

Einige Mädchen standen in der ersten Reihe parat, um Kuscheltiere oder ihre rosa A-Körbchen auf die winzige Bühne werfen zu können. Verena und Micha mischten sich sogleich in die sich wiegende Menge, der Abschiedskuss schien auch von Michas Seite nicht vergessen zu sein, während ich mir zusammen mit Gregor einen Weg durch die unbekannten Gesichter bahnte und mich an eine Wand schräg gegenüber der Band lehnte. Von dort aus hatte ich einen guten Überblick. Obwohl ich ständig an dem Strohhalm, der in meiner Cola steckte, zog, versuchte ich wenigstens mit meiner restlichen Körperhaltung entspannt und mit mir selbst und der Welt im Reinen zu wirken. Wenn ich schon in einem von Verenas zu eng gewordenen Shirts steckte, dessen riesiger Ausschnitt mir ständig über die Schulter rutschte und an dem ich dauernd herumzupfte, was äußerst uncool wirkte. Ich winkelte mein rechtes Bein an und stellte die Schuhsohle an der Wand ab. Fremdes Eigentum mit den Schuhen zu berühren und eventuell schmutzig zu machen und sich keine Gedanken darüber zu machen war doch lässig, oder? Ich hoffte aber inständig, dass meine Sohlen sauber waren und ich keinen Ärger wegen fahrlässiger Beschädigung fremden Eigentums oder so bekommen würde. Anstatt meinen Selbstzweifeln zu lauschen, versuchte ich mich mehr und mehr auf die Band zu konzentrieren, deren

Musik wild durcheinandergewürfelt und nicht topaktuell wirkte. Aber wie all die anderen Mädchen hing ich schon nach wenigen Songs an den Lippen von Benni, dem Sänger, dem man ansah, dass er sich bemühen musste, sich von den vielen Mädchenaugen, die ihn anstarrten, nicht ablenken zu lassen.

Die Band lief gerade zu Hochtouren auf und schmetterte völlig unerwartet die Marilyn Manson-Version von *Tainted Love* in die Saiten und Tasten, als mir Gregor ins Ohr brüllte: »Und? Wie findest du die Band?« Er trug dunkle Jeans und ein gestreiftes Poloshirt, Tennisplatzcharme inklusive.

»Ich bin kurz davor, ihnen meine verdorbene Liebe zu schenken!«, platzte es aus mir heraus. In Komödien setzte in solchen Momenten die Musik aus, Kurzschluss oder so, und die versammelte Meute schaute auf das Mädchen, das sich ausnahmsweise einen Scherz erlaubt hatte. Doch der Song schallte uns glücklicherweise weiterhin entgegen.

»Dann stell dich hinten an!« Sein Blick schweifte über die wippenden blonden Zöpfe, die brünetten Affenschaukeln und unschuldigen französischen Zöpfe, die im Takt der Musik hin und her schwangen.

Wir prusteten beide los.

»Na, was ist denn hier so lustig?« Micha tauchte auf einmal auf, drückte sich nah an uns heran, um uns besser verstehen zu können. Mittlerweile hatte sich die Hütte mit weiteren Jugendlichen gefüllt. Der Geruch von Schweiß, umgeworfenem Bier und kaltem Zigarettenrauch hüllte uns ein. Der Lärm waberte über uns hinweg.

»Gregor will sich gerade die Unterwäsche vom Leib reißen und dem Sänger vor die Füße werfen!«, kam ich Gregor zuvor, bevor er Anzüglichkeiten über mich heraustrompeten konnte.

Gregor boxte mich mit dem Ellenbogen, lachte mich halb erbost, halb belustigt an. Ich grinste zurück.

Micha wirkte plötzlich ernst. »Bei Benni wirst du heute Nacht mehr Chancen haben als bei Skye.« Er deutete mit seiner Fanta – wie süß; er war heute unser Chauffeur – zur Menschenmenge hin.

Skye hockte im knappen Sommerkleidchen auf den Schultern eines Jungen und grölte »*Touch me, baby, tainted love*«. Vielleicht durfte man ihr zugutehalten, dass sie den Songtext nicht verstand.

Schlagartig erstarb Gregors Lachen. Was hatten sie auch alle mit dieser Skye? Gut, sie trug keine A-Körbchen, vermutlich auch nicht in rosa und mit mehr Spitze als Baumwolle daran, aber ansonsten? Konnte man nicht auch billige Haarverlängerungen ausmachen, wenn man genauer hinschaute, und zu viel Hornhaut an ihren Flip Flop-besohlten Füßchen? Aber die Blicke der Jungs gelangten wohl kaum an das eine wie an das andere Ende ihres Körpers. Höchstens mit einem langen Zwischenhalt irgendwo in der Mitte.

Gregor nahm einen tiefen Schluck von seinem Bier, dann noch einen und noch einen. Vermutlich war die Zeit gekommen, sich volllaufen zu lassen. Von mir aus. Gregor war nicht unser Fahrer und ich nicht seine Gouvernante. Mein petrolfarbenes Shirt schrie auch nicht gerade nach Anstandsdame.

Nur die vielen tanzenden, schwitzenden und singenden Leiber ließen die Raumtemperatur durch Gregors schlagartigen Stimmungsumschwung nicht auf Minusgrade herunterpurzeln. Auch das eine oder andere Bierchen zu viel machte aus Gregor kein Sonnenscheinchen mehr.

»Wie wär's eigentlich mal mit Kino unter der Woche?«, schrie Verena uns über den Krach hinweg zu, nachdem sie auf uns zugehüpft kam.

»Ihr meint doch nicht das Gemeindekino in Good Old Sonnberghausen?«, maulte Micha mit vollem Mund, der sich die offene Tüte Chips, die ich in Händen hielt, geschnappt hatte und mir nun wegfutterte.

»Dort hat man doch nur die Auswahl zwischen einem Diavortrag über die Anden mit Panflötenbedudelung oder einer Teeniekomödie aus den Neunzigern.«

»Diese Woche spielen sie *Bridget Jones*«, warf Verena ein.

»Mann! Bridget Jones ist doch die mit dem dicken Hintern«, fing Micha gerade an, als Gregor und ich ihn wie aus einem Munde stoppten.

»Was denn? Was denn? Heißt ja nicht, dass sie nicht trotzdem heiß sein kann!«, feixte Micha.

Verena tat so, als hätte sie nichts gehört, aber ich sah ihr an, dass sie nach einer schlagfertigen Antwort in ihrem Gehirn kramte. Meistens war es schwierig genug, den Mund überhaupt aufzubekommen, wenn man verliebt war. Und dann auch noch etwas Gewitztes in den mit Herzchen und Küsschen vollgestopften Gehirnwindungen zu finden, war nahezu menschenunmöglich.

»Warum kennst du dich bloß so gut mit *Bridget Jones*-Filmen aus?«, versuchte ich Micha schließlich eine Falle zu stellen.

»Meine Ex hatte eine Vorliebe für romantische Komödien der Neunziger. Versteh das einer! Meg Ryan- und Julia Roberts-Filme rauf und runter. Kevin Costner und Johnny Depp kann ich auch nicht mehr sehen.« Er leckte sich seine salzigen Finger ab. »Ich steh einfach nicht so auf Typen mit Perlen in den Haaren und schwarzem Lidstrich.«

»Das wäre äußerst bedenklich«, versuchte Verena amüsant zu klingen. »Was ist dann deine Entschuldigung?«

»Ich wurde gezwungen.« Und nach einer kurzen Pause fügte er anzüglich hinzu: »Ihr wisst ja gar nicht, wozu sie mich sonst noch gezwungen hat.«

»Micha! Halt doch endlich mal deine Klappe!«, rief Gregor, und Verena warf ihm eine Handvoll Chips ins Gesicht. Verena war kein Frosch, aber sie war gerade dabei, sich in einen zu verlieben, der sich nie in einen charmanten Prinzen verwandeln würde. Micha bliebe immer der Junge, der am Brunnenrand hocken und mit seinem nervigen Gequake alle in die Flucht schlagen oder die goldene Kugel niemals herausrücken würde. Was fand Verena an ihm?

Die folgenden Diskussionen und Unterhaltungen werde ich an dieser Stelle nicht wiederholen, nur so viel: Es fiel nicht auf, dass Gregor noch stiller wurde, nachdem zwischen Verena und Micha nur so die Funken stoben, und ich mich mit Chips und Popcorn vollstopfte, nur um nicht in Verlegenheit zu geraten, die beiden unerträglichen Turteltäubchen von ihrem Fenstersims zu schubsen.

Verena und Micha ließen mich irgendwann mit dem traurig dreinblickenden Gregor allein zurück und inmitten der zuckenden Meute schwang Verena ihre Hüften und wirbelte ihre Arme und Hände durch die Luft. Währenddessen versuchte Micha eine lässige Sohle aufs Parkett zu legen – mit einer Limoflasche mit Strohhälmchen in der Hand.

Ich hockte mittlerweile mit Gregor auf einer frei gewordenen Fensterbank, hatte die Beine angezogen und nippte an meiner inzwischen warm gewordenen Cola. Während Gregor den Blick durch das beschlagene Fenster nach draußen richtete, mich zutextete, wie ungerecht die Welt doch sei, warum er, ausgerechnet er, nicht bei Skye landen konnte (und ich seinen Satz in Gedanken vollendete: wobei es jeder andere mit Leichtigkeit und einem einzigen spendierten Drink konnte), warum er es in diesem Sommer immer noch nicht getan hatte – mit ihr oder jeder anderen –, war die Livemusik zum Glück so laut, dass niemand anders seine Geständnisse hören konnte und er hoffentlich so sehr betrunken, dass er seine Beichte morgen vergessen hatte. War es gemein und selbstsüchtig, dass ich froh war, nicht die Einzige zu sein, auf deren Stirn ein riesiges *J* prangte? Und dann ausgerechnet Gregor? Äußerlich ein Schürzenjäger und ein Väterschreck, innerlich eher Schwiegermuttis Liebling.

Ich nickte bloß und stimmte ihm bei allem zu, versuchte feinfühlig zu sein, was bei diesem Lärmpegel nicht allzu leicht war. Gut, wir hätten auch draußen am Lagerfeuer sitzen können, das lichterloh brannte, aber irgendwie fühlte ich mich hier drinnen wohl, die Musik war nicht übel und Gregor machte den Anschein, als ob er einfach nur reden und alles loswerden wollte. Und ich musste überhaupt nicht alles davon verstehen.

»Weißt du was, Johanna? Lass uns heimgehen. Das bringt hier doch alles nichts«, meinte er resigniert. Seine Augen waren mittlerweile leicht glasig, seine Stimme schwammig.

»Meinst du Verena und Micha wollen schon gehen?« Ich deutete auf den Wirbelwind in der Menge.

»Ich gehe hin und frage sie.« Und dann war er auch schon verschwunden. Ein wenig schwankend und grobmotorisch waren seine sonst so flinken Bewegungen.

Ich brachte, so rebellisch wie ich war, meine Flasche nicht an den Verkaufsstand zurück und wartete auf der Holzveranda auf die anderen. Doch Gregor kam allein zurück. »Verena will noch bleiben. Micha bringt sie später nach Hause.«

»Meinst du, das ist eine gute Idee?«

»Keine Sorge«, beruhigte mich Gregor. »Sie passt schon auf sich auf. Und auch wenn es den Anschein erweckt, sie hat keinen einzigen Tropfen Alkohol in sich.« Nach einem skeptischen Hochziehen meiner Augenbrauen fügte er schnell hinzu: »Und Micha trinkt auch nichts, wenn er fährt.«

»Aber …«

»Na ja, ich bin zwar ihr großer Bruder, er ist mein bester Freund, aber was soll ich machen? Immer eine Frischhaltefolie zwischen beide schieben, wenn sie im Begriff sind, einander zu verschlingen?«

Ich seufzte Augen rollend auf. »Nun gut, der Froschkönig wird ja nicht mein Schwager.«

Mit gerunzelter Stirn blickte mich Gregor an.

Kopfschüttelnd antwortete ich: »Vergiss es einfach.« Ich lachte auf. »Okay, und wie kommen wir heim?«

Gregor drückte sich um eine Antwort. »Also, ich«, stockte er, »wenn ich ehrlich bin, würde ich am liebsten laufen. Wenn meine Eltern mich so sehen, ist die Hölle los. Mir würde Bewegung und frische Luft guttun. Wenn du nichts dagegen hast?« Jetzt war er derjenige, der aufseufzte.

»Einverstanden. Zum Glück konnte ich Verena bei den Vorbereitungen für heute Abend davon überzeugen, meine Turnschuhe anbehalten zu dürfen.« Ich wackelte mit meinem schwarzen, ausgelatschten Chucks in der Luft herum, wohl wissend, dass ich durch die dünne Sohle jedes Steinchen spüren würde.

Zwar hatten wir noch nicht Vollmond, aber dankenswerterweise schien er recht hell, sodass wir wenigstens den Weg erkennen konnten. Außerdem schenkte uns die Taschenlampenfunktion seines Handys zusätzliches Licht, auch wenn er das Gerät in seinen Händen nicht wirklich stillhalten konnte. Der schwankende Gregor klammerte sich an mich, damit er nicht über seine eigenen Füße stolperte. Puh, achtzig Kilo oder so waren wahrlich kein Pappenstiel.

»Wie lange werden wir wohl zu Fuß brauchen? Eine Stunde?«

Gregor brachte nur ein schuldbewusstes »Mindestens« heraus.

»Egal. Hauptsache, du kennst den Weg.« Und ich meinte es ehrlich, auch wenn sich sein schwerer Arm in meine Schulter bohrte.

Je weiter wir uns von der Hütte entfernten, umso mehr ebbte das Wummern der Bässe ab. Die Stille eroberte allmählich die Dunkelheit des tiefen Waldes, die nur von dem gelegentlichen Rufen eines Käuzchens, dem heiseren Bellen eines Fuchses oder dem unnatürlich lauten Knirschen der Kieselsteine unter unseren Schuhen unterbrochen wurde. Wir waren sicherlich eine halbe Stunde unterwegs, während der ich zwischen Tannen und Fichten angestrengt nach Vampirfledermäusen, Werwölfen und Orks Ausschau hielt, als Gregor blitzartig zur Seite ausbrach. Die ganze Zeit hatte er dem leisen Knacksen seines gebrochenen Herzens gelauscht. Jetzt fiel er auf die Knie und ich hörte Geräusche, die unmissverständlich ausfielen. Ich ging ein paar Meter voraus, ließ den Wald hinter mir und wartete in gebührendem Abstand. Ich fühlte mich nicht dazu berufen, ihm die blonden Haare aus der Stirn zu streichen. An einen Holzzaun gelehnt, der aus der Dunkelheit aufgetaucht war, blickte ich über weitläufige Koppeln hinweg. Sorglose Schatten tummelten sich darauf. Keine Orks. Unten im Tal sah man die Lichter eines Bauernhofs. Ein friedliches Bild hätte sich mir geboten, wenn nicht Gregors Würgegeräusche die nächtliche Ruhe gestört hätten.

Als er neben mich trat, zückte ich sofort ein Papiertaschentuch und einen Kaugummi und reichte ihm beides. Ich war doch eine perfekte Freundin!

»Besser?«

»Ja, danke.« Zerknirscht wischte er sich das Gesicht ab, streckte danach seine Arme über den Zaun und blickte in die Nacht hinaus.

Es war ihm peinlich. Die Sache mit Skye, sein Wortdurchfall, sein Erbrechen. Deshalb suchte ich schnell ein vermeintlich unverfängliches Thema. »Wem gehören denn all diese Pferde? Hier bin ich noch nie entlanggekommen.«

»Den Ullmanns. Zirkusleute.« Er wickelte sich das Papierchen um den Finger.

»Zirkusleute?« Ich konnte den Blick nicht von der bunt gemischten Herde nehmen, die in der Dunkelheit friedlich graste. Große und kleine Pferde, schwere und zierliche Tiere. Vielleicht sogar Kamele? Das wäre ja was!

Gregor leuchtete einzelne Tiere an, die daraufhin erschrocken die Köpfe aus dem Gras hoben.

»Na ja, früher eben. Früher haben die Ullmanns einen richtig großen Zirkus geführt. Sind durch ganz Deutschland getingelt und durchs Ausland. Da standen hier noch ganz andere Tiere. Bären, Tiger und so. Aber das wurde, glaube ich, immer schwieriger mit den Bestimmungen und Verordnungen. Außerdem hatten die Leute aus dem Dorf etwas dagegen. Man hatte Angst, dass Raubtiere ausbrechen könnten. Ist doch auch verständlich.« Gregor blickte mich an. »Aber jetzt, jetzt haben sie nur noch Pferde und Esel und Kamele. Haben eine Pferdeshow mit Akrobatik und Tierdressur, aber eben nicht mehr ganz so exotisch«, stotterte er.

Plötzlich nahm ich eine Silhouette wahr, die einen Weg zwischen den Weiden nahm, ein Schnauben und gleich darauf ein wütendes »Was macht ihr hier?«

»Oh nee, nicht der«, stöhnte Gregor seinen Arm um mich legend und mich wegziehen wollend.

Da trabte die dunkle Gestalt bereits auf uns zu. Ein junger Mann auf einem Pferd. Direkt vor uns brachte er das Tier zum Halten, es blies uns seine weißen Atemwölkchen ins Gesicht, konnte kaum stillstehen, tanzte nervös auf der Stelle. Der Reiter hielt die Zügel, die nur an einem Stallhalfter befestigt waren, wie ich soeben bemerkte, locker in einer Hand. Genauso lässig hielt er sich auf dem nackten Pferderücken. Gregor wich keinen Zentimeter zurück.

Oh nein, nicht schon wieder! Mein Herz fing laut zu klopfen an, als ich ihn erkannte. Obwohl ich wegen der tief hineingezogenen Kapuze sein Gesicht nicht richtig sehen konnte, war ich mir dennoch sicher. Es war der Junge vom Talwiesenhof. Ganz toll. Einmal schon stieß ich mit ihm zusammen, jetzt hielt er uns für schändliche Diebe oder ein fummelndes Pärchen.

»Hallo, Jarosch. Wieder im Lande? Solltet ihr nicht auf Tournee sein wie jeden Sommer?« Gregor nickte dem Reiter zu, lallte fast gar nicht, woraufhin auch der Reiter Gregor knapp zunickte, ohne direkt zu antworten. »Gregor.«

»Schaust du nach dem Rechten?« So unterkühlt kannte ich Gregor gar nicht. »Wir verschwinden gleich wieder. Keine Sorge.« Sein Griff wurde fester.

Der Reiter nickte bloß, murmelte ein »Dann ist ja gut«, wendete sein Pferd und setzte den Berg wieder hinab. In einem atemberaubenden Tempo.

Die beiden hatten sich zugenickt wie zwei Gentlemen, die sich bei einem Parkspaziergang begegneten, höflich, distanziert, aber auch feindselig. Hätten sie Zylinder getragen, hätten sie diese leicht angetippt, um sich stillschweigend zu einem Duell für das nächste Morgengrauen zu verabreden. Hinterlistigerweise würde einer von ihnen aber vorschnell eine Minipistole aus dem Sockenhalter zücken.

»Was war das denn?«

»Du meinst wohl *Wer war das denn*?«

»Nein. Was war denn da gerade los? Sah aus, als ob ihr euch gleich duellieren würdet.«

»Ach so …« Gregor zog mich weiter, stets darauf bedacht, die Koppeln nicht mehr anzuleuchten. »Das war Jarosch Ullmann. Seinem

Vater gehört das alles hier.« Mit einer ausladenden Bewegung deutete er auf die unzähligen Wiesen und Äcker, die verborgen in der Dunkelheit lagen, und geriet ins Stolpern.

Jarosch hieß er also. Ein Zirkuskind war er. Ein ungehobeltes noch dazu. »Kennst du ihn?«, fragte ich.

»Bist du interessiert?«

»Ach Quatsch«, antwortete ich schnell. »Er ist mir nur letztens über den Weg gelaufen. Am Reitstall.«

»Dann lass es auch dabei. Er ist ein Idiot.« Ein Anflug von Traurigkeit huschte über sein Gesicht.

»Ja, das denke ich auch.«

Gregor blieb stehen, schaute mich ernst an. Mit dem Handy leuchtete er sich ins Gesicht. »Ich habe ihm das hier zu verdanken.«

Ich musste mich auf die Zehenspitzen stellen, um ihm in die Augen sehen zu können. Noch vor wenigen Wochen wäre ich dabei einer Ohnmacht nahe gewesen. Normalerweise waren Jungs mein Kryptonit. Genau wie haarige Spinnen oder dickbäuchige, muntere Silberfischchen. Bloß konnte ich bei Jungs schlecht auf einen Stuhl springen, kreischen und Paps rufen, damit er sie mit einer zusammengerollten Zeitung oder seinem Hauspantoffel zerquetschen konnte. Obgleich er das bei Jungs vermutlich gern getan hätte.

Auf jeden Fall hatte ich in der Gegenwart von Angehörigen des männlichen Geschlechts meist einen totalen Zusammenbruch meines Betriebssystems. Hirn- und Lungenfunktion wurden ohne Vorwarnung ausgeschaltet, lediglich die Herzfrequenz stieg ins Unermessliche. Das Notfallsystem sprang mit erheblicher Zeitverzögerung an und bestand nur aus Stottern, dümmlichem Grinsen und einer rot blinkenden Birne.

Doch heute hatte sich einiges zwischen Gregor und mir geändert, er war nicht mehr nur der freche Nachbarsjunge, der dumme Sprüche klopfte und versuchte, den Mädchen den Kopf zu verdrehen.

Ich erkannte eine blasse Narbe, die seine helle Augenbraue zierte.

Die Ausgelieferte

Du.

Mit Seilen und Schnüren. Einem Stock in der Hand.

Jarosch

Meine Trauer wich Frust. Mein Frust wich Zorn.

Mein Verständnis wich Angst. Meine Angst wich Wut. Meine Wut wich Gewalt.

Mein Hass auf mich selbst wich Hass auf sie.

Nur mit Peitsche wagte ich mich in ihre Box. Ich konnte ihr nicht helfen und ich wollte es vielleicht auch nicht mehr. Dennoch blieb ich jeden Tag minuten- oder stundenlang in ihrem Verschlag stehen, starrte sie an und sie starrte einfach zurück, wartete darauf, bis ich mich entspannen und unaufmerksam werden würde. Sie lauerte, suchte nach einem Fehler bei mir.

Heute schleppte ich einen der muffigen Strohballen in ihre Box, um mich daraufzusetzen, die Gerte griffbereit neben mich an die Wand gelehnt. Wie zwei Boxer, kurz vor dem Ertönen des Gongs zur nächsten Runde, beäugten wir uns, loteten wir die Schwächen des anderen aus, die uns gegenseitig in die Knie zwingen könnten, begutachteten die Verletzungen, die wir uns zugefügt hatten. Ich stellte fest, dass die Wunden an ihren Beinen verkrusteten, nur um dann doch wieder aufzuplatzen und erneut zu bluten. Es würden wohl hässliche Narben bleiben. Ihr einst so glänzendes Fell war stumpf geworden, ihr Bauch und ihre Seiten waren gelb vom Liegen im dreckigen Stroh, weil sich niemand traute, ihren Stall zu misten. Ihr Körper war angespannt, sprungbereit. Ihre Augen trüb, aber wachsam, und ich konnte in ihnen ein ganzes Leben sehen, ebenfalls die Gitter, zwischen die ich sie gesteckt hatte. Ich verlor mich in ihren Erinnerungen, den Fragmenten, die ich sehen konnte, die sie mich sehen ließ: die Jagd, die Gefangennahme, die Reise in dem rumpeligen Transporter unter Beruhigungsmitteln, die ständige Dunkelheit, in der sie sich nun befand. Zwischendurch meinte ich,

Schatten über ihr Gesicht kriechen zu sehen, Äste oder Ranken, die wie langgliedrige Hände nach ihr suchten und sie fanden, sich in ihr Fell krallten. Doch ich schob es auf meine Nervosität und das Zwielicht, das hier im Schuppen herrschte. Auf die Müdigkeit, die mich überfiel.

Ohne Vorwarnung schlug mein Hinterkopf auf die Holzwand hinter mir, mir wurde schwarz vor Augen und ich fühlte auf einmal einen Druck auf meiner Brust lasten, der schwerer wurde. Ich hörte, wie Rippen knackten und knacksten, seltsamerweise spürte ich es nicht. Die Luft entrann mir stoßweise, aber ich konnte mich nicht rühren, um wieder freizukommen. Wie gelähmt lag ich da und konnte nur zusehen, wie blutroter Geifer auf mich hinabtropfte. Auf dem Weg zu mir herab verwandelte er sich in heiße Funken, die mein Gesicht und meine Brust versengen würden. Ich warf den Kopf hin und her, die einzige Bewegung, zu der ich imstande war. Doch die Augen schließen konnte ich nicht. Schützend wollte ich mir die Hände vors Gesicht legen, aber auch das gelang mir nicht, stattdessen nahm ich hinter dem Funken sprühenden Regen das Maul wahr, dessen Lefzen weit nach oben gezogen waren. Auf den dunkelroten Schleimhäuten platzten wabernde Bläschen auf. Der Geruch von fauligen Zähnen hätte mir entgegenschlagen müssen, aber ich roch nichts. Gar nichts. Durch ein Meer aus Flammen starrten mich glühende Augen an, verschlangen mich, raubten mir den Atem. Mein Blick glitt nach unten, bis ich an meiner Brust angelangte. Ein Huf stand darauf. Um ihn herum züngelten mit Dornen behaftete Äste und Zweige, an der Stelle, an der sich eigentlich der lange, seidige Behang kringeln müsste. Mit aller Macht wollte ich meinen Muskeln, meinen Sehnen, meinen Nerven den Befehl erteilen, sich zu bewegen, sich zu wehren, mich zu befreien. Doch ich schaffte es nicht. Stattdessen war ich gefangen in meinem eigenen Körper, und um mich herum war ein Gefängnis aus schwarzer Luft, beißender Kälte und flammendem Zorn. Die Ranken kletterten von ihrem Huf zu meinem Bauch, schlängelten sich zu meiner Brust empor und krallten sich durch mein Sweatshirt hindurch. Die Dornen bohrten sich durch die Haut und verhakten sich an Ort und Stelle. Vor Schmerz schrie ich auf. Wie konnte das sein? Warum konnte ich plötzlich etwas fühlen?

Etwas Feuchtes lief mir von der Stirn hinab in meine Augen, sodass ich blinzeln musste. Ich konnte mich wieder bewegen! Ich spürte das Blut, das mir über das Gesicht lief, mir die Sicht nahm. Völlig außer

Atem schlug ich um mich, verscheuchte den Dämon, der auf meiner Brust hockte, und wischte mir letztlich über die Augen. Meine Hände waren sogleich nass. Blut, überall Blut. Das Blut der Stute. Mein Blut.

Ruckartig richtete ich mich auf, konnte mich jedoch nicht orientieren, weil vollkommene Dunkelheit um mich herum herrschte. Erst als ich das Stroh ertastete und die mahlenden Kiefergeräusche der fressenden Stute hörte, wusste ich wieder, wo ich mich befand. Ich kroch aus der Box hinaus und suchte hektisch nach einem Lichtschalter. Als ich ihn endlich fand und die Neonröhre an der Decke mit einem Klick aufleuchtete, stöhnte ich erleichtert auf. Rasch blickte ich auf meine Hände. Kein Blut. Ich fuhr mir nochmals über das Gesicht und stellte fest, dass auch dort nur Schweiß rann. Aber ich war nicht erleichtert. Der Druck lastete noch immer auf mir. Auf meiner Brust, in meinem Herzen. Als ich sah, wie die Stute friedlich an ihrem Heu kaute, war ich mir dennoch nicht sicher, dass dies wieder nur ein Traum gewesen sein sollte.

Meine Arme schmerzten so sehr, dass ich es kaum ein weiteres Mal schaffte, mir den Schweiß von der Stirn zu wischen. Aufkeuchend sank ich auf meine Knie. Und dann sah ich es. Unter einem hochgerutschten Ärmel. Das Neonlicht flackerte und ich war mir nicht bewusst, ob ich einem Trugbild erlag. Über meinen Unterarm wanderte ein dunkler Schatten, der wie ein glühender Haken meine Haut entlangstrich. Unter Stöhnen krempelte ich hastig beide Ärmel zurück und erblickte Ranken, die sich in meine Haut einbrannten. Sie waren so fein wie Spinnweben, loderten aber tausend Bissen gleich wie bereits die Tage zuvor. Die Umrisse wurden deutlicher und schärfer, zeichneten sich immer mehr von meiner blassen Haut ab. Wie eine Tätowierung. Was geschah hier bloß?

Wenige Augenblicke später überzog ein ganzes Geflecht meine Arme. Mein Bauch krümmte sich ob des Feuers. Ich wagte es nicht, meinen Pulli zu lüften. Minutenlang lag ich auf der Seite, während der Schmerz heißer und sengender wurde, sich tiefer einschnitt, und keine einzige vergossene Träne Linderung schaffen wollte. Panik erfüllte meinen gesamten Körper und mein Herz schlug rasend schnell und so laut, sodass ich meinen rasselnden Atem fast nicht mehr hören konnte.

Irgendwann nestelte ich völlig verschöpft an meinem Shirt herum. Ich brauchte Gewissheit, auch wenn ich sie nicht wollte.

Unzählige, rot und schwarz glühende Ranken prangten auf meinem harten und vor Schweiß feuchten Bauch. Mit zittrigen Fingern fuhr ich die Krusten entlang.

Was geschah mit mir?

»Dir werd ichs zeigen!«

So viele Namen gabst du mir. Neu. Gezischt. Schweißig.

Du würdest sie alle einhalten.

Doch auch ich konnte Versprechen einhalten.

Jarosch

Müde stand ich am nächsten Morgen in dem düsteren Schuppen, und obwohl ich mich vor ihrem Verschlag befand, teilten wir uns dasselbe Gefängnis. Aber wir teilten uns nicht die Schmerzen, sondern verdoppelten sie nur.

Brandzeichen auf der Haut.

Gestern das Shirt auszuziehen, das an Wundwasser und Blut klebte, war eine einzige Qual gewesen. Die heiße Dusche die reinste Folter. Dann der Blick in den Spiegel – wie froh wäre ich über eine simple allergische Reaktion gewesen.

Was ich vorher für ein trügerisches Spiel von Licht und Schatten hielt, hatte ich nun schwarz auf weiß vor Augen. Im Halbdämmer des Stalls stachen die Verästelungen und Dornen auf ihrem hellen Fell deutlich hervor. Sie schlängelten sich ihre sehnigen Beine hinauf und – oh mein Gott – entsetzt schlug ich die Hände vor dem Mund zusammen – vereinzelte Ranken kämpften sich von ihren zarten, rosa Nüstern zu einem ihrer Augen empor und umschlossen dieses in einem grausam sanften Bogen. Eine Tätowierung wie vom Teufel höchstpersönlich gestochen: wunderschön, filigran und erschreckend zugleich.

Nachdem ich mir mehrmals über die müden Augen gerieben hatte, beschloss ich, den Mist aus der Box zu kratzen. Ich ertrug weder den

Gestank noch die Würdelosigkeit, und ich glaubte fest daran, dass ich ihr zumindest das schuldete. Das Gefühl, dass das, was gestern geschehen war, eine erste Warnung war, konnte ich genauso wenig abschütteln, wie die Erinnerungen an den Schmerz und die Wut. Die Ranken, die auf meinem Bauch und meinen Unterarmen wieder zu blühen begannen, wirkten auf mich wie Vorboten. Wie Albträume, auf die man jede Nacht mit aufgerissenen Augen wartete, denn beim ersten Sonnenstrahl heute in der Frühe ließ das Jucken nach, die Verästelungen verblassten. Der Morgen ließ nur leichte, gerötete Narben zurück. Doch hier in der Dunkelheit erwachten die Ranken zu neuem schwarzem Leben. Meine Haut kribbelte, aber ich kämpfte gegen die Unruhe und den Schmerz an, indem ich Mistgabel für Mistgabel ihre dreckige Box ausräumte.

Ich strich mir die Haare aus der Stirn und den Augen, die von dem Gestank tränten, bevor ich die volle Schubkarre wegfahren wollte. Weder konnte ich die Stute hören noch spüren, als sie sich von hinten an mich heranpirschte. Ich fühlte nur den unvermittelten Schmerz, als sie ihre Zähne in meine Schulter schlug. Die Tätowierung brannte sich erneut wie ein glühender Schürhaken in mich. Blitzartig drehte ich mich um, hieb mit der Mistgabel nach ihr, traf sie auf dem Rücken, doch sie ließ mich nicht los. Stattdessen zerrte sie an meinem Shirt, quetschte meine Haut darunter. Und ich schlug auf sie ein. Ein Hieb folgte dem nächsten, ich brüllte und fluchte, Tränen schossen mir in die Augen. Wut, Angst, Schmerz. Alles eins.

Nach einer quälenden Weile ließ sie los, hielt immer noch ein Stück des Stoffs in ihrem Maul. Die Verästelungen in ihrem Gesicht glühten und brodelten, schienen Lava zu spucken. Ich stolperte über den umgefallenen Mistkarren, hechtete atemlos aus dem dunklen Verschlag hinaus, knallte die Holztür zu.

Sollte ich einen Blick auf meine Schulter wagen? Das Pochen reichte, denn es zeigte mir, dass dieses Mal alles real gewesen war. Warum hatte sie mich angegriffen? Warum heute? Heute, als ich ihren Stall mistete, ihr etwas Gutes tun wollte? Sie war unberechenbar.

Gefährlich.

Nicht nur ein Wildpferd.

Der Fuchs wartete geduldig am Putzplatz, an dem ich ihn angebunden hatte. Meine linke Schulter ächzte vor Schmerz, ich biss mir auf die Unterlippe, als ich mich vorsichtig und mühsam in den Sattel hievte.

Ebenso bedacht ließ ich mich zu Hause aus dem Sattel gleiten, sattelte und trenste den Roten ab, entließ ihn auf die Koppel. Fast gleichzeitig mit mir kam auch Adam von seiner Arbeit mit den Pferden zurück. Ihm entgingen natürlich weder mein zerrissenes Oberteil noch meine behäbigen Bewegungen. Zum Glück schien die Sonne so hell, dass man die schwarzen Verästelungen nicht sehen konnte.

»Was ist denn mit dir passiert? Kampf mit einem Raubtier oder einem Mädchen?«

»Kampf mit einem verrückt gewordenen –«

»Schschsch. Boris ist hier irgendwo um die Ecke.«

Adam und ich gingen zu unserem Wohnmobil, nachdem er sein Pferd versorgt hatte. Währenddessen begutachtete ich meine Schulter, sah das gequetschte Fleisch, die Risse in der Haut, das blutende Rinnsal.

Ich setzte mich vor unserem Zuhause auf die klapprige Hollywoodschaukel, deren bunt geblümtes Polster von etlichen Sommern im Freien ausgebleicht war. Die Furcht, dass Adam etwas bemerken könnte, war größer als der tatsächliche Schmerz. Schnell bedeckte ich meine Arme, als Adam mir ein Kühlgelkissen und ein altes Hemd brachte, das er mir zu einer Schlinge band, damit mein Arm ruhiggestellt werden konnte.

»Sieht schlimm aus«, stellte er sachlich fest. »Wie ist das passiert?«

Widerstrebend erzählte ich ihm den Vorfall. Eigentlich war dies unsere erste Unterhaltung, seit wir aus Rumänien zurückgekehrt waren. Die letzten Nächte hatte er bei seiner Freundin verbracht, die Tage beim Training mit seinen Pferden. Er wirkte motiviert und glücklich. Seine nächste Tour stand bevor, seine Nachwuchspferde waren jedoch noch nicht vollends bereit für die Auftritte, das Publikum, die Lichteffekte. Weshalb er eigentlich keine Zeit für mich hatte, dennoch bot er mir an, mit mir auf den Talwiesenhof zu fahren.

Die Jägerin

Die Dunkelheit in deinem Herzen kroch unausweichlich wie ein Schatten auf mich zu, bedeckte mich, füllte mich irgendwann aus, sodass ich selbst zur Dunkelheit wurde.

In der ich sonst nichts mehr sehen konnte.

Jarosch

Mistet hier ab und zu jemand? Oder bleibt die Tür auch mal offen, damit ein bisschen frische Luft hereinkommen kann?« Missbilligend blickte sich Adam um, als wir den dunklen Schuppen wenig später betraten, und er sich mit der Hand über den Mund fuhr. »Hier stinkt es ja zum Himmel!« Adams Reithose war wie immer sauber, sein Hemd knitterfrei und seine kurzen Haare saßen perfekt.

Ich trug meine löchrigen Jeans, die schon weitaus bessere Zeiten gesehen hat, aber immerhin ein frisches, wenn auch verwaschenes, graues Shirt.

Er ließ die Tür geöffnet, sodass die Stute im spärlichen Licht stand, das nur zögerlich den Weg zu ihr fand. Adam trat an die Wand, hinter der sich die Schimmelstute befand. Danach schaute er mich an. Jetzt konnte ich nicht nur Missbilligung aus seinen Augen, aus seinen Zügen lesen. Es war viel schlimmer. So viel schlimmer.

»Scheiße, wie sieht die denn aus?«

Ich musste nicht neben ihn treten, um zu sehen, was er meinte. Ich wusste, welchen Anblick sie bot, auch wenn die Brandzeichen auf ihrem Körper in dem hereinfallenden Licht nur wie verwischte Schatten wirkten.

Adam betrat die Box, die Stute blickte vom Heu zu ihm auf, blieb wie angewurzelt stehen. Als ich im Türrahmen erschien, schreckte sie zurück, machte sich ganz klein, drückte sich an die Wand. Selbst jetzt musste ich nicht in sein Gesicht blicken, um zu wissen, was er dachte. Was er von mir dachte. Ich hatte es verbockt. Wieder einmal.

Er griff nach dem schwarzen Lederhalfter, das ich gekauft hatte und das seitdem unbenutzt an der Wand hing. Ich verließ die Box, beobachtete gespannt, wie sich die Stute gegenüber meinem älteren Bruder verhielt. Sie versuchte, sich unsichtbar zu machen, obwohl ich bereits aus ihrer Reichweite verschwunden war. Er ging einen Schritt auf sie zu, streckte seine Hand aus, fand freundliche Worte für sie, während ich in den letzten Tagen nur meckerte, fluchte, schrie. Plötzlich spitzte die Stute aufmerksam ihre Ohren, lauschte seinen angenehm klingenden Worten, bemerkte seine ruhigen Bewegungen. Voller Neugier streckte sie sich ihm entgegen.

Schon längst hatte sich ein Kloß in meinem Hals festgesetzt. Ich schluckte laut. Adam sah noch immer ihre ungezähmte Schönheit, ihre sanfte Anmut, ihre unzerbrechliche Kraft, ihre atemberaubende Schnelligkeit. Ich sah in ihr nur mein Scheitern, meine zerbrochenen Träume, die jede Nacht wie eiskalte Splitter auf mich herabregneten, mich verletzten, mich ausbluteten, mich wach hielten. Jede verfluchte Nacht lief ich barfuß über einen Teppich aus Tränen voller Angst und Schuld, über einen Teppich aus Träumen, die in Hoffnung geboren wurden und in einem Meer aus Blut, Gewalt und Ehrgeiz starben. Wenn es Nacht wurde, schickte sie mir diese Träume, denn sie waren auch zu ihren Träumen geworden. Schmerz, Trauer und Einsamkeit blickten mich in der Dunkelheit an, denn das Erste und Letzte, was ich jeden Tag wahrnahm, waren ihre Augen. Matt, wissend, müde. Bereit.

Als Adam sie an den bebenden Nüstern berühren wollte, wich sie abrupt zurück, schüttelte aufgebracht ihre zerzauste Mähne, und bevor sie sich noch mehr aufregen konnte, verließ er ruhigen Schrittes die Box. Resigniert gesellte er sich neben mich.

»Kopfscheu ist sie.«

Ich nickte nur. Wenn ich es laut aussprach, hätte ich zugegeben, was ich ihr antat. Ich machte sie so scheu.

»Immerhin kommt so niemand an ihren sie heran. Der dichte, lange Schopf tut sein Übriges, um ihr Geheimnis zu bewahren«, fuhr Adam fort. »Sie sieht übel aus.«

»Erzähl bitte Vater nichts davon.«

»Ist das deine einzige Sorge?«

»Nein.«

Eine Weile standen wir noch im Stall, konnten die Stille zwischen uns nicht ausfüllen. Zu sehr erinnerte mich die Situation zwischen Adam und mir an unsere letzten Augenblicke vor der Jagd. Manches Mal reichte es mir, wenn er einfach da war. Wie an jenem ersten Morgen nach unserer Ankunft in Rumänien.

Jarosch

Zwei Wochen zuvor in Rumänien

Mit langen, energischen Schritten ging ich damals die dunkle Stallgasse entlang.

Meinem neu gewonnenen Mut sollte nichts im Weg stehen. Es war nicht das durchweichte Sandwich vom Vorabend gewesen und auch nicht das eine oder andere Bier zu viel, das meinen Entschluss gefestigt hatte, die Jagd nicht abzublasen. Gut, mit Alkohol im Blut sah zugegebenermaßen für kurze Zeit einiges leichter aus, aber wir waren hierhergefahren, um ihr nicht nur in meinen Träumen hinterherzujagen, sondern meine Träume Wirklichkeit werden zu lassen. Der Blick meines Vaters vor Augen spornte mich außerdem um ein Vielfaches an. Ihm wollte ich nicht die Genugtuung, ein weiteres Mal versagt zu haben, gönnen. Niemals.

Kaum ein Lichtstrahl drang in diesen vor Ammoniak und schimmeligem Heu riechenden Kuhstall, den wir am Morgen nach unserer Ankunft in Rumänien betraten. Der Gestank war kaum auszuhalten. Er saß bereits jetzt in meiner Nase fest, legte sich auf jeden Quadratzentimeter meiner schäbigen Kleidung, krallte sich in mein dunkles, halblanges Haar. Am Ende der engen und niedrigen Gasse angekommen, an der in jeder Ecke Spinnweben klebten und Schimmel hockte, vernahm ich zum ersten Mal sein ungeduldiges Wiehern. Wie lange war er hier schon eingeschlossen?

»Den Schwarzen in der letzten Box kannst du nehmen, Junge!« Da Matti in Deutschland aufgewachsen war, übersetzte Adam die Worte des Alten, der auf den Verschlag deutete, in dem der Hengst mit den Hufen über den Boden scharrte.

Der Hofbesitzer klopfte mir dabei mit seinen rauen Händen auf die Schulter. Er trug eine zerbeulte, braune Cordhose, die besonders an den Knien abgenutzt und verschlissen war. Sein Haar war fettig. Sein dünner Strickpullover wies unzählige kleine Löcher auf. Ob vor hungrigen Motten oder von Brandlöchern, während er beim Rauchen eingeschlafen war, konnte ich nicht sagen. Alles hier wirkte ärmlich, und sein Stall und seine Tiere genauso vernachlässigt wie er.

»Sättel und Trensen hängen da vorne. Sucht euch etwas aus! Die Hälfte zahlt ihr jetzt, den Rest nach eurer Rückkehr.«

Dann wies er meinen beiden Brüdern die anderen zwei Pferde zu, die neben dem Hengst in ihren Boxen dösten. Sie stellten kaum die Ohren auf, als sie die Türen zu ihren Verließen öffneten.

Der Rappe mit dem matten Fell begrüßte mich dagegen mit gebleckten Zähnen, die er zuvor an den Gitterstäben entlangschaben ließ. Das waren also die Pferde, die der Bekannte unseres Großvaters uns zur Verfügung stellen wollte, damit wir auf die Jagd nach einer Herde Wildpferde gehen konnten. Ruckartig riss ich die Tür auf. Er sollte gleich merken, wen er vor sich hatte, doch der Hengst wich keinen Millimeter zurück. Mit angelegten Ohren stampfte er mit einem Vorderbein wütend auf die Urin getränkte Stroheinstreu auf, wodurch mir sogleich ein ätzender Dampf entgegenbrannte.

Ich straffte meine Schultern, wölbte meine Brust, machte mich groß und stark.

»Mit mir nicht, mein Freundchen. Mir machst du mit deinem Gehabe keine Angst«, flüsterte ich ihm mit bedrohlichem Unterton zu. Ich ging einen weiteren Schritt auf ihn zu, dann noch einen und streckte ihm meine flache Hand entgegen. Wenn er mochte, konnte er daran schnuppern, meinen Geruch in sich aufnehmen. Schließlich würden wir die nächsten Tage zusammen verbringen. Doch er legte die Ohren weiterhin bedrohlich an, das Weiß seiner Augen blitzte hervor. Als er anfing, mit seinen Zähnen zu klappern und nach mir zu schnappen versuchte, hob ich unwillkürlich die Hand höher. Zu schnell und dennoch von ihm erwartet. Er wusste, wie Schläge schmeckten. Ruckartig hob er den Kopf, wendete auf den Hinterbeinen und streckte mir sein einstmals muskulöses Hinterteil zu. Narben zierten seine Kruppe, deren Fell vom Liegen in dem schmutzigen Stroh bereits verkrustet war. Drohend zuckte er mit seinem rechten Hinterhuf. Er war bereit, mir eine zu verpassen, falls ich ihn nicht sofort in Ruhe lassen sollte.

»Du denkst, du bist gefährlich, du kleiner, verstörter Hengst«, wisperte ich. »Dann hast du sie noch nicht gesehen. Du bist so geworden, weil sie dich eingekerkert haben, hier in diesen dunklen Verschlag. Weil sie dich geschlagen haben. Sie ist so gefährlich, weil sie nur die Freiheit kennt. Weil noch kein Mensch Hand an sie gelegt hat.«

Ich blieb ruhig stehen und wartete einfach ab.

Auch ich konnte mich in Geduld üben. Die letzten Wochen hatte ich geduldig geplant – alles auf diesen Tag, auf diese Jagd hin.

»Hey, Mann! Wie schaut's bei dir aus? Sieht deiner auch so schlimm aus?« Adam kam lässig auf die Box zugeschlendert, in der ich immer noch darauf wartete, dass der verdammte Gaul ein Einsehen hatte. »Matti nimmt den alten Schecken. Der hat schon ein paar Winter auf dem Buckel. Aber meiner«, er pfiff durch die Zähne, »ich glaube, der hat noch nicht oft den Sattel gesehen. Das kann was werden.« Seiner Stimme hörte man an, dass er sich auf diese Herausforderung freute. Adam schob vorsichtig die Tür auf und trat zu mir in die Box. Die nasse Einstreu schmatzte unter seinen braunen Wanderstiefeln.

»Der hier ist ein wenig widerspenstig«, entgegnete ich. Langsam wurde ich ungeduldig. Außerdem wollte ich meinem älteren Bruder gegenüber keine Schwäche zeigen. Ich verließ die Box, schnappte mir den erstbesten Gegenstand, einen alten Besen, und stürzte wieder hinein. Mit den Borsten drückte ich den schlagbereiten Hintern des Hengstes so sanft wie möglich und so hart wie nötig zur Seite und schob ihn in die hinterste Ecke. Er wollte es nicht anders. Hastig ergriff Adam das schmutzige Halfter um dessen Kopf und hielt ihn mit beiden Händen fest. Wir verstanden uns in manchen Dingen wortlos. Kaum hatte der Rappe jedoch erkannt, dass wir hier zu zweit waren und uns nicht einschüchtern ließen, hielt er still. Zwar gespannt wie ein Bogen, die Augen weit aufgerissen, das Weiße darin zeigte sich immer wieder, aber er ließ meine Berührungen zu. Schnell und effektiv tastete ich seine Sattellage und seine Beine ab und entdeckte einige alte Narben, Schwellungen und Druckstellen. Frustriert wendete ich mich wieder meinem Bruder zu, der den schnappenden Hengst mit Lockerheit abwehrte. »Viel schlimmer kann es echt nicht mehr kommen.« Ich schüttelte den Kopf und klopfte mit der flachen Hand das verklebte Fell seines Halses. »In einem Topzustand sind die alle nicht.«

»Mehr bekommen wir für unser Geld nicht. Und eigentlich war das schon ein Freundschaftspreis. Wenn Großvater den Mann nicht kennen würde, hätte er sie uns nie geliehen.«

Ich wehrte seine Antwort ab. »Die halten keine drei Tage durch. Guck dir doch nur den Futterzustand an. Klapperdürr und kaum geritten. Die brechen uns zusammen. Spätestens nach ein paar heftigen Galoppeinlagen geht denen doch die Puste aus.«

Ich schnappte nach dem zerfledderten Führstrick, der an der Außenwand der Box hing, und band den Hengst, der sich noch nicht ganz ergeben hatte, an. So kurz, dass er mich mit seinen schnappenden Zähnen später beim Putzen und Satteln nicht erreichen konnte. Doch ich musste hier erst einmal raus. Der Gestank nach Ammoniak, mein vom vielen Bier dröhnender Schädel, die Zweifel, die ich nur für wenige Stunden beiseitegeschoben hatte, wurden allmählich zu viel für mich. Dann mein kaputter Rücken, die stechenden Nackenschmerzen, die daraus resultierten. Ich sah meine Felle davonschwimmen. Als ich wieder in die Stallgasse trat, ging ich an Matti vorbei, der den Schecken bereits aus seiner verdreckten Box gezogen hatte und anfing, sein Fell sauber zu bürsten. Wenigstens er hatte sein Vergnügen.

Nachdem ich den muffigen und engen Stall verlassen hatte, musste ich vor der grellen Sommersonne die Augen zusammenkneifen und sie mit meiner Hand abschirmen, damit ich etwas sehen konnte. Immerhin regnete es nicht mehr. Bevor sich meine Augen jedoch an das gleißende Licht gewöhnen konnten, stolperte ich über einen im Weg stehenden Eimer. Ich stieß ein paar üble Flüche aus, bis ich mich mit rudernden Armen endlich über dem klappernden Blecheimer fing. Ich verpasste ihm einen Tritt und motzte weiter vor mich hin. Verdammte Sonne, verdammte Rückenschmerzen.

Als Adam von hinten an mich herantrat, bemerkte ich ihn zunächst nicht. »Beruhig dich, Jarosch. Wir müssen ihre Herde erst finden, ihre Spur aufnehmen. Zunächst müssen wir sowieso langsam machen, dann bekommen sich die Zossen auch wieder ein.« Er drückte mir die Schulter, um mir Mut zu machen. »Und wenn die erst einmal ein paar Tage frisches Gras gefressen haben, kriegen die auch ganz schnell ein paar Kilo mehr auf die Rippen und blühen wieder auf.«

Adam war zwei Jahre älter als ich. Er war jetzt einundzwanzig. Aber meistens war er mir um Jahrzehnte voraus. Vernünftig, gelassen, verantwortungsbewusst, ruhig. Ich war wohl das genaue Gegenteil von Adam, aber ein Spiegelbild meines Vaters. Und manches Mal war ich sogar schlimmer als er. Ich wusste all das, konnte es aber nicht ausschalten. Mein Leben könnte so viel einfacher sein, wenn ich nur mehr wie Adam wäre.

Giftiger Neid versuchte sich wie Galle in meinem Hals emporzukämpfen.

An der Wand des alten Kuhstalls stand eine halb verfallene Holzbank, auf die Adam und ich uns setzten. Adam streckte sich lässig aus, steckte seine flachen Hände hinter den Kopf und lehnte sich zurück, während ich nur verzweifelt und frustriert den Kopf schütteln konnte. Nach vorne gebeugt und den vor Angst, Zweifel und Frust vollen Kopf in meine rauen Hände vergraben, musste ich an den Streit mit meiner Mutter denken, die mich nicht hatte ziehen lassen wollen, und an die Gleichgültigkeit meines Vaters. »Mir egal, tu doch, was du willst«, waren seine letzten an mich gerichteten Worte gewesen, während er gleichzeitig im Motorraum eines Traktors herumhantierte. »Renn ruhig deinen Hirngespinsten nach. Wirst schon sehen, was sie dir einbringen werden. Nichts. Wie immer.« Er blickte noch nicht einmal auf, als ich mich verabschiedete.

Ich fuhr mir mit den Fingern mehrmals durch das Gesicht, um die allzu klaren Erinnerungen, die bleierne Müdigkeit, die schwindende Zuversicht zu verscheuchen. Die lange Fahrt in Adams altem, rostigem Mercedes über Autobahnen und kilometerlange, holprige Straßen, die nicht abklingen wollende Aufregung und die wachsende Unruhe steckten mir immer noch in den Gliedern, genau wie mein ganzes beschissenes Leben. Neunzehn vergeudete, sinnlose, belanglose Jahre mit nicht als – ach, scheiß drauf!

Die Gefangene

Kein Licht, kein Schimmern in deinen Augen.
Nicht in der Dunkelheit, nicht in der Sonne.
Kein Lächeln auf deinen Lippen, in deinen Händen.
Nicht in der Dunkelheit, nicht in der Sonne.

Ich wusste nicht, wie grausam das Tageslicht sein konnte, wie leer die Dunkelheit, wie verletzend die Stille.

Immer entschiedest du, wie grell die Nacht, wie dunkel der Tag war, was du mir nahmst, was du mir gabst.

Jarosch

Das Schnappen eines Feuerzeugs und der stechende Qualm einer soeben erst angezündeten Zigarette rissen mich aus meinem innerlichen Chaos wieder in die Gegenwart zurück.

»Na komm, nimm eine. Danach geht es dir wieder besser.« Adam streckte mir eine Packung zerknautschter Zigaretten entgegen und Schulter an Schulter verließen wir den niedrigen Schuppen. Eine Zeit lang standen wir rauchend im Schatten. Ich wusste es, er wusste es. Ich hatte verdammt großen Mist gebaut und musste sehen, wie ich damit zurechtkam. Adam würde sowieso wieder auf Tour gehen und hätte keine Zeit für mich.

Ich traute mich nicht, ein weiteres Mal zu fragen, ob er uns endgültig verließ. Und auch er ließ eine Frage unausgesprochen: Warum? Warum bloß?

Allein ging ich in den Stall zurück, Adam war längst aufgebrochen, er musste seine anderen Pferde trainieren. Ich hing meinen Gedanken nach, die wie die Staubpartikel in den Lichtsäulen hin und her wirbelten, die durch die Ritzen der Außenwand fielen. Unschlüssig stand ich herum, bis sich die Tür zum Stall laut knarrend öffnete und wieder schloss.

»Hey, Jarosch, ich habe gehört, du hast ein neues Pferd.« Skye, ich kannte sie nicht nur aus der Schule, kam lässig auf mich zugeschlendert, ihre Reithose saß ziemlich eng, ihr Shirt viel zu knapp. Selbst ihre Stimme verbarg nicht viel. Sie stellte mir Fragen über die Stute, woher sie kam, wie ihr Stammbaum aussah, wie teuer sie war, doch anstatt einen Blick in ihre Box zu werfen, beobachtete sie mich, meinen zuckenden Adamsapfel, meine dunklen Augen. Ihre Finger strichen meinen schmerzenden Arm entlang. Ich beantwortete ihre Fragen, jede Antwort eine Lüge, plump und hölzern, aber darauf kam es nicht an. Skye klebte an meinen Lippen wie die Biene am Honig, gab vor, jedes Wort zu glauben. Und dann klebten meine Lippen an ihren. Warum? Das wollte ich selbst nicht so genau wissen.

Ich wollte meine Lügen ersticken, die Wahrheit, die dahintersteckte, ihre allzu neugierigen Fragen. Fest presste sich mein Mund auf ihren, meine Hände zogen sie grob zu mir heran, die Armschlinge hatte ich längst abgestreift. Wir kannten das Spiel. Unsere Körper kannten es, auch wenn ich sie oft genug von mir gestoßen, nie den letzten Schritt mit ihr gewagt hatte. Meine Lippen, meine Hände handelten einfach – ohne mein Einverständnis und auch wenn der Schmerz immer wieder in meiner verletzten Schulter aufbrannte. Sie murmelte bedeutungslose Phrasen an meine Haut.

Nach einigen Minuten, in denen ich glaubte, den Zeiger meiner Armbanduhr in meinen Ohren rauschen zu hören, in denen ich die Sekunden mitzählte, die ich brauchte, um Vergessenheit zu finden, um mich endlich wieder von ihr lösen zu können, befreite sie sich als Erste aus unserer quälend langen Umarmung.

»Übrigens Jarosch, ich glaube dir kein Wort. Kein einziges«, flüsterte sie mit einem spöttischen Grinsen an meine raue Wange, bevor sie sich BH, Shirt und Haare zurechtrückte. Sie ließ mich stehen, meine Lügen prasselten wieder auf mich ein.

»Na du ...«

Komische Namen gab sie mir. Seltsame. Fröhliche. Gehauchte. Liebevolle.

Johanna

Hi, Johanna!« Gregor fuhr mir mit dem Fahrrad entgegen, winkte mir zu. »Wohin fährst du?«

»Zum Stall!«, rief ich.

Er fuhr einen Kringel um mich herum und blieb an meiner Seite. Er trug karierte Bermudashorts und ein hellgraues Poloshirt. Kam er vom Golfen oder hatte er sich für ein BWL-Studium eingeschrieben und bei einer Studentenverbindung vorgestellt? Typisch Gregor.

Minutenlang radelte er schweigend neben mir her. So kannte ich ihn nicht. Erinnerte er sich an seine Geständnisse von der Waldparty am Wochenende?

»Wann ist Verena eigentlich heimgekommen?«, durchbrach ich irgendwann die Stille. Wir hatten uns das restliche Wochenende nicht gesehen, denn das gehörte der Familie, dem Ausschlafen, Gregors Kater und in Verenas Fall Micha.

Gregor schaute stur geradeaus. »Nicht viel später als wir. Ich war gerade auf der Toilette. Also nicht nur gerade. Eigentlich habe ich die halbe Nacht dort verbracht.«

»So schlimm? Und deine Eltern?« Ich wollte mehr Mitgefühl mitschwingen lassen, aber es gelang mir einfach nicht. Die Vorstellung, Gregor stundenlang auf dem Plüschteppich vor der Keramikschüssel kauern zu sehen, Schwüre und Versprechungen betend, dass er nie wieder so viel trinken würde, ließ mich einfach schmunzeln.

»Die waren schon im Bett. Und Verena ist total leise hereingeschlichen. Wahrscheinlich haben sie etwas gemerkt, aber sie haben mich zum Glück in Ruhe gelassen. Mein Brummschädel hätte einen Krach mit ihnen auch nicht verkraftet.« Theatralisch verzog er das Gesicht.

»Und was ist mit ihr und Micha?«

Achselzuckend antwortete er: »Wenn mehr gelaufen wäre, hätte sie dir das bestimmt schon erzählt.«

»Haha.« Neue Stille. Wir fuhren aus dem Dorf hinaus, vorbei an grünen Wiesen und durch einen kleinen Wald. Reinste Landlebenidylle. Nur Vogelgezwitscher, das Zirpen der Grillen und das Knirschen der Kieselsteinchen unter unseren Reifen. Doch ich wusste, dass Gregor noch etwas auf dem Herzen lag, und ich ahnte auch schon was das wohl war.

»Wenn du nur wegen Skye mit mir zu den Pferden gehst, dann muss ich dich leider enttäuschen. Nachmittags ist sie meistens nicht mehr dort, sondern schon längst im Freibad oder so«, versuchte ich ihn aus der Reserve zu locken.

»Das ist es nicht. Wirklich nicht. Das mit Skye, das ist vorbei. Geschichte«, behauptete er felsenfest. Nach einer Weile räusperte er sich. »Wegen der Party. Also, ich würde gerne behaupten, dass ich einen Filmriss habe, aber ich glaube, ich habe dort ganz schön viel Blödsinn von mir gegeben.«

»Nur Blödsinn?« Ich funkelte ihn von der Seite aus an.

»Leider nicht. Wenn es nur Blödsinn gewesen wäre«, gestand er. Seine gebräunte Haut wurde rot und röter.

Ich hielt an. »Keine Sorge. Deine Geheimnisse sind bei mir sicher.« Mit den Fingern machte ich eine Schlüsseldrehbewegung an meinen Lippen und warf den imaginären Schlüssel weg. Oh mein Gott! Wie meine eigene Großmutter! »Ich werde niemandem verraten, dass du fast vor meine Füße gekotzt hättest. Dass du beinahe meine heiligen Chucks ruiniert hättest.«

Gregor blickte auf seine eigenen Schuhe, dann legte er den Kopf schief und grinste mich schüchtern an. Seine blauen Augen lugten unter seinen langen, blonden Wimpern hervor. Er hatte den unschuldigen, unsicheren Lady Di-Blick drauf, wenn er wollte. »Ich meine das andere.«

Ich versuchte, mich betont locker zu geben. Sein Geständnis auf die leichte Schulter zu nehmen. Als ob Sex für mich das Natürlichste der Welt gewesen wäre. »Ach, das auch.« Ich probierte ein freches Grinsen aus. Wahrscheinlich zog ich jedoch nur eine schiefe Grimasse wie der Joker aus *Batman*. »Der Rest liegt aber bei dir.«

Seine Verlegenheit machte einer herrlichen Verwirrung Platz, doch ich konnte ihn nicht länger auf die Folter spannen. »Du wirst dich eben nicht mehr betrinken dürfen, damit du nichts mehr aus Versehen ausplaudern kannst, bis, na ja, bis du eben … du weißt schon …« Oh Gott, ich konnte es noch nicht einmal aussprechen. Sex, Sex, Sex, Sex. Ich pustete mir meinen fransigen Pony aus den Augen und versuchte meine eigene Verlegenheit zu überspielen: »Dann würdest du gleichzeitig zwei Fliegen mit einer Klappe schlagen: Enthaltsamkeit und Alkoholabstinenz. Vielleicht würde man dich zum Dorfkind des Monats küren. Zum Ministranten der Woche, zum –«

»Vielen Dank, Johanna«, unterbrach er mich. »Ich hätte weitaus mehr Mitgefühl von dir erwartet.«

In die Pedale tretend, eilte ich ihm voraus.

Mit meinem plötzlichen Sprint hatte Gregor nicht gerechnet. Er raste mir hinterher, rief mir zu: »Aber dann will ich auch ein Geheimnis von dir erfahren!« Er hatte seinen spontanen Anflug von Schüchternheit bereits wieder verscheucht.

»Das hättest du wohl gern!« Ich stieg in die Pedale, der Fahrtwind wehte mir die Haare aus dem Gesicht, nahm mein Lachen mit sich, trug es direkt zu Gregor hinüber, der mich mittlerweile eingeholt hatte.

»Nur ein klitzekleines Geheimnis. Ein ganz, ganz winziges«, bettelte er. Vergeblich.

»Da musst du schon warten, bis ich mal so betrunken bin wie du.«

»Ich nehme dich beim Wort, Johanna!«

»Wehe!«

»Ach komm schon, was soll bei dir herauskommen? Abschreiben bei einer Klausur? Hausaufgaben mal nicht gemacht? Vergessen, die Heizung abzudrehen und trotzdem das Fenster geöffnet? Ohne Badekappe ins Hallenbad gegangen?«

»Denkst du das wirklich über mich?« Ich konnte mich nicht entscheiden, beleidigt zu reagieren oder großzügig über seinen Spott hinwegzusehen. Schmollend schob ich die Unterlippe vor, obwohl er ja recht hatte.

»Na ja, du bist nicht gerade eine Rebellin, Johanna. Eher ein Engel.«

Völlig außer Atem unterbrach ich ihn: »Bist du immer noch betrunken, Gregor?«

Er schüttelte seinen schimmernden, blonden Schopf. »Das weißt du doch selbst«, betonte Gregor.

»Kein Wunder, dass dich Skye nicht rangelassen hat – bei dem schmalzigen Gesäusel.«

»Na warte, das wirst du mir büßen!« Gregor setzte mir nach, überholte mich, wir alberten herum, lachten miteinander.

Auf dem Talwiesenhof angekommen, quengelte Gregor dann so lange, bis ich ihn auf Merlin reiten ließ, nachdem er Bobby, den altersschwachen Hofhund, ausgiebig durchgekrault hatte. Völlig mühelos kletterte er in den Sattel – keine Meisterleistung, er war auch nur ungefähr einen Meter achtzig groß und Merlins Stockmaß betrug gerade mal ein Meter fünfundfünfzig.

»Also gut!«, tönte er und griff nach den Zügeln, die auf Merlins dickem Hals lagen. »Los geht's!«

»Na na«, ermahnte ich ihn, »schön an der Mähne festhalten. Die schwarz-weißen langen Haare da vorne.« Ich deutete Richtung Hals, damit auch eindeutig war, was ich meinte.

»Ach, Quatsch. Das schaffe ich schon. Merlin sieht so gemütlich aus. Wie schnell kann der schon werden«, prahlte er.

Doch kaum setzte sich mein Pony vorsichtig in Bewegung, geriet Gregor ins Schwanken. »Okay, wo soll ich mich festhalten?«

Ich musste lachen und legte ihm einige Haarbüschel in die Hände und führte ihn auf dem Sandreitplatz umher. Er wackelte ein wenig herum, überspielte seine Unsicherheit mit blöden Witzchen und Sprüchen. Bei der Hitze war nachmittags normalerweise nicht viel los am Stall, weshalb wir fast die ganze Anlage für uns hatten, sodass unsere Köpfe herumfuhren, als wir ein spöttisches »Wow, Gregor! Ich dachte, du wärst sportlicher!« vernahmen.

Jarosch. Von Weitem konnte man sein fieses Grinsen im Gesicht nicht sehen, aber hören.

Gregor wandte sich mir erneut zu und fand seine Stimme erst wieder, als Jarosch um die nächste Ecke verschwunden war. Er hatte aber auch ein Händchen dafür, sich andauernd zur unmöglichsten Zeit blicken zu lassen. Immerhin hatte ich ihn seit unserem letzten Aufeinandertreffen im Wald nicht mehr hier am Stall gesehen. »Was macht der denn hier?«

»Er hat sein Pferd hier stehen. Hab ich dir doch gesagt.«

»Was? Hast du?« Gregors Augen wurden größer und größer. »Warum das denn? Die besitzen doch einen eigenen Hof. Ist er daheim rausgeflogen? Würde mich ja nicht wundern. Sein Vater und er …« Er schüttelte den Kopf. »Welches Pferd steht denn hier? Kann eigentlich nur sein Fuchs sein.« Gregor war mit seinen Gedanken wieder ganz bei Jarosch. Welche Fehde die beiden wohl miteinander ausfochten? Und wie lange schon?

»Nein, einen Schimmel. Und was für einen!« Ich erzählte ihm von meiner ersten Begegnung mit Jarosch und seinem Pferd.

Kaum konnte sich Gregor jedoch wieder aufs Reiten konzentrieren, oder vielmehr aufs Obenbleiben, stürmte Skye am Reitplatz vorbei Richtung Parkplatz. Was machte die denn hier? Sie schenkte uns nicht die geringste Aufmerksamkeit, auch Gregor nicht. Stattdessen wirkte sie ausnahmsweise eher so, als ob sie gar nicht gesehen werden wollte.

»Komm, lass uns weiter machen. Wie gesagt: abgehakt!« Er malte Anführungszeichen in die Luft, ließ dabei unbewusst die Mähne los und geriet aus dem Gleichgewicht. Wir lachten über seine Unsportlichkeit, die wohl nur zutage trat, wenn Vierbeiner involviert waren, aber beide konnten wir das Bild von Skye und Jarosch nicht aus unseren Köpfen schütteln. Stattdessen formten sich immer neue Bilder vor meinem inneren Auge. Wie bei einer Sandmalerei. Der Künstler wischte mit seiner Hand über das entstandene Motiv, nur um einen Augenblick später wieder etwas anderes unter seinen Fingern entstehen zu lassen. Und irgendwie war alles nicht ganz jugendfrei.

Nachdem Gregor am Ende vollends die Lust am Reiten verloren hatte, überredete er mich, ihm den Schimmel zu zeigen. Man konnte ihm einfach nichts abschlagen.

Ich vergewisserte mich hundertmal, ob Jarosch wirklich verschwunden war, und lugte in jeden Winkel. Wir waren bereits in der Partynacht an den Weiden aufgefallen, jetzt musste ich mir nicht zusätzlich nachsagen lassen, dass ich ihm hinterherspionieren oder sein neues Pferd begaffen würde. Seit jener Gewitternacht hatte ich mich nicht mehr in den Verschlag gewagt.

Langsam schlichen wir in den kleinen Schuppen und schlossen leise die Tür hinter uns, das Tier verharrte in der hintersten Ecke seiner Box. Obwohl es noch taghell war, herrschte tiefe Dunkelheit in dem engen Raum.

Nur durch ein paar Ritzen fiel staubiges Licht. Zu einer Marmorsäule erstarrt, beäugte uns das Pferd misstrauisch und abwartend. Ein leichtes Zittern durchrieselte seinen gewaltigen Körper. Es war ein wunderschönes Tier, eine beeindruckende Stute, wie ich jetzt bemerkte. Sie war besonders, wenn man sich den Schmutz in ihrem Fell und ihrem langen Haar wegdachte. Wenn man die Angst in ihren Augen übersehen konnte. Was hatte er ihr nur angetan?

Auch Gregor war gefangen von ihrer Ausstrahlung, sein Mund formte ein stummes *Wow.* »Was ist das für eine Rasse?«, fragte er mich irgendwann im Flüsterton.

»Ich habe keine Ahnung. Sie sieht aus wie ein Friese. So stämmig, der lange Rücken, dann dieser hoch angesetzte und kräftige, muskulöse Hals. Das üppige, gelockte Langhaar, der Kötenbehang –«

»Klötenbehang?«

Ich rollte mit den Augen. »Kö-ten-be-hang«. Ich betonte jede einzelne Silbe. Gregor blickte mich noch immer unwissend an. »Na, diese langen Strähnen an den Beinen«, erklärte ich ihm schließlich.

»Also dann ein Friese«, stellte Gregor nickend fest.

»Eben nicht. Friesen sind nur schwarz. Die gibt es nicht in weiß.«

»Eine Mutation?«

»Du guckst wohl zu viele Alienfilme! Eher ein Mix. Vielleicht mit Lipizzaner- oder Araberblut.«

Wieder nickte Gregor andächtig. »Aber da ist noch etwas! Spürst du das nicht auch?«

»Was meinst du?«

»Ich weiß auch nicht. Deshalb frage ich ja dich. Du bist die Expertin.«

Ich betrachtete die Stute. Von oben bis unten, von vorne nach hinten und wieder zurück. Aber irgendwie konnte ich mich nicht wirklich konzentrieren.

Ich sah sie an. Sie mich. Und ich bemerkte den Dreck in ihrem Fell, den getrockneten Schweiß, die verfilzte Mähne, die verletzten Beine, ihre erloschenen Augen, ihre schlaff zur Seite hängenden Ohren, deren Spitzen sichelförmig nach innen zeigten. Schatten huschten wie Krallen über ihren Körper. Im Nu war das Bild weg. Ihr Fell war auf einmal so weiß, dass es mich blendete. Ich blinzelte und schaute doch wieder hin. Wie ein Kind, das immer wieder in den Schnee, der in der starken Wintersonne grell aufleuchtete, sehen musste. Ihre lange Mähne und ihr dichter Schweif flossen wie silberne Wellen an ihr hinab. Wie die vom Sturm aufgebauschte See peitschte ihr üppiges Haar um ihren Körper, nur um einen Augenblick später scheinbar ruhig in der Mittagssonne zu glitzern. Die weißen Locken tanzten um ihre Fesseln wie silbern glänzende Efeuranken. Ihr Schopf fiel ihr weit über die Augen, bis fast hinab zu ihren Nüstern, dennoch drangen sie durch das dichte Haar und funkelten mich an. Ich konnte mich nicht entscheiden, ob ich Lebenslust oder Wildheit, vielleicht sogar Aggression darin wahrnahm oder nur Überlebenswillen, der sie so hart erscheinen ließ. Ein ganzes Leben sah ich in ihren Augen. Ein Leben fernab von hier. Abseits von Mauern, Brettern, Türschlössern. Ein Leben voller Licht. Ohne Dunkelheit.

Sie schnaubte, oder war es eher ein Zischen? Mit einem Mal fiel ich wieder in die Wirklichkeit zurück, und ihre Augen waren trübe Pfützen, ihr Fell grauer Schnee. Sie wirkte wie eine Naturgewalt, wie die Jahreszeiten, wie Erde, Wind und Wasser. Wie weißes Feuer, das alles versengte, das ihm zu nahe kam, das man niemals auslöschen konnte, das man hilflos zu bändigen versuchte. Zwischen Nägeln und Holzbrettern, zwischen Dunkelheit und Enge, zwischen Einsamkeit und Leere.

»Was hat er dir nur angetan?«

Erst als Gregor mir antwortete, wurde mir bewusst, dass ich laut gedacht hatte: »So wie ich Jarosch kenne –«

»Sei bitte still, ich will es gar nicht wissen, ich muss hier raus!« Mein Puls raste, Schweiß floss mir an Brust und Rücken hinab, meine Schläfen pochten, alles drehte sich. Ich flüchtete aus dem niedrigen Stall nach draußen, setzte mich auf einen der Plastikstühle direkt gegenüber. Meine Unterarme auf die Oberschenkel gestützt, vergrub ich mein Gesicht in den Händen. Obgleich es ziemlich heiß war, fröstelte es mich.

»Du hast es auch gespürt, habe ich recht?« Gregor war mir nachgekommen, hockte sich vor mich hin und hielt sich an den Armlehnen fest. »Ich hatte das Gefühl«, schwer schluckend fuhr er fort, »als ob etwas nach mir greifen wollte. Was war das?«

Achselzuckend senkte ich die Lider, denn ich wollte nicht, dass er meine aufsteigenden Tränen entdeckte. Ich sah Kummer und Schmerz, Trauer und Verlust, fühlte aufgerissene Wunden, schmerzende Glieder. Rachegelüste und Zorn stiegen in mir auf. Warum? Sah ich das Leid der Stute? Spürte ich ihre Angst? Ihren Hass auf Menschen? Auf Jarosch?

Gregor strich die Gänsehaut auf meinen Armen weg, die sich trotz der Schwüle gebildet hatte. Plötzlich kauerte der alte Bobby vor mir und legte seine graue Schnauze auf meinen Füßen ab.

»Mein Kopf fühlt sich ganz matschig an. Mir ist schwindelig. Und nein, es ist nicht mehr der Alkoholpegel. Gibt es hier einen Getränkeautomaten? Ich glaube, ich brauche einen Zuckerschock.«

»Da vorne im Reiterstübchen.« Ich zeigte nur undeutlich in die Richtung, doch Gregor stand ohne nachzufragen auf.

Wenige Minuten später kam er mit zwei Flaschen Cola zurück. Er wirkte nun auch wieder gefasster, aufgeräumter.

»Oh, ich habe gar kein Geld dabei.«

»Ich lade dich ein. Sieh es als unser erstes Date an«, grinste er mich an. Meinte er das ernst? Vermutlich nicht. Bestimmt wollte er mich einfach nur aufmuntern.

Ich lächelte schwach zurück. Bobby guckte müde an mir hoch. »Tja, bei Skye müsstest du wohl mehr als eine Cola springen lassen.«

»Hey, ich dachte, ihr Mädchen seid feinfühliger, was Liebeskummer betrifft.«

»Und ich dachte, und ich zitiere, Skye wäre Geschichte.«

»Aber dennoch kann ich meine Fühler bereits neu ausstrecken, oder nicht?«

»Iiih, Gregor, behalte bloß deine mit Pollen bestäubten Fühler bei dir!«, flachste ich weiter, vergaß darüber beinahe das Leid der Stute, das für wenige Wimpernschläge zu meinem geworden war.

»Ich bring dich noch um!«

Ich bring dich noch um«, brülltest du.

Das war nicht nur eine Drohung. Du meintest es ernst.

Dann flüstertest du, bis deine Stimme brach: »Du bringst mich noch um …«

Jarosch

Eine neue Nacht.

Ein neuer Traum.

Eine neue Ranke.

Die Jägerin

Heute Nacht war ich der Nebel, der über Straßen floss, in Häuser kroch, in Knochen schlich, in Träume floh.

Ich war frei, kannte doch nur einen Weg.

Johanna

In der Nacht erwachte ich vom rhythmischen Klack-Klack von auf Asphalt trabenden Hufen.

Mit bloßen Füßen tapste ich, vorbei an ungeöffneten Umzugskartons, an mein Schlafzimmerfenster. Ich trug Shorts und ein ausrangiertes, weites Shirt. Der zarte Vorhang flatterte im leichten Nachtwind, obwohl ich mir eigentlich sicher war, das Fenster verschlossen zu haben. Ich strich mir feuchte Haarsträhnen aus dem Gesicht und rieb über meine müden Augen. Das Klappern der Hufe wurde lauter und deutlicher, und als ich hinausblickte, nahm ich eine wie von Nebel umhüllte Silhouette wahr, die die im Dunkeln liegende Straße entlangkam. Um diese Uhrzeit waren längst alle Laternen ausgeschaltet. Auch in den umliegenden Häusern brannte kein einziges Licht mehr, eine streunende Katze huschte mit rundem Buckel hinter eine Mülltonne. Das Scheppern durchbrach die Stille der Nacht. Der Mond hinter der Siedlung machte aus den spitzen Dächern, den Schornsteinen, den Zäunen und Autos eine comicartige Szenerie aus Blau und Schwarz.

Die grauen Schwaden flossen auf mich zu, verdichteten sich zu einem lebenden, atmenden Wesen, nahmen scharfe Umrisse an, blieben schließlich vor unserem Haus stehen. Kleinen Geistern ähnlich, entwich weißer Atem aus den Nüstern von Jaroschs Stute und verflüchtigte sich in der klaren Nachtluft, während sie wie eine Statue aus flüssigem Gestein vor meinem Fenster thronte. Kalt und hart, mit deutlichen, aber fließenden Konturen. Von ihren Beinen aus schlängelten sich dunkle Schatten empor, gleich der Maserung italienischen Marmors. In ihren Augen funkelten die Sterne, die spärlich am Himmel standen. Ansonsten war kein Leben in ihnen zu erkennen.

Zwischen jedem meiner Herzschläge lag eine ganze Nacht. Doch ich traute mich nicht, den Blick von ihr zu wenden, bis sie schließlich von einer Windböe ergriffen wurde, die ihre Gestalt zerriss wie bloßen Nebel. Anstatt kalter, klammer Tröpfchen legten sich winzige Splitter auf mich. Spitz wie Sterne, schwer wie Tränen.

Ich schreckte mit einem erstickten Schrei auf. Explodierende Kometen prasselten auf meine geöffneten Augen. Mein Nachtshirt klebte auf meiner verschwitzten Haut.

Ich hatte nur geträumt.

Das Fenster war verschlossen, stickige Luft stand in meinem kleinen Kinderzimmer.

Doch in meinem Kopf hallte immer noch ein stilles »Halte dich von mir fern!« nach.

»Meine Schöne«

Nun komm schon, meine Schöne«, versuchtest du mich mit falscher Süße in deiner sanften Stimme zu locken. »Nun komm schon, ich tu dir nichts.«

Jarosch

Ich weiß nicht, was ich mit dir tun soll!«, zischte ich zwischen zusammengepressten Zähnen hervor. »Du störrischer Mistbock!«

Schon seit einer gefühlten Ewigkeit versuchte ich, der Stute das teure, lederne Stallhalfter, das ich extra gekauft hatte, über den Kopf zu streifen und mich dabei nicht selbst zu verletzen. Aber meistens kam ich ihr gar nicht nah genug, denn sie ließ mich nicht an sich heran, galoppierte in ihrer Box umher, trat gleichzeitig mit Vorder- und Hinterbeinen nach mir aus. Und wenn doch, warf sie den Kopf scheu in die Höhe, und befand sich somit außerhalb meiner Reichweite. Ich sah nur noch das rollende Weiß in ihren Augen. Jedes Mal, wenn ich mich zu sehr streckte, juckten meine Arme und mein Bauch, zudem zuckte die Schulter an der Stelle, an der sie hineingebissen hatte. Ich legte meine Hand auf den pochenden Schmerz und hielt einen Moment inne. In dem kleinen Schuppen staute sich die Hitze der morgendlichen Sonne, ihre stampfenden Hufe ließen das Ammoniak um mich herum aufwirbeln, auch wenn ich nahezu täglich ihre Box freiräumte. Ich versuchte, mir den Schweiß von der Stirn wegzuwischen, die Wut aus meiner Stimme, aus meinen Händen. Ich wurde immer ungeduldiger. Immer ängstlicher. Mittlerweile fürchtete ich mich nicht nur vor ihr, sondern auch vor mir selbst, vor dem, was aus mir geworden war.

Früher als Kind hatte ich nur Angst um sie, dass ihr etwas passieren, dass man Jagd auf sie machen könnte. Nachtsüber lag ich stundenlang wach, lauschte auf jeden Schuss in der Dunkelheit, auf jeden Traktor oder LKW, der an unserem Hof vorbeifuhr.

Wegen der Wildpferde, die sich zeitweise keiner großen Beliebtheit erfreuten, war die Gefahr damals groß gewesen, dass ein Wilderer sie erschießen oder einfangen könnte, um sie an den Schlachter zu verkaufen oder als Arbeitspferd zu nutzen. Dabei war sie doch anders, besonders. In meinem Bett malte ich mir aus, wie mehrere Männer sie festhalten mussten, damit sie sie vor einen Karren spannen konnten, oder wie sie in ihrem eigenen Blut lag, röchelnd, zitternd.

Und jetzt? Jetzt war ich zu einem von ihnen geworden. Wollte sie für meine eigenen Ziele nutzen, sie zu meinem Showpferd machen. Sie würde brillieren, das wusste ich. Ihre Gänge, ihre Ausstrahlung, ihre fließenden Bewegungen würden die Zuschauer beeindrucken, wenn sie im Scheinwerferlicht unter mir davonflog, mit offenen Mündern würden sie sich von ihren Sitzen erheben, applaudieren und mit den Füßen trampeln, bis die ganze Tribüne bebte.

Endlich würde ich aus Adams Schatten hervortreten, ihn mit meiner Show ausbooten, es meinem Vater zeigen. Zeigen, was ich wert war, was ich konnte. Ich würde unserem Familienunternehmen den Arsch retten.

Aber die Realität sah anders aus. Ich war noch weit weg von einem Publikumsmagneten. Ich konnte sie nicht einmal aus der Box herausführen. Es war einfach lachhaft. Ich war einfach lachhaft.

»Du schreckhafte Ziege!«

Ich verbrachte den Lauf des Tages in sengender Abgeschiedenheit und brennender Dunkelheit.

Und dann kam eine andere Zeit.

Eine Zeit außerhalb des Stalls, die mich zittern, beben, tänzeln ließ. Mein Körper stand unter Strom.

Laute Menschen, flatternde Vögel, röhrende Monster.

Zu viel.

Zu viel von allem.

Zu viel von dir.

Jarosch

Vor der Box hing das Trensengebiss, das ich zuhause in der Sattelkammer gefunden hatte. Es war eher ein Folterinstrument aus dem Mittelalter, als etwas, das man in ein weiches Pferdemaul legen sollte, sehr dünn, rostig und scharfkantig, eckig, mit langen Anzügen, und deshalb sicherlich mehr als unangenehm, doch es würde nicht anders gehen. Sie machte es mir nicht leicht. Schwarz und Weiß. Gut und Böse. Macht und Gehorsam. Manchmal verwischten die Grenzen.

Erneut betrat ich den Verschlag. »Nun komm schon, ich tu dir nichts«, versuchte ich sie abermals mit falschen Versprechungen zu locken und mit einem kurzen Zögern holte ich ein Taschenmesser aus meinen Jeans. Es war so weit. Ich brauchte ihr Blut. Ihren Schweiß. Mein Blut, meinen Schweiß. Mit zitternden und raschen Fingern warf ich ihr die Zügel über den Hals, immer versuchend, ihre alte Verletzung auf der Stirn nicht zu berühren. Sie war so überrascht, dass ich ihr mit einer einzigen Bewegung die Trense ins Maul legen und das Leder über ihr Genick ziehen konnte. Ein Stich fuhr nicht nur in meine Schulter, sondern auch in meine Arme und meinen Bauch. Die Stute tobte, stieg, doch der kleinste Ruck an den Zügeln schmerzte ihr empfindliches Maul, und gleichzeitig flammten die Ranken in ihrem Gesicht auf.

»Es tut mir leid«, flüsterte ich ihr unter Tränen zu. Tränen, die ich nicht mehr aufhalten konnte. Ich war hier allein, niemand sah mich. Es war egal. Wieder und wieder beschwor ich sie: »Es tut mir leid. Es tut mir so leid.« Doch ich musste mich zusammenreißen, all meinen Mut sammeln.

Ich musste es tun. Es gab keinen anderen Weg. Ich ließ das Taschenmesser auseinanderschnappen, musste die Gelegenheit nutzen, jetzt, da die Stute stillstand. Die Klinge an ihrer bebenden Flanke ansetzend, schossen mir die alten Bräuche und die damit einhergehenden abergläubischen Riten durch den Kopf: wie man ein Pferd an sich band, indem man ihm den eigenen Namen und den des Pferdes in das Fell ritzte. Eine Gepflogenheit unter zwielichtigen Pferdehändlern, denn angeblich ließ sich das verkaufte Pferd vom neuen Besitzer dann nicht mehr bändigen oder es rannte zu dem Rosstäuscher zurück. Im ersten Fall bekam der Käufer nur einen Teil des Kaufbetrags zurück, wenn er das Tier zurückbrachte, im letzten Fall versteckte der Händler das zugelaufene Pferd eine Zeit lang, bis er es wieder auf dem Markt feilbot. Bestimmt machte der Verkäufer immer das bessere Geschäft.

Malte man die Namen nur mit Erde und Wasser, die für Bodenständigkeit und Mut standen, sowie mit Schweiß, für Treue und Arbeitswille, mit bloßem Finger auf Haut und Fell, schwor man sich ewige Freundschaft. Es war wie eine Taufe, eine Verbindung der Elemente. Eine Zeremonie.

Rasch fuhr ich mir mit dem Handrücken über die verheulten Augen, die Stute wich vor der ruckartigen Bewegung zurück, und der Versuch eines beruhigenden Streichelns ihres Halses ließ sie abermals mit gebleckten Zähnen auf mich zustürmen.

Nur ein Ruck, nur ein winziges Zupfen und sie stand wieder still. Doch die Flammen in ihrem Gesicht taten es nicht. Sie züngelten und wanden sich, gruben sich tief in ihr Fleisch. Fast war es mir, als würde Rauch aufsteigen, der Geruch von verbrennendem Fleisch in meiner Nase beißen.

Mehrere Tropfen Blut flossen aus ihrem schmutzig gelben Fell, als ich den letzten Bogen des *J* beendete. Mit einer raschen Bewegung ließ ich danach die Klinge über meine Handfläche gleiten und sog dabei zischend Luft ein. Für einen kurzen Moment überdeckte der scharfe Schmerz das heiße Brodeln, das meinen Arm hinaufkroch. Wenn ich heute Abend in den Spiegel schauen würde, hätten die Ranken wahrscheinlich bereits meinen Oberarm oder möglicherweise sogar meine Schultern, meine Brust erreicht. Voller Abscheu würde ich mich von den getrockneten Krusten abwenden, oder vielleicht gar nicht erst in den Spiegel hineinblicken.

Ich vermischte unser Blut und unseren Schweiß, rieb die mitgebrachte getrocknete Weidenrinde darunter. Ironie des Schicksals! Um sich für immer an die erste Begegnung zu erinnern, sollte man in die Mischung aus Blut und Schweiß etwas geben, das man mit diesem Ereignis in Verbindung brachte. In unserem Fall war dies die Silberweide, unter der ich zum ersten Mal ihre Schönheit bewunderte, deren Rinde ironischerweise eine schmerzstillende Linderung nachgesagt wird. Ich schrieb meinen Namen mit blutigen Fingern fertig, denn ich brachte es nicht über mich, sie erneut zu verletzen. Sie hatte noch keinen Namen – würde der Versuch, sie an mich zu binden, dennoch funktionieren? Mich an ein paar Zeichen erinnernd, die mein Großvater in das Fell besonders schwieriger oder temperamentvoller Pferde schnitt, um ihre inneren Dämonen zu bezwingen, ließ ich meine blutige Hand weiter über den Körper der Stute streichen. Nur um mir danach meinen Namen in den Unterarm zu ritzen. Unter Stöhnen rieb ich mir die letzten Krümel der Weidenrinde unter die blutigen Ränder.

Konnte ich damit meine eigene Dunkelheit in Schach halten? Würden die Dornen verschwinden?

Wir traten in die Sonne hinaus, die Leute auf dem Hof hielten inne, unerheblich, was sie gerade taten. Sie starrten mich an. Mein Blick flog zu meinen Armen. Die Ranken und Dornen waren nicht mehr zu sehen. Auch nicht auf dem Fell der Stute. Das Blut hatte ich zuvor mit Stroh abgewischt.

Ein Augenpaar jedoch bohrte sich besonders lang durch mich hindurch. Es war das Mädchen mit den blonden Haaren, das mir immerzu am Stall über den Weg lief, das so oft mit Gregor abhing. Johanna hieß sie. Sie gab vor, ihr Pferd zu putzen. Aber ihre Blicke beunruhigten mich. Sie schätzte mich ab – so wie ich sie bei unserem ersten Aufeinanderprallen abgeschätzt hatte – abfällig, erschüttert, zornig, traurig. Egal, ich hatte auch nichts anderes verdient.

Was hatte ich erwartet? Dass die Leute auf mich zustürmen und meine tolle Stute bewundern, sie erkennen würden, obwohl sie so verdreckt war und an meiner Seite tänzelte und bockte? Schnell gingen die Leute am Reitstall zur Tagesordnung über, doch Johannas Anwesenheit spürte ich noch immer in meinem Rücken, als ich schon längst an ihr vorbei war.

Zum Glück war der Longierzirkel fest, hoch und blickdicht eingezäunt. Ausbruchssicher. Ich schloss die Tür hinter uns und mit einem geschickten Handgriff entfernte ich die Trense vom Kopf der Stute.

Nicht unerwartet machte die Stute auf dem Absatz kehrt, schlug mit der Hinterhand dabei nach mir aus und raste dann um mich herum. Sie machte ihrer Wut Luft, ihrem Drang nach Freiheit, wollte all die Dunkelheit und Stille, die sie seit ein paar Tagen beherrschten, vergessen, sich freilaufen.

Feuerdornen

Deine Hände und dein Hass bohrten sich in meine Seele und vermischten sich mit meinen Wunden.

Im Hass waren wir eins.

Wir fügten uns gegenseitig Schmerz zu, doch wir waren nicht imstande, ihn zu teilen.

Johanna

Ein Barde mit klingenden Schellen an den stampfenden Füßen und quietschender Fiedel in der Hand begrüßte uns singend am Eingang des Mittelaltermarktes auf Burg Pummensdorf. Schnatternde Gänse mit wild flatternden Flügeln wurden von einem Jungen in brauner Hose und Leinenhemd an uns vorübergetrieben. Gescheckte Schweine wühlten schmatzend im Matsch. Mich zog jedoch besonders das Plakat, das spannende und atemberaubende Ritterspiele ankündigte, in seinen Bann.

Kannte ich das Nachbardorf höchstens von meiner wöchentlichen Buchbestellung im *Books, books and even more books*, und war es laut Verena doch eigentlich nur wegen seiner zombieähnlichen Einwohner bekannt, war es heute zu echtem Leben erwacht. In den mit Kopfstein gepflasterten Gassen der Burgruine, die auf einem Hügel oberhalb des Dorfs thronte, drängelten sich bunte Zelte aneinander, geschmückt mit Fellen oder Wimpeln auf der Krone.

Aus jeder Nische sprang uns entweder ein in Mönchskluft gekleideter Bierbrauer entgegen und pries uns sein wohlschmeckendes Gerstengebräu in überschwappenden Tonkrügen an oder Gaukler hüpften jonglierend an uns vorbei oder zogen uns lachend und neckend an den Zöpfen.

Denn zur Feier des Tages durfte mir Verena heute Morgen einen Bauernzopf flechten, um den Kopf wickeln und mit Gänseblümchen, Kornblumen und vom Feld stibitzten Gerstenähren verzieren. Ob ich mir albern vorkam oder doch irgendwie niedlich, das konnte ich noch nicht sagen. Aber immerhin ein wenig mittelalterlich. Außerdem war ich in ein kurzes Sommerkleidchen aus weißer Spitze gekleidet und trotz meinen Skinny Jeans darunter und den schon obligatorischen Chucks entlockte ich Verena damit wahre Entzückensschreie, die sonst nur Clarissas Ledercatsuits bei ihr auslösen konnten. Oder eben Micha. Der war natürlich auch mit von der Partie und trug eine Narrenkappe aus rotem Filz mit Glöckchen an den Spitzen, die aber eher nach Karneval als nach elftem Jahrhundert aussah.

Mum zückte sogleich ihren Fotoapparat, den sie zu Recherchezwecken für ihr neues Bilderbuch *Ronko, der Ritter ohne Rüstung* eingepackt hatte, als wir die engen Gassen entlanggingen. Frau Schanz, mindestens zehn oder fünfzehn Jahre jünger als meine Mum, strebte sogleich zu den Verkaufsständen mit selbst getöpferten Vasen und Schalen. Während Frau Schanz in Jeans und Poloshirt und mit Regenschirm unterm Arm wie der typische Tourist wirkte, hätte sich Mum in ihrem dunkelgrünen Leinenkleid gut zu den mittelalterlich gewandeten Damen gesellen können. Ob als Burgfräulein oder Kuhmagd kostümiert, tanzten sie mit Rittern und Edelmännern eine Art Menuett zu Trommel, Tamburin und Dudelsack im überfüllten Burghof. Die rhythmische Musik, die heitere, bunte Atmosphäre sowie die würzigen Gerüche packten mich, war ich anfangs von einem Recherchetrip zum jährlich stattfindenden Mittelaltermarkt doch gar nicht begeistert gewesen. Umso erleichterter war ich, dass sowohl die Schanzens als auch Micha uns begleiten wollten. Gregor und Micha lockte wohl das Bier, Verena, keine Ahnung, hatte vielleicht ausnahmsweise genug von trauter Zweisamkeit, und die Idee nahm mich letztendlich dann doch ein, als ich erfuhr, dass eine spektakuläre Pferdeshow aufgeführt werden sollte.

Nachdem wir Holzofenbrot und wenig mittelalterliche Rostbratwürste mit Senf verkostet hatten, zog es unsere Galane ins Bierzelt, die Damen zu sämtlichen Schmuckständen. Wir probierten edle Schleier an oder steckten uns ziselierte Reifen ins Haar, fotografierten uns mit putzigen Hütchen aus Samt auf dem Kopf, bis mich irgendwann der Geruch von Heu, Stroh und Pferdeschweiß lockte, ich vom Hämmern eines Ambosses, von trampelnden Hufen und heiserem Wiehern wie magisch angezogen wurde. Während ich mich zu den Pferden aufmachte, nahmen die anderen auf der Tribüne Platz. Ich winkte ihnen ein letztes Mal zu, schlüpfte durch einen schmalen Eingang zwischen sandfarbenen Burgmauern. Lange Stoffbahnen in Gold- und Rottönen, die an einer Art Wäscheleine herabhingen, die man von Haus zu Haus gespannt hatte, streiften mein Gesicht und meine Haare. Ich schob sie beiseite, bis die Gasse, zwischen deren Kopfpflaster Löwenzahn und Moos sprossen, breiter wurde und ich schließlich in einem weiteren Hof landete. Augenblicklich verschwand ich zwischen massigen Pferdeleibern und raubeinigen Kerlen in mit Wappen verzierten Tuniken und wuchtigen Kettenhemden. Ihre stämmigen Pferde trugen Umhänge über Rumpf und Kopf oder metallene Masken, die nur geblähte Nüstern und aufgeweckte Augen freiließen. Schweife peitschten mir ins Gesicht. Das Leben um mich herum pulsierte, vibrierte, stampfte und trampelte. »Weg da, raus da, Mädchen, hier haben Touris nichts verloren«, scheuchte mich ein Ritter fort. Sein blank gewienerter Brustharnisch blendete mich unter der sommerlichen Sonne. Unter seinem silbern glänzenden Visier hätte ich ihn fast nicht verstanden, doch sein Ton war schroff genug, wenn auch die wackelnde, gelbe Federboa auf dem Helm ihn wenig furchterregend erscheinen ließ. Dennoch machte ich mich vom Acker, schlängelte mich durch die aufgeregten Reiter und an den Pferchen vorbei, in denen die Tiere untergebracht waren. Ich schlüpfte durch einen weiteren Gang, der an einer Mauer entlangführte und auf der anderen Seite einen atemberaubenden Blick über das Tal unter uns bot – und über den Abhang, der steil zu meinen Füßen hinabfiel. Am Ende des Gangs hockte ich mich mit meiner Tüte Maronen auf eine halb verfallene und von Unkraut überwucherte Steintreppe, an deren Geländer sich wilder Wein emporrankte. Von dort aus genoss ich eine perfekte Aussicht auf die kleine Kampfarena, in der sich mehrere Ritter mit klirrenden Schwertern duellierten, bis unvermittelt eine Schar Reiter direkt an mir vorbei, durch die Gasse, die ich soeben gekommen war, in die Arena preschte. Meine Knie wurden bei dem Gedanken daran ganz weich.

Sie ließen ihre imposanten Rösser mit den wuchtigen Köpfen steigen, auf der Stelle galoppieren, auf der Hinterhand wenden und wieder davonsausen. Sie nickten in Richtung der mit burgunderfarbenem Stoff überspannten Tribüne, wo wohl die besonders bezaubernden Edelfräuleins zu sitzen schienen. Ich blickte mich immer wieder um, gefasst darauf, jeden Moment verscheucht zu werden, doch niemand nahm von mir Notiz.

Dann begann endlich das Ritterturnier und mein Herz preschte mit den Reitern voran: In voller Montur und im vollen Galopp stoben die Tjoster, die Lanzenritter, im ritterlichen Zweikampf aufeinander zu, sodass die in allen Farben leuchtenden Federpuschelchen auf ihren Helmen im Fahrtwind nur so wehten und ihre Pferde die Nüstern blähten. Das Publikum johlte und jubelte, hielt den Atem an, wenn die Holzlanzen in tausend Stücke zerbarsten und die teuren Rüstungen schepperten. Am Ende des Spektakels wurde ein Sieger gekürt, der mit seiner Angebeteten vor sich im Sattel, die er zuvor von der Tribüne gepflückt hatte, grüßend die Arena verließ. Neben ihm lief sein Knappe. Die Verletzten wurden, wie es sich gehörte, ausgebuht und nach draußen geschleppt.

Dann wechselte die Szenerie. Die zum Kampf blasenden Trompeten wie auch die Trommeln verstummten. Die Musik wurde weicher, Harfen, Streichinstrumente und ein Piano setzten ein. Daraufhin erklang eine glockenklare Frauenstimme. Ein Dudelsack ertönte. Nachdem eine Meute langhaariger Windhunde hoch erhobenen Hauptes in die Arena geschritten war, ritt eine Jagdgesellschaft ein. Sie war in edle Gewänder aus Brokat und Seide gekleidet. Die Reiterinnen saßen im Damensattel, auf ihren Armen spannten Falken ihre Flügel aus.

Ich hätte nur meinen Arm und meine Finger ausstrecken müssen, um ihr Gefieder berühren zu können, als sie durch den Eingang an mir vorbeikamen. Einige der Falkner ließen ihre kreischenden Raubvögel ein paar Runden über der Arena, den Köpfen des Publikums und den Zinnen der alten Burg drehen, ihre Federn streiften den Himmel, die Wolken.

Wieder veränderte sich die Musik, sie wurde orientalischer, mystischer, dunkler. Gitarren, Lauten und Geigen wurden gespielt, sehnsuchtsvoll. Trommeln gaben den Takt vor, als die Truppe im Trab hinausritt. Augenblicklich fühlte ich mich wie auf einen überfüllten, lärmenden Markt in Marrakesch versetzt. Eine weitere Reiterschar, gekleidet in braunem Leder, ritt an mir vorbei. Ihre Pferde trugen reichlich verzierte Brustgeschirre und Trensen, die bei jedem Tritt klirrten und läuteten. Aber dann wurde mein Blick von den edlen Pferden arabischen oder spanischen Bluts mit ihren Ramsnasen, lockigen Mähnen und imponierenden Bewegungen abgelenkt.

Auf einen der Reiter.

Er trug Strumpfhosen, braune Lederreitstiefel, die ihm bis über die Knie reichten, eine gesteppte Lederweste mit bronzenen Knöpfen, die schwarzen Haare zu einem kurzen Zopf zusammengebunden. Er wirkte wie eine Mischung aus Robin Hood, Freibeuter der Meere und D'Artagnan. Die Lippen hatte er vor Konzentration zusammengekniffen, die ausdrucksstarken Augenbrauen schwungvoll hochgezogen, als er mich entdeckte. Ich stöhnte auf. Gab es denn kein Fleckchen Erde, an dem Jarosch Ullmann einmal nicht auftauchte? Konnte ich keinen einzigen Schritt tun, ohne ihm über den Weg zu laufen? Mein Herz klopfte mir bis zum Hals, unnötig laut mit den Trommeln konkurrierend. Mein Hirn sendete ein Signal an meinen Arm und meine Hand aus: winken. Ich konnte mich gerade noch beherrschen, es nicht zu tun. Außerdem erinnerte ich mich an unsere letzte Begegnung auf dem Talwiesenhof, die ich eigentlich lieber wieder vergessen wollte.

Vor wenigen Tagen putzte ich Merlin am Anbindeplatz, als Jarosch vermutlich zum ersten Mal mit seiner Schimmelstute den Stall verließ. Hektisches Hufgetrappel und aufgeregtes Wiehern begleiteten ihren kleinen Auftritt. Sie tänzelte um ihn herum, stieß wie ein kleiner Drache laut Luft aus, blieb immer wieder abrupt stehen und schaute sich mit gerecktem Hals aufgeregt in der Gegend um. Kein Wunder, denn sie verbrachte bereits einige Zeit in tiefster Dunkelheit. Ihr Schweif peitschte wild um ihren Körper und Jarosch wirkte genauso angespannt wie die Stute. Alle Muskeln straff, in Aufruhr. Und sein Gesicht? Hatte er geweint? Vielleicht aus Zorn?

Die anderen um mich herum wirkten, als wären sie zusammen mit Dornröschen in den ewigen Schlaf versunken. Herr Maurer erstarrte mitten in der Diskussion mit einer Pferdebesitzerin, diese wiederum blickte Jarosch beinahe ehrfürchtig hinterher, und die Teenieriege, die soeben zur Reitstunde eintrudelte, beglotzte den feschen, jungen Mann mit seinem unbändigen und edlen Ross an seiner Seite voller Sehnsucht.

Ja, gut, sie hatten auch allen Grund dazu. Die Stute war eine Augenweide. Und Jarosch? Vermutlich sahen sie eher ihm hinterher als seinem Pferd. Aber ich gebe es zu, er schaute wirklich nicht übel aus. Groß, schlank, sicherlich muskulös und drahtig unter seinem engen grauen Shirt und den gut sitzenden Bluejeans, gewiss jedoch nicht bullig. Halblange, rabenschwarze Haare, die so lagen, als wäre er eben erst aufgestanden. Dunkle Ringe zierten seine roten Augen, er wirkte blass um die Nase, abgekämpft und müde, die Wangen eingefallen. Er hatte markante Gesichtszüge, wie man sie sich eben bei einem Romanhelden vorstellte. Nur sah Jarosch ziemlich verbissen aus. Er kaute auf den Lippen, die vermutlich voll und weich waren, zog die Augen zu engen Schlitzen zusammen, die sicherlich herrlich braun waren, spannte sein Kinn an, welches bestimmt ein süßes Grübchen zierte. Du meine Güte, was fantasierte ich mir denn hier zusammen?

Zurück zu den Fakten: Obwohl er unter Strom stand, hatte er sich noch gut im Griff, oder er war wirklich so souverän im Umgang mit schwierigen Pferden. Aber soviel ich von Gregor erfahren hatte, war er mit Pferden aufgewachsen, konnte vermutlich eher reiten als laufen. Nun ja, und heute war er Teilnehmer dieser Pferdeshow.

Ein unangenehmer Schauder durchfuhr urplötzlich meinen Körper, als ich die Stute ein letztes Mal betrachtete und die beiden schließlich im Longierzirkel verschwanden und sich unser aller Augen entzogen. Von da an war nur noch ein Poltern und Rumpeln zu hören, ängstliches Wiehern und aufgebrachtes Fauchen. Kurz entschlossen ging ich hinüber und spickte durch die Ritzen der dunkelrot gestrichenen Bretter. Jarosch stand in der Mitte. Dunkel, düster, aufrecht, angespannt. Er ließ die Stute keine Sekunde aus dem Blick, als erwartete er einen hinterhältigen Angriff. Doch meiner wurde schnell auf die Stute gelenkt – im Grunde meines Herzens war ich eben doch noch das zwölfjährige Pferdemädchen mit Affenschaukeln und Zahnspange. Sie galoppierte Runde um Runde um ihn herum, wurde immer schneller, und auch sie konnte die Augen nicht von ihm nehmen. Sie wartete auf etwas. Auf eine Unachtsamkeit?

Mit atemberaubender Geschwindigkeit und erhabenen Bewegungen donnerte sie um ihn herum, floh vor ihm. Mein Atem ging schneller, genau wie ihre Flanken, die sich vor Anstrengung rascher hoben und wieder senkten. Mein Herz war auf der Flucht. Im Nu lief mir Schweiß in die Augen, obwohl ich im Schatten eines großen Apfelbaums saß. Dennoch konnte ich mich nicht vom Anblick der Stute loseisen, bis sie auf einmal wie eine Schneelawine auf Jarosch zurollte und mich ein eisiger Schauer ergriff. Direkt vor ihm erhob sie sich in die Höhe, wedelte mit den Vorderbeinen vor seiner Nase herum, doch Jarosch bewegte sich keinen Millimeter zurück. Als ob er es darauf angelegt, als ob er seinen Tod gesucht hätte. Ihre Hufe waren hart wie Stein, genau wie ihr Wille, wie ihr Herz. Ich erstickte einen Aufschrei unter meiner feuchten Hand. Vollkommen unerwartet streckte er seine Arme aus, eine Peitsche haltend, woraufhin die Stute ihre Beine absetzte und davonstob. Jarosch trieb sie. Immer weiter. Immer aggressiver. Unerbittlich. Trockener Sand wirbelte auf. Tränen drängten sich in meine Augen. Die ganze Zeit sah ich ihr nutzloses Entkommen vor meinen Augen, mein Herz rannte mit ihrem davon und fand doch keinen Ausweg.

Letztendlich schnappte ich mir Merlin und ritt in der Hoffnung aus dem Hof, dass ein frischer Galopp im schattigen Wald mich auf andere Gedanken bringen würde. Ich ließ mich ablenken von weichen Wegen, die zu rasanterem Tempo einluden, von Trampelpfaden zwischen hohen Wiesen, auf denen mein Blick von einem Mäusebussard eingefangen wurde, der über den Wind glitt und im wogenden Gras nach einer Maus Ausschau hielt.

Doch jetzt, jetzt war alles wieder da. Die Gänsehaut, das unangenehme Prickeln, meine Feigheit, mein Schweigen.

Und Jarosch, der nickte mir heute von der Arena aus zu, bremste sein Pferd, den Fuchs, mit dem er immer zu uns zum Stall ritt. Er wehrte sich leicht, wollte mit den anderen mitstürmen, Jarosch hob eine Hand zum Gruß, und für einen Augenblick fühlte ich mich wie ein Burgfräulein, dem der schwarze Ritter zuwinkte. Selbst wenn sich einige Strähnen aus meiner Frisur gelöst hatten, mir verschwitzt in Stirn und Genick fielen und ich mir vor Hitze die lauwarme Limoflasche an die Schläfe hielt. Wow, sehr edel.

Jarosch hingegen wirkte wie aus einer anderen Zeit, aus einer anderen Welt. Ich sah ihn in seiner Welt, in seinem Element, das er durchschwamm wie ein Fisch das Wasser. Selbstzufrieden und selbstbewusst. So ganz anders als mit seiner Stute.

Und dann dieser Name. Jarosch. Woher der Name wohl stammte? Er klang auf alle Fälle sehr exotisch. Jetzt wusste ich auch auf einmal, woran er mich erinnerte. An die tschechischen Märchenfilme, die ich zu Weihnachten mit Mum anschaute. Prinz Jarosch. Ja, genauso wirkte sein Auftreten heute, und sein Outfit tat sein Übriges. Aber er war sicherlich kein Prinz in cremefarbenem Brokat, samtener Kniebundhose und Schwanenfeder am Spitzhütchen. Nein, er war der böse Stiefbruder des guten Prinzen, der sich mit seinen Saufkumpanen im Weinkeller versteckte, statt brav zum Benimm- und Tanzunterricht zu gehen. Und mit seinen dicklich-dümmlichen Cousins würde er Fasane jagen, Drachen, wilde Eber.

Ich hoffte, dass das nur die atemberaubende Kulisse und der drohende Sonnenstich waren, die mich zu solchen Betrachtungen verführten. Denn trotz aller Schwärmerei wäre ich am liebsten aufgestanden und gegangen, ich wollte ihn nicht sehen, ihn schon gar nicht bewundern, doch der Anblick der Reiterschar faszinierte mich. Wie von einem Faden wurde mein Blick angezogen. Die Reiter vor ihm zeigten ihre in unheimlicher Schnelligkeit ausgeführten Tricks und Stunts auf dem Pferd. Oder wie es beim Trickreiten üblich war, sogar über oder neben dem Pferd. Doch ich hatte nur Augen für ihn, seinen durchtrainierten Fuchs, der loslegen wollte, der nicht stillstehen konnte, der mit klappernden Zähnen auf seinen Auftritt wartete, auf der Stelle trippelte. Es war kein Faden, der mich zu ihm zog, sondern eine Sprengschnur.

Dann ließ er sein Pferd davonstürmen, die Vorderhand hob sich überschäumend kraftvoll in die Luft, der Boden unter ihnen wurde aufgewirbelt. Jarosch sprang ab, rannte nebenher, zog sich an der Mähne wieder mit Leichtigkeit in den eigens für diese Zwecke hergestellten Sattel hinauf, galoppierte lässig weiter. Nur um das dahinpreschende Pferd im nächsten Moment zu stoppen, woraufhin es stieg, höher und immer höher. Das Fell seines Pferdes flammte auf, glühte förmlich. Ich gab es ungern zu, aber das, was Jarosch tat und wie selbstverständlich sein Pferd unter ihm lief, ließ mir den Atem stocken. So etwas hatte ich nicht erwartet. Er und sein Fuchs waren ein eingespieltes Team. Sicherlich könnte er ein Tässchen Earl Grey auf dem Pferderücken sitzend trinken und nebenher die Tageszeitung lesen und ein Kreuzworträtsel (oder gar ein Sudoku?) lösen, und selbst dann würde sich mir kein anderer Anblick bieten. Nein, ich musste mich korrigieren, denn er könnte auch ein Tässchen Tee stehend auf dem Pferd trinken, ohne auch nur einen Schluck zu vergießen. Er spornte sein Tier erneut an, sodass es schneller und schneller und schneller lief, man die einzelnen Beine gar nicht mehr ausmachen konnte, der Sand in Kaskaden um die Hufe flog, das Donnern der Hufe in meinen Knochen widerhallte. Kurz darauf ließ Jarosch die Zügel locker, bis sie dem Fuchs um den Hals baumelten. Und im nächsten Moment stand Jarosch auf seinem Pferd, das unter ihm nur so dahinraste. Die Ohren aufmerksam gespitzt, die Flanken hektisch pumpend, als tosender Applaus einsetzte.

Ich fächelte mir Luft zu – nicht, was ihr denkt, es war mittlerweile einfach unglaublich heiß –, und wedelte mir ein wenig Frischluft unter mein Oberteil, das an mir klebte. Gott, warum wurden wir Mädchen immer nur schwach, wenn sich ein Typ einigermaßen gut auf dem Pferd halten konnte? Auch wenn einigermaßen gut noch untertrieben war. Er war, ich musste es zugeben, unglaublich, und sein Pferd vertraute ihm, gab auf ihn acht. Er war ein richtig guter Stuntreiter. Akrobatisch und mutig und so selbstsicher, wie er lächelnd auf seinem dahingaloppierenden Pferd stand und die Meute aufheizte, lauter zu klatschen und mit den Füßen zu trampeln. Wie ich ihn dafür hasste, so gut reiten zu können! Und wie ich ihn dafür hasste, was er seiner Stute antat. Ich durfte das nicht vergessen! Ich wollte ihn nicht bewundern, das hatte er nicht verdient. Er verdiente keine ehrfürchtigen Blicke, denn ich hatte in die Seele seiner Stute gesehen. Warum flocht er in ihre Richtung kein Band des Vertrauens und der gegenseitigen Achtung?

Warum nicht?

Ich war im Begriff aufzustehen, doch dann hielt das Publikum mit einem Mal den Atem an, da Jarosch sein Gleichgewicht verlor und ins Straucheln geriet. Seine Knie wirkten wie Gummi. Einem Sturz nahe, konnte er sich gerade noch in den Sattel retten, etwas ungelenk, aber er schaffte es und ließ sein Pferd zurückfallen, überließ den anderen Reitern das Publikum. Mein Herz hatte für einen Moment ausgesetzt, wie eine Bekloppte biss ich mir auf die Fingerknöchel und runzelte die Stirn. Im Trab ritt er an mir vorbei und ich versuchte, ihm in die Augen zu blicken, doch er senkte die Lider, beachtete mich diesmal nicht. Sein Rücken war gebeugt, seine Schultern hingen herab, doch die Show ging weiter. Besonders ein Reiter, ein gedrungener, bulliger Typ, dessen Pferd hin und wieder scheute und zur Seite ausbrach, drängte sich in den Vordergrund. Mit zusammengebissenen Zähnen versuchte er, seine Wut nicht an dem Tier auszulassen. Aber die anderen vier Kaskadeure wirbelten weiterhin um ihre wendigen Pferde, gingen auf Tuchfühlung mit Boden und Hufen, mit Himmel und Wolken. Ihre Tiere glühten vor Stolz und Kraft, an ihrem Fell rann Schweiß hinab, sie bäumten sich auf und schnellten davon, dem Himmel so nah, so weit es die Erdanziehungskraft zuließ.

Nur Jarosch, der hielt sich zurück, wirkte jetzt leicht unsicher, ging nicht mehr auf volles Risiko. Sein rot glänzender Wallach nahm es ihm übel, auch er wollte sich präsentieren, seine Muskeln spielen lassen. Seine wachen Augen blitzten unter der punzierten Ledermaske auf, doch Jarosch ging nur noch halbes Tempo, erntete weniger Beifall, bis das Publikum abermalig ausflippte. Die orientalische Musik pochte in meinen Venen, während die Reiter weiter ihre Runden zogen. Nur eine gefühlte Sekunde später hatten sie in einer einzigen flinken Bewegung die Sattelgurte gelöst, um gleich darauf ihre Sättel in den Händen zu halten und auf blanken Pferderücken weiterzugaloppieren. Die Zuschauer jubelten, auf Jaroschs Gesicht erschien ein Lächeln, das seine Augen allerdings nicht erreichte.

Nachdem er von seinem Pferd geglitten war, drehte es sich kopfschüttelnd zu ihm hin, die rote Mähne flackerte in der Sommersonne ein letztes Mal wie züngelnde Flammen auf. Der Fuchs stieg leicht in die Höhe, er wirkte aufbrausend und aufmüpfig, bevor er fast auf der Stelle galoppierte und urplötzlich brav neben ihm her trottete. Die anderen Reiter verließen stolz winkend die Arena. Reitend.

Nur Jarosch verließ zu Fuß das Areal, sein Pferd frei neben ihm hertrabend.

Die Verglühte

Wir waren wie Funken.

Die verglühten, bevor sie in den Himmel aufsteigen konnten.

Jarosch

Ich zündete mir eine Zigarette an, ich brauchte etwas zum Runterkommen, und schlenderte mit dem Roten zum Anbindeplatz, an dem ich sein verschwitztes Fell mit Wasser abspritzen wollte. Der Applaus, der uns Trickreitern galt, wollte gar nicht mehr abebben, auch nicht, als die nächste Showtruppe die Reitarena betrat. Ich hörte immer noch begeistertes Trampeln auf den Holzbohlen der Tribüne, unzählige Zugabe-Rufe. Sie galten nur nicht mir.

Der Fuchs und ich, wir waren beide ziemlich außer Atem, und das lag nicht nur an der Windstille und der schwülen Hitze, die in aller Frühe in unsere Knochen schlich und erst zur Dämmerung wieder hinauskroch. Die Musik von unserem Auftritt hallte selbst jetzt noch in mir wider, das Adrenalin versiegte nur langsam, ebenso die Schmerzen in meinem Körper. Sämtliche Muskeln zitterten und fühlten sich an wie Stränge aus morschem Gummi. Der Abschlussstunt, sich im vollen Galopp den Sattel unter dem Hintern wegzuziehen, hatte mich meine letzte Kraft gekostet.

»Ihr zwei seid ja ganz schön aus der Puste.« Boris zog sein Stuntpferd, einen Rappen mit breiter Blesse und vier weißen Füßen, an den Zügeln hinter sich her und blieb bei mir stehen, als ich gerade den Tricksattel und das aufwendig mit Bronzebeschlägen verzierte Brustgeschirr und die Trense mitsamt Ledermaske zur Seite legte. »Hättest dir wohl nicht so einen langen Urlaub gönnen sollen, was?« In seinen raspelkurzen Haaren und seinem runden Gesicht sah ich, genau wie in meinem, Schweißperlen glänzen, doch ich reagierte nicht auf seine blöde Anmache. Stattdessen spritzte ich in aller Ruhe mein Pferd ab, in einer Hand die Zigarette, bis ich schließlich den Schlauch abdrehte und das Wasser mit einem Schweißmesser aus dem nun dunkel glänzenden Fell abzog.

Aber Boris ließ nicht locker. »Auch schon gestern beim Training sah das ziemlich angestrengt aus. Da hast du wieder den Handstand auf dem Pferd gemacht. Mann, haben deine Arme gezittert. Und heute? Was war das denn? So etwas darf bei einer Veranstaltung nicht passieren!«

Verdammt, diesen Auftritt hätte ich auch lieber vergessen, so schlecht war ich gewesen, so müde, so vor Schmerz zerrissen. Aber wir hatten das Engagement auf dem Mittelaltermarkt erst kurzfristig ergattern können und dringend nötig gehabt, nachdem unsere Sommertournee ins Wasser gefallen war. Gleichgültig, wie trainiert ich momentan war oder nicht, meinen Platz ganz an Boris abzugeben, dazu war ich nicht bereit, komme, was da wolle. Kurzerhand hatten Adam und Vater dann einen ansehnlichen Trupp unserer Zirkusshow *Blue Moon* zusammengetrommelt. Die Reiter waren ebenfalls froh gewesen, das unerwartete Sommerloch und das Loch im Geldbeutel mit dem Ritterspektakel auszugleichen, indem wir einen Teil unserer abgeblasenen Showtour namens *Nightfall at Marrakesh Market* aufführen konnten.

Und immerhin war damit die Stallmiete für die Stute für den kommenden Monat gesichert.

»Tja, trotzdem bist du es, der aufpassen muss, den Stammplatz im Team nicht zu verlieren. Du wirst nicht jünger, und dein Pferd auch nicht. Wenn du es nicht regelmäßig im Training behältst, wird es den harten Anforderungen irgendwann nicht mehr standhalten«, setzte er nach.

Ich zog meine Baseballkappe auf, die auf der Putzbox lag, und schob sie tief in die Stirn. Ich zitterte vor unterdrückter Wut. Mehrere Pferde wieherten sich hinterher, schrill und aufgebracht. Sobald ich das Schweißmesser an seinen Platz zurückgebracht hatte, ließ ich meinen Blick heimlich über Boris Körper gleiten, der seine aufgeblasene Muskulatur nun in einem viel zu engen Shirt zur Schau stellte. Was für ein Angeber! Es kostete mich enorme Kraft, mich zu beherrschen. Nicht weil er unrecht hatte, sondern weil er im Recht war. Durch den Aufenthalt in Rumänien und die Arbeit mit der Stute hatte ich mein tägliches Training im Trickreiten vernachlässigt. Der Stress all die letzten Wochen und die Zeit, die ich mit der Vorbereitung der Fahrt und der Jagd verschwendet hatte, hatte mich einiges an Gewicht und Muskelmasse verlieren lassen. Ich war kein Wrack, aber ich hatte wirklich schon bessere Zeiten gesehen. Es fuchste mich, dass er mich beobachtete und kein gutes Haar an mir ließ, denn es war gefährlich, was ich tat. War ich nicht zu einhundertfünfzig Prozent bei der Sache, nicht völlig fit, konnte jeder falsche Handgriff, jeder schlaffe oder übersäuerte Muskel, jeder abschweifende Gedanke zu einem tödlichen Risiko bei einem schwierigen Stunt werden. Aber wer war er, dass er mir das vorhalten durfte?

Dass ich rauchte, trug auch nicht wesentlich zu meiner Gesundheit bei, also drückte ich sie rasch aus.

Wenn ich die ewige Nummer Zwei war, dann hatte man für ihn noch keine Zahl erfunden. Doch ich schwieg beharrlich weiter, schließlich hatte ich schon vor langer Zeit aufgegeben, ihn über seinen miserablen Reitstil aufzuklären, denn er ritt genauso wie er Motorrad fuhr. Ohne Herz und ohne Seele. So würde er nie seinen Schattenplatz als

Reservereiter im Team der Trickreiter verlieren und aufsteigen. Und bei der Vorführung gerade eben hatte auch er mehr als einmal gepatzt. Ständig war ihm sein Pferd zur Seite ausgebrochen, hatte ihm nicht vollends vertraut, und auch das konnte bei halsbrecherischen Stunts gefährlich werden. Ich konnte mich immerhin auf mein Pferd verlassen, wenn ich es denn schon nicht auf mich selbst konnte. Aber ich wollte diesen seit Monaten schwelenden Konflikt nicht neu aufkochen lassen, den mir mein Vater eingebrockt hatte, als er ihn einstellte. Ich widmete mich wieder meinem Fuchs, der mit hängenden Ohren brav neben mir stand und wartete. Solange Boris nur die Tiere meines Vaters trainierte, konnte es mir zwar nicht egal sein, was er trieb, aber ich hatte leider auch keine Entscheidungsmacht, ihm die Trainingspferde zu entziehen oder gar den Platz im Reserveteam. Doch wer war ich, dass ich mich über ihn zu stellen wagte? Wie behandelte ich denn die Schimmelstute? Dabei bekleckerte ich mich auch nicht mit Ruhm, was ziemlich an mir und meinem Selbstvertrauen nagte, an meinem Gewissen. Meine Schultern sackten unwillkürlich zusammen, als ich den Stich in meiner Brust fühlte.

»Na ja, mein Kopf ist es ja nicht, der von Pferdehufen wie eine Traube zerquetscht werden wird.« Wie ein Terrier hatte er sich festgebissen, dieser bescheuerte – ich stoppte meine Gedanken, bevor mir etwas über die Lippen rutschte, das ich später bereuen würde. Es kostete mich eine ungeheure Anstrengung, nicht zu platzen. Ich litt unter Schlafmangel und höllischen Schmerzen, die Stute raubte mir den Verstand und jetzt wurde ich auch noch als Stuntreiter kritisiert. Am liebsten wäre ich einfach abgehauen, aber dann hätte ich wohl gewirkt wie ein kleines Schulmädchen, das man an den Zöpfen gezogen hatte. Aber ich wusste auch nicht, was ich erwidern sollte. Sogar dann hätte ich mich nur wie ein eingeschnapptes Mädchen aufgeführt.

Dann tat ich es doch, konnte mir die Antwort nicht länger verkneifen, wenn auch mit vor unterdrücktem Zorn bebender Stimme: »Wenn es bei dir nur wie bei einer Traube wäre, wäre das ja kein allzu großer Verlust.«

Ich schnappte mir den Fuchs und brachte ihn in seinen kleinen Paddock auf dem Burggelände, räumte meine Sachen auf und ließ den verdatterten Boris stehen. Das schlechte Gewissen hingegen konnte ich nicht so einfach zurücklassen. Was soll's, ich würde mich irgendwo hinsetzen und mich wenigstens für fünf Minuten überheblich und happy fühlen. Wie ein kleiner Junge, der durch Schummeln ein Kartenspiel zu seinen Gunsten beenden konnte.

Die Gefangene

Ich fürchtete dich mehr als alles andere.

Du jedoch solltest vor dem Tag bangen, an dem ich etwas mehr fürchtete und hasste als dich.

Johanna

»Wir können uns wohl nicht nicht über den Weg laufen, oder?« Jarosch kletterte die Stufen zu mir hoch und wischte sich beim Gehen mit seinem Shirt den Schweiß aus der Stirn, bevor er sich sein Haar zurechtstrich und sein Basecap neu positionierte. Shirt und Kappe standen im Kontrast zu seinen engen Reithosen, die zum Glück keine alles offenbarenden Leggings waren, und seinen gewienerten Möchtegern-Musketier-Reitstiefeln.

»Hier, ein kaltes Wasser, deine Limo ist bestimmt schon ekelig warm.« Er reichte mir eine Flasche, an der noch das Kondenswasser haftete, während ich an meinem Strohhalm zupfte, mich verschluckte und daher nur ein krächzendes »Hallo« herausbekam.

»Ich bin Jarosch.«

Was sollte ich jetzt sagen? *Ja, ich weiß?* Nein, das würde zu interessiert klingen. *Schön, dich kennenzulernen?* Nein, das würde nur noch interessierter klingen. Scheiße! Um Zeit zu schinden, pustete ich mir meinen fransigen Pony aus den Augen und hoffte inständig, dass sich meine Temperatur von der Supergau-Einstellung zu Funktionsbetrieb herunterkühlen würde.

»Ich bin Johanna«, sagte ich schlicht. Clarissa hätte bestimmt einen spontanen kessen Spruch auf den Lippen gehabt.

Seufz.

»Ja, ich weiß.«

Oh, er wusste? Und Clarissa würde jetzt sicherlich auch nicht rot anlaufen und sich auf der Lippe herumbeißen.

Da wir uns nun offiziell vorgestellt hatten, fragte ich mich, ob ich ihm die Hand schütteln sollte. Sicherheitshalber rieb ich meine von den Maronen und von Schweiß und Aufregung klebrigen Finger in aller Heimlichkeit, wie ich hoffte, an meinen Jeans ab. »Du reitest also hier?«, fragte ich, und hätte besser vorher über diese simple Frage nachdenken sollen, denn Jarosch grinste mich blöde an und antwortete: »Ja, ich reite also hier.«

Ich nickte, als wäre ich mit seiner Antwort zufrieden, und widmete mich eine Weile wieder dem Treiben in der Arena. Dort trabte eine Araberherde hoch gereckten Hauptes umher. Dazwischen tummelten sich Kamele. Oder waren es Dromedare? Oder waren Dromedare Kamele? Kamele Dromedare? Ich hörte, wie mein Gehirn anfing zu zischen – das mit der Regelung der Betriebstemperatur würde heute wohl bei der Hitze nicht mehr funktionieren, und besonders dann nicht, wenn Jarosch noch länger wenige Zentimeter von mir entfernt sitzen blieb.

Wir betrachteten das Geschehen auf dem Platz, lauschten der Musik, die nach Sahara, unerbittlichem Sonnenschein, Sandsturm und nach blauen Rittern der Wüste klang, und wussten nicht so recht, was wir sagen sollten. Am liebsten hätte ich ihn frei heraus gefragt, wie es sein konnte, dass er hier …, dass er dort …, aber nicht einmal in meinen Gedanken schaffte ich es, diese Frage, den darin klingenden Vorwurf, zu Ende zu bringen. »Dein Pferd ist gut«, stellte ich stattdessen fest, mein Blick immer noch auf die Herde weißer und brauner Leiber gerichtet, die durch das Gelände preschten, sodass ich nur hörte, wie Jarosch auf seinem Hosenboden herumrutschte.

»Tja, nur ich war scheiße. Aber immerhin, immerhin haben mich die anderen gerettet. Oder besser: die Show.«

Ich traute mich gar nicht zu ihm hinüber zu sehen, und das Schweigen wurde noch unbehaglicher, bis Jarosch endlich sagte: »Das ist Musik aus *Lawrence of Arabia*. Ist ein Teil unserer Tour, *Nightfall at Marrakesh Market*.« Er deutete in die Mitte der Herde: »Pass auf! Jetzt kommt der beste Teil.« Nun warf ich ihm doch einen Seitenblick zu, Bewunderung und Eifersucht kämpften in seinen Augen um den Vorrang. »Warte! Jetzt!«

Schnell wendete ich mich wieder dem bunten Treiben zu. Ein Mann bahnte sich seinen Weg durch die trabenden Pferde bis ganz nach vorne, dann stieß er einen lauten Pfiff aus, woraufhin sich zwei dunkelbraune Araber aus der Herde lösten. Zuerst schnappte er sich die Mähne des einen Tiers, schwang sich auf dessen Rücken, dann dirigierte er, wie ein Puppenspieler seine Marionetten, das andere Pferd, das nun ungeduldig den Kopf schüttelte, an seine Seite. Im Handumdrehen stand er mit dem einen Fuß auf dem Rücken des einen, mit dem anderen auf dem des anderen Vollblüters. Ohne jegliche Hilfsmittel trabte und galoppierte er mit beiden Arabern unter seinen Füßen über den Platz, immer begleitet von der frei laufenden Herde und den Trampeltieren.

Ich brachte lediglich ein uncooles »Cool« heraus, das Jarosch mit einem »Ist mein Bruder. Der hat es eben drauf«, kommentierte.

»Also, ich muss dann mal wieder«, meinte er kurz vor Ende der Darbietung. »Ich sollte beim Einfangen helfen.« Dann stand er einfach auf und ging die Steintreppe hinab. Ein letztes Mal drehte er sich um, holte tief Luft, als wollte er etwas Bedeutendes sagen – ich machte mich schon darauf gefasst –, dann stieß er sie doch nur aus und schob sich seine Baseballkappe zurecht. »Man sieht sich!«

Ich verkniff mir ein *Lässt sich wohl nicht vermeiden* und nickte bloß, mit offen stehendem Mund. Nicht ganz so anmutig wie ein Edelfräulein.

Diese Nacht träumte ich von Rittern in silbernen Rüstungen, die um ihr Leben kämpften, um ihre Zukunft.

Von einer Stute, die als Schlachtross in Kriege zog, die nicht die ihren waren. Die durch Blut und über tote Körper stieg, mit gesenktem Kopf und bebenden Flanken.

Vor dem Aufwachen träumte ich davon, wie ich im Pyjama in die Schule ging. Mit einem wild gestikulierenden und italienisch sprechenden Goldhamster auf der Schulter, der mir immerzu Nüsschen aus seiner Pausbacke anbot.

»Ich hasse dich!«

Du hattest allen Grund dazu.

Jarosch

Heute, am letzten Ferientag vor Schulbeginn (ja, ich war neunzehn Jahre alt und hatte immer noch zwei Jahre bis zum Abitur, denn aufgrund meines Trainingsplans, der Arbeit am Stall und der Touren über die Sommermonate war ich nicht nur einmal sitzen geblieben) wollte ich mich das erste Mal auf den Rücken der Schimmelstute schwingen. Es war leichtsinnig, auf vielerlei Weise. Wenn ich mich ernsthaft verletzte, könnte ich das nächste Schuljahr abschreiben, ganz zu schweigen von meinem Platz im Showteam, aber ich musste es wissen, ich brauchte den Kick. Ich brauchte die Gewissheit. Vor allem nach dem verpatzten Auftritt auf dem Mittelaltermarkt und dem gestrigen Mittagessen.

Mutter bestand, seitdem Adam und ich in das Wohnmobil gezogen waren, darauf, dass wir uns zumindest jeden Samstag und Sonntag zu Braten und Kartoffeln, Kaffee und Kuchen im Haupthaus einfinden sollten.

Für gewöhnlich klopfte Vater Adam anerkennend auf den Rücken und ließ ihn von seinen Fortschritten mit seinen Pferden oder seiner Solotour berichten, wenn wir wie üblich das Esszimmer pünktlich um dreizehn Uhr betraten, während er mich nur mit einem mies gelaunten »Jarosch« und einem angedeuteten Kopfnicken bedachte. Bestenfalls erkundigte er sich danach, wie viele Ballen Heu wir noch zur Verfügung hatten oder ob der Zaun ausgebessert werden musste. Meistens gab er mir einfach eine Liste mit Dingen, die in der Woche darauf zu erledigen und zu besorgen waren. So musste er sich noch nicht einmal mit mir unterhalten. Und im schlimmsten Fall fragte er nach der Schule oder, wie eben gestern, nach der Schimmelstute.

Mutter hingegen schenkte mir immer ein Lächeln. Mitgefühl lag darin, Sorge. Ich hatte oft das Gefühl, dass sie mich am liebsten

umarmt, in ihren Armen gewiegt hätte, als wäre ich noch ein kleiner Junge, der sich das Knie aufgeschlagen hat, weil er ständig Blödsinn anstellte. Aber Vater mochte solche Zurschaustellung von Gefühlen nicht. Was mochte er eigentlich überhaupt? Also beließ sie es bei ihrem Lächeln. Ein Lächeln, das nicht mehr frisch war. Ein Lächeln, das Jahre der Arbeit, der Lieblosigkeit, der Hilflosigkeit kennengelernt hatte.

Zuerst würdigte er mich gestern Mittag keines Blickes. Er setzte sich mit seinem dicken Bauch an den Tisch, wartete darauf bedient zu werden. Ich lauschte dem Ticken der Wanduhr, zählte die Minuten, bis ich wieder gehen konnte. Tick-Tack, Tick-Tack. Der Duft des guten Essens drang aus der Küche in meine Nase, ließ mich fast heimisch fühlen. Ich betrachtete das biedere Esszimmer mit den geblümten Vorhängen, die glatt gebügelte rosa Spitzendecke, den akkurat gedeckten Tisch, das gute Geschirr, die geheuchelte Gemütlichkeit. Alles und jeder hier hatte seinen Platz. Unverrückbar.

Nachdem das Essen aufgetischt worden war, durchbrach Adam das Schweigen, das zuvor nur von Geschirrgeklapper gestört worden war, und begann von seinem Jungspund zu erzählen. Es war ein fünfjähriges Warmblut namens Weltwunder, und mein Vater hing ihm an den Lippen, als berichtete er tatsächlich von einem der sieben Weltwunder. Mir konnte es nur recht sein, obwohl es jedes Mal den Anschein erweckte, als kosteten Adam diese Unterhaltungen Kraft und Anstrengung. Manches Mal hatte ich sogar das Gefühl, er nahm all dies auf sich, um meinen Vater von mir abzulenken. Ich war ihm dankbar, irgendwie, aber ich konnte dieses Thema nie ansprechen oder es ihm gar zeigen.

Ich nahm mir eine zweite Portion Fleisch und Kartoffelpüree, damit ich etwas zu tun hatte und nicht in die Verlegenheit kam, mich in das Gespräch einmischen zu müssen.

»Jetzt hört doch mal auf, von diesem Weltwunder zu reden. Ich will was über Jaroschs Stute hören.« Matti sah mich erwartungsvoll an. So wie er mich andauernd ansah, wenn er darum bettelte, dass ich ihn endlich mit zu ihr nehmen würde. Seine Augen waren weit aufgerissen.

Ich verschluckte mich fast. Mutter hielt inne, als sie mir gerade Soße auf den Teller gießen wollte. Ausgerechnet heute saß auch noch Boris mit am Tisch. Wie immer mit aufgeblähten Muskeln unter einem viel zu eng sitzendem Hemd. Mutter lud ihn ab und zu ein, weil seine Familie doch in Rumänien zurückgeblieben war und er sich in der Fremde sicherlich einsam fühlen musste. Sie wusste nur nichts von seinen Trips in die Stadt am Wochenende, in Bars und Discotheken oder sonst wohin. Auch er lauschte nun gespannt und schaufelte ausnahmsweise nicht seinen Teller leer. Seine Anwesenheit war mir unangenehm, vor allem, nachdem wir am letzten Markttag ein weiteres Mal aneinandergeraten waren. Er hatte unmittelbar vor dem gemeinsamen Auftritt meinem Stuntpferd einen Eimer Hafer in den Paddock gestellt. Zum Glück hatte ich es rechtzeitig gemerkt, sodass er von dem Getreide nur wenig naschen konnte. Aber ich war auf einhundertachtzig, besonders weil ich nach jeder Show eine ziemlich harsche Manöverkritik seitens meines Vaters über mich ergehen lassen musste, die mir noch genauso in den Gliedern steckte wie die kräftezehrenden Stunts selbst. Ich brüllte Boris an, was er sich erlauben würde, ob er noch ganz richtig im Kopf sei, ob er nicht wüsste, was passieren könnte, wenn ich von einem Pferd Höchstleistung verlangen würde, nachdem es mehrere Kilo Hafer verschlungen hatte. Er redete sich damit heraus, dass er vermutet hatte, ich hätte die letzte Vorstellung nicht mehr mitreiten wollen, weil ich keine Energie mehr hätte und so weiter. Am Ende standen wir uns Nase an Nase gegenüber, nahezu Stirn an Stirn, ich spürte die Hitze, die von ihm ausging, die Speicheltropfen, die er versprühte, als er sich rechtfertigte.

»Ja, genau, Jarosch, erzähl doch mal, was deine Stute so macht«, schaltete sich Vater ein. Er setzte sich aufrecht hin, faltete die groben, rissigen Hände über seinem Hemd, das an den Knöpfen spannte.

Ich kaute weiter, spülte den letzten Bissen mit Wasser hinunter. Was sollte ich ihm sagen? Dass ich ebenso weit war wie am Tag ihrer Ankunft? Dass ich kein Licht am Ende des Tunnels sah? Dass ich aufgeben wollte, bevor ich überhaupt angefangen hatte? Dass meine Träume verpufften, noch während ich schlief?

»Sie ist ein tolles Tier«, rettete mich Adam. Er zwinkerte mir zu. Im Gegensatz zu mir saß er hier frisch geduscht; ich trug noch meine Stallklamotten. »Du hast sie ja noch gar nicht richtig gesehen. Sie hat Bewegungen, davon können viele nur träumen. Wenn sie mal richtig ausgebildet ist –«

»Jarosch und seine Spinnereien. Jarosch und sein Wundertier«, schnitt er ihm das Wort ab und blickte mich an. Wie ein Rottweiler saß er vor mir, ließ meinen Blick nicht mehr los. »Sag schon, Jarosch, ist sie nun so etwas Besonderes oder einfach nur eine durchgedrehte Stute?«, fuhr er fort. Gehässig, unnachgiebig.

Ich schaute ihn kurz an. Würde ich im Alter auch so aussehen? Die tiefen Falten, die harten Augen, das zuckende Kinn? Würde ich mich genauso benehmen? Meinen Kindern gegenüber? Würde ich überhaupt welche haben? Würde ich ihnen das antun wollen?

»Natürlich ist sie das. Ihre Mähne ist mindestens sooo lang und ihr –« Matti, der die Situation nicht richtig einschätzen konnte, hätte in seinem kindlichen Eifer weitergemacht, wenn ich ihn nicht unter dem Tisch getreten hätte.

»Aha, und warum hat der alte Maurer dann noch nicht bei uns Sturm geklingelt, wenn er doch jetzt so ein Zauberwesen im Stall hat? Ist er blind?« Vater ließ nicht locker und lachte auch noch. Ich gefror unter seinem Blick.

Soeben wollte Matti die alles zunichtemachende Antwort herausposaunen, als ich ihn barsch unterbrach: »Weil es niemand weiß und niemand sehen kann, und so soll es auch bleiben.« Meine Stimme war alles andere als fest. Ich stand ruckartig auf, die Gläser auf dem Esstisch gerieten ins Wanken, zitterten wie Mutter, der Holzstuhl knarzte über den Boden und ich verabschiedete mich: »Ich muss jetzt die Pferde füttern.« Ich wuschelte schnell durch Mattis Haare, zur Wiedergutmachung, streifte flüchtig die Schulter meiner Mutter, dieselbe gute Seidenbluse, die sie seit Jahren jeden Sonntag trug.

»Du weißt, dass ich mit deiner Leistung in der letzten Zeit nicht zufrieden bin, Jarosch«, hörte ich seine Stimme noch, als ich bereits den Flur Richtung Hauseingang entlangschritt.

Die Aufbrausende

In deinen Augen spiegelte sich etwas Silbernes, Sengendes. Etwas, das sich in mein Fleisch schneiden wollte.

»Lauf, lauf«, schrie mein Innerstes. Doch es gab keinen Ausweg. Ich konnte nirgends hinlaufen. Ich war in diesem Raum gefangen.

Ich wollte das nicht tun. Niemals. Aber niemand würde mir das glauben. Niemals.

Aus jeder Pore deines zerbrechlichen Körpers strömte mir Angst entgegen. Ich wollte das nicht tun, doch dann schnellte einer meiner Vorderhufe nach vorn.

Ich wollte das nicht. Denn ich spürte zu jeder Zeit deine Furcht, doch warum konntest du meine nicht fühlen?

Jarosch

Jetzt war der Moment gekommen, an dem ich das erste Mal auf die Stute aufsteigen wollte, dabei wusste ich doch noch nicht einmal genau, wie ich in ihre Nähe gelangen sollte. Ich konnte sie nunmehr fast problemlos halftern und trensen und in den Longierzirkel führen, aber nicht, weil sie mir mittlerweile vertraute. Nein, sie wusste, was passieren würde, wenn sie sich mir widersetzte, wenn sie sich gegen die Magie stemmte, die ich um sie gesponnen hatte. Vielleicht würde sie sich in dem Netz noch mehr verstricken, je mehr sie sich dagegen wehrte, wie ein Insekt in einem klebrigen Spinnennetz. Oder sie würde mit einem gezielten Tritt alle Stricke zerreißen. Ich wollte nicht an den Tag denken, an dem sie etwas mehr fürchtete als mich.

Wie die ganze letzte Woche hindurch ließ ich die Stute Runde um Runde um mich herumrennen, bis sie schwitzte und schwer atmete. Ein erschöpftes Pferd war ein williges, händelbares Pferd. Leider. Aber ich hatte keine Wahl. Die Verbindung zwischen uns war nicht stark genug. Und ich brachte nicht den Mut auf, jeden Tag ihren Namen in ihr Fell zu ritzen, während ich mir nicht einmal sicher war, ob das alles überhaupt etwas brachte.

Aber was hätte ich tun sollen? Sie hasste mich. Und im Grunde genommen hasste ich sie. Sie misstraute mir. Und ich tat es ihr gleich. Ihre Fügsamkeit, ihr Erdulden war kein Aufgeben, es war ein Kräftemessen. Möglicherweise reichte nur ein Funke aus, der ihre Energie wieder aufleben, aufkochen ließ.

»Du Hexe!«

Mit Klauen und Zähnen schlugst du dich in meine Seele. Und jetzt standest du da, erschöpft und unsicher, und flohst.

Johanna

Bist du verrückt geworden?« Ohne nachzudenken stürmte ich in den Longierzirkel.

Die letzten Tage beobachtete ich Jarosch und seine Stute, wann immer sich mir die Möglichkeit dazu bot. Da Verena zur Zeit nur an Michas Lippen hing, und man auch mit wenig Fantasie verzückte, pummelige Cupidos mit Pfeil und Bogen um sie herumflattern sehen konnte, waren die Nachmittage mit ihnen momentan nicht mein liebster Zeitvertreib. Ähnlich schien es auch Gregor zu gehen. Sicherlich vertrug er das Turteln seines besten Freundes mit seiner Schwester nicht und erst recht nicht das Kopfkino, was Micha wohl mit seiner süßen, kleinen, nicht mehr ganz so unschuldigen Schwester anstellte, wenn sie zu zweit waren. Vor allem nicht seit dem Mittelalterspektakel, bei dem sie sich Freundschaftsarmbänder aus Leder geflochten hatten und Micha immer wissen wollte, wie wohl die Ritter verhütet haben mochten. Mum, die schon im Vorfeld ausführliche Recherchen über Ritter, Minnesänger und adelige Damen angestellt hatte, stand natürlich liebend gerne Rede und Antwort.

Armer Gregor. Er vertrieb sich die Zeit mit Radfahren, Tennis spielen und Schwimmen – vielleicht auch damit, Skye im Freibad im Bikini anzuschmachten. Ich verbrachte meine letzten Ferientage vor dem Start der zwölften Klasse im Stall. Und wenn ich Verena ausnahmsweise wenige Stunden für mich hatte, war sie meist nur körperlich anwesend. Darüber hinaus konnte sie mit Pferden sowieso nichts anfangen und nicht einmal Jaroschs imposante Stute konnte sie beeindrucken. Auf meine Frage hin, ob sie ebenfalls das Besondere spüren könnte, das die Schimmelstute ausströmte, meinte sie nur trocken: »Nur das Aroma, das alle Pferde ausströmen: Pferdeäpfel und entweichende Darmgase.«

Jarosch rappelte sich auf, wischte sich den staubigen Sand aus den blauen Jeans. »Ich könnte dich das Gleiche fragen! Bist du verrückt? Was machst du hier drin?«, brüllte er mich an. Seine Augen waren stechend wie die Sommersonne.

Ich hatte einen roten Kopf, die Wimperntusche war verschmiert, aber das interessierte mich nicht. Sollte er doch denken, was er wollte! Jetzt zählte nur noch eins. Die Stute. Jarosch hatte versucht, sie zu reiten, dabei war sie doch noch gar nicht so weit! Von der Tribüne aus hatte ich ihn beobachtet, heimlich durch die Ritzen im Holz gelinst, bis ich es nicht mehr ausgehalten hatte. Er hatte ihr ein scharfes Gebiss ins Maul geschoben, sich mit Schwung auf ihren Rücken geworfen, woraufhin sie buckelnd unter ihm losrannte, zu flüchten versuchte. Er zog derart stark an den Zügeln, dass sie ihre Zähne bleckte. Die Adern in ihrem Gesicht traten hervor wie Lavaströme. Im nächsten Moment legte sie einen Vollstopp hin, dass der trockene Sand nur so aufgewirbelt wurde. Senkrecht stand sie in der Luft und änderte, noch bevor sie die Vorderhufe wieder auf den Boden aufsetzte, die Richtung. Jarosch verlor das Gleichgewicht, rappelte sich aber auf, stieß ihr die Fersen in den Leib. Seine Gesichtszüge wirkten verbissen, nahezu unmenschlich, seine Arme angespannt, sodass man sämtliche Sehnen und Muskeln entdecken konnte. Doch sie stob davon. Den Kopf zwischen die Beine steckend, den Rücken rund wie bei einer fauchenden Katze, fing sie erneut zu buckeln an. Wie ein Cowboy hielt sich Jarosch auf der Stute, die, einem gepeinigten Bullen in einem Rodeo gleich, kämpfte und schnaubte.

Kaum hatte ich das Tor zum Longierzirkel aufgerissen, lag Jarosch auch schon im Sand. Sein Gesicht glühte vor Wut, war verzerrt vor Schmerzen, verschwitzt von der Anstrengung und der sommerlichen Hitze. Doch jetzt stand er direkt vor mir, groß, fast bedrohlich wirkend, wenn er sich nicht die Arme gerieben hätte wie ein kleiner Junge. Mit einem Zittern in der Stimme schrie er mich an, ich solle verschwinden, abhauen, das Weite suchen, dabei zeigte er mit dem Finger auf den Eingang hinter mir. Der Drang, ihm ein Donald Duck-Pflaster für seine Schürfwunden zu reichen, verging so rasch, wie er gekommen war. Dennoch blieb ich stehen, starrte ihn an. Am liebsten hätte ich mich auf ihn gestürzt, mit meinen Fäusten auf seine Brust eingetrommelt, aber diese Szenerie wäre sicherlich nur peinlich geworden – und zu sehr

Verführerin der Nacht-mäßig. Also bewegte ich mich keinen Zentimeter vom Fleck, funkelte ihn zornig an. »Mir ist egal, was du willst.« Ein Beißen auf die Unterlippe konnte ich mir bei aller vorgetäuschter Stärke jedoch nicht verkneifen, denn gleichzeitig kamen mir Zweifel, was ich hier verloren hatte. Er hatte lediglich versucht, seine Stute einzureiten. Nicht auf die sanfte Art, sondern schnell, ruppig, hart.

Nein! Er hatte ihr Gewalt angetan. Da war ich mir sicher und ich durfte jetzt keinen Rückzieher mehr machen. Jarosch kam einen Schritt auf mich zu, baute sich vor mir auf. Ich sah in seine Augen und wich einen Schritt zurück. Mein Herz klopfte mir bis zum Hals, als er ein kleines Stück von mir entfernt stehen blieb. Ich konnte seinen Schweiß riechen, seine Wut, seinen verletzten Stolz. Vor Verlegenheit wischte ich mir meinen Pony aus der Stirn. Um mindestens einen Kopf überragte er mich, aber er war nicht so groß wie Gregor. Gregor würde ihm bestimmt sein hübsches Gesichtchen neu gestalten, wenn er davon erfuhr. Und ich, ich würde nicht vor einem gezielten Kick mit dem Knie zurückschrecken, um seine Familienplanung gehörig durcheinander zu rütteln, falls er sich mir weiterhin nähern und vor mir aufbauen sollte. Krav Maga, wie es Clarissa ausübte, wäre jetzt nicht schlecht. Aber würde mein Knie ihn überhaupt treffen können? Vielleicht müsste man mir vorher einen kleinen Hocker reichen. Ich konnte den Gedanken nicht bis zum Ende durchkauen, da wir die Stute völlig vergessen und aus dem Blick verloren hatten. Doch jetzt nahm ich aus dem Augenwinkel eine rasche Bewegung wahr. Auf einmal tauchte sie unmittelbar hinter Jaroschs Rücken auf und stellte sich auf ihre Hinterbeine. Ich sah nur noch weißes Fell, eine flatternde Mähne, schwere Hufe, sie schlug vorne aus, traf mich am Arm, weil ich Jarosch gerade noch wegschubste, aber in dem Moment keine Zeit mehr fand, mich selbst in Sicherheit zu bringen.

Augenblicklich setzte die Stute ihre Vorderbeine ab und eilte rückwärts von uns weg.

Jaroschs verwirrter Blick streifte mich, dann wollte er sich auf die Stute stürzen, ich hielt ihn jedoch an seinem Ellenbogen fest. »Lass es. Tu ihr nichts.« Ich konnte meine Tränen nicht mehr verbergen. Ob aus Angst oder Schmerz wusste ich nicht. Mein Arm pochte jedenfalls wie verrückt. Jarosch riss sich von mir los, schnappte nach den Zügeln, die um ihren Hals baumelten, aber ich wetzte ihm hinterher. Ich hatte in diesem Moment mehr Angst um die Stute als um mich selbst und flehte ihn unter Schluchzen an, ihr nichts anzutun.

Jarosch drehte sich abrupt zu mir um, wollte mich an den Oberarmen fassen, dann erinnerte er sich wohl daran, dass ich gerade von einem Huf getroffen worden war, und ließ seine Hände schnell fallen. »Hat sie dich schwer verletzt?« Anschließend zischte er: »Dieses Miststück!«

»Nein, schon gut.« Pause. Atemholen. »Höchstens gestreift«, log ich und versuchte, nicht an den heißen Druck in meinem Arm zu denken. Als Jarosch ihn fast schon sanft ergriff, zuckte ich unwillkürlich zusammen. Pfff, genauso wie bei Clarissa und Armand!

»Siehste«, war alles, was er sagte. Die Stute stand still hinter ihm, als wollte sie sich unsichtbar und alles ungeschehen machen. Er nahm die Lederzügel in die Hand, wollte sie aus dem kleinen Platz führen, als er mich noch einmal ansprach, seine Augen blitzten mich wütend und durchdringend an: »Was denkst du, was ich ihr antun werde? Jetzt?«

Was sollte ich sagen? Dass ich befürchtete, dass er sie schlug? Stattdessen zuckte ich mit den Achseln, denn ich fühlte mich ertappt, genauso wie er sich erwischt fühlte.

»Ich werde ihr nichts antun. Ich werde ihr nie wieder etwas antun.«

Auch Jarosch war ein Ritter ohne Rüstung. Ohne Schutzschild.

Die Vergessene

Tage voller Stille.

Tage voller Dunkelheit.

Tür auf. Tür zu.

Futter. Wasser.

Keine Ansprache.

Nicht einmal du.

Jarosch

Der Bus am ersten Schultag nach sechs Wochen Sommerferien quoll fast über, als ich morgens einstieg. Quietschbunte Rucksäcke drängten sich in meinen Rücken, sperrige Schulranzen piksten in meinen Magen und die schwarzen Spuren auf meinem Bauch und meinen Armen pochten wieder. Immer heißer.

Überall Schweiß, Aufregung, Vorfreude, der Duft nach Salamibroten. Verdammte Scheiße! Zum Glück ging bald Adams Solotour los, sodass ich mir seine Rostbeule nehmen konnte, wann immer ich wollte, weil er mit dem großen Pferdetruck unterwegs sein würde.

Ich versuchte, mich irgendwo im Einstiegsbereich anzulehnen, da mir alles höllisch wehtat. Heute Morgen hatte ich nicht nur die Pferde gefüttert und deren Boxen ausgemistet, sondern der gestrige Sturz von der Stute tat sein Übriges. Seit meinem Reitunfall vor wenigen Jahren fühlte ich mich wie ein Krüppel. Oh sorry, politisch unkorrekt. Aber mein Rücken war eine einzige Baustelle. Ständig litt ich unter Schmerzen. Und eigentlich sollte ich gar nicht mehr reiten.

Nicht zu vergessen die Ranken, die sich seit gestern an Oberarmen und Brust hinaufschlängelten, bis hin zu meinen Schultern, und nun, nach dem Sturz, auch an meiner Wirbelsäule entlangzüngelten. Als plötzlich Johanna im Longierzirkel aufgetaucht war, hatte ich Mühe, aufrecht zu stehen. Ich wusste, was mich abends erwartet hätte, wenn ich nach dem Duschen einen Blick in den beschlagenen Spiegel geworfen hätte. Ich tat es nicht.

Wie schwere Gedanken lagen die Schmerzen die Nacht über mit in meinem Bett, ließen mich nicht los, ließen mich nicht schlafen. Flammten ohne Unterlass auf, wenn meine Augen vor Müdigkeit zufielen. Als am Morgen die Sonne durch die Fenster des Wohnmobils rieselte, verblassten allmählich die Erinnerungen an den vorherigen Tag wie auch die verzweigten Äste auf meinem Körper. Zurück blieb nur noch ein leichter Schimmer. Ein leichter Schmerz. Eine rosa Narbe hier und da, getrocknetes Blut. Ich fühlte mich gezeichnet, gebrandmarkt, für immer erinnert.

Ich schloss die Augen, ließ das Gedränge, Schubsen und aufgeregte Gerede um mich herum über mich ergehen. Noch zwei Jahre, dann hatte selbst ich mein Abi in der Tasche. Aber jetzt musste ich erst einmal diese Fahrt, den ersten Schultag überstehen.

Als der Bus schließlich mit einem Ruck und quietschenden Reifen zum Stehen kam, musste ich mir auf die Zunge beißen, um ein Stöhnen zu unterdrücken. Hoffentlich hatte ich nicht vergessen, mir die Schmerztabletten einzupacken.

Und dann sah ich sie. Keine Ahnung, warum mich das erstaunte. Sie müsste sechzehn, siebzehn sein, da war es normal, dass sie noch zur Schule ging und ebenfalls mit dem Bus fuhr. Aber ich hatte nicht damit gerechnet, sie so schnell wiederzusehen, denn eigentlich hatte ich mir vorgenommen, zunächst nicht mehr auf den Talwiesenhof zu gehen. Die Situation gestern, das war einfach zu peinlich gewesen. Ich hatte die Stute in ihre Box verfrachtet, die Tür hinter mir zugeknallt, mit der Absicht, sie nie wieder zu öffnen.

Johanna stand nun von ihrem Sitzplatz auf, sah mich entweder nicht oder ignorierte mich, und lief den Gang entlang, dicht gefolgt von Verena und … wie hieß er noch einmal? Michael? Michi? Micha? Von Gregor keine Spur. Eventuell fuhr der Sportjunkie die fünfzehn Kilometer mit dem Fahrrad. Würde ihm nicht unähnlich sehen.

Als sich Johanna an mir vorbeidrängte, wurde sie von einem pöbelnden Siebtklässler in mich hineingeschubst, sodass ich ein mürrisches »Hey« nicht unterdrücken konnte, und genauso schnell wurde sie aus dem Bus hinausgeschwemmt. Nachdem sie ausgestiegen war, blickte sie sich um. Ihr hellblondes, langes Haar hatte sie zu einem hohen Pferdeschwanz zusammengebunden, der im Laufen wie ein Metronom von links nach rechts pendelte. Der Pony fiel ihr ins Gesicht und nur für einen Moment konnte ich ihre blassblauen Augen, ihre hellen Sommersprossen, ihre schmalen Lippen sehen, die sie nun zu einem verbissenen Strich zusammenzog. Wahrscheinlich glaubte sie, dass ich sie mit meinem Meckern gemeint haben könnte. Verena hakte sich bei ihr unter, zog sie fort, und ich sah nur noch ihr blondes Haar, ihre schwarzen, engen Jeans, ihre knallig pinken Ballerinas.

Mist! Seit wann beachtete ich denn die Schuhe eines Mädchens? Und warum musste ich ausgerechnet jetzt daran denken, wie sie auf der Treppe auf der Burg ausgesehen hatte? Mit den Blüten in ihrem gelösten Zopf und den Strähnen, die ihr auf die Wangen fielen? Der Limo an der Stirn?

Bevor der Bus zischend seine Türen schloss, sprang ich rasch hinaus. Der Schmerz in meinem Rücken und die morgendliche Kälte ließen mich frösteln. Meine kurze Lederjacke mit dem Stehkragen enger um mich ziehend, schlich ich der Meute an Schülern hinterher. Vor dem Schulgelände zog ich meine Zigaretten aus der Tasche und zündete mir eine an. In welche Kurse sie mich wohl dieses Jahr stopfen würden? Vielleicht zu Johanna? Meine Gedanken kreisten um das bevorstehende Schuljahr und die vielen Fragezeichen in meinem Kopf, wodurch ich die Zigarette nicht wirklich genießen konnte. Ich hätte mich schwarz ärgern können, dass ich keine Möglichkeit gefunden hatte, mit ihr zu reden. Weder gestern am Stall noch heute. Ich hätte ihr gerne gedankt. Irgendwie hatte ich das Gefühl, dass sie mir das Leben rettete, als sie mich zur Seite schob. Ich hätte mich nach ihrem Arm erkundigen sollen. Das wäre zumindest höflich gewesen. Doch ich hatte all das nicht getan. Stattdessen brachte ich die Stute in den Stall und haute ab. Und davor hatte ich sie wie ein Wilder angebrüllt. Nicht gerade die feine Art. Aber was hätte ich tun sollen? Ich wollte sie dort nicht haben und zwar nicht nur, weil das Pferd mich in den Sand gesetzt hatte, sondern weil ich dem Tier nicht über den Weg traute. Im Nachhinein ließ mich das Gefühl nicht los, dass die Stute mich angreifen wollte und nicht das Mädchen. Wollte sie Johanna gar verteidigen? Gegen mich?

Nachdem ich aus dem Sekretariat kam, steuerte ich den Klassenraum an. Auf ein Neues! Scheiße! Noch zwei Jahre Schule, zwei Jahre meinen Vater ertragen, diese ganze Kacke hier, dieses Gebäude, das nach zusätzlichem Druck, Monotonie, brackigem Kreidewasser und scharfem Putzmittel roch. Aber ich konnte es mir nicht wie Adam leisten, nach der Mittleren Reife die Schule zu schmeißen, denn meine Karriere als Showreiter war nicht wie seine bereits in Stein gemeißelt.

Als ich beim Betreten des Klassenzimmers dann auch noch Johanna unter all den Schülern erblickte, erhellte dies meine Laune nicht wesentlich. Ganz im Gegenteil. Englisch als Leistungskurs war möglicherweise doch keine so gute Wahl, aber was hätte ich tun sollen? Sport fiel weg, also blieben mir nur Erdkunde und Englisch. Ich setzte mich an einen der freien Tische, kramte in meiner Umhängetasche nach den Tabletten und schluckte sie hinunter, als auch schon Herr Weller, der Lehrer, den Raum betrat. Sein Gerede über Klausuren, Referate, Projekte und Punktesysteme lenkte mich jedoch nicht von der Stute, Johanna und all dem anderen Kram ab. Wie jede Nacht drohte ich auch jetzt in einen Albtraum zu stürzen, der so tief und unendlich war wie eine Schlucht.

Die Verlorene

In der Stimme des Mädchens lagen Sehnsucht und Geborgenheit. Doch ihre Hand zitterte.

Zu gerne hätte ich ihre warme Haut auf meinem verklebten Fell gespürt, auf meinen bebenden Nüstern. In meine Seele nistete sich Sehnsucht nach Geborgenheit ein.

Instinktiv wich ich jedoch vor ihrer Furcht zurück, schüttelte meine schwere Mähne, stieß ein heißes Wiehern aus. Die Augen des Mädchens vergrößerten sich schlagartig. Ich machte ihr Angst. Das wollte ich nicht.

Johanna

Meine ersten Tage in der neuen Schule waren zum Glück wenig spektakulär. So einfach hatte ich mir den Schulstart wirklich nicht vorgestellt. Durch Verena, Gregor und Micha fand ich zu den anderen Schülern schnell Anschluss, es reichte zumindest, um mit ihnen über zu viele Hausaufgaben, nervige Lehrer und schlechte Kinofilme zu quatschen. Wir fuhren mit dem Bus oder manchmal auch mit Michas Auto zur Schule, meine Nachmittage verbrachte ich weiterhin mit Merlin oder brütend über mathematischen Formeln oder auch zusammen mit Verena, Micha und Gregor in der spätsommerlichen Hitze brutzelnd.

Skye und ihrer Gang ging ich im Stall und in der Schule aus dem Weg. Clarissas Liebesleben pausierte, stattdessen hatte ich mich auf mittelalterlich anmutende High Fantasy gestürzt: *Prinz ohne Reich* war der vielversprechende Titel.

Aber womit ich nicht gerechnet hatte: Jarosch Ullmann ging in einige Kurse, die ich auch belegte. Verena und Gregor hätten mich ruhig mal vorwarnen können, doch eigentlich durfte ich ihnen gar nicht böse sein, denn ich hatte ihnen nie erzählt, was zwischen ihm und mir vorgefallen war. Zum Glück lief er mir nicht täglich über den Weg, weder auf dem Talwiesenhof, da sah ich ihn seit dem Zwischenfall vom Wochenende gar nicht mehr, noch in der Schule. Im Unterricht war er still, beinahe unsichtbar, in Pausen hockte er allein über Schulaufgaben oder er hing mit ein paar Typen, die ich nicht kannte, in der Raucherecke ab.

Oder wir spielten folgendes Spiel: Er beachtete mich nicht, ich beachtete ihn nicht. Oder vielleicht blickte ich einfach viel zu schnell weg, wenn er nach mir schielte? Und er tat es mir möglicherweise gleich?

Als ich Herrn Maurer bei Gelegenheit und natürlich ganz beiläufig darauf ansprach, ob sich Jarosch nicht mehr um sein Pferd kümmern würde, meinte er nur, dass er ihn seit einer Weile nicht gesehen und dementsprechend niemand die Box gemistet hätte, weil sich niemand zu ihr hineintraute.

Ich war mir unsicher, was ich tun sollte, tun durfte. Ich konnte Jarosch schlecht darauf ansprechen, warum er nicht nach seiner Stute schaute, ich konnte es aber auch schlecht selbst machen. Oder doch? Was wäre eine Romanheldin, die nicht den ersten Schritt wagte, wenn er auch noch so klein war?

Eines Abends, als niemand mehr auf dem Reiterhof war, schlich ich mich zu ihrem Verschlag, denn ganz so mutig, wie ich es mir vorgenommen hatte, war ich dann doch nicht. Meine Finger zitterten, als ich den Riegel zurückschob, mein Herz klopfte unregelmäßig, als ich hineinspähte, weil ich nicht wusste, was mich erwartete. Trotz der Stille, die durch die Dunkelheit zu mir drang, konnte ich nicht ahnen, wie sie sich verhalten würde, wenn sie mich bemerkte. War die Ruhe nur eine trügerische Stille vor dem Sturm? Oder hatte sie schon längst aufgegeben? *Sich* aufgegeben?

Ich ließ die Tür offen, damit etwas Helligkeit in den Schuppen fallen konnte (vielleicht auch, um mir einen Fluchtweg offen zu halten), nahm mein Herz in die Hand (eine Vorstellung, die mich nicht beruhigen konnte!) und ging auf ihre Box zu. In dem niedrigen Stall herrschte ein heilloses Durcheinander an alten Futtersäcken, kaputtem Werkzeug bis hin zu Schränken mit halb herausgerissenen Türen und einem Vorrat Heu und Stroh. Ich durfte jetzt keinen Rückzieher machen, sogar wenn mir die Angst mit langen, kalten Fingern den Rücken hinaufkroch und sich an meiner Wirbelsäule festkrallen wollte.

Wozu war die verstörte Stute fähig?

Doch als ich vor ihrem Verschlag ankam, war die einzige Bewegung, die von ihr ausging, das Auf und Ab ihrer Flanken, ihre Atmung. Wenn sie gekonnt hätte, hätte sie wohl auch damit aufgehört. Tränen schossen mir in die Augen. Und nicht nur aufgrund des Gestanks um mich herum. Meiner Trauer folgte sogleich eine unbändige Wut. Ich stapfte aus dem Stall, holte eine Schubkarre, frisches Stroh und Heu, öffnete vorsichtig ihre Box und murmelte ihr unter unzähligen Schluchzern freundliche Worte zu. Weil sie sich immer noch nicht bewegte, fing ich mit bedachten und langsamen Bewegungen an, ihren Stall zu misten. Mein Arm tat zum Glück nicht mehr weh. Nur noch die blauen Flecken erinnerten mich an jenen Tag, an Jaroschs wütende und zugleich ängstliche Augen. Zwar wagte ich es nicht, ihr meinen Rücken zuzudrehen, doch die Stute gab mir nicht den geringsten Anlass, Panik zu bekommen oder gar zu fliehen. Sie stand mit zur Seite hängenden Ohren und tiefem Hals erschöpft da. Zum Schluss füllte ich den schwarzen Bottich in der Ecke mit frischem Wasser auf.

Ich hatte viel für sie getan, aber nicht genug. Es würde niemals genug sein.

Die Zurückkehrende

Lange Zeit waren die Nächte zu dunkel, zu endlos. Die Dämmerung stets in weiter Ferne.

Bis sie Licht in mein Leben brachte. Zuerst nur durch einen Spalt in der Tür. Dann durch das Leuchten in ihren Augen.

Johanna

Aus Spätsommer wurde Herbst, aus September wurde Oktober, aus T-Shirts wurden leichte Strickpullover. Clarissa verbrachte ihr erstes Mal mit Armand, trennte sich aber kurz darauf von ihm – irgendwelche Komplikationen mit Armands Ex-Freundin Margaux, die er einst am Hofe des Sonnenkönigs in Versailles kennenlernte, und mit den verschiedenen Vampirclans. Dann tauchte auch noch irgendein heißer (habe ich jetzt tatsächlich *heiß* gesagt?), bärtiger Grizzly-Gestaltwandler namens Hank Myers aus den kanadischen Wäldern auf, der alles gehörig durcheinanderwirbelte. Und nebenbei gestand mir Verena, dass auch bei ihr das erste Mal mit Micha bevorstehen würde. Auf einen Schlag fühlte ich mich wie Slime, diesen giftgrünen Glibber, den man an die Wand klatschte und der dann schmatzend zu Boden sank, aber ich versuchte die Contenance zu wahren und nicht daran zu denken, dass bei mir irgendwelche ersten Male noch in ferner Zukunft lagen.

Denn ich, ich machte brav meine Hausaufgaben, räumte regelmäßig mein Zimmer auf, putzte mir zweimal täglich die Zähne, benutzte Mundwasser und Zahnseide, stoppte Gregors Laufzeiten, weil er nach dem Abi unbedingt einen Studienplatz für Sportwissenschaften ergattern wollte, und spielte seit Neuestem einmal in der Woche mit ihm Tennis. Jedes Mal schleuste er mich heimlich auf den Platz, sodass ich schon vor dem Match unter Herzrasen und Atemnot litt.

Genauso im Verborgenen kümmerte ich mich zunächst um Jaroschs Stute. Aus Mitleid wurde Regelmäßigkeit, Notwendigkeit, doch bald war es mir gleichgültig, dass auch die anderen auf dem Reiterhof meinen Einsatz mitbekamen, dass mir Skye blöde Blicke zuwarf und hinter meinem Rücken tuschelte. Ich würde zumindest nicht mehr zu denjenigen gehören, die die Augen davor verschlossen, dass die Stute in ihrem eigenen Schmutz hauste.

Manchmal stand sie ruhig wie die See vor mir, dann trüb wie ein Tümpel. Oder sie tobte wild schäumend und alles verzehrend wie ein Ozean in ihrem engen Gefängnis. An solchen Tagen vermied ich es, ihre Box zu betreten, warf ihr nur das Futter hinein und stellte einen Eimer frischen Wassers dazu. Sie verfolgte mich dann mit donnernden Hufen bis nach Hause. Wie ein Geisterpferd spukte sie in meinen Träumen umher. Darin schimmerte ihr Fell metallen, ihre Hufe bluteten, weil sich unzählige dornige Ranken um ihre Beine schlängelten und bis zu ihrem Gesicht emporwuchsen. Blut tropfte auf den nebelverhangenen, feuchten Boden. Andere Male schwamm sie mit geblähten Nüstern durch tiefschwarze Flüsse und Seen, kämpfte sich steile Böschungen hinauf, wieherte atemlos ihrer Herde hinterher. Am nächsten Morgen war der Traum nur noch ein Schemen aus Schatten und Rauch. Wie eine Kerze, die man löschte und die einen Hauch Schwefel in der Luft hinterließ. Beinahe jede Nacht wachte ich schweißgebadet auf, schob meine Albträume auf *Der Herr der Ringe*- oder *Sleepy Hollow*-DVD-Abende mit Verena und den Jungs.

Zu anderen Zeiten begrüßte sie mich mit gespitzten Ohren und brummelte mir leise zu, als hätte sie auf mich gewartet. Dann wusste ich, dass es ein guter Tag werden würde.

Oft versuchte ich, auf Jarosch zuzugehen, aber ich traute mich nie, ihn wirklich anzusprechen. Ich erfand ständig neue Ausreden: Ich wollte ihn in der Schule nicht stören, weil er noch schnell Hausaufgaben machte, Textstellen vor dem Unterricht durchlas, hektisch etwas in ein zerfleddertes, überquellendes Notizbuch kritzelte oder sich mit seinen Freunden unterhielt. Abermalig ging ich mit rasendem Herzen, schwitzenden Händen und einem unangenehmen Prickeln auf der Haut auf ihn zu und drehte mich im letzten Moment doch wieder um, tat so, als würde ich einen Mülleimer suchen, als hätte ich etwas vergessen und müsste schnell umdrehen. Peinlich, aber was hätte ich sagen sollen? *Hi, Jarosch, schön, dass du dich nie erkundigst, wie es meinem Arm geht. Ihm geht es sehr gut, danke der Nachfrage. Zum Glück haben meine Eltern nichts bemerkt, sodass ich ihnen keine Lügen auftischen musste. Ach, und übrigens, ich miste schon seit ein paar Wochen die Box deiner Stute aus. Da es ja sonst niemand macht. Und bevor ich es vergesse: Was bist du nur für ein Mensch? Was hast du aus diesem Pferd gemacht?*

»Wer bist du?«

Wer war ich?

Ich wusste es nicht. Ich wusste es nicht mehr. Das Mädchen stand vor mir.

Ich war die, die im gestreckten Galopp über Wiesen flog, die sich vor Übermut auf die Hinterhand stellte, die ihre Nüstern in den Wind hob, die ihre Herde beschützte.

Und jetzt?

Jetzt war ich verdreckt, Schweiß haftete an meinem einstmals weißen Fell.

Ich stank, meine Knochen und Muskeln schmerzten.

Ich war nichts.

Mit hängendem Kopf und matten Augen beantwortete ich ihre Frage.

Sie verstand jedes unausgesprochene Wort.

Johanna

»Wie gern würde ich dich in die Sonne rauslassen, meine Süße, aber ich darf es nicht. Du würdest dich bestimmt losreißen, und dann, dann wäre die Kacke echt am Dampfen.«

Es war später Nachmittag, ich hatte Merlin bereits geritten und ausgiebigst geknuddelt und betüddelt, damit er nicht eifersüchtig wurde, und jetzt mistete ich die Box und plapperte vor mich hin. Wahrscheinlich beruhigte es mich mehr als sie. Gestern hatte ich sogar einige Bretter aus ihrem Verschlag gerissen, damit zumindest eine geringfügige Chance bestand, dass Luft und Licht zu ihr durchsickerten. Mit der Sonne verschwanden auch die Schatten auf ihrem Fell, die mich zum Narren halten wollten – manchmal scharf wie eine Tuschezeichnung, dann verschwommen, als hätte man ein Glas Wasser über das noch feuchte Bild geschüttet.

Heute wollte ich sie das erste Mal berühren, da sie einen ihrer guten Tage hatte, und im Grunde genommen war sie doch nur ein Pferd, kein Ungeheuer. Auch wenn sie zu mancher Zeit so wirkte: Mit so flach angelegten Ohren, dass ich sie kaum noch sehen konnte, gebleckten Zähnen und tief gelegtem Hals. Dann schoss sie auf mich zu, einem Hai gleich, der Blut roch.

Ganz behutsam streckte ich die Hand nach ihr aus, versuchte in ihr Reich aus Dunkelheit hineinzugelangen, zu ihr durchzudringen. An keinem der Tage zuvor hätte ich es gewagt, mich ihr zu nähern, aber ich spürte eine gewisse Neugier, auch Hoffnung, die von ihr ausging. Vielleicht wollte selbst sie aus ihrem schwarzen Gefängnis ausbrechen, doch im letzten Moment überlegte sie es sich anders. Sie schüttelte den Kopf und stieß, kurz nachdem sie an meiner Haut geschnuppert hatte, einen heiseren Schrei aus.

Auch ich erschrak, ich mistete jedoch weiter, und nachdem ich mit der Stallarbeit fertig war und eigentlich schnell hätte verschwinden können, lehnte ich mich an den Türrahmen. Ich konnte mich nicht dagegen wehren, ich wollte sie betrachten, trotz der eisigen Hand, die sich dadurch um mein Herz schlang. Und sie fühlte diesen kalten Griff ebenso wie ich. Ich wusste, erst wenn ich die Box und den Schuppen verlassen und die Tür hinter mir geschlossen hatte, würde sie aus ihrer Ecke hervorkommen, die Karotten und Äpfel fressen, die ich von Merlins Portion abzwackte und jeden Tag in ihren Futtertrog kullern ließ. Erst dann würde sie ein bisschen Frieden finden.

Wenn kein Mensch mehr in ihrer Nähe war.

Als ich die Mistgabel in die Ecke stellte, bemerkte ich zum ersten Mal, dass sich dort unter Staub, Spinnweben und Stroh ein altes Putzkästchen befand. Es war hellblau. Ich bückte mich und strich mit der Hand über den Deckel und fand unter der dicken Schmutzschicht einige Aufkleber: mit Pferden und Ponys darauf, Micky Mäusen und Dinosauriern, aber am meisten stach der Aufkleber mit Jaroschs Namen hervor. Ich war beinahe gerührt, weil ich damit ein Stück aus Jaroschs Kindheit in den Händen hielt. Ich öffnete die kleine Putzbox, ein Verschluss war bereits kaputt, und fand darin allerlei Bürsten und Striegel. Dann entdeckte ich ein teures Lederhalfter auf dem Boden. Es war neu, aber durch die Feuchtigkeit im Schuppen und den Staub und den Dreck sah es etwas mitgenommen aus. Vermutlich gehörte es ebenfalls Jarosch.

Er hatte es weggeworfen wie seine Stute.

Ob ich das Halfter wohl mit nach Hause nehmen, säubern und einölen sollte?

Auf jeden Fall schnappte ich mir das Putzkästchen und ging zurück zu ihr. Zuerst holte ich eine weiche Schmusebürste heraus, konnte mir ein kleines Lächeln dabei nicht verkneifen, strich Staub und Pferdehaare heraus, und wandte mich wieder der Stute zu. Mit klopfendem Herzen und einem Prickeln im Nacken ging ich auf sie zu. Im ersten Augenblick schnaubte sie laut aus, hüpfte nervös von einem Vorderbein auf das andere, doch ich ließ mich nicht beirren, näherte mich ihr Schritt für Schritt, bis sie erstaunlicherweise meine Berührung zuließ, obwohl sie dabei erstarrte und kurz die Luft anhielt. Dadurch erinnerte sie mich, dass auch ich atmen musste. Ich begann zu singen. Ganz leise, damit niemand meinen erstickten, schrägen Singsang hören konnte. Mit vorsichtigen und zittrigen Bewegungen tastete ich mich ihren Rumpf entlang, kraulte behutsam ihren Hals. Das Fell des namenlosen Pferdes wurde mit dem herannahenden Winter allmählich dichter und plüschiger, bald würde es explodieren wie ein Wollknäuel. Merlin wuchs bereits der so tinkertypische Oberlippenbart, der mich jedes Mal aufs Neue schmunzeln ließ. Er sah dann aus wie ein Gentleman – leicht dicklich zwar – aus den Zwanzigern, im Nadelstreifenanzug und mit schwingendem Spazierstock in der Hand.

Langsam beruhigte sich ihr Atem, sie ließ sich mehr und mehr unter meinen Fingern und meinem Lächeln fallen. Ihre Muskulatur löste sich sachte. Auf ihrem Fell tanzten Sonnen- und Staubpartikel.

»Siehst du, so schlimm ist es doch gar nicht! Sauber bekomme ich dich damit zwar nicht, aber es ist ein Anfang«, versuchte ich, sie zu besänftigen, während ich auf die Schatten auf ihrem Fell schielte. Ich ließ ihre lange, lockige Mähne durch meine Hände rieseln, als würde ich durch eine Harfe streifen (als ob ich überhaupt ein Instrument spielen könnte), und fast war es mir, als würde ich Melodien aus einer anderen Welt hören. Aus dem Augenwinkel beäugte sie mich immer noch misstrauisch, aber sie ließ meine Nähe zu. Möglicherweise fand sie mich ebenso verwunderlich wie ich sie. In ihren Augen sah ich nicht nur Müdigkeit und Langeweile, sondern einen kleinen funkelnden Hoffnungsschimmer. Das hier könnte ein Anfang sein.

Nach und nach wurde auch ich ruhiger, meine Berührungen waren keine Flügelschläge mehr, die über ihr Fell flatterten. Schließlich nahm ich meine andere Hand hinzu, streifte ihre Nüstern, die für einen flüchtigen Augenblick aufbebten, fragte sie flüsternd: »Na, woher kommst du wohl? Wer bist du?«

Ich strich zu ihren Augen hoch, immer weiter, bis sie unvermittelt den Kopf hochriss, ihn schüttelte, bis sie aufschrie, zurückwich und zum Steigen ansetzte. Auch ich schrie auf. Aus Angst vor ihrer Reaktion sowie aufgrund des Schmerzes, der mich unerwartet durchfuhr. Ich hatte mich an etwas Scharfkantigem und Spitzem auf ihrer Stirn geschnitten. Ein weiteres Mal hob ich meine Hand, um unter ihren dichten Schopf zu greifen, doch sie zuckte schrill wiehernd zurück und gab mir einen Schubs mitten auf die Brust. Aufkeuchend strauchelte ich rückwärts und glitt an der Boxenwand hinab.

Meine Hand blutete, aber für den Moment konnte ich nichts weiter tun, als sie an mein Oberteil zu pressen. Der blutende Schnitt tränkte den dünnen Stoff augenblicklich. Wie zum Trost kam die Stute auf mich zu, doch als sie mich mit ihrer weichen Nase berührte, schrak ich auf. Fest drückte ich mich an die Holzwand. Ihr warmer Atem, der über meine Wangen wehte, ließ mich gleichzeitig frösteln und schwitzen, ihre Lippen nestelten an meinen offenen Haaren und an meinem Shirt. Unter leisen Tränen streichelte ich trotz allem ihre samtene Nase, küsste sie ohne nachzudenken darauf, die Furcht flog davon. Dann senkte sie ihren Kopf weiter zu mir hinab und plötzlich stach sie mich in meine verletzte Hand, woraufhin ich schmerzvoll aufkeuchte. Unter ihrem Schopf schimmerte ein helles Licht.

Scheiße, was war das denn?

Mit der anderen Hand lüftete ich das Haar von ihrer Stirn und sah … oh mein Gott … ein kleines Horn. Ein abgebrochenes Horn, das weiß, nahezu hellblau zu glühen begann. Es wirkte wie ein Eiszapfen, wurde jedoch wärmer und wärmer. Himmel! Was war sie? Ich hatte keine Ahnung, was hier vor sich ging, aber dennoch konnte ich mich nicht von der Stelle bewegen. Als das Pochen in meiner Hand von einem Prickeln abgelöst wurde und mich ein kleiner Schauder durchfuhr, lenkte ich den Blick von ihrer Stirn auf meine Hand, die aufgehört hatte zu bluten, zurück. Ich konnte beobachten, wie sich die Wunde schloss, das Blut trocknete, wie sich eine feine rosa Narbe bildete, die verblasste und letztendlich verschwand. Verblüfft schaute ich das Pferd an, das vielleicht gar kein Pferd war. Und dann begriff ich, dass ich sie hier im Schatten das erste Mal richtig wahrnahm. Das, was ich immer für ein Spiel von Licht und Dunkelheit hielt, war so echt wie ihr Horn.

In ihrem Gesicht sah ich Ranken und Dornen, die sich von ihren Nüstern zu ihrem Auge emporschlängelten und wild um sich schlugen, sich in ihrer Haut und ihrem Fell verankerten wie kleine Haken, wie ein Tattoo auf heller Haut. Manche Wundränder waren frisch, andere verkrustet und verheilt. Was war sie? Die Erkenntnis sickerte in mein Herz, aber nicht in meinen Verstand, obwohl sie dort schon längst war. Das konnte nicht sein! Nie und nimmer! Sie war ein Pferd!

Ungläubig schüttelte ich den Kopf. Sie war nicht nur eine atemberaubend schöne Schimmelstute, sie war ein Einhorn, wie es sie nur in Märchen gab. In alten Legenden. In kitschigen Zeichentrickfilmen.

Aber nicht hier. Nicht in diesem Loch. Nicht eingepfercht zwischen Schmutz und Gestank und Dunkelheit.

Und dann legte sie ihr Kinn auf meine Schulter, berührte mich leicht mit ihrem abgesplitterten Horn. Obwohl ich wegrennen wollte, weil das alles so unwirklich war, konnte ich mich nicht rühren. Wie gelähmt saß ich vor diesem Wesen, das mehrere hundert Kilo wog, todbringende Hufe besaß, die ich bereits spüren durfte, und Zähne, die … Dennoch vertraute ich ihr, dass sie mich kein weiteres Mal verletzen würde.

Die Zeit blieb stehen. Die Welt hörte auf, sich zu drehen.

Vor meinem Auge tauchten Bilder auf, gingen ineinander über, verschwammen, flogen von mir weg, flatterten wieder auf mich zu, umschwirrten meinen Kopf, flackerten auf, verglühten. Ich sah die Stute auf wackeligen Beinen bei ihren ersten Schritten kurz nach ihrer Geburt – schon als kleines Fohlen war ihr Fell reinweiß wie frisch gefallener Schnee gewesen –, wie sie ihre Umwelt erkundete, wegen auffliegender Wasservögel zur Seite sprang und bockend und quiekend davonhüpfte. Donnernde Hufe, die über offene Weiten preschten, vibrierten in mir mit. Körper an Körper galoppierte sie mit anderen ihrer Art durch morgendlichen Nebel. Ich spürte ihre festen Muskeln, als wären sie meine eigenen. Lautlos schwamm ich durch hohe, saftige Wiesen, mühelos flog ich über umgefallene Baumstämme und rauschende Bäche, ich stärkte meine Muskeln, meine Ausdauer im Spiel und im Kampf. Um zu ruhen, lag ich auf Moos, unter dem Mond, in schattigen Wäldern. Wenn ich aus dem See trank, sah ich ihr Spiegelbild, meines, ihren athletischen Körper, ihr glänzendes Fell, ihr Horn, gedrechselt aus Mystik und Magie. Neben ihr spiegelte sich eine ganze Herde Einhörner. Große und kleine Tiere, mit grauem oder silbernem Fell, gesprenkelt oder gepunktet, mit einem oder zwei Hörnern auf der Stirn, bei manchen schneckenhausartig wie bei einem Widder gerollt oder dick und kurz wie bei einem Nashorn. Keines der Fabelwesen war so schön wie sie. Nicht annähernd.

Ihr ganzes Leben durchströmte mich wie ein warmer Sommerregen, bis diese Bilder von einer wütenden Sturmböe fortgewischt wurden. Ein eisiger Regen ließ mich zittern, frieren, wie Hagel prasselte er auf mich herab. Ihr Schmerz wurde zu meinem. Er kroch an meinen Beinen hinauf wie dornige Ranken, krallte sich in meine Haut, wollte mich nicht mehr loslassen. Ihre Trauer überrollte mich, nahm mich mit, riss mich fort. Ihre Wut entlud sich in tausend Funken in und über mir, sodass ich meine Hand ausstrecken und sie von mir schieben wollte. Ich ertrug ihre Nähe, ihren Zorn nicht. Sogleich überkam mich Heimweh. Tiefes, ungnädiges Heimweh, unendlich weit und bodenlos wie ein Ozean. Ein Meer, das sie mit Muskelkraft nicht bezwingen konnte. Und ihr Wille war zu schwach geworden.

Dann sah ich nur noch ihn. Seine gehetzten Augen, seine strengen Züge, seinen verbitterten Mund, seine verschwitzten Haare, seine gnadenlosen Hände. Am Ende zählte nur noch er.

Jarosch.

Abrupt löste sie sich von mir. Ich erwachte wie aus einem Traum. Aufgelöst, fiebrig, müde, benommen.

Es war vorbei.

Ich schnappte mir meine abgewetzte Steppweste, die an der Boxenwand hing, und stürzte aus dem Stall, schwang mich auf mein Rad und ohne nachzudenken, ohne anzuhalten, fuhr ich zu ihm. Ich wollte ihn zur Rede stellen, anbrüllen, ihm alles nehmen, was er ihr genommen hatte.

Oder hatte er dafür nicht längst selbst gesorgt?

Die Stute

Sie war der Wind unter meinen lahmen Flügeln.

Du der Sturm, der mich von zu Hause wegtrug.

Jarosch

Ich trudelte.

Immer tiefer hinab. Doch ich wusste, dass sich dieses Mal nicht die Schwärze vor meinen Augen einstellen würde, das völlige Vergessen, die Betäubtheit.

Ich ahnte es bereits, als Skye unerwartet bei uns zu Hause aufgetaucht war. Und doch unterbrach ich meine Arbeit, ging mit ihr, drückte die Türklinke am Wohnmobil herunter, landete auf dem kleinen Sessel. Mit ihr.

Nahezu täglich traf ich mich die letzten Wochen mit Skye. Heimlich. In der Schule. Auf der Toilette. In ihrem Auto. Auf einem abgelegenen Waldparkplatz.

Ihre Küsse, ihre Hände ließen mich alles vergessen, ich genoss den freien Fall, den Rausch, die Schnelligkeit. Heute erwartete ich zum ersten Mal den Aufprall, denn meine Gedanken kamen nicht zum Stillstand, als sie auf meinem Schoß saß und sich an mich presste, ich alles an ihr spürte. Sie hingegen nicht alles an mir. Mein T-Shirt behielt ich an. Immer.

Dieses Mal konnte ich nicht abschalten. Meine Erinnerungen strömten in einem wilden Strudel umher und ständig tauchten neue Bilder auf: Bilder von der Stute, wie sie mit ihren Hufen vor meinem Gesicht strampelte, von Johanna, wie sie in den Longierplatz gestürmt kam, ihre blauen Augen, ihre Wildwasseraugen. Ich hätte jetzt die Reißleine ziehen, wieder aufsteigen können, doch meine Hände klammerten sich nur um Skyes Hüften. Ziellos, bewegungslos.

Ihre Lippen streichelten mich, ihre Haare streiften mich, aber ich spürte nicht sie selbst. Es war nicht so, wie es sein sollte, wie ich es erwartete. Ich war nicht gut genug für sie. Sie war nicht gut genug für mich. Es waren die Lippen und die Fingerspitzen irgendeines Mädchens, nicht die des richtigen Mädchens. Es war nicht richtig.

Das Ratschen des Reißverschlusses riss mich endgültig aus diesem Sog. Wie das Kratzen von Fingernägeln auf einer Tafel. Ruckartig griff ich nach ihren Händen, woraufhin Skye mir einen ebenso erstaunten wie wütenden Blick zuwarf; ihr rosa glänzender Lippgloss war verschmiert. Sie versuchte es ein weiteres Mal, woraufhin ich Skye von mir schob und einfach aufstand. Wortlos öffnete ich die Tür, während sie immer noch vor dem Sessel stand.

»Was soll das?«, stammelte sie.

»Das ist doch eindeutig, oder?« Uh, konnte man noch fieser sein? Aber was sollte ich sagen? Dass ich heute die Streifen auf ihrem Poloshirt gezählt, den dunklen Haaransatz an ihrem Scheitel betrachtet hatte? Dass nicht ich derjenige war, der nicht genug für sie war, sondern sie? Dass mir ihre Umarmung nichts bedeutete? Dass ich so meine Probleme nicht löste? Nichts von alldem sagte ich ihr. Ich wollte der Arsch sein, den sie ihn mir sah. Sie war mir egal. Und es war mir auch gleichgültig, was sie über mich erzählen würde. Sie war nur Skye.

Sie schlüpfte in ihre Flip Flops, ordnete ihre Klamotten und strich sich die offenen Haare hinters Ohr. »Du kannst mich mal, Jarosch Ullmann.« Ihre Augen funkelten.

Daraufhin stolperte sie aus dem Wohnwagen. Was hätte sie sagen sollen? Wir sprachen sonst auch nicht viel miteinander, bis auf *In fünfzehn Minuten im Heizungskeller* oder *Kein Wort zu niemandem.*

Ich schnappte mir meine Gitarre, die neben der Tür lehnte, und setzte mich draußen auf eine Holzbank neben das abgebrannte Lagerfeuer. Die Sonne hatte sich hinter grauen Wolken versteckt. Ich versuchte, mich zu konzentrieren, mich zu beruhigen, meine Gedanken zu klären. Vielleicht würde es mit dem Gitarrenspiel klappen. Meine Finger lagen auf den Saiten, fühlten sie aber nicht.

Wann hatte ich sie das letzte Mal in den Händen gehalten? Wann war ich zuletzt bei der Stute gewesen? Anfangs zählte ich jeden Tag wie die Tropfen aus einem undichten Wasserhahn. Doch mit jedem Tag füllte sich mein schlechtes Gewissen wie ein leeres Becken. Wie lange war es her? Zwei Wochen, gar drei oder vier? So löste ich meine Fesseln von der Stute, doch ihre zog ich damit enger zusammen. Das war ihr Preis. Mein Preis. Meine Belohnung. Die Stute galoppierte in der Nacht nur noch am Horizont meiner Träume entlang. Die Ranken kletterten nicht weiter, stoppten an meinem Oberkörper. Endlich wachte ich nicht mehr mit ihrem wütenden Wiehern in den Ohren auf, es war zu weit weg, sondern stand mit dem rauen Krächzen der Krähen auf.

Immer wieder glitt ich von den Saiten ab und erzeugte falsch klingende Töne. Ich fing an, einen Song zu summen, und versuchte, den Rhythmus in meine Finger zu transportieren, die immer noch hilflos den Hals der Gitarre berührten und die Saiten ruhig hielten.

Langsam schlichen sich die Zeilen des Lieds auf meine Lippen und verließen meinen Mund. Leise Töne schwebten durch die Luft wie die leichten Schirmchen des Löwenzahns. Ein Hauch und sie änderten ihre Richtung. Ich musste mich mehrmals räuspern, um die Trockenheit in meiner Kehle zu bezwingen, die heiseren Töne niederzuringen. Allmählich kehrte Leben in meine Fingerspitzen zurück, sie spürten die Wörter, die ich sang, die Töne, die ich summte, weil ich mir mit dem

Text nicht sicher war. Sie suchten den Rhythmus, fanden ihn zuerst nur, indem sie im Takt auf den Körper der Gitarre klopften, die Melodie in meinem Kopf begleiteten. Meine Stimme wurde kräftiger, nicht so beharrlich wie Löwenzahn, der sich durch jede Ritze schlängelte, aber sie kämpfte sich empor, fand Mut und Sicherheit. Sie war rau, heiser, stets zu schüchtern. Meine Zuversicht schwand mehr und mehr, dass die zaghaften Töne das gleiche Vergessen bringen könnten wie Skyes kundige und zielstrebige Hände. Meine Finger begannen dennoch an den Saiten zu zupfen, ihnen die Musik zu entlocken, die ich hören wollte, die in mir saß, während meine Stimme Ton für Ton, Silbe für Silbe an Stärke gewann. Für einige Momente vergaß ich die Welt um mich herum, bis sich plötzlich ein Schatten vor mir aufbaute.

Mir wäre es lieber gewesen, man hätte mich mit Skyes Beinen um die Taille erwischt als mit der Gitarre im Schoß und einem Kloß im Hals.

Die Verlorene

Mein Tag war stets erfüllt von Angst.

Angst zu vergessen, Angst mich zu erinnern.

Würden meine Beine jemals wieder fliegen, mein Herz jemals wieder tanzen, meine Seele wieder lachen?

Johanna

Völlig außer Atem kam ich bei Jarosch an. Dieses Mal nahm ich nicht den Waldweg, der oberhalb des Hofs entlangführte, sondern die offizielle Zufahrtsstraße unten im Tal, vorbei an Weiden, auf denen ich nicht nur Pferde hätte entdecken können, sondern auch Esel, Lamas oder Kamele, wenn ich einen Blick dafür gehabt hätte. Doch in meinen Augen brannten immer noch Wut und Trauer, es flimmerten Bilder von einem mysteriösen Fabelwesen darin herum. Ich schüttelte den Kopf, um ihn freizubekommen. Es half nicht.

Ich radelte in den Hof hinein und fuhr an baufälligen Scheunen und alten Traktoren vorbei, einer winzigen Kapelle, wollte schnurstracks das Wohnhaus ansteuern, ein typisches Schwarzwaldhaus, welches sogar mitten im Sommer abweisend und gespenstisch wirkte, als ich plötzlich leise Gitarrenklänge hörte.

Ich bog um einen weiteren Schuppen und nicht weit von mir entfernt fand ich Jarosch. Er saß mit dem Rücken zu mir auf einer von vier Holzbänken, die sich um ein erloschenes Lagerfeuer reihten. Dahinter befanden sich zwei riesige Wohnmobile. Ob er darin wohnte und gar nicht in dem Haus, von dessen Fenstern aus mir üppige, rote Geranien entgegenleuchteten? Immerhin sahen die Wohnmobile recht luxuriös und komfortabel aus.

Eigentlich hätte mein keuchender Atem mich ankündigen müssen, doch Jarosch bemerkte mich nicht. Zu sehr war er in das Spiel der Saiten vertieft. Sein schwarzes Haar kringelte sich in seinem Nacken, sein Rücken war leicht nach vorne gebeugt. Dann begann er zu singen, ganz leise, ganz zerbrechlich, als ertrüge er es nicht, sich selbst zu hören.

Ich hätte ihn von meinem Versteck aus länger belauschen können, doch dann kam sein Vater auf ihn zugestürmt, Jaroschs Stimme brach augenblicklich ab, und ich presste mich eng an die staubige Wand hinter mir. Meine Steppweste knisterte.

Es musste Jaroschs Vater sein. Seine harten Gesichtszüge verrieten ihn wie auch sein zielstrebiger Gang, die starre und aufrechte Haltung. »Was tust du da?«, blaffte er seinen Sohn an.

Jarosch stand sofort auf, hielt die Gitarre hinter sich, wie ein Kind, das nicht wollte, dass man ihm das Spielzeug wegnahm.

»Bist du schon mit dem Stall fertig? Boris hat gemeint, dass er dich noch braucht!«

Jaroschs rechte Hand steckte tief in seiner Hosentasche, als zwänge er sich, sie nicht gegen seinen Vater zu erheben. Mich fröstelte. Ich sah sein Gesicht zwar nicht, dafür aber das seines Vaters. So hatte mich meiner noch nie angeblickt. Doch Jaroschs Haltung machte nicht den Anschein, als würde er unter dem eisigen Blick seines Vaters einbrechen. Nur das leichte Zittern, das über seine Stimme rann, verriet ihn, aber nicht seine Worte: »Ich mache nur eine kurze Pause. Die steht auch mir als dein Sohn zu.«

Doch sein Vater wischte seine Antwort mit einer harschen Geste weg und sagte bloß: »Ich habe Boris Eltern versprochen, dass er bei uns eine Chance bekommt und nicht als Stallhelfer endet. Wenn ich ihm eine Möglichkeit geben soll, mit in der Show aufzutreten, muss ich ihm auch die Zeit einräumen, mit den Pferden zu arbeiten, die ich ihm zur Verfügung stelle.« Jarosch stand nur stumm da und hörte ihm zu. »Und zum Konditionstraining mit Adams Pferden wird er dann heute auch nicht mehr kommen, wenn du meinst, deine Zeit so verschwenden zu können!« Ohne abzuwarten, drehte er sich um und ging.

Mir war die Szene zwischen Vater und Sohn sehr unangenehm, doch als ich gerade im Begriff war zu gehen, stieß ich an mein Fahrrad, das neben mir an der Wand lehnte. Jarosch hörte das Klappern und Scheppern der rostigen Klingel, wandte sich dem Geräusch zu und entdeckte mich. Sofort kam er auf mich zugestürmt. Eine Flucht wäre mir nicht mehr gelungen, hätte sicherlich auch albern gewirkt.

»Was machst du hier?«

Ich will dich zur Rede stellen. Ich zuckte mit den Schultern.

Er kam näher, stand im Nu unmittelbar vor mir, er überragte mich deutlich. Mein Rücken lehnte an der Holzwand.

»Wie lang bist du schon hier?« Ich war gefangen in seinem Schatten.

Lange genug. »Ich bin gerade erst gekommen.«

Ich sah in seinen Augen, dass er mir nicht glaubte, doch er hakte nicht weiter nach. Dafür bohrten sie sich direkt in meine. Sie waren rehbraun, doch in ihnen funkelte die Seele eines Jägers. Die Stute hatte es mir erzählt.

Seine Hände steckten in seinen Jeans, zu Fäusten geballt. In seinem Innersten tobte ein Sturm, der über mich hinwegfegte, der mir Atem und Stimme raubte.

Der mir Atem und Stimmen raubte? Herrgott, jetzt reiß dich mal zusammen, Johanna Baumgartner! Der Typ würde dir gar nichts rauben! Nichts! Nada! Niente!

Ich versuchte, meinen Blick irgendwo festzunageln. Vielleicht an dem zerknitterten Shirt mit dem ausgeleierten Ausschnitt, das vermutlich noch nie ein Bügeleisen von unten gesehen hatte. Zu spät merkte ich, dass ich dabei auf seine Brust starrte. So sah man dann wohl aus, wenn man tagein tagaus Heuballen wuchtete, Schubkarren schob und Handstände auf galoppierenden Pferden absolvierte.

Seine Augen huschten unruhig hin und her und ich war mir nicht sicher, ob er sich mehr darüber ärgerte, dass ich das Gespräch mit seinem Vater belauscht haben könnte oder seinen Gesang und sein Spiel auf der Gitarre.

»Scheiße! Hast du geheult?« Keine Ahnung, ob er sich wirklich um mich sorgte, aber sein Tonfall war weder feinfühlig noch mitfühlend. Was für ein Rüpel! Jetzt hatte ich ihn die ganze Zeit angestarrt und darüber völlig vergessen, dass meine Augen verquollen, rot und glasig waren. Und dann glitt sein Blick an mir herunter. Wüstling! »Woher kommt das ganze Blut?« Ach so …

Oh Gott, wahrscheinlich sah ich wie einem Splattermovie entsprungen aus. Die offene Weste verdeckte nichts. Ich versuchte mich zu sammeln, obwohl mir so viele Dinge gleichzeitig durch den Kopf schossen – wie Autos auf einer Schnellstraße – und sich wegen der Heulerei ein pochender Schmerz immer heftiger hinter meinen Schläfen meldete. »Ich bin am Stall an einem Nagel hängen geblieben. Es tat höllisch weh. Und ja, ich habe geflennt wie ein Baby, wenn du es genau wissen willst.« Die forsche Lüge ging mir überraschend leicht über die Lippen. Meine Wut auf ihn kehrte wieder zurück, aber dennoch fand ich nicht genügend Mut, das eigentliche Thema anzuschneiden. Ich wusste nicht, ob ich ihm trauen konnte.

»Shit! Bist du gegen Tetanus geimpft?« Unerwartet streckte er seine Hände nach vorn, als ob er die Verletzung in Augenschein nehmen wollte.

»Ja, alles in Ordnung. Ich werde es überleben«, schoss ich ihm entgegen, und Jarosch zuckte fast unmerklich zusammen. Er vergrub seine Hände wieder in seinen abgewetzten Jeans.

Abrupt wechselte er das Thema. Der kurze Anflug von Besorgnis war vorbei. »Was machst du eigentlich hier?« Er stellte die Frage, als wäre sie ihm soeben in den Sinn gekommen.

Weil mir nichts Besseres einfiel, stammelte ich etwas von Hausaufgaben, die ich ihm bringen sollte, weil er in der Schule gefehlt hatte.

Daraufhin blickte sich Jarosch um und fragte: »Und? Wo sind die Aufgaben?«

»Ach so, ja, also in Englisch müssen wir die nächsten Kapitel lesen«, fiel mir ein. Einfach perfekt! Johanna, die Streberin! Warum konnte ich ihm nicht einfach sagen, dass ich wegen seiner Stute, dem Einhorn, hier war. Er musste doch wissen, dass sie ein Fabelwesen war, oder etwa nicht? Was, wenn nicht, und ich verriet sie damit? Nein, das konnte nicht sein. Er musste das Horn schon längst entdeckt und ihre Aura gespürt haben.

Er vergrößerte den Abstand zwischen uns, als wäre er sich nun sicher, dass von mir keine Gefahr ausging. Jarosch nahm die Hände aus den Hosentaschen, fuhr sich mit beiden durch das kinnlange Haar, steckte danach die Daumen in die Vordertaschen seiner abgetragenen Jeans und entspannte sich. »Sonst nichts?«

Auch meine Anspannung verflog, als sich sein innerlicher Sturm gelegt hatte. »Nein, sonst nichts.« *Doch, ich muss dir noch ganz viel sagen!*

Sein Blick schien mich zu fragen, was ich hier dann noch zu suchen hatte, aber er war überraschenderweise zu höflich, es auszusprechen. Stattdessen verabschiedete er sich mit den Worten: »Also ich muss dann noch den Stall fertigmachen. Man sieht sich.«

Man sieht sich war wohl sein Standardspruch. Doch kaum hatte ich mich umgedreht, hörte ich ein »Ach, Johanna?«, dann ein Atemholen, dann ein zögerliches »Bitte sag's keinem weiter.«

Er sah viel zu alt aus für sein Alter und gleichzeitig viel zu jung. Ich schaute ihn nur an, verblüfft, ungläubig, wissend, und nickte stumm.

Oh Mann, warum hatte ich den Moment nur verstreichen lassen? Warum setzte mein Verstand aus, sobald ich in seine Augen blickte, sein volles Haar bewunderte (was gäbe ich für dieses Haar!), seiner rauen Stimme lauschte? Und dann dieses klitzekleine Loch, oben in der Naht, an der Schulter, an dem seine helle Haut hervorblitzte.

Wollte nicht ich heute die Ritterin sein, die dem Drachen das hungrige und unnachgiebige Schwert in die Brust rammte? Doch sein Feuer hatte mich abgeschreckt und ich mich hinter einem Schutzschild aus Schüchternheit und Lüge versteckt, anstatt scharfe und ehrliche Worte zu zücken und ihn damit mitten ins Herz zu treffen. Warum? Weil er bedrohlich wirken konnte? Weil sein Vater ihn genug verletzt hatte? Weil er wusste, dass ich dadurch unter seine Oberfläche hatte blicken können?

»Bis morgen in der Schule«, rief ich ihm zu und schnappte mein Fahrrad.

Anmerkung an mich selbst: Nicht mehr so viel High Fantasy lesen. Das lässt meine Wortwahl seltsam wirken!

Die Hoffnungslose

Kein Wind würde jemals so stark sein, um mich von hier davonzutragen.

Jarosch

Ich kenne dein Geheimnis.

Vier Wörter, schnell auf ein herausgerissenes Papier gekritzelt.

Schweiß brach mir aus allen Poren, rann mir wie tausend kleine Käfer über den Rücken.

Von wem stammte die Nachricht, die man mir eben im Unterricht über ein paar Bänke hinweg zugeschoben hatte? Ich sah mich unauffällig um, doch alle anderen Schüler richteten ihre Aufmerksamkeit auf Herrn Weller, unseren Englischlehrer. Ich zerknüllte den Zettel, steckte ihn in meine Hosentasche, versuchte mich auf den Unterricht zu konzentrieren. Doch immer wieder schweiften meine Gedanken ab. Zu der Begegnung mit Johanna. Wie ich sie, ohne sie zu berühren, an die Wand gedrängt hatte. Wie ich mich dafür schämte und mich vor meiner Reaktion fürchtete, nur weil sie vielleicht mitbekommen hatte, wie mein Vater mit mir umging, und ich auf keinen Fall wollte, dass sie dies an Gregor, Verena oder sonst wen weitertratschte.

Und dann sah ich ihre wasserblauen Augen vor mir, roch den Duft nach Heu, der in ihrem Haar lag, spürte ihr Zittern, weil ich nur wenige Zentimeter vor ihr gestanden hatte, sah das Blut auf dem Shirt. Ich kaufte ihr die Geschichte mit dem rostigen Nagel ab, zweifelte aber ebenso daran. Hatte das Einhorn sie verletzt?

Wieder einmal?

Oder, oh mein Gott, hatte sie sich am Horn geschnitten? Trotzdem hatte ich es nicht gewagt, danach zu fragen, was wirklich geschehen war. Ich hatte mich für nichts entschuldigt, erkundigte mich nicht nach ihrem Arm, bedankte mich nicht, fragte nicht nach der Stute. Wie immer brachte ich nur die falschen Worte heraus.

Sicherlich war sie es, die die Botschaft geschrieben hatte. Wer sonst? Es konnte sich nur um das Einhorn drehen. Um was sonst?

»Mr Ullmann, could you explain what Jay Gatsby means by saying …?«

Scheiße, scheiße, scheiße. Meinte er mich? Wie lautete das Ende der Frage noch einmal? »Könnten Sie bitte die Frage wiederholen?«

»In English, please.«

»Could you repeat the question please, Mr Weller?« Während ich den Satz ausformulierte, musste ich mich mehrmals räuspern.

Er stellte mir die Frage erneut, ich stammelte irgendetwas, wurde abermals von Johannas Blick abgelenkt, die sich zu mir umdrehte und mir zublinzelte. Oder täuschte ich mich? Immerhin verdankte ich ihr, dass ich die Fragen zu *The Great Gatsby* zumindest im zweiten Anlauf einigermaßen beantworten konnte. Ohne sie hätte ich die Kapitel gestern Abend nicht mehr gelesen. Oder zumindest einen Teil davon, bis ich mit dem Buch auf dem Bauch eingeschlafen war.

Bestimmt erwartete sie jetzt meinen Dank, in Form eines Lächelns, eines Nickens. Doch ich versuchte mich auf die Antwort zu konzentrieren, alles andere beiseitezuschieben und schließlich ließ mich Herr Weller in Ruhe, fand ein anderes Opfer für seine nervigen Fragen. Er drehte sich um; aus seinem karierten Pullunder stach das Etikett hervor.

Warum hatte ich mit einem Mal überall das Gefühl, dass man mir hinterherspionierte und hinter das Geheimnis der Stute gelangt war? Warum war Johanna gestern wirklich zu mir nach Hause gekommen? Sicherlich nicht nur aufgrund der Hausaufgaben. Auch Boris hatte seltsame Fragen gestellt, als ich wieder in den Stall kam, um die Boxen zu Ende zu misten. Er fragte nach der tollen Wunderstute, von der er so viel gehört hatte. Er sagte, Matti würde immer die sonderlichsten Dinge über sie hinauskrähen. Ich musste schlucken bei der Vorstellung, dass mein kleiner Bruder mich verraten haben könnte, doch Boris war recht schnell zufriedengestellt und still, als ich ihn mit Geschichten über das ungestüme Temperament des angeblichen Friesen-Lipizzaner-Mixes abspeiste.

Ich fing an, Gespenster zu sehen, wo keine waren. Zumindest versuchte ich mir das einzureden, bis kurz vor Unterrichtsende ein weiteres zusammengefaltetes Briefchen auf meinen Tisch flatterte. Mein Herz klopfte mir bis zum Hals, mein Mund war staubtrocken, als hätte ich

Schulkreide geschluckt, während ich das weiße Viereck mit meinem Namen darauf betrachtete. Wenn ich Herrn Weller noch einmal Rede und Antwort hätte stehen müssen, hätte ich wohl geklungen wie der Wolf, der in Großmutters Bett lag. Die Luft in dem kargen Raum wurde immer stickiger. Mit zitternden Fingern drehte ich den Zettel hin und her, konnte mich jedoch nicht überwinden, ihn aufzufalten. Kurzerhand stopfte ich ihn zu dem anderen Briefchen in meine Jeans. Ich hatte keinen Bock auf kindische Spielchen. Wenn jemand etwas von mir wollte, sollte er den Mumm haben und mich darauf ansprechen.

Das Feuerzeug in der Hand auf- und zuschnappend, flackerte in mir für einen Funkenflug lang der Gedanke auf, beide Zettel zu verbrennen. Der Sportunterricht war zwar noch nicht vorüber, aber ich hatte mich kurz vor Ende heimlich aus der Halle geschlichen, damit ich allein duschen und den heißen, prasselnden Strahl auf meinem schmerzenden Rücken genießen konnte. Ohne nervende, zweideutige Kommentare.

Jetzt stand ich hier, drehte das Papier nochmals zwischen meinen rauen Fingern hin und her, hin und her. Nachdem ich das Feuerzeug in meine Tasche gesteckt hatte, kramte ich den noch ungelesenen Zettel hervor. Was sollte schon groß passieren? Jemand, der kindische Briefchen verschickte, konnte mir nicht wirklich etwas anhaben. Und eigentlich kam mir sowieso nur Johanna in den Sinn. Sie war die Einzige, die mich am Stall wegen der Stute beobachtete. Oder wollte sich Skye an mir rächen, weil ich sie jäh abgewiesen hatte? Seitdem zeigte sie mir die kalte Schulter und ich bemerkte nur, wie sie hinter vorgehaltener Hand tuschelte, wenn ich an ihr vorbeiging. Ansonsten würdigte sie mich keines Blickes, sie wurde noch nicht einmal rot wegen dem, was wir getan hatten.

Ich faltete den zweiten Brief auf und las:

Glaubst du an Fabelwesen?

Darunter war eine Kugelschreiber-Zeichnung gekritzelt, die wohl, wie konnte es anders sein, ein Einhorn darstellen sollte, aber eher wie ein dickbäuchiges Schwein mit Eistüte auf der Stirn aussah. Ich fühlte mich ertappt, aber irgendwie auch erleichtert. Dennoch tigerte ich wie eine in Gefangenschaft gehaltene Raubkatze vor den Umkleidekabinen auf und ab, bis endlich die Mädchen plappernd und frisch gestylt herausströmten. Schnell tat ich so, als ob ich die bunten Plakate an der überfüllten Pinnwand studieren würde: *Yoga für Schwangere, Beckenbodengymnastik, Squaredance für Singles, Zumba für Seniorinnen.*

Johannas Haare waren leicht feucht, ihr Gesicht war vom Sportunterricht und Scherzen mit ihren Freundinnen erhitzt. Sie trug noch immer ihre schwarze Jogginghose sowie eine kurze Jeansjacke und einen dicken Schal um den Hals.

Und wie üblich blickten wir uns nur an.

Doch dieses Mal verstanden wir uns. Sie wusste, dass ich ihre Botschaften bekommen und gelesen hatte. Ich wusste, dass sie von ihr stammten.

Johanna blieb stehen, rief Verena, die bereits ein Stückchen weitergegangen war, zu: »Warte nicht auf mich, ich muss noch etwas klären.«

Verena drehte sich verblüfft zu ihr um und musterte mich von oben bis unten. Mit abschätzendem Blick sagte sie: »Na, wenn du meinst. Wir telefonieren nachher, ja?« Okay, die Freundin machte sich eindeutig Sorgen über das, was hier vor sich ging.

Ich öffnete Johanna gerade die gläserne Flügeltür, als die Jungs aus ihren Kabinen gestürmt kamen.

»Mensch, Jarosch, da steckst du ja! Du hast den besten Teil verpasst! Der Müller ließ uns am Ende noch zusätzliche Bahnen laufen, obwohl die Stunde schon längst vorbei war.« Daniel, mit dem ich ab und an abhing, lief uns entgegen, doch als er Johanna neben mir sah, mittlerweile nervös von einem auf den anderen Fuß tretend, klopfte er mir anerkennend auf die Schulter. »Jetzt verstehe ich! Du hast den besten Teil noch vor dir! Oder hinter dir?« Er zwinkerte mir zu. Johanna lief rot an und kramte rasch in ihrer Tasche herum.

»Lass gut sein, Daniel.«

Der Strom an Schülern schwemmte uns ins Freie. Die Sonne stand bereits recht tief.

»Oh, ist ja schon gut.« Dann wandte er sich Johanna zu: »Alles klar? Zigarette?« In aller Ruhe zündete er sich eine an und plauderte darauf los. Erst als er merkte, dass wir nur einsilbig und wortkarg antworteten, fiel bei ihm der Groschen, wenn auch der falsche. »Ah, verstehe. Ihr wollt wirklich allein sein. Na gut, ich will der jungen Liebe nicht im Weg stehen.«

Bevor ich etwas erwidern konnte, trabte er auch schon winkend davon.

Eine Weile standen wir betreten herum, Johanna gab vor, ihr Handy zu checken.

»Also, lass uns vom Eingang verschwinden. Ich will nicht, dass der Müller mich hier sieht. Ich habe den Rest vom Unterricht geschwänzt.«

Wir gingen um die Ecke und suchten uns ein sonniges Plätzchen an der Wand. Die Wahrheit schwebte direkt über uns, war zum Greifen nah, doch keiner von uns beiden traute sich, die Hände danach auszustrecken. Weil immer noch Schweigen herrschte, fischte ich eine Packung Kekse aus meiner Umhängetasche und hielt sie Johanna hin. Sie hatte einen Mindestabstand von einem Meter zwischen uns gelassen, als sie sich hingesetzt hatte, und ihre Beine zu einem Schneidersitz verknotet, doch jetzt musste sie näher zu mir heranrutschen und sich zu mir herüberbeugen. Ein leises Danke kam ihr über die Lippen, aber sie konnte mich noch immer nicht ansehen. Und ich sie genauso wenig. Stattdessen blickte ich zu dem Maschendrahtzaun vor uns, hinter dem weggeschnippte Zigarettenstummel und zertretene Coladosen lagen. Amseln pickten eifrig nach Essensresten. Ich wusste plötzlich überhaupt nicht mehr, wie ich mich zu verhalten hatte. Mit anderen Mädchen war das anders. Da herrschte zwar auch oft betretenes Schweigen, aber immerhin wusste man, worauf alles hinauslaufen sollte. Doch ich hatte keine Ahnung, was hier noch geschehen würde. Natürlich nicht das, wovon Daniel ausgegangen war.

Vor lauter Nervosität futterten wir die Schokokekse, beobachteten die vorbeiziehenden Wolken, hinter denen sich die weißgoldene Herbstsonne hin und wieder versteckte, bis ich irgendwann die Zettel aus meiner Hosentasche zog und sie ausgebreitet zwischen uns auf den Asphalt legte. »Dein Werk also?«

Sie nickte. Sie wirkte verlegen. »Mein Werk also«, bemerkte Johanna trocken. »Ich wusste nicht …«

»Wie du mich darauf ansprechen sollst?«, beendete ich ihren Satz. »Wie auch schon gestern?«

»Ja, also …«

Wieder Schweigen. »Sieht eher wie ein Hängebauchschwein aus.« Ich wollte die Stille zwischen uns mit einem Witz aufbrechen, schlitterte aber geradewegs in das eigentliche Thema hinein.

»Meine Mutter ist Künstlerin. Ich habe ihr Talent nicht wirklich geerbt. Ich bin froh, wenn ich ein Strichmännchen hinbekomme.« Johanna knabberte an einem Keks.

Verdammter Mist, war das schwer. Wartete sie darauf, dass ich den ersten Schritt wagte, dass ich bereute, ihr mein Herz ausschüttete? Darauf konnte sie lange warten! »Was macht eigentlich dein Arm? Die Verletzung an der Hand?«

»Alles wieder verheilt.«

»Was?« Mit aufgerissenen Augen starrte ich sie an. »Wie kann das so schnell gehen?«

»Na ja, das mit dem Arm war nicht wirklich schlimm und ist auch schon eine Weile her. Und die Hand …« Sie brach ab, strich mit einem Finger darüber, als ob sie sich die Erinnerungen zurückholen müsste. »Das war sie.« Unvermittelt schob sie mir ihre Handfläche entgegen.

Im ersten Moment wusste ich nicht, ob ich sie berühren sollte oder nicht. »Ich sehe nichts.« Dann nahm ich sie doch, drehte sie in alle Richtungen, konnte aber keine Verletzung entdecken. Bei dem vielen Blut auf ihrem Shirt konnte es sich nicht bloß um einen Kratzer gehandelt haben. »Du willst mich doch verarschen?«

»Nein.« Völlig unerwartet blickte sie mich nun an. In ihren Augen brannten blaue Tränen. Mit ihren Fingern zeigte sie, wo der Schnitt entlang gelaufen war. »Sie hat ihn verursacht. Sie hat ihn geheilt.« Johannas Stimme war nur noch ein leiser Hauch, der zu mir herüberwehte, und dennoch verursachte er ein unangenehmes Frösteln auf meiner Haut.

Atemlos gestand ich: »Dann stimmt es also doch.« Ich zog meine Beine an.

»Sag bloß, du wusstest es nicht? Das glaube ich dir nicht, Jarosch.«

Ich ließ eine Weile verstreichen, bevor ich ihr antwortete: »Natürlich weiß ich Bescheid. Ich weiß, was sie ist, wer sie ist. Nur die Sache mit den Heilkräften, die wusste ich nicht. Dann sind die Legenden tatsächlich wahr. Ihr Horn kann heilen. Und wer weiß, was sonst noch stimmt, was man über sie sagt.« Meine Stimme war lediglich ein Flüstern, aber meine Worte flirrten in der spätsommerlichen Wärme zwischen uns hin und her.

Jetzt war es ausgesprochen, jetzt war alles echt und wirklich.

»Was sagt man sonst über sie – die Einhörner? Meine Internetrecherche war nicht sonderlich ergiebig. Spuckte lediglich esoterischen

Unsinn aus oder kitschige Zeichnungen mit ganz viel Glitzer und Glitter.«

»Keine Ahnung, was man über Einhörner sagt, ich kann dir nur sagen, was meine Großeltern über sie erzählt haben.« Ich schaute einer Amsel zu, die an einer Serviette pickte. »Sie haben uns Geschichten über Erd- und Wassergeister erzählt, über Waldhexen. In manchen Geschichten kamen auch Einhörner vor. Hexen oder Bauern haben ihr Horn zu Pulver zermahlen, ihnen ihr Blut abgezapft. Zu Liebestränken verarbeitet, zu Tinkturen, die ewiges Leben versprechen. Je nachdem, welche Moral uns unsere Großeltern einflößen wollten.« Ich lachte heiser auf. »Auf jeden Fall sind Einhörner rein, pur. Die edelsten Geschöpfe auf Gottes Boden eben. Nur die reinsten, die unberührten Menschen konnten sich ihnen nähern. Die anderen konnten ihrer nur durch Gewalt habhaft werden.« Während ich Johanna dies erzählte, hielt sie die Luft an, ein roter Schimmer flackerte auf ihrer Haut auf. Rasch schaute sie weg.

»Glaubst du das alles?«, unterbrach sie mich auf einmal, nachdem sie sich mehrmals geräuspert hatte.

»Hast du vorher an Fabelwesen geglaubt?«, stellte ich ihr eine Gegenfrage, die sie mit einem simplen Kopfschütteln beantwortete. »Warum sollte ich also die Erzählungen meiner Großeltern nicht glauben? Man sagt, sie könnten den Geist eines Menschen reinigen, aber auch verderben. Und im Gegenzug können die Menschen die Seele eines Einhorns rauben. Man würde es an schwarzen Schatten auf dem Fell erkennen.« Schatten auf Haut, Ranken auf Haut, tief verankerte Schuld auf der Haut, für immer Erinnerungen, Narben.

»Und? Meinst du, das stimmt auch?«

»Das weißt du doch. Du hast es gesehen«, antwortete ich lakonisch.

»Wie konntest du nur?« Johannas Stimme war nun tränenerstickt, doch ich wollte sie nicht ansehen, nicht die Wut und die Trauer in ihren Augen. Stattdessen versteckte ich meine Gedanken und Gefühle vor ihr, und abermals stellte sich eine wortlose Leere zwischen uns ein. Ich hörte nur das Hochziehen ihrer Nase, das Schluckgeräusch in ihrer Kehle und hoffte gleichzeitig, dass sie mein lautes Schlucken nicht auch bemerkte. Es kam mir so laut vor, dass es in meinem Kopf dröhnte. Und ich sah die Einhornstute vor mir. Wie sie das erste Mal vor mir stand, für einen flüchtigen Wimpernschlag, wie erstaunt sie war, als sie mich erblickte.

Wie ich sie nach Jahren auf der Lichtung entdeckte, wie sie vor mir floh, stundenlang, tagelang, aussichtslos, über den Rand der Welt hinaus. Welche Schuld ich mir dabei auflud. Unwiderruflich, eiskalt, lauernd, über das Leben hinaus. Jeden Tag, jede Nacht bohrte sie sich in mich, ließ mich nicht mehr los, ließ mich nicht mehr atmen, nicht mehr aufrecht gehen. All das konnte ich Johanna nicht anvertrauen.

»Warum hast du das getan? Sie ist ein Einhorn und du hast sie eingesperrt. Weggesperrt.« Gleichzeitig trommelte sie auf meine Schulter ein. Ich zuckte zusammen und sie fuhr zurück. »Tut mir leid, ich …«

»Du musst dich nicht entschuldigen. Ich müsste es tun.«

»Ja, aber nicht bei mir«, murmelte sie unter Tränen.

Ich wusste nicht, was ich sagen sollte, ich wusste nie, was ich sagen sollte. Wenn ich es bejaht hätte, hätte ich meine Schuld eingestanden, aber so weit war ich noch nicht. Noch nicht bei ihr. Ich schaute zu den Wolken hoch, die genauso zerrissen waren, wie ich mich fühlte. »Danke, dass du nach ihr gesehen hast, was du für sie getan hast.«

»Woher weißt du das?«

»Herr Maurer hat irgendwann bei mir angerufen. Ich habe ihm mein Okay gegeben.«

»Na dann. Dann ist doch alles in Butter. Aber was hätte ich denn machen sollen? Weggucken wie alle anderen? Wie du?« Der Wildwasserbach in ihren Augen schwoll an.

Bevor er übers Ufer treten konnte und mein schlechtes Gewissen mit ihm, fiel ich ihr ins Wort: »Sag bitte nichts mehr.« Damit erreichte ich natürlich genau das Gegenteil. Platsch.

Wutschnaubend stand sie auf, wischte sich die Jogginghose sauber. »Okay, wenn du mir nichts mehr zu sagen hast, dann kann ich jetzt ja gehen.«

»Halt. Warte. So habe ich das nicht gemeint.« Ich war versucht, nach ihrer Hand zu greifen, mich vor dem Ertrinken zu retten. »Warte, Johanna.« Ich erhob mich ebenfalls, schnappte mir meine Sporttasche.

»Also ich habe mir bereits gedacht, dass du kein Typ bist, der gerne Smalltalk betreibt, aber … ach, ich weiß auch nicht. Ich dachte, wir wollten reden, sollten reden. Ich habe Albträume. Beinahe jede Nacht wache ich davon auf. Schickt sie sie mir? Manchmal ist es mir lieber, wenn ich gar nicht einschlafe. Und dann, dann wiederum … vergiss es doch einfach! Ist dir ja sowieso egal«, zischte Johanna.

»Ich fahre dich nach Hause.« Mehr fiel mir nicht ein. Dabei gab es so viel zu bereden. Sie kannte mein Geheimnis. Ihr Geheimnis. Ich musste sie schützen. Und jetzt mussten wir beide sie schützen.

»Nicht nötig.«

»Der nächste Bus fährt in einer Stunde, wenn du Glück hast. Dein Magen knurrt schon die ganze Zeit. Ich bringe dich heim.«

Die Beobachtende

Mein Tag bestand aus einer großen, verschlingenden Leere. Ich beobachtete, hörte zu, lernte.

Beinahe alle liefen an meinem dunklen, staubigen, engen Stall vorbei, zwangen sich dazu, meine Einsamkeit nicht zu hören, meine Wildheit, meine Verlorenheit nicht zu sehen, doch ich hörte jedes ihrer Worte.

Traktor, Peitsche, Dressur, misten, Sporen, Kandare.

Ich lernte ihre Sprache. Auch in meiner alten Heimat beobachte ich die Zweibeiner, die Menschen. Sie nutzten andere Laute, andere Klänge, um ihre Gefühle zum Ausdruck zu bringen. Doch ansonsten unterschieden sie sich nicht. Alle hatten sie Angst, alle liebten sie, alle hassten sie, alle taten nicht das, was sie sagten und fühlten. Menschen waren falsch, uneins mit sich selbst.

Deshalb hielt ich Abstand.

Ich beäugte sie vom Waldrand aus, versteckte mich hinter Scheunen, verkroch mich hinter Büschen.

Doch jetzt konnte ich keine Distanz mehr zu ihnen wahren.

Johanna

Ich wollte so viel sagen, so viel fragen, so viel wissen, aber mir klebte die ganze Zeit die Zunge am Gaumen fest. Nicht nur wegen der vielen Kekse. Bloß den Zettel zu schreiben und ihm zukommen zu lassen, kostete mich schon so viel Mut, so viel Überwindung.

Aber ich musste es tun, ich brauchte Antworten. Schlaflos wälzte ich mich die halbe Nacht hin und her, schaltete mehrmals den Laptop ein, googelte Fabelwesen und Einhörner und kam zu keinem brauchbaren Ergebnis. Dann blätterte ich in den Büchern meiner Mum, fand selbst dort nur Zeichnungen oder Fotos von Wandteppichen.

Als Jarosch sich vor mir verschloss, wusste ich nicht mehr, was ich tun sollte: ihn schlagen, ihn anbrüllen, ihn umarmen, ihn trösten.

Weder vor den Umkleidekabinen noch auf der kurzen Autofahrt erfuhr ich mehr von ihm oder der Stute, dem Fabelwesen. Stattdessen dröhnte mir im Wagen rockig-wütende Musik entgegen. Warum hatte er nach dem Sport auf mich gewartet, wenn er nicht reden wollte? Ich war außer mir, aber genauso sprachlos. Einerseits schüchterte er mich ein, aber andererseits wusste ich auch nicht, wie ich die ganze Sache anpacken sollte. Er versteckte sich hinter lauter Musik und davor hinter einer Packung Kekse. Na ja, immerhin hatte er genug Manieren, um nicht mit vollem Mund zu sprechen. Mann, warum konnte ich ihm nicht all die Fragen stellen, die mir so sehr auf der Zunge brannten? Woher sie kam? Warum er sie wollte? Was er mit ihr vorhatte? Ich war auf mich ebenso zornig wie auf ihn, weil ich einfach nicht den ersten Schritt wagte.

Erst als Jarosch vor unserem Haus anhielt, stellte er das Radio leise und wandte sich mir zu. Für einen Moment beschlich mich das Gefühl, dass er etwas Wichtiges sagen wollte, aber dann sagte er bloß: »Dein Aufpasser.«

»Was?«

Jarosch nickte in die Richtung, in der Gregor das Auto seiner Mutter polierte. Jetzt schaute auch er zu uns herüber, machte aber keine Anstalten, herzukommen und Jarosch die Kehle herauszureißen, sondern widmete sich wieder seiner Arbeit.

Obwohl Jarosch nicht mehr den Anschein erweckte, als wollte er mir noch etwas mitteilen, geschweige denn sich zu erkundigen, wie es seiner Stute ging, wollte ich mich nicht einfach verabschieden und aus dem Auto aussteigen. »Willst du wieder vom Thema ablenken?«, raunzte ich ihn plötzlich an. »Mensch, Jarosch, du hast ein Einhorn eingefangen. Ein EINHORN! Oder ist dir das egal, weil du eine Harpyie im Vogelkäfig zu Hause hast und statt eines Wachhundes einen Mantikor im Schuppen versteckt hältst?« Der peinliche Fantasy-Nerd in mir kam zum Vorschein. Ich machte eine Pause, um ihm eine Gelegenheit zu geben, etwas zu antworten. Fünf – vier – drei – zwei – eins – Feuer! »Was ist denn nur los mit dir? Macht dir das gar nichts aus?« Während er aus dem Frontfenster auf den langweiligen Asphalt starrte, kochte ich langsam über. »Ich verstehe das alles nicht. Ein Fabelwesen. Hier mitten im Schwarzwald. Ich habe die halbe Nacht nicht geschlafen, weil du meine ganze Welt auf den Kopf stellst und weil ich nach Erklärungen gesucht habe. Weil ich gedacht habe, dass ich verrückt sei. Und statt mir Antworten zu liefern, hockst du bloß da und schweigst mich an, erzählst mir höchstens die eine oder andere Legende.« Ich schnappte nach Luft.

Doch Jarosch schien mir gar nicht zuzuhören. Er schien mit seinen Gedanken weit weg zu sein, und da das hier keinen Sinn mehr ergab, stieg ich schließlich, ohne mich zu verabschieden, aus. Schnell griff ich an meinen Po, um zu überprüfen, ob nicht eines der unzähligen Kaugummipapierchen oder ein Tankstellenkassenbon daran klebte, die Polster und Boden des nach Pferd und Heu miefenden Autos verunzierten.

»Johanna?« Kaum, dass ich den Wagen umrundet hatte, ergriff Jarosch doch wieder das Wort. »Ich wollte dir noch einmal danke sagen. Für alles.« Beinahe schuldbewusst blickte er mich an, strich sich dabei verlegen ein paar schwarze Strähnen hinters Ohr.

Ich lehnte mich nach vorne, mit beiden Armen auf das offene Fahrerfenster gestützt, weil er so leise sprach. Damit hätte ich ja nun nicht gerechnet. *Für alles*. Besser als nichts. Aber dann kam es noch besser.

»Wenn du willst …«, er stockte. »Also nur, wenn du magst, würdest du dich vielleicht noch ein wenig um das … um die Stute kümmern? Ich glaube, es wäre besser, wenn du weiterhin nach ihr schauen würdest. Wenn ich da jetzt hingehen würde, ich glaube, das wäre nicht gut.«

»Du meinst misten?« Dafür war ich also gut genug. Das edle Tier vor dem Unrat schützen.

»Nein, ja, also auch. Du musst mir dann einfach sagen, was du dafür haben willst.« Ich schüttelte den Kopf. »Aber eigentlich hatte ich eher daran gedacht, dass du vielleicht mit ihr ein bisschen arbeiten könntest.«

»Was?« Ich war sprachlos. »Aber du weißt doch gar nicht, ob ich das hinbekomme.«

»Du warst nicht die Einzige, die andere Reiter am Stall beobachtet hat.« Fast war es mir, als ob er mir zuzwinkerte. Aber es stand auf jeden Fall fest, dass ich jetzt diejenige war, die verlegen war.

»Sie ist ein Einhorn, verdammt noch mal!«, zischte ich leise. »Sie gehört nicht hierher. Nicht in diesen muffigen Stall, nicht unter einen Sattel.«

Jarosch zuckte nur mit den Schultern. »Würdest du es bitte machen? Nicht mir zuliebe, sondern ihretwegen? Wegen der Schatten auf dem Fell?«

Ihm eine Antwort schuldig bleibend, wandte ich mich ab und ging über die Straße.

»Hi, Johanna. Wieder da?« Gregor ließ den Lappen fallen, mit dem er gerade noch den silbernen Golf poliert hatte, wartete meine Reaktion gar nicht erst ab und verschwand sogleich ins Haus. Okay, jetzt hatte es auch Gregor die Sprache verschlagen. So mürrisch war er doch sonst nie drauf. Vielen Dank, Jarosch Ullmann!

»Meine Schöne«

Warum nannte mich das Mädchen plötzlich mit dem gleichen Namen, wie er es getan hatte?

Was mochte das bedeuten? Was hatte sie vor? Was wollte sie von mir?

Johanna

»Was sollte das denn?« Der Gestank des Vanillebäumchens am Rückspiegel schlug mir mit der gleichen Wucht entgegen wie Verenas Eingangsfrage, als ich gerade zu ihr und Micha in den Wagen stieg.

Ich hatte eine weitere schlaflose Nacht hinter mir, in der ich von schwarzen Einhörnern träumte, die in ein nach Schwefel stinkendes Moor getrieben worden waren. Sie versanken unter Schreien und Stöhnen, während ein einzelner Jäger seinen Blick schweifen ließ. Achtlos warf er seine Kippe auf die nunmehr wimmernden Leiber – nein! Ich wollte nicht mehr daran denken!

Gregor war schon längst mit dem Fahrrad zur Schule aufgebrochen. Micha sah noch zerwühlt und zerknittert aus, als wäre er gerade erst aus dem Bett gestolpert, dafür befand sich Verena bereits in voller Betriebsbereitschaft.

»Ich wünsche dir ebenfalls einen schönen guten Morgen«, säuselte ich. Weniger beschwichtigend als gereizt.

»Ja, ja, ich dir auch«, begann Verena ungeduldig. »Also? Was sollte das gestern? Das mit Jarosch? Ihr habt eine Menge Zeit miteinander verbracht, und dann hat er dich sogar nach Hause gefahren. Und angerufen hast du außerdem auch nicht!«

»Ja, weil ich noch eine kleine Ewigkeit auf den nächsten Bus hätte warten müssen.« Jetzt wurde ich langsam sauer. Zuerst diese Begrüßung, dann dieser Tonfall. Aber letztendlich entschuldigte ich mich doch: »Sorry, ich hatte noch so viel zu tun.« Und das war keine Lüge: Ich fuhr abends kurz vor Ladenschluss mit dem Rad in die Buchhandlung und kramte alte Bilder- und Märchenbücher hervor, bestaunte Gemälde und Zeichnungen, hing wieder stundenlang vor meinem Laptop und suchte nach neuen Informationen über Einhörner. Alles vergeblich, aber das konnte ich weder Verena noch Micha auf die Nase binden.

Sie drehte sich vom Beifahrersitz zu mir nach hinten um, Micha hatte schon längst auf Durchzug geschaltet. »Im Bus lässt es sich auch so schlecht knutschen!«

Ich sah nur noch ihre rot geschminkten Lippen, die diese Worte nahezu ausspuckten.

»Ich habe gar keine Ahnung, wovon du redest!«

»Gregor hat es doch genau gesehen. Ich sage dir, er kocht vor Wut. Ausgerechnet Jarosch! Ausgerechnet der!«

»Was hat er gesehen?« Das würde mich echt brennend interessieren.

»Na, den Kuss! An seinem Auto! Direkt vor Gregors Augen. Du hast dich an die Fahrertür gelehnt und dann –«

»Was dann? Nichts war da! Wir haben nur miteinander geredet.«

Verena gab ein verächtliches Schnauben von sich. Hätte gerade noch gefehlt, dass sie ihre mahagonifarbene Löwenmähne in reinster Zickenmanier nach hinten geworfen hätte. »Ein Jarosch Ullmann unterhält sich nicht nur mit einem Mädchen.«

»Und eine Johanna Baumgartner lügt dich nicht an.« *Sagt dir aber auch nicht die ganze Wahrheit.* Jetzt hatte ich definitiv keine Lust mehr zu reden, starrte den restlichen Weg zur Schule nur noch aus dem Fenster und ich fragte mich zum hundertsten Mal, welche Fehde die drei miteinander austrugen.

Ein Jarosch Ullmann unterhält sich nicht nur mit einem Mädchen. Natürlich geisterte dieser Satz weiterhin in meinem Kopf herum, rasselte ohrenbetäubend mit seiner Kette aus Gerüchten und Vorurteilen, schreckte mich immer wieder auf, wenn ich mich eigentlich in der Sicherheit des Schulstoffs wähnte. Und spätestens, als ich im Englischunterricht auf Jarosch traf und augenblicklich rot anlief, sah Verena ihren Verdacht bestätigt: die sich heimlich Liebenden, sie zu schüchtern, er zu cool. Dabei ignorierte Verena mich bereits den halben Schultag, doch das bekam sie natürlich mit.

Die nächsten Tage ging ich Verena aus dem Weg, fuhr lieber mit dem Bus als mit ihr und Micha im winzigen Auto seiner Mutter. Von Gregor fehlte jede Spur, aber er hatte auch längst vor dem Ullmann-Skandal angedroht, dass er nun vermehrt für sein Sportabi trainieren müsste. Dennoch war ich versucht, mich beim Regionalfernsehen zu melden und ein politikerreifes Statement abzugeben: »I did not have sexual relations with that man, Mister Ullmann.«

Nur ganz tief in mir drin, in einer ganz versteckten Ecke, regte sich so etwas wie heimlicher Stolz. Aber Jarosch und ich. Das war ja so was von abwegig! Abwegig mit drei Ausrufezeichen dahinter!

Die Nachmittage und Abende verbrachte ich hauptsächlich auf dem Talwiesenhof, obwohl ich nicht wusste, was ich mit dem Einhorn anstellen sollte. Manches Mal nahm ich meine Schulsachen mit, denn je mehr Zeit ich in der Nähe der Stute verbrachte, umso näher würde ich ihr auch kommen, bildete ich mir ein. Meistens leistete mir Bobby, der Schäferhund des Stallbesitzers, Gesellschaft, und schlief sabbernd auf dem Stroh am Boden. Ich setzte mich in ihre Box und las ihr eine Mathematikaufgabe vor (auch wenn ich keine Hoffnung hatte, dass sie sie für mich lösen würde) oder aus *Prinz ohne Reich – Die Rückkehr.* Ab und zu ich ließ einfach nur Musik laufen, während ich mistete.

Sie wirkte auf mich wie ein Gewitter, das man in einen Glaskasten sperrte, um dessen Macht und Willen bewundern zu können. Wie ein Sturm brauste sie hin und wieder in dem kleinen Verschlag auf und schlug aufgebracht mit dem Schweif hin und her, tippelte Augen rollend auf der Stelle umher. Wenn sie mich an jenen Tagen in ihre Nähe ließ, musste ich meist offene Wunden an ihren Beinen säubern, manchmal stellte ich fest, dass sie sich in ihrer Rage Strähnen aus Mähne und Schweif gerissen hatte. Ich hatte keine Ahnung, welch verzweifelten Schmerz sie in den Nächten durchlitt.

Mir blieb gar nichts anderes übrig, als sie irgendwann aus ihrer Box zu führen und somit Jaroschs Willen nachzugeben. Die Stute hielt es nicht länger in den vier Wänden aus und so schwappte ihre endlose Energie auf mich über und ich wusste, was ich tun musste.

Als ich ihr das teure Lederhalfter, das ich inzwischen gereinigt hatte, über den Kopf zog, pumpte mein Herz hastig und rasch, meine Bewegungen wurden fahrig, beinahe hektisch. Mir graute ein wenig davor, den Schutz und die Sicherheit des Stalls zu verlassen, und die Stute quittierte meine Unsicherheit mit Tänzeln und heiserem Wiehern, als wir zum ersten Mal in die Sonne hinaustraten. Fauchend wie eine Wildkatze stieß sie Luft aus, erstarrte zu einer Säule mit Muskeln aus Marmor, nur um in dem kleinen Longierzirkel wie eine Supernova zu explodieren.

Die Zeit darauf zersprang sie abwechselnd in tausend Funken, bis nichts mehr von ihr übrig blieb, oder sie stand wie ein nebliger Herbsthimmel vor mir: grau, müde, fröstelnd. Als hätte sich eine Glasur aus stacheligem Frost auf ihre Seele gelegt. Ihre Augen waren dunkle Pfützen, Überbleibsel eines langen, schmutzigen Winters, der aus allem die Farbe gewaschen hatte. Ich strich mir über meine bloßen Arme, auf denen sich Gänsehaut gebildet hatte. Meine Atemwölkchen waren weiß, obwohl es immer noch warm war. Warum stand sie nur herum? War sie einfach froh, die Sonne auf ihrem Fell zu spüren, dass frische Luft durch ihre Lungen wehte? Oder wusste sie in diesen Momenten bereits, dass sie mich so faszinieren würde, dass ich vergaß, wie besonders sie war und sie irgendwann bloß wie ein Reitpferd behandeln würde?

Doch von Tag zu Tag löste sich ihre Starre mehr auf, als wachte sie aus dem Winterschlaf auf, gähnend und gemächlich, wie wenn auf einen harten und langen Winter der Frühling folgte, zuerst zaghaft und sanft, dann lebenslustiger und bunter. Wie ein leichter Regenschauer, der gleichmäßig und leise auf den trockenen Boden tropfte, trabte sie zunächst mit hängendem Kopf um mich herum. Schritt für Schritt,

Schweifschlag für Schweifschlag. Nach einer Weile verstärkte sich der schüchterne Nieselregen zu einem wahren Regenguss. Schnell und stakkatoartig. Daraufhin schüttelte sie ihre Mähne, sodass sie einen Wind entfachte. Das lange Haar strudelte um sie herum wie unzählige kleine Wildbäche, in deren aufspritzendem Wasser sich zarte Regenbögen bildeten. Dann stoppte sie auf einmal aus vollem Galopp auf der Hinterhand, wirbelte herum und stob in die andere Richtung davon. Als sie stieg und nach ihren Artgenossen rief, klang ihr Wiehern wie tausend Glöckchen, die der Wind in die Hände genommen hatte und munter schwang. Die Vorderhufe wieder auf den Boden aufsetzend, stürzten Mähne und Schweif ihren kräftiger werdenden Körper hinab wie ein glitzernder Wasserfall, der kleine weiße Seerosen mit sich riss.

Weitere Tage vergingen, in denen wir uns beobachteten, beschnupperten, begutachteten, aneinander gewöhnten, miteinander liefen, ohne dass ich Angst vor ihren Zähnen oder Hufen haben musste. Sie forderte mich zu einem Spiel auf, stupste mich sanft an die Schulter und wieherte neckend. Wie ein tollpatschiges Fohlen trabte ich zunächst neben ihr her, über meine Füße stolpernd und mit den Armen rudernd, dann flogen wir wie zwei Vögel in einem winzigen Schwarm Seite an Seite über den Boden, bis mir die Luft ausging und ich mich an den Zaun lehnen musste. Das Einhorn stellte sich vor mir auf, pustete mir seinen warmen Atem ins Gesicht – pferdige Mund-zu-Mund-Beatmung musste ich lachend denken –, bis sie mir völlig unerwartet den Kopf auf die Brust drückte, darauf bedacht, mich nicht mit ihrem Horn zu verletzen. Mit sanften Fingern strich ich über ihre breite Stirn, verlas jede einzelne Strähne ihres welligen Schopfes, der bis fast an ihre Nüstern reichte.

Wenn ich das Horn nicht sah und nicht berührte, war es auch nicht da.

Und so wurde ich von Mal zu Mal sicherer und selbstbewusster, mein Tagesablauf ging mir in Fleisch und Blut über. Schule, Hausaufgaben, den eifersüchtigen Merlin nicht vernachlässigen, die Box der Stute misten, sie im Longierzirkel bewegen, mit ihr spielen und rennen, erschöpft und zufrieden ins Bett fallen; nicht immer mit geputzten Zähnen.

Dass ich so viel Zeit am Stall verbrachte, bekräftige wiederum den in Verena und Gregor keimenden Verdacht, ich könnte mit Jarosch im

Stroh liegen, über grüne Wiesen tollen, ihm Kränzchen aus Gänseblümchen flechten, im Waldsee baden. Sollten sie doch!

Die Wahrheit sah jedoch eher so aus: Jarosch ließ sich auf dem Reiterhof nicht mehr blicken, in der Schule ignorierte er mich, als ob es den Nachmittag vor der Umkleide, in seinem Auto nie gegeben hätte, nie die Bitte, die er an mich gerichtet hatte, nie das Eingeständnis seiner Schuld. Möglicherweise benahm er sich gerade deshalb so. Hin und wieder sah ich ihn von Weitem auf seinem Fuchs reiten. Ruhelos hetzte er durch den Wald, galoppierte Böschungen hinauf und hinunter, rang sich und seinem Pferd den letzten Atemzug ab. Er wirkte dann wie einer dieser ruhelosen Helden aus einem Jane Austen-Roman, okay, aus einer Jane Austen-Verfilmung. Manches Mal knatterte er auch in einem Traktor an mir vorbei, gestresst und genervt. Dann schien er wie einer dieser mürrischen Landwirte aus einer Folge *Bauer sucht Frau* entsprungen zu sein, nur mit vollem Haar und vollzähligem Gebiss.

Die Stute

Heute Nacht wäre ich gern der Mond.

Ich würde dem Wind befehlen, mich fortzutragen, denn kein Wind wäre stark genug, meine schweren Beine zu heben, meine dichten Gedanken zu lüften.

Ich wünschte, ich wäre heute Nacht der Mond.

Johanna

Als ich das nächste Mal nach der Schule mit dem Rad an den Stall fuhr, konnte ich gerade noch aus dem Augenwinkel sehen, wie jemand aus dem Schuppen der Stute eilte. War das Jarosch? Nein, warum sollte er? Es war schließlich sein eigenes Pferd, niemand konnte ihm verbieten, es zu sehen, egal, was er gesagt oder mir versprochen hatte. Für ihn gab es überhaupt keinen Grund, heimlich herumzuhuschen. Vielleicht hatte jemand vom Hof etwas aus der Hütte gebraucht? Möglicherweise etwas aus dem Werkzeugkasten? Oder musste sich jetzt doch einer der Angestellten von Herrn Maurer ständig um Futter und Wasser kümmern oder gar ein paar Bretter ausbessern?

Besorgt ging ich hinüber und als ich das Gebäude betrat, tippelte sie nervös in ihrer Box herum. Immerzu verdrehte sie ihre Augen und schlug wild mit dem Schweif um sich. Erst nachdem ich ihr die Hand unter die Nase streckte und einige leise Worte murmelte, nahm sie mich wirklich wahr und entspannte sich allmählich.

Da ich Hausaufgaben zu erledigen hatte, entschied ich mich dafür, den Nachmittag ruhig angehen zu lassen und mit ihr und Merlin auf einer Wiese grasen zu gehen. Ich suchte mir eine Ecke aus, wo mich die letzten Sonnenstrahlen ein wenig wärmen konnten, und in diesem Moment war es mir ausnahmsweise mal gleichgültig, dass meine Sommersprossen dadurch wieder aufflammten. Zwei Kätzchen, die eine rotweiß getigert, die andere rabenschwarz, leisteten uns Gesellschaft und spielten mit den goldenen Flecken, die die Sonne raschelnd durch die Bäume schickte, Fangen. Ich ließ mich auf Merlins blankem Rücken nieder und blätterte mein Schulbuch auf – der Ausbruch des Ersten Weltkriegs. Na prima.

Immer wieder legte ich den Kopf in den Nacken und blickte in den Himmel hinauf, an dem sich bereits graue Wolken versammelten. Ich suchte nach Formen, Figuren, nach Wesen, die darübergaloppierten, in ihm versanken. Nach Einhörnern und Schwertwalen, doch ich fand nur bauschige Wolken. Dort oben sollte sie sein, den Wind in ihrer Mähne spüren, sich von ihm kitzeln, necken lassen, mit ihm um die Wette rennen. Stattdessen war sie hier, hier auf der Erde, graste Nase and Nase mit Merlin, mit dem sie sich auf Anhieb verstanden hatte. So sehr hatte sie sich nach jemandem gesehnt, der auch nur annähernd ihre Sprache verstand.

Aber irgendwie wollte ich sie auch nicht in den Wolken finden. Nicht allein. Ich wollte auf ihrem Rücken sitzen, durch das nie enden wollende Blau mit ihr fliegen. Ihre Bewegungen waren so anmutig, so stolz, so erhaben. Faszination hatte mich gepackt, Neugierde sowie ein Funken Ehrgeiz. Zugegebenermaßen. Denn langsam spiegelten sich in den schwarz glänzenden Augen der Schimmelstute wieder rauschende Bäche, aus denen sie einst getrunken hatte, blühende Sommerwiesen, über die sie galoppiert war, eisige Schneestürme, denen sie in den Wintermonaten getrotzt hatte, wenn ich sie täglich aus dem Stall führte und mich mit ihr beschäftigte.

Ich gewöhnte sie an ihre neue Umwelt, an die vielen Geräusche um sie herum, an das Zusammenleben mit den Menschen. Und je sicherer und ruhiger ich wurde, umso mehr reflektierte sich das in ihrem Verhalten. Sie vertraute mir mehr und mehr, lehnte sich an mich an. Ich vergaß immer wieder, dass sie ein Einhorn, ein wildes Fabelwesen war. Ich schob den Gedanken daran in den hintersten Winkel meines Verstandes, wollte nicht, dass dieses Wissen mein Herz berührte, wollte nicht sehen, dass sie nicht hierhergehörte, dass sie nicht geboren wurde, um einen Sattel und einen Reiter zu tragen. Dennoch sehnte ich mich nach dem ersten Mal, wie ich mich auf ihren Rücken schwingen, mich an ihrer seidigen Mähne festhalten würde. Sie war für die Freiheit geboren, für ein Leben jenseits aller Zäune und Begrenzungen, ein Leben über den Wolken.

Ich seufzte auf, wollte die letzten Sonnenstrahlen genießen, bevor doch noch der Regen losprasselte, vielleicht sogar die eine oder andere Seite lesen. Aber das Getuschel, welches vom Reitplatz zu mir herüberdrang, die tausend Augen, die ich auf mir spürte, konnte ich irgendwann nicht länger ignorieren. Skye und ihre Gossip-Bande! Sollte sie der Teufel holen!

Dann braute sich unvermittelt ein Gewittersturm in den Augen der Stute zusammen, durch ihren Körper zuckte ein Blitz nach dem anderen, durch ihre Kehle grollte ein Donnern. Das Buch zuklappend, rutschte ich rasch von Merlins Rücken hinab … und erneut beschlich mich das Gefühl, dass mich jemand beobachtete. Dann sah ich Jarosch.

Als er uns erblickte, machte er den Eindruck eines Luftballons, aus dem langsam die Luft entwich. Mein Herz machte einen stolpernden Satz. Die Stute eilte rückwärts, wieherte schrill und heiser. »Schsch, alles okay, er wird dir nichts tun, das verspreche ich dir. Ich weiß es«, flüsterte ich ihr zu, doch sie wollte mir nicht glauben. Ein paar Mal fauchte sie wie ein kleiner Drache, reglos verharrend, bis sie am weiß gestrichenen Zaun hin und her trabte, den Schweif ruhelos peitschend. War er doch vorher bereits da gewesen?

Erst nachdem sie sich hinter Merlin, der an dem spärlich wachsenden Gras zupfte, verkrochen hatte, entspannte sie sich und tat es ihm gleich.

»Hi!« Ich schlüpfte unter dem Zaun hindurch und ging auf Jarosch zu. Er trug dunkle Jeans, einen grauen Kapuzensweater sowie seine obligatorische Lederjacke.

»Hi.«

»Warst du heute schon mal hier?«

»Nein, wieso?«

»Ach, nur so.« Ich strich mir den fransigen Pony blinzelnd aus den Augen. »Also Neuanfang: lange nicht mehr gesehen.«

Jarosch senkte schuldbewusst die Augen.

»Schon gut. Du musst nichts sagen.«

»Wirklich nicht?« Er schaute mich ungläubig an, fast belustigt. Zum Glück wirkte er nicht mehr wie ein zusammengeschrumpfter Luftballon.

»Eigentlich schon, aber ich kann es ja schlecht aus dir herausprügeln. Wäre schade um meine Fingernägel«, erwiderte ich. Ich war immer noch sauer auf ihn, aber ich war auch froh, ihn endlich wieder zu sehen, hier auf dem Hof, hier bei der Stute. Und ich konnte nicht sagen, warum. Doch. Irgendwie schon. Ich wollte mit jemandem reden, mich jemandem anvertrauen. Gregor und Verena fielen weg, einmal hatte ich versucht, meine Mum darauf anzusprechen. Einhörner, Elfen, Hexen waren ihr tägliches Brot, gebannt auf Aquarellpapier und Leinwand. Aber im wirklichen Leben? Hätte sie es verstanden, akzeptiert, mir geglaubt – oder mir den Umgang verboten? Ich entschied mich dafür, es nicht herauszufordern und schwieg.

Jarosch setzte sich auf die Wiese, beobachtete eine Weile die grasenden Pferde, ignorierte, was ich soeben gesagt hatte. »Sie sieht gut aus.«

»Danke.« Ich blieb noch unschlüssig stehen.

»Das habe ich nur dir zu verdanken.«

Jetzt musste ich mich doch setzen.

»Ich schulde dir etwas«, fuhr er fort.

»Oh, du kannst dein Geld ruhig behalten.«

»Ich habe eigentlich auch kein Geld.«

»Na, wenn das so ist. Was hältst du von einem anderen Deal?«

»Einem Deal?«, fragte er.

»Du könntest mir deine Geschichte erzählen. Die Geschichte von dir und ihr.« Die ganze Zeit hatte ich darüber nachgegrübelt, was die Stute mir nicht erzählen, was nur Jarosch mir offenbaren konnte.

»Da gibt es nicht wirklich viel zu erzählen.«

Fast hätte ich ihm in die Schulter geboxt, hielt mich aber im letzten Moment zurück, da ich nicht wusste, wie er auf derartige freundschaftliche Vertraulichkeiten reagieren würde … und ich auch nicht, ehrlich gesagt. Und weil ich eigentlich immer noch einen Funken Zorn in mir trug. »Hey, du bist der Junge mit dem Einhorn. Wenn du keine Geschichte zu erzählen hast, wer denn dann?«

»Dann soll ich also zu deiner persönlichen Scheherazade werden?«

Das hatte ich wirklich nicht erwartet und ließ mich ein wenig erweichen, zu einem Anflug von Leichtigkeit zurückfinden. Eine Leichtigkeit, die ich in der kurzen Zeit, in der ich nun Jarosch und sein Einhorn kannte, verloren geglaubt hatte. Vor der Sache mit Jarosch hatte ich mich so oft wie möglich zwischen bunten Buchdeckeln verkrochen, das Leben, die Abenteuer anderer miterlebt, und jetzt befand ich mich plötzlich selbst in einer solchen Geschichte wieder. Und sie war besser. Schlimmer. Unglaubwürdiger. Wahrer. Ich hatte eine Heidenangst. Ich freute mich jeden Tag aufs Neue auf das, was mich noch erwartete. »Ja, und wenn du Glück hast, lasse ich dich sogar am Leben.«

Wir schrieben hier unsere eigene Geschichte.

Ein leises Lächeln umspielte seine Lippen, funkelte in seinen dunklen Augen. Ich glaube, das war das erste Lächeln, das er sich in meiner Gegenwart gestattete. »Wie großzügig von dir.«

»Ich bin für meine Mildtätigkeit landein landaus bekannt.« Wie eine Königin streckte ich meine Hände aus. Albern. Aber ich war so froh, ihn zu sehen, reden zu können, mich nicht andauernd verstellen und lügen zu müssen. »Aber nur, wenn deine Geschichte mich auch aus den Reitstiefeln haut.« Ich wackelte mit den Zehen und fragte mich, was mich so mutig werden ließ, als ich die Stute anblickte, die daraufhin ruckartig den Kopf hob. Sie schien mir aufmunternd zuzublinzeln. Natürlich bildete ich mir all das nur ein, aber nichtsdestotrotz war ich mir mit einem Mal bewusst, dass ich ihr mein neu erwachtes Vertrauen zu verdanken hatte.

»Sie wird dich sogar aus den Ringelsocken hauen, aber was ist, wenn du sie gar nicht hören willst?« Er schaute nachdenklich zu ihr hinüber, blickte durch sie hindurch. Sein Lächeln war längst verblasst, dafür tobten nun kräftige Bilder aus seiner Vergangenheit vor seinem inneren Auge. Wollte ich Jarosch so nahe kommen? Wollte ich diese Erinnerungen wirklich sehen? Wieder seine schlechten Seiten, wo ich doch gerade

Hoffnung hatte, bereits hinter seine abweisende, schroffe, distanzierte Maske geblickt zu haben? Wollte ich erfahren, was in seinem Innersten auf mich wartete, was er der Stute angetan hatte?

»Du willst es nicht wissen, stimmt's?« Jarosch blickte mich wieder an. Durchdringend, cool, eisig.

Er hatte recht, aber ich wollte es nicht zugeben. Wollte nicht zeigen, dass ich mich vor seiner Geschichte, vor ihm fürchtete. Doch ich brachte kein Wort heraus. Die nahezu heitere Stimmung, die vor wenigen Minuten versucht hatte, sich an die Oberfläche zu kämpfen, zog sich wieder zurück. Genau wie die Sonne, die bereits von den Wolken verschluckt worden war.

»Du willst gar nicht hören, wie ich an die Stute gekommen bin, wie ich sie gefangen habe, wie ich …« Er verstummte. Jarosch zog die Schultern hoch, verspannte sich, verkroch sich wieder in sich selbst.

Was für ein harter Brocken!

»Doch, ich will es«, platzte es aus mir heraus. *Ich will dich und deine Stute verstehen.* »Und?«

»Was? Und?«

»Ich warte.« Ich konnte es nicht glauben, wie draufgängerisch ich mich fühlte und wie ich begann, ihm zu verzeihen. Möglicherweise weil ich es geschafft hatte, aus der Stute böse Erinnerungen zu waschen, wie ein starker Regenguss ein zehrendes Feuer löschen konnte? Oder bildete ich mir dies nur ein? Verbarg das Einhorn ihr Leid nur hinter dickem Rauch, durch den ich nicht hindurchblicken konnte und wollte?

»Du willst jetzt eine Geschichte hören?«

»Ja, ich habe alle Hausaufgaben gemacht, ein halbes Dutzend Großmütter über die Straßen geführt, die Box deiner Stute ausgemistet.« Ich warf ihm einen schnellen Seitenblick zu. »Ich bin heute fertig mit meinen guten Taten und habe den Rest des Abends frei.«

»Ich nicht. Ich muss heute Abend noch misten und füttern.« Jarosch verstand aber auch gar keine Ironie.

»Na, dann eben bis deine Pferde Hunger bekommen!«

Jarosch seufzte, ein wenig verärgert, ein wenig überrumpelt. »Was willst du also nun von mir hören?«

»Wie wäre es für den Anfang mit dem Anfang?«

Er räusperte sich. »Also, es war einmal ein Junge, der lebte in Rumänien …«

Puh, Ironie war also doch kein Fremdwort für ihn. Und jetzt, jetzt rempelte ich ihn doch an.

Nachtblume

Du warst wieder da.

Plötzlich und unerwartet.

Die letzten Sonnenstrahlen verkrochen sich hinter den Wolken.

Jarosch

Was tat ich hier bloß?

Ich saß hier mit Johanna, dem Mädchen, das ich kaum kannte, aber meine Stute anvertraute, und nun auch mein halbes Leben.

Ich erzählte ihr von meiner Mutter, der Artistin, meinem Vater, dem Zirkusdirektor, meinen Großeltern, den Bauern, der Pferdezucht, der endgültigen Aufgabe des Zirkus und der vielen Tiere, dem Aufbau der neuen Show, bis Johanna irgendwann die Augen verdrehte. Als ich gerade anfangen wollte, von meinen ersten Jahren in Rumänien in der Nähe des Schwarzen Meers, von der unglaublich schönen und außergewöhnlichen Landschaft im Donaudelta zu berichten, meinte sie bloß: »Wir sind hier nicht im Erdkundeunterricht. Komm zur Sache!« Doch kaum hatte sie das ausgesprochen, wechselte ihre Gesichtsfarbe in einen zarten Rosé-Ton über, sie räusperte sich vernehmlich, schaute schnell auf ihre Füße, zupfte am Gras herum.

Eine Weile beobachtete ich das Einhorn, wie es sich wie ein normales Pferd benahm, die herbstliche Sonne auf dem Rücken genoss, den Hals verbog, um an das süße Gras auf der anderen Seite des Zauns zu gelangen, die lästigen Fliegen mit dem dichten Schweif abwehrte. Ich betrachtete den Himmel, der grauer wurde und in dem sich der Regen sammelte.

Währenddessen versuchte ich mich zu erinnern, an unsere Jagd, an meine Schuld, an mein schlechtes Gewissen, an all die Dinge, auf die sich in den letzten Wochen eine dicke Staubschicht gelegt hatte und die Johanna mit einem leisen Atemhauch, mit zwei Wörtern weggepustet hatte. *Einen Deal* hatte sie vorgeschlagen, nicht wissend, was sie in mir freilegen würde. Doch die ganze Geschichte, die ganze Wahrheit würde ich ihr nicht gestehen, vielleicht nie, vielleicht irgendwann, definitiv nicht heute. Und dennoch begann ich zu erzählen. Von meinen Brüdern Adam und Matti, von unserer Ankunft, vom Aufbruch zu unserem ersten Jagdtag …

»Der Hengst, den mir der alte Bekannte meiner Großeltern zugeteilt hatte, schnappte nach mir, peitschte mit seinem Schweif ungehalten von rechts nach links und trat mit einem seiner Hinterbeine zuckend unter seinen Bauch, als ich den von altem Schweiß verklebten Sattelgurt fester anzog.

Mittlerweile hatten wir unsere Rucksäcke und Satteltaschen gepackt, an die Sättel festgebunden und die Pferde für den Ritt vorbereitet. Adams Brauner – Adam ist mein älterer Bruder – buckelte schon beim Aufsitzen. Der Wallach war schmal und knochig, vielleicht ein eingefangenes Wildpferd. Mein Rappe tänzelte bereits, als ich ihn aus dem Stall hinausführte. Jedes Mal wich er zur Seite aus, wenn ich aufsteigen wollte, doch Mattis Schecke blieb völlig unbeeindruckt stehen und wartete geduldig darauf, bis es losging.

Der Alte, der uns seine Pferde lieh, hatte uns davor noch ein deftiges Frühstück auf den Tisch gestellt, in der Hoffnung, uns aushorchen zu können, was wir denn genau vorhätten. Ich schwieg, Adam druckste herum, warf Matti, meinem jüngeren Bruder, den einen oder anderen bösen Blick zu, der ihm sagen sollte, still zu sein. Denn Matti war so aufgekratzt, dass er am liebsten alles herausposaunt hätte. Entweder hätte der Bekannte uns ausgelacht oder die Dorfbewohner benachrichtigt, die dann ihre Mistgabeln und Fackeln in die Hände genommen hätten, um uns oder die Einhörner zu vertreiben.«

Ich merkte, wie mir meine Worte vorauseilten wie widerspenstige Fohlen, wie ich sie nicht mehr zurückhalten konnte. Ich konnte sie nicht ungesagt, nicht ungehört machen. Aber Johanna machte mir das Erzählen leicht, denn sie hörte einfach nur zu. Vermutlich hatte sie Angst, dass mein Redefluss versiegen würde, wenn sie nur den Mund aufmachte oder mich gar ansah. Stattdessen wagte ich einen kurzen Blick in ihre Richtung. Mit angezogenen Beinen saß sie neben mir, hatte ihre Arme um die ausgebeulten Knie ihrer Reithose geschlungen, die grasende Stute nicht aus den Augen lassend. Ihre Haare fielen ihr so weit ins Gesicht, dass ich keinen Blick darauf werfen konnte, geschweige denn dahinter. Ein riesiger Pullover und ein Strickschal verhüllten den Rest ihres Körpers.

»Nachdem wir die Pferde ihren Stallmut loswerden und sie unter uns davonrennen ließen, bis sie ihre erhitzten Gemüter vom langen Stehen im Stall beruhigt hatten, suchten wir die Plätze auf, an denen ich die Stute in meiner Kindheit angetroffen hatte und immer noch vermutete. Doch nirgends fanden wir eine Spur im feuchten Boden oder an abgebrochenen Ästen. Mit hängenden Schultern und knurrenden Mägen beendeten wir unseren ersten Jagdausflug.

Und auch der zweite Jagdtag fing nicht anders an. Mein Rücken schmerzte vom Schlafen auf dem harten Waldboden, meine Klamotten fühlten sich klamm an, die mitgebrachten Wurstbrote schmeckten alt und trocken. Einige Stunden ritten wir schweigend neben- oder hintereinander her, tasteten unsere Umgebung auf ungewöhnliche Spuren und Geräusche ab, doch nichts tat sich.

Immer weiter entfernten wir uns von unserem Ausgangspunkt und ließen uns tiefer in den Wald hineintreiben, in die stickige, verschlingende Dunkelheit, in die sich kein Mensch mehr wagte, an die kein Mensch Hand anlegte. Zu viele Geschichten erzählt man sich auch heute noch über die Wesen, die hier ihr Unwesen treiben, verlorene Wanderer und Fischer erschrecken, sie ewig in ihren Bann ziehen und niemals wieder gehen lassen. Von Mooren, die nichts mehr hergeben, wenn sie ihre hungrigen und morastigen Mäuler erst einmal aufgesperrt haben.

Als wir Kinder waren, erzählte uns unser Großvater schaurige und blutrünstige Geschichten, die mich stets tief unter die Bettdecke kriechen ließen. Als das Licht gelöscht worden war, presste ich meinen Rücken an die Wand, machte mich ganz klein, zog die Daunendecke bis unter die Nasenspitze, egal, wie sehr ich schwitzte. Meine Großmutter schalt meinen Opa immer einen fürchterlichen Kinderschreck. Doch jeden Abend baten wir trotz allem um eine neue Geschichte, um ein neues Grauen, das uns in der Nacht seine knorrigen, kalten Finger entgegenstrecken, das uns den Rücken hinaufkriechen konnte. Erst die Begegnung mit ihr«, ich nickte in die Richtung, in der die Stute graste,

»ließ mich die Schauermärchen vergessen, denn sie war keines dieser bedrohlichen Gestalten, die den Wald unsicher machten. Ganz im Gegenteil. In ihrer Gegenwart fühlte ich mich beschützt, ich nahm zum ersten Mal die Schönheit des Auenwaldes und der Sumpfgebiete wahr und in mich auf. Sie brachte den Wald zum Strahlen, zum Erbeben. Mit ihr erwachte die Natur zu neuem Leben. Alles um sie herum schien friedlich und harmonisch zu sein, in einem besonderen Glanz zu baden. Ich sah nicht nur das dichte Grün, die schaurigen Märchen, wenn ich sie suchte. Plötzlich sah ich das mannshohe Schilf und seine Versteckmöglichkeiten, wenn mich Mutter zum Essen rief, ich entdeckte Brutplätze von Enten, beobachtete Reiher beim Fischfang, blickte ganzen Schwärmen von Pelikanen nach, deren Gefieder silbrig glänzte, wenn sie sich aufgeschreckt aus dem Wasser erhoben. Wie Tarzan versuchte ich mich in den verschlungenen Eichenwäldern von Liane zu Liane zu schwingen, landete jedoch jedes Mal in einem Tümpel. Ich entdeckte die Welt um mich herum mit anderen Augen.«

»Lianen?«, unterbrach mich Johanna mit großen Augen. »In Rumänien?«

»Ich komme aus dem Nordosten von Rumänien, direkt am Schwarzen Meer. Wir haben sehr heiße Sommer, aber auch sehr kalte Winter.« Ich räusperte mich. »Hättest du mich vorhin nicht unterbrochen, könnten wir uns das jetzt sparen.«

»Ja, ja, schon gut. Also ihr habt da unten Lianen?«

»Das Donaudelta ist etwas Besonderes, etwas Einzigartiges. Es ist das größte Sumpfgebiet Europas. Dort gibt es schwimmende Inseln, Flüsse durchziehen das ganze Land. Du kannst dir gar nicht vorstellen, wie viele verschiedene Vögel es dort gibt. Es ist wie in den Tropen. Ein Urwald.« Ich kratzte mich am Kopf. »So wie ich mir die Tropen vorstelle. Überall nur Vogelgezwitscher, Geschnatter, klappernde Pelikanschnäbel, gluckernde Wasserläufe. Natur pur. Und ja, dort gibt es auch Lianen. Sind doch nur Kletterpflanzen, die an Bäumen hochklettern.«

»Okay, okay, das reicht, weiter im Text! Erdkunde ist echt nicht mein Ding.«

Ich grinste verlegen. »Wo war ich stehen geblieben? Ach so, ja, die Ammenmärchen meiner Großeltern waren mehr als naiv und tief in ihrer Kultur verwurzelt. Weder konnte mich ein Knacken in den Ästen noch ein Rascheln im Verborgenen aufschrecken, doch auch die Schönheit des Waldes blieb mir während der Jagd verborgen. Sie versteckte sich vor meinen müden Augen, als wäre ich es nicht wert gewesen, dass sie sich vor mir enthüllte.«

Hatte ich Johanna das soeben tatsächlich anvertraut? Ich schielte zu ihr hinüber, aber ihr Blick war auf die Stute geheftet, auf die gepflegte Anlage mit den weißen Zäunen, auf die weitläufigen Koppeln und den riesigen Wald dahinter. Ich steckte mir eine Zigarette an, brauchte irgendetwas, an dem ich mich im Hier und Jetzt festhalten konnte, um mich nicht zu tief in den Erinnerungen zu verlieren. Dabei beobachtete ich, wie der flauschige Samen einer Silberdistel davonschwebte.

»Flüsse, die wir durchqueren mussten, waren bloße Hindernisse, die wir bezwingen mussten, das nächtliche Quaken der unzähligen Frösche raubte mir den Schlaf, die Stechmücken fanden jede Möglichkeit, um uns zu ärgern, von den Bäumen schlugen uns Lianen ins Gesicht, der sumpfige Boden erschwerte den Pferden das Laufen.

Der Rappe unter mir trottete nahezu brav durch den Wald. Erschreckte nur hie und da vor dem lauten Ruf eines Fasans oder einer aufflatternden Schar Tauben, spannte sich an, wenn er auf einen morschen Ast getreten war oder ich mich ein wenig zu ruckartig auf ihm bewegte, um meine Verspannungen zu lösen. Der arme Kerl verbrachte wohl schon sein halbes Leben in dem miefigen, dunklen Stall, aus dem wir ihn gezogen hatten. Die friedliche Natur war für ihn wie ein Rummelplatz mit hektischen Menschen, ungewohnten Gerüchen, blendenden Lichtern und lauter Musik.

Dann sah ich etwas Glänzendes in einem Ast eines umgefallenen Baums, obwohl ich fast nicht mehr auf meine Umgebung achtete. Haare! Und auch noch silbrig weiße. Wie bei unserer ersten Begegnung unter der Silberweide, als ich noch ein Junge war. Sie hatte mir ein Zeichen geschickt.«

Johanna schaute mich das erste Mal an, nachdem ich begonnen hatte, ihr meine Gefühle und Erinnerungen anzuvertrauen, mich ihr anzuvertrauen. Ihren Blick konnte ich jedoch nicht deuten. Lag darin Neugier, Faszination oder Abscheu? Ich erzählte weiter, meine Worte flogen aus meinem Mund wie die weißen Schirmchen der Distel. Als sollte es so sein.

»Harsch wendete ich den Hengst ab, der daraufhin wütend mit dem Kopf auf und ab schlug und seine Tritte verkürzte. Ich steuerte mein kostbares Fundstück an. Ganz in der Nähe schlängelte sich ein Wildwechselpfad mit frischen Spuren durch das Dickicht. Ich pfiff meinen Brüdern zu, die einige Meter hinter mir gewesen waren, und winkte sie heran. Ein Glitzern zuckte durch ihre ebenfalls müden Augen, ihre Schultern strafften sich augenblicklich.

›Bist du dir sicher? Es könnten doch auch Wildpferde sein‹, warf Adam ein.

Siegessicher zeigte ich ihm die Strähne. ›Siehst du die Farbe? Weiß! So etwas habe ich hier sonst noch nie gesehen!‹

Hintereinander ritten wir durch die schmale Schneise, wobei uns Äste ins Gesicht schlugen und die dampfende Hitze Rücken und Brust wie ein nasses Handtuch einhüllte. Gespannt lauschte ich den Geräuschen des Letea-Waldes, dem Gurgeln der Flüsse, dem immerwährenden Gesang der Vögel, aber Huftritte konnte ich nicht hören. So nah waren wir ihr nun gekommen, weit konnte sie nicht sein, denn die Spuren waren frisch und tief.«

Ich konnte mich noch ganz genau erinnern, welche Gefühle mich in diesen Augenblicken durchströmten. Einerseits schraubte sich mein Herz in ungeahnte Höhen und andererseits fühlte es sich an, als hätte mir jemand einen Stein darum gebunden und es in einen tiefen Brunnen geworfen. Mein pochendes Herz trudelte hinab in die schwärzeste Schwärze, bis es mit einem kaum auszuhaltenden Ruck zum Stillstand kam und gegen die feuchten Wände klatschte. Ich war ein bisschen erleichtert, als wir das eine oder andere Mal die falsche Abzweigung nahmen und der Pfad uns nicht weiterführte. Doch diese Gefühle fanden nicht den Weg über meine Lippen, ich verschloss sie vor Johanna und vor mir selbst. Stattdessen erzählte ich weiter, was geschah:

»Als der Rapphengst unter mir seine Ohren aufrichtete und seine Lippen zurückzog, um einen bestimmten Geruch besser in sich aufnehmen zu können, wusste ich, dass wir nun die richtige Richtung eingeschlagen hatten.« Dass mir die sich ausbreitende Anspannung unter den Pferden einen Stich versetzte, verschwieg ich Johanna ebenfalls. Sie spürten die Einhornstute in ihrem Blut, während sie mir vermutlich immer fernbleiben würde. Unwillkürlich traten Tränen in meine Augen, ein Kloß setzte sich in meinem Hals fest. So leise wie möglich schluckte ich ihn hinunter, ich blinzelte die brennenden Tränen weg. Meine belegte Stimme konnte ich jedoch nicht verleugnen.

»Ich zog die sperrigen Zügel an, weil der Hengst sich mehr und mehr aufspielte, es kaum erwarten konnte, gänzlich von ihrem Duft umspült zu werden. Es kostete mich Mühe, ihn zu halten und wenigstens einen Hauch seiner Konzentration auf mich zu lenken, da er am liebsten durch den morastigen Boden davongesaust wäre. Dadurch wurden seine Tritte kürzer und staksiger, tänzelnder und hektischer, verärgert schüttelte er seine verfilzte Mähne, bis wir letztendlich auf einer Lichtung angelangten und er sich mir für einen Moment entziehen konnte. Er quiekte, buckelte, wollte mich eindeutig loswerden. Und als ich mich wieder gefangen hatte, die Zügel noch straffer nahm, was er mit einem wütenden Steigen quittierte, sah ich endlich das Einhorn.«

Ich schwieg, denn vor meinen Augen flimmerten Bilder von der Stute hin und her. Strahlend auf der sonnendurchfluteten Lichtung im Wald, eingesperrt in einem dunklen Stall irgendwo im Schwarzwald fernab ihrer Heimat und hier und jetzt auf einer dürren Wiese stehend. Wie ein beliebiges Pferd, das auf sein Dasein als Reitpferd vorbereitet wurde.

»Was? Damit soll die Geschichte enden?«, fragte mich Johanna, als ich eine Weile schwieg.

»Für heute schon.«

»Okay, gute Geschichten hören am Kapitelende immer mit einem Cliffhanger auf.«

»Ich muss eigentlich noch den Stall machen und keine aufregende Story zum Besten geben.« Ich traute mich nicht, in ihre Augen zu sehen, stand stattdessen auf, streckte mich und rieb über meine geröteten Augen. »Außerdem wird der Boden feucht und kalt und da braut sich auch etwas zusammen.«

Gleichzeitig hoben wir unseren Blick gen Himmel, an dem sich dunkle Wolken zusammenrotteten, und schon fielen die ersten dicken Tropfen auf uns hinab. Johanna rannte zu den Pferden und schnappte sie sich. Mir drückte sie ihr Pony in die Hand. Der Regen wurde dichter und heftiger und ich lief ihr und der Stute, meinem Pferd, hinterher.

»Soll ich dich noch nach Hause fahren?«, fragte ich atemlos, als ich in den Schuppen stürzte, nachdem ich Merlin in seinen Stall gebracht hatte. »Oder willst du abwarten, bis das Schlimmste vorbei ist?« Die Augen der Stute waren weit aufgerissen, die Ranken deutlich sichtbar in diesem Zwielicht.

»Und mein Fahrrad?«

»Packen wir in den Kofferraum.«

Gemeinsam hasteten wir zu Adams Wagen, ließen uns endlich auf die Sitze fallen. Das Unwetter war mittlerweile so heftig, dass ich die Scheibenwischer auf die höchste Stufe stellen, mich wie ein kurzsichtiger Trottel hinters Lenkrad klemmen und durch die Scheiben starren musste, um in dem regendunklen Grau zumindest die Straßenmarkierungen erkennen zu können. Da ich den Weg zu ihr nach Hause mittlerweile kannte, war es nicht nötig, miteinander zu sprechen, obwohl ich genau merkte, dass ihr noch viele Fragen auf der Zunge brannten. Zu viele.

Ich parkte vor dem Haus ihrer Eltern, das sogar durch den dichten Regenmantel Fröhlichkeit und Heimat ausstrahlte. Der morsche Gartenzaun war nur zur Hälfte gestrichen, in einem leuchtenden Blau, an der Hauswand kämpften verschiedene Kletterpflanzen um ihr Vorrecht, im Vorgarten trotzte ein verblassender Goldregen dem rauen Wind. Seine Blüten wehten wie ein kleines Feuerwerk hin und her.

»Also, entweder du wirfst mich jetzt aus dem Wagen oder du erzählst mir das Kapitel zu Ende«, stellte sie hoffnungsfroh fest.

Ich drehte mich zu ihr um, darauf bedacht, nicht auf den durchnässten und dünnen Strickpulli zu starren. Nasse, dunkle Strähnen klebten ihr im Gesicht. »Du kannst ganz schön hartnäckig sein.«

»Für eine gute Geschichte nehme ich alles in Kauf.«

Sogar mich?

»So war das nicht gemeint. Wirklich nicht.« Als hätte ich es laut ausgesprochen, rutschte Johanna auf einmal unruhig auf ihrem Sitz hin und her, unschlüssig, ob sie nach dem Türgriff fassen sollte oder nicht.

Der Regen prasselte unablässig auf das Autodach nieder, durch die Straße rannen schnelle, wirbelnde Sturzbäche. Ich stellte den Motor ab. »Also, wo war ich stehen geblieben?«

»Du hattest die Stute auf der Lichtung entdeckt«, half sie mir auf die Sprünge. Johanna lehnte sich an die Beifahrertür und verschränkte die Arme vor der Brust. Ich seufzte.

»Die Stute blickte direkt in meine Augen, als sie uns entdeckte. Aufmerksam, beunruhigt, verwirrt. Stolz wie eine Säule aus italienischem Marmor stand sie unter der Sonne, bis in die letzte Faser ihrer Muskeln spannte sich ihr Körper an. Sie war bereit zur Flucht.

Der Rappe unter mir bebte, brodelte wie ein Vulkan kurz vor dem Ausbruch, seine Hormone spielten verrückt, verlangten Genugtuung. Der Hengst galoppierte auf der Stelle und wollte sich mir mit aller Macht entziehen, doch obwohl mir die Zügel in die schwieligen Hände schnitten, durfte ich ihn nicht gehen lassen. Er wollte seinen Anspruch auf sie geltend machen und brummelte besitzergreifend. Ein heiseres Wiehern zog durch seinen Körper, sodass sein ganzer Leib vibrierte.

Das Einhorn stampfte mit dem Vorderhuf auf, stieß einen grellen Warnton aus, woraufhin alle anderen Tiere die Köpfe aus dem Gras erhoben und uns für einen Augenblick aus ihren großen und ungläubigen Augen betrachteten. Doch für mich dauerte dieser Moment ein Leben lang, sodass ich das Bild, das vor mir lag, voll und ganz in mich aufsaugen konnte, als würde ich nie wieder etwas so Schönes und Reines sehen: ihr weißes Fell flirrte irisierend unter der Sonne, ihre Mähne ergoss sich über ihren Hals, ihr Schweif, der wie ein Wasserfall, der vom Wind aufgepeitscht wurde, unruhig hin und her schwang, sich fein abzeichnende Muskelstränge, die von Stärke und Schnelligkeit zeugten. Sie war die schönste Stute, die ich je erblickt hatte. Nein, sie war das schönste Einhorn, das ich je erblickt hatte.«

Du meine Güte, wie redete ich denn da? Geht es auch noch schwülstiger, Jarosch Ullmann? Echt peinlich.

Aber trotz allem geriet ich ins Schwärmen, wenn ich nur an die Einhörner dachte, wenn ich von Rumänien träumte.

»Die anderen Einhörner, die mich aus gleichermaßen neugierigen wie ängstlichen Augen anstarrten, waren nicht halb so atemberaubend wie sie. Graue Schatten lagen über ihrem seidig glänzenden Fell oder es verteilten sich braunrote bis schwarze Sprenkel über ihre Körper, doch sie war reinweiß wie unberührter Schnee. Sie war groß, wirkte kraftvoll und gleichzeitig zerbrechlich, während die anderen Einhörner gedrungen und fast wie dickliche Ponys wirkten oder so schwer wie ein Kaltblut. Ihr Horn drehte sich in einer sich zur Spitze hin verjüngenden Spirale. Es schien dünn wie Glas, wie ein Eiszapfen, der in der Hand schmelzen würde, doch das Horn war sicher so schwer wie Elfenbein und vermutlich nicht weniger begehrt.«

Johanna kramte nach einem Papiertaschentuch in ihrer Hose, doch ich konnte einfach nicht aufhören zu sprechen. Die Worte sprudelten aus mir heraus wie aus einem Wasserfall.

»Sicherlich würde so manch einer über Leichen gehen, um das Horn in Händen halten zu können. Ihres war wie ein wertvolles Schwert, das durch etliche Kriege gezogen war. Die Hörner der anderen Tiere hingegen waren kurz wie Dolche oder gebogen wie Säbel. Andere trugen gar zwei Hörner auf der Stirn wie Ziegenböcke. Doch ich wollte nicht das Horn, das funkelte wie ein frostiges Meer aus Eiskristallen, ich wollte sie.

›Seht ihr? Keine gewöhnlichen Wildpferde! Da vorne ist sie!‹, rief ich meinen Brüdern zu und deutete auf die leuchtende Stute vor uns.

Die Wildpferde in Rumänien stammen von ausgesetzten Arbeitstieren ab, sind knochig und dürr, meistens Füchse oder Braune, musst du wissen. Doch die Tiere hier waren weiß!«

»Ihr habt dort Wildpferde?«, unterbrach mich Johanna. Ihre Stimme war zittrig, wie die Blütenblätter, die durch den Regen trudelten.

»Nach der Revolution und dem Zerfall der landwirtschaftlichen Großbetriebe vor über zwanzig Jahren wurden viele Tiere einfach ausgesetzt, weil sie niemand mehr brauchte. Sie verwilderten, haben sich vermehrt. Meine Großeltern haben einige aufgenommen, sie arbeiten mit ihnen, züchten mit ihnen, mein Vater übrigens auch. Ihr Blut wird mehr und mehr verwässert, aber sie machen unsere Pferde härter, widerstandsfähiger, weniger anfällig für Krankheiten. Das Pony, auf dem ich reiten gelernt habe, war eines dieser wilden Tiere. Es war gewieft, flink, bodenständig.« Ich zuckte mit den Achseln. »Irgendwie fühle ich mich ihnen verbunden.« Vielleicht weil sie auch nirgends richtig dazugehören.

»Aber?« Als ich nicht gleich antwortete, fügte sie hinzu: »Da muss doch noch ein Aber folgen. Ausgesetzte Tiere, die sich anpassen und vermehren, verursachen doch immer Probleme. Entweder im Ökosystem oder weil sich die Bauern aufregen.«

»Ich dachte, Erdkunde wäre nicht so dein Ding?«

Johanna verdrehte die Augen und ich fuhr fort: »Hier waren es sogar die Umwelt- und Pflanzenschützer, die sich gegen die Wildpferde gestellt haben. Stell dir das mal vor! Sie sahen die vom Aussterben bedrohten Pflanzen in Gefahr. Quasi vom Naturschutzgebiet aus direkt in die Salami.« Ein bitteres Lachen entrang sich meiner Kehle. »Oder man hat sie einfach so abgeknallt.« Eine Weile hingen meine Worte in der Luft, wie der Nachhall eines Schusses zwischen Felsen.

»Und die Einhörner? Woher kommen sie? Was ist, wenn sie jemand entdeckt?«

Mir durch die nassen Haare fahrend, ließ ich mir mit meiner Antwort Zeit: »Keine Ahnung, woher die Einhörner kommen. Wie lange es sie bereits dort gibt. Wer alles von ihnen weiß.« Ein Lächeln huschte mir über die Lippen. »Aber ich glaube, sie sind ganz schön schlau. Sie sind zumindest nicht so bekannt wie unsere Vampire.« Beinahe hätte ich mit gekrümmten Zeigefingern Reißzähne an meinen Mundwinkeln nachgeahmt.

Dennoch brachte ich Johanna zum Lachen. »Ja, sonst hätten wir heute Filme und Musicals, die *Tanz der Einhörner* hießen und nicht *Tanz der Vampire*. Stell dir mal *From dusk till dawn* ohne Vampire vor!«

»Oder *Twilight* mit glitzernden Einhörnern?«

»Oder *Twilight* mit glitzernden Einhörnern.«

Rasch wurden wir wieder ernst.

»Aber heute, werden sie heute immer noch gejagt?«, fragte sie.

»Momentan nicht, aber wer weiß? Das ist doch nur eine Frage der Zeit, bis sie wieder als Ungeziefer, als Plage betrachtet werden, bis man sie wieder abschlachtet, ausrottet.«

»Und du?« Ihre Frage war weniger anklagend als nachdenklich.

»Ich?« Aber ich wusste, worauf sie hinauswollte. Ich konnte mir einreden, dass ich das Einhorn davor schützte, einem Wilderer vor die Flinte zu laufen oder Jugendlichen zu entgehen, denen es langweilig war. Aber ich war nicht besser als sie. Meine Gründe waren nicht ehrenvoll, sondern von Ehrgeiz zerfressen. »Ich bin wohl auch nicht besser als sie«, gestand ich. Würde sie sich damit zufriedengeben?

»Aber warum sie? Warum keines der anderen Tiere?«

Erleichtert seufzte ich auf und erzählte ihr von meiner ersten Begegnung mit der Stute, wie ich sie beim Spielen zufällig entdeckte, sie als Kind beobachtete, und dann schloss ich nahtlos an den Bericht meiner Jagd an, weil ich froh war, dass Johanna nicht gleich alles von mir wissen wollte:

»Jäh rissen die Einhörner ihre Köpfe in die Höhe, sie spannten ihre Muskeln in Alarmbereitschaft an und einen Sekundenbruchteil später wirbelten sie auf der Hinterhand herum. Wie ein Schwarm glänzender Forellen stoben sie in eine Richtung davon. Körper an Körper. Kopf an Schweif. Das gelbe Gras wogte unter ihren federnden und kraftvollen

Sprüngen hin und her wie Wellen, in denen sich der Wind verfing. Die Tiere bildeten eine Einheit, in der man die einzelnen Leiber nicht mehr voneinander unterscheiden konnte, dennoch stach sie heraus. Sie floh an letzter Stelle über das offene Feld und versuchte, ihre Familie, ihre Herde, zusammenzuhalten, in Sicherheit zu bringen. Mit tief gelegtem Kopf galoppierend, trieb sie die Einhörner von mir weg. Auf den gegenüberliegenden Waldrand zu.

Und dann wurden ihre hellen Schweife auch schon von den Schatten der ersten Eschen verschluckt.

Das Hengstchen bäumte sich auf und kaum berührten seine Hufe wieder das Gras, eilte er unter mir davon, und ich ließ ihn gewähren. Meine Brüder jagten mir nach. Der Boden donnerte unter den Hufen unserer Pferde und dennoch holten wir die Herde nicht schnell genug ein, und im Dickicht des Waldes verloren wir weitere Zeit. Denn obwohl Panik von nun an die Macht in ihren Körpern ergriff, sprengten die Einhörner trittsicher zwischen Ulmen und Eichen umher, sprangen zwischen herunterhängenden Weinreben hindurch oder über kleine Gräben. Im Spiel von Licht und Schatten neckten die Tiere unsere Augen. Ihre weißen Felle blendeten uns, versteckten sich sogleich wieder hinter Schatten, als böte der Wald ihnen Schutz.

Ich wusste nicht, wie lange wir ihnen hinterherpreschten. Wir galoppierten durch einen sumpfigen Wald, dann wieder auf eine freie Fläche hinaus. Irgendwann rief mir Adam zu, dass wir uns aufteilen müssten, um die Leitstute von ihrer Herde zu separieren. Wild gestikulierend und atemlos schreiend, schossen wir uns Befehle zu, ließen unsere Pferde, die aufgepuscht vom Adrenalin keine Ermüdungserscheinungen mehr zeigten, in verschiedene Richtungen laufen, sodass wir die Stute von den anderen abschneiden konnten. Tapfer kämpfte sich der Rappe durch den Boden, reagierte nicht mehr gar so unwillig auf meine Richtungswechsel, selbst wenn ich ihm grob im Maul herumzerrte und meine Fersen in die Seiten trieb.«

Die Worte krochen aus mir heraus wie tausend kleine Spinnen, die ich loswerden wollte, schmerzhaft, befreiend und ekelerregend zugleich, damit sie keine weiteren Netze mehr über meine Gefühle würden legen können. Vielleicht würden meine Erinnerungen, mein schlechtes Gewissen für immer verschwinden, sobald ich sie freiließ? War ich egoistisch, wenn ich diese Qualen mit jemand anderem teilen wollte?

»Im Zickzack schoben wir uns zwischen die Stute und ihre Familie, bis ich nach einer Weile auf gleicher Höhe mit ihr galoppierte. Statt auf den Hengst zu achten, der mehr und mehr von seinen Hormonen übermannt wurde, schaute ich fasziniert auf das Einhorn. Auf das zarte Farbenspiel der Sonne in ihrer Mähne, die ausgeprägten Rückenmuskeln, die rosa Nüstern, die sich vor Anstrengung blähten. Wie gerne wäre ich auf ihren Rücken geklettert, wäre mit ihr über die Wiesen geflogen, durch die dichten Wälder hindurch. Ich hätte nur meine linke Hand ausstrecken, sie in ihren Widerrist und den Ansatz ihrer Mähne krallen und mich hinüberziehen müssen. Es wäre einfach gewesen für mich und meine Reitkünste, aber sie war wild und ungezähmt und hätte schlimmer gebuckelt als ein Rodeopferd. Keine fünf Sekunden hätte ich mich auf ihrem Rücken halten können. Der Traum, auf ihr zu reiten, war körperlich greifbar und dennoch in weiter Ferne.«

Ich lachte heiser auf.

»Abgelenkt wie ich war, entzog sich mir mit einem Mal der Hengst, sprengte auf die rechte Seite der Stute zu, wollte sich in ihr verbeißen. Mit aller Kraft zog ich an den Zügeln, versuchte ihn mit meinem linken Schenkel wieder von ihr wegzutreiben, doch sein tierischer Instinkt ließ ihn alles andere vergessen. Ließ die Schmerzen vergessen, die ich ihm mit der scharfen Trense zufügte, als ich ihn wegzerren wollte. Seine Vorderbeine schraubten sich hoch, er wollte die weiße Stute besteigen. Mit voller Kraft keilte sie nach ihm aus, verfehlte ihn zuerst, traf fast mein Bein dabei. Der Rappe fiel zurück, sodass sie ihn mit ihren wehrhaften und harten Hufen an der Brust traf. Kurz kam er ins Straucheln, ebenso wie ich, beide fingen wir uns jedoch rasch. Einen dicken Bluterguss würde er dennoch davontragen, aber er hatte Glück, dass sie ihm bei seiner Dummheit keine Knochen gebrochen hatte. Adam, der uns mittlerweile überholt hatte, versuchte, ihr den Weg abzuschneiden. Matti trieb sie mit seinem Schecken, bei dem ich mich wunderte, dass er noch nicht zusammengebrochen war, von hinten an. Doch immerhin war Matti ein Leichtgewicht, nahezu nicht spürbar.«

Ich hasste und liebte mich dafür, so weit gekommen zu sein.

Hatte ich ihr das soeben wirklich erzählt und darüber die Zeit vergessen?

Der Regen ließ nach, vereinzelte Sonnenstrahlen versuchten durch graue Wolken hindurchzuschlüpfen, nichtsdestotrotz saßen wir noch

für einen Augenblick schweigend und atemlos nebeneinander. Ich hatte die ganze Zeit durch das angelaufene Frontfenster gestarrt, auf die Tropfen, die die Scheibe entlangrannen, die sich in den Pfützen auf dem Asphalt sammelten. Deshalb bekam ich nicht mit, wie Johanna auf meine Geschichte reagierte. Ob das ein Fehler war? Unsicher blickte ich zu ihr hinüber.

»Ich glaube, es hat aufgehört zu regnen.«

Das war wohl das Stichwort. Gleichzeitig stürmten wir aus dem Auto. Ich war erleichtert, dass mir ihre Reaktion erspart blieb, aber dann beunruhigte mich auf einmal ihre ausbleibende Antwort. Hatte ich zu viel gesagt? Zu viel preisgegeben? Schnell lud ich Johannas Fahrrad aus dem Kofferraum aus, klappte den Deckel wieder zu, lehnte mich etwas unbeholfen an den Wagen.

Verdammt. War ich normalerweise nicht etwas selbstsicherer oder gab es zumindest vor?

Auch Johanna stand unschlüssig herum, sich an ihrem roten und rostigen Fahrrad festklammernd. Am liebsten hätte sie auf dem Absatz kehrt gemacht, das erkannte ich. Ich täuschte vor, direkt in ihre Augen zu blicken, stattdessen schaute ich auf ihren Haaransatz, auf ihre Sommersprossen. Auf alles, nur nicht in ihre Augen.

Endlich. »Also dann. Ich muss dann mal langsam rein. Und danke, danke fürs Heimfahren.« Sie schenkte mir ein knappes Lächeln.

»Okay, bis dann.« Das war's also. Treffer versenkt. Schiff untergegangen. Gut gemacht, Jarosch.

Als ich ins Auto stieg, war mir, als ob sich bei Schanzens in der Küche eine Gardine bewegte.

Schattenfell

Namen.

Die Namen, die mir das Mädchen gab, wurden immer schöner, immer fließender, immer natürlicher. Sie bedeuteten ihr etwas. Also bedeuteten sie auch mir etwas.

Mehr als die Namen, die du mir gabst: »Närrisches Miststück«, »alte Ziege«, »blöde Kuh«, »dummes Vieh«.

Ich versuchte, sie mit einem Schütteln der Mähne von mir abzuwerfen, doch sie blieben in meinem verklebten Fell hängen. Sie haben sich in meiner Seele festgesetzt wie der Schmutz und der Gestank auf meinem weißen Pelz.

Für immer.

Johanna

»Johanna, also jetzt mal ehrlich, was läuft da zwischen dir und Jarosch?«

Wenn ich das nur selbst wüsste. Und dennoch war die einfachste und ehrlichste Antwort: nichts.

Verena passte mich am nächsten Tag in der großen Pause ab und setzte mir das Messer auf die Brust – beziehungsweise ihren rechten, perfekt manikürten Zeigefinger. Sie trug ihre Mähne wie immer offen, zu ihren Jeans eine groß gemusterte Bluse und einen apricotfarbenen Blazer.

Als ich nicht antwortete, bohrte sie weiter: »Gestern hat Jarosch dich schon wieder heimgefahren. Und ihr habt eine kleine Ewigkeit in seinem Auto gesessen. Im Regen. Die Scheiben waren angelaufen. Du kannst dir gar nicht vorstellen, wie Gregor ausgeflippt ist.«

»Es ist nicht sein Auto. Es gehört seinem Bruder. Und es hat geregnet wie blöd. Und außerdem: Spioniert ihr mir hinterher?«

»Jetzt betreib doch keine Haarspalterei. Das ist gerade so, als ob du sagen würdest, wir haben uns nur geküsst, aber nicht geknutscht. Und dazu ohne Zungeneinsatz.«

»Mensch, Verena. Geht's noch lauter? Ich glaube, die kleinen Fünftklässler da drüben haben dich noch nicht gehört. Und Frau Lorenz dort auch nicht.« Ich zog Verena in eine einsame Nische auf dem Schulhof. Ab und zu schlenderten ein paar Schüler vorbei, gelbgrünes Laub aufwirbelnd. Zuerst schauten sie neugierig zu uns herüber, nur um dann schnell wieder wegzusehen, als sie unseren Streit bemerkten.

»Du bist nur noch am Reitstall, dich bekommt man gar nicht mehr zu Gesicht!«

»Ja, und du hängst nur noch mit Micha zusammen! Micha hier und Micha dort!«, feuerte ich ihr entgegen.

»Wir sind ja auch richtig zusammen. Aber was denkst du dir eigentlich dabei, mit Jarosch Ullmann rumzumachen?«

Worte bahnten sich wie stechende rote Funken den Weg aus meiner Kehle nach oben. Ich wollte die Worte nicht abkühlen, nicht in kleinen, weißen Rauchwölkchen verpuffen lassen: »Du spinnst ja wohl, Verena! Ich habe nichts mit Jarosch.« Ich blickte mich um, plötzlich unsicher geworden, ob uns nicht vielleicht doch jemand gehört haben könnte, aber weit und breit war niemand zu sehen. »Und wenn? Was wäre denn dabei?«, fügte ich schnippisch hinzu, auch wenn die Schule bestimmt überall ihre Ohren hatte.

»Nichts, wenn du dein Höschen zwischen all den anderen, die in aller Eile auf der Rückbank vergessen worden sind, wiederfinden willst«, blaffte sie mich an und nahm mir den Wind aus den Segeln.

Ihre Worte versetzten mir nicht nur einen Stich, sie erdolchten mich. Ich setzte mich auf einen Mauervorsprung. Das Moos darauf war feucht, meine Jeans sofort ekelhaft nass. »Das ist doch gar nicht wahr.« Ich war sprachlos.

»Ach, Johanna, bist du wirklich so naiv? Du kennst ihn doch gar nicht!« Ihr Ton triefte vor Selbstgefälligkeit und Mitleid. Da ich nichts erwiderte, fuhr sie fort: »Mach doch mal die Augen auf. Bestimmt ist er nur mit dir zusammen, weil er Gregor eins auswischen will.«

»Wir sind nicht zusammen.«

»Ach so, nein, natürlich nicht. Haarspalterei, ich weiß schon. Jarosch ist nie mit den Mädchen zusammen, mit denen er es –«

»Jetzt mach aber mal halblang! Was unterstellst du mir eigentlich?« Ich sprang auf. »Ich kümmere mich lediglich um sein neues Pferd. Er hat mich darum gebeten.« Ich kochte mittlerweile vor Wut, meine sämtlichen Betriebssysteme waren im Begriff auszufallen, sie überhitzten und schmorten in sich zusammen. Ich konnte nicht mehr klar sehen und lediglich die einfachsten Gedanken ausformulieren, denn Verenas harsche Worte ätzten die wenigen Momente, die ich mit Jarosch verbracht hatte, und die Erinnerungen daran, vollständig aus.

»Dann nutzt er dich eben aus. Und du bist genauso blöd wie Gregor damals! Jarosch hat ihn auch nur ausgenutzt und dann fallen gelassen, im Stich gelassen. Die waren mal richtig gute Kumpels, solltest du wissen.« Verena funkelte mich böse an, kam einen Schritt auf mich zu, ihre Worte überschlugen sich. »Wegen diesem bescheuerten, egoistischen, hintertriebenen Typen wäre Gregor beinahe von der Schule geflogen, weißt du das eigentlich? Du kannst dir gar nicht vorstellen, welchen Ärger Gregor am Hals hatte! Und Jarosch hat sich damals einfach aus dem Staub gemacht.«

Ich konnte nichts mehr denken, nichts mehr sagen, wusste nicht, ob ich mich hinsetzen sollte, weil meine Knie weich wurden, oder ob ich wegrennen sollte, weil ich nichts mehr davon hören wollte.

»Na, meine Damen, was ist denn hier los?« Micha kam lässig auf uns zugeschlendert, die angespannte Situation absichtlich ignorierend oder bloß nicht kapierend, schlang er seinen Arm um Verenas Taille, drückte ihr einen Kuss auf die Wange. Doch sie verfiel nicht in ihr mädchenhaftes Kichern und flüsterte ihm auch nicht wie gewöhnlich etwas Verschwörerisches ins Ohr, sondern starrte mich weiterhin ungerührt an.

Etwas sanfter sagte sie: »Johanna, du bist manchmal echt naiv – und blind obendrein. Eigentlich wollte ich mich nicht einmischen, aber ich kann das echt nicht länger mit ansehen. Ich will nicht, dass du verletzt wirst, das musst du mir glauben, aber ich will vor allem nicht, dass mein Bruder verletzt wird. Nicht noch einmal. Weder wegen dir noch wegen Jarosch.« Daraufhin nahm sie Micha bei der Hand und ließ mich einfach stehen.

Es klingelte zur nächsten Schulstunde, aber ich verkroch mich auf die Mädchentoilette. Ich schloss mich in der hintersten Kabine ein, setzte mich auf den Deckel, zog die Beine hoch, ignorierte die Schmierereien auf der Tür und drückte den Kippschalter in meinem Kopf auf Betriebsbereit zurück. Allmählich flackerten Bilder auf. Bilder von einem Jarosch, der gestern wie ein Junge, der zum Schuldirektor zitiert wurde, auf mich zugekommen war, als er die Stute und mich entdeckt hatte. Der neben mir auf der Wiese saß, dann im regendunklen Auto, mich gar nicht wahrnehmend, als er so viel von sich preisgegeben hatte. Das war das erste Mal gewesen, dass seine Präsenz mich nicht erschlagen hatte. Er wirkte wie eine schlappe Marionette, deren Fäden man gekappt hatte. Ich hingegen fühlte mich wie von fremder Hand geführt, denn seine plötzliche Unsicherheit machte mich sicherer und mutiger. Auf einmal hatte ich die Fäden in der Hand. Seine und meine.

Er hatte so viel von sich erzählt, mit jedem Wort, mit jeder kleinen Geste, mit jedem harten Schluckgeräusch in seiner Kehle. Irgendwann war er sich meiner gar nicht mehr bewusst gewesen, die Worte gluckerten aus ihm heraus wie Regentropfen aus grauen Wolken. Unaufhaltsam, natürlich, reinigend. Eiskalt trommelten sie auf mich ein, wie die Tropfen auf das Autodach, machten meine Gedanken kalt und schwer, drangen unter meine Haut, ließen mich zittern und frieren. Und gleichzeitig fühlte sich seine Nähe, sein Vertrauen in mich wie ein lang ersehnter Sommerregen an.

Als er endete, wollte ich nur noch fliehen, weg von ihm, seinen Erinnerungen, seiner Schuld. Ich hasste ihn dafür, dass er seine Qualen mit mir teilte, und ich konnte nicht anders, als ihn dafür zu lieben, so ehrlich und echt zu mir zu sein. Dennoch musste ich raus aus dem Wagen, da ich nicht wollte, dass er sah, wie mich seine Ehrlichkeit, seine Schilderungen fortrissen – genauso wie es der Regen mit den goldenen Blüten in unserem Vorgarten tat.

Und dann sah ich den arroganten, herrschsüchtigen, unbeherrschten Jarosch vor mir, der sich das nahm, was er wollte, der die Stute – Einhorn kam mir noch immer so unwirklich vor, rutschte so schwerfällig über meine Lippen – jagte, einfing, festhielt. Der sie sich selbst überließ, der mir die Bürde auflud, da er keine Lust mehr hatte, da er nicht mit ihr zurechtkam.

Nutzte er mich wirklich aus? Nicht so wie all die anderen Mädchen selbstredend. Aber ich wusste nicht, was mich mehr kränkte – dass mich Verena in diese Schublade steckte oder dass sie mich eben nicht hineinsteckte, und weil ich im Geheimen selbst nicht wusste, was ich wollte. Doch ich ahnte, wie mich die anderen sahen. Ich war das Mädchen, das für ihn die Box mistete, das sich von seinen Märchengeschichten einlullen ließ.

Das Gespräch mit Verena war die reinste Inquisition gewesen. Egal, was ich gesagt hatte, ich war in jedem der Anklagepunkte schuldig.

Dagegen war die Unterhaltung mit meinen Eltern, nachdem mich Jarosch gestern heimgefahren hatte, nur wie ein leichtes Anziehen der Daumenschrauben gewesen. »Dich bekommt man gar nicht mehr zu Gesicht«, waren Mums erste Worte gewesen, als ich gegen Abend nach Hause kam. »Du warst ziemlich lang weg«, sagte sie nach einem kurzen Blick auf ihre Armbanduhr. Sie saß mit Paps zusammen auf dem Sofa, schauten sich eine amerikanische Krimiserie an.

Ich stibitzte mir Chips aus der kleinen Holzschüssel, die vor ihnen stand.

»In der Mikrowelle steht noch Auflauf.«

Kurz darauf pflanzte ich mich in meinem Snoopy-Pyjama und einem Handtuch, das ich auf meinen nassen Haaren zu einem Turban geflochten hatte, zu ihnen, und versuchte den dampfenden Teller auf meinen Knien auszubalancieren. Ich brauchte jetzt Realität, Wahrhaftigkeit, Normalität. Meine Eltern zusammen auf der schwarzen Ledercouch inmitten des kleinen Wohnzimmers voller selbst gemalter Bilder und Zeichnungen meiner Mum, warmes Essen, *CSI Miami* im Fernsehen und keine Geschichten von Jägern, die Fabelwesen hetzten.

»Und wie war es am Stall?«, erkundigte sie sich. Sie trug bereits ihren Hausanzug. Nikki. In Dunkelblau.

»Nass.«

»Wer hat dich eigentlich heimgefahren?«, schaltete sich Paps, blitzartig hellhörig geworden, ein. Seine rotblonden Haare leuchteten unnatürlich im blauen Licht des Fernsehers. Er trug eine Baumwollhose und ein Hemd ohne Krawatte, was für ihn als Anwalt schon an Herumlungern grenzte.

Na prima. »Jarosch Ullmann.«

»Den Namen habe ich noch nie gehört.« Die Fältchen um seine Augen vertieften sich. Nächstes Jahr würde er fünfundfünfzig werden.

»Wir wohnen ja auch erst seit ein paar Wochen hier.« So schnippisch wollte ich mich gar nicht anhören, weshalb ich aufseufzend nachsetzte: »Ich kenne ihn aus der Schule. Und er hat eines seiner Pferde bei uns im Reitstall untergebracht.«

»Oha.« Mist, jetzt war Mum neugierig geworden. Ein Reiter müsste natürlich ein Glücksgriff für eine Pferdenärrin wie mich sein, dachte sie wohl.

»Es gibt nichts zu oha-en«, stellte ich fest.

»Aha.«

»Es gibt auch nichts zu aha-en.«

»Ah ja.«

Ich gab auf und stopfte mir schnell eine volle Gabel in den Mund und fragte, um mehr oder weniger geschickt von mir abzulenken: »Und? Hat Horatio bereits den Fall gelöst?«

Statt zu antworten, bombardierte mich Paps mit etlichen Fragen, als wäre er selbst Horatio Caine und ich eine seiner Verdächtigen – es fehlte gerade noch die obligatorische, grelle Lampe, die man den Verbrechern ins Gesicht hielt: »Wie alt ist dieser Jarosch eigentlich? Was, schon neunzehn? Was? Er geht noch zur Schule? In deine Klasse? Fährt er wenigstens anständig? Hat sein Auto Airbags?« Na ja, er arbeitete schließlich bei einer Versicherung.

Ich wusste nicht, welche Fragen mir lieber gewesen wären. Die von Paps oder die, die unausgesprochen auf Mums Lippen brannten: *Wie sieht er aus? Riecht er gut? Hat er eine Freundin? Wie ist er so? Magst du ihn?*

Guter Cop, böser Cop.

Ein Einhorn. Meine Welt war mit einem Schlag aus ihren Angeln gerissen und neu, anders zusammengesetzt worden. Wie wenn man aus einem Buch etliche Seiten herausgerissen und neu beschriebene, mit zittriger und schneller Hand gekritzelt, hineingelegt hätte. Nichts war mehr vorherbestimmt.

Als hätte man in den Ratgeber *Wie überlebe ich die Pubertät* ein dunkles Märchen hineingeschoben.

Ich vergrub mein Gesicht in den Händen, heiße Tränen rannen über meine Wangen – aus Wut, aus Scham. Vor dem nächsten Läuten der Schulglocke krabbelte ich von der Toilette herunter, ließ mir eiskaltes Wasser über Gesicht und Arme fließen. Im Spiegel konnte ich die fleckigen Wangen, die roten, glasigen Augen sehen, die Naivität dahinter.

Ich wollte nur noch heim, mich in mein Zimmer verkriechen, meine Bettwäsche riechen. Zu spät merkte ich, dass sich die Tür zum Waschraum öffnete.

Verena.

Auch ihre Wangen waren gerötet, auch ihre Augen waren verquollen. Sie kam auf mich zu, reichte mir ein Taschentuch. Danach tupfte sie sich ihr Gesicht sauber. »Ich …«, begann sie zu stammeln, »also, ich bin nicht hier, um mich zu entschuldigen, weil –« Als sie meinen Blick im Spiegel wahrnahm, unterbrach sie sich, fuhr aber gleich wieder fort, bevor ich etwas erwidern konnte: »Ich entschuldige mich nicht, weil ich weiß, dass ich recht habe. Jarosch ist nur mit Vorsicht zu genießen. Ich weiß, wovon ich rede. Die Sache mit Gregor, die war wirklich nicht ohne. Aber …« Sie verstummte nochmals, kramte in ihrer Schultasche herum, zog einen Eyeliner heraus. Sie hielt ihn sich an die Augen, ohne zu zeichnen. »Ich will nicht, dass er zwischen uns steht.« Sie drehte sich zu mir um und sah mich direkt an. »Aber dennoch möchte ich dich warnen«, sagte sie. Dann versuchte sie sich an einem Lächeln. »Meine Haare brauchen eine Auffrischung. Ich habe vor, sie am Wochenende zu färben. Wenn du magst, kannst du vorbeikommen und Haarentferner in die Farbtube schmuggeln. Oder Motoröl.« Wie Gregor legte sie den Kopf ein bisschen schief.

Ich vermisse dich, wollte ich ihr sagen. *Deine Worte tun mir immer noch weh*, wollte ich ihr sagen. *Ich weiß nicht, ob ich deine Entschuldigung jetzt schon annehmen kann*, wollte ich ihr sagen. *Du kennst Jarosch nicht so, wie ich ihn kenne*, wollte ich ihr sagen. Aber ich konnte es nicht. Noch nicht. *Ich will dich nicht verlieren.* Doch Jarosch wollte ich ebenfalls nicht verlieren, auch wenn ich ihn noch nicht gewonnen hatte. »Ich vermisse Armand LaVie«, sagte ich, mich an einem Zwinkern versuchend.

»Ich auch.« Sie schenkte mir ein kleines Lächeln. »Außerdem brenne ich darauf zu erfahren, was zwischen Clarissa und Hank Myers läuft und ob sie Armand wirklich abgeschrieben hat.« Ihr Lächeln verriet Trost und ein bisschen Schmerz zugleich. »Irgendwie gehören die beiden zusammen. Wer hätte das am Anfang gedacht?«

Mein Magen zuckte, meine Augenlider senkten sich.

Ich schwänzte für den Rest des Tages die Schule und fuhr mit dem nächsten Bus nach Hause.

Die Stute

Die Sterne in deinen Augen leuchteten nur so hell, weil sie auch das Dunkelste gesehen hatten.

Johanna

Sollte ich den Umweg einschlagen? Nur kurz bei ihm vorbeischauen? Einfach so? Rein zufällig? Klar doch … die Sonne stand reichlich tief, es wurde langsam kälter, die Nächte brachen Mitte Oktober immer früher über uns herein, und der Rückweg würde sicherlich noch eine Stunde in Anspruch nehmen, auch ohne diesen Umweg.

Die letzten Schultage hatte ich den Kopf in den Sand gesteckt, ging so gut wie allem und jedem aus dem Weg. Jarosch nickte ich lediglich zu, wenn er mir in der Schule begegnete, am Stall beeilte ich mich von Tag zu Tag mehr, weil ich nicht riskieren wollte, ihm in die Arme zu laufen. Erst heute, am Samstag, zog ich meinen Kopf aus dem Sand, kämpfte mich aus meinen Selbstzweifeln und Ängsten hervor, und wollte den Stier bei den Hörnern packen – oder es zumindest versuchen. Obwohl ich Verena trotz ihres Versöhnungsangebots die letzten Tage gemieden hatte, stand ich heute Vormittag mit einem Korb voller Süßigkeiten, einem Päckchen Haarcoloration und einem Herzen voll Reue vor ihrem Zuhause. Ohne ein Wort ließ sie mich rein, ich färbte ihre Haarspitzen goldblond, während der Einwirkzeit schauten wir eine Folge *The Werewolf Diaries*, vergaßen darüber die Zeit, bis Verena kreischend ins Bad rannte, »Oh mein Gott, oh mein Gott, hoffentlich sind sie nicht grün geworden«, und ich mir das erste Mal ein richtiges Lachen abringen konnte. Zu oft bedachte sie mich mit dem wissenden und mitleidigen Blick eines Mädchens, das sich in der Liebe auskannte, das genau sah, wenn sich ein Mädchen in den falschen Jungen verguckte. So wurde das Thema Jarosch schnell tabu zwischen uns.

Irgendwann tauchten Gregor und Micha auf. Sie rochen die Süßigkeiten wie Haie das Blut, mampften uns die Hälfte weg, mokierten sich mehr als einmal über die Frisur des Hauptdarstellers Steve, doch Verena und ich blieben beharrlich und schoben zum Trotz eine weitere DVD der Staffel in den Player. Die kleine Verbrüderung tat uns gut, dennoch nagte Gregors offensichtliches Desinteresse an mir. Den ganzen Nachmittag sah ich nur seinen Rücken und kommunizierte auch nur mit diesem, wenn ich ihm eine Tüte Chips oder Fruchtgummis reichen sollte. Als ich mir irgendwann auf die Unterlippe beißen musste, um meine Tränen zurückzuhalten, verabschiedete ich mich alsbald. Ich musste noch Merlin bewegen.

Und schon schlug ich den Weg ein, der mich zum Hof der Ullmanns führen würde. Der Kies unter Merlins Hufen knirschte beinahe vertraut, so oft war ich diesen Weg bereits entlanggeritten. Aber nur wenige Male hatte ich mich tatsächlich getraut anzuhalten, geschweige denn, dass ich es normalerweise gewagt hätte, auf den Hof zu reiten. Stattdessen schlichen wir uns meistens an ihren Weiden vorbei oder preschten im vollen Galopp vorüber. Wenn wir im Bummelschritt am Anwesen der Ullmanns vorbeiritten, konnte ich den einen oder anderen Blick auf ihre bunte Pferdeherde oder manchmal sogar auf Jaroschs Reitkünste werfen, wie er auf seinem schnittigen Fuchs über die Wiesen im Tal schoss. Sie waren jedoch so weit weg, dass ich bloß einen schwarzen Fleck auf einem roten, flinken Etwas sehen konnte.

Von Weitem sah ich dunklen Rauch über die Bäume ziehen. Ich bog um die letzte Kurve des Feldwegs und hatte dann freie Sicht auf die weitläufigen und hügeligen Pferdekoppeln mitsamt ihren Holzunterständen, ließ meinen Blick über das große Haupthaus, Schuppen und Scheunen, den Fuhrpark und die Wohnmobile unten im Tal schweifen. Der Wald rekelte sich zwischen den Weiden hindurch und mit langen Fingern die Hügel hinab.

Vor dem Wohnmobil, das etwas abseits des Hauses stand, brannte ein Feuer. Ein Lagerfeuer?

Leider führte der Wiesenweg, der sich zwischen den Koppeln hindurchschlängelte, ein ganzes Stück steil bergab, sodass ich nur langsam das Tal erreichte. Die Pferde der Ullmanns kamen herbeigetrabt, drängten sich am Zaun entlang und schielten neugierig zu uns herüber oder sie hörten abrupt mit dem Grasen auf, reckten ihre Köpfe und starrten uns erschrocken an. Ich sah gescheckte Ponys mit wuscheligen Mähnen, Jaroschs Fuchs, vollblütige, wendige Tiere sowie Pferde, so schwer und wuchtig, als könnten sie einen Jumbojet ziehen. Aus der Ferne hörte ich einen Esel schreien. Merlin ließ sich jedoch nicht aus der Ruhe bringen und schaukelte den Wiesenweg hinunter, nicht ohne hier und da an dem einen oder anderen Grashalm zu zupfen.

Am Fuß des Bergs angekommen, erwartete mich der düstere Blick von Jarosch. Ich hielt Merlin sofort an. Er stand mit verschränkten Armen vor dem Lagerfeuer und beäugte mich kritisch. Vermutlich hatte er uns die ganze Zeit beobachtet, wie wir den steilen Pfad im Schneckentempo zurückgelegt hatten.

»Was für eine stürmische Einlage«, funkelte er mich spöttisch an, woraufhin ich den Mund verzog.

Jarosch griff in die schwarzen Lederzügel und befühlte mit der anderen Hand Merlins nass geschwitzten Hals. »Komm, steig ab und bleib auf eine Tasse Tee – du willst doch bestimmt eine weitere Geschichte hören.« Er drehte sich weg und ging.

Erstaunt schaute ich ihm nach. Sollte ich nun absteigen oder weiterreiten? Warum lud er mich zu einem Tee ein, ließ mich dann aber einfach so stehen und lief in Richtung der baufälligen Holzscheune davon? Unschlüssig blieb ich sitzen, Merlin hatte mir bereits die Zügel aus den Händen gerissen und knabberte an dem welken Gras. Dann kam Jarosch zurück, mit einigen Fleecedecken auf dem Arm.

»Du sitzt immer noch oben!« Er zog eine seiner Augenbrauen erwartungsvoll hoch. »Hier ist eine Decke für Merlin. Anscheinend habt ihr ja doch etwas gearbeitet.« Ein Zwinkern. Ein leichtes Grinsen.

Meine Güte, Jarosch hatte aber außerordentlich gute Laune, obwohl ich ihm die letzten Tage aus dem Weg gegangen war. Oder gerade deshalb? Eigentlich dachte ich, er würde mich wie Luft behandeln oder in der Luft zerreißen, nachdem ich ihn bei unserer letzten Begegnung nahezu buchstäblich im Regen stehen gelassen hatte. Aber er wirkte erleichtert, fast froh darüber, mich wiederzusehen. Vielleicht weil ich trotz allem wiedergekommen war.

Ich stieg ab, lockerte den Sattelgurt um zwei Löcher, nahm Merlin die Trense ab, während Jarosch mein Pony eindeckte. Danach legte er mir eine der Decken um die Schultern. Wortlos. Darauf bedacht, mich auf keinen Fall zu berühren. Und warum zum Teufel fiel mir das überhaupt auf? Und warum kümmerte es mich, dass meine Haare von dem Reithelm platt gedrückt und verschwitzt waren, dass ich ein altes Sweatshirt mit Micky Maus-Motiv trug? Wenn ich die Decke fest um mich schlang, sah er es hoffentlich nicht.

Wir setzten uns auf eine Holzbank direkt am Feuer, er goss sich Tee aus einer Thermoskanne ein und reichte mir seine Tasse. Wieder wortlos. Ich nahm ihm den silbernen Becher aus der Hand und achtete ebenfalls darauf, ihn auf keinen Fall zu berühren, was gar nicht so einfach war, weil die Tasse tierisch heiß war. Schweigend beobachteten wir eine Weile die Funken, die aus dem Feuer stoben, die Äste und Bretter, die unter der Hitze ächzten. Der krautig-süße Duft des Tees vermischte sich mit dem beißenden Rauch des Feuers.

»Was machst du hier draußen?«, fragte ich ihn. Man konnte nur mein am Gras zupfendes Pony, sein entspanntes Schnauben und Prusten und das Knacken und Krachen des Holzes im Feuer hören.

»Was machst du hier draußen?« Eine Gegenfrage. Also gut. So blendend war er dann doch nicht gelaunt.

»Ich war ausreiten. Wie fast jeden Tag. Dann bin ich den Weg entlanggekommen und jetzt sitze ich hier, weil du mich eingeladen hast. Irgendwie.« Noch immer starrte ich ins Feuer, versuchte, seine Nähe zu ignorieren. Sein Bein, das nur einen Hauch neben meinem lag.

»Das hier ist aber ein Umweg.«

»Ach, ist es das?« Ich tat verblüfft und schaute ihn an.

Seine Lippen zuckten, als müsste er ein Grinsen unterdrücken, doch er nahm seinen Blick nicht vom Feuer. Sein Rücken war gekrümmt, seine Ellenbogen lagen auf den Oberschenkeln, unbewusst knetete er die Hände. »Für den Rückweg brauchst du bestimmt noch eine Stunde. In eurem Tempo aber –« Wieder dieses halbe Lächeln.

Ich erwiderte nichts, nahm einen Schluck vom heißen Tee.

»Mein Bruder ist da drin. Er will allein sein.«

Hatten sie Streit gehabt?

»Er will ungestört sein. Du weißt schon.«

Ein heiseres »Oh« entfleuchte mir, bevor ich es aufhalten konnte. Mist. Jarosch lachte leise, aber immerhin konnte er mein Gesicht nicht sehen, das bestimmt glühte wie die Flammen vor uns. Als ich meine Stimme wiedergefunden hatte, versuchte ich, ihn bemüht beiläufig zu fragen, warum er nicht zu seinen Eltern ins Haus ging.

»Kein Bock.« Schlicht, aber aussagekräftig. Ein weiteres Wespennest.

Eine lange Stille folgte, in der ich ständig am Tee nippte. Irgendetwas musste ich ja tun. Jetzt wusste ich so viel von ihm, hatte gehofft, ihm damit näherzukommen, stattdessen entfernten wir uns durch seine Geständnisse wieder voneinander. Jarosch steckte sich eine Zigarette an. Ich hatte das Gefühl, dass auch er etwas brauchte, an dem er sich festhalten, mit dem er sich beschäftigen konnte.

Und dann verblüffte er mich am heutigen Tag noch einmal. »Jetzt habe ich immerhin angenehme Unterhaltung.«

Fast verschluckte ich mich an dem herben Roiboostee. Das hätte mir gerade noch gefehlt. Mit unverhohlenem Spott hätte er mir wahrscheinlich auf den Rücken geklopft, während ich keuchend und hustend puterrot anlief.

Mittlerweile hatte ich viel über Jarosch gehört, dennoch konnte ich meine Augen nicht von ihm lösen, wie er den Rauch ausstieß, wie sich

die kleinen, weißen Wölkchen kringelten, wie sich seine Finger um die Zigarette schlossen, wie sein Mund – Stopp!

Vielleicht sollte ich den Spieß umdrehen und ihn in eine Situation bringen, die ihn außer Gefecht setzte? Es gab gewiss genug Themen, die ich ansprechen könnte: das Einhorn, die Sache mit Gregor und der Schule …

»Warum bist du so versessen darauf, die Stute zu besitzen und einzureiten?«, platzte es aus mir heraus. Schnell wendete ich meinen Blick ab, richtete ihn auf das Funken sprühende Feuer vor mir, auf das glühende Holz. Eine aufrichtige Antwort hätte ich nie im Leben erwartet. Eher ein Schweigen in die prasselnde Stille hinein, ein unangenehmes Rutschen auf dem Hosenboden, noch mehr Kneten der kalt gewordenen Hände oder eine weitere hastig angezündete Zigarette.

»Warum reitest du? Weil es dein Hobby ist, nicht wahr?« Natürlich musste sein erster Satz vor Hohn und Arroganz nur so triefen. Und selbstverständlich musste es wieder eine Gegenfrage sein. Er machte es mir nicht leicht.

Ich wollte gerade zu einer Antwort ansetzen, Atem holen, da fiel er in meine rudernden Gedanken. »Für mich ist es kein Hobby. War es noch nie. Es ist meine Arbeit. Ich habe nichts anderes gelernt. Es ist das einzige, das ich kann.«

Du bist aber nicht immer mit dem Herzen dabei, Jarosch. Offen ausgesprochen hätte ich das nie. Also ließ ich ihn weiterreden. Ich hörte einfach nur zu. Daran war ich bei ihm mittlerweile gewöhnt. Ich hielt meine Klappe, die meistens nur in mir drin vorlaut war, und hoffte darauf, dass er nicht wieder seine Stimme verlor.

Als könnte er meine Gedanken lesen, fuhr er fort: »Aber es macht mir fast keinen Spaß mehr. Glaub's mir oder glaub's mir nicht, manchmal bin ich lieber in der Schule.«

»Merkt man, du bist ja bereits die eine oder andere Extrarunde gefahren«, entfuhr es mir aus heiterem Himmel. War da Rum im Tee? Hatte ich einen sitzen oder warum saß mir die Zunge mit einem Mal so locker? Doch bevor ich mich entschuldigen konnte, boxte er mir mit seinem Ellenbogen frech und versöhnlich in die Seite, zuckte aber gleich wieder zurück, als könnte er selbst nicht glauben, was er gerade getan hatte. Der warme Tee schwappte über den Rand der Tasse, aber ehrlicherweise war es mir das wert gewesen.

»Sorry, das wollte ich nicht.« Fast unmerklich rückte er von mir ab, brachte Abstand zwischen uns. Und dann sprach er weiter, immer leiser werdend, beinahe nur zu sich selbst: »Weißt du, ich spiele ständig die zweite Geige. Adam ist der Star der Show. Seine perfekt inszenierte Ungarische Post lässt die Zuschauer herbeiströmen. Du hast es selbst gesehen. Sie sind begeistert, applaudieren bis zum Umfallen, manchmal haben sie sogar Tränen in den Augen. Wirklich. Er ist der Popstar, ich der Roadie. So ungefähr. Ja, so ist es.«

»Halten sie auch Schilder hoch? *Adam, sei mein Reitlehrer!* So was in der Richtung? *Adam, sei mein Hengst!*« Ich verschluckte mich an meinem eigenen dämlichen Witz. Zweideutig zu flirten war echt nicht mein Ding. Vermutlich war da doch nicht nur Tee im Tee. Oder stammte daher der Spruch *Einen im Tee haben*?

Ein Grinsen huschte über sein Gesicht, verbarg sich jedoch gleich wieder hinter einer Wolke aus düsteren Gefühlen. Er zog seine schwarze Lederjacke enger um sich, hob einen Stock vom Boden auf und stocherte im unruhigen Feuer umher. Er suchte Zeit, Gründe, um nicht weiterreden zu müssen. Doch jetzt hatte er begonnen und konnte nicht mehr aufhören. Mit jeder Geste, jedem nicht ausgesprochenem Wort baute er in der Schule eine unsichtbare Wand um sich herum auf. Und dann ließ er sie unvermittelt Wort für Wort, Erinnerung für Erinnerung, Stein für Stein einstürzen, wenn wir allein waren.

Obwohl die Schatten immer länger wurden, die Kälte unter meine Fleecedecke kroch und die Dunkelheit um uns zum Leben erwachte, verspürte ich nicht den Drang, aufzustehen und nach Hause zu reiten.

»Ich bin nur der Stuntreiter. Einer von vielen. Austauschbar. Und wenn ich das einmal nicht mehr machen kann, dann hock ich an der Kasse oder dem Popcornstand.«

Erschrocken fuhr ich zu ihm herum. »Ist was mit dem Fuchs? Er ist doch super trainiert, frisch und jung –«

»Nein, nein, mit ihm ist alles in Ordnung. Noch.« Seine leise Stimme wurde von dem prasselnden Feuer fast verschluckt. Sie wurde monoton, distanziert, losgelöst, als ob er ein Nachrichtensprecher wäre, der von einem schrecklichen Unfall berichtete. Und genau das tat Jarosch dann auch. Wie ein ferner Beobachter schilderte er mir von dem Unglück, das beinahe sein Leben zerstört hätte. Gänsehaut überzog meinen Körper. Er trainierte mit dem Fuchs seine Stunts in einer Reithalle, der

Wallach rutschte in einer Ecke aus, Jarosch schlug aus vollem Galopp mit dem ungeschützten Rücken, den er sich dabei schwer verletzte, an die Reithallenwand. »Das Stuntreiten ist eigentlich zu riskant für mich geworden. Noch ein solcher Unfall, dann …« Er stand auf, legte Holz nach, setzte sich wieder hin. »Johanna, ich kann nichts anderes. Das Trickreiten ist mein Leben, jetzt kann ich es nur noch mit halber Power ausführen. Bald bin ich bloßer Ersatzmann auf der Bank. Wenn mein Vater jemals herausfinden sollte, dass es nur noch mit Schmerzmitteln geht, dann weiß ich nicht mehr weiter.« Er verstummte nun ganz.

»Aber warum? Warum dann die Stute? Sie ist doch schwieriger und gefährlicher als jedes andere Pferd.«

Er drehte sich zu mir hin, schaute mich an, sein Blick war glasig. »Das ist sie. Aber ich war dumm genug, etwas anderes anzunehmen. Ich hatte diese fixe Idee. Ich dachte, sie würde mir entgegenkommen, mir etwas schenken. Und nun … nun ist sie meine einzige Chance.« Ein schwacher Funken Hoffnung glomm für einen Wimpernschlag lang in seinen Augen auf. »Sie könnte brillieren, ich könnte mit ihr brillieren. Na komm schon, du hast sie laufen sehen!«

Kaum merklich nickte ich. Stimmte ihm zu. Sie flog beinahe über den Boden. Und ihre Ausstrahlung erst!

»Scheiße, ich komme mir so dumm dabei vor. Wie ein kleiner Junge, der einer Seifenblase hinterherrennt, nur um zu merken, dass sie zerplatzt, sobald man sie berührt. Sie ist alles, was ich noch habe. Sie ist meine Möglichkeit, meine Stellung im Zirkus zu behalten, sie zu verbessern, mir den Respekt meines Vaters zu verdienen.«

Was hätte es jetzt noch gebracht zu sagen, dass die Stute nicht hierher gehörte? Vermutlich wusste er es selbst. Noch dazu klammerte er sich wie ein Ertrinkender an sie, an die Hoffnung, die sie in ihm entfacht hatte. Was sollte ich dagegen sagen? Ich, die in seinen Augen alles besaß? Ich konnte doch nicht seine Zukunft zerstören? Mit einem einzigen egoistischen Wort?

»Sie ist wirklich etwas Besonderes. Wenn ich mit ihr zusammen bin, ist es, als spürte sie genau, was ich fühle. Wenn ich müde bin, heitert sie mich auf. Wenn ich schlecht gelaunt bin, tröstet sie mich. Und umgekehrt.« Ich wusste nicht, ob ich weitererzählen sollte, ob sich Jarosch dafür interessierte, doch ich stellte fest, dass er an meinen Lippen hing. Leider nicht buchstäblich. Dennoch floss Wärme durch meinen Bauch.

Räuspernd fuhr ich fort, versuchte mich wieder auf meine Worte zu konzentrieren: »Wenn ich in ihre Augen blicke, sehe ich allmählich die rauschenden Flüsse wieder, durch die sie geschwommen ist, sehe, wie sie mit anderen Einhörnern um die Wette rennt, dem Wind hinterher. Es ist, als hätte ich plötzlich vier Hufe, als könnte ich mit ihr über Wolken springen, mitten durch einen Schwarm schnatternder Wildgänse hindurch. Als wäre das Unmögliche möglich. Ich vergesse alles um mich herum und dann schenkt sie mir alles, was sie hat.« Ich schaute weg, weil er mich spätestens jetzt für verrückt erklären würde bei all dem Geplapper. Überreizt, wenn er es höflich ausdrückte. »Sie ist unglaublich kooperativ. Ich muss nur an etwas denken und sie führt es aus. Sie macht es mir so leicht.« *Und dadurch auch besonders gefährlich*, nicht wagend, es auszusprechen. Sie weckte einen bis dahin ungekannten Ehrgeiz in mir, wie einen Bären aus dem Winterschlaf.

»Das muss die besondere Verbindung sein, die man laut Legenden Einhörnern und … und Mädchen nachsagt.« Jarosch schaute schnell weg. Ich wusste, worauf er eigentlich hinauswollte.

»Dann kannst du es nicht spüren, aber du glaubst mir?«

»Warum sollte ich dir nicht glauben? Ich wünschte, ich könnte das Gleiche fühlen, wenn ich die Stute betrachte. Stattdessen ist da nur Zorn, Hass, das Gefühl, versagt zu haben, alles falsch gemacht zu haben. Scheiße, Mann! Warum endet jedes Gespräch mit dir damit, dass ich dir so viel beichte?«

Verägert durchwuschelte sich Jarosch die Haare, als ich mein Hirn nach einer Antwort durchwühlte. Pfiffig sollte sie sein, schlagfertig, den Ernst der Lage herunterspielend. »Na ja, ich weiß auch nicht recht. Ich sitze nur da, du fängst an zu plaudern. Ist eigentlich wie im Beichtstuhl. Du gestehst, ich höre zu. Am Ende lege ich dir nahe, drei *Vater unser* zu beten, den Alkoholkonsum zu reduzieren, all so was eben.« Ich wagte ein Grinsen, das unterstreichen sollte, dass ich mich an einem Witz versucht hatte – an einem sehr schlechten.

»Und rauchen sollte ich wohl auch nicht mehr so viel«, sagte er und zwinkerte mir zu, während er sich eine weitere Zigarette anzündete.

»Ein Laster darfst du behalten, mein Sohn«, raunte ich mit tiefer, ernster und gesetzter Stimme und machte mich heute nicht zum ersten Mal zum Vollidioten.

»Das und die Stute.« Sobald sein Blick wieder nachdenklich wurde, wandte er sich von mir ab, doch ich stieß sein Knie mit dem meinen an. »Na, komm schon. So war es doch gar nicht gemeint.« Ich wollte die Stimmung nicht kippen lassen und dennoch das kleine Kribbeln ignorieren, das Anstalten machte, sich von meinem Knie aus bis in meinen großen Zeh und meine Fingerspitzen auszubreiten. »Du könntest morgen auch einmal mitkommen. Wir könnten etwas zusammen machen. Also mit der Stute«, verbesserte ich mich schleunigst. »Sie ist mittlerweile an den Sattel gewöhnt und theoretisch könnten wir bald mit dem Einreiten anfangen«, plapperte ich weiter, während ich immer noch auf sein Bein starrte.

»Ob sie überhaupt schon so weit ist?«, fragte Jarosch resigniert.

Aber ich musste es noch schlimmer machen, indem ich antwortete: »Vielleicht bist du derjenige, der noch nicht bereit ist.«

»Tja, nicht jeder hat das Talent, innerhalb kürzester Zeit so viel kaputtzumachen.«

»Aber jeder hat auch eine zweite Chance verdient. Und ich bin sicher, die Stute wird sie dir geben.« Ich hätte ihn gern in die Arme genommen, ihn getröstet, ihm über die Haare gestrichen, wie Mum es immer bei mir getan hatte, aber das stand mir nicht zu. Ich konnte die unsichtbare Barriere zwischen uns nicht einbrechen.

»Das war jetzt echt abgedroschen, Johanna.« Leise lachte er auf.

»Aber so ist es doch: Manchmal bekommt man eine zweite Chance, manchmal nicht.«

»Schon verrückt, oder? Wir unterhalten uns hier über ein Einhorn!« Zuerst war seine Stimme recht laut, ein höhnisches Lachen gluckerte aus ihm heraus, dann senkte er sie jedoch mitten im Satz, als hätte er Bedenken, jemand könnte ihn hören, wie er das Wort Einhorn aussprach. »Ein verdammtes Einhorn«, flüsterte er, blickte mich dabei eindringlich an. Ihm war nicht mehr nach Lachen zumute, mir auch nicht, denn wir beide wussten, dass sie nicht hierhergehörte, dass sie nicht geritten werden sollte, aber meine Augen konnte ich trotzdem nicht von ihm abwenden. Tief in unsere Gedanken und Blicke versunken, bemerkten wir nicht sofort, wie sich die Tür des Wohnmobils öffnete und Jaroschs Bruder Adam mit seinem Mädchen an die frische Luft hinaustrat. Fest ineinander verschlungen und kichernd schlenderten sie auf uns zu, sodass wir wie zwei Teenager, die beim Stehlen ertappt worden waren, erschrocken auffuhren. Nein, wie zwei Jugendliche, die beim Knutschen erwischt worden waren. Sofort stieg mir eine heiße Röte ins Gesicht und ich verglich mich mit dem Mädchen mit den zerzausten Locken, den langen Beinen und dem schläfrigen Lächeln.

Doch das, was Jarosch mir in den letzten Minuten geschenkt hatte, war viel, viel intimer als jeder Kuss, jedes Fummeln unter dem Shirt sein könnte. Das musste ich mir nicht einreden. Kaum.

Voller Zufriedenheit schaute Adam uns an. Jarosch hatte die Hände in seinen Jeanstaschen vergraben, betrachtete seine Schuhe, wie sie sich bis nach Australien durchschabten. Ich nippte wie immer verlegen an meinem Tee, der mittlerweile kalt geworden war, blickte sonst wohin, nur nicht zu dem Pärchen, das sich soeben geliebt hatte.

»Das Wohnmobil ist jetzt frei!« Nach einer lässigen Kunstpause setzte er nach: »Also wenn ihr wollt?«

»Halt die Klappe, Adam!«, entfuhr es Jarosch. Schämte er sich so sehr, zusammen mit mir gesehen zu werden? Rasch nahm ich die Fleecedecke von meinen Schultern, legte sie ordentlich zusammen, strich zum Schluss alle Falten glatt und pickte jeden einzelnen Stroh- und Heuhalm aus dem Stoff.

Laut lachend tätschelte Adam der Blondine den Po und brachte sie zu ihrem nagelneuen, metallisch schimmernden Kleinwagen.

Schweigend nahm Jarosch Merlins Trense von der Bank, befühlte sein Fell, das in der Zwischenzeit trocknen durfte, und legte meinem Tinker das Gebiss ins Maul. »Schaffst du es allein oder soll ich dich begleiten?«

»Nein, schon gut. Ich kenne den Weg zurück!« *Bitte! Bitte! Begleite mich!*

»Okay, wenn du das sagst.« Jarosch drehte sich weg und ließ mich heute Abend ein weiteres Mal stehen. Über die Schulter hinweg rief er mir zu, dass er mir eine Stirnlampe und eine Warnweste holen würde, damit ich sicher am Stall ankäme.

Die Nacht war mittlerweile über uns hereingebrochen, die Dunkelheit legte sich über mein Herz. Verdammt, jetzt musste ich allein durch den Wald zurückreiten. Ein Klacks für Clarissa.

Die Einsame

Mondfell.

Das Mädchen hätte mich heute Nacht Mondfell getauft, denn die Spitzen meines Fells wurden in silbern schimmerndes Nachtlicht getaucht.

Doch ich war nicht nur nachts allein. Niemand sah es.

Jarosch

Hätte ich darauf bestehen sollen, mit ihr zu reiten?

»Wo ist denn deine kleine Freundin hin?« Adam schlenderte auf mich zu. Seine Haare waren zerstrubbelt, sein rot kariertes Holzfällerhemd hatte er nur nachlässig in seine Jeans gestopft. »Du hast sie doch nicht etwa allein nach Hause geschickt?«

Doch, irgendwie schon. »Na ja, sie wollte keine Begleitung.« Schuldbewusst nestelte ich mit einem langen Ast im Feuer herum, sodass Funken aufsprühten, die sich mit dem silbernen Sternenstaub am Himmel vermischten.

»Oh Jarosch, du bist manchmal echt der größte Idiot, den ich kenne.« Adam klopfte mir auf die Schulter. »Kein Mädchen, das ich kenne, hat Lust darauf, nachts allein durch den Wald zu reiten.« Kurz bevor er das Wohnmobil erreichte, drehte er sich zu mir um. »Wer ist sie überhaupt? Sollte ich sie kennen? Oder ist sie eins der Mädchen, das auch du nicht kennenlernen willst?«

»Sie geht in meine Schule und ihr Pferd steht auch auf dem Talwiesenhof. Und sie«, stammelte ich, »sie kümmert sich um das Einhorn.«

»Was?« Adams Augen waren vor Schreck und Misstrauen geweitet und augenblicklich hörte er auf, sich das Hemd ordentlich in die Hose zu stecken. »Bist du dir sicher, was du da tust? Hast du es ihr etwa erzählt?«

Ich nickte zustimmend.

»Mensch, Jarosch. Wenn du ihr wirklich so sehr vertraust, solltest du sie nicht länger warten lassen und ihr auf der Stelle hinterherreiten!«

Der Fuchs bemerkte die beiden zuerst: Seine Tritte wurden raumgreifender, seine Ohren spitzten sich wie bei einem Elf, als wir den Waldweg entlangtrabten. Um uns herum herrschte durch den dichten Baumbestand, die riesigen Tannen und Kiefern mit nur wenigen Laubbäumen dazwischen, tiefste Dunkelheit. Auf beiden Seiten knickte und knackte es im Gebüsch. »Johanna, warte! Warte auf mich!« Durch den schwachen Schein meiner Stirnlampe konnte ich sehen, wie sie vor mir herritt. Der Fuchs sprang in einen leichten Galopp um und wir holten die beiden mühelos ein.

»Was machst du denn hier?« Sie wollte erstaunt wirken, aber Erleichterung hüpfte zwischen ihren Augen und ihrem Lächeln hin und her. Auch Merlin begrüßte uns mit einem heiseren Wiehern. Seine großen Hufe wirbelten das Laub auf dem Waldweg auf.

»Du kannst es dir aussuchen: Entweder ich spiele deinen Babysitter oder deinen Bodyguard, der dich sicher nach Hause bringt. Oder den Ritter in silberner Rüstung, der Sie sicher nach Hause geleiten wird, Mylady.« War ich nun vollkommen durchgeknallt? *Ich bin Ihr Ritter in silberner Rüstung, Mylady?* Ging es noch bescheuerter? Die Dunkelheit machte mich verwegen, selbstsicher, albern, und ich musste auf jeden Fall lernen, mein Gehirn in ihrer Gegenwart anzuknipsen. Zuerst ließ ich mich dazu hinreißen, ihr mein halbes Leben vor die Füße zu werfen (es fehlte gerade noch, dass ich ihr die Kontoauszüge aushändigte, um ihr zu zeigen, wie genau es um den Hof und den *Blue Moon* stand), dann klopfte ich dumme Sprüche und letztendlich durchfuhr mich bei jedem ihrer Blicke ein Blitz. Und als sie mich am Lagerfeuer berührt hatte, nur für eine winzige Nanosekunde lang, fühlte es sich an, als wäre das Blut in meinen Adern durch Lava ersetzt worden. Verdammt, und jetzt dachte ich auch noch wie eine frustrierte Liebesromanautorin. Adam hatte wirklich recht: In meinen Venen pulsierten Kitsch und Dramatik pur. Es fehlte gerade noch, dass ich anfing zu beschreiben, wie die Sterne in der klaren Dunkelheit funkelten, der sichelförmige Mond seine Schatten warf, und dass ich einen zuckrig klebrigen R'n'B-Song vor mich hingesummt hätte.

»Dann schwing die Hufe, Mylord, ich will rechtzeitig zu meiner Lieblingsserie daheim sein.« Johanna lächelte mir zu, vielleicht hatte sie mir mein unhöfliches Verhalten bei ihrem Abschied schon verziehen oder gar vergessen. Oder sie überspielte es nur, weil ihr die Situation plötzlich genauso unangenehm wie mir gewesen war. Manchmal war Adam echt unerträglich! »Aber für einen richtigen Lord fehlt dir heute das Outfit. Eines, das nach Robin Hood und Captain Hook ausschaut.« Ihr Lachen konkurrierte mit dem Rascheln des Windes in den Baumkronen. »Und der dunkle Lidstrich.«

Nahezu den gesamten Weg bis zum Reitstall legten wir in einem flotten Trab zurück, sodass wir die Stille, die zwischen uns herrschte, willkommen hießen. Nur das synchrone Klack-Klack der Hufe, raschelndes Laub sowie der ferne Ruf eines Käuzchens in meinen Ohren. Und Johannas verblüfftes Gesicht vor meinen Augen, als sie sich zu mir umgedreht hatte.

Die Verschlossene

Wie ein schmiedeeisernes Tor wirkten die Dornen auf dich, sagtest du.

Ein Tor, zu dem du keinen Schlüssel fandest.

Jarosch

Du kannst jetzt ruhig wieder zurückreiten«, wollte mir Johanna bestimmt schon zum hundertsten Mal befehlen, als wir endlich (oder eher leider?) den Ortsrand von Sonnberghausen erreichten. Sie auf dem Fahrrad, ich auf meinem Fuchs.

Bereits als Johanna auf dem Talwiesenhof ihr Pony in aller Ruhe absattelte, fütterte und den Schweiß mit Stroh abrieb, hatte sie mir mehrmals nahegelegt, ich könnte gehen, schließlich müsste ich noch meine Stallarbeiten erledigen und die ganze Strecke wieder zurücklegen. Ich war mir nicht sicher, ob sie mich schlichtweg loswerden wollte oder ob sie anfing, sich in meiner Nähe komisch zu fühlen. Und ich wusste es auch nicht: Fühlte ich mich wohl oder immer unwohler, je näher ich ihr kam? Außerdem ertappte ich mich dabei, wie ich auf einmal jede ihrer Bewegungen beobachtete, jedes Lachen in mir aufsog. Heilige Scheiße!

Doch um mich abzulenken, zog ich sie mit den Fernsehserien auf, die sie liebte, und noch mehr mit der Musik, die sie hörte, obwohl es gar keinen Grund dazu gab. Aber es lenkte mich von ihren Händen ab, von dem Schmollmund, den sie zog, von den seidig glatten Haaren, durch die ich gerne mit meinen Händen gefahren wäre. Verdammte, heilige, verfluchte Scheiße!

»Du musst wirklich nicht weiter mit mir mitreiten. Durchs Dorf schaffe ich es auch allein.« Sie stockte, machte den Eindruck, als suchte sie nach den richtigen Worten. »Also ehrlich gesagt, will ich auch nicht, dass, also ich will nicht, dass Gregor uns zusammen sieht.« Zögerlich schaute sie mich an. »Er ist sowas von angepisst wegen uns.« Fast verschluckte sie sich an diesem kleinen letzten Wörtchen. *Uns*. Aber sie konnte es nicht mehr zurücknehmen, sie merkte es, sie merkte, dass ich es merkte, und dann plauderte sie weiter, denn viele Wörter könnten dieses kleine, einsilbige Wort vielleicht auslöschen, aber sie taten es nicht. *Uns*. »Und Verena ist auch ganz schön sauer auf mich. Darf ich dich etwas fragen, Jarosch?«

»Ist ja nicht so, als ob du das nicht schon die ganze Zeit machen würdest.« Ich versuchte mich an einem zaghaften Lächeln, auch wenn ich wusste, was nun auf mich zukam.

Johanna hielt an. »Du und Gregor. Warum seid ihr zerstritten? Ihr macht auf mich den Eindruck, als würdet ihr eine Blutfehde miteinander ausfechten.«

»Du guckst echt zu viele Vampirserien«, meinte ich und zügelte gleichzeitig den Roten, der ständig zappelte und tänzelte, wenn er zu lang auf der Stelle stehen musste. Im gleichen Moment flatterte eine winzige Fledermaus über unsere Köpfe hinweg, kreiste einmal im Schein der Straßenlaterne um uns herum, woraufhin Johanna sich duckte und ich mir ein Lachen nicht verkneifen konnte.

»Mal im Ernst«, funkelte sie mich an.

Ihre Augen waren so klar wie die Nacht. »Hey, bin ich nicht immer ernst?« Ich machte eine kleine Pause, wusste nicht, wo ich anfangen sollte. »Du lässt mich ja eh nicht in Ruhe«, sagte ich aufseufzend. »Keine Ahnung, wir waren befreundet, also Gregor und ich. Wir haben ziemlich großen Scheiß gebaut und das war's dann. Danach war es aus mit unserer Freundschaft. Es gab riesigen Ärger. Schule, Anwälte, der ganze Mist eben.«

»Geht es auch ein wenig genauer? Gregor und du und auch Verena, ihr äußert euch immer nur in kryptischen Worten. Und Gregor hat mir auch eine Narbe in seinem Gesicht gezeigt.« Sie deutete auf eine ihrer Augenbrauen, genau auf die Stelle, an der ich Gregor mit meiner Faust erwischt hatte. Absichtlich.

»Ich sag's doch, Johanna, du guckst eindeutig zu viel Fernsehen.« Ich stöhnte. Ich war fertig. Keine weiteren Geständnisse. »Ich bin wirklich müde. Lass uns um das Dorf herum gehen und ich setze dich dann kurz vor deinem Haus ab. Okay?«

»Ist schon gut.« Vermutlich hatte sie meine Geständnisse sowieso satt. Außerdem war es mittlerweile ziemlich kalt. Die heitere Stimmung hatte sich in der Dunkelheit des ausklingenden Abends verloren, und statt ihres sommersprossigen Lachens hörte ich nur noch das Geklapper von Hufen auf Asphalt und das Läuten der Kirchenglocke.

Schattenspringer

Du solltest deinen Mut finden.

Die Angst dürftest du behalten, auch wenn sie dich verletzbar machte, denn sie schärfte deine Sinne.

Du müsstest sie nur überwinden.

Johanna

»Na komm schon, wo bleibst du?«, rief mir Jarosch zu. Sein Fuchs tanzte auf der Stelle, stieg leicht, weil er weiterrennen wollte. Doch Jarosch strahlte über das ganze Gesicht, tätschelte seinem vor Anstrengung und Anspannung zitterndem Pferd beruhigend den Hals, als sie in einiger Entfernung auf mich warteten. Fell und Mähne des Wallachs glänzten in der Sonne wie glatte Kastanien. »Also ich hatte wirklich mehr von euch erwartet«, zog er mich auf. Seine Augen leuchteten.

Die letzten Sonnenstrahlen des Herbstes schlüpften durch das noch vorhandene Blätterdach, Schatten schlängelten sich auf dem weichen

Waldboden hin und her, als ich auf Jaroschs Lachen zujagte. »Wenn ich gewusst hätte, dass ihr keine ernst zu nehmende Konkurrenz seid, hätte ich dich doch nie herausgefordert! Aber der Sieg wird wohl meiner sein.«

Als ich an seiner Seite angekommen war, musste er nur mit der Zunge schnalzen und sein Stuntpferd preschte leichtfüßig unter ihm davon und uns voraus. Er lehnte sich über dessen Hals und es schien über den Waldweg zu fliegen, während Merlin mit bleiernen Beinen gerade eben das Tempo halten konnte. Mitten im Galopp drehte sich Jarosch mehrmals zu uns herum, und ich sah erstmals, wie viel ihm die Reiterei bedeutete, obwohl er gestern am Lagerfeuer noch das Gegenteil behauptet hatte. Er ließ seinem Pferd völlige Freiheit, war eins mit sich. Reiten und Pferde waren für ihn wie die Luft zum Atmen. Die Äste der vorbeirauschenden Bäume rissen unsere schweren Gedanken entzwei, die warmen Pferderücken unter uns trugen für eine kurze Weile albtraumhafte Erinnerungen und Sorgen davon, der gurgelnde und sprudelnde Bach, der unseren Weg begleitete, verschluckte unsere unzähligen Fragen.

»Um was hatten wir noch einmal gewettet, als ich dich zu einem Wettrennen bis zum See herausgefordert habe?« Jarosch drosselte die Geschwindigkeit, drehte um, galoppierte wieder auf mich zu.

Bereits gestern Abend auf dem Heimweg hatten wir uns für heute Mittag auf dem Talwiesenhof verabredet, um das erste Mal zusammen mit der Stute zu arbeiten, trafen uns aber zufällig vorher im Wald auf einem Ausritt. Jarosch hatte keine Lust auf einen sonntäglichen Bummelausritt, daher schlug er ein kleines Wettrennen vor.

»Du bist so ein Angeber, Jarosch!«

»Was? Ich? Ich kann nichts dafür, dass der Fuchs schnell ist und einfach laufen will«, funkelte er mich gespielt unschuldig an.

Dann ritten wir Seite an Seite im Schritt nebeneinanderher. Merlin kam zur Ruhe, denn der warme Herbsttag und sein sprießendes Winterfell ließen ihn schwitzen und mühsam atmen.

Auch ich war heilfroh über diese kleine Pause, denn von dem langen Galopp fingen meine nicht vorhandenen Oberschenkelmuskeln an zu prickeln und zu ziehen.

»Warum nennst du ihn eigentlich immer nur den Fuchs oder den Roten?«, fragte ich ihn geradeheraus.

Jarosch ging über meine Frage hinweg. »Ach, jetzt erinnere ich mich. Wenn ich gewinne, musst du heute etwas von dir preisgeben. Wenn du gewinnst, bin ich mal wieder an der Reihe.« Nachdenklich tippte er sich an sein Kinn, während seine Zügel lose auf dem Hals des Pferdes hin und her baumelten. Eine Strähne seines rabenschwarzen Haares verfing sich in seinen Augen. »Wenn ich aber darüber nachdenke, steht hier noch kein Gewinner fest.« Unvermittelt galoppierte er davon.

Kleine Kieselsteinchen flogen mir ins Gesicht, als ich versuchte, mich an seine Fersen zu heften. Vergeblich.

»Und du hast mir noch eine Stuntreitstunde versprochen, wenn ich gewinne«, rief ich ihm hinterher.

»Meine Große«

Namen.
Gehaucht, gewispert, gelacht, geflüstert, gestreichelt.
Geliebt.
Dazu gehörend.

Johanna

Völlig erschöpft, außer Atem und lachend lagen wir schließlich am Ufer des kleinen Sees inmitten einer sonnigen Lichtung im Wald, nachdem wir die Pferde im Bachlauf trinken und planschen ließen. Jaroschs Fuchs hatte Spaß daran, das Wasser aufzuwirbeln und uns nass zu spritzen. Merlin freute sich über die Abkühlung und ich quietschte, während Jarosch seinen Wallach abermalig ermunterte, im Wasser zu spielen.

Er hätte mit mehreren Pferdelängen Abstand gewonnen, hätte er nicht ständig gönnerhaft auf uns gewartet, nur um dann doch wieder davonzujagen, um als Erster das Ziel zu erreichen. Seine Überheblichkeit gipfelte jedoch in dem Moment, als er einfach von dem galoppierenden Fuchs sprang und sich wenige Momente später wieder in den Sattel schwang. Woraufhin ich ihn einen Wichtigtuer schalt.

Die Unterarme zu beiden Seiten meines Körpers abgestützt, lauschte ich den Pferden, die friedlich hinter uns grasten, den Vögeln, die zwitschernd und keckernd auf den Bäumen saßen, darauf wartend, in den warmen Süden abheben zu können. Meine Augen verfolgten das Spiel der Sonne auf der glitzernden Wasseroberfläche, die kanariengelben und rostroten Blätter, die auf dem See hin und her trieben.

Und ich betrachtete Jarosch. Ja, ich weiß. Aber immerhin gebe ich es hiermit ganz offiziell zu: Ich betrachtete ihn, doch lediglich, weil er die Augen geschlossen hielt. Hoffentlich!

Mit lässig unter dem Kopf verschränkten Armen lag er neben mir auf der Wiese und wirkte dabei entspannt und zufrieden. Auf einmal überkam mich das Bedürfnis, mich an ihn zu kuscheln, meine Wange auf seine Brust zu betten (ja, zu betten!), meine Hand über seinen Oberkörper tanzen zu lassen, leicht und unbeschwert wie das goldene Licht der Sonne. Dann hätte er die verschlafenen Augen geöffnet, irgendwann, mit seinen Fingern mein Kinn ergriffen, mich zu sich gezogen, mich geküsst. Zart, unendlich, mich erkennend. Ich hätte den Duft seiner erwärmten Haut eingeatmet.

Ihm verziehen.

Alles.

Einfach so.

Wir befanden uns hier in einer perfekten Kulisse für einen kitschigen Jugendroman, die Strahlen der Herbstsonne streichelten sein Gesicht, tauchten es in ein Meer voller Kupfer, ließen es sanft und weich aussehen. In meinem Kopf hörte ich einen schnulzigen Lovesong und ließ mich von Klavier und Geige davontragen. Die Gelegenheit bot sich nicht nur an, sondern schrie mir entgegen, doch stattdessen stellte ich die dümmste aller Fragen: »Schläfst du?« Ich war eben nicht die Heldin in meinem eigenen Liebesroman.

Sich die Augen reibend, brummelte er: »Nö, jetzt nicht mehr.«

Ich hätte mir ein anderes Aufwachen gewünscht. »Du bist mir noch eine Antwort schuldig«, murmelte ich, nicht ohne ein schlechtes Gewissen zu haben.

»Was? Ich? Soviel ich weiß, habe ich gewonnen«, meinte er schläfrig. »Oder muss ich dir noch einmal die Spielregeln erklären?« Er seufzte gespielt auf und ich hörte das Lächeln in seiner Stimme. Seine Augen hielt er geschlossen.

»Na komm, sag schon. Warum nennst du ihn nie bei seinem richtigen Namen?« Weil er nicht antwortete, setzte ich ein »Den Fuchs meine ich«, hinterher.

Aus heiterem Himmel war Jarosch nun wach, er richtete sich auf, ging ein paar Schritte und fing an, sich auszuziehen. Nicht in meinen kühnsten Träumen hätte ich mir diese Szene ausgemalt! Wir waren hier in einem Jugendroman mit singenden Vögeln in den Ästen und grasenden Pferden auf der Wiese! Nicht bei *Dienerin der Nacht*!

Als wäre es das Selbstverständlichste der Welt, band er sich die Schnürsenkel seiner Wanderschuhe auf, zog diese und seine Strümpfe wie Lederjacke, Langarmshirt und Jeans aus.

»Was machst du da? Spinnst du? Du kannst doch nicht …?«

»Was kann ich nicht? Baden gehen?« Und dann … dann zog er seine Unterhose aus! Die Farbe seiner eng anliegenden Shorts war schwarz – was auch sonst? »Das wird der letzte schöne Tag im Jahr sein. Das müssen wir noch auskosten!«

Wir?

Auskosten? Was war das nur für ein Wort! »Aber du kannst doch nicht ohne alles …« Meine Stimme verstummte und ich knabberte auf meiner Unterlippe herum.

»Du glaubst ja wohl selbst nicht, dass ich mich nachher mit nassen Boxershorts aufs Pferd setze.« Jarosch lachte und nach wenigen Sprüngen befand er sich im See. Mit offenem Mund starrte ich ihm hinterher, bis er sich umdrehte.

Rasch wendete ich den Blick ab, nestelte an einem losen Faden, der an meinem grauen Oberteil gar nicht existierte, herum. Dann rief er mir etwas zu, das ich kaum verstehen konnte, weil er zu sehr im Wasser planschte. Die Pferde machten einen überraschten Satz zur Seite. Unwillkürlich schaute ich auf. Mein Blick wollte an seinem Körper entlanggleiten, mein Verstand bestand darauf, dass ich bei seinen Augen haltmachen sollte – besser noch bei seinem Haaransatz –, doch dann rutschten meine Augen weiter hinab bis … oh mein Gott, zum Glück stand er tief genug im Wasser.

»Komm rein!«, rief er nun eine Spur lauter.

»Nein, lass mal!« Ich hielt eine Hand über die Augen, täuschte vor, dass mich die Sonne blendete, die jedoch leider woanders stand. Hoffentlich verdeckte ich einen Teil meines Gesichts, da sich meine Hautpigmente gesammelt dazu entschlossen hatten, sich gegen mich zu wenden.

»Na komm schon, sei kein Frosch!« Dann fügte er schnell hinzu: »Ach nein, sei ein Frosch. Komm rein! Das tut gut!« Lachend spritzte er mich mit Wasser voll, woraufhin ich mich hinsetzte und mir die feuchten Strähnen aus dem Gesicht strich.

»Bist du verrückt! Der See ist schweinekalt.« Jarosch versuchte, mich weiterhin hineinzulocken, doch ich rückte ein Stück nach hinten. »Sorry, ich will echt nicht. So warm ist es heute auch wieder nicht. Mir ist das zu eisig.«

Er ließ einfach nicht locker. »Da gewöhnt man sich schnell dran, vertrau mir.« Fröhlich blickte er mir entgegen. Sein nasses Haar glitzerte in der Sonne, funkelnde Wasserperlen liefen über seine geröteten Wangen, über seinen Oberkörper. Ich zwang mich, wegzusehen und einem Stockentenpärchen nachzuschauen, das sich ganz in der Nähe vor Schreck aus dem trüben Gewässer erhob. Das Männchen mit dem metallisch grünen Köpfchen und dem gelben Schnabel, das unscheinbare, braune Weibchen.

Super, genau so fühlte ich mich auch. Das Wasser spritzte an der Stelle auf, an der sie aufgeflogen waren, rieselte an ihren Flügeln und Beinen hinab.

»Außerdem habe ich keinen Badeanzug dabei!«

»In Unterwäsche geht es doch auch. Wir sind hier nicht im Schwimmbad. Hier gibt es keinen Badekappen-Zwang.«

Verdammt.

Ich glaube, ich suchte noch nach fünf weiteren Ausreden, warum ich nicht zu ihm in den Waldsee steigen konnte. Algen, Entengrütze, das Ungeheuer von Loch Ness, Scherben auf dem Grund, eine Blasenschwäche. Doch bei jeder neuen Ausrede kam er einen Schritt aus dem Wasser heraus auf mich zu. Bevor er das Ufer betrat, stand ich auf und ging zu den Pferden, weil ich wusste, dass ich aus dieser Situation nicht herauskam, wenn ich sie nicht selbst auflöste. Doch bevor ich mich einer sinnlosen Aufgabe widmen konnte, stand er plötzlich hinter mir, packte mich an der Schulter und drehte mich zu sich um. Nagelte mich mit seinem Blick fest. Seine Augen waren fast schwarz, dunkel, wissend. Er wusste es.

»Sag bloß, du hast noch nie einen nackten Jungen gesehen?«

Zum Glück trug er wieder seine Boxershorts und hatte seine Bluejeans wenigstens hochgezogen, wenn auch die Knöpfe offen standen und seine Unterwäsche noch hervorlugte, wie ich mit einem winzigen Seitenblick feststellen durfte. Selbst Clarissa in ihrer Zeit als Museumsführerin hätte dies gewagt.

Mir auf die Lippe beißend, schaute ich auf seine Stirn, auf der feuchte Strähnen glänzten, damit es den Anschein erweckte, als würde ich unter seinem Blick, seinem Griff, seiner Frage nicht zerbrechen.

»Dann hast du auch noch nie …?«

Das war jetzt echt genug.

»Na komm schon. Heute ist der Tag deiner Geständnisse! Du hast das Wettrennen verloren.«

Ich riss mich los, er ließ mich ohne Umschweife gehen, ich stapfte wütend davon. Als wären seine Fragen nicht schon peinlich genug gewesen, dampfte ich ab wie eine Zimtzicke, frisch aus dem Backofen, an der man sich noch nach Stunden die Finger verbrannte.

Die Stute

Hände. Sanft statt rau. Schüchtern statt drohend.

Tränen statt Entschuldigungen.

Wispern statt Flüche.

Sonne statt Regen.

Licht statt Dunkelheit.

Ein Versprechen.

Jarosch

Warum musste ich auch immer zu weit gehen?

Hätte ich es nicht bei einer Nachfrage belassen können? Aber nein, ich musste das Spiel weiterspielen, weiter nachbohren, bis es kein Spiel mehr war.

Und dabei hatte doch alles so harmlos angefangen.

Ich hatte wahrlich nichts Böses im Sinn gehabt. Das Wasser lockte mich, ich wollte ihrer unangenehmen Frage schlichtweg ausweichen. Ich dachte mir nichts dabei und die meisten Mädchen standen mehr auf den unbekümmerten und forschen Jarosch oder zumindest auf den Jarosch, der all dies vortäuschen konnte, wenn er an sein Ziel gelangen wollte.

Doch dann musste ich übertreiben. Wie immer. Wie mein alter Herr. Der wusste auch nie, wann der Zeitpunkt gekommen war, etwas gut sein zu lassen, aufzuhören. Zu wissen, wann das Brüllen zu laut wurde, der Griff um das Handgelenk zu fest, der Klaps auf den Hinterkopf zu derb.

Spätestens als ich sie an den Schultern packte und nicht nur mädchenhaften Trotz in ihren frostig blauen Augen entdeckte, hätte ich mich entschuldigen sollen. Stattdessen musste ich noch einen draufsetzen und ihr diese eine Frage stellen, dabei konnte ich ihre Antwort erahnen, weil sie diese besondere Beziehung zu der Stute hatte, die der Legende nach nur Jungfrauen vergönnt war. Ich wusste es, forderte sie aber heraus. Warum?

Ich konnte es mir ehrlich gesagt selbst nicht erklären. Irgendetwas in mir wollte sie provozieren, aber warum? Dass sie lernte, mich wieder zu hassen? Dass sie in mir wieder das Monster sah, das ich wirklich war, den Schulschwänzer, den Versager? Und nicht den guten Kerl, den sie mit ihren winterblauen Augen so unbedingt und erbarmungslos in mir zum Vorschein bringen wollte? Denn nur ihn konnte sie hier in der Sonne auf der kleinen Lichtung erblicken. Ohne Schatten auf der Haut.

Dabei sehnte ich mich doch so sehr danach, dass sie mir meine Fehler vergab, wenn schon ein Vergessen niemals möglich war. Ich wollte es mir nicht eingestehen, aber am liebsten hätte ich sie in diesem Moment an ihren Schultern an mich gezogen, meine Nase in ihr Haar gesteckt und ihr alles gebeichtet, was mir auf dem Herzen lag. Den Stress mit meinem Vater, warum ich den Fuchs nie mit seinem richtigen Namen ansprach, meinen falschen Ehrgeiz, meine Zweifel und Ängste, meine Sorgen um die Zukunft, mein schlechtes Gewissen, meine Schuldgefühle, die mich zu sprengen drohten. Johanna wusste nicht, dass ich ein Leben, ein Pferd, auf dem Gewissen hatte. Ich wollte sie in die Schatten der Bäume ziehen, ihr meine Markierungen, meine Brandmarkung zeigen. Sie würde alles verstehen. Mir alles verzeihen.

Nur: in welchem Leben bloß?

Ich rannte ihr nach, obwohl ich noch keinem Mädchen hinterhergelaufen war. »Johanna, warte doch. Bitte. Es tut mir leid.« Ich presste die Entschuldigung regelrecht heraus, obwohl meine Worte ehrlich gemeint waren. Ich wollte nicht, dass der Tag so endete.

Bevor sie Merlin erreichte, drehte Johanna sich abrupt um. »Lass gut sein. Ich weiß, dass du ein Arsch sein kannst.« Ihre eisblauen Augen blitzten mich wie ein Blizzard an.

»Würdest du dich besser fühlen, wenn es hier im Wald Geschirr geben würde, das du nach mir werfen könntest, dafür, dass ich mich wie ein Vollidiot benommen habe?«

»Hör auf damit!«

»Und vielleicht noch eine Tür zum Zuknallen?«

»Hör auf, Jarosch! Du bist doch genauso, wie alle anderen immer sagen! Wie konnte ich dir nur je trauen?«

Das saß und ich musste meinen Blick von ihren glasigen Augen lösen, von dem See aus Tränen, der sich dahinter verbarg und den Damm brechen wollte.

Zurück am Ufer zog ich meine restlichen Klamotten an, starrte auf das ruhige Wasser und wartete darauf, davongaloppierende Hufe zu hören. Stattdessen hörte ich leise Schritte hinter mir.

»Du bist nicht gegangen?« Ich drehte mich nicht um.

»Wie du siehst.« Ihre Stimme war schnippisch, nicht versöhnlich.

»Warum?«

»Weil ich nicht wollte, dass der Tag so endet.«

»Ich auch nicht«, murmelte ich.

»Wir wollten heute zum Stall gehen. Du solltest langsam anfangen, mit deiner Stute zu arbeiten.«

Ich wollte sie nicht verlieren. Nicht so. Nicht jetzt. Aber es fühlte sich auch nicht gut an, sie zu brauchen. »Es tut mir leid.«

»Ja, kann schon sein. Ich weiß nur, dass ich den anderen mehr Glauben schenken muss.«

»Den anderen?« In einem Ruck drehte ich mich zu ihr um.

»Ja, den anderen!« Sie funkelte mich an. »Verena und Gregor. Und dann diese ganze Schulgeschichte, über die ihr nicht reden wollt.«

Ich fuhr mir mit den Händen durch die nassen Haare, schloss die Augen für einen Moment, suchte nach den richtigen Worten. »Oh

Mann, diese alte Geschichte«, fauchte ich. »Wir sind in die Schule eingebrochen, um Klausuraufgaben zu klauen, und dann gab es eben Ärger. Das war's.«

Das war es leider nicht. Jeder Buchstabe dieser Halbwahrheit fühlte sich wie ein Nagel an, der meine Kehle aufzureißen drohte. Aber ich konnte ihr nicht alles erzählen, ich hatte ihr bereits einen viel zu tiefen Blick in meine Abgründe gestattet. Und dennoch war ich dreist genug zu fragen: »Erhalte ich noch eine zweite Chance?«, um sie an ihre gestrigen Worte zu erinnern.

»Keine Ahnung, heute nicht. Aber heute geht es nicht um mich und auch nicht um dich. Es geht um das Einhorn. Schließlich hast du deine Träume mit ihr, nicht ich. Also solltest du deinen Hintern hochbekommen.«

Schweigend ritten wir zum Talwiesenhof. Dort angekommen, holte Johanna sogleich die Schimmelstute aus ihrem Stall und wir gingen gemeinsam auf den Reitplatz. Während ich versuchte, mich lässig an den Zaun zu lehnen und unbeeindruckt zu wirken, spielte Johanna mit ihr. Sie trabte an ihrer Seite, galoppierte gar, warf verspielt die Mähne hin und her, quiekte und bockte vor Freude. Wenn Johanna außer Atem kam, nahm sie Rücksicht und schwebte in Zeitlupe neben ihr her.

Ich sah das Muskelspiel der Stute, die bereit war, durch Wolken zu galoppieren, die am liebsten mit den Vogelschwärmen davongezogen wäre, die ihre Kraft und Schnelligkeit zurückhielt, um nicht augenblicklich vom leichten Wind mitgerissen zu werden. Die Herbstsonne wartete auf sie. Wie ein Blatt, das jederzeit fortgerissen werden konnte, wirbelte sie umher. Aber ich spürte all das nicht so wie Johanna, stattdessen musste ich mir die Bilder ausmalen. Bilder, die vor meinen Augen immer wieder in tausend Splitter zersprangen wie zerberstendes Glas. Die Scherben rieselten auf mich herab wie Schneesterne, bohrten sich mit ihren spitzen Zacken unter meine Haut. Überall sah ich nur noch blutenden Schnee, so wie an jenem Tag, als wir die Stute eingefangen und ich ihr Horn zerbrochen hatte. Von Blut getränkte Kristallsplitter regneten auf meine Haut und meine Haare, überall rote Punkte, Flecken, Ströme.

Malte ich mir das alles aus oder schickte mir die Stute diese Eindrücke, um zu zeigen, dass sie nie vergessen, nie verzeihen würde?

Ich musste meine Tränen schnell wegblinzeln und einen Kloß nach dem anderen meine Kehle hinunterzwingen, als Johanna schließlich auf mich zukam. »Ich glaube, ihr kommt dann allein zurecht.«

Und so ließ sie mich unschlüssig stehen, genau wie das Einhorn, das ihr von der Mitte des Reitplatzes aus verwirrt hinterherschaute, bis es sich dazu entschloss, unter dem Holzzaun hindurch nach Gras zu suchen. Während meine Haare allmählich trockneten, ließ ich die Stute nicht aus den Augen, als sie sich mir näherte, ohne von mir Notiz zu nehmen. Ich hielt den Atem an, als sie letztendlich neben meinen Schuhen am Gras knabberte und dann mit ihren Lippen an meinen Schuhsenkeln nestelte. Laut Luft ausstoßend, beroch sie mein Hosenbein, und ich vergaß dabei, selbst wieder zu Atem zu kommen. Angst nagte in meinem Magen, dass sie ihr Horn in mich hineinbohren und nicht nachgeben würde, bis das Blut aus mir schießen und sie über und über tränken würde. Wie ein roter Drache mit flammender Mähne und peitschendem Schweif würde sie über mir thronen, mich verhöhnen, mich nicht mehr gehen lassen. Ihre Hufe würden sich zu dicken und scharfen Krallen verwandeln, die mich aufbrechen würden – und dennoch konnte ich mich nicht rühren, nicht einmal wegblicken. Auch dieses Mal würde auf ihrem schneeweißen Fell Blut fließen, doch nicht ihres. Meines.

Ich hörte ihre wütenden Schreie, hörte ihre zufriedene Rache, doch in Wirklichkeit konnte ich nur das leise Prusten und Schnauben vernehmen, ihren regelmäßigen und warmen Atem, den ich durch meine Kleidung hindurch spürte. Schließlich gelangte die Stute an meine Hosentasche, in der sie Karottenstücke erschnüffelte, die ich seit Neuestem immer bei mir trug – dank Johanna. Vorsichtig zog ich sie aus meiner Tasche und reichte sie ihr. Wie eine Opfergabe. Behutsam nahm das Einhorn sie entgegen, taute allmählich auf und erbettelte weitere Stückchen aus meinen Jeans. Noch eine Weile schnüffelte und schnorchelte sie an mir herum, auf der Suche nach weiteren Leckereien, während ich mucksmäuschenstill blieb. Mein Herz hämmerte jedoch wie wild. Es hätte die Erde zum Beben bringen können. Mit den Lippen durchwühlte sie meine Haare, bis sie schließlich ihr Kinn auf meiner Schulter ablegte. Langsam stieß ich die Luft aus. Wolken zogen vorüber. Zerklüftet wie der Rauch einer ausgeblasenen Kerze. Was wir hier unten taten, wurde von ihrer Gleichgültigkeit nicht gestreift. Doch die aufziehenden Schatten konnten nicht länger das Geheimnis der Stute verbergen. Die Markierungen auf ihrem Fell blitzen auf und verschwanden wieder, wie die Sonne, die von ihren Gefährten verschluckt und gleich darauf ausgespuckt wurde. Einen Moment lang wusste ich nicht, was ich machen sollte, doch dann hob ich meinen rechten Arm, streichelte ihren Kopf, fühlte ihr raues Fell, das Leben, das immer noch durch ihren Körper schoss, obwohl ich ihr so viel davon genommen hatte. Meine Hände rieselten durch ihre lange Mähne wie durch ein Windspiel, fuhren die Muskeln an ihrem massigen Hals entlang, an jeder einzelnen Ranke, an jedem einzelnen Dorn. Unvermittelt fingen die Male an, sich zu bewegen, sich zu verästeln, sich zu strecken wie nach langem Schlaf. Ein Zittern durchlief den Körper der Stute, doch sie blieb stehen, die Berührung weiterhin zulassend. Meine Fingerspitzen waren heiß wie aufflammende Streichhölzer, und unter ihnen regte sich Leben, die zarten Äste enthüllten ein dünnes Blatt nach dem anderen. Weil ich meinen Augen nicht trauen konnte, legte ich schließlich meine Stirn auf ihren Nasenrücken – wie in einem verdammten Pferdefilm. Doch dies war nicht nur eine alberne Geste. Ich wollte nicht daran erinnert werden, dass sie ein Fabelwesen war, sie nicht hierhergehörte, sondern sie sollte einfach nur ein Pferd sein. Ein Wildpferd. Eine leise Erinnerung an meine alte Heimat.

Ich weiß nicht, wie lang wir dort so standen. Die Stute und ich. Irgendwann spürte ich, wie mir Tränen über die Wangen strömten. Nur dieses Mal schämte ich mich nicht dafür.

Inorog

Tränen statt Blut.
Sanft gleitende Erinnerungen.
Heimat. Fern. Ein wenig näher. Ein wenig verbunden.
Mit dir.

Jarosch

Ich longierte gerade den Fuchs auf einer unserer Wiesen, als Johanna ihr Fahrrad abstellte und mit einem hin und her wippenden Zopf auf mich zugelaufen kam. Sie trug ihre schwarze Reithose und eine rote Kapuzenjacke. Der Herbst raubte uns bereits jeden Tag Sonnenlicht und Wärme, wischte jeden Tag etwas mehr Farbe aus Blatt und Gras. Selbst der Himmel hatte an Kraft und Sättigung verloren. Sie war ein Lichtblick.

»Hey.« Ein schüchternes Lächeln stahl sich auf ihr Gesicht, ihre Sommersprossen leuchteten golden in der Herbstsonne.

»Hey.« Ich hielt den Fuchs an und lief mit ihm zu Johanna an den Zaun. »Bereit?«

»Wenn ihr zwei es seid«, zwinkerte sie mir zu, als hätte sie einen Scherz gemacht, den nur sie verstehen könnte.

»Ich dachte nicht, dass du kommen würdest.« Ich machte mit meiner freien Hand eine Geste, die wohl so viel bedeuten sollte wie *Nach all dem Mist, den ich mir erlaubt habe*. Meine Gesichtszüge waren hoffentlich angemessen zerknirscht.

»Und ich habe nicht geglaubt, dass du mit weniger als einer Lungenentzündung davonkommen würdest.«

Ich tippte auf meine gerötete Nase und zeigte ihr das Päckchen Papiertaschentücher, das in meinen Jeans steckte.

»Das ist nicht einmal ausreichend Genugtuung für mich.« Johanna kramte in ihrer Hosentasche nach einem Zettel. »Aber du hast dich bei mir entschuldigt und mir ein Angebot unterbreitet, das ich nicht ausschlagen konnte.«

An ihrer *Der Pate*-Parodie musste sie noch arbeiten, schmunzelte ich in mich hinein.

Ich hatte ihr das Briefchen heimlich vor ein paar Tagen in der Schule zugesteckt. Darin entschuldigte ich mich für mein dummes Benehmen am See, hatte ein galoppierendes Pferd daruntergekritzelt, ähnlich dem, das sie mir vor etlichen Wochen gezeichnet hatte, und ein auf dem Pferderücken stehendes Strichmännchen mit wehenden, langen Haaren darauf. Ich wollte die mehr oder weniger versprochene Stuntreitstunde bei ihr einlösen.

Wir verbrachten zwar die letzten Nachmittage permanent miteinander, um uns mit dem Fabeltier zu beschäftigen, aber zwischen uns herrschte seit der Sache im Wald nur noch eine distanzierte und höfliche Stille. Das machte das Training mit der Stute nicht leichter, die unsere Emotionen aufsog wie ein Schwamm. Johanna verschwand meist wortlos im Stall, fing an, die Box auszumisten, und ließ mich mit dem Einhorn allein. Ich war mir nicht sicher, ob Johanna das mit Absicht machte, damit uns beiden nichts anderes übrig blieb, als uns miteinander zu arrangieren, oder damit sie nicht spürte, wie es zwischen Johanna und mir tatsächlich stand.

Wie lange wartete ich Tag für Tag, dauernd in der Erwartung, nichts erwarten zu dürfen? Mich in Geduld und Vorsicht zu üben? Und dennoch immer in der Hoffnung, dass die Stute einen Schritt auf mich zu machen würde? Ich wartete darauf, bis sie mich berührte, bis ich sie um etwas bitten durfte. Ich wartete darauf, bis ich ihr folgen durfte. Nicht umgekehrt. Doch meist ignorierte sie mich bloß oder schrak zurück, wenn ich mich aus Versehen zu hektisch bewegte. Manches Mal entfernte sie sich, wenn sie mich nur sah. Wenn ich ihr sachte meine Hand entgegenstreckte, fuhr sie wiehernd in die Höhe. Es war ein Drahtseilakt. Es fühlte sich trotzdem gut an und engte mich nicht ein, nahm mir stattdessen Druck, schenkte mir Freiheit. Ich musste einfach nur warten. Auch wenn es mir schwerfiel. Ich passte mich dem Rhythmus ihres Herzschlags an. Vielleicht würden sie nie gänzlich im Takt schlagen, unsere beiden Herzen, aber selbst das war okay. Solange sie merkte, dass in meiner Brust ein zittriges schlug.

Und dann, vor ein paar Tagen, wie immer stand ich nur am Zaun des Reitplatzes und wartete, las in einem Schulbuch, geschah es, dass die Stute mir ganz unerwartet ihren warmen Atem in meine Haarspitzen pustete, mich mit ihren samtenen Lippen kitzelte. Es war das zweite Mal, dass sie sich von selbst in meine Nähe wagte. Wer brauchte schon Magie, wenn er Hoffnung hatte, war der einzige Gedanke, der mich in diesem Moment durchströmte.

Danach beschloss ich, mich bei Johanna zu entschuldigen.

Und nun stand sie tatsächlich vor mir und hielt mir den Zettel mitten ins Gesicht, obwohl ich nicht damit gerechnet, wenn auch gehofft hatte, dass sie so schnell bei uns auf dem Hof auftauchen würde.

»Also, ich will meine Trickreitstunde bei dir einlösen.« Ihr Ton war unschlüssig, als wäre sie sich nicht sicher, worauf sie sich hier einließ.

Aber um ehrlich zu sein, war ich es mir auch nicht. Ein Licht blinkte warnend in mir auf, als würde ich auf eine rote Ampel zusteuern, aber könnte die Bremse nicht finden.

»Das soll doch ein turnendes Mädchen auf einem Pferd sein, oder etwa nicht?«

Nickend antwortete ich: »Dann lass uns gleich loslegen. Ihr seid beide schon gut aufgewärmt.« Ich schaute auf ihr Fahrrad, dann auf den Fuchs, der geduldig neben mir wartete.

Froh darüber, dass sie keine weiteren Entschuldigungen von mir erwartete, zumindest jetzt nicht, half ich Johanna beim Aufsteigen, nachdem sie meinen Wallach begrüßt hatte, indem sie ihn an ihrer Hand hatte schnuppern lassen und einmal durch seine dünne Stirnlocke gestrichen war.

»Und dein Fuchs wird auch keinen Blödsinn anstellen, wenn ich auf ihm herumturne?«

»Nein, keine Sorge, er kennt das ja. Und jetzt entspann dich.«

»Du hast gut reden. Du kennst dein Pferd in- und auswendig. Aber ich komme mir hier oben vor wie ein blinder Passagier auf einem riesigen Schlachtschiff«, sagte sie bereits nach wenigen Runden im Schritt, in denen sich die beiden aneinander gewöhnen konnten.

»Du wirst dich schnell wohlfühlen. Und nachher willst du gar nicht mehr auf dein Pony zurück.« Ich zwinkerte ihr zu.

Endlich erschien wieder ein zuversichtliches Lächeln auf ihren dünnen Lippen. »Dann müsst ihr euch aber anstrengen.«

»Aber gewiss doch.«

Ich ließ Johanna Übungen auf dem stehenden Pferd machen, später in der Bewegung, wobei ich stets darauf achtete, ihr nicht helfen, sie nicht berühren zu müssen, bis ich vorschlug, sich auf dem Pferd hinzustellen, ohne darüber nachzudenken, dass ich ihr dabei Hilfestellung leisten müsste. Aber jetzt konnte ich keinen Rückzieher mehr machen.

»Was? Bist du verrückt? Reicht es dir nicht, dass ich vorhin kopfüber am Pferd hing? Meine Beine waren total weich!«

»Genauso hast du auch ausgesehen. Wie eine Kerze, die zu lange in der Sonne gelegen hat!«

»Sehr witzig, Jarosch!«

»Na komm schon, probier es einfach mal aus«, forderte ich sie auf.

»Ich weiß nicht, ob ich das schaffe. Ehrlich!« Ein Lachen schwang in ihren Zweifeln mit.

»Wir müssen es ja nicht gleich im Galopp probieren. Ich lass den Fuchs im Schritt laufen, dann hältst du dich vorne an dem kleinen Horn fest, gehst auf die Knie und stehst allmählich auf.«

»Ja, klar, ganz einfach.« Johanna rollte mit den Augen.

»Komm, ich helfe dir. Nimm meine Hand.« Oh Gott, hoffentlich fühlte meine Hand sich nicht so schweißig an, wie ich befürchtete. »Okay, und jetzt richte dich leicht auf, winkele die Knie an und federe rechts und links in der Bewegung mit. Ja, genau so. Und nun breitest du deine Arme aus.«

»Lass mich bloß nicht los, Jarosch. Wenn du mich loslässt, bist du ein toter Mann.« Ihr Lachen gluckerte zu mir hinunter wie ein Wasserfall.

»Nein, ich halte dich, glaub mir.« Ich lief neben dem Fuchs her, der brav mit mir im Kreis trottete, und ließ Johanna nicht aus den Augen. »So, und jetzt musst du nur noch rufen: *Ich bin der König der Welt.*«

»Hör auf, wenn ich lache, kann ich mich nicht mehr konzentrieren.« Johanna geriet ins Wanken, mein Griff um ihre Hand wurde fester und sie klammerte sich an mich. Der sprudelnde Wasserfall ergoss sich in einen breiten Strom, der mich mitriss, der die Hitze in mir weiterentfachte. Wir lachten nun beide, Johanna verlor endgültig das Gleichgewicht, sie rief »Mann über Bord! Mann über Bord!«, und wäre gefallen, wenn ich sie nicht schnell genug an den Hüften gefasst hätte.

Ich ließ sie langsam hinuntergleiten, bis sie wieder Boden unter den Füßen spürte. Mit dem Rücken zu mir hielt ich sie fest, eine meiner Hände war aus Versehen unter den Saum ihrer Jacke geraten, wo ich ihre warme Haut fühlte. Einen verwegenen Augenblick lang sog ich den Duft ihres Haares ein und hätte sie am liebsten in den Nacken geküsst.

Ich raste noch immer auf die rote Ampel zu, wartete auf Grün. Allerdings zog ich die Handbremse. Jedes andere Mädchen hätte ich bereits am Zopf gepackt – jedes andere Mädchen hätte nämlich nicht diesen dämlichen Reithelm getragen –, den Kopf zur Seite gezogen und meine Lippen auf ihren Mund gepresst. Ich wollte sie küssen, ohne mir Gedanken darüber zu machen, was sie über mich denken könnte, wie es weitergehen sollte, ob ich mich richtig verhielt. Ich wollte den Moment

genießen, genauso wie ihre Lippen. Nachdem ich sie zu mir herumgewirbelt hätte, hätte ich sie an mich gedrückt, meine Hände in ihren Nacken gelegt, sodass ich ihren Hals mit Abertausenden Küssen hätte überziehen können. Bei Johanna hingegen traute ich mich nicht, mich zu rühren, bis ich sie schließlich doch zu mir umdrehte. Meine Hände immer noch auf ihrer Taille ruhend, musste ich mich ein bisschen zu ihr hinunterbeugen, um in ihre hellblauen Augen blicken zu können. Eine leichte Röte huschte über ihr Gesicht, ließ ihre Sommersprossen flackern. Ihre Lippen waren nur wenige Zentimeter von meinen entfernt, leicht geöffnet, abwartend, zitternd. Oder einfach nur atemlos vor Lachen, Erstaunen und Anstrengung. Ich wusste es nicht. Ganz wenig Luft, aber so viel Unsicherheit lag zwischen uns. Aber wenn ich es jetzt übertrieb, würde ich sie vielleicht nochmals verlieren. Ich wusste, dass ich mich von ihr fernhalten sollte, aber ich wollte es nicht. Je mehr ich es versuchte, desto mehr suchte ich ihre Nähe, erzählte ich ihr all meine Geschichten. Ich war dumm genug, meine Hoffnungen in sie zu legen, anstatt der Realität ins Auge zu blicken. Nie würde ich sie haben können, genauso wenig wie die Stute.

Nur eins war gewiss: Ich musste eine Vollbremsung hinlegen, den Anker auswerfen, und dennoch rollte ich näher auf sie zu, Millimeter für Millimeter, Hauch um Hauch. Ich konnte nicht anders. Ich übersah sämtliche Stopp-Zeichen.

Ich schaute in ihre fragenden blauen Augen, stellte mir vor, wie ich ihre helle Haut, jede ihrer Sommersprossen, wie Zucker und Zimt, mit meinen Lippen schmecken, mit meinen Fingerspitzen nachzeichnen würde.

Wind in der Mähne

Ich spürte es.

Bald würde ich mit dem Wind rennen.

Ich würde ihm vorauseilen, gewinnen.

Doch während der Wind weiterwehte, über Felder, Dächer und Türme hinweg, würde ich meinen kleinen Sieg über ihn in der dunklen Ecke des Schuppens feiern müssen.

Allein.

Ich würde immer noch die Wolkenfetzen in meinen luftigen Schwingen spüren, später merken, dass nur Spinnweben daran klebten.

Johanna

Jarosch hatte mich gerettet. Irgendwie.

Aber nicht ganz gentlemanlike, denn eine seiner Handflächen glitt – hoffentlich unabsichtlich, oder etwa nicht? – bei seiner Rettung leicht unter den Bund meiner Sweatjacke. Unvermittelt schoss mir eine heiße Röte ins Gesicht. Warum auch nicht? Dieses Gefühl hatte ich ja schon fast vergessen. Mein Körper erinnerte mich mit Vehemenz daran, wie schüchtern ich eigentlich war. Mein Herz verdrängte, wie sauer ich all die Tage zuvor noch auf ihn gewesen war. Ich spürte Jaroschs Atem in meinem Nacken, ich roch seinen herben Duft. Wind und Heu. Seine kinnlangen Haare hätten mich sicherlich im Nacken gekitzelt, wenn ich nicht diesen bescheuerten Reithelm getragen hätte.

Dann drehte er mich um, lehnte sich ganz eng an mich, schloss mich zwischen sich und dem Pferd ein. Ich fühlte die Wärme des Tieres in meinem Rücken. Jarosch kam mir näher und näher, während seine Hände immer noch auf meiner Taille lagen. Seine Haut auf meiner. Sollte ich ihn küssen? Wollte er mich überhaupt küssen? Oder lag ich falsch? Ich sah ein zaghaftes Lächeln in seinen Augen, auf seinen Lippen. Der sonst so ernsthafte Ausdruck auf seinem Gesicht war verschwunden und ein süßes Zögern legte sich darauf.

Ich wollte es. Ich wollte es spüren. Wie am Wochenende am Lagerfeuer für diesen schwachen Funkenflug lang, als er mich kurz berührt hatte und ich ihn. Ich wollte dieses Prickeln, dieses Kribbeln, diesen Schauder, von dem sie alle sprachen und schrieben. Ich wollte all das, aber wollte ich es mit Jarosch? Jarosch, der mich einen Moment lang links liegen ließ, der mich provozierte, aber dann wieder den Mund nicht aufbekam, dem ein gewisser Ruf vorauseilte.

Jarosch konnte Geschichten wie aus *Tausendundeiner Nacht* erzählen, sie flatterten aus seinem Mund heraus wie Falter aus ihrem Kokon, die froh waren, ihre schützende Hülle zu verlassen, um ins Licht einer

Lampe zu fliegen. Bestimmt würde sich sein Kuss genauso anfühlen, als würde eine Schar Schmetterlinge mit ihren samtigen Flügeln über meine Lippen streichen und durch meinen Bauch wirbeln. Als könnten noch tausend und eine Nacht folgen.

Manchmal heiterte er mich sogar auf. Wie vor wenigen Augenblicken. Ich hatte mich fallen lassen, in seine Arme, in sein Lachen. Ich fühlte mich bei ihm wohl, denn sonst wäre ich nie auf seinen temperamentvollen Wallach gestiegen. Es gab Momente, in denen ich ihm vertraute. Wie eben, als er mich ermutigte, mich auf das Pferd zu stellen, als er meine Hand ergriff, mich mit seinem Blick dabei genauso festhielt wie mit seiner Hand. Jarosch vertraute seinem Pferd sein Leben an, also schenkte ich ihm auch mein Vertrauen. Und er brachte es mir entgegen. Er hatte mich in sein größtes Geheimnis eingeweiht – und noch in viele weitere, die er nicht immer mit voller Absicht preisgab.

Und von außen betrachtet war er ein guter Fang: Er war sportlich, gut gebaut, sein Lächeln, das er so oft zurückhielt, war wie eine seltene Kostbarkeit, die er mir überreichte, seine abgrundtiefen Augen steckten voller Leid und Erfahrung und dann doch voller Hoffnung und Selbstvertrauen.

Meine Mum fände ihn toll. Sie würde ihn verwegen nennen. Aus ihm einen Elfenprinzen machen. In einer ihrer Zeichnungen. In einer ihrer Geschichten. Mit einer Krone aus Hirschgeweih.

Sicherlich war er ein guter Küsser. Geübt. Paps würde das weniger gefallen.

Doch was sollte ich machen? Er wusste, dass ich noch nie – Augen zu? Augen auf? Kopf schief oder gerade? Wie gerne hätte ich den Telefonjoker gewählt, Verena um Rat gebeten, aber was würde sie sagen? Wir hatten uns versöhnt, jedoch nicht ausgesprochen, auch nicht die letzten Tage. Wir kehrten das Thema *Jarosch* ganz ordentlich unter den Teppich, glätteten die Fransen, aber immerhin trampelte Verena nicht weiter darauf herum. Ich hatte ihr natürlich auch nicht gestanden, was am See passiert war. Ich kochte immer noch, wenn ich bloß daran dachte.

Dementsprechend war ich auf mich allein gestellt und schon schossen mir weitere Fragen durch den Kopf: Was sollte ich mit meinen anderen Körperteilen machen? Meine Arme hingen an mir hinunter – wie zwei nasse Handtücher. Genauso fühlte ich mich auch nach der Fahrt mit dem Rad und den anstrengenden Stunteinlagen. Oh Gott, der Reithelm! Der war ja auch noch da! Meine Vorliebe für hundertprozentige Sicherheit würde sicherlich jeden noch so romantisch beabsichtigten Kuss zu einer wackeligen Slapsticknummer in Schwarz-Weiß verkommen lassen. Oh je, ich glaube, das waren völlig falsche Gedanken, bevor man sich einem Jungen in die Arme warf.

»Hey, Jarosch! Was soll das? Was machst du da? Du solltest den Stall machen! Die Pferde warten.« Die Stimme klirrte wie Eiswürfel, die man in ein Glas warf. Sie tropfte mir unangenehm die Wirbelsäule hinab. »Und Boris auch!«

Die Entscheidung wurde mir abgenommen, ob ich Jarosch küssen sollte oder nicht, ob ich es geschehen lassen sollte oder nicht. Im Nu verschwanden all meine Fragen, der Moment war vorbei und ich hielt nur Ausschau nach dieser eisigen Stimme, die uns – vielleicht glücklicherweise – davon abgehalten hatte, was wir gerade im Begriff waren zu tun oder eben auch nicht. Komischerweise fühlte ich mich ein wenig erleichtert.

Es war Jaroschs Vater.

Wir fuhren auseinander.

»Ich glaube, ich sollte dann mal meine Stallarbeit erledigen, mein Vater wird sonst stinkig – und Boris erst.« Jarosch rollte mit den Augen, gespielt genervt, aber ich wusste, dass ihm die Situation unangenehm war, peinlich, dass sein Vater ihn so behandelte. »Boris denkt, er hat seinen Platz in der neuen Show sicher. Wenn er nicht jeden Tag stundenlang die Pferde trainieren und ins Fitness-Studio gehen kann, wird er unausstehlich.«

Die Schnalle meines Helms öffnend, meine Hände brauchten etwas zu tun, fragte ich ihn, ob ich ihm nicht bei der Stallarbeit helfen sollte. Ich wollte nicht, dass der Tag so aufhörte, schon wieder so seltsam endete. Er wirkte erleichtert, als ich ihm meine Hilfe anbot, aber möglicherweise bloß, weil er das Ende dieses Augenblicks herbeigesehnt hatte und besser mit mir umgehen konnte, wenn er mir eine Schubkarre und eine Mistgabel in die Hand drücken konnte als einen Kuss auf die Lippen.

»Schön, dass du auch mal hereinschneist, Jarosch.« Der Ton strafte seine Worte Lügen. »Hast du eigentlich mitbekommen, dass ich schon seit

Tagen beinahe allein hier arbeite? Du kommst ständig zu spät, weil du die ganze Zeit nur bei deiner neuen Stute herumhängst, und mich lässt du mit dem ganzen Kram hier zurück. Mir steht es echt bis hier.« Boris, der Stallhelfer, machte eine Geste mit dem Finger, die zeigen sollte, dass ihm das Wasser bis zum Hals stand. Erst, als er merkte, dass ich mit in den Pferdestall gekommen war, hielt er inne, lehnte sich auf die Mistgabel, während er mich misstrauisch beäugte. Sein braunes Haar war kurz, sein Gesicht hart, es wirkte wesentlich älter als sein muskulöser, gedrungener Körper. »Oh, na prima, jetzt hast du ja Hilfe mitgebracht. Soll ich bleiben oder wollt ihr lieber eure Zweisamkeit genießen?« Mürrisch nahm er wieder seine Arbeit auf.

Jarosch zuckte nur mit den Achseln und reichte mir eine Heugabel. Verlegenes Schweigen breitete sich aus und so misteten wir gemeinsam Box für Box aus, bis wir mit der Reihe fertig waren. Wir sprachen nur das Allernötigste.

»Füttern und die Pferde reinholen kannst du dann selbst erledigen. Ich mach Schluss für heute.« Boris knallte seine Mistgabel in die Ecke und wollte gerade die schwer beladene Schubkarre die Stallgasse entlang aus der Scheune schieben, als ein dunkelhaariger Junge im Eingang erschien. Das musste wohl Jaroschs kleiner Bruder Matti sein, denn er sah mit seinen kurzen Haaren und in den ausgeleierten Jogginghosen und dem übergroßen Kapuzenpulli wie seine Miniaturausgabe aus. »Hey, Boris, hey, Jarosch, hey, … oh, bist du das Mädchen, das sich um Jaroschs Einhorn kümmert?«, platzte er heraus, als er mich bemerkte.

Jarosch versteifte sich unmerklich, aber er bekam kein Wort heraus.

»Ja, das bin ich. Und danach bändige ich den übellaunigen Mantikor, der in der Box daneben steht, und abends fliege ich auf einem gepunkteten Drachen nach Hause«, antwortete ich schnell und ohne nachzudenken.

»Ein Mantel-was?«

Puh, erfolgreich abgelenkt, doch Boris spitzte immer noch die Ohren.

»Mantikor. Ein Löwe mit Skorpionschwanz und Flügeln«, sprang Jarosch ein.

»Ja klar!«

»Musst du nicht noch Hausaufgaben machen oder so, Matti?«, fragte Jarosch mit angespanntem Kiefer, hochgezogenen Schultern und einem

Blick, der wohl sagen sollte *Geh rein und halt die Klappe, Boris gehört nicht zur Familie und soll von alldem nichts erfahren.*

Woraufhin Matti ihm den *Was stellst du dich so an? Boris gehört sehr wohl zur Familie*-Blick schenkte.

»Ihr Ullmanns seid echt verrückt!«, schaltete sich auf einmal Boris ein und schüttelte den Kopf. »Einhörner!«

Ich war mir jedoch nicht sicher, wie scherzhaft er das wirklich meinte, zumindest verließ er ohne ein weiteres Wort den Pferdestall.

»Du kannst ruhig nach Hause gehen, Johanna, den Rest schaffe ich dann auch allein.« Und mit einem augenzwinkernden Seitenblick auf seinen kleinen Bruder fügte er hinzu: »Außerdem kann ich keine Zeugen brauchen, wenn ich meinen Bruder umbringe.« Der murmelte daraufhin etwas Unverständliches und zog den Kopf ein. »Verschwinde jetzt, Matti, bevor ich meine Drohungen wahr mache!«

Aber ich hatte ein schlechtes Gewissen, weil er gewissermaßen meinetwegen so viel Zeit vertrödelt hatte. Obwohl mir der Rücken wehtat und sich an meinen Händen Blasen zu bilden drohten, half ich Jarosch dabei, Heu und Stroh zu schleppen und die Pferde von der Koppel zu holen.

»Nun habe ich mir eine Fortsetzung der Geschichte verdient, oder nicht?« Erschöpft lehnte ich an einer der Boxen, nachdem wir mit der Stallarbeit fertig waren, nicht wissend, was ich sonst hätte sagen sollen. Ich streichelte die weiche Nase eines neugierigen Fohlens, zwirbelte mir seinen flaumigen, schwarzen Schopf um den Finger, während seine Mutter genüsslich ihren Hafer mümmelte. Die Scheune war erfüllt von Geräuschen, die immer dafür sorgten, dass ich mich heimisch und wohl fühlte: Pferde, die ihr Raufutter kauten, abschnaubten und mit den Hufen scharrten. Ruhe und Gelassenheit legten sich auf den Stall. Leichter Herbstregen prasselte auf das Dach. Der Duft von Heu und Stroh, von kitzelndem Staub und warmem Pferdefell tränkte die Luft. Draußen war es bereits dunkel geworden, die Lampen in der umgebauten Holzscheune mit der hohen Decke schenkten nur spärliches, goldgelbes Licht.

Jarosch, die Arme über die halbhohe Box gestreckt, stand direkt neben mir, ich konnte ihn fast spüren, so nah war er mir. Sein verschwitztes Haar fiel ihm auf die Wangen, an seinem Rücken lief noch immer der Schweiß hinunter. Er sagte lange nichts, war unschlüssig.

»Ich weiß nicht, ob ich bereit bin, dir diesen Part der Geschichte zu erzählen.« Wieder setzte ein Schweigen ein, welches Staub anzusetzen drohte. Doch dann wirbelten seine Worte den Staub auf: »Ich war grausam, hart, unnachgiebig, bis wir die Stute hatten.« Wäre er doch still geblieben. Jede Silbe brannte wie Säure.

Jarosch fuhr sich mit beiden Händen mehrmals durch sein müdes Gesicht, welches in dem warmen Licht nicht so angestrengt und ausgelaugt wirken wollte, wie es tatsächlich war. Dann blickte er mich an und ich wusste nicht, wie ich reagieren, was ich sagen sollte. »Du willst gar nicht alles hören, stimmt's? Du willst die Wahrheit überhaupt nicht kennen.«

Ich musste wegsehen, denn sonst hätte ich seine Stimme, seine Geständnisse nicht ertragen können. Warum musste er all das sagen? Warum jetzt? Resigniert fügte er hinzu: »Ich will es ja auch nicht wissen. Ich wäre froh, ich könnte vergessen, was ich ihr angetan habe.«

Ich konnte fühlen, wie sein Blick auf mir lag, schwer wie ein Mantel aus Blei.

»Immerhin hast du jetzt die Chance, einiges wieder gutzumachen.« Mehr fiel mir nicht ein.

»Vielleicht einiges, aber nicht alles.« Er seufzte tief.

»Das Horn?«

»Das Horn.«

»Wie …?« Ich wagte es nicht, die Frage zu Ende zu stellen.

Jarosch zögerte, wog jedes Wort ab: »Ich habe keine Ahnung. Wir hatten sie zwischendurch verloren. Als wir erneut auf sie gestoßen sind, war es bereits abgebrochen. Vielleicht ist sie auf ihrer Flucht gestürzt.«

Rettete er sich in eine Lüge? Ich hatte keine Antwort darauf und ich wollte sie auch nicht hören, geschweige denn, dass ich wüsste, wie ich reagieren sollte. Ich wusste gar nichts. Ich konnte nur ahnen, wie er sich fühlte.

Die letzten Tage überließ ich Jarosch und die Stute immer öfter sich selbst. Ich mied ihn, ich suchte ihn, alles gleichzeitig, niemals zugebend. Deshalb spickte ich ab und zu, bekam dadurch mit, wie Jarosch und die Stute die Nähe des anderen suchten, Vergebung, ohne das Vergessen. Manchmal kam er mit traurigen Augen zurück, manchmal mit einem schwachen Hoffnungsschimmer darin. Mit aufflackernder Wut? Nein, die war wie weggewischt. Dennoch glich das Zusammensein mit dem Einhorn dem Aufstellen eines Dominospiels. Ein unerwarteter Windstoß, eine unbedachte Bewegung seinerseits und alles, was er sich mühsam erkämpft hatte, würde in sich zusammenfallen.

Auf einmal griff ich nach seiner Hand, die zur Faust geballt vor ihm auf der Boxenwand lag, so verkrampft, dass die Knöchel weiß hervortraten. Im ersten Moment zuckte er zusammen, überlegend, ob er sie mir entreißen sollte oder nicht, doch dann ließ er die Berührung zu.

Eine Weile standen wir im Stall, den Geräuschen der Pferde, den trommelnden Regentropfen lauschend, schweigend, ignorierend, dass die Kälte des Betonbodens langsam unsere Beine hinaufkroch, weil unsere Hände uns gegenseitig wärmten. Wenn auch unsere Worte dies nicht vermochten.

Die Träumerin

Ich träumte.

Seit wann träumte ich?

Plötzlich gab es ein Gestern, von dem ich träumte. Stundenlang.

Von breiten, stillen Flüssen, durch die wir schwammen.

Von saftigen Wiesen, über die wir tobten.

Von Rehen, mit denen wir unsere Schnelligkeit, unsere stille Leichtfüßigkeit maßen.

Wir …

Meine Brüder und Schwestern. Meine Familie.

Es gab ein Gestern, nach dem ich mich sehnte.

Es gab ein Morgen, nach dem ich mich sehnte.

Zwischen Dunkelheit und Licht.

Zwischen Müdigkeit und Stärke.

Zwischen Lärm und Stille.

Johanna

Der leichte Nieselregen legte sich auf meine graue Regenjacke, die ich vorsorglich auf mein Rad gepackt hatte, bevor ich nachmittags zu Jarosch gefahren war. Es war bereits nach zwanzig Uhr, als ich nun nach Hause kam.

Während ich in unsere Einfahrt bog, huschte Gregor soeben mit hochgezogenen Schultern zur Mülltonne. Er hatte das Rückenteil seines Pullovers über den Kopf gezogen und trug lediglich Hausschuhe.

»Hey.«

»Hey, Gregor. Ich dachte, wir reden nicht mehr miteinander«, schnellte ich ihm entgegen.

»Und ich dachte, ich müsste heute Abend auch nicht mehr mein Zimmer aufräumen.« Er wedelte mit einem vollgefüllten Müllbeutel vor seiner Nase herum. »Aber ich konnte mich nicht ewig davor drücken.«

Ich rollte mit den Augen. Vermutlich sah er es nicht, da ich meine Kapuze zu tief in mein Gesicht gezogen hatte. »Danke für das Kompliment.«

Lässig hüpfte er über den Gartenzaun, nachdem er die Tüte in die Tonne geworfen hatte, und drängte sich zu mir unter das Vordach des Hauseingangs. Um uns herum hingen Ampeln mit vertrockneten Blumen, klimperte ein Windspiel aus Holz und Metall. »Sorry, das habe ich nicht so gemeint.« Er schenkte mir seinen Lady Di-Blick, als er seine feuchten Haare ausschüttelte. »Wie geht es dir? Kommst du gerade von Jarosch?«

Ich drehte mich abrupt weg, stocherte mit dem Schlüssel im Schloss herum, wollte Gregor einfach stehen lassen. Ihm den Rücken zuwenden, genauso wie er es vor ein paar Tagen bei mir getan hatte. Denn kaum hatte er ein Wort gesprochen, verärgerte er mich auch schon wieder. Widerwillig wandte ich mich ihm zu, versuchte, ihn anzufunkeln. »Ja, und wenn schon?« Ich fror, ich war müde, meine Arme und mein Rücken schmerzten, aber ich hatte keine Lust mehr auf Spießrutenlauf mit den Nachbarskindern.

»Du weißt doch, was ich von ihm halte.« Gregor wirkte beinahe reumütig, wie er mit eingezogenem Kopf so vor mir stand.

»Ja, aber ich weiß nicht, warum. Ihr macht alle nur Andeutungen, aber nie sagt mir jemand die ganze Wahrheit. Das nervt. So schlimm kann das doch alles nicht gewesen sein.« Ich stöhnte auf und wedelte mit meinen Händen herum.

Gregor sog laut Luft ein, bevor er antwortete: »Jaroschs Version war sicherlich nicht so schlimm wie meine.«

Verblüfft sah ich zu ihm auf, obwohl es mich nicht verwundern sollte, denn jede Geschichte hatte zwei Seiten.

Mit vor der Brust verschränkten Armen an die Glaswand des Windfangs gelehnt, seufzte Gregor genervt auf. »Wir sind in die Schule eingebrochen. Das war vor zwei Jahren. Jarosch stand auf der Kippe. Wären seine Noten in Mathe noch weiter abgefallen, hätte er die Versetzung nicht geschafft. Also kam uns die hirnverbrannte Idee, in die Schule einzubrechen, um Klausuraufgaben zu stehlen. Wir waren gerade wieder aus dem Fenster gestiegen, als wir erwischt worden sind. Nun ja, nur ich wurde erwischt. Jarosch machte sich aus dem Staub. Mitsamt der Prüfungsaufgaben.« Gregor wurde ärgerlicher und dennoch leiser. »Tja, und während ich den ganzen Ärger ausbaden durfte, suspendiert worden bin, meine Eltern getobt und mit Engelszungen auf die Schulverwaltung eingeredet haben und die ganze Sache zusammen mit dem Anwalt so hinbiegen konnten, dass es nur wie ein dummer Jungenstreich ausschaute – immerhin hatte ja er die Aufgaben und nicht ich –, bestand Jarosch locker die letzten Klausuren und wurde versetzt.«

»Aber?«

»Aber was? Woher wir wussten, dass die Unterlagen in der Schule sind? Der Lennartz hat seine Tests immer in der Schule zusammengestellt und dort deponiert. Schon andere vor uns haben die Bögen geklaut. Wurden eben bloß nicht dabei erwischt.«

»Sicher hatte Jarosch doch seine Gründe.« Mir fiel es schwer, es auszusprechen: abzuhauen, dich im Stich zu lassen.

Gregors Stimme wurde feindseliger, fast zischend. »Klar hatte er die. Wahrscheinlich hatte er Schiss vor seinem Alten. Der hätte ihn wohl windelweich geprügelt, wenn er noch mal sitzen geblieben wäre oder wenn die Polizei ihn zu Hause abgesetzt hätte. So wie sie es bei mir getan hat.«

»Sein Vater schlägt ihn?« Eine Eiseskälte fuhr mit langen Fingern meinen Rücken hinauf und hinunter.

»Hat er zumindest. Vermutlich hat er jetzt mehr Angst vor Jarosch als umgekehrt.« In seinen Worten schwang weder Mitgefühl noch Mitleid mit, als er auf die Narbe an seiner Augenbraue deutete. »Sein rechter Haken ist nämlich vorzüglich, musst du wissen.« Mir tief in die Augen blickend, sagte Gregor, während ich immer noch Jaroschs Hand unter der meinen fühlte: »Tja, das war der Dank dafür, dass ich wochenlang den Kopf für ihn hingehalten und meine Klappe gehalten habe.«

Das war sie also. Die andere Seite der Geschichte. Jarosch hatte mir nur eine Halbwahrheit erzählt, vielleicht nicht einmal eine Lüge, denn darauf angesprochen, hatte er jede Silbe sorgfältig abgewogen. Entweder war er ein ausgezeichneter Schwindler oder er traute sich einfach nicht, mir alles zu beichten. Vermutlich lag in Gregors Sicht der Dinge mehr Wahrheit als in Jaroschs Version, dennoch musste er Gründe gehabt haben, seinen Freund damals im Stich zu lassen. War ein unbeherrschter, prügelnder Vater nicht Motiv genug? Nicht für Gregor.

»Ich will nur, dass du weißt, mit wem du es zu tun hast.«

Nun sah ich klar, warum Gregor und auch Verena ihm dauernd ablehnend gegenüberstanden, aber warum zum Teufel hatten sie mir das nicht gleich gesagt? »Warum habt ihr mich dann nicht vorgewarnt?«

»Weil das trotz allem noch eine Sache zwischen Jarosch und mir ist. Außer Verena weiß niemand davon, dass Jarosch da mit drinsteckt, nicht einmal meine Eltern. Du hast damit nichts zu tun. Aber jetzt, jetzt, da ihr … da ihr ja wohl so was wie zusammen seid –« Gregor spuckte die letzten Worte aus.

Ich unterbrach ihn jedoch schnell: »Wir sind nicht zusammen! Wir teilen nur dasselbe Hobby.«

»Ich kenne Jaroschs liebste Freizeitbeschäftigungen: saufen, prügeln, –«

»Halt die Klappe, Gregor. So ist er nicht. Wir trainieren bloß gemeinsam sein Pferd.« Meine Stimme wurde mit jedem Wort lauter. So wie der abendliche Wind stärker anschwoll. So wie mich der Wunsch immer heftiger überkam, mich Verena oder Gregor anzuvertrauen. Dass Jarosch und ich doch so viel mehr miteinander teilten, dass uns so viel mehr verband.

Doch als Gregor leise und höhnisch auflachte und meinte: »Super, dann hat er eine neue Masche«, war ich kurz davor, ihm eine zu kleben. Seine unbedachte Aussage legte sich um mein Herz wie eine riesige Würgeschlange. Sie wand sich, schlängelte und zischte, zog ihre harten Muskeln um mein unvernünftiges Herz und ich konnte sie nicht abstreifen. Dennoch wollte ich Jarosch verteidigen, den größer werdenden Druck darauf loswerden. Und gab somit unwillkürlich meine Gefühle preis: »Ich glaube eher, dass sich keiner von euch die Mühe gemacht hat, ihn richtig kennenzulernen. Er ist nicht so, wie du ihn beschreibst.«

»Möglicherweise war er einmal so«, fügte ich kleinlaut hinzu. Aber was wusste ich schon, ich kannte ihn schließlich erst wenige Monate. »Und wenn sein Vater ihn schlägt?« Mir gingen die Argumente aus.

»Hat er auch jedes Recht, mich zu verprügeln?«, vervollständigte Gregor den Satz. »Na hoffentlich wirst du nicht mal Anwältin, Johanna.«

Ich fühlte, wie sich Tränen anbahnten, denn ich kannte beide Gesichter von Jarosch und ich war versucht, eines davon vergessen zu wollen. Vielleicht zu rasch, vielleicht zur richtigen Zeit.

»Mensch Johanna, ich will doch nur nicht …« Ihm fielen die Worte schwer. »Ich will doch nur nicht, dass du dich auf etwas einlässt, das nicht gut für dich ist.«

»Das wollten wir auch nicht, als du dich in die Sache mit Skye verrannt hast. Verena und ich haben aber nichts dagegen gesagt.«

»Das ist doch etwas ganz anderes. Und ihr habt mich genau spüren lassen, dass ihr nichts von Skye haltet.« Er machte eine Pause, kratzte sich am Kinn. »Tja, wo die Liebe hinfällt, nicht wahr?«

Meine Stimme wurde leicht hysterisch. »Ich bin nicht in ihn verliebt. Wir sind nur Freunde.«

»Scheiße, Johanna. Kannst du nie ehrlich sein? Einmal du selbst sein? Du weißt so viel über mich, fast schon zu viel. Und ich, ich weiß so gut wie nichts über dich.«

Ich will ja ehrlich sein, aber ich kann nicht! Ich kann nicht! Ich kann Jaroschs und mein Geheimnis nicht preisgeben! Ich kann dir nicht sagen, dass er ein Einhorn gejagt und gefangen hat! »Falls du es vergessen haben solltest: Du warst betrunken, als du mit mir über deine Geheimnisse geredet hast.«

»Aber es war dennoch die Wahrheit«, hielt Gregor entgegen.

Und auch die andere Sache konnte ich ihm nicht sagen, wollte es mir sogar selbst nicht eingestehen. Ich fühlte immer noch Jaroschs Hand auf meiner bloßen Haut, die Wärme an meinem Rücken. Ein Kribbeln und ein Frösteln zogen gleichzeitig meine Wirbelsäule entlang. Blut schoss mir in die Wangen. Regentropfen trommelten auf das Dach vom Hauseingang. Aber es war albern. So albern. Jarosch und ich? Nicht in eineinhalb Millionen Jahren.

Gregor nahm mein Kinn zwischen seine Finger, damit ich nicht mehr auf den Boden starren konnte. Ich fühlte, wie mehr Tränen aufstiegen, mein Kinn zu zittern anfing.

Er zwinkerte mir zu, als er sagte: »Eigentlich musst du gar nichts mehr sagen. Wir zwei haben wohl kein Händchen dafür, wem wir unsere Herzen schenken. Aber ich bitte dich dennoch: Sei vorsichtig.«

Vielleicht war es dafür bereits zu spät.

Schneeblut

Erinnerungen.

Nächte voller Erinnerungen, voller Blut, voller Träume.

Jarosch

Scheiße, Mann, Jarosch! Die Pferde können nicht mehr, lass uns eine Pause machen!« Adam zügelte seinen pumpenden Wallach in den Schritt zurück. Schweiß perlte am ausgemergelten Körper des Pferdes hinab. Rote Tropfen rannen an seinen vernarbten und geschwollenen Beinen hinunter. Seit Stunden galoppierten wir hinter der Stute her, die Dämmerung nagte bereits an uns, die Kälte und der nicht abflauen wollende Wind fuhren meinen strapazierten Rücken entlang.

Obwohl wir lange Zeit auf Augenhöhe mit dem Einhorn galoppiert waren, hatte sie es dank meiner Unaufmerksamkeit und Achtlosigkeit geschafft, uns vollends abzuhängen. Als der Hengst unter mir strauchelte und bevor er sich wieder aufrappeln konnte, gelang es ihr zu fliehen. Weit und schnell.

Schließlich steuerte sie einen breiten Fluss an, den sie mühelos bewältigte, während unsere Pferde vor dem dunklen Tief scheuten und stiegen, als wir sie mit lautem Gebrüll und durch die Luft sirrenden

Peitschenschlägen hineinzwingen wollten. Wir suchten das steinige Ufer nach einer seichten Möglichkeit der Durchquerung ab. Wir wollten nicht riskieren, dass den Pferden im tiefen Wasser die Kraft ausging. Doch wir fanden keine geeignete Stelle, mussten uns darauf verlassen, immer rechtzeitig auf eine schwimmende Insel mitten auf dem Fluss zu gelangen, ohne dass diese unter uns nachgeben würde. Wir kamen nur langsam weiter, verloren wertvolle Minuten.

»Spinnst du? Kommt gar nicht infrage!«, schnauzte ich Adam an und ritt weiter, froh, wieder festen Boden unter den Füßen zu spüren. Wasser und Schweiß tropfte von den abgekämpften Pferdeleibern, ihre Nüstern weit gebläht, rosa vor Anstrengung. Ihr Keuchen dröhnte in meinen Ohren. Ich selbst fühlte nichts mehr.

»Nein, du bist verrückt! Weißt du, wie du mir vorkommst?«

»Weißt du was, Mann? Das interessiert mich nicht! Überhaupt nicht!«, rief ich ihm über meine Schulter hinweg zu und trieb den schmutzigen Rappen unter mir unnachgiebig weiter. Adam wollte die Jagd aufgeben. Bereits vor der Durchquerung des Flusses hatte er mich gebeten, endlich umzukehren, aber ich konnte nicht. Genauso wenig wie der Fluss aufhören konnte zu fließen.

Der Hunger saß in unseren Mägen fest, Durst legte sich unerbittlich auf unsere Zungen und Gaumen und sicherlich schmerzten meinen Brüdern ebenso wie mir die wund gescheuerten Beine, der Hintern wie auch gewisse andere prekäre Körperteile. Unsere Hoffnungslosigkeit, unser Ärger und die Müdigkeit ließen unsere Worte barsch werden.

Schon längst war der anfängliche Adrenalinschub nicht nur in uns verflogen. Auch die Pferde des Alten kämpften sich mit letzten Energiereserven voran.

»Du bist echt verrückt geworden! Fast schon besessen! Wie der Alte aus *Moby-Dick*!«

Und dann schloss Adam doch noch einmal zu mir auf und wir trabten Seite an Seite nebeneinanderher.

»Jarosch, bitte«, flehte er mich aus seinen dunklen Augen an. Seine schweißnassen Haare klebten an seinem Kopf, seine Stirn war verschmutzt. »Die Pferde stehen kurz vor einem Kollaps. Es dauert nicht mehr lange, dann brechen alle drei unter uns zusammen. Willst du das riskieren?«

»Das ist mir so was von egal!«

War es mir das wirklich? War mir das Leben der Tiere, die uns durch die Auenwälder und die offenen Weiten trugen, gleichgültig? Ich hatte mein Ziel vor Augen. Es war so nah. Die Stute war so nah, obwohl sie uns entkommen war und wir nur noch ihren Spuren hinterherhetzten. Zu gut kannte sie sich hier aus. Wir mussten sie in ein fremdes Gebiet locken. Mit leeren Händen konnte ich nie und nimmer zurückkehren. Mein Vater erwartete trotz seines Desinteresses die Trophäe von mir. Und dann auch wieder nicht, um seine Meinung über mich bestätigt zu wissen.

Ich wollte ihm die Stute mit nach Hause bringen, die uns volle Kassen und volle Ränge bescheren würde. Ich durfte ihn nicht enttäuschen. Ihn nicht wütend machen. Nicht noch wütender machen.

Jäh griff Adam beherzt in meine vor Pferdeschweiß schmierig gewordenen Zügel und stoppte das Pferd unter mir, dessen feuchte und eingefallene Flanken vor Anstrengung und Anspannung zitterten. Seine Nüstern waren weit gebläht, die Adern in seinem Gesicht schienen zu platzen, die Haut in seinen bebenden Nüstern schimmerte rot. Der Rappe war kurz vor dem Ende.

Doch bevor Adam etwas sagen konnte, mich abermals anflehen, mich anschreien, seine Autorität als ältester Bruder ausspielen konnte, preschte Matti zu uns heran. Trotz ihrer Erschöpfung sprangen die Pferde erschrocken zur Seite. Nach einem Ruck an den Zügeln blieb der Hengst sofort wieder stehen.

»Was ist hier los? Warum steht ihr nur herum? Wir verlieren gleich ihre Spur, wenn wir nicht weiterreiten!«, fauchte uns unser Jüngster an.

»Adam will aufgeben.«

Matti starrte uns abwechselnd an. Sein müder und dennoch gehetzter Blick wanderte zu mir, dann zu Adam, dann wieder zu mir zurück. »Was? Jetzt? Wir sind so nah dran!«

»Siehst du, Adam! Matti ist der gleichen Meinung wie ich!« Mit Trotz in der Stimme und Arroganz in den Augen ließ ich Adam nicht mehr los.

»Jarosch, mach dich nicht lächerlich! Vertraust du wirklich dem Gespür eines Zehnjährigen?«

»Ich vertraue dem einzigen Bruder, der mir nach dieser Aktion wohl noch übrig bleibt«, spuckte ich dem fassungslos gewordenen Adam gegenüber aus.

Nicht nur ich wollte weiter, sondern auch der Hengst unter mir wachte mit einem Mal auf, spitzte seine Ohren, wölbte seinen dünnen Hals auf. Er hatte sie gewittert. Flehmend streckte er seine Lippen in die Luft, um ihren Duft weiter in sich aufnehmen zu können. Wie ein Stromschlag bahnte sich die Vorahnung durch die beiden anderen Pferde, die wir zu Schande geritten hatten. Durch den dürren Wallach, den Adam ritt, durch den vernarbten Braunschecken, auf dem Matti saß. Vergessen waren der bleierne Schmerz in ihren Beinen und Muskeln, die Last, die sie auf ihren kaputten und schwer gewordenen Rücken trugen.

Unvermittelt streckte Matti seinen Finger aus und deutete auf den fernen Horizont, der sich unter der untergehenden Sonne blutrot färbte. Da stand sie. Schneeweiß, erhaben, stolz. Sie neckte und lockte uns mit ihrer bloßen Existenz. Um sie herum loderten die Flammen der letzten Sonnenstrahlen auf, tauchten sie in ihr Fegefeuer.

Der Hengst unter mir begann nervös zu tänzeln, er war zum Zerreißen gespannt, Kraft kochte in ihm auf, brodelte wie ein Geysir kurz vor dem Ausbruch. Noch hielten meine straffen Zügel und das scharfkantige Gebiss in seinem blutigen Maul ihn zurück. Doch für einen Augenblick öffnete ich meine starren Fäuste, gab dem Tier unter mir ein wenig Luft und schon preschte er mit voller Wucht unter mir los. Ich stemmte mein Gewicht in die Steigbügel, presste meine weich gewordenen Knie an das verschimmelte und brüchige Leder des Sattels und beugte mich über den schwitzenden und heißen Hals des Hengstes. Aller Schmerz war vergessen. Ich machte mich ganz leicht. Für ihn. Damit er mich weniger spürte und schneller sein konnte. Aber vor allem für sie. »Du gehörst mir«, flüsterte ich ihr bedrohlich zu.

Ich spürte weder die Steine, die mir im vollen Galopp ins Gesicht flogen, noch hörte ich das trommelnde Hufgetrappel der Pferde meiner Brüder, die hinter mir her schossen.

Mein Blick, meine Gedanken, mein ganzes Sein galten nur ihr. Ich liebte und hasste sie zugleich.

Sie wusste es und rannte von mir weg.

Schweißüberströmt wachte ich auf. Mein Gesicht war nass von heißen, brennenden Tränen. Wut, Scham, Trauer und Angst flossen über meine Wangen. Die Nacht um mich herum war still und dunkel.

All die Worte und Taten, die ich gestern Abend Johanna nicht offenbaren wollte, gruben sich im Schlaf an die Oberfläche. Sie wühlten alles auf, was ich auf meine Erinnerungen geschüttet hatte, und vermischten dabei wirklich Geschehenes mit meinen schlimmsten Albträumen. Und ich war weder willens noch in der Lage, beides auseinanderzuhalten. Die Realität war grausam genug, die Fantasie schmückte nur aus. Ich jagte einem Traum hinterher.

Nun war ich in einem Albtraum gefangen, hatte ihn mit eigenen Händen nach Hause gebracht.

Als ich mich im schmalen Bett in Adams und meinem Wohnmobil aufgerichtet hatte, wischte ich mit dem Ärmel meines Shirts das Gesicht trocken. Meine rauen und schwieligen Hände betrachtend, wurde auch wieder das Gefühl von Johannas Händen auf meinen an die Oberfläche gelockt. Wie Schneeglöckchen nach einem langen und harten Winter. Vorsichtig, erwachend. Ich erinnerte mich an das Kribbeln auf meinem Arm, als wir so eng nebeneinandergestanden und uns berührt hatten. Hektisch suchte ich nach dem Schalter meiner Nachttischlampe und krempelte den Stoff hoch. Scheiße! Auf der Unterseite meines Handgelenks hatte sich ein Blatt entfaltet und ein weiteres war gerade im Begriff, sich zu entrollen. Direkt vor meinen Augen! Wie in einem Daumenkino, das mit schwarzer Tusche gezeichnet war, enthüllte sich das winzige Blatt in flirrenden und zuckenden Bildern. Was hatte das bloß alles zu bedeuten? Warum wuchsen mir nun Blätter? Wie bei der Stute? Schon wieder kamen mir die Tränen. Weichling! Freak! Eine Weile starrte ich ungläubig auf meinen Arm, bis meine Gedanken abermals zu Johanna zurückkehrten.

Wir sprachen an jenem Abend nicht mehr über die Jagd. Sie hielt einfach meine Hand, die Hand, an der nun kleine Blätter wuchsen, die kribbelte und kribbelte, bis wir die Stille nicht mehr ertrugen und Johanna darüber zu plaudern begann, dass wir die Stute endlich reiten sollten und ich nur skeptisch und ungläubig nicken konnte. Sie redete von der Schule, von der Band, die in den kommenden Herbstferien im Gemeindesaal spielen würde, ob ich schon die Plakate in der Schule gesehen hätte. Ich konnte nur ein weiteres Mal stumm nicken. In ihren Worten schwebte eine Frage mit, eigentlich unbeschwert wie ein Luftballon, den sie nicht wagte, loszulassen, aufsteigen, fliegen zu lassen. Und ich konnte kein einfaches *Dann lass uns doch zusammen hingehen* herauspressen. Bei jedem anderen Mädchen wäre es mir leichtgefallen. Es wäre ganz einfach gewesen, alles für ein paar Momente zu vergessen.

Schnell wie der Wind

Heute wuchsen mir Flügel.
Feder für Feder.
Kiel für Kiel.

Jarosch

Das erste Mal gebührt dir!«

»Du willst doch nur, dass ich die Erste bin, die sie in den Sand setzt. Gib es zu, Jarosch, du willst das deinen alten Knochen nur nicht zumuten!«

Die Herbstferien hatten begonnen und heute würde die Premiere anstehen, die Stute zu reiten. Ein leichter Wind schob die Sonne hinter asphaltgraue Wolken und wirbelte Blätter in Bronze- und Bernsteintönen auf.

»Wenn ich heute runterfalle, sind die ganzen Ferien im Eimer«, murmelte Johanna, den schwarzen Schal ins Gesicht ziehend.

»Wahrscheinlich nicht nur die Ferien«, zog ich sie auf. »Hey, je entspannter du bist, umso entspannter wird auch sie sein. Das haben wir doch in den letzten Wochen von ihr gelernt. Sie ist unser Spiegel. Und je cooler wir an die Sache herangehen, desto einfacher wird sie es uns machen.« Ich wurde ernster, denn ich hatte einen Grund, warum ich wollte, dass wir die Stute endlich einritten. »Außerdem haben wir – hast du die Stute perfekt auf das Gerittenwerden vorbereitet.« Ich klopfte ihr auf die Kruppe. Staubkörnchen flogen wie eine Schar Spatzen aus einem Baum auf.

»Du hast gut reden, du bist ja auch nur das Bodenpersonal.« Aber ich sah ihrer Nasenspitze an, dass sie neugierig und aufgeregt war, fasziniert von dem Gedanken, ein Fabelwesen zu reiten. Während sie an ihrem Reithelm herumnestelte, die Verschlüsse an ihrer Sicherheitsweste mehrmals checkte, gurtete ich noch einmal nach und vergewisserte mich, dass die restliche Ausrüstung richtig saß.

»Also? Hoch mit dir?«, versuchte ich, sie aufzumuntern. Mit einer Hand hielt ich die Zügel, mit der anderen half ich Johanna beim Aufsteigen, aber der Körper der Stute fing in dem Moment zu vibrieren an, als Johanna ihren rechten Fuß in den Steigbügel stellte. Johanna griff sogleich, sich auf ein wildes Rodeo einstellend, in die üppige Mähne. Doch als ich neben den beiden herlief und, ohne nachzudenken, meine flache Hand auf Johannas Unterschenkel legte, beruhigten sich sowohl sie als auch die Stute. Ihre verkrampften Hände lösten sich allmählich, die Verspannungen, die ihren ganzen Körper durchzogen, legten sich, und langsam kehrte das Lächeln zurück, das sich stets auf Johannas Lippen stahl, wenn sie mit dem Einhorn zusammen war.

»Alles klar da oben?«

»Ja, ich glaube, langsam schon.« Ihre Stimme zitterte wie das kurze Gras im Wind.

»Wir wussten es ja: Wenn du dich entspannst, wird sie es auch tun.«

»Aber es besteht immer noch ein Unterschied darin, ob man das sagt, wenn man festen Boden unter den Füßen spürt oder auf einem Pulverfass voller Dynamit sitzt«, lächelte sie zaghaft auf mich hinab.

Eine Weile lief ich neben den beiden her, ignorierend, dass meine Hand immer noch ihr Bein berührte, bis Johannas Atem sich beruhigte und sie mir mit einem zuversichtlichen Nicken zu verstehen gab, dass ich mich zurückziehen konnte. Die Stute wirkte gelöst, doch ich hatte mich noch keine zehn Meter entfernt, da galoppierte sie wie ein Blitz los. Johanna lehnte sich über ihren Hals und packte mit beiden Händen die im Wind wehende Mähne. Verdammte Scheiße!

Aber da rief sie mir bereits entgegen: »Wow! Ich habe gerade nur gedacht, wie es wäre, mit ihr über die Felder zu reiten, anstatt hier in diesem engen Viereck unsere Runden zu ziehen, und im Nu ist sie angaloppiert.«

Die Einhornstute fand keine Zeit, den Boden zu berühren, ihre Mähne sprudelte in rauschenden Wellen um ihren Hals, ihre Muskeln spannten sich bei jedem Sprung an und lösten sich wieder, bis sie zufrieden abschnaubte. Und Johanna? Sie konnte gar nicht aufhören, über das ganze Gesicht zu strahlen, als sie Runde um Runde über den Reitplatz fegte. Dann trabte sie auf mich zu, hielt vor mir an, ohne nur im Geringsten an den Zügeln ziehen zu müssen. Dennoch erschrak ich ein wenig, als sie mir gestand, dass sie mit dem Einhorn ausreiten wollte.

Ich konnte gerade eben das Tor zum Reitplatz öffnen, als sie auch schon daraufzutrabten. Bis sie aus dem Hof und um die nächste Kurve verschwanden, vorbei an im Wind raschelnden Büschen und Bäumen, die weitläufigen Koppeln entlang, blickte ich ihnen nach. Ein herber Stich bohrte sich in mein Herz, ein Messer, darauf wartend, sich genüsslich umzudrehen.

Eigentlich sollte ich mich von der Stute davontragen lassen.

Eigentlich sollte die Stute gar nicht hier sein.

Schattenschwingen

Endlich.

Mir wuchsen Flügel, weiß leuchtende Schwingen.

Feder für Feder.

Kiel für Kiel.

Zwei schwere Schwingen, die mich leichter machten, die mich überall hinbringen würden.

Wir flogen über Felder und Wiesen, dauernd im Wettkampf mit meckernd aufsteigenden Raben, deren Gefieder metallisch glänzte.

Wir sprangen über Wolken, schwerelos, den Wind im Rücken, wollten die Erde gar nicht mehr berühren.

Doch dann brachen wir durch das Unterholz, leichtfüßig und geschwind wie Rehe.

Wie silbern glänzende Forellen schwammen wir durch die endliche Weite. Statt Wellen scheuchten wir Laub auf. Herbstsonnenrot. Sternengelb. Mondsilbern.

Wir ließen uns treiben, immer weiter. Von den Farben, den Gerüchen, den Geräuschen des herbstlichen Tages.

Freiheit.

Ein Hauch Freiheit, die mir nicht nur der Wind geschenkt hatte.

Johanna

Von Weitem winkte ich Jarosch zu, der mit einer Zigarette zwischen den Lippen und einer Schar Mädchen, die ihm an den Lippen hing, an der roten Holzwand der Reithalle lehnte.

Atemlos schlug mir mein Herz bis zum Hals, als wollte es heraushüpfen, doch ich hielt es in Schach und ließ stattdessen holpernde Worte frei, die Mädchenschar ausnahmsweise ignorierend. Oder eben auch nicht. Sollten sie doch sehen, dass Jarosch lieber mir zuhörte als ihnen. »Jarosch, du glaubst es nicht«, rief ich, als ich mich aus dem Sattel gleiten ließ.

»Aber ich bekomme eine Ahnung, denn du strahlst über das ganze Gesicht.« Er stieß sich von der Wand ab und kam auf mich zu.

»Es war besser! Es war einfach nur der Hammer! Nein, der Oberhammer!« Ich breitete meine Arme aus, wäre ihm fast in seine gefallen, hielt mich aber im letzten Moment zurück. Stattdessen kraulte ich Bobby, der mich schwanzwedelnd begrüßte, zwischen den Ohren. »Sie war dermaßen schnell. Du kannst es dir gar nicht vorstellen. So etwas habe ich noch nie erlebt.«

»Kann ich mir vorstellen«, entgegnete er mir mit einem verschmitzten Lächeln. »Du reitest sonst auch nur deinen Oldtimer in schwarzweißer Kuhlackierung.«

»Hey!« Es war wie ein Ritt mit Siebenmeilenstiefeln, so ganz anders als mit Merlin, aber nicht weniger vertraut. Ich wollte ihm gegen die Brust boxen, doch Jarosch wich geschwind nach hinten aus. Und dann nahm ich wieder die Mädchen hinter ihm wahr. Skye, die gelangweilt durch eine Pferdezeitschrift blätterte, aber jedem Wort lauschte, sowie ihre Gang, die uns immer noch beobachtete. Allesamt in schicken pastellfarbenen Westen über ihren drallen Brüsten sowie in teuren Reithosen steckend, über denen sie karierte Strümpfe trugen.

Ich streifte die Zügel über den Kopf der Stute und führte sie in Richtung Stall, Bobby trottete uns hinterher. Ich konnte gerade noch sehen, dass sie ganz schön doof aus ihrer Victoria's-Secret-Wäsche guckten, als Jarosch mir ohne zu zögern folgte. Sorry, Mädels, heute gewinnt Hello Kitty. Ich pustete mir den verschwitzten Pony aus der Stirn und redete weiter. Ich konnte gar nicht mehr aufhören, erzählte ihm jede Kleinigkeit, jeden Sprung, den wir genommen hatten, jede Wiese, über die wir geflogen, jede Kurve, durch die wir hindurchgeschossen waren. Es war ein Rausch, über den ich alles vergaß. Ich vergaß, dass ich soeben auf einem Fabeltier geritten war, einem Wesen, dem Jarosch und ich die Flügel gestutzt hatten. Ich vergaß Gregors gut gemeinten Ratschlag, den Einbruch in die Schule, Jaroschs Vertrauensbruch an ihm. Mit den Gedanken bei den letzten Tagen, die ich mit Jarosch und der Stute am Stall verbracht hatte, ließ ich all diese bitteren Fragen, auf die ich keine Antworten wollte, zurück. Und heute nahmen die Stute und ihre Geschwindigkeit die letzten Zweifel mit sich, ob ich es wollte oder nicht. Ich mochte nicht mehr an all das denken. Und vielleicht wollte ich einfach nicht das zerstören, was sich zwischen uns aufbaute.

Allzu oft verlor ich mich in Erinnerungen an den Beinahe-Kuss, diesem Beinahe-Irgendetwas zwischen Jarosch und mir, von dem ich in den letzten Nächten in ständig neuen Versionen geträumt hatte. Natürlich hatte ich da diese bescheuerten Zweifel nicht. Einmal trug ich sogar einen wildledernen Catsuit und Jarosch …

Ich musste nur daran denken und schon lief ich rot an, doch zum Glück war ich so verschwitzt und erhitzt, dass es wohl ohnehin nicht aufgefallen wäre. Leider beobachtete Jarosch jeden Schritt und Tritt, als ich die Stute in ihrer Box absattelte und abtrenste. Schnell steckte ich meine Nase in ihr vom vielen Galoppieren feuchtes Fell. Es roch nach Herbst und Sturm, nach Stoppelfeldern und buntem Laub. Nicht mehr nur nach Vergangenem, nach ihrem alten Leben, das an ihr haftete wie klebriger Harz an einem Baumstamm. Sie duftete jetzt nach Freiheit, einem kleinen Windstoß Freiheit, der in ihren dunklen Stall gefahren war. Vergänglich, aber anwesend.

Als ich anfing, ihr Fell mit Stroh abzureiben, kam mir Jarosch zu Hilfe. Nein, bitte nicht! Nicht so eine Szene! Ich beobachtete die Ranken und Ästlein auf ihrem Fell, die feinen Blätter, die immer noch im Wind und vor Kälte zitterten.

Dennoch kehrte ich nochmals zu diesem einen Moment zurück, während wir uns gemeinsam der Stute widmeten. Jaroschs Atem auf meinem.

Ich fand ihn echt süß, ich konnte es wirklich nicht mehr leugnen. Nein, süß war nicht das richtige Wort, er war ganz und gar nicht süß.

Vielleicht anziehend? Nein, er war ganz einfach Jarosch. Anders. Wortkarg und dann wieder ein Geschichtenerzähler. Charmant und dann wieder schroff. Lachend und dann wieder ernst. Er war einfach so viel auf einmal. Vielleicht zu viel. Wie wohl jedes andere Mädchen in Sonnberghausen und in einem Radius von fünfzig Kilometern ab der Dorfgrenze, fand ich ihn … einigen wir uns mal auf interessant. Ja, interessant. Geheimnisvoll klang zu abgedroschen. Und er war letztendlich auch nicht Armand LaVie.

Und ich hätte es einfach verdammt gerne getan. Ihn geküsst, ihn abgeknutscht. So im Nachhinein. Einfach das, was alle anderen Jugendlichen auch taten – nur so zum Spaß, ohne nachzudenken, einen Sprung ins kalte Wasser wagend, einmal über den eigenen Schatten springend. Aber ich konnte es nicht. Johanna war nun mal keine Schattenspringerin, nein, sie verkroch sich dahinter. Ach, ich hätte es doch so gerne getan, zum Test, zum Üben, aus Neugierde. Vielleicht, weil ich ihn mochte, weil daraus hätte mehr entstehen können. Ganz sicher! Bestimmt! Er war mir so nahe gekommen wie noch nie jemand zuvor, er hatte mich berührt, nicht nur meine Haut … Ach, lassen wir das!

»Was?«

Jarosch hatte irgendetwas gesagt.

»Sieh nur, das Fell!«, wiederholte er.

Still betrachteten wir im fahlen Herbstlicht, das nur spärlich in den niedrigen Stall drang, das silbrig glänzende Fell, auf dem nun in Zeitlupentempo weitere Blätter sprossen. Nicht nur vereinzelte, wie ich es sonst bemerkte, sondern nun am ganzen Körper. Wie vor einem Schaukasten in einem Museum beobachteten wir sie, folgten mit Augen und Fingern den sich windenden und aufwachenden schwarzen Ranken, zeigten darauf, bis Jarosch plötzlich meinte, er würde eine Rose auf ihrem Fell sehen. Ich ging zu ihm hinüber und da entdeckte ich sie: Eine Knospe, die sich öffnete. Blütenblatt für Blütenblatt. Atemlos, fast schon andächtig, standen wir da, bis die Blüte völlig aufgegangen war. Wie im Märchen, dachte ich. Nein, besser. Schlimmer. Unglaublicher.

»Mir gefällt es nicht mehr, dass die Stute hier in diesem dunklen und miefigen Stall eingesperrt ist. Ich überlege schon seit ein paar Tagen, den alten Maurer zu fragen, ob sie nicht zu den anderen Pferden in den Offenstall ziehen darf«, sagte er auf einmal.

»Was?« Mir blieb die Spucke weg.

»Keine gute Idee?«

»Doch, die Beste, die du jemals hattest!« Am liebsten wäre ich ihm wieder um den Hals gefallen. »Aber was wird Herr Maurer sagen? Und wie werden die Pferde reagieren? Meinst du, dass das klappt? Schließlich ist sie anders. Wenn jemand bemerkt, dass sie kein gewöhnliches Pferd ist? Wenn jemand das Horn spürt? Die Ranken in der Dämmerung oder der Dunkelheit sieht und nicht für Wunden hält? Was dann?« Aufkommende Panik erstickte den kleinen Hoffnungsfunken in mir, ließ ihn verglimmen. »Wäre es nicht einfacher, sie zu dir nach Hause zu holen?«

Sich mit verschränkten Armen über den Rücken der Stute lehnend und den Kopf auf seine Handrücken bettend, sagte er, ohne mich anzublicken: »Ich bin ihr etwas schuldig. Ich muss versuchen, ihr wenigstens ein bisschen Freiheit zurückzugeben. Daheim geht das nicht. Noch nicht. Dort bin auch ich nicht frei.« Er legte eine kleine Pause ein, wandte sich dann mir zu, schaute mich unvermittelt an und meinte bloß: »Wir werden nicht erfahren, ob es funktioniert, wenn wir es nicht versuchen. Wir sollten das Risiko eingehen, den Mut haben, ihr Glück zuzulassen.«

Und beinahe hörte ich eine Antwort auf eine meiner anderen Fragen.

Flug über die Schatten

Der Wind griff nach mir, leckte an meinen unsichtbaren Flügeln, gierig. Trug mich davon.

Viel zu weit.

Denn je weiter er mich davontrug, umso tiefer würde ich fallen.

Jarosch

Mein Körper summte noch immer.

Aber heute lag es nicht daran, dass ich auf dem Holzzaun der Koppel saß und Johanna auf Tuchfühlung neben mir auf einer der unteren

Sprossen stand. Sie hatte ihr Kinn auf die Unterarme gelegt und ihr Haar schimmerte in der untergehenden Sonne. Ihre Nase war rot von der Kälte, die den nahenden Winter bereits ankündigte. Der Himmel leuchtete in einem kitschigen Rosaton, durchzogen von orangefarbenen und violetten Streifen, von weißem Nebel. Vom Zaun aus beobachteten wir seit einer Weile die Pferde, die übermütig auf der Koppel buckelten oder an den restlichen Grashalmen zupften, und hingen unseren Gedanken nach. Jeder für sich in seiner eigenen Welt und dennoch kreisten unsere Gedanken stets um das Gleiche. Wie zwei Umlaufbahnen.

Denn wir hatten es tatsächlich geschafft, den Stallbetreiber zu überreden oder vielmehr davon zu überzeugen, dass die Stute bereit war, in den Offenstall zu ziehen. Johanna hatte zwar immer noch Bedenken, aber ich versicherte ihr und mir, dass die anderen Pferdebesitzer der Stute sicherlich nie so nahe kommen würden wie wir – das würde das Einhorn nicht zulassen –, dass sie in der Kälte und der Dunkelheit der langen Wintermonate bestimmt lieber daheim vor ihren Fernsehern saßen, als dieses verrückte, schreckhafte und eigensinnige Tier unter die Lupe zu nehmen. Falls nötig, könnten wir ihr immer noch eine Decke überziehen, um die Ranken zu verbergen.

Und als hätte sie geahnt, worauf es ankommen würde, verhielt die Stute sich vorbildlich, als wir sie heute in ihr neues Zuhause brachten. Ohne für Unruhe oder gar Schlägereien zu sorgen, gliederte sie sich in die bunt gemischte Herde ein. Wie wenn sich ein magischer Schleier über die Pferde gelegt hätte, ließ deren Anspannung so blitzschnell nach, wie sie gekommen war. Und vielleicht war es Magie gewesen.

Es wäre heute nicht das erste Mal gewesen.

Mein Körper summte noch immer, weil ich heute das Einhorn geritten war. Also so richtig. Nicht wie gestern, bei meinem ersten Versuch, bei dem ich nach wenigen Sekunden abgesprungen war.

Wie die letzten Tage ritten wir auch heute gemeinsam aus, Johanna auf der Stute, ich auf meinem Fuchs.

Ganz entspannt bummelten wir nebeneinanderher. Den Kopf in den Nacken gelegt, betrachtete ich das spärliche Blätterdach hoch über unseren Köpfen, durch das das zitternde, silbrige Licht fiel. In einem Baum hangelte sich ein rostrotes Eichhörnchen an einem Ast entlang und ließ ihn hoch und runter wippen, während es seinen Wintervorrat zusammenklaubte. In einem anderen Baum keiften sich zwei wütende Vögel lautstark an. Der Wald roch immer mehr nach Winter, nach Kälte, Frost und Schnee. Bald würde das letzte bisschen Farbe verschwunden sein und Weiß und Grau in allen Schattierungen Platz machen müssen. Eifrige Eichhörnchen, streitende Vögel würden ruhig und friedlich werden.

»Weißt du was, Jarosch, ich hätte Lust auf einen Pferdetausch«, fing Johanna auf einmal an.

»Was? Jetzt? Nach dem Vorfall gestern?« Ich blickte sie mit weit aufgerissenen Augen an. Ich war mir nicht sicher, ob die Stute mich auf ihrem Rücken dulden oder ob sie wieder das Raubtier in mir sehen würde, wenn ich über ihr thronte. Noch nie im Leben war ich unsicher gewesen, auf ein rohes Pferd zu steigen. Es hatte mir zuvor nie etwas ausgemacht, wie schlimm ein Pferd buckelte, ob es mit mir durchgehen könnte, ob es so hoch stieg, bis es senkrecht in der Luft stand.

Aber mit der Stute war alles anders. Und seit gestern noch viel mehr.

»Klar. Warum denn nicht?«, meinte Johanna.

Ehrlich gesagt war ich mir auch gar nicht sicher, ob ich mehr Angst um mich haben musste als um Johanna, die dann mein Showpferd ritt. Ich kannte den Wallach seit seinem ersten Tag auf wackeligen Beinen, seit dem ersten Mal, an dem seine flinken Fohlenhufe auf meinem Oberschenkel gelandet waren, an dem er mich als Halbstarker durch den Sand gezogen hatte und ich mir danach die aufgerissenen Hände verarzten durfte. Ich wusste, wie er sich auch heute noch aufspulen konnte.

»Dann müsstest du aber den Fuchs reiten?«

»Ist mir durchaus bewusst. Spricht etwas dagegen? Ich bin doch bereits auf ihm geritten, bei meiner ersten Stuntreitstunde«, entgegnete sie mir schlicht.

»Nein, eigentlich nicht. Aber du musst auf so vieles achten bei ihm und hier im Gelände ist er noch mal anders.« Zweifelte ich mehr an mir oder an ihr?

»Weiß ich. Ich darf ihn nicht mit den Zügeln festhalten, aber auch nicht mit den Beinen klammern, egal, was kommt. Denn sonst geht er mit mir durch und bleibt erst in den Alpen stehen. Ich weiß, ich weiß, du hast mir bestimmt schon hundertmal erzählt, wie sensibel er ist.« Johanna lächelte. Sanft und doch spöttisch. »Ich halte mich einfach in der Mähne fest und mache mich so leicht wie möglich. Im schlimmsten Fall.« Ihr Grinsen wurde breiter. »Und hey, nur so nebenbei, wer ein Einhorn reiten kann, lässt sich von einem ordinären Vollblut nicht abschrecken.« Saphirblaue Funken stoben aus ihren Augen.

Ein wenig unschlüssig brachte ich den Roten zum Stehen und stieg ab. Ich stellte für Johanna die Steigbügel kürzer und kurz bevor ich ihr in den Sattel helfen wollte, flüsterte sie mir zu: »Dasselbe gilt auch für dich. Positiv denken und locker bleiben. Das sagst du mir doch auch ständig.« Ein klein wenig grün im Gesicht war sie dennoch. Außerdem biss sie auf ihrer Unterlippe herum.

Nachdem der Fuchs einigermaßen unter Johanna stillstand, übrigens ruhiger als jemals bei mir, wandte ich mich der Einhornstute zu. Es gab keinen Grund mehr, Zeit zu schinden.

Mit zitternden Händen streichelte ich ihren Hals, malte mit meinen Fingern verstohlen meinen Namen in ihr weißes Fell und stellte danach meine Steigbügellänge ein. Daraufhin zog ich den Reißverschluss meines dunkelgrünen Parkas hoch und stellte den Kragen auf, schob mir die Wollmütze tief ins Gesicht, als könnte mich das schützen. Nachdem ich in den Sattel gestiegen war, waren meine Bewegungen immer noch fahrig. Zusätzlich meldete sich mein Magen nervös zu Wort. Die Stute quittierte meine Unruhe mit einem aufgeregten Wiehern und einem leichten Steigen.

So fing es am Tag zuvor auch an. Bei meinem ersten Versuch, sie auf dem sicheren Reitplatz zu reiten. Mit angelegten Ohren hatte sich ihr ganzer Körper versteift, ich hatte mich wie auf dem sprichwörtlichen Pulverfass gefühlt, das jederzeit in tausend Teile zersplittern könnte. Ihre Mähne schüttelnd und ihren Kopf einrollend, tänzelte sie seitwärts unter mir weg, sodass ich jegliche Einwirkung verlor. Schließlich sprang ich ab, weil ich keinen Kampf mit ihr ausfechten wollte und keinen mit meinen in die Ferne gerückten Träumen und Hoffnungen.

Johanna musste meine Erinnerungen an den gestrigen Versuch nicht erraten, als sie sagte: »Hey, das gestern war etwas anderes. Es war nicht deine Schuld. Es war bloß die verschmutzte Satteldecke, die sie gepikst hat. Das war einfach Pech. Das hätte genauso gut mich treffen können.« Aufmunternd und dennoch leicht verzagt blickte sie mich an.

Es war nicht meine Schuld. Schaffte ich es, daran zu glauben? Ja, denn beim Absatteln bemerkten wir Abdrücke auf ihrem Rücken und fanden spitze Steinchen, Dreckklumpen und Strohhalme in der Decke, die ihr in die Haut stachen. Ich versuchte, mir meine Unschuld einzureden, und nickte Johanna zu, fragte mich aber gleichzeitig, ob das alles Zufall gewesen war.

Doch jetzt, jetzt wollten die Stute und ich einfach nur die Spannungen zwischen uns loswerden. Deshalb flüsterte ich in ihr gespitztes Ohr, sie solle mich sofort abwerfen, wenn sie mich nicht auf ihrem Rücken duldete, oder loslaufen, während ich mich über ihren mächtigen Hals beugte.

Auf einmal stürmte sie unter mir davon, mit hoch erhobenem Kopf, keuchendem, lautem Atem. Ihr Hufschlag hallte stakkatoartig in mir wider. Ich wagte nicht, mich umzudrehen, hörte aber ein erschrockenes Quieken von Johanna und die galoppierenden Hufe des Fuchses auf dem trockenen Boden.

Anfangs kam ich mir vor wie der letzte Anfänger, wie ich mit zitternden Händen versuchte, sie zu verlangsamen und vergeblich mit meinem Gleichgewicht rang. Das Reiten auf ihr fühlte sich an, als klimperte ein Pianist auf den Tasten eines verstimmten Klaviers, oder als versuchte man, auf einer Gitarre zu spielen, auf der eine Saite fehlte. Deshalb begann ich zu improvisieren, versuchte, das Beste aus meiner Lage zu machen. Ich ließ mich fallen, fühlte mich ein, ließ alles geschehen, probierte, eine Melodie zu summen, um mich zu entspannen.

Der Wiesenweg, auf den wir zuschossen, war lang und leicht ansteigend, ich konnte die Stute laufen lassen.

Als Johanna neben mir auftauchte, die Enden ihres Schals wehten im Wind, rief ich ihr zu: »Das war Absicht, oder?«

Ihre Antwort war ein einziges Lachen: »Ich weiß gar nicht, was du meinst.« Dann trieb sie den Fuchs an und preschte voran.

Mit Leichtigkeit holten wir auf, galoppierten nebeneinanderher.

»Bis in die Unendlichkeit und noch viel weiter!«, jauchzte Johanna. Als sie meinen verwirrten Blick wahrnahm, erläuterte sie: »Buzz Lightyears weise Worte. Du weißt doch. Der Astronaut aus *Toy Story*.«

»Bis in die Unendlichkeit und noch viel weiter!«, wiederholte ich laut lachend und schnalzte danach mit der Zunge, um die Stute anzuspornen, noch schneller unter mir zu rennen.

Ich erwartete, dass die Natur um mich herum in gespannter Erwartung schwieg, das Tschilpen der Sperlinge in den Bäumen verstummte, der am späten Nachmittag heraufziehende Nebel jedes Rascheln verschluckte und der beharrlich herannahende Winter alles erstarren ließ. Doch das Klappern der Hufe auf dem Weg gab den Takt vor. Einen Dreitakt. Der Wind pfiff eine Melodie in meine Ohren, hinterließ ein angenehmes Frösteln auf meiner Haut.

Wenn ich die Stute antrieb, war es, als stimmte ich eine Saite auf einer Gitarre an. Ihr ganzer Körper vibrierte unter mir. Sie war Saite und Resonanzkörper in einem, vervollkommnete die Musik in meinem Kopf, die anschwoll und in die sich andere Geräusche gesellten. Das rhythmische Schnauben der beiden Pferde, der Flügelschlag aufgescheuchter Vögel, das Krächzen der Raben auf dem kahlen Feld, das Knirschen der Kieselsteine, das entfernte Schlagen der Kirchenglocken.

Johannas und meine Ausrufe bildeten die Strophen für dieses Lied, unser Lachen den Refrain. Der feuchte Nebel, der um die Hufe waberte, war das Papier, auf dem wir unsere Noten schrieben.

Vorher dachte ich, dass das erste Mal, wenn ich die Stute reiten würde, mir der Geruch von gebrannten Mandeln und süßem Popcorn in die Nase stiege, von Sägespänen, Aufregung und Schweiß. Dass mich bombastische Musik aus Lautsprecherboxen berauschte, Lampenfieber wie kurz vor einem Auftritt in meinem Magen rumorte und ich mich schon im Scheinwerferlicht baden sähe. Dass tosender Applaus mein Herz schneller schlagen ließe.

Doch das stimmte nicht. Ich nahm all das nicht wahr, sondern nur mich. Ich nahm nur mich wahr und all die Freiheit, die darin lag.

Johanna kletterte den Zaun hinauf und setzte sich zu mir auf die oberste Querlatte. »Läuft gut«, murmelte sie in ihren Strickschal hinein, während sie beobachtete, wie die Stute und Merlin Kontakt aufnahmen.

»Mehr als gut«, erklärte ich selbstzufrieden und erleichtert.

Sie unterdrückte ein Gähnen und ich sah, wie versucht sie war, ihren Kopf auf meiner Schulter abzulegen. Stattdessen zog sie eine Mütze aus ihrer Jackentasche und über ihre Ohren und meinte: »Dein Fuchs war heute aber auch nicht schlecht.«

Am liebsten hätte ich sie in den Arm genommen, die Jarosch-Show abgezogen, indem ich einfach festgestellt hätte, dass es ihr doch kalt sein müsste, dann hätte ich meinen Arm um sie gelegt und sie an mich gezogen. Entweder hätte sie es zugelassen oder mich direkt in den Pferdemist unter uns befördert. Ich wusste es nicht. Möglich war aber, dass es ein zweites Watergate wie am See geben würde. Das Einzige, dessen ich mir sicher war, war die Tatsache, dass Johanna mich schon längst durchschaut hatte und mir die Show nicht abgekauft hätte, wie charmant oder plump sie auch ausgefallen wäre.

Außerdem war der Zeitpunkt weder für die eine noch die andere Option gut gewählt, denn schon bald würde ich wieder auf Tournee gehen. Mit dem *Blue Moon* und der Familie, der Crew, mit dem Fuchs, vielleicht mit dem Einhorn. Unser Ensemble hatte kurzfristig ein Engagement für wenige Wochen im November und Dezember ergattert, eine Tour durch Bayern und Baden-Württemberg. Vater tüftelte bereits über den Kostenaufstellungen und dem Tourplan, Mutter über den Kostümen, Adam über den einzelnen Vorführungen, den Lichteffekten, den winterlich-weihnachtlichen Plakaten. Und ich träumte von einem großartigen Auftritt. Seit Längerem spürte ich wieder dieses Kitzeln unter der Haut, diese Unruhe in meinen Beinen. Ich musste einfach wieder raus. Und dennoch, als ich die Stute ritt, hörte ich keinen tobenden Applaus, sah mich nicht in der Manege, roch nicht die weite Welt. Umso klarer sah ich jedoch meine Kontoauszüge vor mir, Boris, der mir im Nacken saß, meine verblassende Zukunft im Zirkus. Das schlechte Gewissen pikste mich wie ein Stein im Schuh, weil ich Johanna meine Pläne immer noch nicht gestanden hatte. Doch die Ferien, sie sollten noch uns gehören. Den ungeträumten Träumen.

Und dann, dann wollte ich alles hinter mir lassen, Distanz zwischen Johanna und mich bringen, selbst wenn ich in diesem Moment am liebsten keinen Kubikzentimeter Luft zwischen uns fühlen wollte. Mir wurde das alles hier zu eng, zu kompliziert, und doch konnte es mir nicht nah genug, nicht schwierig genug werden. Ich hatte diese ganzen easy Sachen schlichtweg satt.

Doch dann waren da noch Gregor, Verena und Micha. Ihre Freunde. Aber nicht mehr meine. Meine Freundschaft zu Johanna beschränkte sich daher bewusst oder unbewusst auf die wenigen Stunden auf dem Talwiesenhof.

Und nicht zu vergessen ihre Eltern. Was würden sie wohl zu mir sagen? Ich war bereits neunzehn, sie siebzehn, ich hatte das Abi noch lange nicht in der Tasche. Meine Mutter stammte aus Rumänien, meine Großeltern waren Bauern, mein Vater war ein Zirkusmensch durch und durch. Vorurteile waren da vorprogrammiert. Aber würde sie mich überhaupt ihren Eltern vorstellen? Vielleicht würde sie das nicht einmal wollen.

Die Sterne, die nach und nach den dunkler werdenden Himmel eroberten, bildeten das gleiche Chaos wie das, das in mir wütete.

»Du hörst mir gar nicht zu!« Johanna schlug mir mit dem Handrücken leicht gegen die Schulter. »Ich habe deinem Fuchs gerade ein Kompliment gemacht, weil er wirklich toll ist.«

Ich brauchte ein bisschen, bis ich meine Gedanken sortiert hatte. »Äh ja, ja, das ist er.« Was sollte ich sonst sagen? Es war die schlichte Wahrheit.

»Aber dann hat er einen Namen verdient.« Nach einer Weile, in der sie beobachtete, wie Merlin und das Einhorn sich Nase an Nase beschnüffelten und der Tinker mehrmals empört mit den Hufen aufstampfte und quiekte, fügte sie hinzu: »Hör bloß auf mit den Augen zu rollen. Ich weiß, dass ich damit nerve. Aber mich würde es einfach interessieren, warum er keinen richtigen Namen trägt.«

»Du willst also schon wieder eine Lebensgeschichte von mir hören?«, fragte ich müde.

»Wenn es denn eine ist.«

Der Mond glühte metallisch hinter all dem gespenstischen Weiß des feuchten Nebels, während ich nach den richtigen Worten suchte, nach dem Anfang. »Mein Vater hat den Fuchs gezüchtet und schon vor seiner Geburt stand fest, dass es mein Pferd werden würde. Ich war damals acht. Ich hatte mir bereits einen Namen ausgesucht.«

Johanna wollte mich unterbrechen, aber ich erzählte einfach weiter: »Als wir morgens auf die Koppel kamen, hatte die Stute alles allein gemacht. An ihrem Euter säugte ein jämmerlicher und unscheinbarer Fuchs mit viel zu großen Ohren und schlaksigen X-Beinen. Ich freute mich trotzdem.« Mein Herz machte einen Hüpfer bei dem bloßen Gedanken daran. »Mein erstes Großpferd. Mir war es egal, wie er aussah. Auf jeden Fall wollte ich ihn Lucky Luke taufen, weil er mich so glücklich machte. Aber mein Vater meinte lediglich, dass das lächerlich wäre. Wie albern würde das wohl in einem Programmheft aussehen, sagte er.«

Johanna schüttelte den Kopf. »Wie doof ist das denn? Wie heißen die Pferde heutzutage? Rabenstolz und Windbreaker. So schlimm ist Lucky Luke doch wirklich nicht.«

»Mein Vater ist eigen. Das muss man nicht verstehen. Auf jeden Fall eröffnete er mir, dass er ihn eigentlich Devil's Boy nennen wollte, weil die Wahrscheinlichkeit hoch war, dass er dieses satte mahagonifarbene, leuchtende Fell erben würde und sein Vater in dem Ruf stand, mehr als feurig zu sein. Aber da er so mickrig und hässlich aussah, wollte er ihn lieber Devil's Tears nennen. Er wäre eine herbe Enttäuschung.« Mein Adamsapfel zuckte, ich biss mir auf die Lippe. »Ich bezog das damals auch auf mich. Verdammt, ich war acht.« Nach einem Moment, in dem ich meine Stimme wieder unter meine Gewalt bringen musste, fuhr ich fort: »Keine Ahnung, ob er das ernst gemeint hat oder ob er nur unsensibel war – zumindest habe ich es nicht vergessen.«

Eine Weile schwiegen wir, bis schließlich Johanna anfing, leise zu lachen. Erschrocken starrte ich zu ihr hinüber. War ich so eine Lachnummer?

»Es tut mir leid«, presste sie zwischen den Glucksern, die sie zu unterdrücken versuchte, hervor. »Es tut mir echt leid. Das ist eigentlich keine lustige Geschichte. Aber wie alt bist du jetzt? Neunzehn? Gib deinem Pferd einen anständigen Namen und komm darüber hinweg.«

Verblüfft blickte ich sie an.

»Sorry, aber dein Dad ist ein Idiot. Wie kann man nur so mit einem Kind umgehen? Aber du bist jetzt erwachsen – scheiß drauf. Gib deinem Pferd den Namen, den es verdient.«

»Es ist nicht nur ein Name«, fiel ich ihr barsch ins Wort. Gleich darauf tat mir mein scharfer Tonfall wieder leid. Als ich Johannas aufgerissene Augen sah, wiederholte ich eine Spur sanfter: »Es ist nicht nur ein Name.« Es ist so viel mehr.

Ich trainierte den Fuchs, behutsam und langsam, ich genoss einfach die Zeit mit ihm, steckte ein, teilte manchmal aus. Ich machte Fehler. Ich war ein Junge, der sich bloß einen Freund heranziehen wollte. Bis mein Vater das alles nicht mehr mit ansehen wollte. Er schnappte ihn sich und bildete ihn selbst aus, auf seine Art. Er nahm ihn sich zur Brust, wie er immer sagte. Er wollte den Wallach abhärten und gleichzeitig auch mich. Er hatte es geschafft. Ich schaute mir seine Tricks und Kniffe ab, machte sie zu meinen. »Mein Vater wollte, dass mir das Pferd gehorcht, mich im besten Fall respektiert. Aber es sollte mich nicht lieben.« Ich schloss kurz die Augen, bevor ich weitersprechen konnte, und streichelte die Nüstern eines Pferdes, das neugierig an meinen

Taschen schnüffelte. »Mein Vater nahm mir die Karotte aus der Hand und steckte mir eine Peitsche hinein, bildlich gesprochen. Und gleichzeitig lernte ich, dass Enttäuschung nur ein anderes Wort für Liebe ist. Wer liebt, wird enttäuscht. Und derjenige, der geliebt wird, wird auch enttäuscht. Ich enttäuschte meinen Vater, er mich, ich wiederum das Pferd.« Ich schluckte hart. »So einfach ist das.« Seit dem Tag blickte ich in meine Zukunft, wenn ich das Gesicht meines Vaters betrachtete. Ich sollte so werden wie er. Nicht so weich und zerbrechlich wie meine Mutter.

Johanna saß sprachlos neben mir, während sie versuchte, aufsteigende Tränen wegzublinzeln. »Ich habe keine Ahnung, was ich dazu sagen soll.«

»Schon gut, du musst nichts erwidern. Ein bisschen Mitleid würde reichen, solange du mich nicht mehr auslachst.« Während ich mich an einem zaghaften Lächeln versuchte, fügte ich hinzu: »Vielleicht könntest du mich einfach auch anlügen? Sagen, dass alles gut wird. Dass die Erinnerungen irgendwann verschwinden werden, genau wie das Gefühl, versagt zu haben.«

»So wird es sein, Jarosch. Alles wird gut werden.« Sie legte all ihre Ernsthaftigkeit in ihre Stimme, sodass ich ihr nur zu gerne Glauben geschenkt hätte. »Wir vergessen böse Erinnerungen und Albträume im Nu, der Weltfrieden wird ausgerufen und im Fernsehen werden nie wieder Wiederholungen oder peinliche Shows laufen.«

Beide lachten wir leise. »Und was ist deine Entschuldigung?«

»Wofür?«, fragte sie. Tränen glitzerten an ihren hellen Wimpern.

»Dass du dich auf niemanden einlässt. Dass ich so wenig von dir weiß. Dass du dich mir nie anvertraust.«

»Tue ich das?« Dabei wusste sie ganz genau, dass ich recht hatte.

Ich nickte ihr zu, um ihr zuzustimmen, aber auch um sie zum Reden aufzufordern, doch sie hatte bereits den Kopf abgewandt und zupfte sich einzelne Strähnen unter der Mütze zurecht.

»Du kennst meine Lieblingsserien, meine Lieblingsmusik, meine Noten, Merlin. Mehr gibt es über mich nicht zu wissen.« Sie lockte eines der Pferde heran, um von sich abzulenken.

Gnädig führte ich das Gespräch wieder auf das ursprüngliche Thema zurück. »Meinst du wirklich, ich kann ihn jetzt noch Lucky taufen? Das ist echt kindisch und passt nicht wirklich zu uns.«

Johannas müde Augen wurden für einen winzigen Augenblick noch matter, als ich ihren Blick erhaschte, aber sie ging nicht auf meine unbedachte Äußerung ein. »Wenn er dir nicht cool genug ist, dann nenn ihn einfach Luke.«

»Luke. Okay, also dann ein Luke. Warum nicht?«

»Dann lass ihn uns taufen!«, rief sie aus, froh darüber, dass wieder ich im Mittelpunkt stand und nicht länger sie.

Doch bevor ich fragen konnte, was sie vorhatte, sprang sie vom Zaun und zerrte mich zu dem Paddock, in dem ich den Fuchs, Luke, solange geparkt hatte, bis ich wieder nach Hause reiten würde.

»So, jetzt bist du dran!«

»Womit?«

»Mit einer feierlichen Rede. Oder mit einem Brauch. Aus Rumänien. Oder dem Zirkus. Da gibt es doch sicherlich etwas. Irgendein Aberglaube oder so.« Ihre Stimme gewann wieder an Sicherheit.

Oh ja, diese Tradition gab es. Ich erzählte Johanna davon, ließ aber den Teil aus, wie ich selbst daran geglaubt und mich darin versucht hatte. Stattdessen zog ich den Brauch ins Lächerliche, sagte nur, dass man sich so symbolisch miteinander verband. Doch Johanna ließ sich davon nicht beirren und schrieb mit ihrem Finger Lukes und meinen Namen in sein dunkel leuchtendes Fell und forderte daraufhin mich auf: »Und jetzt du!«

Und jetzt ich. Noch als ich die letzten Buchstaben in sein Fell malte, sagte ich, ohne aufzublicken, ganz leise, weil ich nicht wusste, ob sie es hören sollte, ob ich es wirklich aussprechen durfte: »Siehst du, du machst aus etwas Schrecklichem immer etwas Schönes.«

Johanna blickte schnell weg und bevor ich ihr gestehen konnte, dass ich mit meiner Familie und den Pferden auf Reisen ging, klingelte ihr Handy. Wie aufs Stichwort.

»Oh, ich muss gehen. Meine Mum wartet schon mit dem Abendessen.« Erleichtert wandte sie sich von mir ab. »Also, bis dann. Wir sehen uns.« Nach ein paar Schritten drehte sie sich noch einmal zu mir um und sagte: »Und träum heute Nacht was Schönes. Nach meinem ersten Ausritt auf der Stute habe ich geträumt, auf Wolken zu reiten und über den Mond zu springen. Wirklich! Ich habe geträumt, ich würde über die Sichel springen und Schlangenlinien durch die Sterne reiten.« Ihr Lachen war so hell wie die Sterne, von denen sie geträumt hatte. Oh

Mann, hatte ich das gerade wirklich gedacht? Wie peinlich. Vielleicht sollte ich Texter für Schlagermusik werden.

»Ja, dann bin ich mal gespannt, was bei mir heute Nacht im Kopfkino läuft.« Oh Shit, das hätte ich auch nicht denken, geschweige denn sagen sollen.

Immer noch über das ganze Gesicht lachend, winkte sie mir, schon wieder meine Worte ignorierend, und rief mir über ihre Schulter hinweg zu: »Und überleg dir einen Namen für die Stute!«

Die Stute

Eine Erinnerung streichelte mich wie der ferne Glanz der Sterne.

Unendlichkeit.

Jarosch

Wände, die zu Wäldern wurden.

Holz, das zu Stämmen und Ästen wurde.

Stickige Dunkelheit, die zu Nebel wurde.

Eine nackte Glühbirne zur Sonne, die alles durchdrang.

Johanna hatte recht. Ich träumte. Neu, anders, aufregend, viel beruhigender. Ich träumte davon, wie das Einhorn seinem Gefängnis entkam, einen Hauch von Freiheit auf seinem Fell spüren durfte.

»Schschsch …«

Die Schatten.

Auf leisen Sohlen kamen sie auf mich zu, mit vorsichtigen Händen, mit flüsterndem Atem.

Ich ließ es geschehen. Die Freiheit hatte mich mutig gemacht.

»Schschsch …«, flüsterte die Stimme.

Die Schatten, sie eilten wieder auf mich zu, lähmten mich, ließen mich aufbäumen.

Sie kamen aus der gleichen Richtung wie du. Rochen wie du.

Waren nicht du.

Johanna

Ich kam mir vor wie ein nervöses Pferd im Stall, das darauf wartete, auf die Koppel gebracht zu werden, auch wenn der Tag schon fast vorüber und die Hoffnung mittlerweile vergeblich war.

Die Dunkelheit presste sich bereits an die Wände und verlangte Einlass, der Wind ließ Blätter rascheln und wie Regenjacken Vorbeilaufender knistern. Ein stetiger Nieselregen ahmte Schritte nach. Immer wieder sprang ich deshalb zur Tür des Schuppens, in dem ich schon seit einer kleinen Ewigkeit Sättel und Trensen putzte und einölte, Zeit totschlug, weil ich hoffte, dass Jarosch doch noch am frühen Samstagabend auftauchen würde. Stattdessen lag der Hof menschenleer und dunkel vor mir. Unser Stallbesitzer hatte seine letzte Runde gedreht, die anderen Pferdebesitzer waren bei dem miesen Herbstwetter bereits nach Hause gegangen. Heute waren wir nicht verabredet gewesen, er musste auf dem elterlichen Hof arbeiten, wieder vermehrt mit seinem Stuntpferd und an sich trainieren. Aber dennoch hatte ich gehofft, er würde nach Feierabend vorbeischauen.

Ich lehnte mich am Türrahmen des Eingangs an, in der Hand den öligen Lappen, und sah die Herbstferien, die ich zu einem großen Teil mit Jarosch und den Pferden verbracht hatte, noch einmal an mir vorbeiziehen. Bilder fegten an mir vorbei wie aufgewirbeltes Laub.

Jarosch brachte meinem Pony und mir das Stuntreiten bei. Er gewöhnte Merlin daran, dass man nicht nur auf seinem Rücken sitzen konnte, sondern auch auf ihm stehen, in der Bewegung abspringen und wieder aufsteigen konnte. Und dann musste ich all das lernen. Fallen, ohne sich zu verletzen, aufspringen, im Sattel umdrehen, aufstehen. Ich liebte es. Die blauen Flecken. Die schmerzenden Muskeln. Die verschwitzten Klamotten. Das Außer-Atem-Kommen. Merlins Aufmerksamkeit und Ruhe, seine Vorsicht. Jaroschs Geduld, sein stolzes Lächeln. Das Reiten auf dem Einhorn war hingegen die reinste Erholung. Auf unseren stundenlangen Ausritten, auf denen wir stets die Pferde wechselten, mal ritt ich Merlin, dann die Stute oder den Fuchs, vergaßen wir die Zeit, entdeckten neue Wege, aber fanden keine neuen Worte. Wenn wir uns unterhielten, sprachen wir über unsere Vierbeiner, neue Tricks mit ihnen, endlose Wiesen, die zum Galoppieren einluden.

Alles andere ließen wir hinter uns. Mit jedem Schritt, den wir uns vom Stall entfernten, ließen wir die alltäglichen Dinge zurück. Als trüge das Einhorn uns von alldem weg. Statt Worte hörte ich nur das beruhigende Schnauben der Pferde, das Echo ihrer klappernden Hufe auf dem Asphalt, das empörte Quieken der Stute, wenn Jaroschs Fuchs mit ihr Kontakt aufnehmen wollte. Meine Welt bestand nur noch aus Wind, Regen, Sonne. Aus Sonnenuntergang und Sonnenaufgang. Dem Wunsch, an den Stall zu fahren, noch bevor das Brot aus dem Toaster hüpfte, Jaroschs Lachen zu sehen, wenn die Stute ihn anstupste und Karottenstücke von ihm verlangte, wenn sein Fuchs ebenso viel Aufmerksamkeit forderte und mit weichen Lippen an der Tasche seines Parkas nestelte. Sein strahlendes Gesicht, bevor er sich aus dem Sattel der Einhornstute gleiten ließ oder wenn er mit ihr herumtobte. Als sie das erste Mal mit den anderen Pferden über die Koppel galoppierte und bockte.

Alles war so einfach in diesen Stunden.

Selbst wenn Jarosch mit seinen Gedanken manchmal weiter entfernt zu sein schien als ich. Des Öfteren ertappte ich ihn dabei, wie er in die Ferne starrte, Erinnerungen nachhing, die er mit mir nicht teilte.

Ein Schauder überlief mich jäh. War da nicht jemand? Auf der anderen Seite? Ich kniff die Augen zusammen, erkannte aber nichts. Mein Puls hämmerte laut in meinem Hals, mein Herz machte einen Satz. Aber nicht einen von der verrückten Sorte, wie es ihn immer machte, wenn ich Jarosch begegnete. Angespannt spähte ich in die Dunkelheit. Versteckte sich dort drüben jemand oder stand da ein Baum? Warum war er mir vorher noch nie aufgefallen? Waren da nicht doch Tritte über dem leisen Regen zu hören? Oder waren das einfach Tropfen, die sich nicht dem Takt anpassten, weil sie von einem Blech, einem Dach abgelenkt wurden? Sah ich nicht Atemwölkchen verstohlen in die kalte Luft aufsteigen? Atemwölkchen, die plötzlich verschluckt wurden, weil derjenige erkannte, dass Atmen zu auffällig war? Hörte ich nicht doch das Rascheln einer Regenjacke?

Wie sehr wünschte ich mir wenigstens Bobby an meine Seite, aber der lag bestimmt schon im Wohnzimmer und wärmte seine alten Knochen an der Heizung oder zu Herrchens Füßen. Ich drängte mich enger an die Wand, ließ die Tür einen Spaltbreit offen und lauschte in die hoffentlich menschenleere Stille. Mein pochendes Herz übertönte jedoch alles, kaum dass mir die Dunkelheit einen Streich spielte. Clarissa wäre in jener Situation sicherlich mit gebleckten Zähnen aus dem Schuppen gestürmt, doch sie trug auch kein verräterisches, laut schlagendes Herz mehr in sich.

Aber beschlich mich nicht ab und zu das Gefühl, am Stall beobachtet zu werden? Warum war das Einhorn an manchen Tagen aus unerklärlichen Gründen reizbar, besonders ängstlich, in sich zurückgezogen? Kitzelnder Schweiß lief meine Wirbelsäule hinab, mein Mund war auf einmal trocken und rau. Warum fehlten ihm immer wieder Strähnen in der Mähne? Warum hatte es manchmal kleine Verletzungen, die wir uns nicht erklären konnten? Was reimte sich mein Gehirn soeben zusammen?

Eilende Schritte kamen auf mich zu. Hektische Schritte, die entweder vor dem Regen flüchteten oder vor – die Tür knarrte, wurde einen weiteren Spalt aufgezogen. Ich schlug mir mit der Hand auf den Mund, gerade rechtzeitig, als ich erschrocken aufkeuchen wollte. Ich hielt den Atem an, war nicht fähig, mich zu bewegen. Eine Gestalt schlüpfte durch die Tür, die Kapuze über den Kopf gezogen. Ein gelber Friesennerz. Ein bisschen auffällig für einen Einbrecher. Gebückt schlich die Gestalt zu der Box, die nun leer stand. Ein leiser Fluch drang über ihre Lippen, als sie dies bemerkte. Und ich … ich erkannte die Stimme.

Ich löste mich von der Wand. Ganz mutig nun. Darauf bedacht, kein Geräusch zu verursachen, ging ich auf die Person zu, rasch streckte ich meinen Arm aus und packte die Kapuze. Wirbelnd drehte sie sich zu mir um und wir kreischten beide erschrocken auf. »Was tust du hier?«, schrie ich. »Was schleichst du hier herum?«

»Ich …«, stammelte er. »Nichts. Ich wollte einfach nur mal das Einhorn sehen. Jarosch nimmt mich ja nie mit!« Matti schob schnell die Hände in die Jackentaschen. Wollte er etwas verbergen? »Ich tu hier gar nichts. Echt nicht.«

»Was hast du da in deiner Jacke?«

»Nichts, nichts, Johanna.« Seine Stimme war laut und heiser, in ihr schwang sein schlechtes Gewissen mit. Wie eine Schaukel, die weiter hin und her baumelte.

»Sag die Wahrheit, oder …?« Oder was? Schnell ließ ich Jaroschs kleinen Bruder los und trat einen Schritt zurück. In den Türrahmen hinein, um ihn an einer Flucht zu hindern, was eigentlich ein lächerlicher Gedanke war. Aber trotzdem. »Also, was hast du da?«, fuhr ich fort und nickte in Richtung seiner Jackentasche.

Matti druckste noch eine Weile herum, bis er schließlich zugab, eine Kamera dabeizuhaben.

Sprachlos starrte ich ihn an. »Aber du weißt doch, du weißt doch, dass niemand erfahren darf –«, ich machte eine kurze Pause und senkte meine Stimme, »dass niemand erfahren darf, was sie ist.«

Schuldbewusst blickte Matti zu Boden. »Ja, es tut mir leid. Ich weiß.« Dann wurde er leiser: »Aber Jarosch nimmt mich ja nie mit. Ich wollte sie doch nur mal ansehen. Sie nur mal streicheln. Ich wollte doch nur …« Dann verstummte er ganz, den Tränen nahe.

Ich ging auf ihn zu, legte meinen Arm um ihn und führte ihn nach draußen. »Na komm, sie steht hier nicht mehr. Ich zeige sie dir.«

»Aber, aber«, schluchzte er, »du darfst Jarosch nichts davon sagen.«

Kopfschüttelnd gab ich ihm mein Versprechen, jedoch nicht, ohne mir von ihm versichern zu lassen, dass er so etwas wie heute Abend nicht mehr machen würde. Und nicht nur, weil meine törichten Knie immer noch zitterten.

Herbstfrost

Manches Mal kam der Winter über Nacht.

Stachelige Spitzen legten sich auf alles.

Der Herbst wurde verschluckt wie die Sonne von düsteren Wolken.

Ich spürte, dass es soweit war.

Johanna

»Hi, Johanna! Willst du nicht reinkommen?«, rief mir Gregor vom Eingang des Gemeindesaals entgegen. Er hatte sich heute besonders herausgeputzt: Seine Haare standen in alle Richtungen ab, unordentlich ordentlich. Vermutlich hatte er Stunden vor dem Spiegel verbracht, bis alle blonden Spitzen so saßen wie frisch aus dem Bett gestolpert. Dazu trug er Jeans und einen hellblauen Pulli sowie sein bezauberndstes Ausgeh-Lächeln.

Jetzt fiel mir wieder ein, dass hier heute, am letzten Samstag der Herbstferien, die Schulband spielte. Dadurch, dass ich nicht allein dorthin gehen wollte, hatte ich die Veranstaltung nur allzu gern vergessen. Stattdessen hatte ich den Abend mit Matti verbracht, ihm die Stute gezeigt, Kekse mit ihm gefuttert, ihm im Reiterstübchen einen Tee gekocht und ihn dann nach Hause geschickt. Unendlich kleinlaut war er gewesen, hatte sich gar nicht getraut, mich oder die Stute anzusehen, so tief saß sein schlechtes Gewissen.

Da ich mich auf dem Heimweg befand, trug ich dementsprechend meine alten, löchrigen Jeans, einen engen Rollkragenpullover, eine dunkelblaue Wachsjacke und verdreckte Stallschuhe – das perfekte Outfit für einen Konzertabend im gediegenen Ambiente des Gemeindesaals. Ich hielt am Eingang an und meinte zu Gregor, dass ich nicht passend gekleidet wäre. Der leichte Herbstwind wehte mir meine offenen, leicht feuchten Haare ins Gesicht.

»Wohl wahr, aber bis du nach Hause gefahren bist, dich geduscht und umgezogen hast, ist das Beste schon vorüber.«

»Sehe ich so schlimm aus?«

Statt mir eine Antwort zu geben, die sicherlich nicht so einfach gewesen wäre, denn schließlich hatte ich den halben Tag damit verbracht, meinen Sattelschrank zu putzen und haarige Decken auszubürsten, nur um einen Grund zu haben, auf Jarosch warten zu können, nahm Gregor eine Strähne zwischen seine Finger und roch daran. »Ich nehme alles zurück. So kommst du mir nicht rein.«

»Seit wann bist du denn Türsteher?«

»Seitdem du gerade aus dem Schweinestall gekrochen bist.« Gregor musterte mich von oben bis unten und zog amüsiert eine Augenbraue nach oben. »Na komm schon. Am Montag fängt die Schule wieder an. Heute wollen wir noch feiern.«

»Ist Verena auch da?«, fragte ich zögerlich. Während der Ferien hatte ich weder sie noch Micha oft zu Gesicht bekommen. Sie ging mittlerweile dreimal in der Woche ins Tennistraining, die Abende gehörten Micha, Kerzenschein und Schaumbädern. Ab und zu lief mir Gregor über den Weg, wir grüßten uns, plauderten kurz, freundlich, höflich, ein bisschen unbehaglich, aber mit dem Wissen oder zumindest der Hoffnung, dass irgendwann wieder alles gut werden würde zwischen uns.

»Ja, was denkst du denn? Mit Micha natürlich.« Und dann fügte er nach einer kleinen Pause hinzu, in der er merkte, dass ich nichts dazu gesagt hätte: »Ich dachte, ihr hättet euch versöhnt?«

Ich zuckte mit den Achseln.

»Auf, mach schon. Komm mit. Ihr könnt euch nicht ewig streiten.«

»Das sagt gerade der Richtige.« Ein Augenzwinkern von mir, zumindest der Versuch, ein Prince Charming-Lächeln von Gregor, und schon legte er den Arm um mich und führte mich in den Gemeindesaal, vorbei an der Garderobe, an der sich die Jugendlichen mit Küsschen oder kuriosen Handschlägen begrüßten. Gleich darauf verschwand er in der Menschenmenge, nur um im nächsten Moment mit einer Flasche Cola in der einen und einem Stück Käsekuchen in der anderen Hand wieder aufzutauchen.

»Hier, für dich.«

»Habe ich das verdient?«

»Nö, aber ich bin ein Gentleman.«

Wir setzten uns in eine der Nischen an der Wand. Die Band, die heute ihre Verstärker und Keyboards zu Hause gelassen hatte und stattdessen Rockballaden mit der Gitarre zum Besten gab, saß mit dem Rücken zueinander und ihren Instrumenten auf dem Schoß in der Mitte des Saales. Dementsprechend war die Beleuchtung gedämpft und auf jedem Tisch stand ein flackerndes Windlicht. Einige Jugendliche und auch zwei oder drei anwesende Erwachsene nickten im Takt der Musik mit, wippten mit den Füßen oder schmusten wie Verena und Micha beim Tanzen. Als sie den Kopf hob und mich bemerkte, winkte sie mir zu und verdrehte, in ihrem smaragdgrünen Kleidchen, gespielt die Augen, während Micha ihr auf die Schuhe tappte. Wieder einmal brach sie das Eis und wir lachten, bevor sie sich an ihren Freund schmiegte.

»Was ist das für ein Song?«, fragte ich, bevor ich mir Kuchen in den Mund stopfte. Irgendwie musste ich ja den fetten Kloß in meinem Hals hinabzwingen.

Gregor kratzte sich am Kinn. »Keine Ahnung, vielleicht heißt er *You and me*. Zumindest singen sie das ständig im Refrain.«

»Und? Wird es ein *You and me* zwischen dir und Skye geben? Hast du draußen auf sie gewartet? Oder ist sie schon da?«, fragte ich neugierig und mit einer mehr als eleganten Überleitung.

»Mmmh, keine Ahnung, vielleicht, bestimmt, ich habe nicht nach ihr geguckt.« Gregor ließ seinen Blick wie zufällig über die Menge, die sich im Saal versammelt hatte, schweifen.

Zum Glück hatte ich den Mund voll, sonst hätte ich laut losgeprustet.

»Und? Was ist mit Jarosch?«

»Mmmh, keine Ahnung, vielleicht, bestimmt, ich habe nicht nach ihm geguckt«, ahmte ich ihn nach, woraufhin er mir die Haare durchwuschelte. Heimlich hielt ich nach Jarosch Ausschau, sah aber nur Boris, den Stallburschen. Bullig thronte er in einer Ecke, kippte ein Bier nach dem anderen hinunter und fuhr sich andauernd, als würde er frieren, über die Unterarme. Was trug er auch bloß ein schwarzes Seidenhemd! Ob sie wohl zusammen hierhergekommen waren? Nein, vermutlich eher nicht, dennoch hegte ich weiterhin insgeheim die Hoffnung, vor allem als Boris mir zunickte.

»Ach, komm schon! Ihr verbringt doch jede Minute miteinander.«

Was? Ach so. »Nicht jede.«

»Das hoffe ich doch stark«, blinzelte er mir zu. »Aber jetzt mal im Ernst: Was ist da zwischen euch beiden?«

»Nichts. Immer noch nichts.« Ups.

»Ah, Johanna. Ich hab's ja gleich gesagt!« Fast hätte er mir ein High Five gegeben, doch dann wurde Gregor ernst. Sehr ernst. »Ach, Mensch. Du und Jarosch?«

Ja, ich weiß, unvorstellbar.

»Also bitte versteh mich nicht falsch. Aber Jarosch, der ist nicht so der Typ für Händchenhalten und Popcorn im Kino, wenn du weißt, was ich meine.« Er schaute der Band zu, die mittlerweile einen anderen langsamen Song angestimmt hatte, während mein Herz hilflos an einem seidenen Faden hin und her baumelte, den er mit jedem seiner Worte zu durchschneiden drohte. Seine Stimme war wie eine Schere.

Tränen pochten auf einmal gegen meine Augenlider, aber um sie wieder zurückzudrängen, schoss ich ihm entgegen: »Und wie ist das mit Skye? Ist sie das Mädchen, das dir die schweißige Stirn nach dem Kotzen abwischen würde, wenn du mal wieder zu viel getrunken hast?« Ich schaute auf das Bier, das er sich zwischenzeitlich geholt hatte. »Oder wärst du nur der Junge, der ihr die Tüten nach dem Einkauf tragen müsste, und den sie entsorgen würde, wenn die Geburtstagsgeschenke nicht großzügig genug ausfielen?«

»Touché!« Ich sah seinen Adamsapfel hüpfen. Mehrmals. Und dann nahm er mich in den Arm. Einfach so. Flüsterte an mein Ohr: »Tut mir leid. Ich mache mir nur Sorgen. Ich kenne ihn eben.« Danach schnüffelte er an meinen Klamotten. »Du stinkst wirklich.«

Ich zuckte zurück. »Würde ich den Begriff Gentleman im Lexikon nachschlagen, würde dein Name bestimmt nicht auftauchen.« Ich gab ihm einen leichten Klaps auf den Hinterkopf.

»Ich mag Mädchen, die mir Komplimente machen. Warum sind wir eigentlich nicht zusammen? Ich würde mit dir monatelang Händchen haltend spazieren gehen und mit dir die Spaghetti teilen. Wie die beiden Hunde aus dem Disneyfilm. Wie heißen die zwei noch?«

Endlich. Endlich war da wieder der alte Gregor.

»Willst du noch einen Klaps oder hörst du jetzt damit auf?« Ich lachte ein bisschen, ich weinte ein bisschen. »So schwer kann dein Herz ja dann nicht sein.«

»Es gibt Dinge, die man nicht ändern kann. Manche Menschen gehören einfach nicht zusammen.«

»Na komm schon, Gregor. Wegen Skye? Das kann doch nicht dein Ernst sein? Für Skye?«, zog ich ihn weiter auf. »Ich dachte, sie wäre Geschichte?«

»Was das Herz begehrt, begehrt das Herz nun mal«, seufzte er und blickte auf seine Hände, die die Serviette meines Kuchens in kleine Streifchen rissen, zu Kügelchen pressten und wegschnippten.

Meine Wange tröstend auf seine Schulter legend, sagte ich: »Das meinst du nicht ernsthaft.« Aber als keine Antwort kam, fügte ich hinzu: »Oder doch?«

»Nein, ich weiß auch nicht. Vermutlich nicht. Vielleicht fand ich die Vorstellung einfach schön, mit ihr zusammen zu sein, mit jemandem zusammen zu sein. Keine Ahnung, warum es ausgerechnet sie getroffen hat. Oder ich mochte bloß ihre schönen Haare, ihre langen Beine.«

»Ihren großen Busen«, vervollständigte ich die Liste.

»Kann sein.« Er machte eine Pause. »Das macht mich doch nicht zu einem schlechten Menschen?«, scherzte er.

Als ich die Hand auf seinen Arm legte, flüsterte ich ihm zu: »Nein, zu einem richtigen Jungen.«

»Hey, ist das nicht aus *Pinocchio*?«

Ich kicherte unwissend. »Wenn du meinst.«

Doch statt mir leicht in den Arm zu zwicken oder die Ohren lang zu ziehen, meinte Gregor: »Aber jetzt sag. Was ist das mit dir und Jarosch?«

Zum Glück war das Licht im Gemeindesaal gedimmt, sodass er nicht sah, wie mir die Röte ins Gesicht schoss. »Nichts. Keine Ahnung«, stammelte ich, während meine Nase länger wurde, was Gregor hoffentlich auch nicht sehen konnte. »Wir reiten nur seine Stute ein. Das ist alles.« Das war es doch auch, oder? Zumindest sicherlich aus Jaroschs Sicht.

»Also, ich weiß ja nicht, Johanna, aber als ich noch stolz auf meinem Bobbycar über die Garageneinfahrt gedüst bin, saß Jarosch schon auf seinem ersten Pony. Ich glaube nicht, …« Gregor verstummte, ich wusste jedoch, wie er den Satz beendet hätte: *dass er dich dazu bräuchte.*

Aber mit der Stute – dem Einhorn – war es etwas anderes. Jarosch brauchte mich. Doch das konnte ich Gregor nicht sagen. Dennoch brachten seine simplen Worte die Wahrheit ans Licht, Tränen auf meine Wangen: Jarosch brauchte mich, damit seine Stute funktionierte. Nicht mehr und nicht weniger. Mein Herz sackte ein weiteres Stück nach unten. Ich konnte meinen Blick nicht von den Pärchen auf der Tanzfläche wenden, die ineinander verschlungen die Welt um sich herum vergaßen. Die brennenden Windlichter verschwammen vor meinen Augen, die Gitarren hatten plötzlich etwas so beschissen Melancholisches an sich, mein Herz ahmte den Rhythmus der Handtrommeln nach.

Verdammt.

Gregor musste gehört, gespürt haben, wie ich einen schmerzenden Kloß meine Kehle hinabzwang, trotzdem gab er zu: »Ich kenne ihn einfach schon eine Weile, ein bisschen länger als du. Er bekommt in der Regel, was er will. Ansonsten nimmt er es sich.«

»Warum denkst du so schlecht von ihm? Ihr wart doch immerhin Freunde. Das kann nicht alles weg sein. Es muss Gründe gegeben haben, warum ihr befreundet wart«, presste ich mit Mühe hervor.

»Die Sache mit der Schule kann ich einfach nicht vergessen. Ansonsten mochten wir eigentlich nur die gleiche Musik, das gleiche Bier, die gleiche Fußballmannschaft. Mehr braucht man manchmal nicht.« Gregor zuckte mit den Schultern.

»Das kann doch nicht alles gewesen sein!«

»Nein, aber mittlerweile sehe ich nur noch das. Will nur noch das sehen. Und ich kenne eben auch seine andere Seite.« Ich konnte zwar nicht in sein Gesicht blicken, aber er runzelte bestimmt die Stirn, überlegte, wie viel er preisgeben durfte. »Vorher, vor dem Einbruch konnte ich mich eigentlich auf ihn verlassen. Er sich auf mich. Wir hielten zusammen, egal, welchen Scheiß wir zusammen anstellten. Ich wusste, wie sein Vater tickte. Austickte.« Gregor holte tief Luft, bevor er weitersprach: »Vermutlich war das der Grund. Er hat mich enttäuscht, wir haben uns gezofft und er ist schließlich ausgeflippt. Wie sein Vater.«

»Und wenn ich noch eine andere Seite von ihm kennen würde?« Ich sah ihn vor mir, wie er seinen Fuß in den Steigbügel stellte, um das zweite Mal das Einhorn zu reiten, wie er mich skeptisch, fast ängstlich anblickte. Und ich wusste in dem Moment genau, was er befürchtete: Würde die Stute diesen einen letzten Schritt zulassen? Kaum dass er auf ihren Rücken geglitten war, fing sie zu trippeln an. Sie fauchte, stieß Luft aus, als wäre sie eine Dampflok, doch Jarosch blieb ruhig, machte sich leicht, streichelte ihren kräftigen Hals, auf dem sich angestrengt Adern und Muskelstränge abzeichneten, flüsterte ihr Worte ins Ohr. Vielleicht Entschuldigungen, vielleicht Versprechungen, aber vielleicht auch Gebete. Möglicherweise sang er ihr etwas vor? Allmählich beruhigte sich die Stute unter seiner Vorsicht, seiner äußeren Gelassenheit. Nur seinem angespanntem Kinn und seiner gekräuselten Stirn konnte man seine Unsicherheit ansehen. Je mehr sie sich unter ihm fallen ließ, desto weiter kletterte ein kleines Lachen von seinen Lippen zu seinen Augen empor, bis er schließlich über das ganze Gesicht strahlte. Sein Lachen flog zu mir, genauso wie die Beine der Stute über den Boden flogen.

Beides war ein kostbares Geschenk, das ich für immer bei mir trug, egal, was die Zukunft brachte.

»Dann würde ich entweder sagen, dass er dir etwas vorspielt, um dich ins Bett zu kriegen, oder …«

»Oder?« Mein Herz fing sich wieder. Gregor machte, ob er wollte oder nicht, mit jedem unausgesprochenem Wort einen Knoten in den abgerissenen Faden und mein leichtgläubiges Herz erlaubte sich ein wenig Hoffnung.

»Oder ihm liegt wirklich etwas an dir. Aber bestimmt sollten wir beide versuchen, uns nicht zu sehr zu verlieben.«

Bevor ich etwas antworten konnte, reckte Gregor unerwartet den Kopf.

»Störe ich?« Jarosch. Jeans. Kapuzenpulli. Schal. Lederjacke. Würziges Aftershave. Und ich? Immer noch die zerbeulten Jeans, Stallaroma, zerzaustes Haar. Immer noch auf Gregors Schulter ruhend.

Silberweide und Rosendornen

Heute Nacht erhielt ich einen Namen.

Johanna

Rasch richtete ich mich auf und strich meine Haare hinters Ohr, die mir während des Gesprächs mit Gregor ins Gesicht gefallen waren.

»Du störst immer«, entgegnete Gregor, als könnte er gar nicht mehr anders. Die Enttäuschung saß zu tief. Unter dem Tisch trat ich ihn heimlich ans Schienbein, aber er zuckte noch nicht einmal mit der Wimper.

»Du musst deinen Wachhund an eine kürzere Leine legen«, lachte Jarosch grimmig. Seine Augen waren leicht glasig – vielleicht hatte er bereits etwas getrunken.

Ich hasste es, zwischen zwei Stühlen zu sitzen. Auf der einen Seite die Freundschaft zu Verena und Gregor, auf der anderen Seite das Was-auchimmer mit Jarosch. Beides wollte ich nicht verlieren. Doch war meine Freundschaft zu Verena und Gregor nicht älter, gefestigter, beständiger? Zählte das überhaupt noch? Oder zählte nur, wer am Ende blieb? Trotz allem? Ich fasste mich und wischte mir, hoffentlich unauffällig, die Tränen ab. »Könnt ihr zwei euch nicht ein einziges Mal benehmen? Ich will ja nicht gleich von vertragen reden, aber ihr benehmt euch beide«, ich deutete mit meinem Zeigefinger nacheinander auf die beiden Jungs, »wie zwei blöde Hirsche, die gleich ihre Geweihe ineinander verhaken und denen man letztendlich den Gnadenschuss geben muss.«

»Brünstig ist hier nur einer«, haute Gregor raus.

Blitzartig packte Jarosch Gregor an seinem blauen Pullover und drückte ihn gegen die Wand. »Nimm das zurück«, zischte er.

Gregor lachte nur. Als hätten wir das Gespräch soeben nie geführt. Ich biss mir auf die Lippe und hoffte, dass einer der beiden nachgeben, einer der beiden sich an ihre Freundschaft erinnern würde. Doch Jarosch verpasste Gregor einen derben Schubs, sodass dessen Kopf gegen die Wand knallte. Der gläserne Rahmen eines Schwarz-Weiß-Fotos, ein Schnappschuss des Dorfbrunnens, klirrte gefährlich. Gregor hob, sich ergebend, die Hände, woraufhin Jarosch ihn auch sofort losließ. Aber dann ging auf einmal alles viel zu schnell. Die Musiker hörten abrupt auf zu spielen, der Sänger trällerte noch kurz weiter, bis auch er schließlich verstummte. Gregor und Jarosch kugelten sich über den Boden, knurrend und ächzend, sich widerwärtige Sprüche an den Kopf knallend, sodass sich rasch eine Traube Schüler um die beiden Vollidioten versammelte. Es hätte nicht viel gefehlt und die Umstehenden hätten Wetten abgeschlossen. Grölend und geifernd riefen sie den einen oder anderen Namen. Sie krachten gegen Stuhlbeine, die hektisch davon gezogen wurden, gegen die Schuhe der Umstehenden.

Zu guter Letzt saß Gregor auf Jarosch. An seinem schicken Pulli hatten sich einige Fäden gelöst, seine Haare sahen nun wirklich so aus, als wäre er eben erst aufgestanden. Auf Jaroschs Gesicht klebten Strähnen seines pechschwarzen Haares, sein Atem war stockend und rasselnd, während Gregor seine rechte Faust zusammenpresste. Ich konnte sehen, wie sich seine Nackenmuskeln anspannten.

»Schlag doch zu. Dann haben wir es endlich hinter uns. Dann sind wir quitt. Oder? Oder gibt es noch etwas anderes?«, provozierte Jarosch ihn. Seine Augen funkelten.

Ich war gerade dabei, dazwischen zu gehen, als jemand meinen Arm ergriff. Es war Verena. Durch das vorherige Tanzen glänzte ihre Nase ein wenig und ihre Wangen glühten. »Nicht schlecht, nicht schlecht. Zwei Jungs, die sich deinetwegen prügeln.« Ich blickte sie verblüfft an. »Na ja, vielleicht nicht nur deinetwegen. Aber lass sie das ruhig allein ausfechten.«

Und dann sagte Micha, der neben ihr stand: »Sie sind wie zwei Rüden, die sich andauernd gegenseitig an den Gartenzaun pinkeln, aber nie von der Leine gelassen werden. Stattdessen tänzeln sie umeinander herum, schnüffeln sich an den Hintern und so. Was weiß ich. Aber so kommen sie mir auf jeden Fall vor. Irgendeinem muss heute die Kehle aufgerissen werden, damit endlich mal wieder Ruhe am Zaun herrscht.«

Puh, der konnte ja auch auf Dramaqueen machen! Nachdem ich ihm einen leichten Schubs versetzt hatte, ich wollte schließlich keine zweite Prügelei anzetteln, blickte ich wieder zu den beiden Jungs, die auf dem Boden ausharrten, und wusste nicht, ob ich lachen oder weinen sollte.

»Mensch, Gregor, jetzt bring es endlich hinter dich. Denn, wenn du weiterhin so auf mir herumhockst«, Jarosch schaute vielsagend auf die Stelle, an der sie sich berührten, »wird es entweder besonders angenehm … oder eben besonders unangenehm. Denn, falls du es nicht bemerkt haben solltest, wir haben Zuschauer, mein Süßer.« Jarosch grinste auf einmal gespielt anzüglich.

Gregors Faust krachte ohne weitere Vorwarnung nach unten und ich hörte nur noch ein Knacken und Splittern. Gregors Knochen. Jaroschs Knochen. Ich befreite mich aus Verenas Griff und rannte zu den beiden, erst im letzten Moment bemerkend, dass die zwei atemlos lachten. Neben Jaroschs Kopf war ein hübscher Riss in den taubenkotweißen Bodenfliesen zu sehen, auf die nun auch noch Blut von Gregors verletzter Hand tropfte. Jarosch gab Gregor einen Klaps auf den Po, woraufhin dieser sich von ihm herunterwälzte. »Komm, lass uns das auf der Toilette versorgen.«

Und schon waren sie verschwunden.

»Ich hab's doch gesagt«, murmelte Micha, und langsam löste sich der Tumult um uns herum auf und die Band begann wieder zu spielen. »Manchmal brauchen Jungs das einfach.«

Verdutzt setzte ich mich in die Nische, in der Gregor und ich den Abend verbracht hatten. Es dauerte eine Weile, bis die zwei von der Toilette zurückkamen, Gregor mit einer in Handtücher gewickelten Faust und einer tadellos untadelig sitzenden Frisur. Und Jarosch? Jarosch strich sich sein Haar hinters Ohr und lächelte mich nervös an.

»Schlimm?«, fragte ich sorgenvoll.

»Was? Die Hand? Oder der hier?« Gregor deutete auf Jarosch, der nun neben ihm stand.

»Die Hand«, funkelte ich ihn an.

»Ach, ist nur halb so wild, aber ich glaube, ich sollte sie richtig versorgen lassen, ich habe nächste Woche Sportprüfungen. Für mich ist der Abend wohl gelaufen. Ich werde Micha fragen, ob er mich schnell heimfährt.«

Nachdem sich Gregor verabschiedet hatte, nicht ohne Jarosch einen Blick à la *Wehe, ich höre morgen Klagen über dich* zuzuwerfen, setzte sich Jarosch zu mir. »Wir müssen noch miteinander reden.«

Was hatte das nun zu bedeuten? Was wollte er besprechen? Doch nicht etwa …? Denn was war schon ein Beinahe-Kuss für einen No-Popcorn-in-cinema-boy? Ein Kuss, der schon Tage, Wochen, ein ganzes Teenagerleben zurücklag? Aber jede Nacht auf meinen Lippen brannte, obwohl ich ihn nie gespürt hatte?

Mich ein Stückchen zur Seite setzend, seinem Geruch aus Aftershave und Regen, Heu und Pferd ausweichend, fragte ich: »Du warst heute gar nicht am Stall?« Außerdem war ich sauer auf ihn, weil er mich heute versetzt und sich mit Gregor geprügelt hatte.

»Es gab viel zu tun.«

Na, das Gespräch konnte lang werden, wenn es in dem Informationsfluss weiterging. Eine Weile schwiegen wir uns an, was an sich nicht ungewöhnlich war, lauschten der rauen Stimme des Sängers. Immer wieder dachte ich an Matti, sein seltsames Verhalten, wie er mich angebettelt hatte, Jarosch nichts zu sagen, und ich brachte es nicht über mich, ihn zu verpetzen. Ich schaute mich im Raum um, dann kniff ich die Augen zusammen, ließ Lichtflecken umhertanzen, das Lachen und Gemurmel der anderen über mich hinwegströmen, bis Jarosch, offenbar unbewusst, mitsummte. Als er zur Band hinüberschielte, flackerte ein Funken Sehnsucht in seinem Blick auf.

»Würdest du nicht auch gern dort sitzen?«, fragte ich.

»Was?«

»Na, bei der Band?«

»Wie kommst du darauf?« Erkenntnis blitzte in seinen dunkelbraunen Augen auf. »Du hast mich damals gehört, als du das erste Mal bei uns auf dem Hof aufgetaucht bist«, fing Jarosch zu stottern an.

Achselzuckend stimmte ich ihm zu.

»Nein, das wäre nichts für mich.«

»Aber als Showreiter stehst du auch im Rampenlicht. Das ist doch das Gleiche.«

»Überhaupt nicht. Bei den Auftritten habe ich mein Pferd bei mir, das Publikum ist meilenweit entfernt. Luke ist wie Heimat für mich. Heimat, die immer mitreist. Auf einer Bühne zu stehen«, er deutete mit dem Kinn in Richtung der Musiker, »wäre, als würde ich nackt zur Schule gehen.«

»Mit nackt baden gehen, hast du zumindest keine Probleme«, dachte ich laut.

Lief Jarosch etwa rot an? Ich verkniff mir ein Kichern.

»Und wie sieht es bei dir aus?«, fragte er mit einer hochgezogenen Augenbraue.

Was? Wollte er jetzt die Retourkutsche besteigen und mich mit voller Geschwindigkeit überrollen?

»Ich meine singen«, antwortete er schnell. »Würdest du nicht auch gerne singen oder irgendetwas machen, wo du im Rampenlicht stehen könntest?« Dieser Mistkerl konnte sein teuflisches Grinsen nicht verbergen.

»Ich singe wie eine betrunkene Amsel im Stimmbruch. Ansonsten habe ich keine besonderen Talente. Meine Mum ist Künstlerin, mein Paps kann mit Zahlen und Paragrafen jonglieren, aber ich? Nee, ich kann eigentlich nichts besonders gut.« Herrje, welchen Blödsinn plauderte ich denn da wieder aus?

Unvermittelt wurde Jarosch ernst. Nachdenklich. »Aber du und der Tinker. Du und das … die Stute, ihr seid … du bist außergewöhnlich«, korrigierte er sich.

»Ja, klar«, wehrte ich ihn ab.

»Es ist nicht wichtig, dass man auf andere besonders wirkt, sondern wie besonders man hier drinnen ist.« Er deutete auf sein Herz.

Ich prustete fast los – Kalenderweisheiten die Dritte –, hielt mich aber im letzten Moment zurück. »Ist das aus deinem neuen Buch? *Selbstfindung mit Jarosch Ullmann*? Sowas sagst ausgerechnet du?«

Jarosch setzte mit einem »Aber« an, ließ das Thema anschließend glücklicherweise fallen. Mit einem zerknirschten Lächeln fuhr er sich durch die Haare. »Da wir gerade beim Thema sind: Ich werde bald fortgehen.«

»Was?«, entfuhr es mir. Das war es also, was ihn die letzten Tage bedrückt hatte. Doch statt zu fragen, wohin er ging, wie lange er wegblieb, hackte ich auf ihn ein: »Und was ist mit der Schule? Was mit der Stute?« Warum war ich nur so zickig?

»Das mit den Hausaufgaben und Klausuren ist schon geregelt. Sie werden mir am Ende jeder Woche zugeschickt und die Klausuren hole ich nach, sobald ich wieder zurückkehre.« Den Rest ignorierte er einfach.

Zurückkehre … als zöge er in den Krieg und seine Rückkehr wäre ungewiss. Musste er immer alles so dramatisch klingen lassen?

»Willst du gar nicht wissen, wohin ich gehe und wie lange ich wegbleibe?« Seine Stimme war sanft, ein bisschen flehend, wie wenn ich danach fragen müsste. Er ließ sich von mir in keinster Weise beeindrucken.

»Okay, wohin gehst du und wie lange bist du weg?«, fragte ich gespielt gelangweilt und desinteressiert nach.

Jarosch drehte sich zu mir, seinen linken Arm auf die Rückenlehne der Bank und die andere Hand auf meinen Oberschenkel legend. Was? Er legte mir eine Hand auf den Oberschenkel? Ich wusste nicht, wohin ich schauen sollte. Auf seine Hand, die feinen Härchen darauf, in seine braunen Augen?

Mein Blick flatterte hin und her, wie ein aufgescheuchter Vogel in einem Drahtkäfig, und mein Herz hämmerte so schnell wie das eines Kolibris. Ein Adlerherz wäre mir momentan lieber. Oder gar keines. Wie bei Clarissa.

Einer seiner Mundwinkel bog sich nach oben, wie von einem schlechten Marionettenspieler gezogen. »Wenn du mich so lieb fragst«, versuchte er zu scherzen, »dann werde ich es dir sagen. Ich gehe mit meiner Familie auf Tour, mit einem Teil der Crew. Wir brauchen das Engagement dringend, sonst …«

»Dann zieht es dich also wieder in die weite Welt?«

»Wir sind nur in Baden-Württemberg und so unterwegs. Ganz in der Nähe geben wir auch eine Vorstellung. Ich muss Geld verdienen und ich habe einfach wieder Lust darauf, auf der Straße zu sein, jedes

Wochenende woanders. Zeit mit meinem Bruder, der Truppe zu verbringen, all das eben.«

Aber er wollte keine Zeit mit mir verbringen.

Sein Daumen malte kleine Feuerkreise, absichtlich oder unabsichtlich, auf meiner Haut, die durch ein Loch meiner Jeans schimmerte, während seine Worte eine Dürre in meiner Kehle entfachten. Ich wusste nicht, was ich sagen sollte. Er wollte sich von mir verabschieden, aber warum? Vermutlich nur, damit wir noch Details wegen des Einhorns klären konnten. Das musste es sein. Was sollte es sonst sein? Ich kam nur zu dem einen Gedanken, obwohl mich sein Daumen, sein rauer Daumen, mehr und mehr abzulenken drohte. Was tat er da? Und warum? Die Feuerkreise zogen weitere Spuren, wie ein flach in einen See geworfener Stein, der über das Wasser sprang, runde Wellen mit sich ziehend. Aber diese Wellen kühlten mich nicht.

»Seit wann weißt du es schon?«

»Seit einer Woche etwa.« Er wich meinem Blick aus. »Hey, Johanna, bitte sei mir nicht böse. Aber ich wusste nicht, wie ich es sagen sollte. Wirklich nicht.«

»Gott, was soll denn daran so schlimm sein?« Ich bekämpfte meine Verwirrung mit mutwilliger Gereiztheit und schleuderte sie ihm wie einen Dartpfeil entgegen. Was für ein schöner Vergleich. Vielleicht hätte ich ihm ebenso gern einen Pfeil in seine Hand gejagt, doch ich konnte einfach nicht, wollte nicht. Wollte diesen Moment auskosten, so sehr er mich und mein Herz auch trudeln ließ. Und um das zu überspielen, gab ich einfach vor, seine winzig kleinen Berührungen nicht zu bemerken.

»Ich werde die Stute mitnehmen«, flüsterte er.

Jetzt steckte mir der Dartpfeil im Herz. »Das kannst du nicht tun! Das …« Ich hörte auf zu sprechen, bevor meine Stimme vollends kippte.

Jarosch hob ergeben die Hände, die Handflächen zu mir zeigend. »Ich weiß.« Im gleichen Augenblick vermisste ich auch schon seine Wärme, seine Haut. »Aber ich brauche die Auftritte. Das ist unsere Chance. Meine Chance. Es tut mir leid. Ich dachte, du würdest dich für uns freuen.«

»Das tue ich auch. Wirklich. Aber …« Was sollte ich sagen? Dass ich ihn vermissen würde, die Stute, dass sie noch nicht so weit wäre? Aber ich sah das schwache Funkeln in seinen Augen, sah ihre Augen vor mir. »Müsstest du dich dann nicht mehr freuen? Oder denkst du auch, dass sie noch nicht bereit ist? Dass wir, du sie dem noch nicht aussetzen darfst?«

Jarosch schaute weg, atmete tief durch, bevor er antwortete: »Der *Blue Moon* ist mein Leben, meine Familie, mehr habe ich nicht. Das ist die Gelegenheit nach den verpatzten Shows im Sommer. Wenn ich nicht jetzt zeige, was ich kann, dann ist mein Platz im Team irgendwann nicht mehr sicher.«

Schließlich schaute er mich doch an, aus seinen unsicheren Augen, und meinte: »Du weißt genau, dass wir sie nur aus diesem Grund trainiert haben. Sie soll neben Luke zu meinem zweiten Showpferd werden.« Bei den letzten Worten senkte er den Blick, ich sah nur noch seine langen, dunklen Wimpern. Es war mir klar, dass er sie irgendwann mitnehmen wollte, die Betonung lag aber auf *irgendwann*. Irgendwann, wenn sie so weit war, wenn ich so weit war.

»Wann werdet ihr aufbrechen?«

»In wenigen Wochen. Bis dahin werde ich vermehrt trainieren, meine Auftritte planen müssen. Ich werde nicht mehr so viel Zeit für … einfach keine Zeit mehr haben.«

Wir hörten noch zwei oder drei weiteren Songs zu, vielleicht auch zwanzig oder dreißig. Die Stille zwischen uns, in der mich tausend unausgesprochene Fragen anbrüllten, war unerträglich und dauerte eine verdammte halbe Ewigkeit.

»Hey, Leute«, ein Junge kam auf uns zu. »Ihr müsst jetzt leider gehen. Wir machen Schluss. Wenn ihr allerdings noch länger bleiben wollt, müsst ihr uns beim Aufräumen helfen. So ist der Deal.« Dann ging er wieder, ein wenig wankend.

Das plötzlich grell aufflackernde Licht blendete meine Augen, die sich nur schwer an die aufkommende Helligkeit gewöhnen wollten. Erst jetzt bemerkte ich, dass um uns herum bereits leere Flaschen aufgesammelt wurden und Jugendliche mit blauen Mülltüten ihre Runden zogen. Die Musiker hatten aufgehört zu spielen und packten schon ihre Instrumente ein.

»Okay, also dann. Ich muss morgen früh raus«, warf Jarosch rasch ein, froh darüber, endlich gehen zu dürfen. »Wir haben dann ja alles geklärt.«

Ich zog mir meine speckige Wachsjacke an und wir gingen nach draußen. Eisige Nachtluft, die nach Kotze und schalem Bier roch (oder möglicherweise bildete ich mir das auch nur ein, weil es so gut zum Verlauf des Abends passte), schlug uns entgegen und ein Blick auf den Himmel zeigte mir, dass sogar die Sterne keine Lust mehr hatten zu strahlen. Oder man hatte sie auch gebeten, ihr Licht auszuknipsen, weil die Nacht Feierabend machen wollte. Immerhin nieselte es nicht mehr. Meine Jacke fester um mich ziehend, bemerkte ich, dass mein Fahrrad noch an Ort und Stelle stand, obwohl ich es nicht abgeschlossen hatte.

»Wo ist dein Auto?«, fragte ich, Ausschau haltend nach Jaroschs klapprigem Mercedes Kombi.

Hatte ich gehofft, dass er mich mitnahm?

Trotz allem?

»Ich bin mit dem Fahrrad hier.« Er ging an mir vorbei und drehte dann kniend am Zahlenschloss seines Rads herum, welches sicherlich noch weniger Diebe als meines anlockte. »Falls ich etwas getrunken hätte«, setzte er nach.

Eigentlich wollte ich mich ohne mich zu verabschieden auf mein Rad schwingen, aber dann drehte ich mich doch zu ihm hin und ging ein paar Schritte auf ihn zu. Jarosch kniete immer noch auf dem Boden, murmelte fluchend etwas über eine dumme Zahlenkombination.

Wie sich wohl seine Haare anfühlten, die in dem frostigen Novemberwind leicht hin und her flatterten? Ich schüttelte schnell den Kopf, weil ich wütend und enttäuscht sein wollte, und räusperte mich, sodass sich Jarosch mit dem Oberkörper zu mir umdrehte. Wenn ich die Hand ausgestreckt hätte, hätte ich seine Wange berühren können, die frisch rasierte Haut, eine Strähne um meinen Finger kringeln können. Hätte, hätte, hätte.

»Können wir wenigstens eine Sache besprechen?« Bevor er etwas sagen konnte, redete ich einfach weiter: »Können wir der Stute wenigstens einen Namen geben, bevor du gehst?«

»Einen Namen?« Jarosch blickte mich erstaunt an, seine Augenbrauen weit nach oben gezogen.

»Ja, einen Namen! Das ist eine Information, die man einem Gegenstand zuordnet oder einer Person. Er dient der Identifizierung und Individualisierung. Natürlich nicht so etwas Absurdes wie Fürstentänzerin, Schwalbenseglerin oder Windsbraut oder so«, fauchte ich ihn an, mir wegen des Windes Strähnen aus dem Gesicht streichend, die an meinem Mund hängen blieben. »Immerhin hat der Fuchs jetzt auch einen.«

»Du meinst wohl Luke.« Jaroschs Mundwinkel zuckten leicht, während ich lediglich mit den Augen rollte, bis er die Stirn in tiefe Falten legte und sich allmählich aufrichtete. »Wie wäre es mit Alba?«

»Wie kommst du darauf?«

»Das erste Mal, als ich sie sah, war das unter einer Silberweide.« Weil ich nichts erwiderte, erklärte er weiter: »Salix alba. Silberweide. Ihre Mähne glänzt im richtigen Licht silbern wie der Mond.«

»Oh, wie poetisch!«, höhnte ich. »Hört sich an, als würdest du schon länger darüber nachdenken.«

Doch statt zu antworten, strich er mir eine blonde Strähne hinters Ohr und legte seine rechte Hand auf meine Wange. Wieder zog er kleine Feuermale mit seinem Daumen. Immer und immer wieder. Ich versuchte, mich zu konzentrieren, aber ich konnte nur diese momentane Verbindung spüren, die meine Wut auf ihn, gerechtfertigt oder nicht, langsam wegstrich, und die Sehnsucht nur noch mehr entfachte. Und dann wollte ich mehr. Ein flüchtiges Berühren seiner Lippen, meiner Lippen. Vielleicht keinen filmreifen Kuss, als verabschiedete sich der Held in den Krieg oder flöge mit seinem Raumschiff einer Horde Aliens entgegen, während im Hintergrund gitarrenlastiger Schmuserock schepperte. Wobei ich einen leidenschaftlichen Kuss natürlich auch nicht verschmäht hätte, bei dem ich in seinen Armen lag und er mich danach in der winterlichen Luft herumwirbelte, fest umschlungen, niemals loslassend. Stattdessen berührten sich bloß unsere weißen Atemwölkchen und schwirrten in einer engen Umarmung in die Nacht davon. Seufz, ich fing an zu spinnen. Kein Grund zur Beunruhigung.

Aber im Grunde wollte ich einfach wissen, ob etwas zwischen uns war, sein könnte. Jetzt. Später. Egal, wann. Ich wollte einfach nur Gewissheit. Ich wollte sie irgendwo finden. In einer Berührung, einem Wort, seinen Augen. Doch seine Augen sagten nichts. Alles. Ich hatte keine Ahnung, wie Augen aussahen, die küssen wollten, die sich verbinden wollten. Ich sah nur, wie sich das Licht der Straßenlaternen darin spiegelte. Bis ein Uhr dreißig in der Nacht, denn dann wurden sie gelöscht.

Ich führte meine Hand nach oben und legte sie über seine. Am liebsten hätte ich meine Wange noch tiefer in seine Handfläche geschmiegt, dann hätte ich jedoch gleich schnurrend wie eine Katze um seine Beine streichen können. Also beließ ich es dabei. Wie immer. Ich ging keinen

Schritt zu weit. »Was war das heute mit dir und Gregor? Habt ihr euch jetzt versöhnt? So schnell? Ein paar Fausthiebe und danach ist wieder alles gut?«

Jarosch stieß ein heiseres, leises Lachen aus. »Nein, wir haben uns noch auf der Toilette unterhalten.«

»Wie Mädchen?«, kicherte ich. Wenn er es noch nicht bemerkt hatte, dass sich mein Ärger gelegt hatte, dann spätestens jetzt.

»Ja, beinahe. Gregor hat sich in die Kabine eingeschlossen. Ich habe meinen Lippenstift frisch nachgezogen.« Nun lächelte auch er versöhnlich. »Nein, wir haben uns einfach nur unterhalten, während er seine Hand gesäubert und gekühlt hat. Wir konnten manches aus der Welt schaffen, manches nicht.«

»Frieden also?«

»Vielleicht eher ein Waffenstillstand.« Jaroschs Hand strahlte so viel Wärme aus, dass ich den kühlen Wind, der die Bäume um uns herum zum Wispern brachte, und seine eigentlich unterkühlten Worte verdrängte. Vergessen war der Geruch nach abgestandenem Bier und nutzlos gewordenen Körperinhalten.

»Immerhin etwas«, murmelte ich. Japste ich fast. Seine Berührung ließ mir den Atem stocken. »Warum hast du es mir nicht erzählt?«, presste ich hervor. Aber wie konnte ich von ihm die Wahrheit erwarten, gar verlangen, wenn ich mich ihm auch nicht anvertrauen konnte, ihm nicht sagen konnte, dass ich ihn vermissen würde, schon jetzt.

Ein Seufzen als Antwort war alles, was ich bekam. »Ich muss dann mal langsam gehen.« Und dann drückte mir Jarosch einen unerwarteten Kuss auf den Scheitel und flüsterte in meine Haare: »Du riechst nach Heu und Lederfett.«

Doch ich war so blöd und meinte bloß: »Eau de cheval du chevalier.«

Das war das Letzte, was ich sagte, und das Letzte, was ich hätte sagen sollen, bevor er sich lachend wegdrehte, sein Fahrradschloss öffnete und davonfuhr. Ich blieb stehen, darauf wartend, dass er sich umdrehen würde. Vergeblich. Auf einmal war ich wieder wütend. Wütend auf mich und meinen dummen Spruch, wütend auf *Mr Ich-küss-dir-den-Scheitel-und-nicht-die-Lippen*. Schließlich rief ich ihm hinterher: »Ich finde Alba aber scheiße! Nur damit du es weißt!«

Er schüttelte den Kopf, laut auflachend.

»Ich bin für Rosalie. Alba klingt viel zu hart!«

»Wegen der Rosen und der Ranken oder weil die Rose ein Symbol der Liebe ist?«, schrie er, weil er bereits an der nächsten Kreuzung abbog. Als er sich zu mir herumdrehte und winkte, schlenkerte sein Rad aus.

Gott, wie sehr wünschte ich mir, dass er mit seinem Fahrrad gegen die nächste Straßenlaterne krachte … ha, und ich seine Retterin und Pflegerin hätte spielen können.

Doch er fing sich rasch wieder, und bevor ich antworten konnte – ich hatte auch gar keine Ahnung, was ich erwidern könnte –, willigte er ein: »Na, von mir aus. Aber wehe, ich muss sie dann die ganze Zeit Lilli nennen oder so!« Ein letztes Mal hob er seine Hand zum Gruß und verschwand sogleich hinter dem ersten Haus.

Rosalie

Mein neuer Name.

Er markierte mich. Als Eigentum. Ich besaß noch nie einen Namen. Keines der Einhörner, das ich kannte, trug einen. Wir waren frei, wild, keines Menschen Besitz.

Wir waren wir. Ich war ich. Immer noch.

Aber vielleicht markierte mein neuer Name auch etwas anderes. Einen Neubeginn.

Ich gehörte nun zu jemandem. Zu Johanna. Zu dir, Jarosch.

Der Name hatte eine Bedeutung für euch. Also sollte er auch mir etwas bedeuten.

Jarosch

Magnete.

Wenn ich an Johanna und mich dachte, hatte ich ständig die kleinen magnetischen Katzen in der Vitrine meiner Großmutter vor Augen. In dem Wohnzimmer, in dem sich allerlei Porzellanfigürchen, Sammeltassen und -teller türmten, waren sie das Einzige, das ich als Kind in die Hand nehmen durfte. Sie gehörten schon immer dorthin und die filigranen, zerbrechlichen Figuren gehörten schon immer zusammen. Allein waren sie zu nichts zu gebrauchen.

So waren Johanna und ich. Vorsichtig und fragil war alles zwischen uns, wir zogen uns gegenseitig an (manchmal, immer öfter, gestattete ich mir den Gedanken, die Vorstellung, dass wir uns gegenseitig auszogen), stießen uns weg. Unabsichtlich, unwillkürlich. Kaum drehte sich einer von uns einen Millimeter in die falsche Richtung, wurde der andere weggestoßen.

Und ich wusste nicht, was ich wollte. Mich von ihr anziehen oder mich von ihr wegstoßen lassen. Doch je mehr ich versuchte, mich nicht in sie zu verlieben, umso mehr verliebte ich mich in sie. So wie Nord- und Südpol der Magnete nicht voneinander lassen konnten, wenn sie sich zu nahe kamen.

Jetzt war es draußen. Ich war verliebt.

»Jarosch, schnell, nimm mir die zwei Rappen ab«, rief mir Adam atemlos zu, bereits auf dem Weg zurück zu seinem donnernden Applaus. Er trug den idiotischen, engen Anzug aus schwarzem Lycra, der über und über mit Pailletten und Glassteinen besetzt war. Ziemlich peinlich im grellen Neonlicht hier im Stallzelt, aber äußerst wirkungsvoll in der schmeichelnden Lichtshow während seiner Vorführung.

Die Wallache zu beiden Seiten führend, brachte ich sie in ihre Boxen zwischen all die anderen Show- und Stuntpferde.

Wir hatten bereits zweimal die Zelte aufgebaut und einmal wieder abgebaut – mit der üblichen Hektik und Betriebsamkeit –, die Tiere zweimal verladen und die ersten Shows an jedem langen Wochenende hinter uns gebracht.

Dank des Trainings der letzten Wochen und unter strenger Anleitung hier vor Ort liefen meine Stuntauftritte mit Luke professionell, geordnet und vielversprechend ab. Er war in Topform und begeistert bei der Sache. Meine Rückenschmerzen erstickte ich unter einer Flut Schmerzmittel. Boris, der zu Hause geblieben war, um sich um die restlichen Pferde und den Hof zu kümmern, bräuchte vermutlich keine neuen Hoffnungen hegen, mir meinen Stammplatz streitig machen zu können.

Rosalie – Johanna behielt natürlich das letzte Wort, was die Namensgebung betraf – würde nächstes Wochenende ihre ersten Auftritte mit mir absolvieren. Die Aufregung mit ihr war eine ganz andere, so eine, wie ich sie mit Luke nie verspürte, sie ging mir durch und durch. Alles war neu und unvorhersehbar, aber ich wusste, dass sie mir vertraute, überall mit mir hinging, mich nicht im Stich ließ.

Nicht zu vergessen die Blicke meiner Teamkollegen, wenn sie Rosalie und ihren Willen, ihren Mut, ihre Reaktionsschnelle, ihre Geschmeidigkeit sahen. Sie reichten von bewundernd über ungläubig bis hin zu ehrfurchtsvoll. Auch der Blick meines Vaters, der die Shows und alles darum herum organisierte, und für das kommende Vorstellungswochenende Rosalie und mich zwischen die bereits geplanten Nummern schob. Mein Herz galoppierte jetzt schon in die Manege. Nun ja, vielleicht hätte ich auch in meinem eigenen Schweiß hineinschwimmen können.

Im Stall herrschte die übliche Unruhe während einer laufenden Show. Wiehernde Pferde, die aufgeregt gegen die Boxenwände donnerten, Reiter, die ihren Pferdepflegerinnen Anordnungen zuriefen und sie anmeckerten, wenn etwas nicht schnell genug vonstatten ging, Reiter, die vor lauter Nervosität ihre Pferde anherrschten und über die Maßen hinaus disziplinierten. Ich gehörte selbst zu ihnen. Doch das Einhorn hatte mich gelehrt, dass aus Gewalt und Zorn nichts wachsen kann und nie etwas wachsen wird. Auch Johanna hatte mir einen anderen Weg gezeigt. Und so fragte ich mich heute Abend nicht zum ersten Mal, ob dies der geeignete Ort für Rosalie in der Zukunft sein sollte. All die Hektik, der übersteigerte Ehrgeiz, der Rausch durch den Applaus, der Druck durch die Konkurrenz. Heutzutage ging es nicht mehr darum, sich selbst herauszufordern, sondern nur darum, andere zu übertrumpfen. Alles musste spektakulärer, waghalsiger, aber auch perfekter sein. Wie oder womit man das erreichte, spielte oftmals keine Rolle.

Ich striegelte gerade Black Sparrow, meinen Gedanken nachhängend, als mein Handy in der Jeanshose vibrierte. Es war eine SMS von Johanna. Mein dummes Herz machte einen noch dümmeren Satz, über eine steile Klippe hinaus, deren scharfe Kanten es nicht sehen wollte. Denn bevor ich mein altmodisches Mobiltelefon aufklappte, um die Nachricht zu lesen, wusste ich, was sie beinhalten beziehungsweise, was sie nicht beinhalten würde. Wir unterhielten uns nur über die Pferde, die Auftritte.

Leider gehörten wir nicht zu den Romanfiguren, die plötzlich die richtigen Worte fanden, wenn sie voneinander getrennt waren, die sich neckische und ironische Kurznachrichten hin und her schickten, die es gar nicht abwarten konnten, sich in die Arme zu fallen. Stattdessen wusste ich nicht, wie ich reagieren würde, wenn Johanna wieder vor mir stand. Als hätte es all die Augenblicke zwischen uns nicht gegeben. Doch um mich zu vergewissern, dass all das passiert war, krempelte ich jedes Mal meine Ärmel zurück, strich langsam über die Blätter, die sich mittlerweile meinen Arm hinaufrankten. Über die zarten Knospen, die aufgehenden Blüten. Wie bei der Stute. Gestochen scharf und dennoch unwirklich.

Ich wusste nicht, was das zu bedeuten hatte. Als ich sie im Gemeindesaal eng an Gregor gekuschelt vorfand – sie hatten so vertraut miteinander gewirkt, so selbstverständlich –, kroch Wut wie eine giftige Schlange aus mir heraus. Zischelnd und bereit zuzuschlagen. Und jetzt verspritzte sie ihr schleichendes Gift in meinen Eingeweiden.

Ständig hing Johanna mit Gregor ab. Ob die beiden etwas miteinander hatten? Mein Abschied war kein Anfang von etwas Neuem gewesen, aber auch kein Abschluss von etwas Altem. Ich hatte sie den ganzen Abend gefühlt, wollte sie nicht mehr gehen lassen, doch Johanna? Sie rutschte von mir weg, dann ließ sie meine Berührungen zu, nur, um sie dann doch wieder zu ignorieren. Sie ließ mich keinen Schritt zu weit gehen, zu früh gehen.

Ich klappte mein Handy auf. Wieder kein Wort über die Freikarten, die ich ihr für jede verdammte Vorstellung schickte.

In der Nacht lag ich stundenlang wach, denn vermutlich würde Gregor morgen für sie da sein und auch übermorgen. Nicht in der Ferne seinen Träumen, seinem Ego hinterherjagen. Ich hörte Adams leises Schnarchen und den in der Nähe dahinrauschenden Verkehr, von Zeit zu Zeit ein an- und abschwellendes Martinshorn, aus dem Augenwinkel nahm ich die ungewohnten Lichter um unser Wohnmobil herum wahr. Ich drehte mich auf den Bauch, verschränkte meine Hände unter dem Kinn und starrte durch das kleine Fenster in die bunte, städtische Dunkelheit. In Dauerschleife hörte ich denselben quälenden Song und schloss meine Augen. Wen und was ich mir dabei vorstellte, werde ich an dieser Stelle allerdings für mich behalten. Ich war ein solcher Arsch. Und ich war am Arsch. Wirklich und unwiderruflich.

Rosalie

Ich flog durch Raum und Zeit.
Durch Sterne und Staub.
Auf der Suche nach einer neuen Heimat.

Jarosch

Wir waren nun seit drei Wochen auf Tour. Aus November war Dezember geworden. Aus Regen Schneeregen. Aus einem farbenfrohen Herbst eine graue und kalte Kargheit. Aus einer wirbelnden Brise ein frostiger Wind.

Ganz abgesehen von der Nervosität vor den Auftritten, die meinen Magen jedes Mal umdrehte, erlebten Adam und ich eine ziemlich coole Zeit. Nicht nur als eingespieltes Team zwischen den nervenaufreibenden Veranstaltungen, sondern auch als Brüder: reden, lachen, rauchen, ein bisschen zu viel trinken – an unseren freien Abenden.

Wir brachten Dutzende Kilometer zwischen uns und unser Zuhause, zwischen mich und meine Probleme, zwischen mich und Johanna.

Während Adam, obgleich daheim Fränzi auf ihn wartete, gar nicht aufhören konnte, mit den Pferdepflegerinnen und Reiterinnen zu flirten, die ständig um ihn und mich herumschwirrten, gab ich meistens vor, Stallarbeiten erledigen oder trainieren zu müssen. Oftmals verkroch ich mich zu dem Roten – nein zu Luke – in die Box oder zu Rosalie und hörte dem beruhigenden Schnauben zu, erinnerte mich an unsere Ausritte. Die geliehene Freiheit, die ich mit ihr gespürt hatte. An ihr Fell, welches wie weißes Gold glänzte. An Lukes Fell, das im letzten Licht der Abendsonne wie der Sonnenuntergang selbst glühte. An die Wettrennen mit Johanna, an die Stuntreitstunden, die ich ihr erteilt und wie sie einmal kurz in meinen Armen gelegen hatte. An ihr Lachen, das noch in der Nacht in mir brannte.

Nicht zum ersten Mal tippte ich eine SMS an sie, die ich nicht abschickte. Wie auch heute. Ich zog mir meine graue Beanie über die Ohren, den Schal bis fast unter die Nase, obwohl es in dem Stallzelt durch die vielen Pferde gar nicht so kalt war. Dennoch zitterten meine Finger, als ich die Nachricht schrieb, immer wieder einzelne Wörter zurücksetzte, immer wieder überlegte, was ich sagen sollte. Konnte.

Kaum hatte ich auch diese SMS wieder gelöscht, tippte ich auf den kleinen, grünen Hörer. Keine Ahnung, warum ich es tat. Doch, ich wusste es: Ich wollte ihre Stimme hören, ihr Lachen. Ich brauchte das Glühen. Das da, tief in meinem Bauch. Es klingelte fünfmal, ich zählte mit, überlegte, ab dem wievielten Klingeln ich aufdringlich erschien. Ich zählte ein sechstes Mal – ging auch noch ein siebtes Mal? Egal. Ich wartete, bis sich Johanna endlich meldete.

»Hi, ich bin es. Jarosch«, stotterte ich vor lauter Aufregung.

»Oh, hi.« Sie klang müde, verschlafen. Es war nicht einmal zehn Uhr abends. »Störe ich? Hast du schon geschlafen?«

»Nein, ich bin … mir geht es heute einfach nicht so gut«, stammelte sie ausweichend. »Wie geht es Rosalie?«, lenkte sie zudem von sich ab.

»Gut. Sehr gut. Aber sag, bist du erkältet?« Eine lange Pause entstand und ich konnte nicht anders, als ungeduldig nachzufragen, ob sie noch dran wäre.

»Ja, bin ich«, murmelte sie. »Es ist nur …«, Johanna räusperte sich, »Merlin hatte eine leichte Kolik. Andere Pferde hatten auch Bauchschmerzen.«

»Und wie geht es ihm jetzt?«, rief ich ins Telefon.

»Wieder alles okay. Der Tierarzt war da. Wir waren den ganzen Tag am Stall, sind gerade erst zurückgekommen. Nur ein Pferd, das musste in die Klinik.« Sie schniefte in den Hörer.

Mein Adamsapfel machte einen enormen Hüpfer. »Scheiße.«

»Nicht so schlimm. Er wird wieder.«

»Wie konnte das nur passieren?«, fragte ich atemlos.

»Keine Ahnung. Jemand muss etwas Verdorbenes oder Giftiges in den Paddock geworfen haben. Wir haben nichts mehr gefunden. Die Pferde hatten vermutlich schon alles erwischt.«

Ich seufzte auf, hielt jedoch erst im letzten Moment meine Hand über den Lautsprecher.

»Vielleicht haben sie auch bloß zu viel Schnee auf der Koppel gefressen oder es ist das Wetter. Manche Pferde sind nicht so robust und reagieren empfindlich auf die Wetterkapriolen.«

»Aber doch nicht Merlin?«

»Nein, nicht Merlin.« Sie machte abermals eine Pause. »Eigentlich hatte ich auch gedacht, dass vielleicht dein Bruder … na ja, dass Matti vielleicht etwas gesehen haben könnte«, fing Johanna an zu stammeln.

Er war mit unserer Mutter auf dem Hof geblieben, damit wenigstens ein *Mann* zu Hause war, um nach dem Rechten zu sehen. So machten wir ihm das Daheimbleiben schmackhaft, da er beleidigt und zornig gewesen war, wegen der Schule nicht mit auf Tour gehen zu dürfen.

»Was?«

»Beruhig dich, Jarosch. Matti war manchmal am Stall. In letzter Zeit allerdings nicht mehr.«

»Was tut er da? Er hat dort nichts zu suchen!«

»Er wollte nur das Pferd seines großen Bruders bewundern. Des Bruders, der ihn nie mitnehmen wollte.«

Ich schluckte hart und Johanna redete weiter: »Er hat mir hoch und heilig versprochen, dass er die Pferde nie angerührt hat. Nichts gesehen hat. Ich glaube ihm. Mach ihm bitte nicht die Hölle heiß. Hörst du?«

Ich wechselte das Thema, wollte jetzt nicht über Matti und seine Flausen, mein schlechtes Gewissen nachdenken: »Warum hast du mir nicht vorher gesagt, was passiert ist?«

Sie zögerte. »Wir wollten es dir nicht sagen. Du sollst deine Zeit genießen. Hier ist alles gut. Wirklich.«

Wir? »Wer ist eigentlich wir?« Oh Gott, wie musste ich mich wohl anhören? Wie die Ehefrau, die mit dem Nudelholz hinter der Tür auf ihren Mann wartete?

»Gregor und ich.« Und dann hörte ich ein geflüstertes »Was sagt Jarosch?« im Hintergrund.

Er war bei ihr.

Ich stolperte über meine eigenen Worte, Gedanken, Bilder, die vor mir auftauchten. Gregor und Johanna. In ihrem Zimmer. Auf ihrem Bett. Zwischen ihren Laken.

»Er ist bei dir?«, fragte ich mit heiserer Stimme.

»Ja, klar«, antwortete sie völlig unschuldig. »Er ließ es sich nicht nehmen, mich nach Hause zu bringen, nachdem das heute passiert ist. Er war den ganzen Tag mit am Reitstall. Und jetzt haben wir uns ein wenig verquatscht.«

Verquatscht.

Zögernd bemerkte ich: »Also ja, dann, dann will ich euch nicht länger stören.« *Bei dem, was ihr gerade macht.*

Wenn noch alles so wie früher gewesen wäre, vor unserem Streit, hätte sich Gregor das Telefon geschnappt und mich ausgequetscht, wo wir gerade wären, wie mein Tag aussehen würde, er würde zugeben, dass er ganz schön neidisch wäre, dass ich on the road wäre, wie er sich ausdrückte, und nicht in der Schule. Er hätte gefragt: *Hey, wie geht's dir, Jarosch? Was machen die Mädels? Wie ist das Bier dort?* Aber er würde sich nicht im Hintergrund verstecken. Was war da los?

Meine Pause hielt zu lange an. Johanna wusste nicht so recht, was sie sagen sollte. Ich wusste es auch nicht, obwohl es so viel zu sagen gab. Dass ich sie vermisste, dass ich vor Aufregung fast platzte, dass ich auf ihren Besuch wartete. Und dann sah ich Gregor vor mir. Johanna. Plötzlich konnte ich nicht anders, als es mir einzugestehen. Sie passten gut zueinander. Viel besser als Johanna und ich. Johanna und ich. Wie absurd.

Zwischen zusammengepressten Zähnen stieß ich schließlich hervor: »Ich muss dann jetzt auch aufhören. Ich muss mich um die Pferde kümmern.« Dann legte ich einfach auf, mit zitternden Händen, ohne eine Antwort abzuwarten.

Dass ich diese Nacht wieder wach liegen würde, war zu erwarten. Nicht nur wegen all der Rücken- und Kopfschmerzen aufgrund des Stresses, der anstrengenden Proben und der vielen Arbeit. Ein erneuter Gang zum Arzt, weil ich verschreibungspflichtige Schmerzmittel brauchte, einen anderen Wirkstoff, eine stärkere Dosis, stand mir unmittelbar bevor.

Heute Nacht hörte ich wieder den gleichen Song, immer und immer wieder, doch dieses Mal sah ich nicht Johanna und mich in meinen Träumen, denn, verdammt, ich litt unter echt heftigem Liebeskummer.

Mein Unterarm lag auf meinen Augen, bevor ich einschlief. Ich bemerkte, wie einzelne Blüten auf meiner Haut austrockneten, zerfielen, wie Blatt für Blatt abstarb und Ascheflocken gleich hinabtrudelten, verschwanden. Der Winter hielt Einzug auf meiner Haut. Beißende Eifersucht überzog mich wie Frost.

Rosalie

Ein neuer Sturm zog auf.

Weit entfernt.

Und dennoch strömte er durch meinen Körper, wirbelte meine Mähne auf.

Johanna

Vergiftung.

Das war Gregors erster Gedanke nach den Vorfällen heute gewesen und sein einziger, nachdem ich nun gemeinsam mit ihm auf der Couch bei mir im Zimmer saß. Eingebettet in unzählige Decken, die kalten Zehen in wollenen Socken steckend, aneinander gekuschelt. Weil ich Ablenkung brauchte, hatte er DVDs seiner Lieblings-Comedy-Serie von nebenan geholt und war mit einem Teller voller Plätzchen und einer Thermoskanne Glühwein zurückgekommen. Vorsichtig nippte ich an dem heißen Gebräu.

Doch wäre ich auch auf diesen Gedanken gekommen? Vergiftung?

Am Morgen nach Jaroschs Abreise liefen die Pferde ganz aufgebracht auf der Straße umher – womöglich hatte jemand am Abend zuvor ein Tor nicht richtig verschlossen. An einem anderen Tag hatten Fremde verschimmeltes, weiches Brot und verfaultes Gemüse in den Paddock geworfen – Menschen, die es nicht besser wussten und es auf ihre verdrehte Art gut gemeint hatten. An wieder einem anderen Tag lagen im Heu und auf dem Auslauf große und kleine Glassplitter herum – wieder nur ein Zufall?

Absichtlich hatte ich die eine oder andere Sache soeben Jarosch am Telefon verschwiegen. Er sollte sich nicht allzu sehr aufregen, das Geld verdienen, welches er dringend benötigte, und nicht vorzeitig abreisen. Aber hätte er das auch getan? Schließlich war keines seiner Pferde betroffen.

Doch ich gestand Jarosch auch einen anderen Vorfall nicht. Kurz vor seinem Tourauftakt ging ich mit Gregor ausreiten. Seit Schulbeginn nach den Herbstferien brauchte er einen neuen Trainingspartner. Denn seine Freunde hatten bei dem Mistwetter keine große Lust auf Radfahren und Joggen und gingen lieber ins Fitness-Studio, was sich Gregor wiederum nicht leisten konnte und wollte. Deshalb ließ ich mich dazu überreden, seine persönliche Stoppuhr zu spielen. Vielleicht wollte ich Jarosch auch eins auswischen, jetzt, da er selbst so viel allein trainierte und meine Hilfe nicht mehr benötigte. Aber vielmehr war es eine Entschuldigung, die ich nur allzu gern annahm.

Die Sonne schien matt, der Winter bereitete sich darauf vor, sich in unseren Knochen einzunisten. Gregor wollte mich heute das erste Mal nicht nur zu Fuß oder mit dem Rad begleiten, sondern hohen Rosses. Obwohl Rosalie tänzelte, bevor ich in den Sattel steigen konnte, und ich Gregor versprach, den Ausritt abzublasen, ohne es jemandem zu verraten, bestand er darauf. In all seiner unerschütterlichen Männlichkeit. Und mit Schweißperlen auf der Stirn. Das und der schief sitzende Reithelm ließen ihn alles andere als souverän wirken. Merlin jedoch schritt brav neben Rosalie und mir her, aber sie klapperte nur nervös auf ihrer Trense herum und ich konnte sie kaum in einem ruhigen Tempo halten. Ein Kribbeln im Magen sowie ein Prickeln im Nacken überkamen mich. Das spürte ich öfter vor Aufregung, bevor ich auf Rosalie aufsaß oder gar auf Luke, aber dieses Mal konnte ich das Unbehagen nicht abschütteln.

Wir ließen karge, frostige Wiesen hinter uns und bogen in den Wald ab, als Rosalie mit einem Ruck unter mir davonschoss. Sie stürmte den Weg entlang, sodass die Kieselsteinchen unter ihren donnernden Hufen nur so davonspritzten. Ihr Atem hielt den Takt mit dem Dreischlag des Galopps, sie keuchte und schnaubte und ihre Vorderbeine wirbelten fast bis zu ihrer hochgetragenen Nase empor. Ich hielt mich mit meinen dicken Winterhandschuhen an ihrer Mähne fest, konnte sie langsam zügeln, doch auf einmal kreuzte ein anderer Reiter unseren Weg. Aus dem Augenwinkel nahm ich ihn nur als undeutlichen Schemen wahr. Rosalie machte abrupt einen Satz zur Seite und ich verlor das Gleichgewicht. Einen Moment noch konnte ich mich an ihrem Hals festklammern, doch einer der Steigbügelriemen riss mit einem lauten Ratsch und ich flog in hohem Bogen in den Graben am Wegrand. Ich sah Sternchen, hörte Engelchen, spürte meinen schmerzenden Po, auf den ich als Erstes geprallt war. Von Rosalie sah ich lediglich die Hinterbeine, die sie tief unter ihren Bauch setzte, sowie die Abschwitzdecke, die wild um ihre Kruppe flatterte. Hätte mir die Schulter nicht so geschmerzt, auf die ich dann wohl auch gefallen war, hätte ich meine Faust geballt und wie ein Kleinkind in den Boden gerammt. Mist! Mist! Mist!

Der fremde Reiter kam aufgebracht auf uns zu und im ersten hoffnungsvollen Moment musste ich an Jarosch denken. Aber nein, mir war ganz schwindelig zumute, der Unbekannte war kleiner, hatte eine stämmigere Figur. Außerdem trug er eine neonfarbene Skijacke und eine Skimaske, die fast nichts von seinem Gesicht entblößte. Nie würde Jarosch sich so kleiden. Er entschuldigte sich mehrmals und erst, als er sich zu mir hinunterbeugte und mir seine grobe, schwielige Hand reichte, erkannte ich ihn aus zusammengekniffenen Augen. Mittlerweile hatte er sich die Mütze vom Kopf gezogen. Es war Boris, der Angestellte der Ullmanns. Sein Pferd, ein dunkelbraunes Warmblut, stand zähneknirschend und verschwitzt neben ihm. »Mann, das tut mir echt leid, ihr wart so schnell unterwegs, ich habe dich nicht kommen sehen. Wirklich nicht.« Während ich mich mit seiner Hilfe aufrichtete, redete er weiter: »Alles in Ordnung bei dir?« Ich nickte bloß, zog mir den Reithelm vom Kopf und rieb mir die Schläfen. »Soll ich dein Pferd wieder einfangen? Es tut mir ja so leid.«

Allmählich kam ich wieder zu mir und antwortete mit leichter Verzögerung, dass das nicht nötig sei und die Stute sich von Fremden sowieso nicht berühren ließ, er solle lieber zu meinem Freund reiten, der ein unerfahrener Reiter sei, und nach ihm schauen. Während ich mich mit weichen Knien und einem schwummrigen Kopf auf den Weg machte, um nach Rosalie zu suchen, rief ich Gregor mit meinem Handy an. Auch bei ihm war alles gut. Er war sofort abgesprungen, als die Situation brenzlig wurde, und obwohl Merlin sich dauernd losreißen und uns hinterherrennen wollte, konnte er ihn halten. Ich war so dankbar und erklärte ihm, dass ich Rosalie finden wollte und dass Boris auf ihn zugeritten käme.

Kaum hatte ich aufgelegt, spielten meine Gedanken verrückt. Ich sah Rosalie vor mir, wie sie verwirrt auf der Landstraße umherirrte und Autos hupend ausweichen mussten. Ich sah sie vor mir, wie sie sich in den herabhängenden Zügeln verhedderte und stürzte. Ich sah sie vor mir, wie sie am Horizont entlangeilte. Immer weiter. Immer schneller. Ihrer Freiheit entgegen. Ihrer Heimat. Fast wollte ich, dass es so geschah. Ich lief den Waldweg weiter voran, hielt nach ihr Ausschau und rief ihren Namen, doch sie tauchte nicht auf. Nicht hinter der nächsten Kurve, auch nicht hinter der danach. Ich wollte schon aufgeben und umdrehen, es wurde bereits dunkel, die rote Sonne glimmte nur noch spärlich zwischen den schwarzen Ästen und Zweigen hindurch und es wurde empfindlich kühl, als ich plötzlich leises Hufgetrappel wahrnahm. Laut schnaubend kam Rosalie auf mich zugetrabt, auf ihrem Fell tanzten weiße Schaumwölkchen aus Schweiß. Die Zügel baumelten zerrissen von ihrem Kopf herab. Erleichtert wie ich war, schloss ich sie sofort in die Arme, heulte eine kleine Ewigkeit, bis ich mir die Tränen mit dem Ärmel abwischte. Als ich mich für den Rückritt in den Sattel schwingen wollte, hüpfte sie mit wild schüttelnder Mähne zur Seite. Ich versuchte es ein weiteres Mal, doch weil sie sich immer mehr aufregte, lief ich schließlich den Weg zurück.

Endlich traf ich auf Gregor und Boris. Dieser hob gerade etwas vom Boden auf. Es war der kaputte lederne Steigbügelriemen mitsamt dem Steigbügel daran. Gregor blickte mich kurz erleichtert an und nickte mir zu, dann richteten sie ihre gesamte Aufmerksamkeit auf den Riemen.

Ja, hallo? Ich habe überleeeeebt!

»Wie kann der bloß reißen, so alt und brüchig sieht das Leder gar nicht aus«, meinte Boris, den Blick nicht von dem Riemen nehmend.

Gregor riss ihm den Gegenstand aus der Hand und betrachtete ihn eingehend. »Meinst du etwa, den hat jemand manipuliert? So weit durchgeschnitten, angesägt, bis er unter Belastung reißt?«

CSI Sonnberghausen.

Ich selbst konnte mir den Lederriemen leider nicht genauer ansehen, denn Rosalie zappelte schrill wiehernd an meiner Hand herum und hüpfte mehrmals weg, sodass ich Abstand zu den beiden halten musste. Ich schob ihre andauernde Nervosität auf den frostigen Winterwind, der um unsere Nasen blies und ihre Sinne verunsicherte und verwirrte, weil er Gerüche von weit her zu uns schickte und den Tannenwald laut rauschen ließ. Frostspitzen regneten von den Zweigen auf uns herab. So kam ich noch nicht einmal dazu, die grüne Fleecedecke auf ihr zurechtzuzupfen, die ich ihr vorsichtshalber vor dem Ausritt aufgelegt hatte, falls wir in die Dämmerung geraten sollten. Ich konnte nur hoffen, dass die zwei Jungs zu sehr mit ihrer Entdeckung beschäftigt waren und die tanzenden Ranken auf ihrem Fell nicht bemerken würden.

»Wäre möglich. Anders kann ich mir das nicht erklären«, erwiderte Boris.

Aufkeuchend versuchte ich eine Frage zu formulieren, aber ich bekam keinen Ton heraus. Meine Zunge war schwer wie Blei, pelzig noch dazu, meine Beine hingegen weich wie Pudding. Ich war zu geschockt. Wer zum Teufel sollte … wer würde … nein, das war unvorstellbar! War das gegen mich oder Jarosch gerichtet? Persönlich? Aber warum? Wem hatte ich etwas getan? Was hatte Jarosch getan?

Notgedrungen lief ich mit Rosalie ein Stückchen voraus, aber ich war ihr immer noch nicht schnell genug, sodass sie seitwärts vor mir her tippelte und aufgebracht den Kopf herumwarf oder gar stieg. Ich bekam die Unterhaltung zwischen Gregor und Boris, der uns eine Weile begleitete, deshalb nur bruchstückhaft mit. Stattdessen blickte ich immer wieder in ihre Augen, ich sah fast nur das Weiß darin. Lag die Wahrheit in ihnen?

In jener Nacht träumte ich, dass Rosalie nicht mehr zurückgekommen war.

Die Funkensprühende

In mir explodierten tausend Sterne. Ein ganzer Himmel voll.

Immer und immer wieder.

Ich glühte.

Es war so hell, dass ich keine Schatten sehen konnte.

Johanna

Meine Handflächen brannten noch immer vom vielen Klatschen, als meine Finger über die weichen Nüstern von Rosalie strichen.

Jarosch hatte mir in den letzten Wochen ständig Eintrittskarten geschickt, jeweils mit Backstage-Zutritt, doch ich nahm keine Einladung wahr, bis mich Mum und Gregor dazu drängten, mir das Spektakel nicht entgehen zu lassen. Irgendwann stimmte ich Augen rollend zu. Also löste ich ohne Jaroschs Wissen ein Zugticket, natürlich Rückfahrt inklusive, und brauste mit dem Zug gen Jarosch, Rosalie und Luke.

Schon auf den letzten Metern, die ich vom Bahnhof aus mit dem Bus zurücklegen musste, entdeckte ich die Plakate des *Blue Moon*. Überall zierten sie die Straßen.

Nur dieses Wochenende: Snowfall at Scarborough Fair – Eine winterliche Reise.

Abgebildet war ein Ritter, der in einem mit Fell besetzten Mantel gekleidet war, auf seinem steigenden Pferd. Beide steckten sie mitten in einem Schneesturm. Sehr dramatisch. Spätestens jetzt hatte mich die Vorfreude gepackt, doch als ich das Zirkuszelt erblickte, stockte mir der Atem. Vergessen waren der Alltag, die Mutmaßungen am Stall, die Vorkommnisse dort. Merlin flitzte außerdem wieder putzmunter umher. Vergessen war auch all die Unsicherheit, Jarosch wieder gegenüberzutreten. Ich schüttelte meine Bedenken ab wie den frisch gefallenen Schnee von den Handschuhen.

Wie bereits auf dem Mittelaltermarkt, fühlte ich mich im Nu in eine andere Zeit versetzt. Das Hauptzelt aus blau-weiß gestreifter Plane stand inmitten mehrerer kleinerer Zelte. Auf ihren Kronen prangten beleuchtete Sterne, nur auf dem größten Zelt eine blaue Mondsichel. *Blue Moon*. An den mit Frost überzogenen Streben, die die Zelte am Boden befestigten und miteinander verbanden, baumelten unzählige weiße Lichterketten und kleine Flaggen, die im abendlichen Wind hin und her wehten. Eine Schneeschicht, wie Zuckerguss auf einer Torte, zierte die Leinen und Lichter und glitzerte erwartungsvoll. Die Luft war kalt und trocken. Schnee knirschte unter meinen Stiefeln, als ich mich von dem Anblick löste und weiterging. Von Fackeln beleuchtete Plakate, die Impressionen der Show zeigten – kolossale Kaltblüter, vorwitzige Ponys, imposante Friesen –, säumten den Pfad bis hin zum Kartenhäuschen. Dort hatte sich bereits eine Schlange gebildet. Aufgeregtes Getuschel, heiteres Geplauder und fröhliches Gelächter empfingen mich, doch da ich bereits ein Ticket in der Hand hielt, konnte ich die Menschenmenge passieren. Angelockt vom Duft nach Popcorn und gebrannten Mandeln, kaufte ich mir je eine Tüte. Auf dem Weg zu meinem Sitzplatz hielt ich natürlich verstohlen Ausschau nach Jarosch, oder zumindest nach seinem älteren Bruder. Aber nur ein gelegentliches Wiehern hier oder ein aufgeregtes Schnauben dort ließen darauf schließen, dass ich mich in einer Pferdeshow befand. Weit und breit waren weder Reiter noch Pferde zu sehen. Im Zelt hingegen roch es nach Sägespänen, nach Pferd, nach Aufregung. Allmählich füllten sich die Ränge, ich zog mir Mantel, Mütze und Schal aus, als ich ganz vorne, direkt an der Bande, Platz nahm. Jarosch hatte mir einen der besten Plätze gesichert!

Dann wurde es auf einmal ganz dunkel und still, das Stimmengewirr ebbte ab, die Deckenbeleuchtung wurde eingeschaltet. Ein Himmel aus in unterschiedlicher Höhe hängenden weißen, goldenen und silbernen Sternen erstrahlte, deren Ornamente ein Meer an Formen und Mustern auf Decke und Wände, Boden und Zuschauer warfen. Sie beleuchteten einen kleinen Wald, weiße, karge Birken, die kopfüber von der Decke hingen und deren Äste und Blätter wie Weiden nach unten zeigten. Ich fühlte mich wie in einem Märchenwald. Musik setzte ein, die Melodie einer rostigen Spieluhr. In der Mitte der Arena stand ein Podest, über und über mit goldenen Schnörkeln verziert, auf dem eine Ballerina, in ihrem schneeweißen Tüllkleidchen zart wie eine Elfe wirkend, tanzte. Grand jeté, Fouetté en tournant, Pirouetten, Arabesquen. Um sie herum galoppierten, passagierten, piaffierten zwei reiterlose Schimmel, wie von unsichtbarer Hand dirigiert.

Mein Mund stand offen. Meine Süßigkeiten waren vergessen. Auch bei den folgenden Darbietungen und der Musik, die wie bereits auf dem Mittelaltermarkt eine Mischung aus Folklore mit glockenklarem Gesang und keltischen Einflüssen, mittelalterlichen oder gar orientalischen Melodien und Instrumenten bot. Es war eine Reise über Zeiten und Kontinente hinweg.

Adam präsentierte sich und seine mehrspännige Ungarische Post, mit der er sogar über Feuer sprang, gekonnt. Eine Friesendressur wurde gezeigt, bei der ein auf Stelzen laufender Puppenspieler die Fäden an Pferd und Reiter zog, sodass diese wie seine Handpuppen wirkten.

Aber mein Herz wurde freigelegt, als endlich die Stuntreiter die Manege betraten. Ganz unerwartet setzte nach all den melancholischen oder dramatischen Liedern fröhliche Swingmusik ein. Trompeten, Posaunen, ein Schlagzeug, ein Piano, trommelnde Schlagzeuge. Rhythmus und Lebensfreude pur, und alles andere verblasste, jede lustige Clownerie mit Eseln, Lamas und Hunden, jede noch so punktgenaue

Quadrille, als ich Jarosch entdeckte. Seine Haare zu einem kurzen Zopf gebunden, war er in braune Stoffhosen mit Bundfalte, einen karierten Pullunder mit Hemd und Krawatte darunter gekleidet. Andere Reiter trugen Hosenträger sowie Ballonmützen, die nicht lange auf ihren Köpfen bleiben wollten. In einem rasanten Tempo preschten sie in die Halle, Zeitung oder ein Buch lesend, Tee trinkend, eine Pfeife rauchend, die Mützen haltend. Blätter flogen knisternd auseinander, Tee schwappte über die Tassen, doch die Pferde galoppierten Runde um Runde weiter, während die Reiter zu ihren ersten Stunts ansetzten.

Reiter? Was sagte ich da? Ich hatte nur Augen für einen einzigen und seinen wendigen Fuchs, dessen Fell im sanften Licht wie flüssige Bronze schimmerte. Jarosch legte sich rücklings über den Hals von Luke. Seine Füße ließ er in der Luft baumeln und las kopfüber die Zeitung. Ich kicherte, denn ich hatte ihm irgendwann einmal gestanden, was ich über ihn dachte, als ich ihn das erste Mal reiten sah. Jarosch hatte die Idee von mir aufgegriffen und in kurzer Zeit mit seinem Team zu einer athletischen, aber humorvollen Slapsticknummer umgesetzt.

Dann streckte er sich plötzlich seitlich neben dem Wallach aus, im rechten Winkel zum Boden, da ihm ein paar Blätter davongeflattert waren und er sie wieder ergreifen wollte. Das Publikum lachte laut auf, als er, um seine Zeitung zu bekommen, die unglaublichsten Positionen einnahm: Er baumelte kopfüber von Luke, streifte mit den Händen den Boden, erreichte jedoch nie den Sportteil. Oder er hing unter dem Bauch des Pferdes, die Hufe dicht an seinem Kopf den Sand aufwirbelnd. Er klammerte sich mit den Füßen an ledernen Schlaufen des Sattels fest, hing kopfüber mit seinem Oberkörper über der Kruppe von Luke, richtete sich schnell die Krawatte und strich sich den Pulli glatt, erntete weiteres Gelächter, und schnappte sich das Buch eines Mitreiters, der ihm nun mit geballter Faust drohte.

Mittlerweile war ich atemlos vor Begeisterung, und spätestens, als sein Stuntpferd stieg und auf den Hinterbeinen vorwärtshüpfte, eine Courbette vollführte, und Jarosch sich über Lukes Hals beugte, immer noch die Zeitung in der Hand, blieb mein Herz stehen. Ohne völliges Vertrauen und Gleichgewicht wäre das niemals möglich.

Und jetzt stand ich nach dem Ende der Vorführung vor Rosalies Box in dem großen Stallzelt, streichelte eine Rose auf ihrer Stirn, Luke buhlte direkt daneben um die gleiche Aufmerksamkeit. Beide trugen sie saphirblaue Abschwitzdecken, bestickt mit dem Logo des Zirkus. An jeder Boxentür prangte ein rotes Schild:

Füttern und Streicheln verboten!

Sollte es so einfach sein, ihr Geheimnis zu bewahren?

Rosalies Augen strahlten mit der mit bunten Glassteinen besetzten Trense, die dort an einem Haken hing, um die Wette.

Als Jarosch ohne Sattel mit ihr in die Manege ritt, dafür aber mit diesem filigranen Kopfstück, das aus feinstem Leder, silbernen Kettchen und umherbaumelnden Steinchen bestand, stiegen mir Tränen in die Augen. Ihr Fell schimmerte mitsamt der Blüten, Dornen und Ranken, als wäre ein Tuch aus feinster Spitze über ihr ausgebreitet worden. Ihr Erscheinen harmonierte perfekt mit Jaroschs, der einen Frack aus silberweißem Brokat trug. Er lachte über das ganze Gesicht, während Rosalie unter ihm lief wie auf Wolken. Unbeschwert, leichtfüßig und dennoch beeindruckend. Denn sie musste einfach nur da sein, damit die Leute ins Staunen gerieten. Ihre Bewegungen waren fließend und kraftvoll wie das Meer, sie leuchtete von innen heraus. Genauso wie Jaroschs Augen. Sternschnuppen glühten darin, ohne zu erlöschen. Er entflammte eine Supernova in mir.

Dann beugte er sich über ihren Hals und streifte ihr noch im Galopp Zügel und Trense vom Kopf, ritt mühelos auf ihr weiter, nur um im nächsten Augenblick mitten in der Bewegung abzuspringen. Rosalie nutzte die Gelegenheit und galoppierte wie wild davon und durch die Arena, den mächtigen Hals stolz in die Luft gereckt. Ihre Hufe ließen den Boden ebenso wie die Herzen der Zuschauer erbeben. Auf einen Wink Jaroschs hin stoppte sie abrupt ab, trabte erhaben auf ihn zu und folgte ihm wie von Geisterhand geführt. Gänsehaut überzog meine Arme wie Frost das Zirkuszelt.

Er zeigte mit ihr eine von Harmonie, Vertrauen und Respekt geprägte Freiheitsdressur mit Spanischem Schritt, Piaffe, Passage und anderen zirzensischen Lektionen – er brauchte dazu weder Peitsche noch Gerte, weder Trense noch Zügel.

Feiner Schnee rieselte mit einem Mal von der Decke in die Manege hinab, bedeckte die kopfüber hängenden Bäume, Pferd und Reiter, die Zuschauer. Tränen liefen mir übers Gesicht, und die Musik, die sie begleitete, ein Instrumentalstück mit Harfe und Geige, tat ihr Übriges. Ich tupfte mir mit dem Ärmel meiner schwarzen Chiffon-Bluse die Augen ab, damit ich den Rest der Show nicht verpasste.

Genau wie in jenem Moment, als ein »Hey, wen haben wir denn hier? Sieh mal einer an!« durch die Gasse des Stallzelts ertönte.

Ich strich mir die Haare zurück, auf denen immer noch der künstliche Schnee klebte. »Hallo«, antwortete ich leise und schüchtern. Im ersten Moment dachte ich, man würde mich wegschicken, weshalb ich in meiner Handtasche bereits nach dem Backstage-Ticket wühlte, aber dann erkannte ich Adam.

Er schlenderte lässig auf mich zu, schaute dann hinter sich. »Hey, Jarosch, komm mal schnell her.«

Noch einmal strich ich mir Pony und Strähnen zurecht, zupfte an meiner Bluse herum. Adams Haare saßen makellos. Genauso wie sein an Zorro angelehntes Kostüm. Ihm fehlte nur die Maske, dafür trug er zu viel Glitzer für einen Rächer der Armen.

Jarosch schlängelte sich durch die Handvoll Reiter und Pfleger, die nach den Darbietungen die Tiere versorgten, und an den Zuschauern vorbei, die ebenso wie ich Zutritt zu den Stallungen hatten und fachmännisch über Können und Nicht-Können der Showreiter parlierten und deren Pferde nun aus der Nähe begutachteten.

Und dann stand er vor mir, in seinem Prunkgewand aus dem mit Silberfäden durchwebten Stoff. Statt ihn anzublicken, musterte ich die glänzenden Blüten, Schnörkel und Ornamente, bis Adam ihm kräftig auf den Rücken klopfte. »Nicht schlecht, mein kleiner Bruder, was?«

Was meinte er damit? War es nicht schlecht, dass ich hier war, oder war es nicht schlecht, wie er aussah oder wie er geritten war? Ich entschied mich zunächst für die letzte Möglichkeit, vor allem, als ich Jaroschs verlegenes Lächeln entdeckte, das sich auf seine Lippen stibitzte. »Ja, du warst echt gut.« Meine wahre Meinung, die weitaus enthusiastischer ausfiel, konnte er sicherlich in meinen Augen lesen. »Aber in dem Fummel könntest du auch Mozart in einem Rockvideo Konkurrenz machen!«

Adam lachte laut auf und fragte: »Meinst du mich oder ihn?«

Jarosch schaute zerknirscht, danach verbeugte er sich wie ein Höfling und wedelte affektiert mit der Hand herum. Ich biss mir auf die Lippen, um nicht grinsen zu müssen.

»Du hättest die beiden gestern sehen sollen! Bei ihrer Premiere! Ein Glück, dass du da nicht da warst! Da ist Rosalie erst einmal mehrere Runden ohne ihn durch die Arena gerannt, bevor sie wieder zugehört und mitgearbeitet hat«, witzelte Adam, dass sein schwarzer Umhang um seine Schultern wehte. »Doch heute war ihm Fortuna hold. Oder was auch immer!« Nach einer bedeutungsschweren Pause, in der sein Blick zwischen Jarosch und mir hin und her glitt wie dieser komische Besen beim Curling, und ich unwillkürlich die Lider senkte, fügte er beinahe ernst hinzu: »Oder das viele Trainieren hat eben doch etwas gebracht.« Adam zwinkerte mir zu und schloss mich in die Arme, so unerwartet, dass ich zunächst nicht wusste, wohin mit meinen Händen. »Schön, dass du gekommen bist«, flüsterte er in mein Ohr, bevor er mich losließ.

»Gern geschehen«, meinte ich schüchtern. Herrje.

»Na, kommst du noch mit? Wir müssen Jaroschs gelungenen Auftritt feiern!«

Doch bevor ich auch nur nicken oder gar antworten konnte, ein Nein hätte er sowieso nicht akzeptiert, hakte er mich auch schon unter.

Jarosch einen raschen Blick zuwerfend, wünschte ich mir, er wäre ein kleines bisschen mehr wie sein älterer Bruder und bereute diesen Gedanken sogleich. Jarosch sah so stolz aus in seinem stattlichen Frack, aber gleichzeitig bescheiden und zurückhaltend. Einige Strähnen hatten sich aus seinem Zopf gelöst und hingen ihm vorwitzig in Stirn und Wangen, die nun viel fülliger und rosiger waren als noch wenige Wochen zuvor bei seinem Abschied.

Adam zog mich durch das Stallzelt, in dessen Gasse sich Sättel und Trensen sowie riesige Rundballen Heu und Stroh türmten und jetzt auch einige Hunde tollten. Wuschelige Schoßhunde, drahtige und flinke Terrier, elegante Windhunde, sanft dreinschauende Wolfshunde. Einen Blick auf die Pferde in ihren Boxen konnte ich nicht erhaschen, da ich ansonsten Gefahr gelaufen wäre, auf die Pfoten eines der quirligen Handtaschenhündchen zu tappen. Im nächsten Stallzelt, das etwas größer war, stand bereits eine Schar Reiter und Pfleger beisammen; lachend, trinkend, in den verschiedensten Dialekten und Sprachen plaudernd. Sie reichten ein Tablett mit Gläsern, die randvoll mit Sekt gefüllt waren, in der Runde herum, doch als ich an der Reihe war, lehnte ich dankend ab.

»Na komm schon. Johanna. Das ist auch dein Erfolg«, forderte Adam mich auf. Wieder umspielte ein verschmitztes Lächeln seine Mundwinkel.

»Nein, danke, ich muss noch fahren.«

Jarosch und sein Bruder guckten mich verdattert an.

»Also mit dem Zug. Mit dem Zug muss ich noch fahren«, stotterte ich, als schon die halbe Runde zu grölen anfing. Die Röte stieg mir auch ohne Blubberwasser ins Gesicht.

»Das ist übrigens das Mädchen, das Jaroschs Pferd, Rosalie, ausgebildet hat«, meinte er eine Spur zu laut und deutete zu allem Überfluss auch noch auf mich, bevor er seine Lobeshymne ins Englische übersetzte und ins Rumänische, wie ich vermutete.

Schnell schnappte ich mir Jaroschs Sektkelch, berührte dabei flüchtig seine Finger, und nippte daran. Jarosch blickte mir in die Augen, ich hielt seinen Blick fest, und er strahlte mich heute das erste Mal an. Er pflückte eine künstliche Schneeflocke aus meinen Haaren. Ein Feuerwerk an Emotionen wurde in meinem Bauch angezündet, denn jetzt stieg mir die Hitze nicht nur ins Gesicht, sondern Wärme sprühte durch mich hindurch wie tausend glühende Funken. Vielleicht lag es auch nur an dem Alkohol.

Nur am Rande bekam ich noch mit, wie das Team mir anerkennend zunickte oder mir mit allen fünf Fingern in die Schulter kniff. Vielleicht wäre ein blauer Fleck morgen in der Frühe ein Beweis dafür.

Die beiden Brüder brachten mich, nachdem sie mich etlichen Crewmitgliedern, deren Namen ich gleich wieder vergessen hatte, vorgestellt, mir die Stallungen und Übungszelte, die nun in aller Stille dalagen, gezeigt hatten, zum Bahnhof. Währenddessen erzählten sie mir von den Veranstaltungsorten, den Sehenswürdigkeiten, für die sie keine Zeit fanden, den Trainern, von all den Tieren, aber besonders von Rosalie und Luke. Hunderte Male versicherten sie mir, dass sie sicher war, dass sie sich auf ihre Teamkollegen verlassen konnten, niemand ihr wahres Ich erkennen würde. Sie würde ständig eine Decke tragen, nur Adam und Jarosch würden sie versorgen, sonst ließ Rosalie niemand in ihre Nähe. Als mich nun Gewissheit und Ruhe durchfloss, war ich nicht weniger stolz als Jarosch, und alle Wirklichkeit sauste wie auf einem fliegenden Teppich davon.

Auf meinem Sitzplatz im Zug rollte ich mich zusammen und stellte fest, dass ich mich auf dem Weg nach Hause befand, doch Jarosch schon längst angekommen war. Die Funken erloschen und kräuselten sich zu staubiger Asche zusammen.

Ich presste meine Handfläche an das frostige Fenster und spürte meine vom vielen Klatschen noch immer heißen Hände, das Prickeln seiner Haut auf meinen Fingerspitzen.

Frosthauch

Frost kroch auf uns zu.

Wie lange Schatten, kurz bevor es Nacht wurde.

Johanna

Habt ihr denn keine anderen Probleme?« Meine Stimme zitterte und überschlug sich gleichzeitig. Nicht zu vergessen die Tränen, die in schwarzen Mascara-Bächen meine Wangen hinabflossen.

Gerade war die Polizei vom Talwiesenhof gefahren und Skye und die anderen Mädchen konnten über nichts anderes reden als über das bevorstehende Silvesterreiten, das wohl jeden 31. Dezember zusammen mit einem Teil des Ensembles des *Blue Moon* veranstaltet wurde. Sie stritten darüber, wer an welcher Position in der Springquadrille reiten sollte und ob sie ihren Pferden Sterne oder doch lieber Herzen ins Fell rasieren wollten.

Ich rief ihnen noch ein paar unschöne Dinge hinterher, aber nachdem die Show zu Ende war, verließen die Gaffer nach und nach den Tatort. Plötzlich ergriff mich jemand am Arm, ich wollte mich schon wehren, bis ich bemerkte, dass ich mich an Jaroschs Brust befand, an seinem kratzigen Strickpullover. Mit Rauten- und Zöpfchenmuster. Er hatte mich in seine Arme gezogen, versteifte sich dabei unmerklich.

Aber wie brachte man ein hysterisch schluchzendes und fluchendes Mädchen am besten zur Ruhe? Man presste es an sich und musste zudem das verschmierte Gesicht nicht länger ertragen. Und auch nicht dessen peinliche Beschimpfungen. Die erstickte man wohl besser in Kratzbürstenwolle. So tat das Armand LaVie mit seiner Clarissa auch ständig, wenn sie in eine ihrer existenzialistisch-vampiristischen Depressionen verfiel, nur trug der bestimmt nie fiese Schafwolle, sondern lediglich Armani und Versace.

Toll, das vorletzte Mal, als ich Jarosch gesehen hatte, stank ich nach Pferd, Lederfett und nach meiner speckigen Wachsjacke, während alle anderen um mich herum gestylt und aufgehübscht waren.

Und während des Treffens im Zirkus am letzten Wochenende?

Da sah er aus wie ein Prinz und ich … trotz aller Bemühungen nicht wie eine Prinzessin.

Der Abend war so unglaublich weit weg. All der Glitzer, all das Leuchten, Märchenhafte und Unwirkliche, all der Zauber. Tanzende Pferde mit Flügeln wie Schwäne, Fledermäuse oder Libellen. Reiter geschmeidig wie Samt und Seide.

Genauso weit weg wie meine Fragen. Warum hatte er keinen Ton gesagt, als ich ihn besucht hatte? Und warum war ich ihm heute so nah? Aber eigentlich war das alles egal. Ich schniefte einfach weiter in seinen Pulli hinein. »Was machst du denn hier?«, presste ich hervor und versuchte dabei, keinen Wollfussel einzusaugen. Warum machte ich mir so viele Gedanken über diesen bescheuerten Pullover? Es war nur ein Kleidungsstück … es war Jaroschs Pullover … Jarosch war hier … und ich fing wieder mit Schluchzen an. Hatte womöglich nie damit aufgehört.

»Gestern Abend war unsere letzte Show, das weißt du doch. Wir sind danach gleich losgefahren, haben die Pferde auf den Hof gebracht und dann sind wir sofort hierhergekommen. Rosalie wartet noch im Hänger. Aber deine Nachrichten der letzten Tage haben mich einfach mehr und mehr beunruhigt, sodass ich es nicht länger ausgehalten habe. Glassplitter im Heu, im Paddock verstreute Reißnägel, Steine unter den Zungen der Selbsttränken, sodass die Pferde stundenlang kein Wasser zur Verfügung hatten. Warum hast du es mir nicht früher gesagt?«

Ich konnte ihn nicht anschauen. »Ich weiß nicht. Wir wollten dich nicht beunruhigen. Du solltest deine Zeit genießen, deinen Erfolg.«

Ich hob meinen Kopf und sah Adam, die Hände tief in seinen Jeans vergraben, neben Jarosch stehen. Dieser warf ihm einen Blick zu, den ich nicht so genau deuten konnte.

»Was ist denn passiert?«, fragte Adam schließlich fröstelnd. Jedem seiner Worte folgte ein weißes Atemwölkchen. Der Himmel war eisig blau und ein kalter Wind fegte um die Ecken, wischte Schneeschleier von Dächern und Zäunen. Es war bereits Mitte Dezember.

»Wir sind heute Morgen gleich an den Stall gefahren. Ich hatte so ein komisches Gefühl die ganze Nacht.« Ich fing wieder zu weinen an. »Jemand hat heute Nacht die Pferde verletzt.«

»Was?« Jarosch packte mich an den Oberarmen, schob mich ein Stück von sich weg, sein Blick durchdringend. Im gleichen Moment schlüpfte Adam durch den Zaun und ging zu unserem Stallbetreiber und den anderen Pferdebesitzern, die sich immer noch um die Tiere kümmerten.

»Zum Glück nur oberflächlich. Keine wirklich schlimmen Wunden.« Während ich weitersprach, abgehackt und leise, von Schluchzern durchbrochen und mich zusammenreißend, damit meine Zähne nicht allzu laut klapperten, schlug er mir die Kapuze meiner schwarzen Steppjacke über den Kopf. Der künstliche Pelzbesatz kitzelte mich, weil die Kapuze viel zu groß war. Rasch zog er die Hände wieder weg. »Wir haben alle Pferde versorgt. Die Polizei hat Fotos gemacht.« Erneut steckte ich meine Nase in seinen Wollpulli. Ich konnte einfach nicht anders, auch wenn Jarosch abermals zurückzuckte und ich mir vorkam wie ein ausgesetztes Kätzchen, das ein Zuhause suchte. Ich fror und ich war müde und Jarosch roch so tröstlich und vertraut. Nach Sägespänen, nach Pferd. »Die Träume sind wieder da.« Seit dem Unfall vor deiner Abreise, dachte ich.

Die Patrouillen, die Gregor und ich sowie ein Teil der Pferdebesitzer hier am Stall Nacht für Nacht absolvierten, waren vergeblich. Immer wieder waren uns der oder die Täter entwischt.

Dann brachte ich kein Wort mehr heraus, weil ich nicht länger gegen die Tränen ankämpfte. Endlich versank ich in der rettenden Wärme Jaroschs, der mich mit seinem offenen Parka umfing und nun ein kleines bisschen fester als noch vorhin umarmte. Das Lammfell darin war tröstlich weich. Ich hatte den ganzen Morgen über in meinen leichten Winterboots, die nichts taugten, sondern nur gefrorene Zehen zustande brachten, die Pferde versorgt, mit der Polizei und anderen Einstellern gesprochen. Unter meinem Mantel, der zwar wattiert war, trug ich bloß enge Jeans und eine Bluse. Nicht gerade die tauglichste Kleidung, um mehrere Stunden im Freien zu verbringen.

»Und was ist mit Merlin?«

»Zum Glück nichts Schlimmes«, jammerte ich. »Aber die Träume. Warum träume ich, wenn sie doch so weit weg ist?«

Jarosch seufzte. Ich spürte, wie sich seine Brust hob und wieder senkte. »Ich weiß es nicht. Vielleicht weil sie nun auch eine Verbindung zu Merlin und all den anderen Pferden hat.«

»So, ich bring dich dann mal nach Hause, Johanna.« Verena tauchte auf, die heute Morgen darauf bestanden hatte, dass Micha uns geradewegs an den Stall beförderte, statt zur Schule, nachdem ich nicht nur einen Albtraum gehabt hatte, sondern eine Vorahnung, eine Botschaft.

Ich hob den Kopf und löste mich widerstrebend aus Jaroschs Umarmung und sah noch aus dem Augenwinkel, wie Verena ihm einen Blick zuwarf, der Bände sprach. Sie musste gar nichts sagen und dennoch wusste ich, dass sie es nicht okay fand, was da soeben zwischen uns geschehen war.

»Komm, Micha und ich fahren dich heim. Guck nicht so skeptisch, wir können nachher noch mal herfahren. Und ja, ich könnte jetzt sagen: Johanna, du musst schon halb verfroren sein, der Stress, das Drama, das ist alles zu viel für dich im Moment. Aber um ehrlich zu sein, mir ist arschkalt und ich will etwas essen und meine Finger fühlen sich auch schon an wie Eiszapfen. Und du fährst jetzt einfach mit. Nein, keine Widerrede!« Zur Demonstration wackelte sie mit ihren steifen Fingern vor meiner Nase herum und verbog sie, als wäre sie ein Zombie.

Lachen konnte ich dennoch nicht.

Verena trug noch nicht einmal eine Mütze, weil sie sagte, dass ihre Haare danach immer aussehen würden wie verkochte Spaghetti auf einer Gabel. Dann hakte sie sich bei mir unter und zog mich mit sich fort.

Mich umdrehend, gab ich Jarosch mit den Händen das Zeichen, dass wir noch telefonieren würden.

Meine Mum reichte uns Socken (die kratzigen, die sie in einem winterlichen Strickanfall angefertigt hatte, aber keiner tragen mochte), faden Kamillentee und noch teigig-warme Plätzchen frisch aus dem Backofen.

»Haben Sie nicht auch etwas Härteres für uns, Frau Baumgartner? Wir sind total durchgefroren«, versuchte es Micha, der wie wir anderen um den sonst so einladenden Tisch in unserem Esszimmer saß.

Auf der roten Tischdecke brannte bereits die dritte Adventskerze auf einem immergrünen Kranz. Im Hintergrund dudelten irische Weihnachtslieder.

»Wie wäre es mit Cola, Micha?«

»Das ist ein Wort, Mrs B!« Typisch Micha. Aber uns war nicht nach Schmunzeln.

Sie stellte eine Flasche Cola ab sowie Gläser. »Ich fasse es nicht. Ich fasse es immer noch nicht. Wie kann man unschuldigen, hilflosen Tieren so etwas bloß antun?«

Sprachlos wie wir waren, hatten wir keine Antwort. Seit Wochen grübelte ich nun darüber nach. Anfangs dachten wir noch an einen Zufall: ein aus Versehen offen stehen gelassenes Gatter, sodass die Pferde abhauen konnten, eine Tonne mit Hafer, von denen die Pferde den Deckel schubsen und sich überfressen konnten. Wir hatten Glück, dass die Pferde dadurch nicht krank wurden. Rostige Nägel, die aus den Holzzäunen der Paddocks herausstachen. Ausgestreute Reißnägel. Irgendwann konnte niemand mehr von Zufall sprechen. Es nicht mehr verdrängen.

»Irgendein perverser Freak. Wenn ich den in die Finger kriege«, erhitzte sich Micha.

Ich muss zugeben, dass ich ihn immer mehr mochte. Er hatte sein Herz am rechten Fleck und trug es ebenso ungeniert auf der Zunge.

Mum schenkte ihm ein und tätschelte ihm zur Beruhigung die Hand. »Was wird jetzt am Stall unternommen?«

Ich fing an zu erklären: »Wir werden Nachtwachen organisieren. Nur gelegentlich Patrouille laufen genügt nicht mehr.«

»Bei der Kälte?«

Müde antwortete ich: »Was bleibt uns anderes übrig. Der Typ schlägt nur nachts zu. Wir können nicht bis zum Frühling warten.«

»Bist du dir sicher, dass es ein Mann ist?«, fragte Micha.

Ich blickte zu ihm. »Ja, das sind meistens Männer.«

»Oder eben junge Burschen, denen langweilig ist, die Spaß daran haben, Schwächere zu quälen, die sich nicht wehren können«, fügte Verena hinzu. Ich war so froh, dass sie hier war. Selbst wenn die Vorfälle der letzten Wochen nötig waren, um unseren Streit zu begraben oder einfach nur für den Moment beiseitezuschieben. Denn ich wusste nicht, wie sich unsere Freundschaft verändern würde, jetzt, da Jarosch wieder hier war.

»Vielleicht kennt er sich mit Pferden aus«, sagte ich an meinem Tee nippend und die immer noch roten, eiskalten Finger an der heißen Tasse wärmend. Sofort sah ich das plüschige Fell Merlins vor mir, das angetrocknete Blut. Der Täter wusste, was er tat. Er hatte weder die empfindlichen Beine noch Muskeln verletzt. Er hatte den Pferden nur ins Fleisch geschnitten, an Kruppe, Hals oder Rücken die Haut lediglich oberflächlich angeritzt, Stellen mit Sehnen oder Muskeln vermieden, sodass er keine dauerhaften Schäden anrichten würde.

»Meinst du, es könnte jemand vom Talwiesenhof sein?«, warf Micha ein. »Aus Rache oder Hass? Neid?«

»Nein, ich glaube, so weit würde dort niemand gehen. Auch wenn man nicht immer derselben Meinung ist.« Ich knabberte lustlos an einem Plätzchen. »Nein, das kann ich mir beim besten Willen nicht vorstellen.«

»Aber was habt ihr jetzt vor?«, fragte meine Mum erneut. Sie trug ein Jeanskleid und eine bunte Weste, die sie irgendwann weit vor meiner Geburt selbst gehäkelt hatte. Ihre dicken Haare waren zu einem unordentlichen Knoten aufgesteckt.

»Wir werden uns in Nachtwachen aufteilen. Herr Maurer wird Bewegungsmelder aufhängen. Er überlegt sogar, Überwachungskameras zu kaufen, aber die sind bestimmt zu teuer.« Ich seufzte. Wegen derart durchgeknallter Leute musste man den Stall in ein kleines Alcatraz verwandeln und dennoch würden solche Typen nie aufhören. Sie würden sich andere Ställe suchen, andere Tiere. Mir wurde übel bei dem Gedanken.

»Wir helfen auf jeden Fall auch!« Verena blickte Micha an, während sie meine Hand fest drückte.

Als Mum uns später allein ließ und die Tür hinter sich schloss, fiel Verena mit derselbigen ins Haus. »Also? Was läuft da zwischen dir und Jarosch? Ich dachte, als du ihn letztes Wochenende getroffen hast, hättet ihr kaum ein Wort miteinander geredet?«

»Mann, Verena, nicht jetzt. Ich habe echt andere Dinge im Kopf als deine Anschuldigungen und Verleumdungen«, sagte ich eine Spur zu gereizt. Schade, ich dachte, wir hätten das Kriegsbeil begraben. Aber ich hatte auch keine Lust, mich mit ihr zu streiten.

»Sorry, ich habe es nicht so gemeint. Wirklich nicht. Ihr habt bloß so vertraut miteinander gewirkt.« Verena rang sichtlich nach Worten. »Es hat ausgesehen, als würde er sich Sorgen machen. Und nicht nur um die Pferde.«

Schulterzuckend sagte ich: »Ich weiß nicht. Vermutlich ist da nichts.«

Völlig unerwartet drückte Verena meine Hand nun noch ein wenig fester. Micha betrank sich mit Cola, plünderte meinen Adventskalender und schenkte unserer Gefühlsduselei wenig Aufmerksamkeit.

Schattenrosen

Schatten.

Sie schlichen wieder auf mich zu, ließen mich nicht mehr los, auch wenn hier in der Dunkelheit kein einziger Lichtstrahl flammte.

Jarosch

Mit einem »Du musst Jarosch sein« begrüßte mich Johannas Mutter, begutachtete mich und nahm mich in die Arme, kaum dass sie die Haustür geöffnet hatte. Ihre Augen waren von einem tiefen Koboldgrün, ihre Haare glänzten kupferfarben. Meine Nervosität nahm zu, während sie mich im Hausflur vor sich herschob. Was tat ich hier bloß? Wir wollten doch lediglich miteinander telefonieren. Warum tauchte ich uneingeladen bei Johanna daheim auf, warum konnte ich ihren Anruf nicht abwarten? Als ich das Stimmengewirr hörte, das aus der Küche drang, drehte es mir den Magen um, mein Herz, das mir vorausgaloppiert war, machte einen abrupten Stopp und stolperte über seine eigenen Beine. Gregor, Verena und Micha standen um Johanna herum, die ein Ofenblech in den Händen hielt. Wie die Verhungernden grapschten sie nach den warmen Plätzchen.

»Das hat jetzt aber auch lange genug gedauert«, meckerte Micha, sog zwischen jedem einzelnen Wort kühlende Luft ein und schüttelte die Hände aus, weil er sich an dem Gebäck verbrannt hatte.

Am liebsten wäre ich sofort umgedreht, doch erstens stand Frau Baumgartner direkt hinter mir und zweitens kündigte sie mich in dem Moment bereits an. Augenblicklich verstummten sie und alle außer Gregor blickten mich neugierig und abwartend an. Hatte er ein schlechtes Gewissen, weil er nun mit Johanna zusammen war?

Sie war die Einzige, die mir ein zaghaftes Lächeln schenkte. »Hey«, sagte sie.

»Hey«, krächzte ich zurück.

Da war ich nun in der Höhle des Löwen, die eigentlich ganz gemütlich aussah. Das Fachwerk in dem alten Haus war freigelegt, nur das blanke Gebälk trennte Küche von Ess- und Wohnraum. Hätten mich nicht Johannas glasige Augen an Ort und Stelle festgenagelt, wäre ich wohl bei jeder Bewegung Gefahr gelaufen, einen pausbäckigen Keramikengel von einer Wolke zu fegen oder einen Porzellanstern vom Himmel zu pflügen.

»Was machst du denn hier?« Johanna ergriff als Erste das Wort.

»Ich …«, ich räusperte mich, weil meine Stimme vor Aufregung genauso kratzig und rau wie mein Strickpulli war. »Ich, na ja, ich …«

Da kam bereits Micha auf mich zugesprungen und drückte mir ein warmes Plätzchen in die Hand, das nach Vanille duftete, entzog mir jedoch gleichzeitig das Notizbuch, das ich Idiot immer noch in der Hand hielt. »Was hast du da? Hast du auch schon einen Plan gemacht, wann du Zeit für die Nachtwache am Stall hast?« Er schaute mich von der Seite aus an. »Du hilfst doch mit?«

»Wobei? Ja. Klar. Natürlich.« Mein Stottern wollte kein Ende nehmen.

»Also, wann hast du Zeit?« Er fing an, das Notizbuch auf der Seite aufzuschlagen, an der ich das silberne Lesebändchen hineingelegt hatte. »Huch, was sehe ich denn da? Da steht ja überall Johannas Name. Und deiner –«

Doch bevor ich mich auf ihn stürzen konnte, nahm ihm Johanna das Buch wortlos aus den Händen und legte es auf die Kücheninsel mitten im Raum. Mit hochrotem Kopf wandte sie sich von uns ab und blätterte in einem der Rezeptbücher.

Mit einem Mal war mir unglaublich heiß und an Brust und Rücken lief mir der Schweiß herunter. Darüber hinaus schlug mein Herz so laut, dass es sicherlich jeder im Raum auch über die Weihnachtsmusik hinweg hören konnte. Ich versuchte mich zusammenzureißen und wagte mich an eine Erklärung: »Ich war noch einige Zeit am Stall, alle dort haben nicht nur von den Angriffen geredet, sondern auch vom alljährlichen Silvesterreiten.« Mir durch die Haare fahrend, konnte ich den Blick nicht von meinem Notizbuch nehmen. »Ich dachte mir, dass es vielleicht das Beste wäre, wenn wir ebenfalls zum Alltag übergehen, wenn wir dem Täter nicht zeigen würden, wie sehr er uns getroffen hat.« Ich legte eine Pause ein, und auch ohne mich umzublicken, wusste ich, dass die Augen aller auf mir ruhten. Hoffentlich erwarteten sie nun keine Liebeserklärung mehr von mir. »Ich habe dich und mich in die Liste der Teilnehmer eingetragen und bereits eine kleine Kür zusammengestellt und gleich aufgeschrieben.«

Scheu schaute ich zu Johanna, die immer noch vorgab, Rezepte zu lesen. Gott, war ich nun ein Kerl oder war ich keiner? Wie ein Reh vor den Scheinwerfern stand ich vor ihr. Dann schielte ich zu Gregor. Er futterte Plätzchen. »Außerdem habe ich die Reithalle an ein paar Abenden von 21 bis 22 Uhr für uns gemietet, damit wir üben können. Alle anderen Zeiten waren leider schon belegt.«

Micha pfiff anerkennend durch die Zähne. »So kann man es natürlich auch machen.«

Gregor rempelte ihn an und murmelte ihm etwas Unverständliches zu.

Schnell griff ich nach dem Notizbuch und steckte es mir in die Jackentasche. Ich befürchtete, dass vielleicht doch noch die Zettelchen mit dem Einhorn darauf herausflattern könnten, die mir Johanna vor Monaten zugesteckt hatte, und all die anderen Geschichten über Johanna, Rosalie, mich. Uns. Die Träume.

Ich blickte auf, als sich Frau Baumgartner an Johanna wandte – ich hatte ganz vergessen, dass sie da war: »So ein Silvesterreiten ist doch eine tolle Idee. Ich habe sogar ein schönes Kleid, das du tragen könntest. Noch aus meiner wilden Studienzeit, meiner Gruftiphase. Taft, Rüschen, ein wallender Rock. In einem satten Burgunderton. Das würde sicherlich auch heute etwas hermachen! Es liegt bestimmt irgendwo ganz zerdrückt in einem der Umzugskartons, das arme Ding.«

Doch bevor Johanna aufgrund des Achtziger Jahre-Ungetüms Augen rollend protestieren konnte, warf Micha ein: »Oh ja, und dazu noch kesse, geschnürte Reitstiefel, und du siehst aus wie eine Rokoko-

Domina.« Damit handelte er sich nicht nur den Ellenbogen seiner Freundin in den Rippen ein, sondern auch einen Klaps von Gregor auf den Hinterkopf sowie ein »So alt bin ich nun auch wieder nicht« von Johannas Mutter.

»Außerdem werden wir wohl kaum zu kitschigen Walzerklängen von André Rieu reiten. Also pack das Ding bitte gar nicht erst aus.«

Lachend gingen die anderen dazu über, Pläne für die Nachtwache zu erstellen, wobei Frau Baumgartner nicht müde wurde, uns darauf hinzuweisen, wie kalt die Nächte wurden und dass immer noch Schule wäre. Aber sie waren so voller Eifer, überhörten nur zu gerne ihre Bedenken und waren gar nicht mehr zu stoppen. Zuversicht, ein Zeitplan und der würzige Geschmack warmer Plätzchen verdrängten kurzfristig die Sorgen und den Kummer.

Als sich die Gruppe allmählich auflöste und die anderen zu Schanzens nach nebenan gingen, begleitete mich Johanna bis nach draußen. Wir zwei standen nun etwas unschlüssig vor Adams Auto herum. Eine mir nicht unbekannte Situation. Während ich an der rostigen Beifahrertür lehnte und mit dem Schlüssel spielte, schlang Johanna ihre Arme eng um sich. Sie zitterte und ihre Zähne schlugen aneinander. Ich hätte sagen sollen *Geh rein. Du frierst. Wir sehen uns dann morgen*, aber ich konnte nicht. Alles fühlte sich plötzlich nach ein paar vertraulichen Worten an, jetzt, da wir nach meiner Rückkehr das erste Mal allein miteinander waren. Aber der eisige Wind fror alles ein: die unausgesprochenen Worte, die ungeküssten Küsse. Das Wissen und die Erleichterung, dass Gregor doch nicht ihr Lover war. Oder hätte er mich sonst mit ihr hier zurückgelassen? Ich wollte Gewissheit, nicht nur alles beobachten und auswerten. Mich interessierte die Frage nach ihrem Beziehungsstatus brennend und dennoch zuckte ich vor ihr zurück wie vor einer heißen Flamme. Der Wind ließ meine Gedanken wie die welken Birkenblättchen ohne Ziel und ohne Ende herumwirbeln, bis schließlich Johanna das Wort ergriff: »Vielleicht ist es doch keine so schlechte Idee. Die Sache mit dem Silvesterreiten.«

Ich verpasste die letzte Gelegenheit, ihr die wirklich wichtigen Fragen zu stellen.

»Ich könnte Merlin reiten. Als Elbin oder Frodo kostümiert, du als Gandalf. Oder ich als Papagei, du als Captain Jack Sparrow, ich als –« Ihr Lächeln klirrte zerbrechlich. Ihre Augen waren noch immer rot und

geschwollen. »Sie sind auch bei dir wieder da? Die Träume?«, unterbrach sie sich selbst, als ob der Wind ihr den Gedanken soeben erst vor die Füße gefegt hätte. Johanna schaute weg, als sie weitersprach: »Ich … ich wollte … konnte es dir nicht sagen, du solltest deine Auftritte absolvieren. Ich dachte, wir hätten hier alles im Griff, aber dann, ich konnte es doch nicht ahnen.« Sie fuhr sich mit dem Ärmel über die laufende Nase. Verlegen knabberte sie auf ihrer blau gewordenen Unterlippe herum, und weil ich nicht antwortete, sprach sie es aus: »Die Schatten. Die Schatten sind wiedergekommen, nicht wahr?«

Wie gerne hätte ich Johanna in meine Arme gezogen, ihr zugeflüstert, dass alles gut werden würde, dass wir den Täter finden würden, aber ich wollte uns beiden weder Hoffnungen noch falsche Versprechungen machen. In keinerlei Weise.

Stattdessen nickte ich nur.

Rosalie

Die Schatten um mein Herz wurden dunkler und dunkler, dichter. Die Dornen schlugen sich in der Nacht in mein Leben, heilten nicht mehr bei Tag.

Johanna

Während Jarosch draußen in der Kälte wie ein Zugvogel wirkte, der nicht wusste, ob er diesen Winter bleiben oder wegfliegen sollte, fühlte ich mich wie ein im Käfig gefangener Vogel. Wie gerne hätte auch ich meine Flügel gespreizt, geräuschvoll und selbstbewusst. Stattdessen schlang ich nur meine Arme um mich und zitterte, erzählte ihm jede Einzelheit von Merlin und den Angriffen, aber ich brachte nicht ein Wort über die Lippen, was mich betraf, ihn.

Uns.

Ich war ein kleiner, feiger Vogel, der sich nicht aus dem sicheren Nest wagte. Ich würde nie das Fliegen lernen.

»Die Träume, sie kommen gerade jede Nacht«, sagte ich, weil Jarosch schwieg. »Deshalb sind wir auch gleich morgens auf den Hof gefahren anstatt in die Schule. Heute Nacht habe ich geträumt, ich würde über einen Berg aus toten Pferden reiten. Anfangs fühlte sich der Boden so weich an. Wie Moos. Wie Fell. Dann fing Merlin an zu röcheln. Brach unter mir zusammen. Ich versank in Leibern. Im Schrei sterbender Pferde. Es war wie in einem Gemälde von Hieronymus Bosch.«

Ich weiß nicht, was ich erwartet hatte, aber nicht, dass Jarosch mich einfach stehen lassen würde. »Das tut mir leid. Ich weiß nicht, was ich sagen soll. Ab morgen gehen wir auf Nachtwache. Dann kriegen wir ihn. Okay?«

»Okay.«

Rosalie

Wegfliegen.

Einfach nur davon.

Doch das Leid der anderen wurde zu meinem.

Kräftige Hände hielten mich am Boden fest.

Jarosch

Wie ein Vogel.

Ein Vogel, der beim kleinsten Geräusch aufflog. Genau so fühlte ich mich.

Der sich vor dem Winter drückte. Vor den harten Zeiten.

Ich musste weg.

Ich wollte keine Geschichten über zusammenbrechende Pferde hören, über Blut, das aus Nüstern lief, über Schuld, die man sich auflud.

Ich flog weg.

Wie immer.

Ich flog.

Die Schwere.

Sie zog mich nach unten.
Ich war kein Vogel.
Meine Knochen zu schwer.
Mein Gewissen zu schwarz.

Die Kämpfende

Die Schatten um sein Herz waren dornig. Undurchdringlich.

Jarosch

Ich habe etwas zu essen und trinken dabei«, sagte ich, während ich, die Beanie tief ins Gesicht gezogen und den Schal bis zur Nase hoch geschlungen, mit dicken Handschuhen in meinem Rucksack kramte. Der Dezemberwind wehte eisig, die Sonne war bereits vor Stunden untergegangen.

»Na hoffentlich nicht Erdbeeren mit Schlagsahne und Champagner«, witzelte Gregor. »Tut mir ja wirklich leid, aber Johannas Gluckenmutter wollte sie heute Abend nicht schon wieder zur Stallwache gehen lassen. Also musst du mit mir vorliebnehmen, mein Süßer.«

»Leberwurstbrote, heißen Tee und Kaffee«, sagte ich, ohne auf den Seitenhieb einzugehen.

»Bist du verrückt? Da hättest du auch gleich Mettbrötchen, Zwiebeln und Harzer Käse mitbringen können!«

»Und wie sieht es bei dir aus? Hast du nach dem Tennistraining bereits geduscht?«

»Hey, hör mal, wenn ich ein atemberaubendes Date mit einem knackigen Typen habe, nehme ich sogar Aftershave und wechsele die Unterwäsche«, antwortete Gregor, der mir aus dicken Fleeceschichten augenzwinkernd entgegenblickte.

»Hör schon auf! Du hörst dich ja an wie Micha!«, zog ich ihn auf.

»Liegt vielleicht daran, dass ich die letzten Monate eher mit Micha verbracht habe als mit dir.«

»Höre ich da etwa Eifersucht?«

Gregor winkte lachend ab. »Aber besser so, als wenn ich wie du klingen würde.« Dann ahmte er mich mit tiefer, rauer Stimme nach: »Ich labte mich am kühlen Nass und hüllte mich in eine Wolke eines frischen und würzigen Deodorants.«

Wir lachten beide auf. »Hey, ganz so schlimm höre ich mich doch nicht an, oder?«

»Doch, manchmal schon, Jarosch! Wie ein altes, abergläubisches, rumänisches Weib!«

»Na na, keine Vorurteile«, tadelte ich ihn spielerisch und stöberte in meiner Tasche weiter, steckte meinen Kopf tief hinein, da mir das echt peinlich war. Das Hin und Her zwischen uns fühlte sich gut an, vertraut und doch irgendwie neu. Verdammt, ich hörte mich wieder viel zu gefühlsduselig an, nur weil ich froh war, einen alten Freund wiedergefunden zu haben.

»Aber nur, wenn du nicht länger das Thema wechselst. Also: Was treibt ihr zwei, Johanna und du, die ganze Zeit hier? Anscheinend nicht knutschen, wenn du Leberwurstbrote mitbringst. Ich dachte, ihr Osteuropäer hättet da mehr drauf!«

Weil ich Gregor nur anstarrte, sagte er schlicht: »Also anscheinend nicht. Ich dachte bloß …«

»Und ihr?« Eifersucht kochte erneut in mir hoch und wollte das freundschaftliche Gefühl, das sich die letzten Tage zwischen uns eingestellt hatte, bereits wieder verdrängen.

Gregor hob abwehrend die Hände. »Wie kommst du darauf? Sie ist fast wie eine kleine Schwester für mich, die beste Freundin von Verena. Wenn ich das Ding versauen würde, könnte ich wahrscheinlich nur noch mit offenen Augen schlafen.« Sein Lachen ähnelte einem Grunzen, während er mit einem imaginären Messer in der Hand durch die Luft stach und Würgegeräusche von sich gab. In mir machte sich Erleichterung breit.

Ich stellte den Rucksack auf den Boden und schlüpfte in den Schlafsack, der auf den Strohballen lag. Gregor tat es mir gleich.

Unter dem Dach des offenen Pferdeunterstands hatten wir vor wenigen Tagen, bevor wir die nächtlichen Wachen aufgenommen hatten, ein kleines Fort aus Strohballen aufgebaut. Mit einigen Gucklöchern dazwischen – streng nach Michas Verständnis für Architektur, Statik und Abenteuer. Von dort aus hatten wir einen guten Überblick über den Paddock der Pferde, konnten uns aber dennoch hinter den Strohtürmen verstecken. Micha ging in seiner Rolle völlig auf, sodass ich es vorzog, mir mit Gregor die halbe Nacht um die Ohren zu schlagen. Denn Micha lief immerzu mit einem knisternden Walkietalkie herum, nannte uns seine schwarzen Krähen und gab uns lächerliche Decknamen wie *Langklaue* oder *Schattenwolf*. Er war unser selbsternannter Lord Kommandant Micha Schnee der Nachtwache, bis wir ihn darauf hinwiesen, dass man in der Bruderschaft zölibatär leben müsste. Da er uns jedoch ständig dazu anhielt, Thermounterwäsche zu tragen und Wärmflaschen von zuhause mitzubringen, war sein Titel sowieso hinlänglich, denn von uns heimste er sich nur den Spitznamen *Ser Wärmfläschchen aus dem Hause Arschkalt* ein.

Mich mit dem Ellenbogen anstupsend, meinte Gregor: »Also? Wie kommst du darauf? Also auf Johanna und mich?«

Oh scheiße. Sollte ich jetzt wirklich auspacken? Schnell nahm ich einen Schluck Kaffee, um Zeit zu schinden. »Na ja, ihr verbringt einfach so viel Zeit miteinander. Da wäre das naheliegend«, wand ich mich ein wenig heraus.

»Ihr doch auch!«

Ich gab mich geschlagen, antwortete jedoch nicht. Die nachtschwarzen Wolken zogen aufgebracht an uns vorbei. Sie sahen aus wie eine Daunendecke, die man locker aufgeschüttelt hatte. Was hätte ich darum gegeben, in meinem Bett zu liegen, anstatt mir hier den Hintern abzufrieren.

»Also: Was macht ihr die ganze Zeit? Johanna und du?«

»Was soll das, Gregor?«, zischte ich. »Spielen wir hier *Jeopardy*, fünf Fragen zu Jarosch Ullmann?«

»Also ich nehme *Liebesfragen Jarosch und Johanna für 500 Euro*. Wenn du mir nicht antwortest, werde ich meinen Telefonjoker anrufen, doch der ist leider genauso verschlossen wie du.«

»Falsche Show«, meinte ich lahm. Aufseufzend lächelte ich in mich hinein. »Wir sollten leise sein, sonst weiß gleich jeder, dass wir hier sind«, flüsterte ich.

Eine lange Zeit schwiegen wir, nippten an den heißen Getränken und knabberten an den von Gregor mitgebrachten Keksen, bis dieser sagte: »Wenn ich jetzt nicht rede, frieren meine Lippen ein. Deshalb nur eine ganz harmlose 50 Euro-Frage: Hast du einen Verdacht wegen der Überfälle?«

Harmlos war diese Frage ganz und gar nicht, weshalb ich widerwillig nickte.

»Sag schon!«, forderte mich Gregor auf. Seine Lippen wirkten trocken, an seinen Wimpern klebte Frost.

Bevor ich ihm antwortete, holte ich tief Luft. »Skye.«

Meinen anderen Verdacht äußerte ich nicht, es wäre zu schmerzhaft gewesen.

»Skye? Scheiße, wie kommst du darauf?« Gregor fuhr sich mit seinen behandschuhten Händen durchs Gesicht. Vielleicht um seine Gesichtsröte abzukühlen, die ich hier in der Dunkelheit eh nicht gesehen hätte.

»Rache. Neid.« *Eifersucht.*

»Das heißt, du hast was mit ihr?« Er schluckte laut.

»Gehabt. Vergangenheitsform.« Dann setzte ich hinzu: »Wir waren nicht richtig zusammen. Wir waren kein Pärchen, wenn du das meinst.«

»Ich hab schon verstanden, Jarosch. So naiv bin ich nun auch wieder nicht. Traust du ihr das wirklich zu? Meinst du echt, sie könnte mit einem Messer Tiere verletzen?«

»Nein, ich glaube nicht. Sie könnte sich ja einen Fingernagel dabei einreißen. Es war nur eine Idee. Sie hätte irgendwie einen Grund. Oder auch nicht. Ach, ich weiß doch auch nicht.«

Wieder schwiegen wir eine Weile. Nur Nasen hochziehen, Schlürfen am heißen Kaffee und die Pferde um uns herum, deren Hufe auf dem betonierten Boden klapperten und die hin und wieder an unserem Strohturm knabberten. Hoffentlich rissen sie unser Fort nicht ein!

»Wie ist sie so? Skye?«, flüsterte Gregor auf einmal. Als ob er weder die Frage noch die Antwort hören wollte.

»Wie meinst du das?«

»Ach komm schon, Jarosch, du weißt, was ich meine. Wie ist sie?«

»Nicht so, wie du denkst, wie du es dir erträumst. Bist du in sie verliebt?«

»Nein, nein«, antwortete er etwas zu schnell, und da Gregor dies selbst merkte, fügte er hinzu: »Also, nein, ja, nicht mehr.«

»Besser so, sie ist es nicht wert. Sie ist nicht wie – «, abrupt hielt ich inne, bevor mir noch etwas herausrutschte.

»Nicht so toll wie Johanna?«, sprang Gregor darauf an.

»Komm, lass uns eine Runde drehen, meine Knochen klirren schon.«

»Du machst es wieder«, meinte er daraufhin, während er seine Beine und Arme streckte und dehnte. »Dich wie ein altes Waschweib ausdrücken. Sag doch einfach, dass dir genau wie mir der Arsch abfriert und du meinen Fragen ausweichen willst.«

»Mir ist arschkalt und ich habe keinen Bock auf deine Fragen. Lass uns eine Runde über den Hof drehen.« Auch ich ließ meine Schultern kreisen, vor Kälte hatte ich sie die ganze Zeit hochgezogen, und meine Nackenwirbel knacken. Die Nächte im Freien waren Gift für meinen Rücken. Wie ein alter Mann kam ich nur langsam auf die Beine. Mit den Händen klopfte ich auf meine Oberarme und Schenkel, um die Durchblutung wieder anzuregen.

Als wir uns aus den im Nachhinein doch mollig warmen Schlafsäcken und dem Fort herausgewühlt hatten, tippelten uns sogleich Merlin und Rosalie entgegen. Auf der Suche nach Möhren und getrocknetem Brot streckten sie ihre Lippen nach mir aus. Ich wühlte in meinen Jackentaschen nach kläglichen Resten und tätschelte ihre Hälse. Das Mondlicht floss über Rosalies winterlich dichtes Fell wie ein silberner Fluss. Ihre wellige Mähne verdeckte leider die von uns abgewandte Seite, die Ranken waren an Beinen, Brust und Hals deutlich sichtbar. Auch für Gregors Augen? Oder sah er wie all die anderen ebenfalls nur die verkrusteten oder frischen Wunden und nicht die zischenden und blubbernden Lavaströme auf ihrer Haut, auf ihrer Seele, auf ihren Erinnerungen?

Nachdem meine Taschen leer waren, fingen die beiden Pferde an, an Gregors Jacke herumzuwühlen.

»Hey, was soll das? Lasst das, ihr zwei, ich habe nichts«, schimpfte er lächelnd und streichelte über das Fell der Stute, die diese Berührung gelassen zuließ. Doch auf einmal schrak Gregor leise keuchend zurück, die Hand, die soeben noch über Hals und Kopf der Stute gefahren war, an seine Brust pressend. Rosalie zuckte zusammen, blieb aber bei uns stehen, ihre Ohren gespitzt. »Scheiße, Jarosch, was war das?«, stammelte er. »Das war wie ein Stromstoß. Als hätte man mir ein Messer in die Hand gerammt.« Gregor hielt seine Hand in das auf den Boden rieselnde Mondlicht, doch der dicke Handschuh war makellos, unbeschädigt. Selbst er fühlte es. Er spürte die Besonderheit der Stute.

Und dann sah er sie.

Verwundert strich er über die im spärlichen Licht glühenden Ranken. »Das sind keine Wunden. Hast du das gesehen?« Mit weit aufgerissenen Augen, aus denen die Müdigkeit nun vollends verschwunden war, starrte er mich an.

Stumm nickte ich. Gregor strich weiter über das glänzende Fell. »Ich glaube es nicht. Was ist das? Was zum Teufel ist das?«, murmelte er.

»Kann ich dir vertrauen?«

»Hey, diese Frage stellt hier gerade die falsche Person! Du weißt, dass du mir vertrauen kannst.« Er wandte den Blick von ihr ab und schaute mich mit Augen an, die mich entweder vor Wut oder aufgrund des sich darin widerspiegelnden Mondes anfunkelten.

»Sorry«, antwortete ich bloß, bis ich nachsetzte, weil Gregor auf mehr wartete: »Es tut mir wirklich leid, was damals passiert ist.« Ich musste mich räuspern. Sicherlich hatten wir heute schon alles und jeden verscheucht. »Es tut mir leid, was ich damals gemacht habe – und was ich nicht gemacht habe.«

Es schien Gregor zu genügen: »Schon gut. Das ist vorbei. Also, was hat das alles zu bedeuten? Ich fühle mich so seltsam in ihrer Gegenwart. Immer, wenn ich mit Johanna am Stall war.« Er deutete auf Rosalie, die wissend neben uns stand, während Merlin ihr spielerisch in die Hinterbeine zu zwicken versuchte.

»In Ordnung, lass uns reingehen. Ich erzähle es dir.« Meine Stimme nahm unweigerlich wieder den Ton eines Geschichtenerzählers an, der in Morgenmantel und mit Pfeife an den Lippen in einem dunkelgrünen Ohrensessel vor einem prasselnden Kamin saß. Gregor klopfte mir auf die Schultern und schritt voran.

Im Reiterstübchen, die Luft in dem kleinen Raum schmeckte abgestanden, roch nach kaltem Zigarettenrauch, Pferd und Schweiß, zündete ich den Ölofen an und Gregor aktivierte die Kaffeemaschine. Er zuckte zusammen, als ich das Neonlicht anstellen wollte, obwohl die Rollläden herabgelassen waren. »Lass das bloß aus.«

Er schaltete eine alte Stehlampe mit rotem Lampenschirm ein. »Micha hat bestimmt überall Stromzähler angedockt, um uns zu kontrollieren.«

Endlich hatte ich mich aus zig Lagen Klamotten geschält, und bevor ich einen Rückzieher machen konnte, krempelte ich den Ärmel meines Feinripp-Shirts hoch.

Gregor fielen fast die Tassen auf den knirschenden Linoleumboden und beinahe hätte er wie ein Mädchen die Hand vor den Mund geschlagen. »Dass das so ein Abend werden würde, hätte ich nicht geahnt.« Ich rollte mit den Augen, dann sagte er: »Ich wusste gar nicht, dass du auf Tattoos stehst!«

»Tja, tue ich auch nicht. Aber ich hatte wohl keine andere Wahl.«

Wir rückten die unbequemen Holzstühle direkt an den allmählich warm werdenden Ofen und ich begann zu erzählen. Von Anfang an. Ohne Beschönigung. Ohne Auslassungen. Ohne Atemholen. Es gab kein Zurück mehr und das sollte es auch nicht. Und irgendwie musste es auch raus. Alles. Vielleicht nur, weil ich müde war, meine Augen ständig zufielen, die Worte aus mir herausströmten wie in einem Traum, in dem man handelte und sprach ohne eigenen Willen, in dem man jegliche Selbstkontrolle aufgab. Möglicherweise wiegte mich das Dämmerlicht auch einfach in Sicherheit, denn ich sprach nur mit mir selbst.

Gregor saß neben mir, stumm, die Hände und die Füße zum Ofen gestreckt. Kein Wort kam ihm über die Lippen. Keine Verurteilung. Kein aufmunterndes Blabla. Kein *Das wird schon*. Kein *Stell dich nicht so an*. Kein *Was hast du dir dabei gedacht*? Stattdessen betrachtete er die schwarzen Verästelungen auf meinem Unterarm. Fasziniert folgten seine Augen jeder Dorne, jeder vertrockneten Blüte, jedem welken Blatt. Meine Finger kribbelten wegen der Wärme, wegen der Aufregung.

Erst als er meine und Rosalies Geschichte halbwegs verdaut hatte, meinte er: »Heilige Scheiße, als wir klein waren, konntest du mich noch mit deinem Vampirgelaber beeindrucken, aber das hier übertrifft echt alles.«

»Glaub mir. Jedes Wort stimmt. Ich wünschte, es wäre anders.« Ich ließ den Kopf hängen. Wie immer.

»Ein Einhorn. Wie kitschig ist das denn? Ein Einhorn.« Ungläubig schüttelte er den Kopf und dennoch wusste er, dass er jedem meiner Worte Glauben schenken musste und es bereits tat. »Nun ja, da wird wohl nur der wahren Liebe Kuss helfen.«

Versteinert blickte ich ihn an, weil seine Worte mich so unerwartet trafen, doch Gregor, vornübergebeugt, konzentrierte sich nur noch auf seine Füße, die in Hightech-Socken steckten und nicht an der heißen Wand des Ölofens schmelzen sollten. »Du hast schon richtig verstanden, Jarosch. Nach allem, was du mir erzählt hast über Rosalie, die

Veränderungen bei ihr, die Blüten, die Knospen, eben all dieses märchenhafte Zeug, komme ich nur zu diesem Schluss.«

Gedankenverloren über die erloschene Rose auf meinem Handgelenk streichend, bemerkte ich seinen schelmischen Blick beinahe nicht, den er mir auf einmal zuwarf, als er versuchte ganz beiläufig und ernst zu sagen: »Ich weiß, das ist ein hartes Los, das du da trägst. Eine schwere Bürde, der wahren Liebe Kuss nachzugeben, der den bösen Zauber vertreiben könnte.«

Ein Grinsen flackerte in meinem Gesicht auf, verpuffte aber sogleich wieder. *Die Schöne und das Biest* grüßten. »Und sie lebten glücklich bis an ihr Lebensende.«

»Ach, jetzt komm schon, du verstockter Mistkerl. Gib es doch endlich zu. Du magst Johanna, oder?« Gregor richtete sich leicht auf, als er das sagte.

»Ich weiß es nicht.«

»Natürlich weißt du es. Du willst es bloß nicht gestehen. Das ist echt nicht auszuhalten mit euch.«

»Ich bin nicht gut genug.« Die letzten Worte sollten verhallen, ganz leise, nicht mehr hörbar sein, doch der kleine Raum ließ das nicht zu. Er hielt die Worte zwischen diesen vier mit Holz vertäfelten Wänden gefangen, an denen ein Kalender hing, irgendein Werbegeschenk, das niemand brauchen konnte, kreuz und quer hängende Poster mit galoppierenden Haflingern und süßen Welpen darauf, etliche bunte Turnierschleifchen. Ein viel zu gewöhnlicher, realistischer Ort für all das.

»Nicht gut genug? Fang jetzt bloß nicht an, wie in einer Seifenoper zu reden. Ich bin nicht gut genug, weil ich nur der Zirkusjunge bin, weil ich schlecht in der Schule bin und so weiter.«

Es tat weh, aber er hatte recht. Genauso fühlte ich mich. Nur darauf reduziert. Ich versuchte vom Thema, von mir, abzulenken, indem ich ihn fragte, seit wann er denn Seifenopern anschaute. Doch es gelang mir nicht, einen Hauch von Unbekümmertheit in meine Stimme zu legen. Stattdessen versteifte ich mich mehr und mehr.

»Ich habe eine Schwester und eine Mutter, aber lenk hier nicht vom eigentlichen Thema ab. Ich weiß, dass zwischen euch etwas ist. Jeder weiß das. Du solltest endlich ehrlich zu ihr sein. Zu dir. Und außerdem, ich glaube, Johannas Mutter mag dich. Sie hat neulich immer dir zuerst die frischen Plätzchen gereicht. Und außerdem und sowieso: Das kann dir doch egal sein, wenn du das Mädchen haben willst! Du bist vielleicht ein Außenseiter, weil du oft in der Schule fehlst. Und weil du mit neunzehn noch auf so Mädchenzeug wie Pferde stehst. Und auf Einhörner. Aber nicht aus den anderen Gründen.« Beide mussten wir lächeln. »Aber jetzt sag, warum spüre ich all das, den Schmerz, die Trauer, wenn ich die Stute auch nur ansehe?«

Ich wusste, dass er die Legende nicht hören wollte, dass nur die Reinsten, die Unschuldigsten unter uns, das wahre Ich erblicken, in die Seele eines Einhorns sehen konnten, aber hey, warum sollte nur ich heute Nacht die Wahrheit aufgetischt bekommen? »Na ja, ich komme nur zu dem einen Schluss: Du bist noch Jungfrau!« Ganz konnte ich mir das Grinsen nicht verkneifen.

Seine stets leicht gebräunten Wangen nahmen einen zarten Rotton an und eine seiner Augenbrauen zuckte erschrocken hoch: »Danke auch. Treffer, versenkt. Aber warum siehst du dann alles?«

Über dieser Frage grübelte ich Nacht für Nacht, über den Antworten, aber ich fand sie nie. Egal, wie sehr ich mich auch anstrengte, die Antworten waren zum Greifen nah und doch Galaxien entfernt. Ich hatte zu viel Schuld auf mich geladen. Möglicherweise war es die Verbindung, die ich mit ihr eingegangen war, als ich sie gefangen nahm. Vielleicht auch, als ich sie zum ersten Mal sah. Vielleicht war es so einfach.

Letztendlich hatte ich keine Ahnung. Nicht den blassesten Schimmer. Ich zuckte mit den Schultern.

Nur eine Antwort fand ich heute noch: Als Gregor leise schnarchend und leicht sabbernd einnickte und sein Kopf auf meine Schulter fiel, wusste ich, wen ich mir in Wirklichkeit an meine Seite wünschte.

»Beruhig dich doch.«

Eine Stimme. Sanft und samtig.

Scharf wie das Blitzen in seinen Augen, in seiner Hand.

Jarosch

Als Gregor später murmelnd versuchte, sich auf meinem Schoß einzukuscheln, schob ich ihn sanft von mir und legte einige Kissen unter seinen schweren Kopf.

Mir eine Zigarette anzündend, trat ich ins Freie. Der eisige Wind raubte mir sofort den Atem und ließ mich husten. Ich schlich mich zu den Stallungen hinüber, lehnte mich an den Zaun und beobachtete den zischelnden Rauch, der aus meiner Zigarette qualmte. Mit einem Mal überkam mich ein Gefühl der Unruhe, während die Rauchkringel dem Nachthimmel entgegenstiegen. Als würden unter meiner Haut tausend Ameisen krabbeln, bis in meine Fingerspitzen und hinunter in meine Zehen, gegen die man nichts tun konnte. Dieses Warten, diese Untätigkeit machte mich fast verrückt. Frustriert fuhr ich mir mit der Hand übers Gesicht.

Was sollte das alles hier? Jede Nachtwache endete in einer Pyjamaparty oder in einer Knutschsession, zumindest bei Verena und ihrem Lover. Also: Was sollte das alles hier?

Jäh wurden meine Gedanken unterbrochen, als ich eine Bewegung zwischen den Pferden wahrnahm. Ein Schatten, groß und schlank, ging zwischen ihnen hin und her. Aufrecht, langsamen Schrittes. Die Pferde schnaubten gelassen. Ihre Atemwölkchen bildeten kleine Geister. Ich warf meine Zigarette auf den Boden und schlüpfte durch den Holzzaun. Ich ging auf die Person zu, die nun unmittelbar vor einem der Tiere stand, eine Hand erhoben, blieb aber im letzten Moment stehen. Sie hatte mir die Seite zugekehrt, ich konnte das Profil erkennen. Der Mond verschwand hinter einer Wolke, aus dem Fremden wurde wieder ein Schatten. Kurz verlor ich die Orientierung, fand sie erst wieder, als ich Schritte hörte. Der Schatten bewegte sich. Ging zu einem anderen Pferd. Warum griff ich nicht ein? Warum stürzte ich mich nicht einfach auf ihn? Packte ihn? Überwältigte ihn? Ich wusste nicht, was mich in diesem Moment zurückhielt. Vielleicht weil ich ahnte, wer da vor mir stand? Weil ich Angst hatte, dass meine Befürchtungen hier und jetzt und unwiderruflich Gestalt annehmen, sich vor meinen Augen materialisieren würden, in Fleisch und Blut, in Gewissheit. Ich harrte einen weiteren Augenblick an derselben Stelle aus, verdeckt von einem riesigen Wallach mit mindestens einem Meter siebzig Stockmaß. Doch der Schatten bewegte sich unaufhörlich weiter. Geschmeidig, selbstbewusst, ruhig. Als gehörte er zwischen Pferde wie ein Fisch ins Wasser. Als wäre er mit Pferden aufgewachsen. Nein, Matti war es nicht. Matti war viel zu klein. Er trug einen langen Mantel. Ein Schal wehte ihm um die Schultern. Mit einem Mantel ging man doch nicht an einen Stall, um Pferde zu quälen? Das wäre doch viel zu unpraktisch! Froh über meine rationalen Gedanken, hielt ich endlich nach Rosalie Ausschau, suchte zwischen den vielen Leibern nach ihr. Mein Herz klopfte mit einem Mal bis in meine Kehle. Ich fand sie nicht. Irgendetwas schnürte mir den Hals zu. Unwillkürlich griff ich danach, zerrte daran, zerrte bloß an meinem Schal. Begriff, dass mir die Panik die Luft zum Atmen nahm. Begriff nicht, was um mich herum geschah. Der Mond, zu neugierig, um hinter den düsteren Wolken zu bleiben, lugte hervor, ließ etwas in den Händen des Fremden aufblitzen. Vor Merlin stand er nun. Sein Fell schimmerte, seine wachen Augen leuchteten im grauen Schein. So vertrauensvoll. Viel zu vertrauensvoll. Ich keuchte auf. Der Fremde drehte sich zu mir um. Dann bemerkte ich es. Alles hier war viel zu still. Die Pferde. Sie waren viel zu ruhig. Sie knabberten am Heu, dösten im Stehen, lagen im Stroh, stoben nicht auseinander wie die Murmeln. Er ging auf mich zu, umrundete die umstehenden Tiere. Seine Tritte hallten laut in mir nach. Seine Stimme kam wie ein Echo bei mir an. Nein! Nein, lass es nicht ihn sein!

»Jarosch, bist du es?«, tönte es von allen Seiten. Nein, nein, lass es nicht ihn sein! Meine innere Stimme bettelte verzweifelt darum, dass er es nicht war. Nicht er!

Dann noch ein »Jarosch, bist du es? Ich kann dich nicht erkennen.«

Wie ein Schlafwandler ging ich auf den Schatten zu, der nun kein Schatten mehr war, der sich im Schein des Mondlichts auflöste, zu einem Menschen wurde, zu einem Bruder. »Hey, Jarosch, ich bin es, Adam.«

»Was machst du hier?«, keuchte ich. Atemlos.

Wieder blitzte etwas in seinen Händen auf. Was war es?

»Scheiße, habe ich dich erschreckt?«

»Nein, nein«, log ich. Meine Stimme immer noch ein Keuchen.

»Scheiße, du denkst doch nicht –« Er hob die Hände in die Luft. Wie zur Verteidigung. In ihnen blitzte wieder etwas auf. Ein Handy.

Mein Blick glitt vom Telefon zu Merlin, dann wieder zu meinem Bruder, der vor mir stand, dort gar nicht stehen sollte.

Nicht du, nicht du, flüsterte meine innere Stimme. *Nicht du, Adam.* Warum waren die Pferde nur so verdammt ruhig? Warum spielte ich verrückt? Warum war es nicht umgekehrt? Warum nestelte Merlin an der Jacke meines Bruders herum? Warum trottete Rosalie auf uns zu? Adam durfte nicht derjenige sein, der ... ich konnte den Gedanken nicht einmal zu Ende formen, dennoch brachte ich nur ein weiteres »Was tust du hier?« heraus.

Adam ließ seine Hände fallen. Seine Stimme war plötzlich so real, gefüllt mit wirklichen Dingen, mit Alltag. »Krach mit Fränzi. Sie hat eine Riesenwelle gemacht, weil mir Catherine aus England eine SMS geschrieben hat. Du weißt doch noch, die kleine Brünette mit dem Shire Horse, die mich immer angemacht hat – oh, ich glaube, das willst du gerade gar nicht wissen, oder? Wir hatten auf jeden Fall einen riesigen Streit, Fränzi und ich. Ich bin dann abgehauen, und weil ich wusste, dass ihr euch nachts hier immer zu Tode friert, dachte ich mir, ich könnte auch mal meinen Beitrag leisten.« Er kam einen Schritt auf mich zu. »Ich wollte doch nicht, ich ahnte doch nicht ... Hey, du denkst doch nicht, dass ich der Tierschänder bin?« Seine Stimme versiegte, versiegte mit meinem Vertrauen.

Nein, Adam konnte nicht, nein, das traute ich ihm nicht zu. Nie. Die Pferde logen nicht. Rosalie würde nicht mit ihrer weichen Nase durch seine Haare streichen, Merlin würde nicht in seinen Taschen nach Leckereien suchen, dennoch hörte ich mich fragen, was er mit dem Handy vorgehabt hatte. Meine Stimme war fernab jeglicher Wirklichkeit. Meine Gedanken waren fernab jeglicher Realität. Mein Bruder war mit mir die letzten Wochen auf Reisen gewesen. Er konnte es gar nicht gewesen sein.

»Ich habe an seiner Stirn eine Wunde gefühlt und wollte sie mit dem Display anleuchten.« Er schwieg, dann sagte er: »Ich wollte wirklich nur helfen, Jarosch. Ich bin dein Bruder. Ich würde doch nie so etwas tun.« Nun klang seine Stimme flehend.

»Nein, ich weiß. Das ist nur der Schlafmangel. Ich sehe schon Gespenster.« Wieder log ich. Auch wenn die größten Zweifel aus dem Weg geräumt waren, nistete sich dieser Verdacht ein. Wie ein Kuckuck. Ich wollte ihn aus dem Nest schubsen, aber es gelang mir nicht. Ich wollte meinen Bruder nicht verdächtigen, aber ich konnte nicht anders.

Mit einem Mal rümpfte Adam die Nase. »Riechst du das auch?«

Rauch.

»Scheiße, es brennt!« Seine aufgeregte Stimme ließ mich zurück in die Realität fallen.

Wir schlitterten über den rutschigen Boden, hinaus aus dem Stall. Am Zaun züngelte ein kleines Feuer, schwarzer Rauch schlängelte sich um das Holz. An der Stelle, an der ich die Zigarette achtlos auf den Boden geworfen hatte, lag ein muffiger, staubiger Strohballen, der rasch Feuer gefangen hatte.

»Das war meine Zigarette«, presste ich heraus. Scheiße! Konnte ich jemals etwas richtig machen?

Adam zog, ohne mich eines Blickes zu würdigen, den Mantel aus und drosch damit auf das Feuer ein, damit es nicht auf die Stallwände überschlagen konnte. So schnell ich konnte, rannte ich in die Sattelkammer, holte einen Stapel alter Pferdedecken, warf Adam die Hälfte zu. Schweiß rann mir über den Rücken, als ich mich gegen das Feuer zur Wehr setzte. Es züngelte unheildrohend über mehrere weggeworfene Stroh- und Heuballen hinweg, Funken sprühten, Rauch kitzelte scharf in meiner Nase. Er nahm mir allmählich die Sicht, ich schlug mit aller Kraft weiter auf den Brand vor mir ein. Adam tat es mir gleich. Mein Schal flatterte gefährlich nah am Feuer. Ziemlich rasch stellte sich das altbekannte Ziehen in meinem Rücken ein. Es schlug über mir zusammen wie ein einstürzender Dachstuhl. Das Bild brannte sich hinter meinen Augenlidern fest. Nicht auszudenken, was geschehen würde, wenn sich die Flammen einen Weg über die Holzverkleidung der Stallungen suchten. Ich kniff die Augen vor Schmerz zusammen, der sich sowohl von innen als auch von außen an mir nährte. Die Hitze biss mir ins Gesicht wie ein wütender Kettenhund, doch ich konnte nicht aufhören, die Flammen zu ersticken, die bereits an einer der Stallwände leckten. Ich vergaß die Zeit, es galt nur, das Feuer zu bändigen. Ich hörte leise Rufe. Wie von Ferne. Irgendwann ein Platschen, ein lautes, dann ein Zischeln. Aus dem Augenwinkel bemerkte ich, dass Gregor mit zwei Eimern in der Hand davoneilte. Dann kam er wieder, dann noch einmal. Ich schlug weiter auf die Flammen vor mir ein, biss die Zähne zusammen ob des gierigen Schmerzes in meinem Nacken.

Jemand schob mich grob zur Seite, leerte einen Eimer Wasser gegen die Wand, dann noch einen, schließlich krochen nur noch vereinzelte

Flämmchen umher und endlich hatten wir das Feuer gelöscht. Erschöpft sanken wir zu Boden.

»Puh, da hatten wir ja echt Glück«, raunte Gregor neben mir. Als ich meinen Kopf hob, sah ich seine vor Ruß grauen Haarspitzen. Auch er war außer Atem.

Ich hustete, bevor ich auch nur einen Ton herausbrachte: »Wie konnte das alles nur so schnell brennen?«

Adam zuckte mit den Schultern. »Vielleicht hat der Schimmel, der in den Ballen hockt, bereits gegärt. Hat nur auf einen Funken gewartet. Keine Ahnung.«

»Ist es schlimm? Hat das Feuer viel erwischt?«

»Nein, hauptsächlich nur das vergammelte Zeug, das hier herumlag.« Adam hatte sich längst erholt und inspizierte das immer noch rauchende und dampfende Stroh und Heu, trat hier und da eine kleine Flamme mit den Schuhen aus. »Zum Glück haben wir das Schlimmste verhindert. Die Wände haben nicht viel abbekommen.«

Trotz dieser guten Nachricht beugte ich mich nach vorne, grub meine Finger in meine Haare, biss mir mit aller Macht auf die Unterlippe. Einen Augenblick später kniete Adam neben mir. Obwohl ich nicht aufsah, wusste ich instinktiv, dass nur er es sein konnte. Er klopfte mir auf den Rücken, sodass ich ein Aufstöhnen unterdrücken müsste. »Alles klar?«

Ich nickte, dann schüttelte ich den Kopf. Nichts war klar. Gar nichts. Nur eins: »Es tut mir leid«, stammelte ich. »Das Feuer. Dass ich dich verdächtigt habe. Ich weiß gar nicht, warum.«

Meine Schulter drückend, antwortete er mit verschmitzter Stimme: »Ach, eigentlich haben wir mit dem kleinen Feuerchen doch nur ein wenig aufgeräumt. Der alte Maurer hätte das muffige Stroh längst wegwerfen müssen – und was das andere betrifft – ich bin ja selbst schuld. Warum schleiche ich mich auch bei Nacht und Nebel hier herum. Wäre mir an deiner Stelle sicherlich nicht anders gegangen.« Auf seiner Stirn stand Schweiß, blieb an seiner Nasenspitze hängen. Seine Augen strahlten mich an. Vertraut.

Er half mir gerade beim Aufstehen, als Herr Maurer aufgeregt um die Ecke gewetzt kam. Er trug lediglich einen gestreiften Morgenmantel über seinem Pyjama. Im ersten Moment schlug er die Hände über dem Kopf zusammen, ich wusste nicht, wohin ich blicken sollte. Bobby, der

Hofhund, der müde hinter ihm hergetrottet war, rettete mich, indem er mich schwanzwedelnd begrüßte. Dankbar strich ich über seine graue Schnauze, sicher wäre er, wie sein Besitzer selbst, lieber im Bett liegen geblieben. »Was ist denn hier los?«, brüllte er. »War das der Tierschänder?«

»Nein, nein, alles in Ordnung. Das war nur ein dummer Unfall.« Adam verzog keine Miene. »Ist nichts passiert, Herr Maurer. Mein Bruder und ich werden uns darum kümmern, tauschen ein paar Bretter aus, wo es nötig ist. Gleich morgen. Wir haben alles unter Kontrolle. Gehen Sie ruhig wieder rein.«

Skeptisch blickte er sich noch eine Weile um, dann brummelte er etwas von wegen: »Wie gut, dass ihr hier gewesen seid. Auf euch Jungs kann man sich eben verlassen.« Sogleich schlurfte er in seinen Pantoffeln wieder Richtung Wohnhaus davon, das hell erleuchtet in der Dunkelheit lag.

Mein Herz schlug mir gegen den Brustkorb.

»Das ging ja noch mal gut, aber so will ich echt nicht wieder geweckt werden«, meinte Gregor, sich den Ruß aus dem Haar schüttelnd. »Wisst ihr was? Ich hätte jetzt anständig Durst! Ich glaube, im Reiterstübchen gibt es Bier im Automaten.«

Doch zu dem Bier kamen wir nicht. Als wir bei den Pferden nach dem Rechten schauten, bemerkten wir, dass ihnen jemand Schopf, Schweif und Mähne abgeschnitten hatte.

Feuerblüten

Die Schatten kletterten meine Beine hinauf.

Kein Wiehern, kein Aufstampfen vermochten sie zu verscheuchen.

Sie blieben.

Johanna

Den ganzen Abend über spürte ich seinen Herzschlag an meinem Rücken, durch gefühlte tausend Lagen Stoff hindurch, seinen heißen Atem in meinem Nacken, seine baumelnden Arme auf meinen Schultern. Es war unerträglich. Unerträglich schön. Und es wurde noch schlimmer, als er anfing meine Arme zu rubbeln, weil mein Zähneklappern immer noch nicht aufhören wollte.

Schon die ganze heutige Nachtwache hindurch zitterte und bibberte ich vor mich hin, bis sich Jarosch vor einer Weile endlich erbarmt und vor sich auf seinen Schlafsack geklopft hatte. Es war eine Einladung, eine Aufforderung, eine freundschaftliche, hilfsbereite Geste, eigentlich harmlos, aber es bedeutete doch so viel zwischen uns. Denn er war mir fremd geworden.

Erst recht nach dem Vorfall der letzten Nacht. Der Schreck saß uns abermals tief in den Knochen. Nur in Jaroschs Gesicht konnte ich nichts lesen.

Er rief mich morgens an, reichte mir später wortlos eine scharfe Schere, beobachtete mich, wie ich unter Tränen Merlins Langhaar zu einer sportlichen Stehmähne schnitt (er sah nun aus wie ein Zebra), und ermunterte mich zu einer Reitstunde, lenkte mich mit schweißtreibendem Training ab. Lenkte sich ab.

Rosalie hatte sich sichtlich gewehrt, sodass sie in der Nacht nur wenige Strähnen ihres Schweifes opfern musste.

Die Polizei gab sich machtlos und zuckte mit den Schultern, nahm Berichte auf, knipste Fotos und fuhr vom Hof.

Unsere gemeinsame Übungseinheit heute Abend war anstrengend, still und ehrgeizig gewesen. Schweißperlen auf der Stirn, dem Rücken, hervortretende Adern und Sehnen. Kein Lachen, kein Piksen in den Bauch, wenn meine Muskeln bei den kräftezehrenden Stunts wieder versagten. Dafür sein *Das hat doch alles keinen Sinn mehr*, als Rosalie immer missmutiger und unwilliger wurde, viel zu schnell zu schwitzen begann und Jarosch vermutete, dass ihr Immunsystem vielleicht einfach nicht für ein dauerhaftes Leben in der Zivilisation geschaffen wäre. Die ersten Zweifel an ihrer gemeinsamen Karriere, die ich in letzter Zeit von ihm gehört hatte.

Ich wollte ihn beruhigen: *Möglicherweise sind es nur die Überfälle, die sie stressen und schwächen? Oder es ist gar nichts Grundsätzliches? Eventuell saugt sie bloß die Gefühle von uns allen auf, auch von den Pferden, wie ein Schwamm das Wasser?*

Er hörte mir zu, stimmte mir zu, aber insgeheim, so wusste ich jetzt, fraßen seine Zweifel ihn auf. Und dann stillten sie ihren Hunger an mir, bis ich schließlich die Wahrheit erkannte. Sie traf mich in die Brust wie ein Tritt mit dem Huf, raubte mir den Atem.

Dennoch versuchte ich, die schönen Bilder der letzten Wochen heraufzubeschwören. Das Alltägliche, nicht die Magie, den bösen Zauber, der sich über uns legte: Wie ich bei unserem Training nicht nur oben auf Merlin saß, sondern an seiner Seite hing, mich auf seinem Rücken herumdrehte, wie ich auf ihm stand oder wie ich lernte, im langsamen Galopp auf- und abzuspringen. Ich spürte Jaroschs Hände auf mir, wie er mir zu Beginn noch Hilfestellung leisten musste und wir jedes Mal zusammenzuckten, als hätten wir in eine gespannte Mäusefalle gefasst, wie ich schlucken musste, als er jeden Knochen an mir erahnen konnte und keine üppigen, sinnlichen Kurven. Wie er sich anfänglich entschuldigte, wenn er mir, oh mein Gott, an den Po greifen musste, damit ich nicht im Sand landete, sondern auf dem Pferderücken, der im völligen Gleichgewicht hin und her schunkelte. Im Gegensatz zu mir und meinem albernen, verrückten Herzen.

Mittlerweile war ich jedoch besser geworden, ich hatte die Wochen während Jaroschs Abwesenheit oft allein mit Merlin trainiert, um Jarosch entweder zu vergessen oder näherzukommen, war mit Gregor joggen, Tennis spielen und Rad fahren gewesen und hatte Kondition und Muskeln aufgebaut, einen Hauch von Muskeln zumindest.

Und jetzt, da ich Jaroschs Hilfe vermisste, obwohl mir doch seine Berührungen eingangs so unangenehm waren und dennoch auf meiner Haut prickelten, benötigte ich sie – rein technisch gesehen – nicht mehr. Aber das Schlimmste daran war, dass ich befürchtete, dass Jarosch froh über diese neuerliche Distanz war. Auf unseren Nachtwachen erzählte er mir von seiner Winterzirkustour, aber keine Geschichten mehr.

Meine Gedanken kehrten für einen kurzen Augenblick wieder in die Gegenwart zurück und ich sah die Pferde um uns herum, wie sie weiße Atemwölkchen ausschnauften und geräuschvoll an ihrem Heu knabberten. Wir verharrten still in der Kälte – heute kam von ihm kein neckendes *Du darfst auf keinen Fall einschlafen, dein Schnarchen würde jeden Bären vertreiben* –, doch meine Gedanken durchpflügten die eisige Luft.

Jaroschs Nähe war trotz allem so schön, dass ich sie kaum ertrug. Unruhig rutschte ich hin und her, rückte von Zeit zu Zeit einen winzigen Millimeter von ihm ab, täuschte vor, die Decke zurechtrücken zu müssen, einen Keks essen zu wollen, nur um dann doch wieder meinen Kopf an seine Brust zu lehnen. Ich spürte das Heben und Senken in meinem Rücken. Das Auf und Ab. Ich fühlte seinen weichen Wollschal, ich roch den kalten Rauch, die Pfefferminzbonbons, den Früchtetee, den wir getrunken hatten. Vielleicht auch einen Hauch süßlichen Schweißes. Ich fragte mich die ganze Zeit, wie ich roch, wie ich mich wohl für jemand anderen anfühlte. Genoss er meine Nähe, nahm er sie hin, ertrug er sie?

In meiner Vorstellung drehte er mich zu sich um, packte mich dabei an den Schultern, presste mir seine Lippen auf den Mund, ohne zu fragen, ohne zu zögern. Und ich erwiderte seine Forderung, ohne zu fragen, ohne zu zögern. Es fühlte sich alles selbstverständlich an, als wäre es für uns so vorausbestimmt gewesen. Wie das Ende in einem Märchen. Seine Lippen auf meinen, unsere Hände ineinander verschlungen. Danach lächelte er mich an, wissend, besitzergreifend, ruhend. Wie man sich diesen Gefühlskram eben ausmalte, wenn man mit Clarissa und Armand aufwuchs. Doch die Wirklichkeit sah anders aus.

Ich war es, die sich umdrehte. Einfach so. Auch wenn es nicht in meinem Drehbuch stand. Ich brauchte ihn. Er blickte mich an. Sicherlich. Aber ich konnte sein Gesicht dank der uns einhüllenden Dunkelheit nicht sehen. Gott sei Dank, das machte es für mich um einiges leichter. Zwischen unseren Gesichtern schwebte ein Hauch eisiger Luft, sein warmer Atem.

Zögerlich legte ich meine Lippen auf seine rauen, kalten. Sie strichen darüber wie zarte, zerbrechliche Schmetterlingsflügel. Vorsichtig darauf bedacht, nicht jeden Moment in dieser klirrenden Kälte in tausend Splitter zu zerspringen, mit tauben Flügeln zu Boden zu sinken. Meine linke Hand ruhte auf seinem Oberschenkel, ich konnte es nicht ändern. Meine rechte wanderte auf seine Wange, mein Daumen strich über seinen Wangenknochen.

So viel war genau wie in meinen Träumen, doch so viel mehr war völlig anders.

Jaroschs Lippen waren frostig und abweisend, obgleich sie heiß sein müssten. Meine Hand in seinem Gesicht wanderte über steinigen, spröden Boden und wollte dort nicht bleiben. Waren meine Fingerspitzen nur wegen der Eiseskälte gefühllos geworden?

Jarosch wehrte mich ab, indem er nichts tat. Alles in ihm verharrte, wartete einfach ab und wich gleichzeitig vor mir zurück, ohne sich zu bewegen. Das Schlimmste waren seine Arme, die immer noch über meinen Schultern lagen. Beinahe spürte ich, wie sich seine Nägel in seine Handflächen krallten und nicht in meine Arme, so wie es sein sollte.

Ich registrierte all dies innerhalb eines einzigen Augenaufschlags und trotzdem kam es mir so vor, als klebte ich Ewigkeiten auf seinen Lippen. Und dann, als hätte man einen Eimer eisigen Wassers über mir ausgekippt, wich ich von ihm zurück. Schnell, ruckartig, bereit zur Flucht, bereit die Zeit zurückzudrehen. Zum Glück konnte ich nicht in seine Augen sehen.

Ich wollte bloß weg von hier. Ich hatte alles, mich, in diesen einen Moment gelegt, alles auf die sprichwörtliche eine Karte gesetzt. Hitze und Kälte wechselten sich in meinem Gesicht ab und meine Beine waren so schwer wie ein Klumpen festgefrorenen Schnees. Ich musste mich von Jarosch losreißen, doch ich hatte das Gefühl, wenn ich es täte, würde meine Haut platzen. Als würde ich sie von frostklirrendem Metall losschneiden.

Wie gerne hätte ich etwas Erwachsenes gesagt, etwas Vernünftiges und Verständnisvolles. Vielleicht sogar etwas Ironisches, um den Kuss herunterzuspielen, aber mir fiel nichts ein, denn in meinen Fantasien gab es dieses Szenario nicht. Die Initiative ging dauernd von ihm aus, ich musste nur reagieren, und was er wollte, war stets eindeutig an ihm zu lesen gewesen. Jede Faser seines Körpers sagte in diesen Momenten nur das Eine.

Gleichzeitig wollte ich ihm ins Gesicht schreien, alle Vernunft wegstoßen, so wie er es mit mir getan hatte: *Scheiße, Jarosch, ich fühle mich wie ein Buch, wie ein verdammtes Märchenbuch, aus dem man die letzten Seiten herausgerissen hat. Alles Vorherbestimmte ist weg. Ich weiß nicht, was auf der nächsten Seite stehen wird, ob da überhaupt noch eine Seite kommen wird. Oder ob da einfach nur in fetten, riesigen Lettern* Ende *stehen wird! Ich will endlich wissen, was du geschrieben hättest, was du schreibst, in diesem Augenblick, was du in mein Leben schreibst!*

Aber meine Stimme war nur Atem, war kein Ton.

Der verfluchte, dunkle Prinz bekam die unschuldige Prinzessin nicht. Das Fabelwesen blieb auf ewig gefangen, in einer feuchten Höhle, in einem endlosen Meer. Wo auch immer.

Bestimmt würde ich in vielen Jahren über meinen ersten Kuss lachen, ihn als den Moment erkennen, in dem ich erwachsen geworden und gleichzeitig gemerkt hatte, dass ich doch noch ein Kind war.

Hastig sprang ich auf und verhedderte mich dabei mit den Füßen in Schlafsack und Fleecedecken. Ich kickte den Stoff hektisch weg, stolperte, lief womöglich gleichermaßen rot an wie der Früchtetee, den wir tranken. Da stand ich nun vor Jarosch, jedweder Hoffnung beraubt, zurückgeküsst zu werden. Aber wie denn auch? Mit vor Kälte roter Nase und Tränen in den Augen, die sich ihren Weg bahnten, selbst wenn ich mit aller Macht versuchte, sie aufzuhalten? Genauso gut hätte ich den Wolken befehlen können, aufzuhören zu schneien. Durch meinen unförmigen und in die Jahre gekommenen Schneeanzug wurde ich mir auf einmal schmerzlich bewusst, dass er mir auch schon vor drei Jahren gepasst hatte. So wenig hatte ich mich in all der Zeit verändert.

So schnell ich konnte, rannte ich hinaus in die Dunkelheit. Statt auf meine Umgebung zu achten, wirbelten Bilder vor meinen Augen umher wie die vom Himmel stürzenden Schneeflocken. Ich dachte nur an den Mund, der nichts sagen wollte, die Arme, die mich nicht aufhalten wollten, die Augen, die … keine Ahnung, die erstaunt wirkten. Überrascht, erschrocken. Kalt, abweisend. Alles kristallisierte sich plötzlich glasklar heraus: Das Rubbeln meiner Arme, einer Autowaschanlage gleich. Deren Bürstenarmen war es auch gleich, ob sie einen Porsche oder einen Fiat zwischen sich einklemmten. Ich fühlte mich wie ein lausiger Fiat 500, der wegen zu hoher Geschwindigkeit gleich aus der ersten Kurve flog.

Und jetzt? Was sollte ich jetzt tun? Mitten in der Nacht bei Minusgraden nach Hause laufen? Nein, danke! Wieder zurück zu Jarosch gehen und ihn bitten, mich heimzufahren? Nie im Leben! Ins Reiterstübchen gehen und bis zum Morgengrauen warten? Bingo!

Eiligen Schrittes hielt ich auf die verlockende Wärme darin zu. Mit dem Ärmel wischte ich mir Tränen und Rotz ab. Ich konnte gar nicht aufhören zu schniefen, bis auf einmal ein Schatten vor mir auftauchte. Eine dunkle Silhouette vor noch dunkleren Stallgebäuden. Ein frostiger Hauch des Winters. Jarosch? War er mir doch hinterhergelaufen, um sich zu entschuldigen, um den Uhrzeiger einfach zurückzustellen? Um die Seiten in meinem albernen Teenietagebuch in meinem noch alberneren Kopf zurückzublättern? Aber er hätte nicht aus dieser Richtung kommen dürfen. Nicht, wenn ... Nicht, wenn dies jemand anders war! Das Blut gefror mir in den Adern, laut knisternd verebbte sein Fluss. Meine Stiefel steckten fest, meine Zehen kribbelten wie in einem vereisten See. Ich wollte schreien, um Hilfe rufen, aus meinem Mund kam nur gekräuselter Atem, meine Worte hingen gefroren in der kalten, nächtlichen Luft, unfähig einen Ton anzustimmen. Bis mir, einen Moment später, die Gestalt war längst auf mich zugekommen, ein ungläubiges »Du?« angestrengt über die Lippen kroch, die Luft, die ich atmen wollte, nur noch Eis war, ich nur noch Schwarz sah. Chaotische Sterne in der Finsternis.

Rosalie

Warum verscheuchtest du nicht deine Schatten, wie du es mit meinen tatest?

Jarosch

Obwohl sie schon längst geflüchtet war, spürte ich noch immer ihren Herzschlag, laut, hämmernd, er hätte eine Schneelawine auslösen können. Er hätte eine Lawine in mir auslösen können, doch ich ließ es einfach nicht zu.

Ich erinnerte mich an unser Gespräch, als sie zwischen meinen Beinen hockte, als – ach, lassen wir das!

»Die Ranken ziehen sich mehr und mehr zusammen«, sagte ich in die Dunkelheit hinein. »Schnüren sie ein. Die Dornen werden größer und dicker, bohren sich tiefer in ihr Fell. Frost legt sich um ihr Herz. Von Tag zu Tag wird sie unruhiger, hektischer, nur um gleich darauf völlig in sich gekehrt zu sein. Ich dachte, sie würde sich wieder beruhigen. Alles würde ein gutes Ende nehmen. Die Angriffe wären vorbei, aber dann während des Feuers …« Meine Stimme wurde leiser und verstummte.

Auf einmal sah ich Rosalie vor mir. Nach dem letzten Übergriff wirkte sie wie ein zugefrorener See auf mich. Einen dicken Schutzpanzer aus Eis hatte sie um sich gebildet. Undurchdringlich. Die kleinen Wildrosen auf ihrem Fell waren vertrocknet, verblüht, abgestorben. Frost legte sich wie Nadeln darauf. Flimmerte wie eiskalte Regenbögen. Als ich über eine der letzten Blüten strich, rieselte sie herunter. Zersplitterte in der Luft. Wie Eistropfen regneten die winzigen, schwarzen Umrisse der Blätter herab und fielen in meine Hände, doch da war nichts, nur ein frostiges Prickeln auf meiner Haut, als hielte man eisige Hände an einen heißen Ofen. Dennoch spürte ich, dass etwas in ihr brodelte, wie ein Geysir, der darauf lauerte auszubrechen, die Eisschicht aufzubrechen. In tausend Stücke. Der sie brechen würde. Unwiderruflich.

»Und dann die abgeschnittenen Schweife und Mähnen«, nahm Johanna das Gespräch wieder auf, »nur bei ihr nicht. Als hätte derjenige nicht gewollt, dass man ihr Horn entdeckt oder die Ranken auf ihrem Hals. Die an den Beinen sehen immer noch aus wie Narben, wenn man sie nicht näher betrachtet. Kannst du dich noch an den Sommer erinnern, als ihr häufig vereinzelte Strähnen gefehlt haben? Das hat so ausgesehen, als ob sie sich geschubbert hätte, wegen Juckreiz, aber nicht, als hätte jemand ihr Haar abgeschnitten. Und an die vielen frischen Wunden? Die, von denen wir gedacht haben, sie hat sie sich selbst zugefügt?«

»Du glaubst, jemand hat sie entdeckt? Erkannt? Bereits vor Monaten? Ihr Haar und Blut gestohlen?«

Still nickte sie. Ihre Mütze kitzelte meine Nase. So nah war sie mir. »Jemand will an sie ran.«

»Wie kommst du darauf?«, fragte ich ungläubig.

»Es gibt da eine Sache, die ich dir noch nicht erzählt habe.«

Johanna berichtete von ihrem Unfall, dem durchtrennten Steigbügelriemen, vor wenigen Wochen, und ich erinnerte mich an das eine Mal, an dem Rosalies Satteldecke so verschmutzt war und sie mich nicht auf sich reiten ließ. Sie war niemandem aus Versehen heruntergefallen, jemand hatte sie mit Absicht manipuliert.

Mein Herz blieb beinahe stehen. »Aber wen lässt sie überhaupt in ihre Nähe? Wen?«

»Das kann ich mir auch nicht erklären«, antwortete sie.

»Und die anderen Pferde?«, fragte ich atemlos.

»Ablenkung? Es geht um ihr Blut. Jemand will an ihr Blut. Wie in den Legenden, von denen du mir erzählt hast. Es geht um sie. Nicht um die anderen Tiere.«

Zwischen jedem Wort ein Atemwölkchen, welches meine bösen Ahnungen nicht mit sich trug: ewiges Leben. Ewige Schönheit. Ewige Macht. Vielleicht Neid, Eifersucht, Rache. Geld. »Es wird doch nicht Matti … Matti könnte niemandem etwas zu Leide tun.« Sprachlos fuhr ich mir mit der Hand über mein unrasiertes Kinn, ließ sie auf meinem Mund liegen.

»Nein, ich habe mit ihm gesprochen. Dein Bruder schwört, dass er mit niemandem außerhalb der Familie über sie redet.«

»Okay, das ist gut, das ist sehr gut.« Nachdenklich blickte ich über Johanna hinweg, die zitternd vor mir saß. Es wurde dunkler, der Wind eisiger. Neuer Schnee lag in der Luft.

»Hast du einen Verdacht?«

Jetzt schüttelte ich den Kopf.

Meine Gedanken und Gefühle, meine Zweifel, meine Befürchtungen, das Aufdecken von Rosalies wahrer Natur, all das rieselte auf mich nieder wie der Flitter und Schnee in einer Schneekugel, die jemand schüttelte und schüttelte. Plötzlich trudelten die dicken Flocken nicht mehr wie betrunkene Federn zu Boden, sondern klatschten bleischwer auf mich hinab. Die Stille war so laut, der Schmerz in meinem Inneren lauter als die Stille. Bis ich die Schneekugel fallen ließ. Ich ließ sie fallen. Ich ließ Johanna fallen, erwiderte ihren Kuss nicht. Ich konnte nicht. Nicht nachdem ich nun wusste, warum all das hier geschah.

Das Krachen übertönte die Stille, das Glas zerschellte in zu viele Splitter, die Flocken darin kamen zum Stillstand, lagen wie zufällig verstreut auf dem Boden. Wie meine Gedanken, die ich nicht mehr aufsammeln und zusammensetzen konnte. Auf einmal war es egal, dass ich der Sitzenbleiber war, der Ausländer, der Zirkusjunge. Ich war nicht länger in diesem Vakuum gefangen, ich hörte ein Poltern, hastige Schritte, die davoneilten. Scheiße! Ich sprang auf, stürzte in die Richtung, die Johanna genommen hatte. Sie hockte im Schnee. Was zum Teufel …?

»Da! Da ist er entlang! Schnell, mach schnell!« Sie deutete zum Offenstall hin und mit der anderen Hand rieb sie sich über die Schläfe.

»Aber –«

»Mach schon, bevor er weg ist! Mir geht es gut. Ich ruf die Polizei!«

Ich rannte davon, rutschte über den frisch gefallenen Schnee, kletterte über den Zaun, mein Rücken ächzte von der Kälte, den ruckartigen Bewegungen, ich biss die Zähne zusammen. Meine Jacke verfing sich an einem Holzpfosten, hektisch kämpfte ich mich frei. Und da war er! Im Paddock der Pferde und ließ etwas fallen. Sacht rollte es davon. Ich konnte mich nicht entscheiden *Hey, du da, stehen bleiben* zu rufen oder mich einfach auf ihn zu stürzen. Auf diesen bulligen Typen mit den dicken Armen, die man trotz der Winterjacke erkennen konnte. Ansonsten war er nur eine schwarze Silhouette für mich, um die vereinzelte Schneeflocken tobten. Doch da drehte er sich bereits weg und versuchte, über den nächsten Zaun zu klettern. Hinaus in die Felder, um daraufhin im nahe gelegenen Wald zu verschwinden. Rasch setzte ich ihm nach und konnte ihn gerade noch am Kragen packen, bevor er beide Beine über den Zaun schwang. Krachend fielen wir zu Boden. Für einen Moment hörte ich das Blut in meinen Ohren rauschen, als er auf mich prallte, dann nur das Ratschen von kaputtem Stoff, das hektische Trippeln der Pferde um uns herum, ihr aufgeregtes Fauchen. Der Typ hatte sich aus meiner Hand befreit, die immer noch in unförmigen Fäustlingen steckte, und rappelte sich wieder auf. Bevor er sicher auf beiden Beinen zu stehen kam, packte ich ihn jedoch an den Füßen und schaffte es, ihn niederzuringen, mich auf ihn zu stürzen und ihn umzudrehen. Keuchend stieß ich hervor: »Du?« Einen weiteren Gedanken konnte ich nicht formulieren, denn seine harte Faust knallte mir ohne Zögern ins Gesicht. Chaos. Schmerz. Erkenntnis. Schrecklicher als das Schmatzen seiner Hand auf meiner Haut. Blut troff von der geplatzten Haut über meiner Augenbraue hinab, Wut und Enttäuschung gleich. Und er, er bestand wie ein wütender Stier nur noch aus Masse, Muskeln und Adrenalin. Mit Leichtigkeit schaffte er es, sich unter mir hervorzukämpfen, sich meiner Umklammerung zu widersetzen, doch er behielt nicht lange die Oberhand. Wir rangelten über den schneebedeckten Boden, keine Rücksicht nehmend auf Vergangenheit, Gegenwart, Kollegialität, auf jegliche Körperteile. Es machte keinen Unterschied, ob er meine Wange traf, meine Nase, meinen Bauch. Ich war nur noch Schmerz, ein verknotetes Bündel voller Schmerz, das von wenigen Fäden zusammengehalten wurde, sodass meine Fäuste ihn mit zu geringer Wucht trafen. Ich ließ sie dennoch immer wieder hervorschnellen. Immer wieder. Ohne Unterlass. Genau wie er mich mit Händen und Schuhen traktierte. Ich spürte keinen einzigen Knochen mehr, lediglich einen einzigen fleischigen Klumpen aus Zorn und Unglauben.

Bevor meine Kräfte mich gänzlich verließen, nahm ich wahr, dass er sich nicht mehr regte, mich Johanna von ihm herunterzerrte, mich anschrie, mich anflehte, aufzuhören, loszulassen.

Und dann tat ich es.

Erschöpft setzte ich mich auf den Boden, den schneebedeckten Boden, den Boden mit den karmesinroten Kristallen. Zu atmen schien mir wie Eiswürfel zu schlucken. Meine Knie zitterten, meine Hände waren immer noch zu Fäusten geballt.

Johanna stand mir gegenüber, stumm blickten wir uns an, bis die Polizei eintraf.

Die Mutige

Heimweh packte mich. Sehnsucht.

Sehnsucht nach dir, nach uns, nach Neuem, nach Fremdem, nach Bekanntem.

Johanna

Erste Male.

Der Abend der ersten Male.

Meine erste Prügelei, nun ja, meine erste Beinahe-Prügelei. Aber ich wurde immerhin geschubst, ich Leichtgewicht konnte der groben Hand nicht standhalten, geschweige denn ihr etwas entgegensetzen, und rutschte vermutlich auf dem eisigen Boden aus, schlug meinen Kopf irgendwo an, trug mein erstes Veilchen davon. Okay, vielleicht nur meine erste Beule, die ich mir nicht zugezogen hatte, weil ich von der Schaukel gefallen war.

Meine erste kleine Bewusstlosigkeit, denn von der Schlägerei an sich bekam ich nicht mehr wirklich viel mit, weil ich andauernd wegsank, nachdem ich die Polizei und zu Hause angerufen hatte. Ganz schön peinlich irgendwie. Clarissa fiel bei ihrem ersten Vampirkampf nicht in eine Ohnmacht anno 1997, obwohl sie vor ihrer Wandlung eine scheue Museumsführerin im Casa Loma in Toronto gewesen war.

Ich fing meinen ersten Verbrecher.

Ich wurde das erste Mal von der Polizei verhört.

Ich war das erste Mal überhaupt in einem Polizeibus.

Ich belog das erste Mal eine Staatsgewalt.

Rasch merkten Jarosch und ich, dass wir den Polizisten nicht die gesamte Wahrheit sagen konnten. Nichts von abgeschnittenen Haaren und abgezapftem Blut, welches man einem Einhorn, einem Fabelwesen, einem Gespinst unserer Fantasie geraubt hatte, um einen Liebeszauber daraus zu brauen, vielleicht auch in der Hoffnung, den Heiligen Gral, einen Jungbrunnen gefunden zu haben, oder ein Potenzmittel oder etwas gegen Gicht, um auf dem Schwarzmarkt das schnelle Geld zu machen.

Instinktiv wussten wir, dass wir das meiste verschweigen, dass wir die zu Boden gefallene Spritze verstecken mussten, denn sie hätten uns kein Wort geglaubt. Genauso wussten wir, dass man den Übeltäter nicht lange würde inhaftieren können. Was hatte er schon getan? Hatte er überhaupt etwas getan? Wollte er uns nicht nur helfen, denn schließlich hatte er das immer und immer wieder beteuert. Er war ein Pferdefreund, ein Fachmann, ein Reiter, nie im Leben würde er einem Tier Schaden zufügen. Das war hier bloß ein riesiges Missverständnis. Doch Jarosch und ich wussten es besser.

Spätestens morgen würde er wieder auf freiem Fuß sein oder sich im Krankenhaus auskurieren, denn wir hatten nichts, überhaupt nichts, gegen ihn in der Hand. Und dennoch strömte für den Moment Erleichterung durch meine Venen. Wir hatten alles getan.

Ich warf Paps das erste Mal einen *Ich bin siebzehn Jahre alt und ich weiß, was ich tue, vertrau mir, wir wollen einfach nur noch diesen furchtbaren Abend Revue passieren lassen, Jarosch wird seine Griffel im Auto ganz bestimmt bei sich behalten und nur auf dem Lenkrad liegenlassen-*

Blick zu. Und Paps guckte mürrisch, wollte aber dann doch nicht den überfürsorglichen, strengen Vater heraushängen lassen, nachdem ich ihn bittend, fast schon flehend mit meinem Blick beschworen hatte. Außerdem war er froh darüber, endlich nach Hause fahren zu dürfen, nachdem ich ihn mitten in der Nacht aus dem Bett geklingelt hatte. Juristischer Beistand, weil man einen jungen Mann, einen Tierquäler verprügelt hatte, war nie von Nachteil, auch wenn man im Recht war.

Und nicht zu vergessen, obwohl ich es allzu gern gemacht hätte: Ich erlebte meinen ersten Kuss. Einen verdammt schlechten ersten Kuss. Aber vielleicht durfte ich auch noch einen verdammt guten ersten Kuss erleben? In etwa drei Millionen Jahren?

So saß ich nun bei Jarosch im Auto, der mich vorsichtig und übermüdet über die verschneiten Landstraßen heimfuhr. Denn wir wussten beide, in stillschweigender Übereinkunft, dass etwas in der Luft hing, das entweder jetzt oder nie geklärt werden würde.

Und Jarosch?

Jarosch erlebte heute Abend sicherlich nicht so viele erste Male wie ich.

Keine erste Prügelei, keine erste Befragung durch die Polizei, keinen ersten Kuss, keine erste Enttäuschung durch einen vertrauten Menschen, einen Freund der Familie, einen Arbeitskollegen.

Während ich der Musik im Auto lauschte und mein Verstand, genau wie die Heizung, auf Hochtouren lief, fragte sich Jarosch vermutlich, was er die ganze Zeit übersehen hatte. Wie konnte er nicht merken, was sich vor seinen Augen angebahnt hatte? Warum konnte er nicht erkennen, was unter der Oberfläche dieses Menschen lauerte? Wie konnte er ihm die letzten Jahre sein Pferd und die seiner Familie anvertrauen?

Wie sollte er seinem Vater beibringen, dass Boris Rosalie, Merlin und die anderen Pferde absichtlich verletzt hatte? Dass man ihm sofort kündigen musste? Wie sollte er seinem Vater erklären, dass Boris zu allem fähig wäre, bloß um an mehr Geld zu gelangen und um Jarosch den Platz im Showteam abspenstig zu machen? Denn das war Jaroschs einzige Erklärung für Boris Verhalten: Neid. Um jeden Preis wollte er seinen Konkurrenten aus dem Team kicken, dessen einzige Hoffnung, Rosalie, das Einhorn, die Wunderstute, aus dem Weg schaffen, und gleichzeitig die große Kohle absahnen. Die Verletzung der anderen Tiere war nur ein Kollateralschaden, Ablenkung, ein notwendiges Übel. Ein Ventil für seine Aggressionen.

Wie sollte man all das jemandem sagen, der prinzipiell immer auf der Seite der anderen stand?

Und dann die eine, die alles entscheidende Frage: Woher wusste Boris, was Rosalie war? Woher?

Schließlich fuhr Jarosch an unserem Haus vorbei und drehte um, das Auto schlitterte leicht. Er hielt in gebührendem Abstand zu meinem Zuhause an, in dem noch Licht brannte und meine Eltern vermutlich hinter den Gardinen auf mich warten würden – rein zufällig natürlich –, obgleich es schon weit nach Mitternacht war.

Jarosch schaltete den Motor aus, was die Scheibenwischer sofort zum Stillstand brachte. Die Schneeflocken tanzten jedoch im Scheinwerferlicht fröhlich weiter. Sie wussten nicht, was heute Abend alles geschehen war. Für sie ging die Zeit einfach weiter. Sie ahnten nicht, wann sie auf den Boden treffen, wann sie schmelzen würden.

Schließlich schnallte er sich ab. Okay, ein weiteres Zeichen neben dem abgestellten Motor, dass er mich nicht gleich hinauswarf. Oder doch?

Eine Zeit lang blickten wir uns in dem winzigen, langsam dunkler werdenden Raum nur an, und aus Verlegenheit nahm ich meine dicke Wollmütze mit dem bunten Norwegermuster und den Ohrenklappen ab. Kein Junge der Welt würde ein Mädchen küssen, an dem goofyähnliche Ohren baumelten! Heute hatte ich dies leider bereits bewiesen.

Eine endlose Zeit später beugte sich Jarosch zu mir herüber. Entweder war das nun der Moment, in dem das Mädchen in einem Teeniefilm darauf hoffen durfte, dass es nun geküsst werden würde, oder es war der Augenblick, in dem der männliche Held dem blauäugigen Mädchen helfen musste, die klemmende Tür seiner klapprigen und rostigen Kiste aufzustemmen. *Arrivederci, Johanna!*

Was war für mich vorgesehen?

Jarosch kam mir immer näher, mit seiner linken Hand berührte er meinen Arm durch eine dicke Watte- und Stoffschicht hindurch, nicht den Türgriff. Ein gutes Zeichen, würde ich sagen. Ein sehr gutes. Er sah müde aus, seine Gesichtszüge wirkten weicher als sonst, dennoch ernst, und er sagte kein einziges Wort, was auch unter normalen Umständen nicht sonderlich ungewöhnlich für ihn war. Wie gerne hätte ich sein strenges Gesicht berührt, die Härte weggestrichen, die Müdigkeit von ihm genommen, die Traurigkeit aus seinen Augen weggewischt.

Die Wunden geheilt. Stattdessen pustete ich mir meinen Pony aus den Augen.

Und dann sah ich nur noch seine braunen Augen, die dichten Wimpern, spürte seine Hand, die meinen Arm hinaufwanderte, über meine Schulter, meinen Hals hinweg. Seinen Daumen auf meiner Unterlippe. Seiner Spur folgte ein brennender Strom. Er roch nach Schnee und Eis, doch dieses Mal, jetzt, fühlte er sich nicht so an. Ich fröstelte dennoch.

Schließlich legten sich seine Lippen auf meine. Warm, weich, behutsam, fragend, bittend. Aber ich musste mich nicht lange bitten lassen, da ich schon zu lange darauf gewartet hatte. Auch wenn ich die Luft anhielt, öffnete ich meine Lippen, doch meine Hände lagen immer noch in meinem Schoß, die Mütze haltend, festkrallend, bis seine schwarzen Strähnen meine Wangen kitzelten. Behutsam strich ich sie ihm hinters Ohr, grub meine zitternden Finger waghalsig in seinen Nacken, in seine Haare. Die Haare, die ich schon seit einer ganzen Weile durchwühlen wollte. Ich schmeckte nicht den Rauch an seinen Lippen, nicht die Minzdrops, die er ständig kaute, sondern eine schwere Bittersüße, die sich in alle Richtungen ausbreitete. Sein Kuss schmeckte nach mehr, nach viel mehr, seine Umarmung versprach mehr.

Er öffnete das Buch erneut, welches er am Stall zugeschlagen hatte. Auf eine neue Seite schrieb er einen langen, langsamen Kuss, dem unendlich viele neue Seiten folgen sollten. Für einen winzigen Augenblick konnte ich all das glauben und genießen, doch dann schaltete sich mein Gehirn wieder ein. Noch nicht einmal jetzt konnte es im Standby-Modus bleiben und mich in Ruhe lassen.

Obwohl mein Herz zu laut hämmerte und pochte, nahm ich allzu rasch die Musik um uns herum wahr, eine Wahrheit aussprechend, die ich nicht hören wollte. Ich verstand jedes Wort, wo mich der Text doch sonst nie sonderlich interessierte. Musste dieses Lied ausgerechnet jetzt gespielt werden? Dieser Kuss verhieß die Ewigkeit, wie sie alle ersten Küsse gelobten, aber jeder wusste, dass eine Umarmung, wenn man siebzehn und neunzehn Jahre alt war, nicht auf ewig wärmen, trösten, Halt bieten würde. Doch niemand wollte so etwas hören. Nicht, wenn man soeben zum ersten Mal in einem Auto herumknutschte – mit einem ganz besonderen Jungen. Mit dem außergewöhnlichsten, traurigsten, wütendsten, verzweifeltsten Jungen, den man jemals kennengelernt hatte.

Die Worte des Liedes krallten sich um mein Herz, genauso wie sich meine Hände nun in Jaroschs Parka bohrten. Ich wollte ihn nie wieder gehen lassen, doch das *Don't you forget about me* des Sängers wollte alles übertönen. Warum?

Plötzlich löste er sich von mir, ein wenig atemlos, als hätten sich die Worte auch in sein Herz geschlichen. Meine Welt schrumpfte auf diesen einzigen Augenblick zusammen, Jaroschs Hände, Fingerspitzen, Lippen, die mahnenden Worte. Würde er mich auch morgen noch ansehen? Würde er mich auch morgen noch kennen oder alles vergessen haben, mich einfach stehen lassen? Mir weiterhin nahe sein? Sogar in der Schule? In der Öffentlichkeit? Schließlich verbrachten wir gemeinsame Zeit nur am Stall. Oder würde er sich das Gleiche über mich fragen? Er dachte doch nicht etwa, dass ich …

Jarosch drehte sich leicht zur Seite. Meine kleine Welt zerbarst. Schneeflocken schmolzen auf der warmen Motorhaube. Doch er drehte nur das Radio ab.

»Ich mag die Simple Minds nicht«, war alles, was er herausbrachte, bevor er mich wieder küsste. Fordernder. Ich schlang meine Arme um ihn, augenblicklich, befahl meinem Verstand, sich wenigstens einmal in meinem Leben zurückzuziehen. Es klappte eine kleine Ewigkeit, in der ich nur noch ihn, seine Lippen, oh mein Gott, seine Zunge, seine Hände und mich spürte und hörte. Seine Bartstoppeln, die mich kitzelten. Sein leises Seufzen, seinen Atem auf meiner Haut. Doch dann musste Jarosch ausgerechnet jetzt den Mund aufmachen, nicht, um mich etwa an anderer Stelle weiterzuküssen, sondern um mich zu fragen, ob ich ebenfalls morgen zu ihm stehen würde, oder ob ich ihn nur küsste, weil ich es verwegen und aufregend fand, einen Delinquenten zu knutschen. Selbstironie stand ihm und ich zog ihn näher und fester zu mir hin.

Ich lächelte und nahm sein Gesicht in beide Hände und schwor ihm: »Ich werde dich auch morgen noch küssen. Mir ist es egal, was in der Vergangenheit passiert ist.« Ich strich über eine Falte zwischen seinen Augen, verfolgte mit meiner Fingerspitze eine Augenbraue. »Nur irgendwann will ich wissen, was vorgefallen ist.« Eine Stille folgte, in der wir uns küssten und küssten und küssten, bis ich kichernd hervorstieß: »Oder machst du das nur, weil auch ich eine Gesetzesbrecherin bin? Weil auch ich die Polizei belogen habe? So Bonnie und Clyde-mäßig eben?«

»Nur wenn du mich küsst, weil ich dein Prinz, dein Retter in silberner Rüstung bin.«

»Das hättest du wohl gern, du eingebildeter Schnösel!« Ich zwinkerte ihm zu. »Nun ja, aber immerhin hast du das weiße Pferd.« Ich machte eine Pause, sagte dann: »Darüber lässt sich reden«, und küsste ihn.

Nicht gerade wie eine Prinzessin das getan hätte …

Frostblüten

Die letzten Blüten und Blätter überzog weißer Frost.

Sie klirrten gefährlich im eisigen Wind.

Ich zerbrach.

Jarosch

Halb zog ich sie, halb kletterte Johanna auf meinen Schoß. Wir waren uns immer noch so fern. Zu fern. Sie war so zerbrechlich, so unschuldig, so anders. Anders als all die Mädchen, die sich danach den verwischten Lippenstift nachzogen, ihre Röcke und Shirts zurecht zupften, mich nicht mehr anblicken konnten. Ohne sich umzudrehen, stolperten sie aus dem Wagen.

Johanna war süß und niedlich, sie jagte mir eine höllische Angst ein und machte mich ganz verlegen, meine Knie wurden weich und ich war heilfroh, im Auto sitzen zu dürfen. Ihre Hände ruhten auf meinen Schultern, ihre Stirn lag auf meiner und ich strich mit meinen Fingern durch einzelne Strähnen ihres feuchten Haares. Ich konnte ihr Herz schlagen hören, es flatterte so schnell wie die Flügel eines Kolibris.

»Was machen wir hier eigentlich?«, flüsterte ich plötzlich.

»Das, was du nie wolltest.« Ein weiteres leises Lachen stahl sich in ihre Stimme.

»Es tut mir leid, dass ich ein solcher Idiot war.«

»Bist. Ein Idiot bist.«

Ich küsste sie wieder, ich konnte nicht anders. Wie die Schneeflocken, die vom Himmel fielen und nur diesen einen Weg kannten. Zaghaft, still, behutsam war dieser Kuss zunächst. Dann knabberte ich an ihrer Unterlippe, neckte sie, lächelte an ihren Lippen, als sie am ganzen Körper zitterte. Ich zog sie eng an mich, krallte mich in ihre Schulterblätter, verschlang sie. Ich wollte den Moment fühlen, ihn nicht vergehen lassen, ich wollte sie spüren, die Dunkelheit sehen, sonst nichts. In diesem Vakuum aus Atmen, Luft holen, Seufzen eingeschlossen bleiben. Nicht an morgen denken, nicht an gestern und dennoch hoffen, dass es ein Morgen geben würde.

Bis Johanna das Morgen ansprach, indem sie nach Boris fragte, was nun mit ihm geschehen würde, und sie mit ihren kalten Fingern über die frischen Kratzer und Prellungen in meinem Gesicht strich und alles wieder in Erinnerung rief. Den ganzen Schmerz. Alles, was ich herausbrachte, war ein raues »Nicht jetzt.«

Nie im Leben hätte ich damit gerechnet. Skye, ja, vielleicht, aus Eifersucht und Neid heraus, doch eigentlich war sie so bösartig und gewissenlos nun auch wieder nicht. Sogar meinen Vater hatte ich im Verdacht, aber eigentlich war diese Vorstellung genauso absurd. Dazu war er zu sehr Horseman. So sehr hasste er mich wirklich nicht. Konnte er nicht, durfte er nicht. Ich war immerhin sein Sohn, sein Fleisch und Blut, wenn auch nicht sein Ein und Alles. Außerdem ernteten Rosalie und ich tosenden Applaus auf unserer kleinen Tour. Aber Boris? Ihn hatte ich nie auf dem Radar. Warum auch? Er war zwar ein grober, ungehobelter Klotz, aber mehr hatte ich nie in ihm gesehen. Er war ein Niemand in meinen Augen, und genau das wurde uns zum Verhängnis.

Als ich meine Hand auf ihre Schläfe legte, zuckte Johanna aufkeuchend zurück, und nun war ich es, der den Drachen, der die Wirklichkeit behütete, weckte.

»Nichts, schon gut. Mir tut nur ein wenig der Kopf weh, und der Hintern. Ich konnte mich nicht mehr abfangen.«

»Hat er dich geschlagen? Ins Gesicht?«

Sie versuchte, mich zu beruhigen, sanft strich ich ihr über die heiße Haut: »Ich weiß es nicht. Ich weiß es wirklich nicht. Ich glaube, er hat mich nur geschubst. Dann bin ich hingefallen. Mann, ich ärgere mich so über mich selbst. Er hat mich weggeblasen wie eine Pusteblume.«

»Unkraut vergeht nicht.«

»Haha, vielen Dank auch.«

»Na ja, Boris wiegt mindestens das Doppelte von dir. Er ist ein Bulldozer.«

»Jarosch Ullmann, du weißt, wie man Mädchen Komplimente macht. Es braucht schon ein Raupenfahrzeug, damit man mich umnieten kann?« Ihre kristallklaren Augen funkelten im Nu mit einem Lächeln um die Wette. »Aber weißt du, was mich am meisten ärgert? Dieses scheinheilige Arschloch hat mir auch noch seine Hand gereicht und ich habe seine Hilfe angenommen.« Angewidert blickte sie auf ihre Hand.

»Was? Heute?«

»Nee. Quatsch. Als ich von Rosalie heruntergefallen bin. Da kam er doch dazu. Hat sich aufgespielt wie sonst wer. Nur um von sich abzulenken, und wir sind voll auf ihn reingefallen.«

Ein helles Flackern in meinen Augenwinkeln ließ mich aufblicken, trotz allem auflachen, und ich musste nicht auf diese weitere Enthüllung reagieren. Nur kurz ballte ich die Fäuste zusammen. »Deine Eltern.« Ich nickte in Richtung von Johannas Elternhaus. »Sie veranstalten eine kleine Lichtshow. Das kann wohl nur eines bedeuten.«

Verlegen drehte sie sich um und blickte auf das Eingangslicht, das erst eingeschaltet, dann wieder ausgeschaltet, dann wieder eingeschaltet wurde. Erst in einem ruhigen Rhythmus, dann in einem schneller werdenden, ungeduldigen.

»Wenn du nicht willst, dass deine Eltern ihr gesamtes Vermögen für die Stromrechnung berappen müssen und dieses Jahr Weihnachten für dich ausfällt, oder diese entzückende Lightshow all eure Nachbarn anlockt und sie die beschlagenen Autoscheiben sehen und sich ihren Teil denken werden, solltest du jetzt wohl gehen.«

Sie kniff mich und ein weiteres Lächeln huschte durch meinen Körper, wärmte meinen Bauch.

Aufseufzend versuchte Johanna, sich aus unserer Umarmung zu schälen und nach dem Türgriff auf der Fahrerseite zu greifen, doch bevor sie ihn zu fassen bekam, hielt ich sie zurück: »Vielleicht nicht so eine gute Idee, völlig zerknittert und verstrubbelt auf der Fahrerseite auszusteigen, da du doch keinen Führerschein hast.«

Hastig strich sie ihr Haar glatt, ich stülpte ihr die Mütze über den Kopf und hielt einen Moment zu lang die beiden Wollzöpfe an den

Ohrenklappen fest, bevor sie aus der Beifahrertür kletterte. Ich ließ den Motor erst an, als sie die Haustür von innen geschlossen hatte.

Obwohl die Winterkälte sich längst wie ein wildes Tier unter meinen Klamotten eingenistet hatte, hörte ich das Eis in mir knacken, schmelzen, davonschwimmen.

Rose aus Eis

Wie eine Eisskulptur thronte ich vor dir, dachtest du einst, dachtest du jetzt.

Hart, unnachgiebig, dennoch zerbrechlich.

Johanna

Mit zwei Wärmflaschen, einer Aspirin und einem nassen Waschlappen gegen das beginnende Pochen hinter meinen Schläfen bewaffnet, kroch ich nach einem anstrengenden Verhör durch Mama-Cop und Papa-Cop endlich ins Bett.

Eigentlich wollte ich mich gleich auf mein Zimmer schleichen, doch meine Eltern fingen mich natürlich im Flur ab. Sie sahen total übermüdet aus, die Haare zerzaust, die Augen ganz klein, doch ihnen entging nichts. Paps entdeckte die Beule an meinem Kopf selbstredend als Erster, was ihn sofort dazu veranlasste, mich nach Schwindelgefühl, Kopfschmerzen und Übelkeit abzuklopfen. Mum hingegen erspähte meine geröteten Wangen und was weiß ich sonst noch. An ihrem schlecht versteckten Schmunzeln erkannte ich, dass sie genau wusste, warum mir schwummrig zumute war – nicht von dem Sturz, sondern von dem freien Fall, in dem ich mich noch immer befand.

Die Müdigkeit zog nun inmitten der behaglichen Wärme unter meiner weichen Bettwäsche an mir, doch die Erinnerungen an den heutigen Abend verschleppten mich in die andere Richtung. An Schlaf war nicht zu denken. Und dann klingelte mein Handy, Jaroschs Nummer;

dezenterweise hatte er mir irgendwann einmal die Titelmelodie zu *Das letzte Einhorn* geschickt, die nun blechern ertönte.

»Hey«, flüsterte ich – meine Eltern schliefen nur ein Zimmer weiter.

»Selber hey.«

Schweigen. Peinliches Schweigen. Oh Gott, vielleicht wollte sich Jarosch für seinen Ausrutscher entschuldigen? Alles einen Fehler nennen? Das wäre ihm zuzutrauen. Ich schwieg weiter. Sollte er doch den ersten Schritt wagen! Wie gesagt: Heute Abend hatte ich genug erste Male hinter mir.

Ein nicht mehr ganz hellwaches »Ich kann nicht schlafen« hörte ich irgendwann aus dem Lautsprecher drängen.

Damit er mein erleichtertes Seufzen nicht wahrnehmen konnte, wendete ich mich schnell ab, bis ich dann doch nuschelnd gestand: »Ich auch nicht.«

Nachdem uns einige Minuten lang nur gemurmelte »Ah jas« und verständnisvolle »Okays« sowie verlegenes Räuspern und heiseres Husten über die Lippen rutschten, entspannten wir uns allmählich. Ich wurde sogar so locker, dass ich zu plappern anfing, nur um die Stille auszufüllen, um Jarosch keinen Grund zu geben, aufzuhängen. Dass er gerade deshalb auflegen könnte, kam mir in dem Moment zum Glück gar nicht in den Sinn. Und so redete ich über Clarissa und Armand und den undurchsichtigen Hank und dessen Vorliebe für karierte Flanellhemden, die über seiner Brust spannten und selbstverständlich immer offen standen, gleichgültig, wie kalt es draußen war, und nahm keine Rücksicht darauf, dass ich Jarosch spoilerte und spoilerte und spoilerte. Über Mums Handarbeitsanfälle, die sie jedes Weihnachten überfielen und uns bisher alles außer plüschigen Toilettendeckelschonern und Klobrillenwärmern bescherten, über Merlins kleines Oberlippenbärtchen, diesen zwirbeligen *moustache*, der ihm rassetypisch jeden Winter wuchs und welcher ihn stets so französisch wirken ließ. Und, du meine Güte, Jarosch näselte ein »Oh, là, là« und ich meinte unter Kichern, dass ich mir vorstellen würde, dass Merlin genau das auch säuselte, wenn er sich erschreckte oder eine hübsche Stute vor ihm hertippelte: *Oh, là, là, quelle surprise!*

Außerdem ließ ich mir von ihm versprechen, wegen seiner Verletzungen gleich morgen früh zum Arzt zu gehen.

Meine Augen schließend, wollte ich ihm sagen, dass ich noch immer seine Lippen auf meinen spüren konnte, wie die Sonne, die man selbst Stunden nach dem Sonnenbad auf der Haut roch. Aber wenngleich ich mich all dies nicht traute, fühlte ich mich ihm so nah wie nie zuvor. Ohne Luft zu holen, drifteten wir von Thema zu Thema, und obwohl wir beide mehrmals gähnten, verstummten und längst auflegen wollten, verscheuchten wir den Schlaf und hielten uns an unseren Handys fest, an unseren Erinnerungen. Ich wollte nur seine Stimme hören, ihn Luft holen spüren, bis die Stille irgendwann atemlos knisterte.

»Bist du noch dran, Jarosch?«

Ein leises »Mmh« drang in mein im Dunkeln liegendes Zimmer.

»Ich möchte nicht, dass das aufhört.« Ich schluckte schwer bei diesen einfachen Worten. Wenn er jetzt auflegte, würde er nicht mehr für mich erreichbar sein, befürchtete ich.

»Mein Akku hat noch drei Striche.« Hörte ich da ein unterdrücktes Lachen?

»Nein, ich habe Angst, dass du aufhängen könntest, dass das morgen vorbei sein könnte.« Meine Stimme wurde leiser, belegter.

»Ich auch.«

Wieder kehrte Stille ein, erleichterte Stille, Stille, die mich den Schlaf finden lassen würde, ohne Angst haben zu müssen, was morgen sein könnte, nicht mehr sein könnte.

»Jarosch? Erzählst du mir eine Geschichte?«

Er räusperte sich vernehmlich, ich konnte hören, wie er sich auf der Matratze neu zurechtlegte und dabei unter Schmerzen aufstöhnte, wie das Bett unter ihm knarzte, seine Daunendecke raschelte, bis seine Worte zu mir flossen, wie Nebel über den frostigen Boden, und mich Tropfen für Tropfen einhüllten.

Jarosch

Ohne Unterlass, schweigsam und mürrisch, ritten wir nach einem neuerlichen Galopp, mit dem wir sie dennoch nicht einholen konnten, bis zum Morgengrauen hindurch. Zwischendurch reichten wir uns Müsliriegel, um nicht aus dem Sattel zu fallen. Das Einhorn musste sich im Laufe der funkelnden Nacht irgendwann jeden Schritt vorwärts schleppen und unsere Pferde trieben es unermüdlich vor sich her.

Am Morgen lag der graue Nebel wie ein greiser Waldgeist, der nicht aufstehen wollte, schwer auf den Wiesen, als hätte sich der Hain selbst gegen uns verschworen. Die Sonne bahnte sich nur zögerlich ihren Weg durch den Dunst, der den Blick auf die fliehende Stute nicht preisgeben wollte. Dementsprechend folgten wir bloß ihren leisen Schritten, die vom feuchten Waldboden verschluckt wurden, sowie dem Gespür des Hengstes, der ihren betörenden Duft ständig in der Nase hatte und ihn nicht verlieren würde. Wenn ich es nicht besser gewusst hätte, hätte ich auf den Gedanken kommen können, dass die Bäume mit ihren Ästen und Lianen nach uns peitschten und ihre Wurzeln um die Beine der Pferde schlangen, damit wir nicht schneller vorwärtskommen konnten. Die Natur hatte sich gegen uns verschworen. Aber vermutlich war es eher die Müdigkeit, die die drei Tiere stolpern ließ.

Als uns der diesige Wald endlich ausspuckte, konnte ich in der Ferne sehen, wie die Stute wie ein gleißender Feuerball unerwartet davonschoss. Als ob ihr die plötzliche Weite, die stillen Wiesen einen Energierausch geschickt hätten, während unsere Pferde trotz der vielen Schrittpausen schwer atmeten und vor Anstrengung zitterten. Dennoch trieb ich das Hengstchen unter mir an. Ich konnte nicht anders, auch wenn ich es längst nicht mehr wollte. Da er nicht sofort reagierte, nahm ich die Zügel in eine Hand und klatschte deren Ende unaufhörlich von rechts nach links auf seinen Hals, sodass mich Schweißtropfen aus seinem Fell besprenkelten.

»Wir müssen sie zurücktreiben! Zurück ins Tal des Alten!«, schrie mir Adam entgegen, dessen Wallach auch aus dem letzten Loch pfiff. »Wenn wir sie noch weiter wegtreiben, schaffen wir es nie zurück. Nicht mit ihr und auch nicht ohne sie! Die Pferde werden es nicht mehr nach Hause packen!«

Ich trieb den Rappen weiter an. Klopfte mit meinen Unterschenkeln an seinen bebenden Bauch.

»Jarosch! Wir müssen sie zurücktreiben!. Hör mir doch zu!« Seine Stimme wurde ärgerlicher und fordernder. Der große Bruder, der immer alles besser wusste, alles besser konnte. Er würde mir den Ruhm nicht abspenstig machen! »Jetzt hör doch zu, Jarosch! Ich habe eine Idee!

Kannst du dich noch an die Klamm erinnern? Die, die uns Großvater verboten hat zu betreten?«

Ich wendete das Pferd unter mir so hart, dass es sein Maul aufsperrte, trieb ihm meine Fersen in die Seite und lenkte es zu Adam. Ich wollte ihn herausfordern, nicht klein beigeben, obwohl sein Einfall gut und plausibel klang. Der umgeleitete Fluss war eine hervorragende Falle. Doch dann ging alles viel zu schnell. Der Hengst unter mir zitterte, stöhnte, röchelte, aus seinen Nüstern quoll stoßweise dunkles Blut. Zuerst knickten seine Vorderbeine ein, weshalb ich ihn anschrie, auf ihn einschlug, an den Zügeln zog, doch dann sackte er vollends unter mir weg. Mit meinem rechten Bein lag ich unter seinem schweren Körper, doch ich zerrte weiter an ihm, sein Gewicht drohte mich zu erdrücken. Während er über mir bebte und seine Beine in der Luft zuckten, konnte ich mich befreien, indem ich seinen kaputten und hilflosen Körper mit meinem Schuh traktierte. Ich kämpfte mich unter ihm hervor und er kämpfte nicht mehr länger gegen mich, sondern mit sich und dem Tod.

Er verlor. Blut sickerte aus seinen Nüstern in das dürre Gras, sein Atem verstummte, sein Herz klopfte ein letztes Mal.

Ich verbarg mein vor Wut, Schmerz und Schock verzerrtes Gesicht in den Händen, sank erschöpft zu Boden. Wehe, meine Brüder würden mir jetzt zu nahe kommen. Ich kniete in seinem Blut, das aufgehört hatte zu fließen.

Ich beschmutzte meine Seele, als ich das erste Mal den Fuß in den Steigbügel seines Sattels stellte. Ich führte sie ins Verderben, als ich beschloss, den Körper des Hengstes liegen zu lassen und den Wildschweinen und Raubvögeln zum Fraß zu überlassen.

Es gab kein Zurück mehr, als ich auf das Pferd meines Bruders Adam stieg und die Jagd allein fortsetzte – mit dem Versprechen, die Stute in die trocken gelegte Klamm zu treiben.

Die Unbezähmbare

Manchmal lauerte die Schuld in dir wie ein wildes Tier.

Sie kam nur dann zum Vorschein, wenn sie ihren Hunger stillen wollte. Wenn du dachtest, du könntest friedliche Stunden verbringen.

Für Momente konntest du sie verscheuchen, vielleicht bändigen, aber niemals bezwingen. Sie war unberechenbar und schlug zu, wann immer es ihr beliebte.

Jarosch

Glückwunsch, Jarosch Ullmann, du verstehst es wirklich, einen Abend spektakulär enden zu lassen!

Nach dem gestrigen Abend, den vielen Küssen, dem endlosen Telefonat, meinem Geständnis, meinem absolut hirnrissigen, bescheuerten, nicht zu verzeihenden Geständnis, wollte ich Johanna eigentlich heute aus dem Weg gehen. Doch irgendetwas zog mich zu ihr. Die Aussicht auf weitere Küsse? Sicherlich! Die Aussicht, Gewissheit zu erlangen, ob sie ihr Versprechen einhalten würde? Ganz bestimmt!

Und so stand ich wenige Stunden später doch wieder vor ihr. Nachdem ich die Pferde gemistet, gefüttert und auf die Koppel gebracht hatte – Boris war nicht aufgetaucht; vielleicht verhörten sie ihn noch? Gewiss nicht, vermutlich war er bereits wieder auf freiem Fuß, traute sich bloß nicht auf den Hof, oder er hatte einfach keinen Bock oder verschlafen –, traf ich mich mit Johanna und den anderen in dem kleinen Eiscafé im Dorf. Noch hatte ich es nicht gewagt, mit meiner Familie zu sprechen.

Mein Magen zog sich sogleich zu einem scharfkantigen Eiszapfen zusammen, als ich Johanna mit Gregor scherzen sah und sie abrupt damit aufhörte, als sie mich entdeckte. Kleine Wolken huschten über ihr übernächtigtes Gesicht.

War dem Heute das Gestern doch nicht mehr wichtig?

Oder hatte ich ihr überhaupt gestanden, wie der Hengst damals ums Leben gekommen war, dass es meine Schuld war? Oder hatte ich es nur geträumt? Waren sie und ich während meiner Erzählung nicht immer wieder eingenickt? Hatte sie etwa gar nicht alles mitbekommen?

Ich hatte nur noch Augen für Johanna. Was wusste sie? Dass ich verliebt in sie war? Dass ich es zugelassen hatte, dass wegen mir ein Pferd sterben musste?

Das Eiscafé, dessen Erscheinungsbild sich, seitdem ich in Sonnberghausen wohnte, nicht verändert hatte, nahm ich nicht einmal am Rande wahr. Nicht die schwarz-weißen Fliesen, nicht die mintgrün gestrichenen Wände, nicht die blassen Aquarellbilder von Bella Italia.

Micha stand gleich auf und klopfte mir auf die Schulter. Zuckend wich ich zurück und wurde mir meines Kopfes, der von der Konsistenz her einem matschigen Apfel glich, und meiner stechenden Genickschmerzen wieder bewusst. »Der Mann des Tages! Oh, was sehe ich da? Ein Veilchen? Eine geplatzte Lippe! Uh, und etwas Böses an der Augenbraue! Na, herzlichen Glückwunsch. Ich hoffe, der andere hat auch etwas abbekommen!«

Ich sah nur seinen riesigen Mund, die vielen Zähne darin, aber ich hörte nicht, was sonst aus ihm heraussprudelte. Sein Redefluss kam einer Wasserflasche gleich, deren Verschluss man aufdrehte, sobald man sie kräftig geschüttelt hatte. Man wollte, dass es einfach aufhörte!

Das Einzige, das wirklich zu mir durchdrang, waren Johannas eisblaue Augen. Sie rückte zur Seite und ich konnte nicht widerstehen, mich neben sie zu setzen. Auf dieses bunt gemusterte Polster vor der Wand. Vor dieser mintgrünen Wand.

Sofort kam die Bedienung zu uns an den Tisch geeilt. »Was darf ich dir bringen?«

»Kaffee. Schwarz.« Mehr brachte ich nicht heraus. Mehr brachte ich nicht hinunter.

Ich wagte es kein weiteres Mal, in Johannas Richtung zu blicken, die sowieso nur auf die Serviette starrte, auf der sie auf dem wackeligen Tischchen herumkritzelte. Stattdessen tat ich so, als würde ich mich an dem regen und verärgertem Gespräch über das Rechtssystem, das Tiere nur als Sache abstempelte, beteiligen, als würden mich Michas nervige Fragen interessieren, mich Gregors Anerkennung verlegen machen und als würde ich Verenas streifende und doch verharrende Seitenblicke nicht bemerken.

Unvermittelt stahlen sich Johannas Hände, die bisher jede Berührung, jedes Eingeständnis an gestern, vermieden hatte, in meine, die sich in meinen Jeans unter dem Tisch verkrallt hatten. Ein festes Zudrücken, ein kurzes Streicheln, dann ein Knistern, eine sich öffnende Handfläche. Meine Hand, in die sich etwas Raues und gleichzeitig Weiches schmiegte. Ein Stück Serviette. Ganz beiläufig versuchte ich einen Blick auf die kleine Botschaft zu werfen, die mir Johanna in die Hand geschoben hatte:

Es gibt immer ein Gestern. Für mich zählt das Jetzt. Der Rest liegt bei dir ;O). (Das musste Clarissa auch irgendwann feststellen.)

Du hast einen Fehler gemacht, einen großen. Ich kann ihn dir nicht verzeihen. Niemand kann das. Außer du versuchst es selbst.

Und jetzt bestell dir endlich einen riesigen Eisbecher mit Sahne und Schokostreuseln! Und mit diesem niedlichen Marzipanschweinchen oben drauf. Du siehst aus, als ob du das nötig hättest.

J.

Der Eiszapfen in meinem Magen krachte klirrend zu Boden. Unter dem Tisch nahm ich ihre Hand. Ich wollte sie nicht mehr loslassen.

Rosalie

Du öffnetest das schmiedeeiserne Tor, ich gewährte dir Einlass. Du nahmst den Weg.

Einblicke in eine neue Welt.

In eine neue Welt in dir.

Jarosch

Die nächsten Tage hatten etwas von einem Winterschlaf an sich. Stunden, in denen wir bloß verharrten, in denen wir die Wirklichkeit aussperrten, als hätten wir vergessen, die Vorhänge aufzuziehen.

Boris tauchte nicht wieder auf. Weder am Stall noch auf der Arbeit. Einmal fuhren wir an seiner Wohnung vorbei, nachdem uns die Polizei mitgeteilt hatte, dass sie ihn wieder gehen lassen mussten. Es gab nicht genügend Beweise. Fast wäre ich auf der Wache ausgeflippt, doch Gregor und auch Johanna zerrten mich hinaus. In seinem Zuhause trafen wir ihn gleichfalls nicht an, obwohl wir Sturm klingelten. Sein Handy war ausgeschaltet. Lediglich bei meinem Vater meldete er sich krank. Krank! Micha schlug vor, in sein Apartment einzubrechen, um nachzuprüfen, ob er dort Blut, Pferdehaar oder Geldscheinbündel hortete. Wenn ja, hätte er doch eh schon alles weggeschafft. Wir wussten nicht, was wir tun sollten.

Das Gespräch mit meinen Eltern zögerte ich weiterhin hinaus. Ich ging ihnen aus dem Weg, sogar meiner Mutter, verhüllte mich bei der Arbeit in Schal und Mütze, nahm zu viele Schmerztabletten, um meine Verletzungen zu verbergen. Doch Weihnachten stand vor der Tür, das obligatorisch festlich-geheuchelte Familienessen an Heiligabend, das unangenehme Schweigen beim Geschenkeauspacken; nur Matti, der es nicht erwarten konnte, seine Lego- und Playmobilfigürchen endlich in den Händen halten zu dürfen.

Wir gingen alle zum Alltag über. Ich fluchte über matschigen Schnee, kaputte Sohlen, nasse Schuhe, dann wiederum über festgefrorene Pferdeäpfel, die so unverrückbar wie Stonehenge schienen, Wasserbottiche, die ich jeden Morgen aufhacken und vom Eis befreien musste, glatte Straßen, verschneite Wege.

Nur eine Sache war diesen Winter anders. Johanna. Johanna und ich.

Anfangs verhielten wir uns wie ein altes, von Arthrose geplagtes Ehepärchen. Weil uns sämtliche Glieder im Leib schmerzten, war an jenen ersten Tagen noch nicht einmal eine Umarmung möglich, ohne dass wir die Zähne zusammenbeißen mussten. Dann mussten wir meistens so sehr lachen, dass uns alles noch mehr wehtat. Der beste Teufelskreis meines Lebens.

Dennoch gab es nur uns.

Uns. Uns. Uns.

Lange Ausritte, Kino und Popcorn mit Gregor und Co, verstohlen ineinander verflochtene Hände, Blicke, die wir heimlich austauschten. Stets in dem Wissen, dass wir irgendwann, irgendwann morgen oder übermorgen oder überübermorgen die anfängliche Schüchternheit, die Unsicherheit überwinden würden, als dürfte man sich nach einem kalten Tag gewiss sein, sich die Hände an einem heißen Ofen aufzuwärmen. Genauso fühlte es sich an. So und nicht anders!

Königin im Eis

Eiskristalle legten sich auf mein Fell, kühl und samten.

Ich trug Kronen aus höhnisch funkelndem Eis.

Ich war versucht, niemanden mehr in mein Reich hineinzulassen, niemanden mehr gehen zu lassen.

Zu spät erkannte ich, dass ich eine Königin ohne Reich war.

Johanna

Heiligabend kam und ging, der Geruch nach Sauerbraten, Knödeln und Rotkraut, Vanilleeis mit heißen Himbeeren blieb jedoch im Haus hängen.

Dann folgte der erste Weihnachtsfeiertag und damit auch der Abend, an dem meine Eltern Jarosch zum Essen eingeladen hatten. Sie wollten den Jungen mit dem vollen, schwarzen Haar kennenlernen – wie Mum nicht müde wurde zu betonen und Paps ihn ständig leicht spöttisch, aber mit ernstem Gesicht, nannte.

Und ich, ich musste mich dann ganz schnell wegdrehen, weil meine Wangen glühten, weil meine Sommersprossen pochten wie diese hässlichen Lichterketten in manchen Fenstern, die hektisch in allen Regenbogenfarben blinkten. Genauso fühlte ich mich dann auch: wie ein auffälliger Blickfang. Meine Eltern wollten höflich weggucken, mich aber gleichzeitig bis ins kleinste Detail studieren. Mum würde sich in ihr imaginäres Notizbuch ein *Oh mein Gott, sie ist endlich verliebt* notieren, Paps ein *Ach du meine Güte, sie ist verliebt.* Während sie Herzchen, Küsschen und Smileys dazu kritzeln würde, würde Paps vermutlich eine Einkaufsliste erstellen: Arsen, eine Pistole, einen bissigen Hund, einen Keuschheitsgürtel.

So eilig, als hätte das Christkind abermals mit Glöckchen eine Bescherung eingeläutet, sprang ich die Treppe zur Haustür herab, als Jarosch klingelte. Ich segelte hinunter, fühlte mich wie ein Albatros in Bruchlandung, als ich schlitternd am Treppenabsatz ankam. Gefühlte siebenundsechzigmal hatte ich mich heute Abend umgezogen (endlich tat mir nicht mehr jeder Knochen weh) und entschied mich am Ende dann doch für schwarze Jeans und einen simplen Pullover in der gleichen Farbe sowie für den mit Perlen besetzten Haarreif, den mir Verena zu Weihnachten überreicht hatte. Meine Geschenke an Verena und Gregor waren allerdings weniger einfallsreich ausgefallen: ein Büchergutschein und Tennisbälle.

Auch Jaroschs Ensemble war heute wenig einfallsreich: schwarze Jeans und ein schwarzer Pulli mit V-Ausschnitt; nur der Haarreif fehlte.

Ich konnte den kleinen Kobold erahnen, der in Mums grünen Augen tanzte und feixte, als sie unseren Partnerlook bemerkte, auch wenn sie mir den Rücken zugewandt hatte. Denn auch meine Eltern hatten sich auf die Haustür gestürzt, als ginge es um ihr Leben, und waren selbstredend vor mir dort gewesen.

So stand Jarosch nun als dunkle Silhouette im Hauseingang, in den Händen Blumen für meine Mum, hinter ihm ein eisig kalter Himmel. Er wirkte wie ein entlaufener Hund, der nicht wusste, was ihn erwartete: Prügel, Vorhaltungen, Belehrungen oder würde er einfach nur willkommen geheißen werden? Ich wusste es auch nicht. Mum mochte ihn, meine Erzählungen über ihn, aber Paps? Er war nicht verbohrt oder altmodisch, aber es war eben ein himmelweiter Unterschied, ob man Toleranz und Vorurteilslosigkeit an einem der Weihnachtsfeiertage zu sich an den Tisch bat oder ob man lediglich schlaue Phrasen darüber drosch. Schließlich hatte Paps gesehen, wie Jarosch und Boris nach der Prügelei ausgesehen hatten, das Veilchen und die kleinen Schrammen waren sicherlich auch nicht seit gestern auf wunderliche Art und Weise verschwunden, er hatte mitbekommen, dass die Polizei ihn mit Namen kannte, und bestimmt wollte Paps sich auch gar nicht ausmalen, was zwischen uns genau war. Bereits bei dem Gedanken daran kribbelte mein Bauch.

Ich bekam fast keinen Bissen hinunter, während Jarosch unruhig auf seinem Stuhl im Esszimmer hin und her rutschte, er brav und höflich die Fragen meiner Eltern beantwortete, auf seine Tischmanieren achtete, jedoch immer mehr auftaute (wie die Schokosahnetorte aus dem Supermarkt, die Mum vor lauter Aufregung viel zu spät aus dem Gefrierfach gezogen hatte), Mum mit den glänzenden Weihnachtskugeln um die Wette strahlte und Paps zumindest höflich Jaroschs Geschichten über Rumänien, seine Großeltern, die Pferdezucht, das Vagabundenleben lauschte.

Also, geht doch! Jetzt musste ich mich nur noch beruhigen, das Essen genießen und endlich fünf Minuten allein mit Jarosch verbringen. Aber noch nicht einmal bei der Geschenkübergabe ließen sie uns in Ruhe. Stattdessen beäugte Mum seinen Kino- und Popcorn-Gutschein für mich kritisch. Sie konnte ja nicht ahnen, was er uns bedeutete und sie konnte auch nicht wissen, dass Gregor Jarosch als *No-popcorn-in cinema-boy* bezeichnete, bei unserem ersten Kinobesuch mit der Clique darüber spöttelte und wir am Ende fast aus dem Saal geworfen worden waren, weil sich die Jungs eine Popcorn-Schlacht lieferten.

Über meinen Gutschein für Gitarrenstunden für Jarosch schüttelte sie nur den Kopf. Der Kobold in ihren Augen schnitt Grimassen, verdrehte die Augen, machte komische Würgegeräusche. »Die Kinder heutzutage. Haben nichts mehr mit Romantik am Hut. Weißt du noch, Liebling, was ich dir an unserem ersten Weihnachten geschenkt habe? Diese Tuschezeichnung von …«, sagte sie.

Paps winkte ab, aber nicht ohne in sich hineinzuschmunzeln.

Ich verdrehte die Augen, aber ich war schließlich auch ein Teenager und durfte das. Und meine Geschenke hatte ich schon bekommen.

»Ich glaube, meine Mum mag dich«, flüsterte ich in Jaroschs Ohr, als wir nach dem Essen im Wohnzimmer gelandet waren und uns eine Wiederholung irgendeines Teils von *Stirb langsam* anschauten. Paps war mittlerweile auf dem Fernsehsessel eingeschlafen und schnarchte, Mum werkelte in der Küche. Natürlich hatten wir gefragt, ob wir ihr helfen sollten, doch sie hatte abgelehnt und wir sanken erleichtert, aber mit knirschender Reue, zurück in das lederne Polster.

»Dein Vater auch?«

»Zumindest ein bisschen mehr als vor diesem Abend.« Mir Chips von der Schüssel auf dem Couchtisch schnappend, fragte ich so beiläufig wie möglich: »Und wie war der Abend gestern? Hast du es deinen Eltern endlich erzählt?«

»Nein, ich wollte Matti Weihnachten nicht versauen. Und erst recht nicht meiner Mutter.«

»Und wie hast du die Wunden in deinem Gesicht erklärt?« Mit salzigen Fingern strich ich über seine malträtierte Augenbraue.

»Reitunfall.«

»Das haben sie dir doch nicht etwa abgekauft? Und Adam? Was hat er gemeint?«

»Ihm habe ich auch nichts gesagt.«

»Scheiße, Jarosch, warum denn nicht?« Unwillkürlich erhob ich meine Stimme und Paps schnorchelte laut im Schlaf auf.

»Nicht jetzt«, zischte mich Jarosch an und ich schrak zurück. Das blaue Licht des Fernsehers flackerte in seinem Gesicht. »Tut mir leid, ich meine, ich weiß einfach nicht, was ich ihnen sagen soll.«

»Adam wird dir doch glauben?«

»Ja, das wird er. Doch ich will nicht, dass er sich schon wieder für eine Seite entscheiden muss.«

»Okay, verstehe, auch wenn es Blödsinn ist. Soll ich vielleicht mal mitkommen?«

»Damit mein Vater sagen kann, dass ich mich hinter einem Mädchen verstecke? Nein, danke.«

Ich schluckte. »Deine Eltern müssen die Wahrheit erfahren. Falls Boris wieder zurückkommt, was dann? Soll er sich weiterhin um eure Pferde kümmern? Um Luke?«

»Nein, natürlich nicht. Aber bitte, Johanna, ich will jetzt nicht darüber nachdenken.«

»Er kann doch nicht einfach damit durchkommen«, beharrte ich.

Jarosch strich sich mit beiden Händen durch die Haare, seufzte tief auf, als ihm der Schmerz wie gewohnt durch den Rücken fuhr. »Ich weiß«, sagte er nur. »Ich habe bloß keine Ahnung, was wir machen sollen.«

Die Zerrissene

Deine Liebe, unsere Vergangenheit, meine Zukunft zerrissen mich. Ich wusste nicht mehr, wohin ich gehörte.

Johanna

Und nun standen wir vor der Haustür und knutschten herum. Wer hätte vor ein paar Monaten gedacht, dass ich, Johanna Magdalena Baumgartner, jemals im Dunkeln herumknutschen würde, auch wenn wir momentan nur unseren kleinen Streit in Küssen und Berührungen erstickten? Egal, es war keine allzu schlechte Alternative.

Eine Weile ging es zwischen uns so weiter, meine Hände unter seinem guten Wollmantel, seine Finger in meinem Nacken, in meinem Haar. Ich atmete seinen warmen Atem ein, spürte die eiskalte Dezemberluft auf meinen Wangen. Frost lag auf Dächern und Autos wie Zuckerguss.

Von der nebenan gelegenen Küche drang ein Gespräch zwischen meinen Eltern plötzlich zu uns nach draußen. Das Küchenfenster war aufgeklappt. Wir hielten inne, Jarosch lehnte seine Stirn an meine, unwillkürlich spitzten wir die Ohren.

»Sigrun! Der Junge ist bei der Polizei bekannt. An dem Abend war das nicht das erste Mal, dass er in einem Polizeibus saß.«

Jarosch zuckte zusammen.

Entschuldigendes Gemurmel meiner Mutter.

»Und als wäre das noch nicht genug, Sigrun, lebt er in einem Wohnwagen. Er stammt aus dem Zirkus. Ist immer auf Achse. In jedem Hafen eine andere.« Pause. »Wünschst du dir das für deine Tochter?«

»Ich gehe jetzt lieber«, meinte Jarosch.

»Nein, du bleibst.« Ich wäre ebenfalls gern geflohen, aber meine Füße waren wie festgefroren, lediglich meine Zehen kribbelten.

»Ach, Gernot, komm schon! Das sind Teenager. Wer weiß, wie lang das hält.« Die Stimmen meiner Eltern wurden lauter.

Ich schluckte, krallte mich in Jaroschs Pulli fest.

Doch Paps konnte einfach nicht lockerlassen: »Und warum kann sie nicht mit dem jungen Schanz zusammen sein? Der wäre die bessere Partie. Er macht dieses Schuljahr noch sein Abi, geht studieren –«

»Gernot! Hast du etwa nicht gesehen, wie Jarosch sie ständig ansieht?«

»Ja, genau, das ist es ja.«

»Dir wäre Gregor auch nicht lieber. Kein Junge der Welt wäre dir recht. Nicht einmal Prinz Harry! Und ein Abendessen bei der Queen, umwuselt von ihren dicken Corgis. Na komm schon, Liebling, finde dich damit ab.« Paps brummelte etwas Unverständliches, dann sagte sie so etwas wie »Soll ich dir mal erzählen, was meine Eltern damals über dich gesagt haben?«, aber ich konnte sie nicht mehr richtig verstehen, weil sie sich bereits aus der Küche zurückzogen.

Und Jarosch? Der wäre am liebsten geflüchtet, wenn ich ihn nicht noch immer an seinem Pulli festgehalten hätte.

»Genau das! Genau das war der Grund!« Jarosch fluchte aufgebracht, aber so leise, dass nur ich ihn hören konnte. Er strich wieder und wieder über eine Strähne, die auf meine Schulter fiel. Zorn legte sich in seine Stimme, aber nicht in seine Berührung. »Warum ich nicht mit dir zusammen sein wollte.« Enttäuschung wisperte mir zu: »Ich bin nichts. Ich habe nichts –«

Bevor er weiterreden konnte, zog ich ihn näher zu mir heran. »Meinst du, ich denke so über dich?«

Er zuckte mit den Schultern, konnte mich nicht anschauen.

»Du bist ein Blödmann, wenn du das denkst.« Ich versuchte ein waghalsiges Lächeln, auch wenn mir nicht danach war.

Auf einmal hielt mich Jarosch ganz fest, er drückte mich an sich, als könnte ich jeden Moment davonfliegen. Seine Hände krallten sich in meine Strickjacke, die ich mir zuvor übergeworfen hatte. Dabei war er es doch, der rastlos und ruhelos war. Der statt Schuhen Räder unter den Füßen trug, den die weite Zirkusluft mit dem Duft nach Sägespänen, kandierten Äpfeln und Lebkuchenherzen zu sich rief. Und dann spürte ich Tränen auf meinen Wangen. Es waren nicht meine.

Ich umschlang ihn eng, als könnte der Wind ihn sonst in exakt diesem Moment mit sich nehmen, ihn von mir weg tragen und irgendwo wieder ausspucken, wo ich ihn nicht mehr finden würde. Er wirkte so verloren, er glaubte jedes der Worte, die meine Eltern derart acht- und gedankenlos ausgesprochen hatten, jedes Wort, das man ihm bisher an den Kopf geworfen hatte. Jedes.

»Ich muss jetzt trotzdem los.« Jarosch hauchte mir einen Kuss auf die Schläfe, drehte sich um und ging.

Na gut, ich konnte mich damit abfinden, dass unsere Küsse nie nach Zuckerwatte, Kitzeln und Kichern schmecken würden, aber ich wollte nicht länger akzeptieren, dass sich unsere Abschiede stets wie endgültige anfühlten. Also hüpfte ich ihm in meinen mit Perlen besetzten

Ballerinas durch den frisch gefallenen Schnee hinterher und passte ihn bei seinem Auto ab. Er kratzte die Scheiben frei. Ich packte Jarosch an seinem Mantel und drehte ihn zu mir um, immer noch hüpfend, weil mir Schnee in die Schuhe geschlüpft war und sich meine Zehen anfühlten wie die von Reinhold Messner auf dem Himalaya – ich schwöre!

»Ich muss wirklich los, Johanna. Wirklich.«

»Ja, ich weiß, du musst noch Pferde füttern, misten, Stallgassen fegen und danach baden. In Selbstmitleid, nicht wahr? Dann einen melancholischen Song dichten. Oder währenddessen? Willst du dich heute vielleicht an einem putzigen Schüttelreim versuchen?« Oh oh, ich war auf dem richtigen Weg. Seine Mundwinkel zuckten. »Na komm schon, Jarosch. Du kannst nicht immer gehen, wenn dir etwas nicht passt. Ständig das Buch zuschlagen, wenn dir das Kapitelende nicht gefällt. Dass mein Paps dir nicht gleich aus der Hand fressen würde wie ein zahmes Kaninchen, war doch abzusehen. Meine Mum hat recht, selbst wenn du Prinz Harry wärst oder Harry Potter, wäre er nicht von dir begeistert. Einfach, na ja, einfach weil du ein Junge bist.« Ich war nicht mutig genug, ihm zwischen die Beine zu linsen.

Das war vermutlich keine Rede, die in die Geschichte der besten Ansprachen eingehen würde, weil ich von einem auf den anderen Fuß sprang, meine Nase rot vor Kälte war, und Jarosch mich trotz seiner andauernden Schmerzen Huckepack nahm und zurück zur Haustür trug.

»Dein Rücken, Jarosch«, quietschte ich, aber er meinte lediglich, dass er mich die paar Schritte schon würde tragen können.

»Johanna, ich muss wirklich heim. Ich habe da diese Zeilen im Ohr, die muss ich unbedingt zu Papier bringen.« Dann lachte er kurz auf.

»Welchen Song?« Daraufhin begann ich, das kitschigste Lied anzustimmen, das mir momentan einfiel, ließ meine Stimme flehend und bittend, fast winselnd, klingen. Ich hauchte die Anfangszeilen von Enrique Iglesias *Hero*.

Vereinzelte Schneeflocken trudelten im Schein der Straßenlaternen umher und küssten feucht unsere Nasenspitzen.

Jarosch stolperte durch den knirschenden Schnee, ich hielt mich an seinem Schal fest, erwürgte ihn beinahe. Noch bevor er röchelnd mit einstimmen konnte, ließ er sich von meinem Lachen anstecken. Seine Stimme klang nasal und leidend, was entweder daran lag, dass ich zu schwer für ihn wurde, ich ihn zu sehr würgte (niemals!) oder er den Sänger einfach gekonnt imitierte. Freudentränen liefen mir über die Wangen, wir beide bekamen nahezu keinen Ton mehr heraus, dichteten den Text um, sangen in Denglisch, Jarosch bekam Probleme, sein Gleichgewicht zu halten.

Dann fragte er aus heiterem Himmel mit erstickter Stimme: »Harry Potter? Ernsthaft? *Und* Prinz Harry?«, als ob es ihm jetzt erst aufgefallen wäre.

Ich antwortete unter Glucksen, mir die Tränen wegwischend, bevor ich an meinen Fingern abzählte: »Nun ja, ja, also da waren Harry – und Harry. Und eigentlich auch Prinz William.«

Er dann: »Echt jetzt?«

Ich gab ihm einen Klaps auf den Hinterkopf, meinte: »Och, ich mag eben England. Ich will bereits mein ganzes Leben lang in einem Schloss wohnen.« Bevor er jedoch wieder zu schmollen anfing (und weil ich nicht nochmals sanfte Gewalt anwenden wollte), sagte ich schnell: »Na ja, die drei haben bloß das Märchenschloss, du aber das Märchen!«

Mir fiel ein Ballerina von den kalten Zehen (hatte ich schon erwähnt, dass ich fror?), »Halt! Mein Schuh!«, rief ich, Jarosch bückte sich, bekam ihn jedoch nicht zu fassen, »Nein, du musst mehr in ein Plié gehen. Also wie ein Balletttänzer!«, befahl ich prustend, Jarosch gehorchte, ich konnte nicht mehr aufhören zu gackern, Jarosch bebte, sein Rücken fühlte sich an wie der eines buckelnden Pferdes. Er steckte mir den verlorenen Schuh auf die Füße, ich wackelte mit den Zehen, damit er kein weiteres Mal herunterrutschte, er stapfte durch den Schnee, schlitterte über die nasse Holztreppe, die zu unserem Hauseingang führte, setzte mich ab, lachte in meinen Mund hinein. Der beste Geschmack ever ever ever auf meinen Lippen. Auf meiner Zunge. Besser als Zuckerwatte und Bonbons mit Frucht- und Brausefüllung.

»Bis morgen! Und dieses Mal bleibst du hier stehen!« Nach einem weiteren klitzekleinen Kuss sagte er: »Ich will heute Abend noch mit meinen Eltern reden.«

Ich zog einen Schmollmund und pustete mir den Fransenpony aus der Stirn.

Wieder rutschte er die Treppe hinab, fing sich im letzten Augenblick, stolperte, hätte fast die Hacken zusammengeschlagen wie ein Stepptänzer aus einem Technicolor-Film, er winkte mir zu, ohne sich umzudrehen, fuhr davon. Würde morgen wiederkommen. Und übermorgen. Und überübermorgen. Und überüberübermorgen auch.

Schattentänzerin

Heute Nacht war ich der Wind.

Ich raubte ihnen den Atem, wirbelte vor ihren Augen umher, zerfegte ihre Gedanken.

Meine Erinnerungen verharrten nicht in der Luft.

Sie flogen in meine Heimat.

Trotz allem.

Johanna

Nachdem Jarosch doch nicht als Captain Jack Sparrow und ich nicht als plappernder, grüner Papagei gehen wollten, und Jarosch ebenso nicht als graubärtiger Gandalf und ich nicht als haariger Frodo, und selbst die blauen Typen aus Avatar endgültig ausschieden, einigten wir uns letztendlich auf krachende Popmusik von Katy Perry. Verena und ich überstimmten ihn einfach, und er gab sich geschlagen, solange er nicht Popdiva-like tanzen musste. Außerdem wählten wir für unseren Silvesterauftritt schwarze Kleidung, die wir aus der Fundus-Kiste des Zirkus gekramt hatten und bei der uns meine Mum beim Umnähen half. Mit all den Schnallen und Schnürungen und Nieten an der engen ledernen Weste fühlte ich mich am Ende wie eine Mischung aus einer Ninja-Kämpferin und einer Assassinin aus irgendeinem von Gregors PC-Spielen. Aber es fühlte sich gut an. Ich fühlte mich stark.

Es war spät am Abend und ich saß, mit zittrigen Fingern die Ausrüstung zum wiederholten Male überprüfend, auf dem zu Hochglanz polierten Merlin unmittelbar hinter Jarosch auf seinem Luke. Neben ihm tippelte Rosalie unruhig hin und her. Durch den halb geöffneten Eingang konnte ich auf die Zuschauertribüne der Reithalle spicken. So viel stand fest: Sie war brechend voll. Überall hörte man Getuschel und

Geraschel. Mütter und Omas wollten ihre Kleinen in der Ponyquadrille bewundern, Väter endlich sehen, wofür sie ihr Geld zum Fenster hinauswarfen, Neider einen Blick auf eine verhunzte Choreografie, auf außer Kontrolle geratene Pferde richten. Aber am besten war, dass wir durch die Vorbereitung und Organisation der Veranstaltung, die alljährlich von einem Teil des *Blue Moon*-Ensembles begleitet wurde, und durch das Lampenfieber die Schrecken der letzten Wochen verdrängen, wenn auch nicht ganz vergessen konnten. Boris würde dem kurzen Arm des Gesetzes nicht entkommen, glaubten alle. Hofften alle.

Aufregung kitzelte meinen Magen, Schweiß sammelte sich trotz der Kälte zwischen meinen Brüsten, während Merlins Rückenmuskeln hart und angespannt wirkten und er unruhig mit dem Kopf schlug, die Ohren Richtung Lärm gereckt. Er konnte es kaum erwarten, ich hätte am liebsten den Rückzug angetreten.

Als die Musik einsetzte, nickte mir Jarosch aufmunternd zu.

Ich kraulte Merlins langes und dichtes Winterfell. Sehnsüchtig wünschte ich mir, dass auch mir jemand beruhigend über die Haare fuhr. »Spar dir dein überhebliches Nicken«, fauchte ich stattdessen Jarosch halb aufgeregt, halb zähneknirschend lachend an. »Ich weiß, dass das für dich nichts Neues und Spannendes ist.«

»Ganz und gar nicht. Ganz und gar nicht«, antwortete er, seine Mundwinkel zuckten nervös, befand sich doch seine gesamte Familie im Publikum. Sicherlich war sein Vater nicht nur anwesend, weil er die Veranstaltung mitorganisierte. Zum Glück saßen seine Eltern aber weit entfernt von meinen – oh Gott, wie peinlich wäre das geworden?

Frau Baumgartner: *Die schönen, dicken Haare muss er von Ihnen geerbt haben, Frau Ullmann.*

Frau Ullmann: *Und den Hang zur Dramatik auch.*

Vornehmes Gekicher im Anschluss. Allein bei dem Gedanken sackte mein Magen noch einmal drei Stockwerke tiefer.

Bevor ich dieses Horrorszenario weiterspinnen konnte, ritt Jarosch bereits in die hell erleuchtete und mit zig Tannenzweigen und Girlanden geschmückte Reithalle.

Nicht nur wegen der Dekoration, auch aufgrund der nicht enden wollenden Ansprachen des Bürgermeisters und der Sponsoren (die örtliche Bäckerei und Metzgerei) sowie der Auftritte der Blaskapelle, des Kirchenchors und der Seniorenquadrille zu Vivaldi-Klängen (selbstredend zu *Winter* aus den *Vier Jahreszeiten*) erschien die Veranstaltung des Talwiesenhofs ein wenig provinzieller als die Weihnachtsreise des *Blue Moon*. Nichtsdestotrotz überzeugte das meinen rumpelnden Bauch nicht. Der Geruch von Glühwein und Rostbratwürsten schlug mir entgegen und ließ mein Innerstes rebellieren. Merlin machte einen Satz nach vorne und mein aufgewühltes Herz folgte ihm. Herrje.

Dann wummerten die ersten ohrenbetäubenden Beats von *Dark Horse* los und direkt durch mich hindurch, erschütterten meine Knochen, ließen mein Blut vor Aufregung kochen. Die Lichteffekte, für die Jarosch und Adam im Vorfeld gesorgt hatten, blendeten mich im ersten Moment.

Für diesen einen Augenblick hatten wir die letzten Wochen trainiert. Für diesen einen Augenblick hatten wir so viel um uns herum vergessen.

Denn Jarosch hatte nicht, wie versprochen, mit seiner Familie über Boris gesprochen. Nicht an jenem Weihnachtsabend, auch nicht an den folgenden Tagen. Er erfand ständig neue Ausreden: Sein Vater hatte keine Zeit, nachher hatte Jarosch zu viel Arbeit, die postweihnachtliche Stimmung wäre aufgeladen genug gewesen, dann wieder zu friedvoll und er wollte sie nicht stören, denn der Sturm würde früher oder später sowieso über ihn hinwegfegen. Nur Adam hatte er sich anvertraut. Zusammen fuhren sie immer wieder zu den unmöglichsten Zeiten zu Boris Wohnung, doch sie trafen ihn nie an. Auch von der Polizei konnten sie keine Hilfe erwarten. Diese Machtlosigkeit zerrte an Jaroschs Nerven mehr denn je, nur mit dem Training und ein paar anderen Sachen konnte er sich ablenken, selbst wenn ich ihm jede Sekunde die körperlichen Schmerzen anmerkte. Oft stritten wir darüber, das Silvesterreiten abzusagen, meist, nachdem er sich wieder über Schmerzen beklagte und Tabletten schluckte wie andere Smarties. Ich gab häufig nach, sah ich doch, wie gut ihm die Zerstreuung tat, wie selbstbewusst er trotz allem durch das Stuntreiten wirkte.

Meine Hände verkrampften sich um die Zügel, meine Beine pressten sich zu stark an Merlins Leib. Er preschte kurz unter mir los, bevor ich ihn wieder einfangen konnte. Rasch orientierte er sich an Luke und Rosalie und fiel sogleich in einen stakkatoartigen Galopp. Die auf mich gerichteten Augen und blitzenden Kameras einigermaßen ausblendend, versuchte ich mich auf unsere Choreografie zu konzentrieren. Aus dem Augenwinkel nahm ich wahr, wie Jarosch von dem satt glänzenden Luke auf Rosalie sprang, die weder Sattel noch Trense trug. In der Beleuchtung funkelte ihre Mähne, als wären Diamanten hineingeflochten worden. Sogar sie puschte das Adrenalin auf, obwohl wir feststellen mussten, dass sie nach dem letzten Angriff immer wieder ins Leere starrte, sie die Einsamkeit suchte. Manchmal heiterte Rosalie das Training auf, bisweilen mochte sie nicht einmal den Stall verlassen. Die Dornen auf ihrem Fell hatten sich mittlerweile beruhigt, ließen sie aus ihrem festen Griff, ein knisternder Frosthauch überzog sie stattdessen, kleine Blättchen kämpften um ihr Leben, manche schafften es, andere vertrockneten von einem auf den anderen Tag. Eis ließ die letzten Rosen erstarren. Auch in diesem Punkt waren Jarosch und ich ratlos, machtlos.

Und unsere Träume?

Wir verirrten uns in nebligen Wäldern, in denen wir uns sonst auskannten. Wir bestritten Wanderungen durch Schneewüsten. Kämpften uns durch Eisstürme hindurch. Lagen frierend in unseren Betten. Oftmals waren wir zu erschöpft, um zu träumen. Vielleicht war sie es auch, um uns welche zu schicken.

Die Menge setzte zum ersten Applaus an und ich wusste, dass das noch nicht alles war, denn ich kannte unser Pas de deux in- und auswendig: Jarosch würde immer wieder im Galopp das Pferd wechseln – spielend leicht sah es aus, obgleich ihm danach die Schweißperlen die Stirn hinunterliefen. Rosalie und Luke würden brav nebeneinander laufen, völlig frei, darauf wartend, wieder an der Reihe zu sein.

Zwei Runden ritten wir durch die Reithalle, damit sich die Pferde an die Atmosphäre gewöhnen konnten. Wochenlang hatten wir trainiert, Merlin an laute Musik, an hektisch flackernde Scheinwerfer herangeführt, aber darauf waren mein Pony und ich nicht vorbereitet gewesen. Jarosch und Luke lachten sicherlich über die paar Dutzend Zuschauer, doch mich ließ die seltene Aufmerksamkeit keuchen. Als Merlins Galoppade gleichmäßiger wurde, sich sein angestrengter Atem beruhigte, konnte auch ich mich mehr und mehr entspannen. Oder war es umgekehrt?

Bevor ich mit meinen ersten Tricks auf dem Pferd oder eben über oder neben dem Pferd an der Reihe war, beobachtete ich Jarosch auf Rosalie. Seine aufrechte Haltung wie seine Mühelosigkeit, mit der er sich auf dem schwankenden Rücken hielt. Denn Rosalie warf mit stolz erhobenem Kopf die Beine bis hinauf in den Himmel und ließ ihre gestählten Muskeln nur so spielen.

Zu den beiden Pferden vor mir aufholend, schloss ich nun Rosalie in unsere Mitte. Zu dritt nebeneinander sprangen wir über flatternde, riesige Bettlaken, die durch die roten Lichteffekte wie lodernde Flammen wirkten, sprangen durch Papierwände, die wie Betonwände aussahen. Inzwischen waren dies reine Aufwärmübungen für uns.

Doch nun war es so weit, meine ersten Stunts vor Publikum standen an, und ich ließ Merlin wieder zurückfallen. Die laute Musik, die vielen Augen um mich herum, ließ ich allmählich außen vor. Jeden Muskel musste ich mir bewusst machen, mich auf jede einzelne, noch so kleine Bewegung konzentrieren, in welchen Riemen ich meine Hände, meine Füße zu stecken hatte. Als Erstes musste ich mich in dem mit allerlei Riemchen und Halterungen versehenen Tricksattel hinknien, ein Bein ausstrecken, dann einen Arm zur Seite heben, mich in Merlins Rhythmus einfinden, jeden Galoppsprung fühlen. Zögernd entfernte ich auch die zweite Hand von seiner Mähne, Zentimeter für Zentimeter, aber ich geriet ins Wanken. Ich rutschte zur Seite und griff schnell in eine dicke Strähne. Ein gefundenes Fressen für Skye und Co. Schweißtropfen perlten in meine Augen. Ich versuchte sie wegzublinzeln. Eine Schrecksekunde, doch ich biss die Zähne zusammen, begann wieder ein Bein zu heben, dann einen Arm, dann den anderen. Die Balance haltend, breitete sich ein Lachen auf meinem Gesicht aus. Endlich wurde Merlins Hufschlag zu meinem Herzschlag.

Nach wenigen Sprüngen huschte ich wieder in den Sattel zurück und konnte einen Blick auf Jarosch werfen, der einstweilen rücklings auf Lukes Hals lag, dann in den Sattel glitt, eine rasche Drehung absolvierte, plötzlich rückwärts auf Lukes Widerrist saß und in einer atemberaubenden Verrenkung auf dem Boden landete, nur um dann von rechts nach links über das Pferd zu springen. Einmal vor dem Sattel, einmal hinter dem Sattel. Lukes Ohren nahmen jede Bewegung von Jarosch wahr, doch als alter Showhase galoppierte er im Takt weiter und ließ sich nicht aus der Ruhe bringen. Im Gegensatz zu mir. So viele Male hatte ich Jaroschs diverse Stunts gesehen, auch seine Stürze, doch seine Kraft, seine Geschicklichkeit und sein Mut faszinierten mich jedes Mal aufs Neue.

Unwillkürlich hielt ich die Luft an. Einen weiteren Moment, in dem ich die drei beobachtete, gönnte ich mir noch, allzu viel Ablenkung durfte ich mir jedoch nicht gestatten. Jarosch sprang aus dem Sattel, rannte ein paar Sprünge nebenher, zog sich abermals hoch und stemmte sich letztendlich in einen Handstand. Trotz der Lederweste, die er trug, konnte ich sehen, wie sich seine Brust angestrengt hob und senkte, wie seine Arme zu zittern begannen.

Pures Adrenalin breitete sich in meinen Adern aus wie blubberndes Öl und vertrieb meine Nervosität, sodass mir die nächsten Übungen weitaus besser von der Hand liefen: Nachdem ich vom Pferd gehüpft war, rannte ich ein paar Schritte neben dem galoppierenden Merlin her, kämpfte mich wieder auf seinen Rücken hinauf – meine Bauchmuskeln ächzten –, dann hing ich seitlich an seinem Bauch, seine Hinterbeine wirbelten neben meinem Kopf. Spannung halten! Nicht an die tellergroßen Hufe denken!

Zu guter Letzt hangelte ich mich unter Merlins Hals entlang auf seine andere Seite. Bei unserem Training hing ich meist wie ein besoffenes Äffchen an seinem dicken, vor Anstrengung feuchten Hals. Durch meine Unbeholfenheit wurde er üblicherweise unsicher und hielt schließlich an. Doch die Aufregung puschte uns jetzt beide und ich schaffte es, ohne Lach- und Krampfanfall auf die andere Seite zu klettern.

Nur Jarosch toppte dies noch, indem er sich im Galopp unter Lukes Bauch hindurchangelte, sich auf dessen Rücken hievte und die Runde letztlich stehend im Sattel beendete. Die Zügel in einer Hand haltend, die Knie weich mitwippend, gab er Rosalie währenddessen Handzeichen und sie stoppte aus vollem Tempo, vollführte mit stolz gebogenem Hals eine Wendung auf der Hinterhand, stieg, schlug Kapriolen. Sie zeigte ihr volles Repertoire aus Spiel und Imponierverhalten, scharrte ungeduldig mit den Hufen den Sandboden auf, weil sie Jaroschs nächste Anweisung, nächste Bitte nicht erwarten konnte. Energisch schüttelte sie ihre Mähne, die wie eine weiße Flamme loderte. Keine Frage, Jarosch und Rosalie hatten Feuer gefangen! Die Ranken auf ihrem Fell pochten in diesem Spiel aus Licht und Schatten unablässig und gestochen scharf, während die aufgemalten Verästelungen auf Merlins und Lukes Fell vor Schweiß zerliefen.

In dem Moment wollte ich so sehr daran glauben, dass wir das Richtige mit ihr taten.

Außer Atem, wie ich war, war ich froh darüber, dass die letzten Sekunden unseres Auftritts Jarosch und seinen beiden Pferden gehörten und ich es mir wieder im Sattel gemütlich machen konnte. Allmählich entspannten sich meine Muskeln. Selbst Merlin kam nach und nach von seinem Adrenalintrip herunter, und als die dröhnende Musik endete und der Applaus einsetzte, zuckte er ein letztes Mal vor Schreck zusammen. Erleichtert und erschöpft trotteten wir aus der Reithalle hinaus, die klatschenden Hände, das verklungene Lied immer noch in meinen Ohren wummernd.

Ich wollte schnellstmöglich aus dem Sattel gleiten, meine kribbelnden Muskeln massieren, Merlin umarmen, auch wenn er völlig verschwitzt war. Ich wollte Rosalie über die plüschige Nase streicheln für ihren Mut, ihren einnehmenden Ausdruck. Dem Fuchs wollte ich danken für seine unfassbare Geschicklichkeit. Jarosch wollte ich eigentlich nur in die Arme fallen. Dieser eine Augenblick machte die Schwere in meinen Gliedern, die mich jede Nacht wohlig einschlafen ließ, die Knochen, die sich nach jeder harten Trainingseinheit anfühlten, als hätte jemand Mikado mit ihnen gespielt, völlig wett.

Doch dann kamen mir sogleich Mum und Paps in die Quere, Mum drückte mich an sich, ihre Augen glänzten vor Rührung (wie peinlich) und Paps klopfte mir auf die Schulter (ganz Paps eben), ebenso Jarosch. Erkannte Paps nun endlich, woraus unsere körperliche Ertüchtigung wirklich bestand – nun ja, hauptsächlich. Herr Maurer, unser Reitstallbetreiber, schüttelte mir noch die Hand, fand unsere Vorstellung einfach nur fantastisch. Mit so etwas hätte er gar nicht gerechnet. Danach stellten sich mir Verena und Gregor in den Weg. Verena fand unsere Songauswahl natürlich gigantisch, wer den wohl ausgesucht hätte, Gregor musterte mich von oben bis unten und pikste mich in meine Oberarmmuskeln. »Unser Training hat etwas gebracht«, meinte er. Auch er hatte ein Blitzen in den Augen.

Irgendwann riss ich mich von ihnen los, vertröstete sie auf später. Die Party würde schließlich noch andauern.

Ich presste mich mit Merlin durch die kleine Menschenmenge in der Stallgasse, die die Pferde in ihren Boxen sehen und streicheln wollte, hindurch.

Mein Herz flatterte noch immer wie ein Vogel. Wild, hektisch, bereit, in die Luft abzuheben. Mein Blut brodelte noch immer von dem Energieüberschuss, von dem Lampenfieber, das ich besiegt hatte.

Doch dann flog mein aufgeregtes Herz gegen eine Scheibe. Eine Scheibe, die stets da war, aber die sich vor mir verborgen hielt. Es prallte dumpf dagegen, die Flügel schlugen ein paar Mal hilflos um sich, doch das quietschende Geräusch, wenn das kleine, blutige Etwas am Fensterglas hinabglitt, war deutlich wahrzunehmen. Oh Gott, ich war melodramatisch, ich übertrieb, aber in dem Moment fühlte es sich genauso an. Ich war nur noch müde und ausgelaugt.

Abrupt kam ich zum Stehen, als ich meinen Freund entdeckte. Er wandte mir den Rücken zu, sprach mit jemandem, den ich nicht erkennen konnte. Ich erblickte bloß Jaroschs schwarzes Haar; auf beiden Seiten ein Pferd haltend.

Dann sah ich Hände, die sich um seinen Hals legten. Feingliedrige, perfekt manikürte Hände, die ihn an sich zogen, zu sich herunterzogen. Skyes Hände. Skyes Umarmung. Skyes Küsse. Skyes Grinsen im Gesicht. Wie letzten Sommer.

Ich machte auf dem Absatz kehrt, quetschte mich zwischen unzähligen Ellenbogen, dicken Bäuchen, weichen Wintermänteln, großen Umhängetaschen und kleinen Kindern mit klebrigen Fingern hindurch und schlüpfte durch die nächste Tür ins Freie.

Die eisige Winterluft, die mir genauso wie die aufsteigenden Tränen den Atem raubte, krallte sich mir sofort ins Gesicht. Der Schweiß unter meinem Shirt sowie die plötzliche Kälte ließen mich frösteln und dennoch stieg Hitze in mir auf. Ich wusste, dass zwischen Skye und Jarosch nichts war, aber sie so zu sehen, schmerzte viel zu sehr. Es zeigte mir allzu deutlich, wie wenig ich ihm vertraute, wie wenig ich mir vertraute. Ich hatte mir geschworen, wegen mir – wegen uns – nicht mehr so unsicher zu sein, doch ich schaffte es einfach nicht, was mich dazu veranlasste, mich umso mehr über mich zu ärgern anstatt über Jarosch.

In allen Ecken der Außenanlage des Reitstalls brannten Windlichter in schmiedeeisernen Laternen, weiße Lichterketten und flammende Lampions säumten die Wege. Mit dem schwer pumpenden Merlin an meiner Seite schlich ich an diversen Ständen vorbei, die Glühwein, Bratwürste, kandierte Äpfel oder Schokofrüchte verkauften. Übelkeit regte sich in mir.

Die Verglühende

Wir waren wie Funken.
Die aufstoben, um in den Himmel zu fliegen, ihn zu berühren.
Mit den Sternen zu verschmelzen.
Ein einziges Mal.

Jarosch

Da bist du ja!«, rief ich. »Ich habe uns noch ein paar Früchte vom Schokobrunnen mitgenommen, bevor alles ausverkauft ist.« Bevor ich Johanna folgen konnte, musste ich noch Skye loswerden, aber auch meine beiden Pferde versorgen. Nun war es bereits kurz vor Mitternacht. Hoffentlich nicht zu spät.

Johanna drehte sich zu mir um. Sie saß, wie erwartet, auf einem Zaun und beobachtete die Pferde. »Ich wollte nur bei den Tieren bleiben, bis das Feuerwerk vorüber ist.«

Durch das Mondlicht konnte ich sehen, dass in ihren eisig blauen Augen Tränen glänzten.

Ich drückte ihr den schmalen Pappteller in die Hand. Der Duft der warmen Schokolade stieg mir in die Nase. »Ja, klar.« Ich wusste, dass das nicht der einzige Grund war, warum sie sich hierher verzogen hatte. Rasch schnappte ich mir zwei Fleecedecken, die jemand zum Trocknen an den Zaun gehängt und vergessen hatte. Sie waren klamm und steif von der Kälte, aber besser als nichts. Bevor ich ebenfalls hinaufkletterte, legte ich Johanna eine der Decken um die Schultern, denn sie zitterte stark, während sie Merlin längst in eine wärmende Winterdecke gepackt hatte.

»Du warst toll heute Abend!« Ich stupste sie an, sodass die Schnallen an ihrer Weste klimperten, nachdem ich nun Schulter an Schulter neben ihr saß, jedoch in die entgegengesetzte Richtung blickend. Sie schaute in den Paddock, ich auf die in der Dunkelheit liegenden Wiesen und den noch düstereren Wald dahinter. Wie ein gezackter Scherenschnitt hob er sich von dem blauschwarzen Himmel ab.

»Du hast mich doch gar nicht gesehen. Du bist vor mir geritten, falls du dich erinnern kannst«, meinte sie schnippisch.

»Stimmt, da hast du wohl recht, aber ich habe auch nicht gehört, wie du vom Pferd geflogen und im Sand gelandet bist. Und das Publikum sprang auch nicht vor Schreck von den Rängen.« Zur Demonstration wagte ich einen Blick auf ihre saubere Reithose.

Als mir Johanna nicht antwortete, zog ich meine Decke um mich und zündete mir eine Zigarette an. Vergeblich versuchte ich, kleine Kreise in die Kälte zu pusten, während aus der vollen Reithalle Partylärm und laute Musik quollen. *Diamonds* von Rihanna. Unwillkürlich fing ich zwischen den Zügen an mitzusummen. Den Part mit den Diamanten am Himmel.

Mit einem Mal wandte sie sich mir zu, wieder klirrten die Schnallen und Verschlüsse, diesmal gefährlich laut. »Tja, Skye folgt uns wohl überall hin.«

Ich zog erneut an der Zigarette, bevor ich zugab: »Hab ich mir doch gedacht, dass es darum geht. Ich habe gesehen, wie du aus der Stallgasse geflüchtet bist.«

»Was hätte ich auch sonst machen sollen. Mich in die Reihe derer stellen, die dich heute noch küssen wollen?«

»Der Platz wäre dir sicher gewesen.« Nicht die klügste Antwort, ich weiß. Als Johanna vom Zaun springen wollte, hielt ich sie am Arm fest. »Es tut mir leid. Ich hätte das nicht sagen sollen.«

»Und nicht tun sollen.« Sie starrte mich an. Strähnen hingen ihr ins Gesicht.

»Was denn?«

»Lass mich mal überlegen. Wie wäre es zum Beispiel mit *Skye nicht vor aller Welt küssen*?« Sie pustete sich den fransigen Pony aus der Stirn.

»Das ist doch schon ewig her«, gestand ich.

»Vielleicht in deiner Zeitrechnung, aber nicht in meiner. Das war vor einer halben Stunde.«

»Ach scheiße, Johanna, sie hat sich mir an den Hals geworfen, mich bloß beglückwünscht und ihre Skye-Nummer abgezogen. Ich hatte keine Hand frei. Das hast du selbst gesehen. Du weißt auch, dass sie scharf darauf ist, Rosalie zu reiten und ich letztes Jahr mit ihr die Silvestervorführung geritten bin.« Johanna musste mir glauben! Mir vertrauen. Selbst wenn ich wusste, dass unsere Liebe füreinander eine viel

zu komplizierte Melodie war, für die ich nicht fingerfertig genug war, die ich dauernd falsch interpretierte.

»Skye tut nichts einfach nur so.« Dann schüttelte sie den Kopf, ahmte mich nach: »Ich hatte keine Hand frei.«

Ich hielt sie immer noch am Arm fest, sonst hätte sie bestimmt ein zweites Mal den Versuch gewagt zu verschwinden, denn ich wusste, dass sie über meine vorherige Antwort nachdachte.

»Du meinst, da war wirklich etwas zwischen euch?«, fragte sie mit einem Zweifel in der Stimme, der darauf hindeutete, dass sie die Wahrheit gar nicht hören wollte. Wieder einmal.

Ich nickte nur, war mir nicht sicher, ob sie es sehen würde.

»Wart ihr zusammen?«

»Müssen wir das jetzt bereden?«

»Ehrlich gesagt, wäre ich jetzt auch lieber auf einer einsamen Südseeinsel als hier mit dir. Aber du hast damit angefangen.«

»Ich?«

»Du hast dich von ihr in der Stallgasse begrapschen lassen.«

»Ach komm, hör auf damit, Johanna.« Nach einer Weile holte ich tief Luft und begann nochmals: »Ja, da war etwas zwischen uns. Doch ich wollte das nicht mehr. Ich wollte sie nicht.«

»Habt ihr auch …?« Sie verstummte. Unausgesprochene Worte, Bilder vor ihren Augen hingen wie der weiße Nebel ihres Atems in der Luft.

Nach einem Zug an der Zigarette nickte ich. »Mmmh«, raunte ich zustimmend.

»Warum?«

»Einfach so.« Schuldbewusst zuckte ich mit der Schulter und biss mir auf die Unterlippe. Eine kleine Ewigkeit verging, bevor ich ihr antworten konnte: »Anfangs war es ganz nett, ein bisschen Ablenkung, Vergessen. Keine Erwartungen. Keine Hoffnungen. Keine Enttäuschungen.« Ich drückte die Zigarette auf der frostigen Holzlatte aus und steckte sie in meine Jackentasche, bevor ich zögerlich weitersprach: »Aber sie gab mir nichts. Dann stellte sich das schlechte Gewissen ein, sie war mir nicht genug, während sie mir immer das Gefühl gab, nicht gut genug für sie zu sein.« Ich machte eine kleine Pause, in der sich ein gewagtes Schmunzeln auf meine Lippen stahl. »Außerdem habe ich irgendwann ihren Haaransatz gesehen. Wusstest du, dass sie keine echte Blondine ist?«

Von der Seite sah ich, dass sich Johanna ein Lachen verkneifen musste, indem sie ihre Lippen fest aufeinanderpresste. »Hey, bring mich jetzt ja nicht zum Lachen. Ich will wütend auf dich sein.« An einem ihrer Mundwinkel klebte noch ein wenig Schokolade.

»Ich doch nicht!« Beschwichtigend hob ich die Hände und ruderte mit den Armen, um das Gleichgewicht nicht vollends zu verlieren.

»Und lustige Slapsticknummern kannst du dir auch sparen.«

»Wie wär's dann damit?« Ich beugte mich zu ihr hinüber, legte meine Hand auf dem Zaun neben ihrem Oberschenkel ab. »Ein schönes, neues Jahr, Johanna. Du warst toll heute Abend. Merlin hat sich prima geschlagen«, flüsterte ich in ihr Ohr, ihre Haare kitzelten mich im Gesicht, während das Tröten kleiner Papiertrompeten ertönte, die Feiernden laut rückwärts zählten – »sieben, sechs, fünf, …« – und die ersten Feuerwerkskörper über uns den Himmel erleuchteten. Ein Schauer überzog meine Haut.

Johanna kam mir näher und näher. »Tut mir leid. Ich weiß doch, dass da nichts ist.« Dann suchten ihre Lippen, sie waren vor Kälte frostig und spröde, die meinen. Die Decken fielen zu Boden.

Ich schmeckte die warme Schokolade an ihrem Mund, an ihrer Zungenspitze. Wir küssten uns. Süß, tief, dunkel, schokoladig. Langsam, zärtlich, vergessen wollend. Sie hielt sich genauso an mir fest wie ich mich an ihr. Das Klappern der Hufe auf dem gefrorenen Boden nahm ich nur aus der Ferne wahr.

»Wir waren beide, glaube ich, ziemlich gut. Den Leuten hat es wohl echt gefallen«, hauchte sie irgendwann. Ich nickte bloß. Meine Lippen glitten über ihre geschlossenen Augen, über ihre tränenfeuchten Wangen und fanden schließlich wieder ihren lächelnden Mund.

Wir lösten uns erst voneinander, als das Feuerwerk nahezu vorüber war. Beide schauten wir hoch in den Himmel, an dem die Sterne wie ungeschliffene Diamanten glitzerten, während letzte Funken herunterrieselten, Edelsteinen gleich, auf die man mit einem Hammer schlug. Rubinrote, saphirblaue, smaragdgrüne, bernsteingelbe Splitter regneten auf uns nieder. Ich verdrängte in mir aufzusteigen drohende Erinnerungen.

Eine Weile, in der Johanna ihre Wange auf meine Schulter gelegt hatte, saßen wir schweigend da. Wir knabberten die letzten erkalteten Schokofrüchte und hörten den nicht verklingen wollenden Böllern zu.

»Wird das immer so zwischen uns sein?«, fragte sie in die Dunkelheit hinein. »Dass wir uns anziehen und wegstoßen? Dass wir uns nicht völlig vertrauen?«

Räuspernd kramte ich in der Tasche meines Parkas nach der kleinen Schmucktüte, die ich nun seit Tagen bei mir trug und nicht gewagt hatte, ihr zu geben. Vielleicht würde sie das Geschenk albern finden, kitschig. Oder möglicherweise auch einfach nur billig. Das Knistern der pinkfarbenen Tüte in meinen Händen ließ Johanna aufhorchen.

»Ich habe hier noch etwas für dich«, sagte ich schüchtern.

Ihre Finger glitten hinein und hielten dann die beiden winzigen Magnetpferdchen aus weißem Keramik hoch. Küssten sie sich an den Nasenspitzen, hafteten sie aneinander. Ansonsten stießen sie sich gegenseitig ab.

»Wenn du sie doof findest, nehme ich sie zurück. Sie sind nicht viel wert, ich habe sie bei eBay ersteigert.«

»Bist du verrückt? Sie sind total … sie passen einfach zu uns.« Mit der freien Hand fuhr sie über ihre Augen, in denen Tränen und der fahle Halbmond glänzten. An ihren Fingern trug sie nicht einmal mehr die leichten Reithandschuhe. Sie waren rot vor Kälte.

Ich zwang den Kloß in meinem Hals nieder und seufzte erleichtert auf. »Meine Oma in Rumänien hat ein magnetisches Katzenpärchen zu Hause. Es erinnert mich an uns.«

Johanna strich über den Rücken eines der Pferdchen. »Sie gehören zusammen, was immer passiert. Allein haben sie keine Bedeutung.«

»So in etwa habe ich mir das vorgestellt«, lachte ich kurz auf, meine wahren Gefühle verbergend.

»Du hast den Applaus genossen, nicht wahr? Dir hat die Anerkennung gefallen? Dass sie sehen konnten, wie gut du bist, was du alles erreicht hast?« Ihre Augen hefteten sich auf mich wie kühler Frost.

Unmerklich versteifte ich mich. »Wie kommst du jetzt darauf?«

»Weil du wieder gehen wirst. Auf Tournee.« Nachdenklich betrachtete sie die Keramikfigürchen. »Mit Rosalie.«

»Ich weiß nicht«, antwortete ich schlicht.

»Deshalb hast du das doch alles gemacht. Das war dein Traum. Er ist nicht zum Greifen nah, du hältst ihn bereits in den Händen.«

»Ja, das war mein Traum. Aber vielleicht habe ich jetzt neue Träume, neue Wünsche.« Ich nahm ihre kalten Finger zwischen meine, pustete warme, nach Schokolade duftende Luft hinein, küsste sie schließlich.

»Träume können sich verändern, oder?«, flüsterte ich in die Höhle ihrer Hände.

»Du hast jetzt hoffentlich keinen Blödsinn vor, Jarosch Ullmann! Du hast jetzt hoffentlich nicht noch eine zweite Tüte in deiner Jacke versteckt.« Sie machte eine Pause, grinste mich frech an. »Mit einem Verlobungsring drin oder so.«

Ich griff sämtliche Taschen an meiner schwarzen Reithose und meiner Winterjacke ab, als suchte ich hektisch nach meinen Haustürschlüsseln. »Da hätte ich doch fast etwas vergessen«, murmelte ich, bevor ich ihre Nasenspitze küsste. »Vor allem könnte man sich das Datum hervorragend merken!«

Johannas Augen weiteten sich vor Schreck.

»Du spinnst wohl, deine Eltern würden mich umbringen. Und meine mich vermutlich auch«, lachte ich drauflos. »Je nachdem, wer zuerst zum Zug kommt.«

»Und ich dich auch.« Sich zu mir hindrehend, erhob sie ihren rechten Arm und fügte hinzu: »Wie wäre es dann damit?« Mit eiskalten Fingern malte sie kleine, kitzelnde Kreise, Striche, Kringel auf meine Stirn, meinen Nasenrücken, meine Lippen, mein Kinn, meine Brust, meinen Bauch und dann wieder den ganzen Weg zurück.

Ich konnte nicht länger stillhalten und meinte lächelnd: »Was tust du da?«

Johanna versetzte mir einen sachten Stoß gegen die Brust. »Was denkst du denn? Ich schreib dir einen Einkaufszettel! Milch, Eier, Wurst!«

Sofort verstummte ich und malte mit ernstem Gesicht unsere Namen auch in ihr Gesicht, auf ihren Hals, ihr Dekolleté:

JOHANNA + JAROSCH

Sie nahm die Unterlippe zwischen die Zähne. Weiter abwärts wagten sich meine Hände nicht.

Als ich den Querstrich des letzten Buchstabens vollendete, tauchten Verena, Micha und Gregor mit Armen voller Getränke und Essen auf.

»Hey, wo wart ihr die ganze Zeit, ihr zwei Ninja-Krieger?«, krakeelte Micha angeheitert. Alle drei waren sie eingemummt, als würden sie zu einer Antarktisexpedition aufbrechen, und waren nur an ihren Stimmen zu erkennen.

»Wir haben nach den Pferden gesehen – wegen des Feuerwerks«, prusteten wir beide gleichzeitig los und Johanna wischte sich verstohlen die letzten Tränen aus ihren Augenwinkeln.

Rosalie

Er kam wie ein Sturm.

Wirbelnd, aufbrausend, alles mit sich reißend.

Jarosch

Heute hatte es in den frühen Morgenstunden mindestens dreißig oder vierzig Zentimeter geschneit, der Schnee glitzerte unter der milchigen Sonne, die Kälte war frostig und trocken. Die Pferde tollten auf den verschneiten Koppeln umher und hin und wieder drang ihr übermütiges Quietschen zu uns in die Scheune, wo mir nach nur wenigen Stunden Schlaf zum Glück Adam bei der morgendlichen Stallarbeit half.

Ich hatte keine Ahnung, wann ich nach der Silvesterparty ins Bett gefallen war. Spät war es, verfroren war ich, unheimlich aufgekratzt. Gregor hatte uns alle nach Hause gefahren, mich selbstverständlich zuerst abgesetzt, was den anderen die Gelegenheit bot, Johanna und mich bei der Verabschiedung zu beobachten. Meine Ohren liefen jetzt noch rot an, wenn ich daran dachte, wie sie ihre Nasen an den Fensterscheiben platt drückten. Ganz unauffällig natürlich.

Adam mistete die Boxen, während ich sie danach mit frischem Stroh einstreute. Ich hievte gerade einen Ballen aus einer Schubkarre heraus, als schwere Schritte in der Stallgasse ertönten. Sofort hob ich meinen Blick. »Was tust du hier?«, war alles, was ich herausbrachte. Auf einen Schlag war mein Kopf völlig leer und ich begriff nicht, was ich sah.

Boris schlenderte den Gang entlang. So wie früher jeden Tag. Als wäre nichts gewesen. Ich nahm alles an ihm wahr, und dann wieder nichts. Er trug schäbige, ausgebeulte Jeans, eine neonfarbene Jacke und eine Baseballkappe. Aber ich kapierte einfach nicht, was er hier zu suchen hatte.

»Was machst du hier?«, fragte ich erneut.

Alarmiert sprang nun auch mein Bruder aus der Box, die er gerade ausmistete.

»Ich will die Pferde trainieren. Ich muss viel nachholen, nachdem ich so lange krankgeschrieben war. Mein ärztliches Attest läuft morgen aus«, antwortete er und wollte sich ein Halfter schnappen, das an der Wand hing.

Doch Adam packte ihn am Arm. Er überragte den Stallburschen um mindestens einen Kopf. »Du hast hier nichts verloren«, erwiderte dieser. »Verschwinde sofort oder ich vergesse mich.« So aufgebracht erlebte ich ihn selten. Sein Kinn war angespannt, sein Kiefer zuckte.

»Mann, beruhig dich.« Boris wand sich aus dem Griff und nahm in aller Ruhe das Stallhalfter vom Haken. »Das war alles bloß ein Missverständnis. Das habe ich der Polizei doch zigmal erklärt. Jarosch auch.«

Er war bereits am Gehen, da hielt Adam ihn abermals auf. Die Adern auf seinem Handrücken traten deutlich hervor.

»Lass mich los, was soll der Scheiß? Ihr könnt froh sein, wenn ich euch nicht wegen Körperverletzung anzeige!« Plötzlich war Boris nicht mehr so ruhig, seine Stimme wurde lauter und angespannter. Immer wieder fuhr er sich mit den Fingernägeln nervös über den Arm, als wollte er den grellen Stoff der Jacke zerkratzen. »Ich wollte euch doch nur helfen. Das hat man davon! Und jetzt lass mich endlich los! Verdammt noch mal!«

Adam hielt ihn jedoch immer noch fest und ich stand nur blöd herum. Innerlich kochte ich, konnte mich aber gleichzeitig nicht rühren, denn ich wusste, dass ich sonst überkochen würde. Meine Hände verkrampften sich stattdessen um den Stiel der Mistgabel, die Knöchel traten weiß hervor.

Jäh schlug Boris Adams Hand weg, doch der reagierte blitzschnell und drückte ihn im nächsten Moment an die Stallwand, den Ellenbogen an seine Kehle gepresst. Auch von hinten konnte ich erahnen, dass ihre Nasen nur wenige Zentimeter voneinander entfernt waren, denn Adam hatte sich zu Boris hinuntergebeugt. »Ich geb dir jetzt noch Zeit, deine Sachen zu packen, und dann verschwindest du!«

»Was ist denn hier los?« Unser Vater kam in den Stall hineingepoltert. Im Schlepptau Matti, dem ich versprochen hatte, ihm heute Morgen eine Reitstunde auf einem seiner Ponys zu geben.

Doch statt zu antworten, schwiegen wir alle drei, und er wiederholte: »Was hier los ist, will ich wissen!« Streng, seine Stirn lag in Falten, seinen Mund zog er verkniffen zusammen, blickte er zu Adam hinüber, der Boris nicht aus seinem Würgegriff entlassen wollte.

»Boris macht tagelang krank, dann taucht er hier auf einmal auf, als ob alles in Ordnung wäre, als ob er nicht derjenige gewesen wäre, der die Pferde auf dem Talwiesenhof, der das Einhorn verletzt hätte.« Bei jedem Wort drückte er fester zu.

»Was? Davon höre ich ja zum ersten Mal.« Dann schaute er mich an. »Jarosch, erklär mir das! Was höre ich da? Warum hat mir vorher noch niemand etwas davon erzählt?« Sein Blick, unter dem ich mich wand wie ein Regenwurm unter der Sonne, wurde stechender.

Adam nickte mir zu. Langsam trat ich in die Stallgasse und begann zögernd zu erzählen.

Das Gesicht meines Vaters wurde mit jedem Detail, das ich ihm offenbarte, rot und röter und meine Befürchtung größer, das Falsche gesagt zu haben.

»Das kann ich alles nicht glauben!«, meinte er. »Boris, was hast du dazu zu sagen?«

Doch der fiel in altbekannte Ausflüchte zurück.

Mein Vater schüttelte den Kopf, bis mir eine Idee kam.

Es konnte doch nicht sein, dass er womöglich am Ende Boris mehr Glauben schenkte als seinem eigenen Sohn. Trotzdem schaffte ich es irgendwie, ruhig zu Boris hinüberzugehen, der zwar nicht mehr von Adam festgehalten wurde, weil unser Vater es zuvor verlangt hatte, aber dennoch wie festgenagelt neben ihm stand. Schnell schnappte ich mir seinen Arm, und bevor Boris reagieren konnte, krempelte ich den Ärmel seiner Winterjacke hoch. Gleichzeitig schob ich einen Mullverband mit nach oben, der lose und in Fetzen, aber dennoch klebrig um seinen Unterarm baumelte.

Er kam nur noch dazu ein »Mann, was soll das?« hervorzukeuchen, als ich auch schon die – Tätowierungen ähnlichen – Markierungen auf seinem Unterarm erblickte. Aber ich sah keine Rosenranken mit Dornen wie bei mir, sondern Stacheldraht, der sich eng um seinen Arm und in seine Haut schlug und diese fast nicht mehr durchschimmern ließ. Überall nur doppelt und dreifach verflochtene Drähte, Drahtspitzen und Haken, aus denen es kein Entrinnen gab. Das angetrocknete Blut und der Schorf daran sahen aus wie Rost. An manchen Stellen flossen jedoch noch frisches Blut und helles Wundwasser über die verletzte Haut und versickerten im Verband, der bräunlich gelb verfärbt war. Ich roch Eiter.

Ich war versucht vor Ekel zurückzuschrecken, stattdessen zog auch ich meinen Ärmel hoch. »Die habe ich, seitdem die Stute hier ist.« Im Gegensatz zu Boris Zeichnung, die aussah wie der Draht zum Teufel höchstpersönlich, wirkten meine Ranken im Vergleich eher harmlos. Dann krempelte ich den Stoff an meinem anderen Arm zurück. »Woher sollte Boris sie haben?«

»Aus dem Tattoostudio vielleicht?«, höhnte dieser, während mein Bruder die Luft anhielt. Schweißperlen standen auf seiner Stirn.

»Nein, das kann kein Zufall sein«, äußerte mein Vater daraufhin nachdenklich, der beide Arme genau betrachtete. »Aber ich frage mich, woher Boris wissen sollte, dass es sich bei der Stute nicht bloß um ein Wildpferd handelt.«

»Von mir.«

Wir alle drehten uns um.

Matti hatte sich die ganze Zeit, von uns völlig vergessen, am Ende des Gangs herumgedrückt. Er hatte seine Skimütze tief ins Gesicht gezogen, die Arme schützend vor seinem Körper verschränkt.

»Von dir?«, brachte ich ungläubig vor. »Du hast doch Johanna gesagt, dass du mit niemandem außerhalb der Familie über Rosalie gesprochen hast«, fiel mir ein.

»Aber … aber … Boris gehört doch zur Familie«, stotterte er zu Boden blickend.

Innerlich stöhnte ich auf.

»Spinnst du? Ich habe noch nie etwas über ein Einhorn gehört. Seid ihr jetzt alle verrückt geworden? Was erzählst du für Geschichten?« Auf Boris Stirn fing eine Ader zu pochen an, als er einen großen Schritt auf Matti zuging, die rechte Hand erhoben.

Doch mein Vater stellte sich ihm in den Weg, legte ihm beide Hände auf die breite Brust, die unter der unförmigen Daunenjacke steckte. Die Luft im Stall vibrierte trotz der winterlichen Kälte vor Anspannung.

»Natürlich hast du das!« Matti hörte sich längst nicht mehr so kleinlaut an, wenn auch seine Stimme zitterte, sein Kinn zuckte. »Ich habe dir alles über das Einhorn erzählt, was ich wusste. Und dann hast du mich vorgeschickt.«

Mir wurde übel bei dem Gedanken, dass mein kleiner Bruder Rosalie und den anderen Pferden etwas angetan haben könnte. Ich blickte zu Adam hinüber, der ließ jedoch Boris nicht aus den Augen.

»Du lügst doch«, schrie Boris mittlerweile, die Ader auf seiner Stirn war kurz vorm Platzen.

Die Hände meines Vaters krallten sich mittlerweile in dessen Jacke.

»Du bist derjenige, der lügt. Du hast gesagt, ich soll dir Haare von ihr mitbringen, weil du Glücksarmbänder damit flechten wolltest.« Plötzlich konnte man hören, wie sich Tränen in seine Stimme schlichen. »Immer hast du mir ein Armband versprochen, aber nie hast du mir eins mitgebracht. Deshalb bin ich dann nicht mehr hingegangen. Nur noch, um sie anzuschauen.« Sein Blick wanderte zu mir. Seine Augen waren ganz feucht, die Bäckchen rot und heiß. »Das stimmt, Jarosch. Ich habe ihr nichts angetan. Das war ich nicht.«

»Das bezweifelt niemand«, schaltete sich Adam ein.

»Hast du dann auch solche schwarzen Zeichnungen?« Auf die Anweisung unseres Vaters krempelte Matti nun eifrig seine Ärmel hoch. Zum Vorschein kamen weiße, dünne Ärmchen, frei von jedem Makel. Erleichterung durchströmte mich.

»Wie kann das sein?« Mein Vater blickte sich Hilfe suchend um, als er seine Frage stellte.

Es war das erste Mal, dass ich wieder das Wort ergriff: »Er ist unschuldig. Er hat sich nichts dabei gedacht und in Wirklichkeit hat er auch nichts getan, was in seinen Augen böse war. Deshalb wurde er verschont.« Kaum hatte ich zu Ende gesprochen, kam Matti auf mich zugerannt, drückte seinen Kopf an meine Brust. Im ersten Moment stand ich einfach nur da, dann strich ich mit beiden Händen durch seinen dunklen Schopf. Als er zu mir aufblickte, kullerten dicke Tränen über seine fleckigen Wangen. »Ich wollte doch nur, dass mich jemand ernst nimmt. Ich wollte doch nur wichtig sein«, stieß er schluchzend hervor. »Ich habe ihr echt nichts getan. Bestimmt nicht. Sie ist so schön.« Sein Körper fing zu beben an, ich drückte ihn enger an mich. Ein Kloß hing in meiner Kehle fest. War ich auch daran schuld?

Eine kurze Stille kehrte ein. Unbehaglich und ruhelos.

»So ist das also! Du hast meinen jüngsten Sohn vorgeschickt, um deine Drecksarbeit zu erledigen. Und Jarosch wolltest du die Karriere zerstören und bist vor nichts zurückgeschreckt. Nicht einmal –« Mein Vater strich sich wütend durch das ergraute Haar. »Es wird besser für dich sein, wenn du jetzt gehst. Auf der Stelle.«

Als Boris keine Anstalten machte, sich zu bewegen, setzte er hinzu: »Sofort! Deine Sachen schicken wir dir nach! Ich will dich hier nicht mehr länger sehen!« Er baute sich vor ihm auf, eindrucksvoll, und deutete mit dem Zeigefinger Richtung Ausgang. »Und damit wir uns verstehen: Du wirst keinen Fuß mehr auf mein Land setzen. Und einen Fuß in die Tür der Branche wirst du auch nicht mehr bekommen, das verspreche ich dir. Noch nicht einmal Schweineställe wirst du in Zukunft misten dürfen!«

Ich schluckte schwer, eine Zeit lang starrten sich die beiden an, keiner wollte nachgeben, Boris machte sogar den Eindruck, als wollte er meinem Vater ins Gesicht spucken. Zum Glück unterbrach Adam die Stille, ich hätte es mich nicht getraut, und schob Boris an der Schulter nach draußen.

Nachdem Boris verschwunden war, richtete sich mein Vater an mich, Matti kuschelte sich immer noch in meinen Parka: »Du hast jetzt erst einmal allein die Verantwortung für den Stall und die Pferde. So schnell werde ich niemand Neues einstellen.« Dann ging er.

Das war keine Entschuldigung, keine Wiedergutmachung, aber es war mehr, als ich erwartet hatte. Wenn die Schule wieder begann, würde das mein Leben natürlich nicht einfacher machen, aber immerhin stand meine Familie auf meiner Seite und zumindest heute halfen mir meine Brüder, die Stallarbeit zu beenden.

Die Fliehende

Erinnerungen.

Sie rissen an uns, hielten uns fest.

Jarosch

Die Dämmerung hatte sich bereits über uns gelegt, als ich neben Johanna herritt. Nur der fahle Mond strahlte, einem Wegweiser gleich, auf den unberührten Pfad, der sich durch den Wald schlängelte. Bis auf das beruhigende Knirschen des Schnees unter den im Trab davon eilenden Hufen, verschluckte der Schnee alle Geräusche um uns herum. Rosalie trug ihren Kopf ziemlich hoch, sie war aufgeregt und ausgelassen, die Hektik des gestrigen Silvesterauftritts war noch nicht vergessen, aus ihren Nüstern dampfte weiß rauchender Atem. Ich fühlte mich frei und unbeschwert.

Boris war verschwunden. Später beim Mittagessen hatte ich mit meinen Eltern gesprochen. Irgendwie fühlte ich mich das erste Mal zumindest ein wenig verstanden, obwohl mein Vater mir Vorwürfe machte, warum wir nicht früher zu ihm gekommen waren. Aber das war mir egal.

Die Äste, auf denen eine dicke Schicht Schnee lag, flogen vor dem dunklen Türkis des Himmels an uns vorbei wie Scherenschnittmotive in einem Daumenkino. Das brachte mich auf eine Idee!

Rasch nahm ich die Zügel in eine Hand, ritt an Johanna und Merlin vorbei und streckte meine freie Hand nach einem Tannenzweig aus, der sich unter der schweren Last durchbog. Ich ließ ihn wippen und mit einem Unheil verkündeten Rauschen rutschte seine Ladung hinab, als ich ihn wegschnalzen ließ. Leicht drückte ich Rosalie die Fersen in die Seite, damit wir voranschießen konnten. Einen Blick über meine Schulter werfend, konnte ich sehen, wie Johanna und Merlin sich wie empörte Kätzchen, die ins Wasser gefallen waren, schüttelten.

Ich hörte ein »Jarosch, du Vollidiot«, woraufhin ich Rosalie in den Schritt zügelte, indem ich nur daran dachte.

Johanna holte auf, ihre Weihnachtsbeleuchtung – eine Stirnlampe, eine neongelbe, fluoreszierende Warnweste und diverse rote Blinklichter an Armen und Beinen – schaukelte im Rhythmus des Galopps mit. »Jarosch, das zahle ich dir heim!«

»Das werden wir ja sehen!« Nochmals preschte ich mit Rosalie davon und Johanna sauste uns hinterher.

Nach einem kurzen, aber heftigen Sprint, während dem wir atemlos lachten, alberten und uns kleine Gemeinheiten an den Kopf warfen, ritten wir im Schritt schweigend nebeneinanderher. Ich genoss die Zeit, lauschte der Stille um uns herum, die nur unterbrochen wurde von dem Abschnauben der Pferde, und auf einmal hörte ich die Ruhe in meinem Herzen. Alles wirkte so friedlich, nur Rosalie machte hin und wieder einen Satz nach vorne oder versuchte sich umzudrehen, doch ich ignorierte ihr Verhalten. Nichts konnte mich aus der Fassung bringen, die Leichtigkeit des frühen Abends vergessen lassen, auch wenn ihre Ohren wie kleine Antennen aufgerichtet waren, ihre Muskeln zitterten. Ich redete mir ein, dass es der stürmische Galopp war, die hereinbrechende Nacht, das Rascheln zwischen den Büschen.

Johanna grinste über das ganze Gesicht.

»Was ist los?«, fragte ich sie, die wenigen Worte kaum über meine eisigen Lippen bringend.

Sie schniefte und sagte: »Nichts. Gar nichts.«

»Ach, komm schon, es ist niemals nichts. Sag schon!«, forderte ich sie auf. Allmählich bekam ich wieder ein Gefühl in meine Gesichtsmuskeln.

»Du siehst einfach nur glücklich aus. Das ist alles.« Sie wich meinem Blick aus und schaute geradeaus auf den Weg, der vor uns lag wie ein frisch aufgeschütteltes Kissen. »Und ich wollte bloß die Stimmung nicht verderben, indem ich das sage.«

Verblüfft hielt ich Rosalie an, die nervös auf der Stelle herumtippelte, wiederholt die Mähne schüttelte und mit dem Schweif schlug. Ich versuchte, sacht zu bleiben und mich zu entspannen, selbst wenn Rosalie sich mir entziehen und davonsausen wollte. »Das bin ich auch.« In der Ferne krachten letzte Feuerwerkskörper, Nachzügler am Neujahrstag. »Vielleicht bin ich das wirklich.«

Und dann ging plötzlich alles viel zu schnell.

Rosalie machte unvermittelt einen Satz nach vorne, ich kam aus dem Gleichgewicht und wurde auf ihren Hals geworfen. Sie hetzte unter mir davon, als wäre der Teufel hinter ihr her. Erst jetzt hörte ich, was sie schon zuvor bemerkt hatte. Lautes Motorengeheul durchdrang den friedvollen Abend, trieb durch den verschneiten Wald auf uns zu. Die Geräusche kamen näher, durchbrochen von besoffenem Gejohle und Gelächter.

Ich richtete mich auf, brachte mich in Balance, dachte an ein Verlangsamen des Tempos, doch da sie nicht reagierte, zog ich ein wenig an den Zügeln. Das heizte Rosalie weiter auf, dem Rausch des Fluchtinstinkts nachzugeben. Also ließ ich wieder locker und versuchte, mich nicht allzu sehr zu verkrampfen. Sie würde sich irgendwann beruhigen, aber Rosalie hetzte den Weg entlang und ich konnte nur hoffen, dass wir nicht auf eine versteckte Eisplatte gerieten. Die Motorengeräusche wurden lauter, das Aufheulen, das Gas geben, das Schlittern auf dem Neuschnee dröhnte mir in den Ohren. Erst da wurde mir bewusst, dass Johanna und Merlin nicht mehr bei uns waren. Ich drehte mich um und konnte sie trotz ihrer Beleuchtung nicht mehr sehen. Zu viele Kurven hatten wir bereits genommen. Mir brach der Schweiß aus. War Merlin ebenfalls durchgegangen und Johanna gestürzt? Die Frage ratterte in meinem Kopf hin und her und ich versuchte vergeblich, Rosalie zum Wenden zu bewegen.

Doch dann hatten uns die beiden Fahrer auf ihren geländegängigen Motorrädern auch schon eingeholt, fuhren im Zickzack hinter uns her, ließen ihre Hupen kreischen, spritzten Schneefontänen auf. Rosalie legte noch einen Zahn zu, flog über den Boden. Wir wurden gejagt. Wieder einmal. Und ich war wieder einmal das Raubtier, das in ihrem Nacken saß. Wie damals. Alles war in diesem Augenblick dahin. Jegliches Vertrauen in mich verlor sie innerhalb eines Flügelschlags. Jede Ranke konnte ich spüren, die wild um ihren Körper peitschte und sich tiefer in ihr Fleisch bohrte.

Die Fahrer überholten uns blitzartig und ich atmete zögerlich auf, in der Hoffnung, sie würden nun endlich von uns ablassen und der Spaß wäre ihnen vergangen. Doch nur wenige Meter vor uns stoppten sie, drehten um und rasten auf uns zu. Krachende, stinkende Chinaböller warfen sie nach uns. Rosalie bremste, fand keinen Halt auf dem Pulverschnee, geriet ins Rutschen, aber sie fing sich rasch wieder. Mehrmals erhob sie sich auf die Hinterbeine, es fühlte sich an, als ob sie kaum mehr den Boden berührte, bis sie unerwartet in die Richtung davonzueilen versuchte, aus der wir soeben gekommen waren. Für einen kurzen Moment konnte ich sie halten, sodass sie aufgeregt auf der Stelle galoppierte und unbeherrscht auf dem Trensengebiss herumklapperte. Doch dann stob sie davon und mir blieb nichts anderes übrig, als mich an ihrer Mähne festzuklammern und mich über ihren Hals zu beugen.

Möglicherweise würde sie irgendwann von selbst langsamer werden, wenn ich sie nicht störte und die Idioten von uns abließen. Hinter uns aber sausten weitere Böller zischend durch die Luft und zwischen ihre Beine. Jeder einzelne Knall ließ sie zusammenzucken und ihre Muskeln auf Hochtouren laufen. Der eisige Wind trieb mir Tränen in die Augen und mein Rücken fing an zu pochen. Als die vermummten Fahrer wiederholt ihre Motoren aufkreischen ließen, machte Rosalie einen Satz zur Seite und preschte einen Abhang hinunter. Ich war einiges gewohnt, aber eine solch steile Böschung würde selbst ich nicht im vollen Galopp bewältigen wollen und schon gar nicht bei diesen Bodenverhältnissen. Verzweifelt zog ich an den Zügeln, doch Rosalie stürzte den Berg hinab, krachte im Slalom zwischen eng stehenden Bäumen hindurch, als gäbe es mich nicht. Unerbittlich pullte sie gegen die Trense in ihrem Maul. Vom Schnee schwere Tannenzweige streiften mein Gesicht, dornige Ranken rissen an ihren Beinen und an meiner Hose. Ich duckte mich über ihren Hals, um den tief hängenden Ästen und dem Gestrüpp auszuweichen, bangte jedoch, sie dadurch aus dem Gleichgewicht zu bringen, sodass wir ins Trudeln geraten könnten. Rosalie setzte trotz meiner Last ihre Hufe sicher auf dem Boden auf, kam nur selten ins Rutschen und hechtete den Hang hinunter.

Scheiße! Vor uns lag ein umgestürzter Baum. Äste standen von ihm ab. Wenn sie ihn nicht umrundete, würden sie sich beim Sprung in ihren Bauch bohren! Mich auf alles gefasst machend, drückte ich meine Knie fester an den Sattel, aber statt dem Stamm auszuweichen, sprang sie ab, viel zu früh, flog darüber, viel zu hoch, landete strauchelnd. Ein Ruck durchfuhr mich beim Aufprall. Schnee und Holz knirschten unter ihren Hufen, ich hörte ihren keuchenden Atem, meinen rasselnden. Schnell rappelte sie sich wieder auf und hetzte weiter. Mein Herz polterte durch meinen gesamten Körper. Kaum glaubte ich, wir hätten das Schlimmste hinter uns, sah ich dank des Mondlichts einen Absatz vor mir, der direkt auf einen Schotterweg führte, der geräumt und wieder angefroren war. Verdammt! Entsetzt hielt ich die Luft an.

Es war zu spät!

Schon setzte Rosalie zum Sprung an, schob sich in die Höhe und schwebte einen Moment in der Luft. Kurz darauf kam sie mit den Vorderhufen auf dem Waldweg auf, mich schlug es nochmals auf ihren Hals. Als ihre Hinterbeine den Boden erreichten, zog es ihr die Hufe endgültig weg. Ich rutschte nun vollends aus dem Sattel, schlug hart auf dem Eis auf und hoffte, dass es nun zu Ende war. Doch Rosalie sprang unvermittelt auf und galoppierte weiter und ich wurde von ihr mitgeschleift. Scheiße! Mein linker Winterstiefel hatte sich im Steigbügel verkantet!

Rosalies eilige Hinterhufe schrammten bei jedem Galoppsprung nur knapp an meinem Gesicht vorbei, aufgewirbelter Schnee, kleine Kieselsteine und Dreck schlugen mir ins Gesicht. Mein kaputter Rücken zuckte vor Schmerz, als er wieder und wieder auf den harten Boden knallte. Panik schoss mir durch alle Glieder, ich konnte nicht mehr denken, als der Wald an mir vorbeiraste. Nicht nur der Schnee, der mir in die Augen wehte, ließ meine Augen tränen. Blut und Schweiß behinderten meine Sicht.

»Rosalie, bitte, Rosalie, halte an«, keuchte ich, aber für sie war ich nur ein Raubtier, das sie verfolgte und nicht abschütteln konnte.

Ich versuchte, meinen Fuß aus dem Steigbügel zu befreien, doch je mehr ich daran zog und zerrte, desto mehr verkantete sich der Stiefel und desto schneller und unkontrollierter setzte Rosalie ihre Beine unter den Körper. Blut rauschte mir in den Ohren, mein Magen krümmte sich. Mir war übel, heiß und kalt.

Okay, Ruhe bewahren, Jarosch! Du bist Stuntreiter. Du schaffst das! Du kannst reiten! Du bist athletisch! Du kannst dich irgendwie wieder in den Sattel zurückhieven! Aber verdammte Kacke, du hast richtig Panik!

Die Flammende

Heute teilten wir den Schmerz. Die Erinnerungen.

Johanna

Es ging alles viel zu schnell.

Einen Moment noch lachten wir ausgelassen, im nächsten preschte Rosalie jäh los, Merlin ließ sich anstecken und hechtete ihr hinterher. Instinktiv ergriff ich seine raue Mähne. Erst dann bemerkte ich die beiden Rowdys von Motorradfahrern, die hinter uns aufgetaucht waren. Sie umkreisten uns mit schlitternden Reifen und grölten sich irgendwelche Gemeinheiten oder Anweisungen zu, doch verstehen konnte ich kein Wort. Ich bemühte mich, ruhig zu bleiben, vergeblich, meine Hände verkrampften sich mehr und mehr, meine Knie pressten sich an den Sattel, als ob ich eine Zitrone damit ausquetschen wollte. Sogar der sonst so gelassene Merlin konnte dies nicht länger ignorieren und huschte mehrere Male zur Seite davon, seinen Hals emporgereckt wie eine Giraffe, sein Atem harsch und schnell. Immer wieder fuhren die beiden Typen, die ich aufgrund ihrer Helme und den Skimasken darunter nicht erkennen konnte, auf uns zu, und bremsten erst im letzten Augenblick ab, sodass Merlin in Panik zurückwich. Das Spiel wiederholten sie so oft, bis sie die Lust an uns verloren. Nach einigen aufstachelnden Rufen setzten sie ihre Jagd auf Jarosch und Rosalie fort, die bereits aus meiner Sicht verschwunden waren.

Ohne groß nachzudenken, trieb ich Merlin wieder an und wir galoppierten den beiden hinterher. Er keuchte unter mir, der Schweiß lief ihm über Hals und Brust, seine Bewegungen wurden schwerfälliger. Der Galopp durch den tiefen Schnee schwächte ihn zusehends. Aufmunternd klopfte ich seinen Hals.

Der Wind frischte auf und flatterte um mich herum wie die Flügel unsichtbarer Krähen, die mit ihren Schnäbeln nach mir hackten und mit ihren Krallen nach mir schlugen. Dicke Tränen brachen sich ihren Weg und gefroren auf meiner Haut zu kleinen Eisklumpen.

Ich konnte Jarosch und Rosalie nicht sehen, doch das Motorengeheul und das Gekreische der Fahrer wollten nicht abebben. Trotz meiner Angst ließ ich Merlin in den Trab fallen und hielt nach den beiden Ausschau. Die roten Rücklichter der Motorräder wurden winziger, bis sie schließlich um die nächste Kurve verschwanden. Meine Stirnlampe fing zu allem Übel zu flackern an. Nur der Schnee schenkte uns noch sein Licht, denn vor dem Mond zogen bauschige Wolken entlang. Die herabwirbelnden Schneeflocken wurden immer größer und flauschiger.

Plötzlich tauchten sie vor mir auf. Jarosch und die aufgescheuchte Stute galoppierten wieder auf mich zu, bis sie unvermittelt eine Böschung hinabstürzte. Wir ritten bis zu der Stelle, an der sie abgetaucht waren, und ich starrte zwischen den Bäumen hindurch. Der Abhang war so steil, dass wir ihn auf keinen Fall schneller als im Schritt bewältigen konnten.

Langsam tasteten wir uns voran, Merlin setzte seine Hufe vorsichtig über Wurzeln, abgebrochene Äste, umgestürzte Bäume, mein Reithelm schützte mich zum Glück vor herabhängenden Zweigen. Den letzten Absatz, der auf einen Weg hinabführte, legte Merlin rutschend auf dem Hintern zurück. Sicher aufgekommen, schaute ich mich in beide Richtungen um. Von Rosalie und Jarosch fehlte jede Spur! Dafür hörte ich, wie sich das Brummen der Motoren weiter entfernte.

Ich fuhr mir durchs Gesicht und versuchte, nicht in Verzweiflung zu verfallen. Halt! Stopp! In Panik war ich längst geraten! Tränen rannen mir unaufhörlich aus den brennenden Augen. Ich sah nichts mehr und ich wusste auch gar nicht, wo wir überhaupt gelandet waren. Bis Merlin seine plüschigen Öhrchen spitzte und leise brummelte. War da irgendwo Rosalie? Mein Pony setzte sich in Bewegung, ich gab die Zügel hin und ließ mich in die Richtung tragen, die er bestimmte. Zügig wechselte er vom Schritt in den Trab, bis er schneller und angespannter vorwärts eilte, wobei ihm der glatte Untergrund immer wieder die Hufe wegzog. Ängstlich klammerten sich meine Beine um Merlins Bauch, meine Schultern und Hände verkrampften sich.

»Jarosch? Jarosch, wo seid ihr?«, rief ich mit tränenerstickter Stimme in die Schwärze des Waldes hinein und hielt hoffnungslos Ausschau. Ich erhielt keine Antwort. Mein Ruf wurde vom Schnee erstickt. Noch vor wenigen Minuten hatte ich mich in der Schneelandschaft wie in eine Daunendecke eingehüllt gefühlt. Jetzt fühlte ich mich darin eingeschlossen.

Ich redete mir ein, dass nichts Schlimmes passiert sein dürfte, denn Jarosch war ein ausgezeichneter Reiter, den nichts so schnell aus dem Sattel warf. Aber ich glaubte mir selbst nicht. Rosalie war immer noch ein Fabelwesen, immer noch ein Wildpferd – wenn sie durchging, gab es für sie kein Halten mehr. Und dann der Boden! Wenn sie auf den Eisplatten im vollen Galopp ins Straucheln geriet, ihn unter sich begrub … nicht auszudenken.

Merlin und ich tasteten uns weiter voran, die Batterien meiner Lampe waren inzwischen vollends leer, und ich sah nur noch etwas, weil der Schnee so hell leuchtete.

Mit einem Mal erblickte ich einen dunklen Schatten, der auf dem Boden kauerte, dahinter entdeckte ich die weiße Stute. Pumpend, erschöpft, in Schweiß gebadet, Dampfwolken stiegen auf. Der silberne Mond blitzte genau in diesem Moment hinter den grauen Wolken auf, tauchte sie in geisterhaftes Licht. Erleichtert seufzte ich auf, doch die Tränen wollten nicht versiegen. Stattdessen wurde mein Heulen hysterisch. Ich hielt Merlin an und sprang ab, rannte und schlitterte die letzten Meter auf Jarosch zu. Kurz bevor ich bei ihm angelangt war, wischte ich mir Tränen und Rotz aus dem Gesicht, versuchte meine Stimme fester klingen zu lassen. Aussichtslos. Ich kniete mich neben ihn, beugte mich über ihn, flüsterte mit erstickter Stimme seinen Namen, streckte meine Hand aus. Aber ich wagte es nicht, ihn zu berühren. Mit geschlossenen Augen lag er vor mir, ganz still, kein Atmen. Der vom Wind zerzauste Wald warf seltsame Schatten auf sein feucht glänzendes Gesicht. Seine Haut war übersät mit Kratzern und Schrammen. In seinem Haar lagen erste Schneeflocken; seine Wollmütze musste er auf dem durchgehenden Pferd verloren haben. Ich zog meine Winterhandschuhe aus, warf sie achtlos auf den Boden, berührte dann doch zaghaft seine Wangen, danach seinen Hals unter dem dicken Wollschal, um seinen Puls zu erspüren. Seine Haut war kalt, so kalt.

Erst jetzt regte er sich. »Johanna?«

Weitere Tränen bahnten sich vor Erleichterung ihren Weg in die Kälte, tropften auf Jaroschs blau angelaufenes Gesicht. »Jarosch, oh mein Gott, Jarosch, ich dachte schon –«, flüsterte ich mit brüchiger Stimme. Brüchig wie eine hauchzarte Eisschicht.

»Jarosch reicht völlig aus.« Ein kleines, schiefes Lächeln zog über sein vor Schmerz verzerrtes Gesicht, doch mir war nicht zum Lachen zumute. »War der Witz zu alt?«

Erleichtert wollte ich meinen Kopf auf seine Brust sinken lassen.

»Nicht berühren, mein Rücken.«

Ich konnte kaum ein Wort verstehen, zuckte bloß zurück. Heulend saß ich neben ihm und dann drang jedes Wort schlagartig in mein

Bewusstsein. Seine alte Rückenverletzung! Würde er jetzt gelähmt sein? Seine Augenlider flatterten. An meiner Nasenspitze hing eine Träne fest.

Ich sprang auf, stürzte auf Rosalie zu, schrie sie an, was das sollte, warum sie nicht stehen bleiben konnte, wie es jedes normale Pferd auch irgendwann getan hätte. Ich wusste nicht, was ich tat. Ängstlich wich sie vor mir und meinem aufgebrachten Gebrüll zurück. Umso mehr steigerte ich mich in meine Wut hinein. Ich wollte es nicht, aber ich konnte nicht aufhören. Wie auch der Wind, der in den Wipfeln heulte, nicht einfach zur Ruhe kommen konnte. Bei jeder Geste von mir zuckte sie zusammen und trat einen weiteren Schritt von mir weg, stets kurz davor, wegzuspringen. Die Zügel baumelten auf dem Boden, aber mir war es egal, ob sie hineintreten könnte oder nicht. Ich war ungerecht, aber sogar das war mir gleichgültig, obwohl ich wusste, dass das schlechte Gewissen bereits jetzt an mir nagte wie eine Rotte Wildschweine.

Als ich sie beinahe in einen kleinen Graben am Wegrand hinabgedrängt hatte, legte sie plötzlich die Ohren an, streckte ihren Hals nach vorn und trieb mich wiederum mit klappernden Zähnen zurück. Kurz war mir, als flackerten rote Ranken und Dornen um sie herum auf, die auf mich überschlagen und meine Arme und Beine hinaufzüngeln wollten. Die letzten Rosen flammten auf und verglühten. Hinterließen nichts als Asche und Rauch.

Ich wich vor ihren Drohgebärden zurück, wollte sie dennoch mit erhobenen Händen und gemurmelten Beschwichtigungen beruhigen, doch das stachelte sie nur noch mehr an. Ich war in meinem Zorn zu weit gegangen und hatte das ungezähmte, unbekannte Tier in ihr wieder zum Leben erweckt. Schritt für Schritt schickte sie mich weg, wie eine Leitstute ein rangniedrigeres Pferd in seine Schranken verweisen würde. Die Ranken auf ihrem Körper wogten um sie wie die Tentakel eines Riesenkraken.

Als ich an dem auf dem vereisten Weg liegenden Jarosch vorbeigelaufen war, stolperte ich über meine eigenen Füße, meine Kräfte hatten mich längst verlassen, und fiel hart.

Rosalie trabte auf, blieb bei Jarosch stehen, bäumte sich auf und durchpflügte mit ihren Vorderhufen die Luft. Unmittelbar neben seinem Kopf kam sie wieder auf.

Mir stockte der Atem. Mein Herz war ein zusammengepresster Klumpen Fleisch, welcher keine Muskeln mehr zum Schlagen hatte.

Was hatte sie vor? Wollte sie sich an Jarosch rächen?

Dann drohte sie mir ein weiteres Mal, schnappte nach mir und ich kroch auf meinem Hintern zurück. Es war unmissverständlich, was sie verlangte: Ich sollte sie in Ruhe lassen, mich von ihm fernhalten.

Ohne jegliche Spur von Aggression wandte sie sich auf einmal Jarosch zu, der immer noch leidend auf dem Rücken lag. Die Kälte musste ihn längst aufgefressen haben. Ich spürte weder meine vor Nässe steifen Hände noch den eisigen Wind, der durch meine Kleidung kroch.

Vorsichtig beschnupperte Rosalie nun sein Gesicht, blies Luft in seine Nasenlöcher, durchwühlte sein Haar. Jarosch stöhnte unter den hauchfeinen Berührungen auf, sein Atem schien gequält.

»Was tust du da?«, herrschte ich sie an.

Ein wütendes Wiehern entfuhr ihr und ich blieb reglos hocken. Nur meine Tränen bewegten sich still und leise über meine Wangen hinab zu meinen Lippen. »Was machst du?«, wiederholte ich, ohne dass mir ein Ton entwich.

Rosalies Berührungen verloren ihre Sanftheit, wurden heftiger. Entsetzt starrte ich sie an, vernahm Jaroschs lauter werdendes Stöhnen. Dann stupste sie ihn in die Seite, er schrie auf, ein zweites Mal, dann ein drittes Mal, seine Schreie schwollen weiter an, doch sie gab nicht auf.

Ich sprang auf, hetzte auf die beiden zu. »Rosalie, bist du verrückt?« Mit wild fuchtelnden Armen wollte ich sie vertreiben, aber die Stute beachtete mich nicht, machte einfach weiter. Unaufhörlich. Bis Jarosch mit einem Wimmern auf den Bauch kullerte. Der letzte Laut, den er von sich gab, war fast nicht mehr zu hören. Als wäre soeben jedes Leben aus ihm gewichen. Als wäre das letzte rote Blatt von einem Baum gefegt worden.

Durch das dichte Haar ihres Schopfes drang ein schwaches Glühen durch die Dunkelheit. Wie eine Kerze im Wind flackerte ihr verstümmeltes Horn. Es glimmte in hellem Weiß auf, doch dann verstummte es wieder. Rosalie trat zurück, schüttelte unwillig die Mähne. Auf einmal sah ich, wie müde und ausgelaugt sie war. Die verbliebenen Blätter auf ihrem Fell trudelten umher, ein Sturm fuhr durch sie hindurch, sie lösten sich auf. Und dennoch verstand ich, was sie vorhatte. Sie wollte Jarosch heilen, so wie sie es einmal mit meiner Hand gemacht hatte, doch sie konnte nicht, sie war machtlos. Schnell atmend wich sie weiter zurück, ihre Nüstern weit gebläht.

»Rosalie, tu etwas! Er stirbt! Siehst du das nicht! Tu doch etwas! Bitte!«, brüllte ich sie an, hörte nicht auf zu brüllen, dann wurde ich leiser. Meine Schreie wurden immer bettelnder, immer verzweifelter, bis ich nur noch schluchzte, zurückkroch, auf die Knie sank und den Kopf in den Händen vergrub.

Die Legenden über Einhörner waren wahr: Sie konnten mit ihrem Horn heilen. Die Jagd jedoch, vielleicht auch die Monate in Gefangenschaft hatten sie geschwächt. Sie vermochte es nicht mehr, ihre Kräfte einzusetzen. Außerdem war ihr Horn zerbrochen. Er hatte ihr so viel angetan und so viel genommen und trotzdem versuchte sie, sein Leben zu retten. Wie gütig sie doch war! Und wir taten ihr all diese schlimmen Dinge an! Ich hatte sie gar bedroht, weil ich fürchtete, sie wollte sich an ihm rächen.

Lange Zeit, sekundenlang, minutenlang, hörte ich nur mein Weinen, mein wild pochendes Herz, meine schnellen Atemzüge, den rauschenden Wind in den Gipfeln der Tannen und Kiefern. Mit meinem Ellenbogen stieß ich Merlin sachte weg, der sich von hinten an mich herangeschlichen hatte und mit nestelnden Lippen an meinem Wintermantel zupfte.

Bis ich plötzlich ein gleißendes Licht durch meine Hände hindurch bemerkte. Langsam nahm ich sie von meinem Gesicht, öffnete die Augen und konnte den Blick von dem Bild, das sich mir bot, nicht mehr wenden. Rosalie wirkte auf einmal wieder stark, imposant, mächtig. Ihr Horn glühte lichterloh, aus dem grellen Weiß wurde ein frostiges Blau, dann ein dunkel funkelndes. Wie der Kern einer Flamme. Sie hatte es auf Jaroschs Rücken gelegt und mit einem Ruck stieß sie zu. Es bohrte sich durch seine Winterjacke, dann durch seine Haut, seine Knochen. Der Geruch verbrannten Fleisches und verkohlten Kunststoffs wehte zu mir hinüber. Ich hielt den Atem an, starrte weiter auf das märchenhafte und dennoch grausame Schauspiel vor mir.

Jarosch fing zu zittern an, er bebte unter der Kraft der Stute, doch er fand seine Stimme wieder und ein markerschütternder Schrei hallte durch die Stille des Waldes. Er bäumte sich auf und sackte sofort wieder in sich zusammen.

Das Leuchten des Horns nahm ab, flimmerte nun wie zu Beginn, und im Nu stand Rosalie wieder da wie ein gewöhnliches Pferd, wie ein erschöpftes Pferd nach einem langen, anstrengenden Ritt. Wie etwas, das sie nie war und nie sein würde. Sie stupste ihn mit der Nase an. Zuerst fuhr sie sanft über seine Wange, brummelte etwas in sein Ohr, mit scharrenden Hufen schob sie ihn auf den Rücken zurück. Ausgelaugt ließ sie ihren Kopf, an dem sich vor Anstrengung die Adern abzeichneten und auf dem Schweiß schäumte, auf seine Schulter fallen. Plötzlich fuhren lange Finger, die steif vor Kälte waren, ihr Fell auf und ab. Rosalie ließ sich auf die Vorderbeine sinken. Einen Moment beobachtete ich die beiden noch, wie sie in sein Gesicht prustete und er mit schwachen Händen behutsam über ihre bebenden Nüstern streichelte und ihr einen leichten Kuss auf die Nase hauchte. Er konnte sich wieder bewegen, schrie mein Herz.

Ich sprang auf meine Beine und rannte zu Jarosch und Rosalie hinüber. Ungläubig schaute er mich mit wässrigen Augen an. Ich beugte mich hinab und bettete mein Gesicht an Rosalies Hals und umarmte sie, so fest ich konnte, dabei ließ ich Jarosch keinen Wimpernschlag aus meinem Blickfeld. Merlin gesellte sich zu uns.

»Was ist passiert?«, krächzte er rau.

»Schschsch, nicht jetzt.«

»Doch, ich will wissen, was passiert ist!« Seine Stimme wurde langsam fester.

»Ich habe dir ja schon immer gesagt, dass du einen Helm tragen solltest. Jetzt hast du deinen Denkzettel«, pflaumte ich ihn spöttisch und voller Fürsorge an.

Jarosch richtete sich behäbig auf. »Ich sah ein Licht, vielleicht spürte ich es auch nur. Ich hatte furchtbare Schmerzen, ich hielt sie fast nicht aus, als ob man mir rostige Nägel in den Rücken rammen würde. Danach fühlte ich Kälte und Hitze gleichermaßen und plötzlich war da nichts mehr. Keine Schwärze, kein Frieren, kein Weiß, kein gar Nichts. Dann wieder Helligkeit und eine wohlige Wärme und jetzt … jetzt bin ich nur noch matt und müde.« Sein Mund bewegte sich kaum, seine Lippen waren aufgeplatzt. Überall in seinem Gesicht waren Risse und Schürfwunden zu sehen. Ich kniete mich neben ihn, nahm es in beide Hände, presste meine Stirn auf die seine. Ganz eng zog ich ihn an mich und ließ ihn eine Weile nicht mehr los. Unsere kalte Haut aneinandergeschmiegt, verharrten wir auf dem Boden. Ich weinte lautlos, während Jarosch stillhielt und der Winterwind uns Schneeflocken, so eisig wie Glassplitter, in die roten Gesichter fegte.

»Wir müssen dich heimbringen. Ich erzähle dir nachher oder morgen alles. Aber wir müssen jetzt erst einmal ins Warme«, flüsterte ich ihm unter Tränen, die auf meinen Lippen bebten, ins Ohr.

Mühsam standen wir auf, klopften uns Schnee und Kälte von den Gliedern und sammelten die Pferde ein, als ob nichts gewesen wäre.

»Setz du dich auf Merlin, ich führe euch zurück.« Mit einem Blick auf die schwitzende Stute fuhr ich fort: »Rosalie ist völlig fertig. Sie kann nicht mehr.« Und im Stillen fügte ich hinzu: *Ich bin froh, wenn sie es bis zum Stall schafft.*

»Was? Ich soll auf dein Pony?«

Ich verdrehte die Augen und schob Jarosch sanft an Merlins linke Seite. »Also, wenn es dir schon wieder so gut geht, kannst du gleich nach Hause laufen!«, frotzelte ich.

Widerwillig hievte er sich in Merlins Sattel, während mein tapferer Tinker brav stillstand, bis der steif gefrorene Jarosch auf seinen Rücken geklettert war.

»Siehst du, du schaffst es ja kaum, auf ein Pony aufzusteigen«, spottete ich in heiterem Ton weiter, während auch meine Knochen knirschten und knacksten.

Nun war Jarosch an der Reihe, die Augen zu verdrehen. Leise lachte ich in mich hinein.

Mit der rechten Hand führte ich Merlin, links hielt ich mit eisigen Fingern Rosalies Zügel. Dicke Flocken lagen auf ihrer zitternden Mähne. Jarosch kauerte mit rundem Rücken im Sattel.

Bis der frostige Wald uns wieder ausspuckte, und die Lichter von Jaroschs Zuhause unten im Tal inmitten des milchigen, feuchten Dunstes, der uns einhüllte, wie Leuchtfeuer auftauchten.

Die Gefangene

Wieder war ich eingesperrt.
In meiner eigenen Höhle.
Meinen Erinnerungen, meinen Träumen.

Jarosch

Das also ist mein Reich!« Mein bescheidenes, kleines Reich. Welches immerhin einigermaßen aufgeräumt und sauber war und nach Mandarinen, Orangen und Plätzchen duftete – dank meiner Mutter. Wo waren die schmutzigen Socken, die hier sonst überall auftauchten? Ich breitete meine Arme, das Pochen darin ignorierend, aus und drehte mich einmal im Kreis.

Ich hatte Rosalie so viel genommen und sie hatte mir so viel zurückgegeben. Ein wehmütiges Lächeln stahl sich auf meine Lippen, obwohl oder gerade weil die Erinnerungen an den heutigen Abend auf dem langen Fußmarsch, bei dem wir uns durch einen harschen Schneesturm kämpfen mussten und ich hin und wieder weggedämmert war, zurückgekommen waren. Die Verfolgung, der Sturz, die Ohnmacht, das glühende Horn, das Versiegen des gleißenden Schmerzes.

Bevor wir in Adams und meinem Wohnmobil Unterschlupf fanden, versorgten wir die beiden Pferde und brachten sie in Boxen im Stall unter. Rosalie war schwach und ihr Fell dunkel vor Schweiß. Wie eine erloschene Kerze wirkte sie. Sie zitterte am ganzen Leib und wir deckten sie mit zwei Fleecedecken zu. Merlins Augen strahlten nach dem anstrengenden Ritt hingegen wieder, sobald er einen riesigen Berg Heu sowie Äpfel und Karotten vor sich entdeckte.

Zunächst reagierten die anderen Pferde unruhig, donnerten mit ihren Hufen gegen die Holzwände oder wieherten schrill, als das Fabelwesen und das fremde Tier den Stall betraten. Doch dann legte sich ein behutsamer Zauber über sie und sie knabberten friedlich an ihrem Heu weiter oder schnaubten geräuschvoll.

Und jetzt drückte sich Johanna unschlüssig und unbeholfen im Eingangsbereich unseres Wohnmobils herum und schaute sich Fotos und Zeitungsausschnitte von meinen Brüdern und mir an, die an der Pinnwand über dem Schreibtisch klebten, in einer Vertiefung neben der Tür. Von unseren ersten Versuchen auf dem Pferd, von Showauftritten, Turnierteilnahmen.

Jeder Zentimeter wurde in unserem Heim genutzt, kein Kubikzentimeter Luft verschwendet. Außerdem gab es einen schmalen Esstisch mit Eckbank, eine gemütliche Couch und einen fest verankerten Fernsehsessel, ein TV-Gerät (na gut, eines dieser Flachbildschirmdinger, das sich Adam gegönnt hatte), eine Kochnische, ein winziges Bad, unsere Stockbetten sowie Stauraum, der jedoch niemals für all unseren Krempel reichte, weshalb wir einige Dinge zusätzlich im Haus unserer Eltern lagerten. Es war mehr als ein Dach über dem Kopf. Es war ein Zuhause, das man jederzeit mitnehmen konnte.

»Das Reich von meinem Bruder und mir«, fügte ich hinzu.

»Und wo ist er jetzt, dein Bruder?« Johannas Gesicht war immer noch rot, feucht und fleckig vom Nachhauseweg. Sie glühte beinahe.

»Heute Nacht schläft er nicht hier.«

Ein zögerliches »Okay« folgte und sie studierte erneut eindringlich die bunten Fotos.

»Und was ist mit deinen Eltern?«, wollte ich wissen.

»Was soll mit ihnen sein?«

»Willst du ihnen nicht sagen, wo du bist?«

»Ach so, ja, das sollte ich wirklich tun.« Sie stand weiterhin im Eingang herum. In ihrem Skianzug, dem dicken Schal und der wollenen Mütze.

»Willst du ihnen dann nicht Bescheid geben?«

Johanna rief zwischen Tür und Angel ihre Eltern mit dem Handy an, nuschelte etwas in den Apparat, und in der Zwischenzeit zog ich mir meine nassen Klamotten aus und eine alte Jogginghose und ein hellgraues Langarmshirt mit Knopfleiste an. Schnell wusch ich mir Gesicht und Haare im Waschbecken. Ein Blick in den Spiegel zeigte mir, dass etliche Kratzer längst verheilt waren.

»Willst du den ganzen Abend dort herumstehen?«, fragte ich, als ich mir die feuchten Haare mit einem Handtuch trocken rubbelte und Johanna wieder das Innere des Wohnmobils betrat. Eisiger Wind fegte durch die offene Tür hinein, Schneeflocken wirbelten umher, rasch schloss sie sie hinter sich.

»Was haben deine Eltern gesagt?«

»Na ja, begeistert waren sie nicht, aber immerhin konnte Mum meinen Paps gerade noch davon abhalten, ins Auto zu springen, um mich abzuholen.« Sie knibbelte am Reißverschluss ihres Schneeanzugs herum. »Ich kann über Nacht bleiben«, sie schob die Jalousie am Fenster über dem Schreibtisch zur Seite und beobachtete den Schneefall, »wenn das Wetter so bleibt.«

»Und jetzt?«

»Du könntest mir etwas vorspielen.« Mit dem Kinn deutete sie auf die Gitarre, die neben der Sitzecke lehnte.

»Ich bin heute knapp dem Tod entronnen und du willst, dass ich dir den Ed Sheeran gebe?«

Sie zuckte mit den Schultern. Ich warf das Handtuch über eine Lehne und mit immer noch steifen Fingern griff ich nach der Gitarre und ließ erste hölzerne Akkorde erklingen. Ich räusperte mich. »Was willst du hören?«

»Was du magst. Nur keinen Trauermarsch.« Ein kleines, verwegenes Grinsen erschien. Ein erstes an diesem langen Abend, weshalb ich ihr den Wunsch erfüllen wollte.

Ich saß mittlerweile auf der gepolsterten Bank. »Okay, dann lass ich mir etwas Nettes einfallen.« Ich zupfte an den Saiten, stimmte mich ein, überlegte, was ich spielen, was ich singen, was ich von mir preisgeben wollte, wie viel ich ihr von mir zeigen sollte. Musste. Ich sang nicht gern vor anderen. Die Saiten erklangen gedämpft und zögernd, genau wie ich selbst. Die Musik schwappte zu Johanna und verfehlte ihre Wirkung nicht, als ich *Ein Stern, der deinen Namen trägt* anstimmte und ich mit jeder Zeile fester wurde.

»Jarosch«, meckerte sie, als sie mich unterbrach, »du bist echt ein Blödmann! Ob da mein Geld in den Gitarrenunterricht gut investiert ist?« Dann warf sie mir ihre Mütze laut lachend ins Gesicht. »Das kann doch nicht dein Ernst sein?«

Meine rechte Hand rutschte von den Saiten ab, die daraufhin krächzten und ächzten, und ich fing die feuchte Mütze auf. Endlich ließen wir die Unsicherheit hinter uns.

»Kann es nicht?«, fragte ich, eine Augenbraue hochziehend, und im nächsten Moment hatte ich sie auch schon an der Taille gepackt.

»Deine Verletzungen«, quietschte sie, »dein Rücken!«

»Daran denkst du also, aber nicht an meine sensible Künstlerseele? Soso. Aber meinem Rücken geht es so gut wie nie zuvor«, beruhigte ich sie nun ebenfalls lachend. »Du solltest deinen klammen Schneeanzug ausziehen, das meine ich ernst, du musst ja nicht nach Hause zurück.«

»Muss ich nicht«, entgegnete sie mir leise und mit gesenktem Blick. Dennoch stand Johanna wenige Sekunden später mit verschränkten Armen in ihrer blau-weiß gestreiften Skiunterwäsche vor mir.

Mein Herz setzte trotzdem für einen Schlag aus oder zwei. »Schick.«

»Oh ja, der helle Wahnsinn. Bei Victoria's Secret schlagen sie sich ständig um dieses Modell.« Auf die Lippen beißend, zupfte sie an einem losen Faden herum und unterdrückte ein schüchternes Lächeln. »Das Outfit mit riesigen Engelsflügeln. Der Hammer, sag ich dir!«

Statt zu antworten, startete ich Brandon Flowers *Crossfire* auf dem MP3-Player. *The boundaries of our fear*. Wie passend.

»Schon besser«, sagte sie und dann wurde es bis auf die Musik mucksmäuschenstill.

Wir wussten beide, dass wir nicht den restlichen Abend, nicht die restliche Nacht, so um uns herum schleichen konnten. Zu viel war heute Abend passiert, zu viel stand noch zwischen uns.

Die Deckenlampe im Wohnmobil fing auf einmal zu flackern an und warf tanzende und zuckende Schatten auf uns. Erst als Johanna auf mich zuging, mit ihren kalten Fingern über mein Schlüsselbein strich und mit atemloser Stimme fragte: »Was ist das?«, bemerkte ich, dass ich die Knopfleiste meines Shirts nicht geschlossen hatte. »Seit wann bist du tätowiert?« Die Ranken begannen unter ihren Fingerspitzen unruhig zu pulsieren. Schließlich öffnete sie alle Knöpfe. »Nein, das ist gar kein Tattoo. Die Linien bewegen sich. Das ist wie bei Rosalie.« Die Worte kamen nur noch stoßweise. »Das kann doch nicht sein. Warum hast du das nie erwähnt?« Sie konnte die Augen nicht von den scharfen Schatten auf meiner Brust nehmen, doch bevor Johanna die Hand wegziehen konnte, schnappte ich nach ihrer und legte meine Hand darüber.

»Ich denke, es gibt da noch etwas, das ich dir erzählen muss.« Mein Adamsapfel hüpfte wild auf und ab, während ich das sagte. Ich schaltete das nervende Deckenlicht aus und die Lichterketten an. Rot-weiße Weihnachtsmänner, grüne Kakteen und gelbe Sterne beleuchteten mein Zuhause, tauchten uns in ein Meer aus Licht und Schatten, aus Wahrheit und Vertrauen.

»Extravagant.«

»Findest du? War Adams Idee.« Mir war nicht mehr nach einem Schlagabtausch zumute und ich führte Johanna zu der Nische mit den Stockbetten. Hintereinander kletterten wir auf mein Bett in der zweiten Etage und ließen unsere Füße baumelnd nach unten hängen. Mit einer einzigen Bewegung zog ich mein Shirt über den Kopf. Die Schmerzen in meinem Rücken hatten vollständig nachgelassen. Wie ein unbeschriebenes Notenblatt saß ich neben ihr und wartete auf meine Melodie.

Johanna keuchte erschrocken auf, als sie die verwobenen Ranken und Dornen auf meinem Rücken, meinem Bauch, meiner Brust und meinen Armen in ihrer Gänze wahrnahm, die feinen, weißen Narben bemerkte. Ihr Blick huschte, flink wie ein Eichhörnchen von Ast zu Ast, über meinen Körper. Erst als sich ihre Augen auf meinem Schlüsselbein festsogen, stellte ich fest, dass ich die ganze Zeit über die Luft angehalten hatte. Ich wusste, was Johanna nun sah. Unter meiner Haut prickelte es, als ob ich in Brennnesseln gefasst hätte, und ich wusste, was dies bedeutete. Kleine Knospen würden sich an der Stelle entfalten, an der sie mich zögerlich und erstaunt berührt hatte, winzige Blätter würden sich entrollen.

Atemlos starrte sie mich an, ich entdeckte, wie sich Tränen an ihren Wimpern aufreihten, wie schimmernde Perlen auf einer Kette. »Oh Jarosch«, war das Einzige, das den Weg über ihre Lippen fand, als sie meine Hand nahm und sich auf Gelenk und Unterarm das gleiche Schauspiel darbot. Blätter, Knospen, neues Leben, neue Hoffnung. Ihre Finger küssten meine kalte Haut, die unter der sanften Berührung zu vibrieren, zu summen begann, auf die Musik wartete.

»Jeder einzelne Dorn ist eine Erinnerung. Wie eine Pranke, die sich in mein Herz schlägt.« Auch ich konnte meine Tränen nicht mehr zurückhalten.

Mit sichtlicher Faszination und einer Vorsicht, als könnten die Ranken sie tatsächlich verletzen, strich ihre Hand voran, meinen Oberarm hinauf und blieb schließlich still und leise abermals auf meinem Schlüsselbein liegen, wo die Rosenblüte nun endgültig erblüht war. Ihre andere Hand fuhr über meine feuchte Wange und in einem langsamen, weichen Kuss sanken wir auf die Matratze. Der Winterwind rüttelte am Wohnmobil, fauchte sein einsames Lied.

Johannas Neugier wanderte weiter, hinab, über meine Brust, die sich inzwischen unregelmäßig hob und senkte, hinunter, blieb auf meinem harten Bauch liegen. Ich zuckte zusammen, nicht nur aufgrund ihrer eiskalten Fingerspitzen. Wie Schneeflocken. Ich hatte das Gefühl, meine Haut müsste bei jeder Berührung laut zischen. Die Zweige schlugen aus, brannten sich in meine Haut, aber auf eine neue, andere Art. Der wahren Liebe Kuss. Ich fand bloß noch kitschige Worte für das, was wir spürten, für das, was wir taten, aber es fühlte sich genauso an. Nicht anders. Nicht ein Wort anders.

Meine Hand legte sich auf ihre Hüfte, mein Daumen strich an der Stelle über ihre Haut, an der ihr Hemdchen verrutscht war, und auch Johanna fuhr zusammen. Mehr durfte ich nicht wagen (ihr Vater würde mich umbringen, zuvor vierteilen und mir alle Körperteile abhacken, die mir lieb waren), selbst wenn sie nun meine Brust und meinen Rücken erkundete. Gänsehaut überzog meinen Körper wie frostiger Raureif. Ich konnte sie nicht ansehen, während ich ihren Blick auf meinem Gesicht spürte.

Die Augen geschlossen, rückte ich zu ihr hin, Nasenspitze an Nasenspitze. Ich genoss ihre Nähe. Ihre Wärme. Ihren Atem auf meinen Lippen. Jede noch so leichte Berührung, Wort gewordenes Empfinden. Alles fremd und neu, und doch vertraut. Ich führte ihre Hand an meinen Mund, küsste ihre Handknöchel.

Johanna schluckte hart. »Seit wann hast du diese Male?«

»Seit ich Rosalie zum ersten Mal berührt habe. Seitdem ich das erste Mal Schuld auf mich geladen habe.« Meine Worte verloren sich auf ihrer Haut.

»Warum hast du es mir nicht vorher gezeigt? Nicht wenigstens gesagt?« Ihre Stimme zitterte, kaum merklich schüttelte ich den Kopf.

»Ich konnte nicht. Wie hätte ich … was hättest du von mir gedacht? Ich wollte dich nicht verlieren.«

»So schnell wirst du mich nicht mehr los. Nicht nachdem ich dich heute fast verloren hätte.« Ihre Hände in meinem Rücken, rutschte sie enger zu mir, obwohl das beinahe unmöglich war, ihr Lächeln schmiegte sich weich auf meine Haut und es war mir Antwort genug.

Eine Weile lagen wir nur so da, wortlos, bis ich ein wenig von ihr abrückte, sodass ich sie anblicken konnte. Ihre Augen geschmolzenes Eis.

Obgleich dornenbesetzte Ranken über meine bitteren Erinnerungen zu klettern begannen, legte ich sie mit vorsichtigen Fingern frei. Zu viele Geheimnisse lagen noch zwischen uns. »Sie hat mich gerettet. Trotz allem. Auch wenn ich ihr alles genommen und nichts zurückgegeben habe.«

Johanna wollte mich mit einem weiteren Kuss zum Schweigen bringen, aber ich musste dringend etwas loswerden, bevor wir einen weiteren Schritt wagen, bevor wir einen neuen Weg einschlagen würden: »Ich habe ihr alles gestohlen, verstehst du das? Wegen meines Ehrgeizes, meines Stolzes, meiner Gier. Ich habe ihr nicht nur die Familie und die Heimat entrissen, ihre Wurzeln, ich bin auch schuld daran, dass sie nicht mehr das ist, was sie ist. Meinetwegen ist sie kein Einhorn mehr.« Ich seufzte tief, hielt inne, doch dann stellte ich ihr eine Frage: »Wo waren wir stehen geblieben, Johanna? Was habe ich dir nie erzählt? Was weißt du noch nicht von mir und Rosalie?«

Mit in Falten gelegter Stirn dachte sie einen Moment lang nach und antwortete: »Der Hengst war unter dir zusammengebrochen und gestorben, du wolltest die Jagd fortsetzen, auf dem Pferd, das dein Bruder Adam die ganze Zeit geritten war.«

Jarosch

Letztendlich weiß ich heute nicht mehr, wie ich es geschafft habe, Rosalie wieder zurück und in die Nähe der Schlucht zu treiben. Ich weiß auch nicht mehr, wie Adams Wallach es unter mir zurückgeschafft hat. Schaumkrönchen aus Schweiß liefen ihm über Brust und Beine. Seine Flanke hob und senkte sich ungleichmäßig. Sein Galopp war unrhythmisch, abgehackt. Ich weiß nur noch, dass ich irgendwann meine Brüder nach mir rufen hörte und ihre wild fuchtelnden Arme sah. Sie waren ohne mich zu unserem Wagen zurückgeritten und konnten dann zur Klamm fahren und alles vorbereiten, während ich die Stute einen anderen Weg vor mir hergejagt hatte.

Das Einhorn vor mir pumpte und bebte vor Erschöpfung, zuckte aber dennoch vor meinen Brüdern zurück und wich ihnen aus. Dann fuhr mir Adam mit dem Motorrad, das wir im Pferdeanhänger mitgebracht hatten, entgegen. Wie sehr wünschte ich mir bereits damals, dass wir Rosalie die ganze Zeit mit dem Motorrad hätten jagen können. Wenn ich könnte, würde ich den Tod des Hengstes ungeschehen machen.

Doch im Donaudelta bewegt man sich meistens mit dem Boot fort. Es ist dort zu nass und zu grün, zu schlammig, zu unwegsam, zu unzivilisiert. Mit dem Pferd ist es stellenweise heikel und unzugänglich genug.

Außerdem waren wir auf die Nasen der Pferde angewiesen, die selbst dann die Stute witterten und wussten, wo sie sich befand, während wir sie längst aus den Augen verloren hatten.

Aber das sind alles bloß Ausreden.

Ich wechselte auf das Motorrad, Adam übernahm den Wallach. Müde trat ich aufs Gaspedal, ließ den Motor mein Antrieb sein. Als er aufheulte, ging ein Beben durch den Körper der Stute, sie setzte die Hinterbeine noch weiter unter den Bauch, machte sich im Nu wieder lang und flach. Im gestreckten Galopp flog sie auf die Klamm zu. Im wilden Zickzack setzte ich ihr hinterher.

Mir wurde es leicht und gleichzeitig schwer ums Herz, als ihre Vorderhufe den Eingang der düsteren Schlucht berührten. Denn ich wusste, dass sie nun in der Falle saß, obwohl sie noch immer hoffte, um ihr Leben zu rennen. Denn das Ende der Klamm war seit meiner Kindheit verschüttet, weshalb unsere Eltern und Großeltern uns seit jeher von dort ferngehalten hatten. Es lauerten dort Steinschläge und Geröllbrocken wie Trolle auf menschliches Fleisch, das sie zermalmen konnten. Außerdem hatten meine Brüder in der Zwischenzeit eine dichte Absperrung aus rot-weiß gestreiftem Band durch Dutzende Bäume hindurchgezogen und geflochten, sodass die Stute einzig und allein diesen Tunnel einschlagen konnte. Adam dachte an alles. Er war weit besser vorbereitet, als ich es war.

Ich drosselte das Tempo, denn das Einhorn sollte sich nicht bei einem unachtsamen Tritt auf dem steinigen Boden die Hufe prellen oder noch schlimmer, die Knochen brechen. Es gab keinen Ausweg mehr für es, also gab es auch keinen Grund zur Eile. Von fern hörte ich das Tuckern eines weiteren Motors. Vermutlich Adam, der nun den Mercedes mitsamt Pferdehänger brachte und sich den Weg durch die unwegsame Schlucht bahnte.

Ich ließ die Stute vor mir hergaloppieren. Sie musste sich nicht umblicken, um mich zu sehen, zu spüren, zu riechen, und doch wanderte ihr Blick rastlos umher. Panisch suchte sie die Wälle ab, auf der Suche nach einem Aufstieg, einer Fluchtmöglichkeit. Aber die beiden Hänge, die uns umgaben, waren zu steil und zu steinig, um sie erklimmen zu können, und der Weg vor uns lief immer spitzer zu. Sie lief direkt in einen Trichter hinein.

Und dann war es so weit.

Wir erreichten das verschüttete Ende.

Riesige, scharfkantige Steinmassen bauten sich vor uns auf, ragten in den Himmel, hielten uns gefangen. Das Einhorn stoppte abrupt auf der Hinterhand, wendete in einem einzelnen Sprung in die Gegenrichtung, galoppierte auf mich zu, musste aber erkennen, dass der quer stehende Wagen ihm den Weg versperrte. Ein Geröll aus Kunststoff und Metall bäumte sich vor ihm auf. Die Stute stellte sich auf die Hinterbeine, zeichnete mit den Vorderhufen tödliche Linien in die Luft. Ein unbändiges Wiehern erhob sich aus ihrer Kehle, hallte uns von den Wänden entgegen. Ich hielt ihr Geschrei nicht aus, ihre Verzweiflung, auch wenn sie Kampfeslust ausstrahlen wollte. Wie wild galoppierte sie in dem kleinen Viereck, in dem wir sie eingeschlossen hatten, hin und her.

»Adam? Adam, wir brauchen das Halfter, die Seile!«, rief ich meinem Bruder zu, als ich die Autotüren zuschlagen hörte. Ich hoffte, dass Matti die beiden Pferde des Alten zurück auf dessen Hof brachte und in Sicherheit war.

Einen Moment später hielt ich Strick, Peitsche und Stock in der Hand. Waffen! Sollte unsere Freundschaft so beginnen? Adam stand neben mir, die Beine breitbeinig, und tief in der Erde verwurzelt, als wüsste er, was wir hier taten, und er sich unseres Vorhabens sicher wäre.

Jäh heulte ein Wind auf, löste kleine Steinschläge aus, wirbelte den staubigen Boden auf und in unsere Augen. Ich musste sie zukneifen.

Als die Stute wieder mit allen vier Hufen den Boden berührte, fing ihr Horn zu glimmen an. Blau, stählern, eisern. Es glühte wie heißes Feuer und sie zielte damit auf uns. Mit tief gelegtem Kopf, gefletschten Zähnen und angelegten Ohren kam sie näher. Einen Schritt, dann noch einen und noch einen. Sie drängte uns gegen den Wagen. Sie müsste nur einen kleinen Sprung machen, dann hätte sich ihr Schwert in meine Brust gebohrt.

Ohne weiter darüber nachzudenken, ließ ich das Seil einmal, zweimal, dreimal in einer sirrenden Ellipse durch die Luft schwingen, wie ein Lasso, bevor es sich über ihr Horn legte. Mit einem wütenden Aufwirbeln ihres Kopfes fiel der Strick wieder herab. Ich zog das lange Seil zurück, in Windeseile legte ich es mir in großen Schlingen nochmals in die Hand, ließ es abermals durch die Luft sausen. Doch Adam kam mir zuvor. Sein Lasso schlang sich bereits um den Hals der Stute. Sie stieg und stieg. Ihre Vorderbeine berührten kaum mehr den Boden, als sie Adams Kraft spürte. Schließlich eilte sie rückwärts. Ihr Kopf flackerte ungestüm von rechts nach links, als sie versuchte, den Strick, den Mann daran, loszuwerden. Dreck und Erde wurden aufgewirbelt, sie versuchten, uns die Sicht zu rauben. Die Natur war auf ihrer Seite. Adam rammte seine Füße in den Grund, sein Kiefer war verkrampft, seine starken Hände zogen und zogen und konnten das wilde Tier doch nicht halten. Er schrie mir etwas zu. Ich vernahm nur noch Fetzen. Nur noch Gebrüll. Flüche. Schmerzensschreie. Das Seil biss sich in seine Haut, während sie von ihm wegzog und ständig zur Seite ausbrach.

Ich schleuderte mein Lasso in die Luft, es verfing sich um ihren Kopf und blieb um ihr Horn hängen. Ein falscher Ruck und ihr Genick würde brechen, das wusste ich.

Sie machte einen heftigen Satz von uns weg, unwillkürlich stemmte ich mich gegen ihre Gewalt und dann geschah es. Schnell wie in einem Zeitraffer, langsam wie in quälender Zeitlupe. Knacksend, knirschend, stöhnend brach ihr Horn. Mit einem Mal war es zerbrechlich wie Kristallglas. Abertausende Splitter rieselten auf uns hinab wie Sterne aus Eis, benetzten unser Haar, strichen uns fast sanft über Stirn und Wangen. Ich fuhr mir über das Gesicht, fühlte den Schweiß, schmeckte das Blut.

Ich hatte das Horn eines Einhorns zerschmettert. Der Wald um uns verstummte augenblicklich, verharrte still und grimmig, lauernd.

Rosalie bäumte sich ein weiteres Mal vor uns auf und dann regnete ihr Blut auf uns herab. Tropfen um Tropfen rann aus ihrem schneeweißen Fell. Schneeblut. Weitere Eiskristalle ihres zerbrochenen Horns fielen auf uns hinab. Blumen aus Eis und Schnee wirbelten um uns herum, als wäre ein Wind durch ihren Körper gefahren. Ihr schmerzverzerrtes Wiehern suchte sich den Weg über unsere Ohren in unsere Herzen hinein. Ihr Kopf war über und über mit Blut verschmiert, Bäche flossen ihr Nasenbein entlang. Scharlachrot, kupferrot, feuerrot, purpurrot.

Wie eine Fontäne aus rotem Schnee türmte die Stute sich vor uns auf. Ich konnte keinen klaren Gedanken mehr fassen. Sah und spürte nur noch, wie sich die Lawine aus einstmals weißem Fell, aus strampelnden und harten Hufen auf mich niedersenken wollte. Ich sah ihre Zähne, die mich verschlingen wollten, ihre wunderschöne, dichte Mähne, die in silberweißen Schneewellen auf mich zugerollt kam und mich mit sich reißen wollte. Dabei wollte ich mich gar nicht retten, sondern die

Lawine aus Zorn und Wildheit mit offenen Armen empfangen, mich ihr entgegenstürzen, denn ich hatte nichts außer ihren wütenden Hufen und ihren unnachgiebigen Zähnen verdient.

Doch dann bemerkte ich auf einmal raues Seil in meinen verschmierten Händen. Adam hatte es mir hineingelegt und mich geschüttelt und dabei angebrüllt, ich solle das Einhorn festhalten, es mit der Peitsche von uns fernhalten. Von seinen Haaren, in denen Schmutz und Schweiß klebten, tropfte Blut in seine Augen, in seinen Mund hinein. Er verschwand, nur um einen Sekundenbruchteil später wieder neben mir aufzutauchen.

Ein Knall. Ein lauter, alles durchdringender Knall schrie uns von den Wänden entgegen. Dann Stille. Die Stute war still. Stumm stand sie vor uns. Aus ihrer verschwitzten Flanke stach ein roter Pfeil.

Adam hatte ein Betäubungsgewehr benutzt. Es war kein Knall gewesen, nur ein Surren. Ich starrte die Szenerie reglos an. Ich sah blutigen Schnee in ihrem Fell, die funkelnden Scherben ihres Horns, die unter unseren Schuhen knirschten, ihre matten Augen, die mich noch vor wenigen Augenblicken rasend und todeslüstern angefunkelt hatten.

Ich nahm nicht mehr wahr, wie Adam dem Einhorn ein schäbiges Stallhalfter um den Kopf schlang, es in den Hänger führte und mich auf den Beifahrersitz bugsierte.

Warum hatte er den Betäubungspfeil nicht vorher auf sie geschossen? Weil sie sich immerzu bewegt hatte und er sie verfehlt hätte? Weil er zu oft hätte schießen müssen und mit unzähligen Streifschüssen eine Überdosis Narkosemittel riskiert hätte? Woher hatte er die Waffe? War sie ein Überbleibsel aus alten Zirkustagen? Warum hatte er überhaupt geschossen? Warum hatten wir sie nicht einfach gehen lassen?

Ich nahm nichts mehr wahr.

Wir fuhren wieder zurück. Mit einer schweren Last.

Die Erzählerin

Wir waren Schatten. Wir waren Licht.
Funkelnde Sterne in dunklen Höhlen.

Wir waren düstere Legenden. Wir waren hoffnungsspendende Märchen.

Wir waren Träume. Wir waren Wirklichkeit.

Geschichten mit unsicherer Hand geschrieben.

Johanna

Seine Worte, die Bilder, die Jarosch mit rauer und heiserer, fast erstickter Stimme malte, lagen vor mir wie ein Gemälde.

Ich sah jeden Pinselstrich, jede Nuance, Schatten und Licht, und mit meinen Fingerspitzen fuhr ich die Erinnerungen und Narben auf seiner Haut nach. In schwarze Tusche getauchte Erinnerungen und Narben, die, von unsichtbarer Hand geführt, ihre Gestalt änderten. Seine helle Haut eine Leinwand.

Das diffuse Licht hüllte uns ein, ließ mich mutiger werden, obwohl Jaroschs letzte Geschichte, die er mir erzählte, die grausame Wahrheit vollends offenbarte. Aber diese Dunkelheit brauchte ich, um ihm zuhören zu können.

Auch Jarosch schien seine eigene Stimme, seine Geschichte, sich selbst nicht mehr ertragen zu können, sodass er sich schließlich von mir wegdrehte und immer leiser wurde. Doch ich wollte ihn in diesem Moment nicht sich selbst überlassen und rückte nach. Heute Abend wollte ich nicht Gefahr laufen, ihn ein weiteres Mal zu verlieren. Mein Oberkörper berührte seinen bebenden, nackten Rücken, presste sich an ihn. Sicherlich hämmerte mein Herz so laut, dass es den Rhythmus seines Herzens noch mehr durcheinanderbrachte, nichtsdestotrotz schlang ich die Arme um ihn, legte die Hände auf seine Brust. Er hielt sie umschlossen und ich ihn, so fest ich konnte, bis er zu Ende erzählt hatte. Meine Tränen küssten seine nackte Haut, meine Lippen seine feuchten Haare, seine Schulterblätter, küssten ihn dazwischen, ich beobachtete, wie sich die filigranen Zweige und Blätter unter meinen Berührungen bewegten, als wehte ein Wind durch sie hindurch. Seine Haut erzitterte unter meinen Fingern, die sich so kühl anfühlten, als hätte Rosalies Mähne sie wie eine Lawine gestreift, und gleichzeitig so heiß, als hätte ich sie in ihr Blut getaucht.

»Deshalb hat sie so stark auf die Motorräder reagiert.« Meine Hände hatten bereits den Mut gefunden, den meine Stimme vermisste – zu viele Tränen flossen auf ihr, zu viele Splitter ihres zerbrochenen Horns wanderten meine Kehle hinab. Ich wusste nicht, was ich sonst sagen sollte, sagen durfte, wie ich ihn trösten, ihm Leid und Schuld nehmen konnte. Also hielt ich mich an die bloßen Fakten, und Jaroschs ausbleibende Reaktion war mir Antwort genug. Ich redete behutsam weiter: »Glaubst du, glaubst du, dass das heute Abend wieder Boris war? Aus Rache? Weil dein Vater ihn rausgeschmissen hat?«

Als er nickte, kitzelten mich seine Haare an Wange und Hals. Sie rochen nach Pferd und Heu, Schnee und Tabak. Unwiderruflich nach ihm.

»Sollten wir dann nicht etwas unternehmen?«

Mittlerweile war Jaroschs Stimme nicht mehr brüchig wie Eis: »Mein Vater wird dafür sorgen, dass Boris nie wieder Fuß fassen, nie wieder einem Tier zu nah kommen, geschweige denn Pferde trainieren wird. Er kann Menschen zerstören, wenn er will. In diesem Fall bin ich damit einverstanden. Er hat Einfluss, er kennt viele Leute. So etwas spricht sich in der Szene herum.«

Ich wusste nicht, ob mich das beruhigen sollte, denn ich spürte, dass in Jarosch noch immer etwas brodelte und er sich mit seiner eigenen Antwort nicht zufriedengab. Wie ein hungriger Wolf schlich diese Ahnung um mich herum, ließ sich nicht verscheuchen, nicht zähmen.

»Was sollen wir sonst machen?«, sagte er dann. »Ihn krankenhausreif prügeln, damit er ein für alle Mal kapiert, dass er sich mit den Falschen angelegt hat? Und die Polizei«, er seufzte verächtlich auf, »wird auch nichts unternehmen. Wie können wir ihm etwas beweisen? Die Reifenspuren im Schnee sind längst verweht. Was würden sie überhaupt belegen?« Ärger schwang in seiner Stimme mit.

»Meinst du«, stammelte ich, weil ich wusste, dass er recht hatte, »meinst du, dass das Absicht von ihm war? Dass er davon wusste, wie ihr Rosalie eingefangen habt? Dass Matti ihm vielleicht etwas verraten haben könnte und Boris dich mit voller Absicht gejagt hat? Oder war er nur betrunken«, mit den Fingern malte ich Anführungszeichen in die Luft, »und wusste nicht wirklich, was er tat?«

Jarosch drehte sich auf den Rücken, das Bett knarrte lautstark, und mit dem Unterarm verdeckte er sich die Augen. Das Licht der bunten

Weihnachtsketten ließ die Rosenblüten wie im Sommerwind wehen, die zarten Verästelungen auf seiner hellen Haut tanzen. Wie mein Herz.

»Ehrlich gesagt will ich es gar nicht wissen.«

Mutig, wie ich war, legte ich meine Hand auf seine nackte Brust, spürte das heiße Prickeln seiner Haut unter meinen Fingerspitzen. Die Knospen begannen sofort sich zu entfalten. Die aufblühenden Rosen verbreiteten sich über seinen gesamten Oberkörper, als wäre über Nacht der Frühling ausgebrochen, als wollten sie uns versprechen, dass alles gut werden würde. Ich konnte meinen Blick nicht von ihm lösen, während Gänsehaut meinen Körper überzog.

Irgendwann döste Jarosch erschöpft ein, mitten in der Nacht wachte er auf und wir schauten nach den Pferden, wechselten ihre verschwitzten Decken, stapften durch den hohen Schnee und durch den eisigen Wind zurück, aßen pudrige Weihnachtsplätzchen im Bett, ohne miteinander zu sprechen, tranken eine heiße Milch, dann schlief er wieder ein. Tief und fest wie Merlin und Rosalie.

Nur ich blieb ein weiteres Mal wach, weil ich unmittelbar vor ihm lag, in der Kuhle, die sein Oberkörper bildete, weil sein Atem mich wie tausend kleine samtige Motten im Genick kitzelte, weil sein schwerer Arm auf mir lastete, weil die Hitze, die er ausstrahlte, mich bedeckte. Und später, als sein Atem in einen gleichmäßigen ruhigen Rhythmus verfiel, ein leises Schnarchen über mein Haar wehte.

Meine unzähligen Gedanken schossen umher wie die Schneeflocken, die ich durch das kleine Guckloch über uns sehen konnte. Spätestens jetzt waren wir wirklich eingeschneit. Ja, und ich war eingeschneit in der Dichte meiner Gedanken: Ich sah Rosalie vor mir und wie erschöpft und ausgelaugt sie gewirkt hatte, als wir sie endlich in den Stall geführt hatten. Dann verbrachte ich die erste Nacht mit Jarosch, er hatte mir nun die ganze Geschichte erzählt und ich hatte keine Ahnung, wie es morgen weiterging. Würden wir in peinlichem Schweigen verharren oder hatten er durch sein Geständnis und ich durch meinen neu gewonnenen Mut endlich alle Barrieren zwischen uns überwunden?

Als sich Jarosch irgendwann von mir wegdrehte und der Morgen versuchte, die Nacht und seine Gedanken zu verscheuchen, konnte auch ich endlich einschlafen.

Rosalie

Einst jagtest du mich über den Rand der Welt hinaus.
Am Ende fielen wir beide.
Es riss uns entzwei.
Heute folgte ich dir über den Rand der Welt hinaus.
Wir fielen nicht mehr. Wir flogen.
Bis du mich frei ließest.
Entzweit und dennoch vereint.

Johanna

Mit zerwühltem Haar lag Jarosch zusammengerollt neben mir und schlief ganz friedlich, als ich einen gefühlten Augenblick später die verklebten Augen öffnete. Er schien endlich in sich zu ruhen. Als hätte er eine Antwort auf all seine Fragen im Schlaf gefunden – oder in meinen Armen. Zumindest klappte das bei Clarissa und Armand stets hervorragend und zu aller Zufriedenheit …

Ich hörte seinen leisen Atem. Lautlos und vorsichtig versuchte ich, mich aus dem Bett zu schälen und ihn dabei nicht aufzuwecken. Als ich mich endlich aus dem Gewühl aus Decken befreit hatte, richtete ich meinen Oberkörper auf. Zu schnell und zu unbedacht. Ich stieß mit meinem Kopf an die Decke. »Autsch! Mist!«, fluchte ich gedämpft und rubbelte mir den Kopf.

Jarosch war natürlich gleich wach. Noch völlig verschlafen blickte er mich an. Ein wenig amüsiert, ein wenig … Mit einem brummeligen und heiseren »Guten Morgen« zog er mich zu sich hinunter, strich über die Stelle, an der sich bestimmt eine Beule bilden würde, und küsste sie dann. »Die zweite Beule innerhalb so kurzer Zeit«, bemerkte er.

»Selber guten Morgen«, flüsterte ich an seine Brust, wollte eigentlich wieder aufstehen, doch Jarosch hielt mich einfach fest. Ich kletterte unter die Decke, die so schön kuschelig warm war. Na ja, eigentlich wollte ich auch nicht wirklich in die Kälte hinaus, um nach Merlin und Rosalie zu sehen.

Halb lag ich auf ihm, halb auf der Matratze, mein Knie zwischen seinen Beinen. Ich konnte alles an ihm spüren. Alles.

Einatmen. Ausatmen.

Meine Hände gruben sich in seine weichen Haare.

Immer noch schlaftrunken wanderten seine Lippen von meinem Haar zu meiner Schläfe, zu meinem Ohrläppchen, über meinen Hals hinab, seine kurzen Bartstoppeln kratzten rau über meine Haut. Das fühlte sich gut an, besser als zu reden. Die Stille heute Morgen zwischen uns war eine gute Stille. Nur Atem und raschelnde Kleider. Für einen kurzen Moment dachte ich darüber nach, dass ich an den Stellen dünn und knochig war, an denen ich üppig sein wollte. Einen Augenblick später fiel mir ein, dass Jarosch all dies längst wusste, längst gespürt hatte in unseren Trainingsstunden. Längst mochte. Rasch schloss ich meine Augen, als sich seine Lippen auf meine legten. Oh Gott, ich hatte gar keine Zeit gehabt, meinen Atem zu überprüfen. Meine Zunge fühlte sich pelzig an. Aber gut, er schmeckte genauso.

Träge und langsam wanderten seine schwieligen Hände über den Baumwollstoff. Darunter. Nach oben. Fingerspitzen auf bloßer Haut. Gänsehaut. Sommersprossen. Jede einzelne.

Die Schwere des Abends war verschwunden, genau wie seine verzweigten Tätowierungen in der bleichen Morgensonne, die durch das winzige Fenster am Kopfende des Bettes fiel. Als würde doch noch alles gut werden. Und dennoch hörte ich den lauernden Wolf in der Nähe knurren und winseln. Zwischen abertausend Küsschen, die er auf meiner Nasenspitze, meiner Wange, meinem Hals und noch ein wenig tiefer verteilte, viel, viel tiefer, ließ sich alles vergessen. Ich hielt die Luft an, stieß sie einen Augenblick später keuchend aus.

Unvermittelt schaute mich Jarosch an, strich mir mit dem Daumen über eine Augenbraue. Oh mein Gott, war sie so zerzaust?

Dann ließ er seine warmen Hände abermals meinen Rücken entlangfahren, die klitzekleine, elektrische Blitze in mir auslösten. Ich spürte sein müdes Grinsen auf meiner Haut, in seinen neugierigen, vorsichtigen, fast unsicheren Fingern.

Sekunden, Minuten oder auch Stunden später löste sich Jarosch von mir, langsam und unwillig. Er wich einen Millimeter von mir weg, nur um mich dann doch wieder zu küssen. »Ich muss in den Stall«, raunte er und nahm die Hände von mir, nur um mir dann doch wieder über die Taille zu fahren und mich an sich zu ziehen. »Ich sollte jetzt wirklich aufstehen.«

Sein Atem, wie auch meiner, musste ich erschrocken feststellen, eilte uns voraus, und ich küsste ihn in die Kuhle zwischen Hals und Schulter. Gab es für diese Stelle eine anatomisch korrekte Bezeichnung? Zumindest mochte es Armand, dort berührt zu werden, und es verfehlte seine Wirkung nie. Auch im echten Leben nicht. Wow! Die erste oder vielleicht auch zweite oder dritte Übereinstimmung zwischen Fiktion und Realität!

Jarosch schob mich endgültig von sich, drückte mir einen Kuss auf die Stirn und strampelte sich aus unserer Umarmung und den Zudecken frei. »Ich muss nach den Pferden sehen. Füttern. Bin schon viel zu spät dran.«

»Achtung! Die Decke!«, warnte ich ihn rasch.

Grinsend duckte er sich und kletterte die Leiter hinunter. Er zog sich etwas über und ging hinaus in die weiße Kälte.

Mein Gesicht war bestimmt rot und fleckig. Schnell hauchte ich mir in die gewölbte Handfläche, roch aber nur ihn auf meiner Haut.

Ich hatte noch alle Klamotten an, zupfte sie hier und da zurecht, glättete mein von Jarosch verwuscheltes Haar, aber es gab nichts zu beichten. Fast nichts. Ich kicherte wie verrückt und ließ mich zurück in die Kissen fallen, strich mit der Fingerspitze meine Lippen entlang, immer wieder.

Die stürmischen Gedanken vom Vorabend hatten sich verzogen und der Sonne Platz gemacht, denn ich hatte bei Jarosch einige Erinnerungen ausgelöscht, während er neue in mich hineingebrannt hatte.

Und ich war nun endgültig dem Kitsch verfallen. Genau wie Jarosch.

Die Hoffende

Wärme durchströmte mich wieder, als wäre die Sonne in mich hineingefallen. Der Schnee bildete eine schützende Decke, deine Hände ein weiches Bett aus Moos, deine Worte glänzten wie der Mond.

Du rissest mir ein Loch in mein Herz und fülltest es wieder aus.

Johanna

Nach einer extrem kurzen Katzenwäsche in einem extrem kleinen Bad kletterte ich aus dem warmen und gemütlichen Wohnmobil hinaus in die Kälte. Die Lichterketten, die an den Tür- und Fensterrahmen hingen, brannten immer noch oder bereits wieder. Glühende Eiszapfen. Glühende Hörner. Unwillkommene Erinnerungen.

Ich ging hinüber zu der Scheune, in der ich Jarosch bei der morgendlichen Stallarbeit vermutete, und nahm den gleichen Weg wie gestern Abend, doch die Fußspuren hatten sich in dem Schneetreiben der letzten Nacht bereits verloren. Wie üppige Spitzenbordüren lag der Schnee auf Dächern, Autos, Zäunen und Ästen. Vereinzelte bauschige Flocken, die ihren endgültigen Platz noch nicht gefunden hatten, irrten um mich herum.

Alles sah so neu aus, fühlte und hörte sich genauso an, obwohl die Landschaft dieselbe war. Mir ging es nicht anders. Noch immer spürte ich Jaroschs vertraute und doch so fremde Nähe. Ich grinste bei dem Gedanken in mich hinein und biss mir auf die Lippen.

Bevor ich den Stall erreichte, entdeckte ich ihn und unsere drei Pferde auf einer der riesigen Koppeln. Vor dem bleichen Morgen und dem grauen Himmel wirkten sie wie neblige, zerrissene Silhouetten aus einem Scherenschnitt, dessen Motive man mit einem stumpfen Werkzeug herausgeschnitten hatte.

Ich blieb am Zaun stehen und beobachtete sie aus der Ferne. Während Merlin und Luke unter der dicken Schneedecke nach Gras scharrten oder sich abwechselnd wälzten und vor Freude quietschten und bockten, hielt sich Rosalie ganz eng an Jarosch. Neben ihm hertrabend, schüttelte sie ihre Mähne, in der sich Schneeflocken wie glitzernde Sterne verfangen hatten, wie zufällig in seine Richtung. Woraufhin Jarosch seine Hände in eine Schneewehe tauchte und eine Schneeballschlacht mit ihr anzettelte. Rosalie stieg und sprang zur Seite, woraufhin er ihr etwas auf Rumänisch hinterherrief. Ich verstand kein Wort, aber dem Klang nach zu urteilen, meinte er es liebevoll und spöttisch zugleich. Hinter den Flocken, die sich allmählich zu einem weißen Vorhang verdichteten, wirkten die beiden wie auf ihrer eigenen Bühne, wie in ihrer eigenen Welt. Als wären sie längst in ihre Heimat zurückgereist.

Rasch schüttelte ich den Gedanken ab, genau wie Rosalie, die ihren Kopf aufmüpfig hin und her schlenkerte. Dennoch breitete sich Erleichterung in mir aus, nachdem ich sah, wie gut es ihr bereits heute Morgen wieder ging. Ich konzentrierte mich auf das Hier und Jetzt, hörte den Esel im Stall schreien und spürte erste zaghafte Sonnenstrahlen, die uns langsam in ein milchig-silbriges Licht einhüllten, auf meinem Gesicht. Sie ließen Rosalies aufgeplustertes Fell und den Schnee darauf funkeln, als hätte die Natur Myriaden winziger Diamanten hineingewebt. Die Morgensonne legte sich auch auf Jaroschs leises Lächeln, konnte es aber nicht zum Strahlen bringen. Denn selbst Rosalie wirkte trotz aller Ausgelassenheit während ihres stürmischen und übermütigen Spiels wie ein Schmetterling im Winter, gefangen in einem Einmachglas. Kaum hatte sie ihre frostigen und müden Flügel gespreizt, stieß sie sogleich an die trüben Grenzen ihrer Freiheit.

Die Nacht hatte beide noch nicht freigelassen.

Nun galoppierten sie um die Wette – Jarosch kämpfte sich tapfer durch den hohen Schnee – und legten unerwartete Stopps und Wendungen hin, Schnee aufwirbelnd, weiße Wölkchen ausstoßend, schlugen Haken, dass mir der Atem stockte. Immer wenn Merlin oder Luke sich ihrem Treiben anschließen wollten, biss und trieb sie sie weg. Rosalie war heute nicht nachsichtig gestimmt. Was ich bloß ahnte und ganz weit weg von mir schob, spürte sie mit all ihrer gegebenen Natürlichkeit.

Als Jarosch mich endlich bemerkte, nickte er mir kurz zu, nur um dann doch wieder seine Aufmerksamkeit seinem Einhorn zu schenken. Jede einzelne verrinnende Minute wollte er auskosten, als könnten sie wie Schnee auf seiner Haut schmelzen.

Weil ich die zwei nicht stören wollte, betrachtete ich sie vom Zaun aus, solange, bis mir Zehen und Finger zu erfrieren drohten. Ich schlüpfte durch die Sprossen und stapfte durch den Schnee. Zuerst wünschte ich Merlin einen schönen guten Morgen, der mich grummelnd begrüßte, sobald er mich hörte. Erstaunt stellte ich fest, dass Jarosch ihm den angetrockneten Schweiß vom Vorabend aus dem plüschigen Winterfell gebürstet hatte. Eisige Kristalle lagen nun wie Puderzucker darauf. Sogleich strich ich über Lukes Stirn und durch die Strähnen seines kurzen, dunkelroten Schopfes, raunte ihm ein paar tröstliche Worte zu, weil sein Herrchen mit den Gedanken nicht bei ihm war.

Und dann ging Jarosch plötzlich auf mich zu. Der Schnee knirschte unter seinen Schritten. Sein Atem war laut und angestrengt. Er ragte vor mir auf wie der Wald, der sich hinter ihm durch die Weiden schlängelte. Beide schienen sie eine schwere Last zu tragen.

Ich war versucht, ihm die Schneeflocken aus den feuchten Haaren zu klauben, hielt mich jedoch zurück, denn ich konnte es nicht ertragen, in sein Gesicht zu blicken. Dennoch tat ich es. An seinen langen Wimpern hatten sich die Splitter seiner zerbrochenen Träume verfangen und glitzerten mit dem Schnee um die Wette. Und da wusste ich es. Er hatte einen endgültigen Entschluss gefasst. Kein Wolf mehr, der mich mit seinen düsteren Gedanken umschlich.

In der Ferne hörte ich noch ein einzelnes Schaf vor Hunger blöken, als alles um mich herum auf einmal in Stille versank. Ich hielt den Atem an, wartete auf etwas, wartete auf das, was alle anderen schon wussten. Der Wind hatte aufgehört die Schneeflocken durch die Luft zu quirlen. Rosalie stand ein paar Meter von uns entfernt, groß, kraftvoll und imposant wie eine Skulptur aus milchweiß glänzendem Eis, mit gerecktem Hals und geblähten, rosa Nüstern. Die Sonne hinter ihr zauberte einen goldenen Schatten um sie herum. Auch sie wartete. Auf mich. Während ihr Blick in die Ferne irrte. Jenseits dieser Zäune. In ihre Heimat.

»Ich schulde es ihr«, durchbrach Jaroschs zerbrechliche Stimme die Ruhe. »Ich muss ihr die Freiheit schenken. Nein, sie ihr wieder zurückgeben. So wie sie sie mir gegeben hat, als sie mir gestern meine Schmerzen genommen hat. Für immer. Das gestern, das hat sie ihre letzte Kraft gekostet.« Er blickte über mich hinweg in den Himmel. »Ich habe durch sie eine neue Freiheit in mir gefunden.«

»Seit wann? Seit wann weißt du es schon?«, fragte ich heiser.

Jarosch musste nicht lange überlegen. »Vielleicht seit ich das erste Mal auf ihr geritten bin.« Ich brachte kein Wort heraus, also redete er weiter: »Trotz all dem, was ich ihr angetan habe, hat sie mich gerettet. Nicht nur vor den Schmerzen, die andauernd da waren, sondern auch vor mir selbst. Meinem Ehrgeiz, meinem Stolz, meiner Habgier. Ich weiß endlich, was ich nicht möchte, auch wenn ich keine Ahnung habe, was ich wirklich will. Aber immerhin bin ich mir in diesem einen Punkt völlig sicher.«

Ich wusste, dass Jarosch die richtige Entscheidung getroffen hatte. Ich wusste, dass ich die ganze Zeit nur das schöne Pferd gesehen hatte, sehen wollte, das Fabelwesen eine Weile weggesperrt hatte, wo ich ihre verzagt schlagenden Flügel nicht ertragen musste, und dennoch weinte mein kleines, egoistisches Herz ob der Endgültigkeit seiner Worte. »Aber eure Auftritte. Du warst so glücklich. So stolz. So erfolgreich. Du hast nur noch gestrahlt.«

»Manchmal ist Stolz und Erfolg nicht alles. Das Richtige zu tun, das ist manchmal das Schwierigste, aber auch das, was am Ende zählt. Und glaub mir, dieses Vorhaben kostet mich mehr Kraft als alles andere.«

Ich wollte stark wirken, ihm meine Tränen, die sich mit den Flocken auf meinen roten, kribbelnden Wangen vermischten, nicht zeigen. Meine Stirn auf seine Brust legend, die unter seinem grünen Parka steckte, war ich ihm fern und nah zugleich.

»Sie wird hier nie wirklich sicher sein. Egal, wie sehr wir es auch versuchen. Egal, wie sehr wir daran glauben. Egal, ob wir uns deshalb belügen«, setzte er fort. »Außerdem: Es ist nicht leicht, das zu sagen, aber ich kann die Schuld auch nicht nur den anderen zuschieben. Es ist mein Ehrgeiz, meine Sucht, die sie kaputtmacht.« Seine Stimme brach unter der Last seiner Worte.

Ich verstand seinen Entschluss, obgleich ich es noch nicht wahrhaben wollte. Seine darauffolgenden Worte drangen wie durch einen Schneesturm nur flüsternd und zerstreut zu mir hindurch: »Wenn du sie heute Morgen gesehen hättest. So müde trotz des tiefen Schlafs, den sie nachts fand. Ihr Herz weit weg. Zitternd und frierend. Ihre Beine drohten ständig unter ihr nachzugeben. Nicht einmal Merlins aufmunterndes Stupsen konnte sie erreichen, sie hierher zurückbringen.« Er streichelte meinen Rücken, sein Kinn ruhte auf meinem Scheitel. »Auch du hättest ihr dieses Versprechen gegeben. Als ich es ihr schwor, glomm in ihren Augen etwas auf. Wie bei einem gefrorenen See, über den die Sonne während eines viel zu langen, harten Winters mitten in der Dunkelheit des Abends aufgeht. Im Schatten eines Herzens können keine Träume wachsen. Ich weiß nicht, keine Ahnung, aber ich glaube, das hat immer meine Oma gesagt. Und sie können es tatsächlich nicht. Die Rosen auf ihrem Fell, sie verblühen. Jeden Tag ein bisschen mehr.«

Danach sagte er nur noch: »Vertrau mir.«

Immer. Aber ich konnte es nicht laut aussprechen.

Das Einhorn

Im Schatten deiner Träume gab es kein Licht, nur Dunkelheit.

Doch ohne die Schatten in deinem Herzen hätten wir unseren Weg nicht gefunden.

Jarosch

Wenige Wochen später war es soweit.

Meine Mutter gab uns Proviant mit, als würden wir einmal den Globus überqueren, mein Vater eine Liste mit Telefonnummern von befreundeten Züchtern und Hofbesitzern, bei denen wir ein Plätzchen zum Übernachten finden konnten. Einerseits war er froh, das Einhorn und all den Ärger, den es verursachte, endlich loszuwerden, andererseits versiegte das Klingeln der Kassen in seinen Ohren. Doch er konnte nicht über mein Vorhaben und mich bestimmen. Nicht mehr.

Und die Zukunft der Show? Die würden wir auch auf einem anderen Weg sichern. Irgendwie.

Johannas Mutter dachte ebenfalls, wir würden zu einer Weltreise aufbrechen, plus Flug zum Mond. Sie stellte uns dementsprechend einen ganzen Karton voller Getränke, Brot, Wurst, Käse und Schokoriegel in den Kofferraum. Dabei hatten wir uns gerade einmal für wenige Tage von der Schule abgemeldet – es war mittlerweile Frühling –, um Rosalies Heimreise anzugehen.

Da uns ihre Eltern den großen Van liehen, bedachte mich Johannas Vater mit einer sorgfältigen Instruktion der Technik (die auch nicht mehr auf dem neuesten Stand war) und der Wartung des Wagens (den bereits Rostflecken und Beulen zierten). Johanna rollte unablässig mit den Augen. Ob ich denn auch wüsste, wie man den Ölstand kontrollierte, wie man im Notfall Reifen wechselte, dass ich auf jeden Fall nur Frostschutzmittel fürs Scheibenwaschwasser benutzen sollte und kein pures Wasser. Mehrere bedeutsame Blicke warf er mir zu, die sowohl sagen sollten: *Finger weg von meiner Tochter!* als auch *Wehe, mein Auto hat danach einen einzigen Kratzer mehr.* Ich wusste nicht, was mich mehr beunruhigen sollte.

Verena hingegen blinzelte Johanna hin und wieder verschwörerisch zu (wie alle anderen wusste sie natürlich über uns, aber zwischenzeitlich auch über das Einhorn Bescheid. Ihre Reaktion: *Ach du meine Güte, ich dachte, eure Geschichte könnte nicht noch kitschiger werden!* Dann setzte sie hinzu: *Hätte es nicht einfach auch ein Werwolf oder ein Vampir sein können? Die gute altmodische Art eben?* Und Michas Reaktion? *Heilige Scheiße, ihr seid ja noch durchgeknallter als ich! Oder nehmt ihr etwa Drogen?*). Gregor maulte immer noch herum, weil wir ihn nicht mitnehmen konnten oder besser gesagt wollten. Schließlich war Johanna auf die Idee gekommen, Luke mit auf die lange Reise zu nehmen, damit wir zumindest ein Reit- und Lastpferd hätten. Gregor hätte doch sicherlich keine Lust, wie ein Knappe neben uns herzulaufen und sich in dem sumpfigen Boden nur nasse Strümpfe und eine Erkältung zu holen. Und überhaupt wären seine Reitkünste nicht zum Besten gestellt und sowieso müsste er sich doch aufs Abi konzentrieren. Lediglich das Versprechen, gemeinsam einen Teil der Sommerferien in Rumänien zu verbringen, welches wir ihm hoch und heilig gaben, ließ ihn uns versöhnlich nachwinken und Johanna zurufen, dass er nun doch all ihre Geheimnisse kennen würde. Woraufhin sie ihm die Zunge herausstreckte und meinte, sie wären dann ja quitt. Ich verstand kein Wort.

Zu guter Letzt taute auch Johannas Traurigkeit ein bisschen auf, die sich seit meinem Entschluss wie stacheliger Frost auf sie gelegt hatte. Betriebsamkeit und Aufregung ersetzten ihren Missmut und ihre Gereiztheit, ihre Schwermut und die Sehnsucht, die sie bereits jetzt erfüllte.

Endlose Diskussionen hatten wir geführt.

Rosalie würde sich von Tag zu Tag erholen, meinte sie. Zu welchem Preis, sagte ich bloß. Boris wäre weg vom Fenster, antwortete sie dann. Ja, das war er, Boris war fortgezogen, nicht mehr aufgetaucht, nicht mehr auffindbar. Mir wurde übel bei dem Gedanken, wo er sein könnte, was er dort machte. Aber er würde nicht der Einzige bleiben, der hinter das Geheimnis des Einhorns kommen könnte, entgegnete ich. Was geschah, wenn ihr Horn nachwuchs? Irgendwann könnte es jeder sehen. Wir stritten und wir weinten viel, wir brüllten uns an, bis ich das grausamste Argument auf den Tisch warf: all die Mauern und Zäune, nicht zu vergessen die Lügengeschichten, die wir um sie aufbauen mussten, um sie zu schützen, ihr Geheimnis zu bewahren, ihr Wesen, ihr ureigenstes Ich, um sie für uns behalten zu können.

Ich gewann.

Mit einem schmerzenden Hieb.

Der mein gefrorenes Herz endlich zerspringen ließ.

Der Johannas Herz brach.

Ich hätte nicht gedacht, dass es ihr mehr ausmachen würde als mir. Stattdessen konnten wir nur ab und zu ein Lächeln auf ihre Lippen zaubern, wenn wir zu fünft ins Kino oder zu einem Konzert gingen. Oder, statt gemeinsam Hausaufgaben zu erledigen, herumblödelten oder wir uns zu zweit auf einsame Ausritte aufmachten.

Rosalie hatte ich in der ganzen Zeit kein einziges Mal mehr gesattelt. Stattdessen ließen wir sie frei neben uns herlaufen und sie tollte im Schnee herum wie ein tollpatschiger Welpe, verschmolz mit der Natur und mit sich selbst.

Johanna dachte, sie würde mehr verlieren als gewinnen, wenn wir Rosalie losließen. Aber ich wusste, dass spätestens, wenn sie sah, wie die Stute in den Letea-Wald hineintrabte, sie mehr gewann als verlor. Tief in ihrem Herzen wusste Johanna es auch. Aber sie würde diesen Gedanken erst zulassen, wenn sie rumänischen Boden unter den Füßen spürte.

Nach endlosen Kilometern – durch ärmliche Dörfer hindurch, in denen Kinder auf der erdigen Straße spielten, in denen uns streunende Hunde aus dem Weg sprangen, in denen wir Karren mit dürren Pferden überholten, und durch karge Täler und dichte, schwarze Wälder hindurch – waren wir endlich in meiner Heimat, dem Donaudelta, angekommen.

Wir luden Rosalie und Luke in der Nähe der Stelle aus, an der wir sie eingefangen hatten. Ein Schauder kroch über meinen Rücken, den nicht nur die Kälte des sich verabschiedenden Winters verursachte. Lieber wäre ich ein Stück weiter gefahren, aber der verschneite und eisige, dann doch wieder lehmige und tiefe Boden ließ uns keine andere Wahl. Befestigte Straßen hatten wir schon lange hinter uns gelassen. Selbstverständlich hätten wir auch die Möglichkeit gehabt, bei meinen Großeltern unterzukommen, aber ich wollte Rosalie erst in die Freiheit entlassen und mit reinem Gewissen bei meiner Familie aufschlagen.

Ich war die Nacht durchgefahren, meine Augen kribbelten und meine Glieder waren steif, doch der allzu vertraute Schmerz im Rücken, auf den ich unweigerlich wartete, stellte sich nicht ein.

Auch Johanna fröstelte, zog sich Mütze und Schal tief ins Gesicht, auf dem sich Erschöpfung und Trauer abzeichneten. Sie hatte mich die letzten Stunden wach gehalten, indem wir kindische Spielchen gespielt hatten: *Ich packe meinen Koffer*, Musiktitel im Radio an den ersten Takten erraten oder wir stellten uns idiotische Fragen à la *Wie rasiert sich ein Vampir, wenn er sich nicht im Spiegel betrachten kann?* Nur damit ich nicht am Steuer einnickte und wir nicht darüber reden mussten, was wir vorhatten und ob es überhaupt klappte. Würden wir ihre Herde wiederfinden?

Mit hektischen Schritten eilten die beiden Tiere die Laderampe hinunter. Nach den rumpeligen Wegen waren sie froh, wieder festen Boden unter ihren Hufen zu wissen und sich ihre Beine vertreten zu dürfen. Vor allem Rosalie, die auf den letzten Metern unruhiger geworden war und den Hänger mehr als einmal zum Wackeln gebracht hatte.

Kaum streckte sie nun die Nase in die kühle Luft, zog sie die Lippen zurück und inhalierte den Geruch ihrer Heimat. Sie wieherte und ihre Stimme klang so hell und leuchtend, als führe der Wind mit sanften Fingern durch funkelnde Kristallleuchter. Über Johannas Gesicht huschte ein Lächeln. Ein wirkliches, echtes Lächeln, kein albernes, vor Müdigkeit aufgedrehtes wie während der Fahrt.

Die Mittagssonne ließ die Eiszapfen an kahlen Ästen und Büschen wie abstrakten Schmuck funkeln. Tropfen, Tränen gleich, perlten auf den Boden.

Rosalies Fell glänzte wie von Frost überzogener Schnee. Wie Sprünge im Eis wirkten die Ranken und Dornen mit einem Mal. Die Blüten wie gefrorene Seerosen. Lukes Fell hingegen leuchtete warm wie ein knisterndes Feuer im Kamin, auch wenn eine leichte Brise uns erzittern ließ. Freundschaftlich klopfte ich ihm den Hals.

Ich belud mich mit einem Rucksack voller Proviant und stellte Johanna eine Räuberleiter, danach kletterte ich auf Lukes blanken Rücken. Rosalie lief, wie in den vorherigen Wochen, frei neben uns her. Nie wieder sollte sie einen Reiter tragen.

»Wer nimmt jetzt eigentlich die Zügel in die Hand? Du oder ich?«

»Ich glaube, das machst besser du, Johanna. Ich von meinem billigen Rang in der zweiten Reihe sehe nicht besonders viel.« Leise lachend legte ich mein Kinn auf ihre Schulter. Eine erste sachte Berührung, nachdem wir uns die letzte Zeit nicht mehr nahe gekommen waren. »Aber du weißt ja, immer schön entspannt bleiben bei Luke.«

»Blödmann!« Sie schnalzte mit der Zunge und Luke zuckelte in einem gemächlichen Trab davon.

Vor Überraschung musste ich mich an Johannas dickem Reitmantel festhalten. »Wie im Märchen«, sagte ich, nachdem ich rasch mein Gleichgewicht gefunden hatte. »Du bist mein Ritter in glänzender Rüstung, der stolze Held mit gestählter Brust, ich das jammernde, aber vollbusige Weib, das sich an ihren Geliebten klammert.«

Den Stoß ihres Ellenbogens in meine Rippen nahm ich nur zu deutlich wahr.

»Na, warte.« Mit der Hand gab ich dem Wallach einen leichten Klaps auf den Allerwertesten und er stob unter uns davon. »Lass es uns hinter uns bringen«, flüsterte ich Johanna ins Ohr, während Luke schmelzenden Schnee aufwirbelte. Das nasse Gras schmatzte und Tauwasser spritzte unter seinen Hufen.

Bald drosselten wir das Tempo, denn der Boden war mit seinen Wurzeln, den schlammigen und trotzdem gefrorenen Stellen zu tückisch.

Schweigend ließen wir uns treiben, folgten Rosalies kundiger Nase, die vor uns herlief. Ganz aufgewühlt und voller Vorfreude, die Johanna und ich nicht ganz mit ihr zu teilen in der Lage gewesen waren.

Stundenlang kuschelten wir uns so aneinander, Johannas Rücken an meiner Brust, hielten Ausschau, hingen unseren Gedanken nach, hörten das Knirschen des Schnees und das Brechen des Eises, teilten uns klebrige Schokoriegel, während die Zügel auf Lukes Hals ruhten und wir ihm gänzlich vertrauten, einen sicheren Pfad zu finden. Immer tiefer drangen wir in die Wildheit der Wälder und Sümpfe ein. Stets in der Hoffnung, keinen Fluss überqueren zu müssen, da die Eisschicht zu dieser Jahreszeit nicht dick genug, das Wasser tödlich kalt sein würde. Johanna teilte ich meine Bedenken nicht mit. Sollten wir an einen Fluss gelangen, würden wir uns früher von Rosalie verabschieden und sie im Ungewissen zurücklassen müssen. Ich versuchte, ein hartes Schlucken zu unterdrücken.

Hier und da flatterten aufgescheuchte Zugvögel auf, die im Reservat überwinterten. Aber ich hatte kein Auge für sie – zu sehr beschäftigte mich der drohende Abschied –, unterdessen Johanna die unberührte Landschaft um uns herum hörbar bewunderte. Grimmiges Krächzen und aufgeregtes Kreischen, schillernde Flügel und graue Federn waren das Einzige, das ich wahrnahm. Den langen und harten Winter hinter sich, erwachte die Natur zu neuem Leben, neuen Farben, zu neuem Singsang. Nur ich schaffte es nicht, aus dem langen Traum aufzuwachen, der immer noch an mir zerrte und zog. Im Stillen gedachte ich dem toten Hengst, dessen Namen ich wohl nie erfahren würde.

»Jarosch?«, unterbrach Johanna meine düsteren Gedanken.

Ich räusperte mich, bevor ich ein »Ja?« herausbrachte.

»Was ist, was ist, wenn sie Jägern in die Hände fällt? Was ist, wenn …?«, stammelte sie.

»Nein, nicht. Sag's nicht.« Ich wollte doch selbst nicht daran denken, welchen Gefahren ich sie womöglich wieder aussetzte – Jägern, Wilderern, Pferdehändlern – und strich mit meinen Lippen über ihre Schulter, verborgen unter dem dicken Stoff. »Sie wird ihren Weg gehen.« Es gab nur den einen für sie.

Wie ein Blitz durchzuckte ein Schauder Rosalies Körper, ein heiseres Wiehern rieselte über uns hinweg und unterbrach unser erstes ernsthaftes Gespräch seit Langem. Sie hatte etwas gespürt und versuchte, Kontakt mit ihrer Familie aufzunehmen. In neuer Eile schlängelte sie sich geschickt zwischen Lianen und Ästen hindurch, an denen tauender Schnee hinabtropfte wie aufgereihte Perlen. Gemeinsam duckten Johanna und ich uns über Lukes Hals, um den tief hängenden Zweigen auszuweichen. Ihre Nähe und Wärme bestärkte mich in meinem Entschluss, das Richtige zu tun, auch wenn ich ihr jedes Lächeln, jedes Wort abringen musste.

Schließlich traten wir auf eine Lichtung hinaus, Johanna hielt den Fuchs sogleich am Waldrand an. Unruhig warf er den Kopf hoch. Die Sonne wärmte uns nach dem Ritt wie ein Glas heißer Milch mit Honig.

Zuerst bemerkten Rosalie und Luke die Herde. Sie stellten ihre plüschigen Ohren auf und spannten ihre Muskeln an. Ich ließ mich vom Pferderücken gleiten, meine Füße klirrten und ich fasste in Lukes braune Zügel. Aufgeregt zappelte er hin und her, ließ Sonnenstrahlen und Schatten auf seinem rot schimmernden Fell im Takt tanzen, währenddessen Johanna den Finger nach der Herde am anderen Ende der Lichtung ausstreckte.

Sie versteckten sich unter den Ästen der Weiden, blickten sowohl neugierig als auch besorgt zu uns Eindringlingen hinüber. Wie Nebelfetzen standen sie zwischen den kahlen Stämmen, bis sich ein Tier nach dem anderen ins Freie wagte, begleitet von einer Scharr schnatternder und kreischender Vögel über ihren Köpfen. Im Schnee, der unter der Morgensonne funkelte wie eine Handvoll Diamanten, waren sie fast nicht auszumachen, als sie in respektvollem Abstand anhielten. Ein Spiel aus Licht und Schatten, Leibern und Schnee.

Mit hoch aufgerecktem Hals galoppierte Rosalie auf die Tiere zu und versank augenblicklich in dem Meer aus grauem und weißem Fell. Misstrauisches Quieken und erregtes Wiehern drangen uns entgegen. Wir hörten polternde Hufe, sahen Schnee, der aufgewirbelt wurde, Schweife, die beunruhigt hin und her schlugen.

»Wo ist sie? Ich kann sie nicht mehr sehen!« Johanna rutschte von Luke und sprang auf die Lichtung hinaus.

Die Einhörner hoben sofort die Köpfe und blickten uns an. Rosalie befand sich mitten unter ihresgleichen. Ich erkannte sie. Sie war das einzige Wesen ohne Horn. Ein Stich, scharf wie ein Messer, stieß durch mein Herz. Ich griff an meinen Brustkorb und merkte erst jetzt, wie schnell mein Herz pochte.

Johanna blieb stehen, nur wenige Meter von den unberechenbaren Tieren entfernt. Ich wollte sie zurückrufen, als sich Rosalie aus der Herde löste und auf sie zutrabte. Unmittelbar vor ihr hielt Rosalie an und schmiegte sogleich ihre Nüstern an Johannas Wange, blies ihren Atem in das Haar, das unter der blauen Mütze hervorlugte.

Ich ließ den beiden ihren Moment, trank das Bild vor mir, weil es mich für immer wärmen sollte, bis auch ich mich traute, auf die Wiese hinauszutreten. Das Tauwasser schmatzte unter meinen Sohlen. Meine Faust schloss sich so fest um die ledernen Zügel, dass meine Knöchel weiß hervortraten. Die Herde beäugte mich argwöhnisch, war sich nicht sicher, ob sie einen Schritt rückwärts machen oder vorwärts wagen sollte. Indem ich in die Hocke ging, machte ich mich klein, entfernte mich vom aufrechten Gang eines Raubtiers und versuchte derart, ihr Vertrauen zu gewinnen. Nach und nach senkten sie ihre Häupter, doch ihre wachen Augen ließen mich nicht los. Nur vereinzelte Tiere begannen wieder zu grasen.

Eine Weile blieb ich so sitzen, bis Rosalie sich auch von mir verabschieden wollte. Eine dicke Wolke schob sich vor die Sonne. Schatten legten sich auf uns. Ich streichelte ihre samtenen Nüstern, schrieb ein *Frei sein*, nicht ihren Namen, darauf, küsste das Fell auf ihrer Nase, auf dem die schwarzen Rosen bereits verblühten, die Ranken und Dornen verblassten. Blatt für Blatt, Blume für Blume rieselten sie auf mein Gesicht, schmolzen darauf wie Schneeflocken. Als hätte es sie nie gegeben. Erleichtert atmete ich auf. Endlich fand ich mich in ihren Augen wieder, ich, wie ich sein wollte, spiegelte mich darin. Wie lange noch? Wann würde sie sich umdrehen?

Ich vergrub die Hand fest und tief in ihrer langen Mähne, krallte sie hinein. *Nicht. Noch nicht.* Ich wollte sie noch nicht gehen lassen.

Eine Ewigkeit verharrten wir so, meine Gedanken bei meinen Fehlern, ihrer Zukunft, dann drehte sich Rosalie um und flog mit schnellen Hufen davon. Tautropfen spritzten mir ins Gesicht und ich wischte sie weg. Ihr Fell war nun genauso strahlend weiß wie frisch gefallener Schnee. Als hätte sie noch nie ein Mensch berührt.

Sie ging und nahm einen Teil von mir mit. Einen guten und einen schlechten.

Langsam erhob ich mich wieder, um keinen Augenblick zu verpassen. Rasch schloss sie zu den anderen Einhörnern auf und einem Schwarm Fische gleich stoben sie in eine einzige Richtung davon. So wie die Sonne auf ihrem Fell changierte und sie durch den Schnee schwammen, kam ich nicht umhin, wie Perlmutt schimmernde Schuppen auf ihren Rücken wachsen zu sehen, Flossen so zerbrechlich wie Libellenflügel. Ich blinzelte gegen das Licht an und die gehörnten Fabelwesen verschwanden zwischen Weiden, Pappeln und Ulmen. Ebenso wie die ersten Sonnenstrahlen am Morgen die Schatten der Nacht verdrängten, das frühe Vogelzwitschern unruhige Träume verscheuchte. Weder der Schnee auf den Ästen noch die Zweige selbst wankten unter dem Ansturm der Herde, nachdem sie in den Wald hineingeeilt und von ihm verschluckt worden waren. Kein einziger Vogel flog auf.

Sie waren weg.

Einfach so.

Zum Schutz gegen das Licht legte ich die Hand über meine Augen, doch da war nichts mehr. Rosalie war nur noch eine Erinnerung, ein Traum, der nach dem Aufwachen nicht mehr greifbar war und viel zu schnell verblasste. Wie auch die Ranken.

Da mir der Ärmel meines Parkas heruntergerutscht war, bemerkte ich, dass die Haut darunter hell schimmerte. Die schwarzen Verästelungen verschwanden, ließen weißliche und rosa Linien zurück. Meine Haut prickelte. Ich wusste in dem Moment nicht, ob ich mich darüber

freuen oder traurig sein sollte, ob ich für immer daran erinnert werden wollte, wozu ich fähig war – oder nicht.

Die Narben verblassten, der Schmerz würde bleiben. Vielleicht nicht mehr so tief, nicht mehr für jeden sichtbar, nicht jeden Augenblick spürbar, aber sie würden für immer ein Teil von mir bleiben.

Das Einhorn

Im dunklen Herz deiner Schatten konnte nichts gedeihen. Sie waren wie unfruchtbarer Boden. Nichts würde von Bestand sein.

Du erkanntest es, ich spürte es in deinen sachten Fingern, die heute ein letztes Mal meine Wunden berührten.

Johanna

Der Wald sah aus wie einem Märchenbuch entsprungen, nachdem Rosalie ihre Freiheit wieder genießen konnte.

Die Luft war erfüllt von umherschwirrenden Glühwürmchen, obwohl es taghell und zu kalt für sie war. Sie pumpten Licht in ihre Körper und sahen aus wie goldene Lampions. Vielleicht waren es auch nur die Sonne und der glitzernde Schnee, die mich blendeten. Der Wald klang wie eine Harfe, durch dessen Wipfel der Wind fuhr. Die Äste der Weiden, die bis auf den schneebedeckten Boden hinabreichten, hüllten Rosalie in eine zärtliche und sehnsuchtsvolle Umarmung. Endlich war sie heimgekommen. Endlich umfing sie die Natur wie einen verloren geglaubten Freund.

Eine Weile stand ich da, schniefend und zitternd trotz meiner Winterkleidung, schaute in den Wald, in dem keine Bewegung zu sehen, kein Rascheln zu vernehmen war. Sie war weg. Sie hatte sich verabschiedet. Aber sie war gegangen.

Doch noch immer sah ich die Einhörner vor mir, ihre geblähten Nüstern, ihre sichelförmigen Ohren. Ihren wachen Geist, ihren Mut, ihre Augen, die ihre Geschichte verhüllten und sie zugleich offenbarten.

Die Fabelwesen wirkten auf mich nicht nur wie ein Blick zurück in die Vergangenheit, sondern auch wie ein Blick auf einen farbenreichen und fantasievollen Wandteppich: Die einen waren groß, stark und mächtig wie mittelalterliche Schlachtrösser, kleine Ziegenbärtchen kringelten sich an ihrem Kinn, andere waren feingliedrig wie Araber und wenige klein und gedrungen wie ausgewachsene Schäferhunde. Genauso vielfältig waren ihre gedrehten, gebogenen oder säbelförmigen Hörner. Auf der Stirn mancher Tiere thronte nur ein Horn, andere trugen zwei wie ein Widder, oder gar vier, manches Mal waren sie nicht größer als bei einem Zicklein. Aber am erstaunlichsten fand ich, dass nicht jedes Einhorn einen üppigen Schweif wie Rosalie trug, wie ein Pferd, sondern den Schwanz eines Löwen oder einer Ziege. Als wäre ich in eines der Bücher meiner Mum, in eine Märchenwelt hineingefallen. Eine Welt, die wir längst vergessen hatten.

Irgendwann drehte ich mich zu Jarosch um, der ebenso reglos wie ich in das Dickicht blickte. Seine Augen waren zu schmalen Schlitzen zusammengepresst, seine Lippen bloße Linien, sein Kinn zuckte angespannt. Er hatte die Kapuze seiner Jacke über die kratzige Wollmütze gezogen, seine Jeans war an den Beinen feucht, seine Hände steckten in den Taschen.

Mich neben ihn stellend, schmuggelte sich meine Hand in die seine. In die weiche, mit Lammfell ausgekleidete Jackentasche hinein. Mit dem Daumen strich ich über sein Handgelenk, spürte ein warmes Seufzen seiner Haut. Ein Atemholen. Die Narben verschwanden unter meinen Fingerspitzen. Ich fühlte es, musste es gar nicht sehen.

Zuversicht blinzelte mir aus seinen braunen, glasigen Augen entgegen und ich drückte stärker zu, *alles wird gut*. Er strich mir lautlose Tränen von der Wange. *Alles wird gut.*

Hand in Hand und ohne ein weiteres Wort zu verlieren, gingen wir zum Wagen zurück, Luke trottete brav neben uns her.

Aus dem Augenwinkel nahm ich wahr, dass Jarosch etwas aus seiner anderen Hand flattern ließ. Der Wind trug eine weiße Strähne davon, die eine Weile vor uns herschwebte, als wollte sie uns die letzten Meter unseres Wegs begleiten, doch mit einem Mal verschwand sie. Ich fragte nicht, was das bedeutete, fragte nicht, ob das eine Strähne aus Rosalies Mähne war. Sein fester werdender Händedruck sagte alles.

Die Sonne flammte ein letztes Mal an diesem Tag auf, zwischen den Ästen lugten ein strahlendes Pink und ein leuchtendes Türkis hindurch, als wir Luke endlich in den Hänger einluden und zu Jaroschs Großeltern weiterfuhren.

Jaroschs Großvater – sein langer, dunkelgrauer Zopf wie auch sein gekräuselter Bart waren von weißen Strähnen durchsetzt – klopfte ihm mit starker Hand herzlich auf den Rücken. Er mischte deutsche und rumänische Sprachfetzen, aber nur ein Wort blitzte deutlich hervor: Jari.

Woraufhin mir Jarosch zuflüsterte: »Wehe, du nimmst diesen Spitznamen mit nach Hause!«

Seine Großmutter, die sogar ein paar Zentimeter kleiner war als ich und natürlich rundlicher, bewunderte ihn mit großen, feuchten Augen und schlang ihre Arme um ihn, nachdem wir unangekündigt am frühen Abend anfuhren – der Hänger wankte auf dem groben Kopfsteinpflaster – und sie aus Stallungen und Wohngebäude herausgeströmt kamen.

Sie lebten auf einem großen Gehöft, weiß und gelb gestrichen, umgeben von einer überwucherten und brüchigen Steinmauer. Aus jedem Winkel hörte man eine Gans schnattern oder ein Schwein quieken, und kaum gelangten wir auf den Innenhof, kläfften uns drei Hunde an. Auf den Weiden ringsherum suchten die Pferde unter den Schneeresten nach Gras.

Auch ich wurde freundlich, aber erstaunt begrüßt und sogleich in die karg eingerichtete, jedoch warme Küche bugsiert, in der wir mit einer deftigen, dampfenden Suppe und selbst gebackenem Brot verwöhnt wurden. Später kamen einige Cousins, Tanten und Onkel hinzu, gestikulierten wild, redeten schnell. Jarosch übersetzte mir einen Teil, aber früher oder später sackten wir auf der Eckbank nahe dem Feuer in uns zusammen, hörten dem übermütigen Stimmengewirr nur noch mit halbem Ohr zu, sahen das lautstarke Kommen und Gehen nur noch mit halb geöffneten Augen.

Wärme und Herzlichkeit, die durcheinander polternden Stimmen, der Geruch von starkem Kaffee und verbrennendem Holz, die zusammengerollte, schnurrende Katze auf meinem Schoß, all das lullte mich ein, ließ mich immer müder werden. Mein Kopf fiel auf Jaroschs Schulter, ich konnte ein Gähnen nicht länger unterdrücken, und ohne Widerrede zuzulassen, wedelte Jaroschs Großmutter ihre Verwandtschaft hinaus in die feuchte Kälte und schob uns die steile Treppe hinauf in unsere Schlafzimmer. Jarosch in sein ehemaliges Kinderzimmer, mich in ein Gästezimmer am anderen Ende des langen, düsteren Gangs.

Nur gegenüber Jarosch gab ich mein Unbehagen zu, in dem alten Haus allein übernachten zu müssen, er wüsste doch, dass ich zu viele Vampirgeschichten las.

Jarosch beteuerte, dass er, sein Bruder und seine Cousins schon vor etlichen Jahren mit ihren Streichen und ihrem Lärm sämtliche Geister und Blutsauger verscheucht hätten. Zur Sicherheit suchte er breit grinsend unter dem Bett und im Schrank nach Monstern und Unholden, rüttelte mehrmals an dem verschlossenem Fenster, welches in den in Dunkelheit liegenden Innenhof zeigte. Außerdem deutete er mit schelmisch blitzenden Augen auf das schwere Holzkreuz, das über dem Eingang hing, und meinte: »Noch nicht einmal Armand LaVie würde daran vorbeikommen. Es sei denn, du bittest ihn herein.« Schließlich zog er mich an sich und drückte mir einen festen Kuss auf die Lippen, seine Bartstoppeln knisterten an meiner Wange – wie lange hatten wir uns nicht mehr so in den Armen gelegen? –, bis seine Oma im Türrahmen erschien und sich vernehmlich räusperte.

»Und wenn dir das noch immer nicht reicht, hole ich dir selbstverständlich gerne eine Knoblauchknolle aus der Küche. Armbrüste haben wir leider nicht im Angebot. Schlaf gut«, flüsterte er mir schnell zu, bevor er sich von mir löste. Den Arm um die rundliche Gestalt seiner Oma legend, schloss er die Tür hinter sich und ging in sein altes Kinderzimmer.

Die Kissen und die Matratze, in die ich fiel, waren weich. So weich. Ich schlief sofort ein, träumte von einem Märchenwald mit Lichterketten in den Bäumen und Kristallleuchtern, die von Ästen baumelten und im Wind klirrten. Zu der Melodie gesellten sich das Donnern von ungestümen, unbeugsamen Hufen, das Wiehern von Freiheit.

Das Einhorn

Der letzte Schnee schmatzte unter meinen Hufen.
Der Wind knisterte in den Blättern.
Meine Mähne würde von einer Böe ergriffen.
Dann nahm sie mich mit.
Ganz.

Jarosch

In der ersten Nacht im Haus meiner Großeltern lag ich stundenlang wach. Die Kälte war zu kalt, das Dunkel zu dunkel, die harte Matratze zu hart, die wirren Gedanken zu wirr.

Nur zu gerne wäre ich in Johannas Bett am anderen Ende des Flurs gekrabbelt, zu dem Mädchen, das mit ihrer Wärme nicht nur die Kälte zwischen den Laken verscheuchte, sondern die Leere in mir ausfüllte. Ihre Lippen streichelten mich, ihre Hände küssten mich, ihre Arme hüllten mich ein, ihre Augen lachten mich an.

Aber Großmutter wäre mir aufs Dach gestiegen, wenn sie uns erwischt hätte, wobei auch immer.

Nachdem ich mich zum hundertsten Mal von der einen auf die andere Seite gewälzt hatte, schaltete ich schlussendlich die Nachttischlampe ein. Sie leuchtete in einem dunklen Gelb auf, malte Schatten auf die altmodische Tapete. Da die Schlafzimmer im zweiten Stock nicht beheizt wurden, fröstelte es mich bereits, als ich nur nach dem zerfledderten Notizbuch in meinem Rucksack nestelte.

Mit kalten Fingern strich ich über den Einband, ließ die aufgequollenen und zerknitterten Seiten unter ihnen knistern. Ich schlug die erste Seite auf:

Die Gejagte

Unser letzter gemeinsamer Tag war wie immer friedlich gewesen.

Wir waren im Laufe der Jahre unaufmerksam geworden, denn schon lange drohte uns keine Gefahr mehr.

Man hatte uns vergessen, die Erinnerungen an uns verloren oder tief begraben. Heute konnte es sich niemand mehr gestatten, an uns zu glauben.

Du jedoch tatest es.

Jarosch

Zerbrochene Träume tropften auf die Blätter. Rasch tupfte ich sie mit meinem Ärmel ab, kein Wort wollte ich verlieren. Gedankenverloren betrachtete ich meine kantige Handschrift. Hatte tatsächlich ich das geschrieben? War das wirklich der Anfang?

Ich wusste, dass bald sämtliche Erinnerungen verweht sein würden, so wie der Wind den Rauch und den harzigen Geruch eines Feuers mit sich nahm, nur Asche und Kälte hinterließ. Mir würden lediglich die in aller Hast vollgekrakelten Seiten übrig bleiben, mit all ihren Träumen darin, die sie mir geschickt, mir aufgezwungen, mir später anvertraut hatte, jede unendliche Nacht. Ihren Zorn und ihren Hass. Ihre Ängste, Sehnsüchte, ihr Heimweh. Wort für Wort, Narbe für Narbe. Ihre Gefühle, die ich anfangs nicht verstand, nicht verstehen wollte, doch dann umso mehr.

Irgendwann würde ich auch Johanna dieses Buch zeigen müssen. Das Buch mit all meinen Gedanken darin, Erinnerungen und Albträumen.

Ich holte meinen MP3-Player aus dem vordersten Fach meiner Tasche und schaltete ihn ein, wählte den Zufallsmodus. Leise schepperte mir Musik entgegen.

Ein weiteres Mal ließ ich den Stift über die leeren Seiten kratzen:

Rosalie

Rosalie.

Das erste Mal in meinem Leben trug ich einen Namen. Zuerst widerstrebend, jetzt mit Stolz.

Ich würde für immer eure Rosalie bleiben.

Für immer deine Schöne.

Euch gehörte von nun an und auf ewig mein freies, unbändiges Herz.

Letzten Endes seid ihr euch stets treu geblieben.

Mein Mädchen und mein Junge.

Meine Johanna, mein Jarosch.

Nur ich bin mir untreu geworden.

Ich wandte mich von euch ab. Ein letztes Mal.

Trabte tief hinein in den Wald. Schaute nicht zurück.

Hufspuren.

Heimat.

Endlich.

Zuhause.

Angekommen.

Für immer.

Ich war wieder ich selbst. Immer noch.

Immer noch wir.

Denn wenn ihr euch umdrehtet, egal wann, egal wo, ich würde dennoch an eurer Seite sein.

Jarosch

Ich klappte das Notizbuch zu.

Wie lange würde die Verbindung zu Rosalie bestehen bleiben?

Wie viele Einträge würden noch kommen?

Wie viele, in denen Johanna die Hauptrolle spielte?

Wie viele Kapitel würden es noch werden? Gar nur wenige Abschnitte?

Nein! Unzählige Kapitel sollten noch folgen, nicht enden wollende Seiten, ganze Bibliotheken voll von unseren Geschichten. Neuen, unbekannten, albernen, vertrauten, ernsten Geschichten.

Aber mit Träumen und Wünschen verhielt es sich wie mit wilden Tieren.

Sie galoppierten um uns herum, neckten uns. Vielleicht durften wir sie kurz berühren, neue Sehnsüchte spüren. Doch im nächsten Moment sprangen sie uns davon, ließen sich nicht fangen, nicht zähmen, nicht bezwingen und dennoch wollte man sie nicht gehen lassen.

Nur manches Mal blieben sie eine Weile an unserer Seite.

Wenn man sie nicht festhielt, nicht zwang, dann blieben sie.

Selbst wenn man losließ.

Das Einhorn

Manches Mal musstest du mutig sein, um deine Angst zu überwinden.

Manches Mal musstest du nur deinem Herzen vertrauen.

Deiner Sanftheit, die keine Schwäche war, sondern stärker als alles andere.

Johanna

Am nächsten Morgen erwachte ich früh, aber nicht so zeitig wie alle anderen. Ich wusch mich und zog mich an, erwischte Jarosch und seinen Großvater in den Stallungen, er hatte sich längst zwei oder drei Jungpferde herausgesucht, die er für die Zukunft im Auge behalten wollte. Sie waren zierlich und dünn, hatten dunkles Fell, sahen aber robust und wendig aus. Widerstandsfähig und mutig mit diesen wachen Augen.

Jarosch zwinkerte mir zu, als er mir eine hübsche, feingliedrige Apfelschimmelstute zeigte. »Für deine Karriere als Stuntreiterin!«

Mein Magen knurrte, und ihm eine Antwort schuldig bleibend, gingen wir, umwuselt von den Hofhunden, einer aufdringlicher als der andere, ins Haus zurück zum Frühstücken. Jarosch musste seinen Großeltern in der Zwischenzeit von Rosalie erzählt haben, denn sie blickten nun wissend drein. Traurig, aber dennoch verständnisvoll und zuversichtlich.

Nach dem üppigen Frühstück schnappten wir uns zwei Reitpferde, ich einen kleinen Rappen (keinesfalls wollte ich die Stute, die Jarosch für mich ausgesucht hatte, reiten; Merlin würde mir das niemals verzeihen!), er eines der temperamentvollen Jungpferde, die ihm so gut gefielen, Luke ließen wir in der Box sein Heu und Stroh knabbern, und machten uns auf die Suche nach den Wildpferden.

Insgeheim jedoch hofften wir darauf, Rosalie wiederzusehen. Nur ein Blitzen ihres silbernen Schweifs, ein Klingeln ihres hellen Wieherns, doch erhaschten wir weder einen Blick auf eine der Wildpferdeherden noch auf unsere Rosalie.

Aber wenn ich ehrlich war, wünschte ich mir so viel mehr: Nicht nur einen Blick wollte ich auf sie werfen. Ich wollte, dass sie wieder zurückkam. Freiwillig. Uns folgte. In unsere Heimat. Ich wollte, dass wir ihr wichtig waren. Wichtiger. Gleichzeitig schämte ich mich für mein egoistisches, gieriges Herz, das sie einschließen wollte, sie in die dunklen Schatten meines Herzens drängen wollte, sie verbannen wollte an einen Ort, an dem ich sie für mich allein haben konnte. Blinzelnd verscheuchte ich die aufsteigenden Tränen, die unwillkommenen Sehnsüchte.

Statt abermals in tiefem Schweigen zu versinken, ließ ich mir von Jarosch seine alte Heimat zeigen. Er verzuckerte jeden Winkel mit Erinnerungen aus seinen Kindheitstagen, was Adam und er hier ausgeheckt, was sie dort angestellt hatten.

Ich hüllte die Bilder der unberührten Natur mit vorsichtigen Fingern ein, verstaute sie in meinem Herzen, wickelte sie zu einem kostbaren Proviant für den langen Weg, der noch vor uns lag, zusammen. Auf dem ich endlich feststellen würde, dass Rosalie genau hierhergehörte. Hierher zwischen den Wind und die Lianen, die sie abends in den Schlaf wiegen würden, hierher zwischen Hunderte von Vögel, die sie morgens keckernd aufwecken würden, hierher zu ihrer Familie.

Nach einer weiteren Nacht machten wir uns auf den Heimweg, gaben aber Jaroschs Großeltern das Versprechen, spätestens in den Sommerferien mit unseren Freunden wiederzukommen, schließlich musste Jarosch die jungen Pferde im Auge behalten, ich die Stute. Ich schüttelte lachend den Kopf.

Im Gegensatz zum Hinweg stellten wir die Musik im Auto nicht laut. Aus dem CD-Spieler drang uns das leise und melancholische *Let her go* von Passenger entgegen und legte sich auf mich wie eine kratzige, aber wärmende Wolldecke. Der Sänger hatte recht. Ich verstand es nun. Man konnte nur lieben, wenn man gehen lassen konnte. Man konnte nur jemanden gehen lassen, wenn man liebte. Ich schob die Zeilen zu meinem Proviant und bewahrte sie sicher auf.

Für mich war es nun kein Wunder mehr, dass man den Spruch immer und überall auf Kaffeetassen, Mousepads und Jutetaschen druckte.

Wir beide mussten schmunzeln, weil das Lied so perfekt passte, und schon sprudelten wir über und all unsere Fragen fingen nur noch mit einem »Weißt du noch …?« oder einem »Kannst du dich noch erinnern …?« an.

Wir liefen Gefahr, uns in unseren Erinnerungen zu verlieren, uns in ihnen zu verheddern wie in einem klebrigen Spinnennetz, aus dem man ohne Verluste nicht mehr herauskam. Weshalb wir anfingen, neue Pläne zu schmieden.

Irgendwann bildeten wir andere Sätze, neue Sätze: »Vielleicht könnten wir …?«, »Möglicherweise sollten wir …?«

Doch würden unsere neuen Ziele diese Fahrt überdauern? Oder würden sie mit jedem Kilometer, den wir Richtung Deutschland fuhren, genauso verschwinden wie Rosalie, die sich mit jedem weiten Trabschritt dem Dickicht genähert hatte?

Beinahe die ganze Fahrt über hielt Jarosch meine Hand. Dabei ahnte, wusste ich bereits, dass ich bald diejenige sein würde, die ihn festhielt, ihn nicht mehr gehen lassen wollte. Denn in absehbarer Zeit würde er wieder unruhig werden, seine Schwingen nervös spreizen, sie geräuschvoll flattern lassen. Wenn ihn eine Idee heimsuchen, die Manege ihn rufen würde.

Damals war all das egal, wir spannen Zukunftspläne, an die wir uns klammern konnten: für das kommende Wochenende, für den Rest des Schuljahres, die nächsten Ferien, für die Zeit danach. In Betracht kam ein gemeinsames Studium der Tiermedizin oder der Literatur und Geschichte, um danach als Vampirforscher durch Rumänien zu reisen (ersteres war meine Idee, letzteres Jaroschs). Möglicherweise würde Jarosch einige Trainerscheine absolvieren, sich als Reitlehrer selbstständig machen, sesshaft werden, vielleicht sogar als Züchter mit Stuntreitschule. Ich könnte seinen Haushalt schmeißen, seine Kinder großziehen, die Stallgasse fegen.

Alberne Pläne schmiedeten wir, ernsthafte, besondere. Pläne, über die wir noch ein Wörtchen zu reden hatten. Wie die Sache mit dem Kochen und Putzen.

Aber das Wichtigste war, dass wir Träume hatten. Neue. Nicht im Vergangenen träumten. Und kein Traum war auch nur annähernd so verrückt, unglaubwürdig und märchenhaft wie der eines Jungen und eines Mädchens, die geglaubt hatten, ein Einhorn zähmen zu können.

Tja, und was geschah eigentlich noch mit Clarissa und Armand?

In einer stürmischen Liebesnacht gestand sie ihm auf seinem romantischen Weingut in den sanften Hängen Prince Edward Islands endlich ihre Liebe, nachdem er sie aus dem Kerker der Stadtvilla seiner Ex-Freundin Margaux in Québec gerettet hat.

Ende gut, alles gut?

In Fankreisen munkelte man, dass Hank Myers im nächsten Band, *Spuren deiner Liebe*, die Pranken nach Clarissa ausstreckte, aber Armand sie niemals gehen ließ.

Wir würden sehen.

Ritter Ronko bastelte sich übrigens seine eigene Rüstung. Und der *Prinz ohne Reich* besaß immer noch kein eigenes Land, geschweige denn eine Krone. Aber er schlug sich dennoch wacker durch seine Heldentaten.

Und wie ging es mit Gregor und Skye weiter?

Skye war irgendwann wirklich nur noch Geschichte. Ein Kapitel, das man in seinen Erinnerungen nur allzu gerne übersprang.

Bei einem letzten, verzweifelten Flirtversuch auf dem *Ball der einsamen Herzen* im Gemeindesaal am Valentinstag schüttete Gregor ihr einen Drink übers Kleid. Er war klebrig und blau – der Drink, nicht Gregor.

Am Ende flatterte jedoch kein Liebesbrief ins Haus der Schanzens, sondern eine Rechnung der örtlichen Wäscherei über fünfundzwanzig Euro.

Dafür würde vielleicht die kleine Brünette aus dem *Books, books and even more books* bald neue Abschnitte in Gregors fast leeres Buch schreiben. Ihren Eltern gehörte nämlich die Wäscherei.

So munkelte man zumindest in geschwisterlichen Kreisen.

Verena küsste selbstredend immer noch ihren munter vor sich hin quakenden Frosch. Möglicherweise erlebte auch sie bald ihr eigenes Märchen und er verwandelte sich endlich in einen Prince Charming.

Und Merlin?

Auch noch im hohen Alter zog er bei jeder hübschen Stute den Bauch ein.

Während Luke das gar nicht nötig hatte. Denn er betrieb Sport.

Das Einhorn

Nicht länger suchten wir nach Freiheit und borgten sie uns.

In atemberaubender Geschwindigkeit, die uns alles vergessen ließ.

Wir fanden sie in uns.

Jarosch

Johannas Finger mit meinen verschränkt, brachten mich immer wieder an die Oberfläche zurück.

Als sie zögernd meine Hilfe annahm, während ich ihr die erste Stunde im Stuntreiten gab.

Als sie ihre warme Hand auf meine legte, damals im Stall, als uns die Worte fehlten.

Als sie mir die Hand reichte nach der Prügelei mit Boris und mir wieder auf die Beine half.

Als sie mir den Zettel in die Hand legte, ganz heimlich, in dem altmodischen Eiscafé.

Als sie nach dem Unfall über meine eisige Haut streichelte.

Als sie ihre Fingerspitzen über meine Narben tanzen ließ und neue Blüten zu sprießen begannen.

Als sie vor wenigen Stunden meine prickelnde Hand ergriff, während die Ranken und Dornen verblassten.

Als ich an unserem letzten Abend in Rumänien doch noch mit kalten Füßen in ihr Zimmer schlich und ihr mein Notizbuch in die Hand drückte.

Sie darüber strich. Über den zerfledderten Umschlag, die welligen Seiten. Die Worte berührte. Wie sie Rosalies Geschichte las, meine, ihre. Unsere. Und merkte, dass jedes Wort wahr war, von Rosalie stammte.

»Da fehlt aber noch ein Happy End«, sagte sie während dieser endlosen Nacht. »Und sie lebten glücklich bis an ihr Lebensende.«

Wir lachten und versprachen es uns unter unzähligen Küssen.

Jetzt, hier im Auto, als ich in der Flut aus Erinnerungen immer wieder zu ertrinken drohte, waren unsere Finger ebenfalls verschlungen. Genauso wie der Weg, der noch vor uns lag.

Wir scherzten und weinten, krochen ganz eng zueinander, ließen uns Raum und Ruhe. Wir schwelgten in Erinnerungen, schmiedeten neue Pläne. Wir sangen. Gemeinsam.

Ich sang.

Laut.

Das Einhorn

Ich ging und nahm einen Teil von dir mit.

Einen guten und einen schlechten.

Ende

KERSTIN ARBOGAST
EWIG & EIN SOMMER
DRACHENMOND VERLAG

»Ich musste den Samstagabend als etwas wie die erste Stufe einer Eigenblutbehandlung betrachten. Diese Erkenntnis kam mir in den letzten Tagen. Dank Oma Ursel und ihrem Hang für alternative Medizin. Man therapierte sich dabei mit dem eigenen Blut, um sein Immunsystem zu stärken. Denn vielleicht musste ich nur noch ein paar solcher Tage und Abende mit Konrad verbringen, dann würde ich gegen ihn immun werden. Mein Blut würde nicht mehr aufkochen wie bei einem eruptierenden Vulkan, sondern abkühlen, die dickbäuchigen Cupidos würden in der zäh dahinfließenden Masse kläglich ersaufen. Zum Teufel mit ihren Pfeilen, Flügelchen, ihrem unschuldigen Lächeln und ihren hinterhältigen, perversen Gedanken.

Mit der Zeit würde Konrad sicherlich auch all die schrecklichen Verhaltensweisen eines Jungen an den Tag legen, die sie so wenig liebenswürdig erscheinen ließen: lautstark die Rotzfahne hochziehen, als ob er einen einfahrenden Zug imitieren wollte. Ausgrabungsarbeiten in der Nase vornehmen und sich dann freuen, als ob er ein Skelett eines T-Rex entdeckt hätte. Oder blöde Witze mit den Kumpels über mich und meine Hobbys reißen.

Früher oder später würde ich über ihn und seine Lippen hinwegkommen, über sein Teacup-Grinsen und diese blonde Strähne, die ihm immer in die Augen fiel…

Und falls das alles nicht klappen sollte, konnte ich Oma immer noch darum bitten, mir ein paar Blutegel anzusetzen. Sie würden dieses verdammte Gift namens Verknalltheit schon aus mir heraussaugen.«

Petra Röder
Traumfänger
ISBN: 978-3-95991-037-8
Softcover, EUR 12,–

Seit ihre kleine Schwester Emma im Koma liegt,
hört Kylie sie in ihren Träumen um Hilfe rufen.
In genau solch einem Traum trifft sie Matt Connor,
der dort seit Monaten gefangen ist. Bald wird klar,
dass die beiden sich zueinander hingezogen fühlen,
doch hat ihre aufkeimende Liebe überhaupt eine Chance?
Denn nur wenn es Kylie gelingt, Matt und Emma aus diesem Traum
zu befreien, werden die beiden auch in der realen Welt überleben.
Doch in der Traumwelt wimmelt es von bösartigen Kreaturen
und Matt trägt ein dunkles Geheimnis mit sich,
von dem Kylie erst erfährt, als es fast zu spät ist.

Asuka Lionera
DIVINITAS
DRACHENMOND VERLAG

Britta Strauß
Sturmherz
ISBN: 978-3-931989-77-4
Softcover, EUR 14,90

Maris Sehnsucht nach dem Meer wächst von Tag zu Tag.
Immer wieder träumt sie sich in eine Welt voller Wunder und Freiheit,
bis sie in einer eisigen Winternacht erkennt, welche
Geheimnisse der Ozean tatsächlich verbirgt.

Man sagt, es gäbe Seehunde,
die ihre Tiergestalt ablegen und zu Menschen werden.
Man sagt, sie seien ebenso kaltherzig wie verführerisch.

Nur ein Märchen für kalte Winterabende?

Während Mari die Wahrheit hinter einer uralten Legende aufdeckt,
entspinnt sich eine Liebesgeschichte, wie
sie magischer nicht sein könnte.

Doch die Gier eines gadenlosen Feindes droht alles zu zerstören.

Lena Klassen
Wild
ISBN: 978-3-931989-79-8
Softcover, EUR 14,90

Gezähmte Gefühle.
Eine Welt ohne Krankheit und Kummer.
Kein Leid und keine Leidenschaft.

Einmal wöchentlich bekommt jeder in „Neustadt“ seine Glücksinjektion. Trotzdem ist die siebzehnjährige Pi nicht so glücklich wie alle anderen. Stimmt etwas nicht mit ihr? Oder warum darf sie nicht mit Lucky zusammen sein, ihrem besten Freund? Anders zu sein ist gefährlich, denn hinter dem Zaun, der „Neustadt“ umgibt, liegt die Wildnis. Dort herrschen noch Krankheit und Gewalt – und dorthin werden alle verbannt, die aus der Reihe tanzen. Dann geschieht etwas Unfassbares: Die Glücksdroge versagt. Und plötzlich steht Pi vor der Entscheidung ihres Lebens: Liebe oder Freiheit?

DRACHENMOND VERLAG

BÜCHER MIT HERZBLUT